L'INSTITUT

Né en 1947 à Portland (Maine), Stephen King a connu son premier succès en 1974 avec *Carrie*. En une quarantaine d'années, on lui doit plus de cinquante romans et autant de nouvelles, certains sous le pseudonyme de Richard Bachman. Il a reçu de nombreuses distinctions littéraires, dont le prestigieux Grand Master Award des Mystery Writers of America pour l'ensemble de sa carrière en 2007. Son œuvre a été largement adaptée au cinéma et à la télévision.

STEPHEN KING

L'Institut

ROMAN TRADUIT DE L'ANGLAIS (ÉTATS-UNIS) PAR JEAN ESCH

ALBIN MICHEL

Titre original :

THE INSTITUTE
Publié chez Scribner, an imprint of Simon & Schuster, Inc.
à New York, en 2019.
Avec l'accord de l'auteur c/o The Lotts Agency.

Selon le Centre national pour les enfants disparus et exploités, environ 800 000 enfants disparaissaient chaque année aux États-Unis. La plupart sont retrouvés. Des milliers ne le sont pas.

ISBN : 978-2-253-10342-4 – 1re publication LGF

Pour mes petits-fils : Ethan, Aidan et Ryan

Alors Samson invoqua le Seigneur et dit : « Seigneur, souvenez-vous de moi, je vous prie, et donnez-moi de la force cette fois seulement, ô Dieu. afin que d'un seul coup je me venge des Philistins. »

Et Samson se saisit des deux colonnes du milieu sur lesquelles reposait la maison, l'une de la main droite, l'autre de la main gauche.

Et Samson dit : « Que je meure avec les Philistins ! » Il se pencha avec force, et la maison s'écroula sur les princes et sur tout le peuple qui s'y trouvait. Ceux qu'il fit périr en mourant furent plus nombreux que ceux qu'il avait tués pendant sa vie.

Livre des Juges, Chapitre 16

Mais celui qui offensera un de ces petits qui croient en moi, mieux vaudrait pour lui qu'on lui suspende une meule à âne autour du cou et qu'on le précipite au fond de la mer.

Matthieu, Chapitre 18

Vous pouvez en rire, vous pouvez crier si vous voulez, de toute façon, vous perdez.

Paul SIMON

LE VEILLEUR DE NUIT

1

Une demi-heure après l'horaire prévu, l'avion de la compagnie Delta avec lequel Tim Jamieson devait quitter Tampa pour les lumières éclatantes et les tours de New York stationnait toujours sur le tarmac. Quand un agent de la compagnie et une femme blonde portant autour du cou un badge des services de sécurité montèrent à bord, des murmures inquiets et prémonitoires se firent entendre parmi les passagers entassés en classe économique.

« Votre attention, je vous prie ! s'écria le type de chez Delta.

— On va avoir combien de temps de retard ? lança quelqu'un. Dites-nous la vérité.

— Ça ne sera pas très long et le commandant tient à vous faire savoir que votre vol arrivera quasiment à l'heure. Mais un agent fédéral doit embarquer, cela signifie qu'un passager ou une passagère doit céder sa place. »

Un grognement collectif monta dans la cabine et Tim vit plusieurs personnes dégainer leurs téléphones en cas de problème. Car il y avait déjà eu des problèmes dans ce genre de situation.

« La compagnie Delta Airlines est autorisée à offrir au volontaire un billet gratuit sur le prochain vol à destination de New York. Demain matin à 6 h 45. »

Nouveau grognement. Quelqu'un s'écria : « Plutôt mourir ! »

L'agent de la compagnie aérienne poursuivit sans se démonter :

« On vous remettra un bon pour dormir à l'hôtel, plus quatre cents dollars. Ce n'est pas négligeable. Alors, qui est intéressé ? »

Aucun volontaire. La blonde des services de sécurité ne disait rien ; son regard étrangement mort, qui pourtant voyait tout, balayait les passagers de la classe économique bondée.

« Huit cents dollars, annonça le type de chez Delta. Plus une nuit d'hôtel et le billet offerts.

— On croirait un animateur de jeu télé », commenta l'homme assis devant Tim.

Toujours pas de volontaire.

« Mille quatre cents dollars ? »

Toujours personne. Tim trouvait cela intéressant, mais pas franchement étonnant. Et pas uniquement parce qu'un vol à 6 h 45 obligeait à se lever à l'aube. La plupart de ses compagnons de classe éco étaient des familles qui rentraient chez elles après avoir visité diverses attractions en Floride, des couples dont les coups de soleil trahissaient les amoureux de la plage et des types baraqués, rougeauds, à l'air agacé, qui géraient dans la Grosse Pomme des affaires qui leur rapportaient sans doute bien plus que mille quatre cents dollars.

Un passager assis au fond de l'appareil s'écria :

« Si vous rajoutez une Mustang décapotable et un séjour à Aruba pour deux personnes, on vous laisse nos sièges ! »

Une saillie qui provoqua des éclats de rire. Pas particulièrement chaleureux.

L'agent de la compagnie se tourna vers la blonde au badge autour du cou, mais s'il espérait recevoir de l'aide de ce côté-là, il fut déçu. Elle continua à scruter les passagers, sans que rien ne bouge sauf ses yeux. Il soupira et dit :

« Mille six cents. »

Tim Jamieson décréta soudain qu'il avait envie de descendre de ce putain d'avion et de faire du stop vers le nord. Bien que cette idée ne l'ait pas effleuré avant cet instant, il découvrit, avec une clarté absolue, qu'il en était tout à fait capable. Il s'imagina sur la Highway 301, quelque part au cœur de Hernando County, pouce dressé. Il faisait chaud, les mouches brunes pullulaient, un avocat véreux vantait ses mérites sur un immense panneau publicitaire. « Take It on the Run » de REO Speedwagon sortait à plein volume d'une grosse radiocassette posée sur un parpaing servant de marchepied à une caravane garée à proximité, devant laquelle un type torse nu lavait sa voiture. Un fermier finirait par s'arrêter pour le prendre à bord de son pick-up chargé de melons à l'arrière, avec un magnet de Jésus-Christ sur le tableau de bord. Le mieux, ce ne serait pas l'argent dans sa poche. Le mieux, ce serait d'être là, seul, à des kilomètres de cette boîte à sardines, de ses relents de parfum, de transpiration et de laque pour les cheveux qui se faisaient la guerre.

Juste après viendrait le plaisir de presser le sein du gouvernement pour en extraire quelques dollars de plus.

Tim se mit debout, dévoilant sa taille normale (1,75 mètre et des poussières), repoussa ses lunettes sur son nez et leva la main.

« Si vous allez jusqu'à deux mille dollars, plus le remboursement de mon billet en liquide, mon siège est à vous. »

2

Le bon d'hébergement correspondait à un hôtel miteux situé à l'extrémité d'une des pistes les plus fréquentées de l'aéroport international de Tampa. Tim s'endormit au son des réacteurs et se réveilla avec la même musique, avant de descendre pour avaler un œuf dur et deux pancakes caoutchouteux au buffet du petit déjeuner. Bien qu'il ne s'agisse pas d'un repas de gourmet, Tim mangea de bon cœur, puis regagna sa chambre pour attendre l'ouverture des banques à neuf heures.

Il n'eut aucun mal à encaisser cette rentrée d'argent imprévue car la banque avait été informée de sa venue et le chèque certifié par avance. Il n'avait nullement l'intention de poireauter dans cet hôtel minable. Il demanda les deux mille dollars en billets de cinquante et de vingt, les glissa dans sa poche avant gauche, récupéra son sac de voyage auprès du vigile et commanda un Uber pour se rendre à Ellenton. Là, il marcha jusqu'au premier panneau indiquant la 301-N et leva le pouce. Un quart d'heure plus tard, il fut pris en stop par un vieux bonhomme coiffé d'une casquette de base-ball publicitaire. Il n'y avait pas de melons à l'arrière du pick-up mais, à cette différence près, c'était assez conforme à sa vision de la veille.

« Où vous allez comme ça, l'ami ? demanda le vieux bonhomme.

— Euh… À New York, je crois. »

Le vieux cracha un jet de jus de tabac par la vitre.

« Qu'est-ce qu'un gars sain d'esprit irait faire là-bas ?

— Je sais pas », répondit Tim.

Même s'il le savait très bien. Un pote de l'armée lui avait affirmé qu'ils engageaient un tas d'agents de sécurité dans la Grosse Pomme, y compris des sociétés qui s'intéresseraient davantage à son expérience qu'à cette histoire merdique avec Rube Goldberg qui avait mis fin à sa carrière dans la police de Floride.

« J'espère juste être en Géorgie ce soir, dit-il. Peut-être que ça me plaira plus comme endroit.

— Voilà qui est parlé ! La Géorgie, c'est pas mal, surtout si on aime les pêches. Moi, ça me file la courante. Ça vous gêne pas si j'écoute un peu de musique ?

— Absolument pas.

— Faut que je vous prévienne, je mets le son à fond. Je suis un peu dur de la feuille.

— Je suis content de rouler. »

Waylon Jennings avait remplacé REO Speedwagon, mais Tim n'y trouva rien à redire. Waylon céda ensuite la place à Shooter Jennings et à Marty Stuart. Les deux hommes assis à bord du Dodge Ram éclaboussé de boue écoutaient la musique et regardaient la route défiler. Après une centaine de kilomètres, le vieux bonhomme se gara sur le bas-côté, salua Tim en soulevant sa casquette et lui souhaita une chouette journée.

Tim n'atteignit pas la Géorgie ce soir-là – il passa la nuit dans un autre hôtel miteux, à côté d'un stand installé au bord de la route qui vendait du jus d'orange –, mais seulement le lendemain. Dans la ville de Brunswick (où a été inventée une certaine variété de ragoût savoureux), il se fit engager pendant quinze jours dans une usine de recyclage, sur un coup de tête, comme lorsqu'il avait décidé de céder son siège dans l'avion. Il n'avait pas besoin de cet argent, mais il lui semblait qu'il avait besoin de temps. Il traversait une période de transition, et cela ne se faisait pas en un jour. Et puis, il y avait une salle de bowling, avec un Denny's juste à côté. Difficile de trouver une meilleure combinaison.

3

Sa paie de l'usine de recyclage en poche, ajoutée à la manne de la compagnie aérienne, Tim, posté sur la bretelle d'accès de la I-95 en direction du nord, se trouvait plutôt bien nanti pour un vagabond. Il resta là plus d'une heure, en plein soleil, et il envisageait de retourner au Denny's pour s'offrir un bon verre de thé glacé quand une Volvo break s'arrêta. L'arrière était rempli de cartons. La vieille femme assise au volant commanda l'ouverture de la vitre du passager et dévisagea Tim à travers les verres épais de ses lunettes.

« Vous n'êtes pas bien costaud, mais vous avez l'air musclé. Vous êtes pas un violeur ou un psychopathe, hein ?

— Non, madame, répondit Tim, en songeant : Qu'est-ce que je pourrais répondre d'autre ?

— Oui, évidemment, vous le diriez pas, de toute façon. Vous allez jusqu'en Caroline du Sud ? Rapport à votre sac de voyage. »

Une voiture déboîta derrière la Volvo et gravit la bretelle d'accès en faisant rugir son klaxon. La vieille femme n'y prêta pas attention ; son regard serein resta fixé sur Tim.

« Oui, madame. Je vais à New York.

— Je veux bien vous emmener en Caroline du Sud – juste à la limite de cet État maudit – si vous me filez un petit coup de main en échange. Donnant-donnant, quoi.

— Vous me grattez le dos et je vous gratte le dos, plaisanta Tim.

— N'y comptez pas. Mais vous pouvez monter. »

Tim s'exécuta. La vieille femme s'appelait Marjorie Kellerman et elle tenait la bibliothèque de Brunswick. Elle appartenait également à un truc qui s'appelait l'Association des bibliothèques du Sud-Est. Une association qui n'avait pas un sou, précisa-t-elle, « parce que Trump et ses potes ont tout repris. Pour eux, la culture, c'est comme l'algèbre enseignée à un âne. »

À cent kilomètres plus au nord, toujours en Géorgie, Marjorie Kellerman s'arrêta devant une bibliothèque riquiqui, dans la petite ville de Pooler. Tim déchargea les cartons de livres et les transporta à l'intérieur à l'aide d'un diable. Cela étant fait, il dut charger une autre dizaine de cartons à bord de la Volvo. Ces livres, expliqua la vieille femme, étaient destinés à la bibliothèque de Yemassee, à une soixantaine de kilomètres plus au nord, en Caroline du Sud, justement. Mais peu après Hardeeville, ils durent ralentir, puis s'arrêter. Des voitures et des camions encombraient les deux voies, et d'autres véhicules les rejoignirent rapidement.

« Ah, je déteste quand ça bouchonne, pesta Marjorie. Et ça arrive toujours en Caroline du Sud, on dirait. Ils sont trop radins pour élargir la nationale. Un accident s'est produit un peu plus loin, je parie, et comme il n'y a que deux voies, personne peut passer. Je vais rester coincée ici la moitié de la journée. Monsieur Jamieson, je vous libère de vos obligations. À votre place, je descendrais ici, je retournerais à la sortie de Hardeeville à pied et je tenterais ma chance sur la Highway 17.

— Et tous ces cartons de livres ?

— Oh, je trouverai bien un autre gars musclé pour m'aider. » Elle lui sourit. « En vérité, quand je vous ai vu au bord de la route, en plein cagnard, j'ai eu envie de vivre dangereusement.

— Bon, si vous êtes sûre. » Tim commençait à se sentir claustrophobe dans ce bouchon. Comme quand il s'était retrouvé coincé en classe économique dans l'avion. « Mais si vous n'êtes pas sûre, je reste. Après tout, mon patron ne m'attend pas.

— Oui, j'en suis sûre. J'ai été ravie de vous rencontrer, monsieur Jamieson.

— Moi de même, madame Kellerman.

— Avez-vous besoin d'une aide financière ? Je peux vous donner dix dollars, si vous voulez. »

Il fut ému et surpris (ce n'était pas une première) par la gentillesse et la générosité simples des gens simples, surtout ceux qui ne roulaient pas sur l'or. L'Amérique était encore et toujours un beau pays, même si certains (lui y compris parfois) affirmaient le contraire.

« Non, ça ira. Je vous remercie. »

Il serra la main de la vieille femme, descendit du break et rebroussa chemin vers la sortie de Hardeeville en marchant sur la bande d'arrêt d'urgence. Ne voyant passer aucune voiture sur la US17, il poussa à pied sur deux ou trois kilomètres, jusqu'à l'intersection avec la State Road 92. Là, un panneau indiquait la direction de DuPray. L'après-midi touchait à sa fin et Tim décida de dénicher un motel pour la nuit. Encore un établissement miteux sans doute, mais les deux alternatives – dormir dehors et se faire bouffer par les moustiques ou coucher dans la grange d'une ferme – le séduisaient encore moins. Alors, il marcha vers la ville de DuPray.

Les grands événements naissent de petits riens.

4

Une heure plus tard, assis sur une grosse pierre au bord de la route à deux voies, Tim attendait qu'un train de marchandises interminable soit passé. Il roulait majestueusement en direction de DuPray à cinquante kilomètres-heure. Il transportait des voitures (accidentées pour la plupart) et tractait des wagons plats, des wagons-tombereaux et des wagons-citernes contenant on ne savait quelles substances maléfiques qui, en cas de déraillement, enflammeraient la forêt de conifères et asphyxieraient la population de DuPray sous une fumée nocive, voire fatale. Arriva enfin le fourgon de queue, orange, à bord duquel un homme en salopette lisait un livre de poche en fumant une cigarette, assis dans un fauteuil de jardin. Il leva les yeux de son livre et salua Tim d'un geste amical. Tim en fit autant.

La ville se trouvait trois kilomètres plus loin, à l'intersection de la SR 92 (appelée maintenant Grand-Rue) et de deux autres rues. DuPray semblait avoir échappé à toutes les chaînes de magasins qui avaient fait main basse sur les villes plus importantes. Il y avait bien un Western Auto, mais il était fermé, et ses vitres peinturlurées. Tim nota l'existence d'une épicerie, d'un drugstore, d'un commerce qui semblait vendre un peu de tout et de deux salons de coiffure. Il y avait également un cinéma, dont la façade portait l'inscription À LOUER OU À VENDRE, un magasin d'accessoires automobiles qui s'était baptisé DuPray Speed Shop et un restaurant : Bev's. Il y avait également trois églises – une méthodiste et deux sans étiquette –, mais toutes du genre : Rejoignez Jésus. Pas plus d'une vingtaine de voitures et de camionnettes occupaient les places de stationnement en épi qui bordaient le quartier des affaires. Les trottoirs étaient quasiment déserts.

Trois pâtés de maisons plus loin, après avoir dépassé une autre église, Tim avisa le DuPray Motel. Et derrière, là où la Grand-Rue redevenait la SR92, sans doute, il y avait un autre passage à niveau et un alignement de toits métalliques qui étincelaient au soleil. Au-delà de ces bâtiments, la forêt de conifères reprenait ses droits. Aux yeux de Tim, l'ensemble évoquait une *ballade country*, une de ces chansons nostalgiques interprétées par Alan Jackson ou George Strait. L'enseigne du motel, vieille et rouillée, suggérait qu'il était peut-être définitivement fermé lui aussi, comme le cinéma, mais le soir approchait et c'était l'unique choix qui s'offrait à lui en matière de logement. Alors, Tim marcha dans cette direction.

À mi-chemin, passé la mairie, il atteignit une construction de brique aux murs tapissés de lierre grimpant. Une pancarte plantée sur la pelouse parfaitement entretenue indiquait qu'il s'agissait du bureau du shérif du comté de Fairlee. Un comté sacrément pourri, se dit Tim, si ce bled en était le chef-lieu.

Deux voitures de police stationnaient devant : une berline relativement neuve et un 4 Runner plus ancien, maculé de boue, avec un gyrophare posé sur le tableau de bord. Tim jeta un coup d'œil à l'entrée du bâtiment (le réflexe d'un vagabond aux poches pleines de billets), continua d'avancer, puis revint sur ses pas pour examiner de plus près le panneau d'affichage qui flanquait la porte à double battant. Une des annonces avait attiré son attention. Sans doute avait-il mal lu, mais il voulait en avoir le cœur net.

Non, à notre époque, ce n'est pas possible, se dit-il.

Et pourtant, si. À côté d'une affiche indiquant SI VOUS PENSIEZ QUE LA MARIJUANA EST LÉGALE EN CAROLINE DU SUD, DÉTROMPEZ-VOUS, une autre, plus petite, disait simplement : ON RECHERCHE UN VEILLEUR DE NUIT. SE RENSEIGNER À L'INTÉRIEUR.

Ouah. Sacré plongeon dans le passé.

Tim repartit vers l'enseigne rouillée du motel, puis s'arrêta de nouveau. Il repensait à cette annonce. Au même moment, la porte du poste de police s'ouvrit et un flic dégingandé apparut, vissant sa casquette sur ses cheveux roux. Le soleil déclinant faisait miroiter son insigne. Son regard engloba les chaussures de chantier, le jean poussiéreux et la chemise en chambray de Tim. Ses yeux s'attardèrent sur le sac de toile accroché à son épaule, avant de remonter vers le visage.

« Je peux vous aider, monsieur ? »

Cette même impulsion qui l'avait fait se lever dans l'avion s'empara de lui encore une fois.

« J'en doute. Mais qui sait ? »

5

Le rouquin était l'adjoint Taggart Faraday. Il escorta Tim à l'intérieur du poste de police où les odeurs familières d'eau de Javel et de blocs désinfectants pour toilettes s'échappaient des quatre cellules au fond. Après lui avoir présenté Veronica Gibson, l'adjointe d'un certain âge qui tenait le standard ce jour-là, Faraday demanda à Tim son permis de conduire et au moins une autre pièce d'identité. Tim produisit alors, outre son permis, sa carte de la police de Sarasota, sans chercher à masquer le fait qu'elle avait expiré neuf mois plus tôt. Néanmoins, l'attitude des deux adjoints se modifia légèrement à la vue du document.

« Vous n'habitez pas Fairlee County », dit Ronnie Gibson.

Ce n'était pas une question.

« Non, confirma Tim. Absolument pas. Mais ça pourrait se faire, si je dégote ce boulot.

— C'est pas très bien payé, souligna Faraday. Et de toute façon, ça dépend pas de moi. C'est le shérif Ashworth qui engage et qui vire les gens. »

Ronnie Gibson ajouta : « Notre dernier veilleur de nuit, Ed Whitlock, a pris sa retraite et il est parti vivre en Géorgie. Il était atteint de la maladie de Charcot. Un chic type. C'est moche. Heureusement, il y a des gens qui s'occupent de lui là-bas.

— Les emmerdes, ça tombe toujours sur les gens bien, commenta Tag Faraday. Donne-lui un formulaire, Ronnie. » Il s'adressa à Tim. « On est une petite unité, monsieur Jamieson. Sept personnes, dont deux à mi-temps. Les contribuables ne roulent pas sur l'or. Le shérif John est en patrouille. S'il n'est pas revenu à dix-sept heures, dix-sept heures trente grand maximum, c'est qu'il est rentré directement chez lui pour dîner. Et il ne reviendra que demain.

— Je passe la nuit ici, de toute façon. En supposant que le motel soit ouvert.

— Oh, je pense que Norbert a encore quelques chambres », dit Ronnie Gibson.

Elle échangea un regard avec le rouquin et ils s'esclaffèrent.

« Je devine que ce n'est pas un établissement quatre étoiles, dit Tim.

— Sans commentaire, répondit Gibson. Mais à votre place, je vérifierais qu'il y a pas des petites bestioles rouges dans le lit avant de me coucher. Pourquoi avez-vous quitté la police de Sarasota, monsieur Jamieson ? Vous m'avez l'air un peu trop jeune pour prendre votre retraite.

— J'en discuterai avec votre chef, s'il m'accorde un entretien. »

Les deux adjoints échangèrent un autre regard prolongé, et Tag Faraday dit : « Allez, Ronnie, donne-lui un formulaire. Enchanté, monsieur. Et bienvenue à DuPray. Si vous vous tenez tranquille, on devrait bien s'entendre. »

Sur ce, il s'en alla, sans préciser ce qu'il entendait par « se tenir tranquille ». Entre les barreaux de la fenêtre, Tim vit le 4Runner faire une marche arrière et s'éloigner dans la mal nommée Grand-Rue de DuPray.

Le formulaire était fixé à un porte-bloc. Tim s'assit sur une des trois chaises alignées contre le mur de gauche, glissa son sac de voyage entre ses pieds et entreprit de le remplir.

Veilleur de nuit, pensa-t-il. Ça alors.

6

Le shérif Ashworth – que tous les habitants de la ville, ainsi que ses adjoints, appelaient shérif John, comme le découvrit Tim – était un individu ventripotent qui se déplaçait lentement. Il avait des bajoues de basset et une épaisse chevelure blanche. Et une tache de ketchup sur sa chemise d'uniforme. Il portait un Glock à la ceinture et un rubis au petit doigt. Il possédait un fort accent, un tempérament débonnaire, mais ses yeux, enfoncés dans leurs orbites adipeuses, brillaient d'une lueur intelligente et curieuse. Il aurait pu jouer dans un de ces films remplis de clichés sur le Sud, du style *Tolérance zéro*. S'il n'avait pas été noir. Autre détail : un diplôme de la National Academy du FBI à Quantico était accroché au mur, dans un cadre, à côté de la photo officielle du président Trump. Pas le genre de chose qu'on recevait en envoyant des bons découpés sur des boîtes de corn-flakes.

« Bon, fit le shérif John en basculant au fond de sa chaise de bureau. J'ai pas beaucoup de temps. Marcella déteste que je sois en retard pour dîner. Sauf en cas de problème, évidemment.

— Compris.

— Alors, venons-en directement à l'essentiel. Pourquoi est-ce que vous avez quitté la police de Sarasota, et qu'est-ce que vous venez faire ici ? On peut pas vraiment dire que tous les chemins mènent en Caroline du Sud, et encore moins à DuPray. »

Sans doute qu'Ashworth ne téléphonerait pas à Sarasota ce soir, mais il appellerait dès demain matin, alors inutile d'en faire trop. D'ailleurs, Tim n'en avait pas l'intention. S'il n'obtenait pas le poste de veilleur de nuit, il passerait la nuit à DuPray et reprendrait ensuite son voyage en sauts de puce jusqu'à New York, un voyage dont il comprenait maintenant qu'il représentait une pause indispensable entre ce qui s'était passé l'année précédente au centre commercial Westfield de Sarasota et ce qui pouvait arriver ensuite. Ces considérations mises à part, la franchise constituait la meilleure tactique, en tout premier lieu parce que les mensonges, à une époque où n'importe qui possédant un clavier et une connexion Wifi avait quasiment accès à toutes les informations, se retournaient généralement contre le menteur.

« On m'a laissé le choix entre la démission et le renvoi. J'ai choisi la démission. Personne n'était très heureux de cette décision, à commencer par moi – j'aimais bien mon métier et j'aimais bien la Gulf Coast –, mais c'était la meilleure solution. Ça m'a permis de toucher un peu de fric – rien à voir avec une retraite à temps plein –, mais c'est mieux que rien. J'ai partagé avec mon ex-femme.

— La raison ? Faites simple, j'ai envie de manger mon dîner pendant qu'il est encore chaud.

— Ce ne sera pas long. Un jour de novembre dernier, après mon service, j'ai fait un saut au centre commercial Westfield pour m'acheter une paire de chaussures. Je devais aller à un mariage. Je portais encore mon uniforme.

— OK.

— Au moment où je sors de chez Shoe Depot, une femme se précipite vers moi et m'informe qu'un ado a sorti un flingue au niveau du cinéma. Alors, ni une ni deux, je vais voir ce qui se passe.

— Vous avez sorti votre arme.

— Non, shérif. Le gamin en question avait dans les quatorze ans, et j'ai bien vu qu'il était ivre ou drogué. Il balançait des coups de pied à un autre gamin, à terre. Et il pointait son flingue sur lui.

— Ça ressemble à cette histoire de Cleveland. Le flic qui a buté le jeune Noir qui brandissait un fusil à plomb.

— C'est aussi ce que j'ai pensé. Mais le type qui a tiré sur Tamir Rice a juré qu'il était convaincu que le gamin brandissait une vraie arme. Moi, j'étais presque sûr que celle-ci était fausse, mais je ne pouvais pas en être *totalement* sûr. Peut-être que vous savez pourquoi. »

Le shérif John Ashworth semblait avoir oublié son dîner.

« Parce que le garçon pointait son arme sur le gamin allongé au sol. Quel intérêt de pointer une arme factice sur quelqu'un ? Sauf, j'imagine, si le gamin couché par terre ne le savait pas.

— Plus tard, il a affirmé qu'il *agitait* son arme devant le gamin, qu'il ne la pointait pas sur lui. En disant : "C'est à moi, sale enfoiré. Tu touches pas à ce qui est à moi." D'après ce que je voyais, il le braquait avec son flingue. Je lui ai crié de lâcher son arme et de lever les mains en l'air. Il m'a pas entendu, ou il s'en foutait. Il a continué à balancer des coups de pied au gamin à terre, en pointant son arme sur lui. Alors, j'ai dégainé mon pistolet de service. » Tim marqua une pause, avant de préciser : « Sachez quand même que les deux gamins étaient blancs.

— Pour moi, ça ne fait aucune différence. Deux ados se battaient. L'un d'eux était à terre et recevait des coups. L'autre avait une arme, peut-être factice, ou pas. Et ensuite ? Ne me dites pas que vous lui avez tiré dessus.

— Personne n'a été blessé. Mais vous savez comment c'est : les gens se rassemblent pour voir une bagarre, et dès que quelqu'un sort une arme, ils décampent illico.

— Évidemment. S'ils ont un peu de jugeote, ils prennent leurs jambes à leur cou.

— C'est ce qui s'est passé. À part quelques curieux qui sont restés.

— Pour filmer la scène avec leurs portables. » Tim acquiesça.

« Quatre ou cinq Spielberg en herbe. Bref, je pointe mon arme vers le plafond, et je tire. Un coup de semonce, comme on dit. C'était peut-être une mauvaise idée, mais sur le moment, ça me semblait être la meilleure chose à faire. La seule. Sauf qu'à cet endroit du centre commercial, il y a des éclairages suspendus. Manque de bol, la balle atteint une des lampes, qui tombe en plein sur la tête d'un des curieux. L'ado, lui, lâche son arme. Et là, en la voyant rebondir sur le sol, je suis sûr qu'elle est factice. En réalité, c'était un pistolet à eau en plastique fait pour ressembler à un .45 automatique. Le gamin couché par terre avait quelques bleus et quelques blessures, mais rien qui nécessite des points de suture. En revanche, le curieux, lui, il était dans les pommes. Et il l'est resté pendant trois heures. Commotion cérébrale. D'après son avocat, il souffre d'amnésie et de graves migraines.

— Il a porté plainte ?

— Oui. Ça risque de prendre du temps, mais il finira par obtenir un peu de fric. »

Le shérif John semblait sceptique.

« S'il est resté pour filmer l'altercation, possible qu'il ne touche pas grand-chose, malgré ses migraines. Je suppose que vos supérieurs vous ont accusé d'usage inconsidéré de votre arme ? »

En effet. Et ce serait bien si on pouvait en rester là, se disait Tim. Hélas, c'était impossible. Le shérif John ressemblait peut-être à une version afro-américaine de Boss Hogg dans *Shérif, fais-moi peur*, mais il n'était pas idiot. De toute évidence, la situation de Tim lui inspirait de la compassion – comme à n'importe quel flic –, mais cela ne l'empêcherait pas de se renseigner. Alors, mieux valait qu'il apprenne la suite de la bouche de Tim lui-même.

« Avant d'aller m'acheter des chaussures, j'avais fait un détour par le Beachcomber pour boire deux petits verres. Le collègue qui a emmené l'ado au poste a senti l'alcool dans mon haleine et il m'a fait souffler dans le ballon. J'étais à zéro six, en dessous de la limite autorisée donc, mais c'était mauvais vu que je venais d'utiliser mon arme de service et d'envoyer un type à l'hôpital.

— Vous avez l'habitude de boire, monsieur Jamieson ?

— J'ai pas mal picolé pendant six mois environ, après mon divorce. Mais c'était il y a deux ans. Depuis, fini. »

Il n'allait pas répondre autre chose, évidemment.

« Uh-uh. Résumons. » Le shérif dressa un index boudiné. « Vous aviez fini votre service. Par conséquent, si vous aviez quitté votre uniforme, cette femme n'aurait pas couru vers vous au départ.

— Sans doute pas. Mais en entendant ce vacarme, je serais quand même allé voir ce qui se passait. Un policier est toujours en service. Vous le savez bien, je parie.

— Uh-uh. Mais vous n'auriez pas eu votre arme sur vous, si ?

— Non. Je l'aurais laissée dans ma voiture. »

Ashworth dressa un deuxième doigt pour souligner ce point. Et il en ajouta un troisième.

« L'arme de l'adolescent était certainement factice, donc, mais ça aurait pu être une vraie. Vous ne pouviez pas le savoir.

— Exact. »

Intervention du doigt numéro quatre.

« Votre tir de semonce a atteint une lampe. Non seulement elle est tombée, mais elle a assommé un passant innocent. Si on peut appeler ainsi un connard qui filme avec son téléphone. »

Tim hocha la tête.

Le pouce du shérif se dressa à son tour.

« Il se trouve qu'avant cette altercation, vous aviez ingurgité deux verres d'alcool.

— Oui. En uniforme.

— Mauvaise décision, mauvaise… comment ils appellent ça ?… *perspective*. Néanmoins, je continue à penser que vous avez été victime d'une succession de malchances complètement dingue. » Le shérif John tambourinait sur le bord de son bureau. Sa bague en rubis, portée à l'auriculaire, ponctuait chaque roulement d'un petit bruit sec.

« Votre histoire est trop délirante pour ne pas être vraie. Mais je crois que je vais quand même appeler votre ancien employeur pour vérifier par moi-même. Ne serait-ce que pour m'émerveiller encore une fois en écoutant cette histoire. »

Tim sourit.

« Ma supérieure était Bernadette DiPino. Chef de la police de Sarasota. En attendant, vous feriez mieux de rentrer pour dîner, sinon votre femme va être furieuse.

— Uh-huh. Marcy, c'est mon affaire. » Le shérif se pencha en avant en s'appuyant sur son ventre. Ses yeux brillaient de plus belle. « Si je vous faisais souffler dans l'Alcootest maintenant, monsieur Jamieson, qu'est-ce que ça donnerait ?

— Allez-y, vous verrez.

— Non, je crois que je ne verrai rien. Inutile. » Le shérif bascula de nouveau en arrière et son fauteuil émit un autre gémissement de douleur. « Pourquoi vous voulez ce boulot de veilleur de nuit, dans un bled paumé comme ici ? C'est payé seulement cent dollars la semaine, et si c'est plutôt tranquille du dimanche au jeudi, ça se dégrade parfois les vendredi et samedi soir. La boîte de strip-tease de Penley a fermé l'an dernier, mais il y a plusieurs bars, plus ou moins malfamés, dans le secteur.

— Mon grand-père était veilleur de nuit à Hibbing, dans le Minnesota. La ville où a grandi Bob Dylan. Après avoir pris sa retraite de la police d'État. C'est grâce à lui que j'ai voulu devenir flic quand j'étais gamin. En voyant son insigne, je me suis dit… »

Tim haussa les épaules. Que s'était-il dit, au juste ? À peu près la même chose que lorsqu'il avait accepté ce boulot dans l'usine de recyclage. Rien du tout. Il songea qu'il se trouvait peut-être, mentalement au moins, pris entre deux feux.

« Vous marchez sur les traces de votre grand-père. » Le shérif John joignit les mains sur son ventre imposant et dévisagea Tim, de ses yeux inquisiteurs enfoncés dans leurs poches de graisse. « Vous vous considérez comme un retraité, c'est ça ? Vous cherchez une occupation afin de tuer le temps ? Vous êtes un peu trop jeune pour ça, non ?

— Retraité de la police, oui. Fini. Un ami a promis de me trouver un poste dans la sécurité à New York, et j'avais envie de changer de décor. Mais peut-être que je ne serai pas obligé d'aller jusqu'à New York. » En vérité, devinait-il, ce qu'il voulait, c'était changer d'avis. Ce boulot de veilleur de nuit n'atteindrait pas forcément cet objectif, mais peut-être que si.

« Vous êtes divorcé, disiez-vous ?

— Oui.

— Des enfants ?

— Non. Elle en voulait, pas moi. Je ne me sentais pas prêt. »

Le shérif John reporta son attention sur le formulaire rempli par Tim.

« Je vois que vous avez quarante-deux ans. Généralement, si vous n'êtes pas prêt à cet âge… »

Comme tout policier qui se respecte, il laissa sa phrase en suspens, attendant que Tim comble le silence. En vain.

« Je ne doute pas que vous ayez l'intention de vous rendre à New York, monsieur Jamieson, mais pour l'instant, vous allez là où le vent vous porte. Est-ce qu'on peut dire ça ? »

Tim réfléchit et conclut qu'on pouvait le dire.

« Si je vous donne ce poste, qui me dit que vous n'allez pas décider de repartir on ne sait où dans quinze jours ou un mois ? DuPray n'est pas l'endroit le plus intéressant au monde, la Caroline du Sud non plus. Alors, je vous pose la question, monsieur : comment être sûr que je peux compter sur vous ?

— Je ne laisserai pas tomber. Si vous estimez que je fais du bon boulot, s'entend. Dans le cas contraire, vous pourrez toujours me virer. Et si jamais je décide d'aller voir ailleurs, je vous préviendrai longtemps à l'avance. Vous avez ma parole.

— Ce travail ne permet pas de vivre. »

Tim haussa les épaules.

« Je trouverai autre chose, s'il le faut. Ne me dites pas que je serai le seul type dans le coin qui fait plusieurs boulots pour joindre les deux bouts. Et puis, j'ai un peu d'argent de côté, pour commencer. » Le shérif John demeura muet et immobile un long moment, il réfléchissait. Finalement, il se leva. Avec une étonnante agilité pour un homme aussi lourd.

« Revenez demain matin, on verra ce qu'on peut faire. Vers dix heures, ce sera très bien. »

Ce qui vous laisse largement le temps de contacter la police de Sarasota, pensa Tim, afin de vérifier mon histoire. Et voir s'il n'y a pas d'autres taches dans mon dossier.

Il se leva à son tour, main tendue. Le shérif John avait une poigne d'acier.

« Où allez-vous loger cette nuit, monsieur Jamieson ?

— Au motel, un peu plus loin. S'il leur reste une chambre.

— Oh, je suis sûr que Norbert a encore plein de chambres. Et ça m'étonnerait qu'il essaie de vous vendre de l'herbe. Vous avez gardé un petit air de flic. Si vous n'avez pas de problème pour digérer la friture, Bev's, au bout de la rue, est ouvert jusqu'à vingt-trois heures. Personnellement, je raffole de leur foie aux oignons.

— Merci. Et merci de m'avoir reçu.

— De rien. C'était une conversation intéressante. Et dites à Norbert, au motel, que le shérif John veut qu'il vous donne une bonne chambre.

— Je n'y manquerai pas.

— Cela étant, regardez quand même s'il n'y a pas de bestioles dans le plumard avant de vous coucher. »

Tim sourit.

« On m'a déjà donné ce conseil. »

7

Son dîner au Bev's se composa d'un steak de poulet frit avec des haricots verts et d'une tourte aux pêches. Pas mal. En revanche, on ne pouvait en dire autant de sa chambre au DuPray Motel. Par comparaison, toutes celles où il avait dormi depuis qu'il avait entamé sa randonnée vers le nord ressemblaient à des palaces. Le climatiseur encastré dans la fenêtre faisait un bruit de crécelle, sans apporter beaucoup de fraîcheur. Le pommeau rouillé de la douche gouttait et il n'y avait apparemment aucun moyen d'y remédier. (Finalement, Tim enroula une serviette autour pour étouffer ce tic-tac.) L'abat-jour de la lampe de chevet était brûlé à plusieurs endroits. L'unique tableau – une composition inquiétante montrant un navire dont tout l'équipage semblait constitué de Noirs aux sourires sadiques – était de travers. Tim le redressa, mais il reprit aussitôt sa position inclinée.

Dehors, il y avait une chaise de jardin. L'assise était défoncée et les pieds aussi rouillés que le pommeau de la douche ; ils soutinrent son poids malgré tout. Assis là, jambes tendues, luttant contre les moustiques, Tim contempla à travers les arbres la lumière de haut-fourneau du soleil couchant. Ce spectacle le rendait tout à la fois heureux et mélancolique. Un autre train de marchandises apparemment sans fin apparut vers vingt heures quinze. Il traversa la route nationale et passa devant les entrepôts situés à la périphérie de la ville.

« Ce foutu Georgia Southern est toujours en retard. »

En se retournant, Tim découvrit le propriétaire et unique employé de nuit de ce bel établissement. Maigre comme un clou. Un gilet à motifs cachemire pendait sur ses épaules et son pantalon de toile était remonté presque jusqu'à la poitrine, sans doute pour montrer ses chaussettes blanches et ses vieilles Converse. Une coupe de cheveux à la Beatles, première époque, encadrait un visage qui évoquait vaguement une tête de rat.

« Si vous le dites.

— Bah, peu importe, dit Norbert en haussant les épaules. Le train de onze heures s'arrête jamais. Celui de minuit pareil, sauf quand il doit décharger du gazole ou des fruits et légumes pour l'épicerie. Y a un embranchement un peu plus loin. » Pour le symboliser, il croisa les index. « Y a une ligne qui va à Atlanta, Birmingham,

Hunstville, des endroits comme ça. L'autre vient de Jacksonville et va à Charleston, Wilmington, Newport News, etc. Les trains de marchandises s'arrêtent surtout dans la journée. Vous voulez vous faire engager dans les entrepôts ? Il leur manque souvent un gars ou deux. Mais faut avoir le dos solide. C'est pas pour moi. »

Tim observa Norbert. Celui-ci racla le sol avec ses baskets et lui adressa un sourire qui dévoila des dents que Tim qualifia mentalement de rustiques. Elles étaient encore là, mais plus pour longtemps.

« Où est votre bagnole ? »

Tim continua à le dévisager.

« Z'êtes flic ? interrogea Norbert.

— Pour l'instant, je suis un type qui regarde le soleil couchant à travers les arbres. Et je préfère être seul pour ça.

— Message reçu », dit Norbert, et il battit en retraite, ne s'arrêtant que pour jeter un coup d'œil, discret, par-dessus son épaule.

Le train de marchandises finit par s'éloigner. Les lumières rouges du passage à niveau s'éteignirent. Les barrières se levèrent. Les deux ou trois voitures qui attendaient redémarrèrent. Tim regarda le soleil virer de l'orange au rouge à mesure qu'il déclinait. *Ciel rouge la nuit, le marin se réjouit*, aurait dit son grand-père. Il regarda les ombres des sapins s'étendre sur la SR92 et se rejoindre. Il était certain de ne pas décrocher le poste de veilleur de nuit, et c'était peut-être mieux ainsi. DuPray paraissait loin de tout, une vraie voie de garage, voire un cul-de-sac. Sans ces entrepôts, la ville n'existerait pas. Et à quoi servaient-ils, d'abord ? À stocker des téléviseurs venant d'un quelconque port du Nord, Wilmington ou Norfolk, pour être expédiés ensuite à

Atlanta ou Marietta ? Ou des caisses de matériel informatique provenant d'Atlanta, qui seraient chargées sur d'autres bateaux ensuite, direction Wilmington, Norfolk ou Jacksonville ? Des engrais ou des produits chimiques dangereux car il n'existait aucune loi qui les interdisait dans cette partie des États-Unis ? Et la ronde continuait, dans un sens et dans l'autre, sans avoir aucun sens.

Tim rentra dans sa chambre, tira le verrou (c'était idiot : un simple coup de pied aurait suffi à enfoncer la porte), se déshabilla en gardant ses sous-vêtements et s'allongea sur le lit, affaissé mais sans punaises (pour autant qu'il avait pu en juger). Les mains croisées derrière la tête, il contempla le tableau représentant les Noirs souriants qui manœuvraient la frégate, ou quel que soit le nom de ce genre de bateau. Où allaient-ils ? Étaient-ce des pirates ? Oui, ça y ressemblait. En tout cas, ils finiraient par charger ou décharger une cargaison à la prochaine escale. Peut-être qu'on en revenait toujours à ça. Tout le monde. Récemment, il s'était « déchargé » d'un avion à destination de New York. Ensuite, il avait chargé des canettes et des bouteilles dans une trieuse. Aujourd'hui, il avait chargé des livres pour une gentille bibliothécaire à un endroit et il les avait déchargés à un autre. S'il se trouvait ici maintenant, c'était parce que la I-95 était chargée de voitures et de camions qui attendaient que des dépanneuses emportent une malheureuse voiture accidentée. Après qu'une ambulance, sans doute, avait chargé le conducteur pour le décharger à l'hôpital le plus proche.

Mais le rôle d'un veilleur de nuit n'est pas de charger ou de décharger, se dit Tim. Il marche et il frappe aux portes, voilà tout. C'est ça qui est beau, aurait dit son grand-père.

Il s'endormit et ne se réveilla qu'à minuit quand un autre train de marchandises passa dans un grondement. Il alla aux toilettes et, avant de se recoucher, il décrocha le tableau de travers et posa face au mur l'équipage de Noirs souriants.

Ce truc lui filait les jetons.

8

Quand le téléphone sonna dans sa chambre, le lendemain matin, Tim, déjà douché, était de nouveau assis dehors, dans le fauteuil de jardin, et il regardait fondre les ombres qui avaient recouvert la route au coucher du soleil. C'était le shérif John. Il n'y alla pas par quatre chemins.

« Je me suis dit que votre chef ne serait pas au boulot si tôt, alors je me suis renseigné à votre sujet sur Internet, monsieur Jamieson. Apparemment, vous avez oublié de préciser deux ou trois choses sur le formulaire. Et vous n'en avez pas parlé non plus pendant notre conversation. Vous avez été décoré pour avoir sauvé quelqu'un en 2017. Et vous avez décroché le titre de meilleur officier de la police de Sarasota en 2018. Vous avez oublié ?

— Non, répondit Tim. J'ai rempli cette demande sur un coup de tête. Si j'avais eu le temps de réfléchir, je l'aurais noté.

— Parlez-moi de cet alligator. J'ai grandi au bord des marécages de Little Pee Dee, et j'adore les bonnes histoires d'alligators.

— Celle-ci n'est pas très bonne, ce n'était pas un très gros alligator. Et je n'ai pas vraiment sauvé la vie de ce gamin, mais il y a quand même des côtés amusants.

— Je vous écoute.

— Ce jour-là, on a reçu un appel des Highlands, un club de golf privé. J'étais l'officier le plus proche. Le gamin avait grimpé dans un arbre, près d'un obstacle d'eau. Il avait onze ou douze ans et il braillait à tue-tête. L'alligator se trouvait juste en dessous.

— Ça me rappelle Little Black Sambo, dit le shérif John. Mais dans mon souvenir, c'étaient des tigres, pas un alligator, et si ça se passe sur un parcours de golf privé, je parie que votre gamin n'était pas noir.

— Non. Et l'alligator était à moitié endormi. Et il ne mesurait qu'un mètre cinquante environ. J'ai emprunté un fer cinq au père du gamin – c'est lui qui a demandé que je sois décoré – et je lui en ai filé deux coups sur la tête.

— À l'alligator, je suppose ? Pas au père. »

Tim éclata de rire.

« Exact. Il est retourné dans l'obstacle d'eau. Le gamin est descendu de l'arbre. Et voilà… Sauf que je me suis retrouvé aux infos du soir. En train d'agiter un club de golf. Le présentateur a plaisanté en disant que j'avais un swing fracassant. C'est de l'humour de golfeur.

— Uh-huh. Et le titre d'officier de l'année ?

— J'arrivais toujours à l'heure, je n'ai jamais été malade, et il fallait bien qu'ils le donnent à quelqu'un. »

Il y eut un long silence au bout du fil. Puis le shérif dit : « Je ne sais pas si vous appelez ça de la modestie ou un manque d'amour-propre, mais dans un cas comme dans l'autre, ça me plaît pas trop. Je sais que ça fait beaucoup de choses à raconter alors qu'on se connaît à peine, mais je suis quelqu'un qui dit ce qu'il pense. Je parle même un peu trop, selon certains. À commencer par ma femme. »

Tim regarda la route, la voie ferrée, les ombres qui battaient en retraite. Il jeta un coup d'œil au château d'eau qui se dressait au-dessus de la ville tel un robot envahisseur dans un film de science-fiction. Encore une chaude journée en perspective, conclut-il. Il tira une autre conclusion : il pouvait obtenir ce poste ou le laisser filer à cet instant même. Tout dépendait de ce qu'il allait dire maintenant. La question était : voulait-il vraiment ce travail ou n'était-ce qu'une lubie née d'une histoire de famille au sujet de Papi Tom ?

« Monsieur Jamieson ? Vous êtes toujours là ?

— J'ai mérité ce titre. Même si d'autres gars auraient pu l'obtenir eux aussi. J'ai travaillé avec des bons policiers, mais je l'ai mérité, oui. J'ai pas emporté beaucoup de choses avec moi quand j'ai quitté Sarasota – j'avais l'intention de faire expédier le reste si je trouvais un boulot à New York –, mais j'ai emporté cette décoration. Elle est dans mon sac. Je vous la montrerai si vous voulez.

— Je veux, dit le shérif, mais pas parce que je ne vous crois pas. Juste pour la voir. Vous êtes ridiculement surqualifié pour le poste de veilleur de nuit, mais si vous le voulez vraiment, vous commencez dès ce soir. Vingt-trois heures – six heures, voilà les horaires.

— Je veux ce poste.

— Très bien.

— C'est tout ?

— Je suis également un homme qui se fie à son instinct, et puis j'engage un veilleur de nuit, pas un convoyeur de fonds. Alors, oui, c'est tout. Inutile de venir à dix heures, finalement. Vous pouvez dormir encore un peu et passer sur le coup de midi. L'agente Gullickson vous fera un topo. Ce ne sera pas long. Pas la peine d'être ingénieur à la Nasa, comme on dit, même si vous risquez de voir quelques *fusées* dans la Grand-Rue le samedi soir après la fermeture des bars.

— Entendu. Et merci.

— On verra si vous me remerciez encore après votre premier week-end. Ah, une dernière chose. Vous n'êtes pas considéré comme un adjoint du shérif, et vous n'avez pas le droit de porter une arme. Alors, si vous vous retrouvez dans une situation délicate, qui vous semble dangereuse, vous contactez le poste par radio. C'est bien compris ?

— Oui.

— J'espère, monsieur Jamieson. Si je découvre que vous portez une arme, vous faites votre valise illico.

— Compris.

— Reposez-vous. Vous allez devenir une créature nocturne. » Comme le comte Dracula, pensa Tim. Il raccrocha, suspendit la pancarte NE PAS DÉRANGER à la poignée de la porte, tira le rideau fin et dépressif devant la fenêtre, régla le réveil de son portable et se rendormit.

9

L'adjointe Wendy Gullickson, un des agents à mi-temps du bureau du shérif, avait dix ans de moins que Ronnie Gibson et c'était un canon, malgré ses cheveux blonds tirés en arrière, en un chignon tellement serré qu'il donnait l'impression d'étouffer. Tim n'essaya même pas de la charmer : il était évident qu'elle avait armé ses protections antidragues. Il se demanda un court instant si elle n'avait pas espéré voir confier le poste de veilleur de nuit à quelqu'un d'autre, un frère ou un petit ami, par exemple.

Elle lui remit un plan du quartier des affaires – façon de parler – de DuPray, un émetteur-récepteur qui se fixait à la ceinture et une pointeuse qui s'accrochait au même endroit. Il n'y avait pas de piles, expliqua-t-elle. Il devait la remonter au début de chaque service.

« Je parie que ce matériel était du dernier cri en 1946, plaisanta Tim. Je trouve ça chouette. Ça fait rétro. »

L'agent Gullickson ne sourit pas.

« Vous pointez une première fois devant chez Fromie's, la boutique de gros outillage, et une deuxième fois à la gare, à l'extrémité ouest de la Grand-Rue. Ça fait deux kilomètres et demi. Ed Whitlock effectuait quatre allers-retours à chaque service. »

Ce qui représentait plus de vingt kilomètres.

« J'aurai pas besoin de m'inscrire chez les Weight Watchers, c'est sûr. »

Toujours pas de sourire.

« Ronnie Gibson et moi, on va vous établir un planning. Vous aurez deux nuits de repos par semaine, sans doute le lundi et le mardi. La ville est plutôt calme en dehors du week-end, mais il se peut qu'on soit obligés de modifier votre emploi du temps. Si vous restez parmi nous, évidemment. »

Tim posa les mains sur ses genoux et la regarda avec un petit sourire en coin.

« Vous avez un problème avec moi, agente Gullickson ? Dans ce cas, parlez maintenant ou taisez-vous à jamais. »

Elle avait le teint des nordiques et, quand elle rougissait, elle ne pouvait pas le cacher. Cela la rendait encore plus séduisante d'ailleurs, mais Tim devinait qu'elle détestait ça.

« Je ne sais pas, répondit-elle. Seul le temps le dira. Nous formons une bonne équipe. Petite, mais efficace. On se serre les coudes. Vous débarquez du jour au lendemain et vous décrochez un boulot. En ville, les gens se moquent du veilleur de nuit, et Ed était un chic type qui comprenait la plaisanterie. C'est important, surtout ici, où les forces de police sont aussi réduites que les nôtres.

— Mieux vaut prévenir que guérir. C'est ce que disait toujours mon grand-père. Il était veilleur de nuit, agente Gullickson. Voilà pourquoi j'ai sollicité ce poste. »

Peut-être se détendit-elle un peu en entendant cela.

« Concernant la pointeuse, dit-elle, je suis d'accord : elle est archaïque. Essayez de vous y habituer, c'est tout ce que je peux vous conseiller. Veilleur de nuit, c'est un métier analogique à l'époque du numérique. À DuPray, du moins. »

10

Tim découvrit assez vite ce que voulait dire Gullickson. En gros, il était un agent de patrouille des années 1950, sans pistolet ni même une matraque. Il n'avait pas le droit d'arrêter qui que ce soit. Quelques gros commerces étaient équipés de systèmes de surveillance, mais la plupart des autres, plus modestes, ne possédaient pas une telle technologie. Chez DuPray

Discount ou au Drugstore Oberg, il s'assurait que les lumières vertes de l'alarme étaient allumées et qu'il n'y avait pas d'intrus. Concernant les petits commerces, il actionnait les poignées de porte, collait son œil aux carreaux et frappait trois fois, comme le voulait la tradition. Parfois, cela provoquait une réaction – un signe de la main ou quelques mots –, mais la plupart du temps aucune. Et c'était tant mieux. Il faisait une marque à la craie et repartait. Il répétait la même procédure au retour, mais cette fois il effaçait la marque de craie. Tout cela lui rappelait une vieille blague irlandaise : « Si tu arrives le premier, Paddy, fais une marque sur la porte. Si j'arrive le premier, je l'effacerai. » Il n'existait apparemment aucune explication logique à ces marques de craie. C'était une tradition, voilà tout, qui remontait sans doute, à travers une longue succession de veilleurs de nuit, à l'époque de la Reconstruction.

Grâce à l'un des shérifs adjoints, Tim trouva un logement décent. George Burkett l'informa que sa mère possédait un petit meublé au-dessus de son garage, et qu'elle voulait bien le lui louer à bas prix s'il était intéressé. « Il n'y a que deux pièces, mais c'est sympa. Mon frère y a vécu deux ans avant de partir en Floride. Il a réussi à se faire engager au parc Universal à Orlando. Il est bien payé.

— À la bonne heure.

— Ouais, mais le coût de la vie en Floride… La vache ! Dément. Je dois quand même te prévenir, Tim. Si tu prends cet appart, pas de musique le soir. Ma mère déteste la musique. Elle ne supportait même pas le banjo de Floyd. Faut dire qu'il jouait pendant des heures. Ils n'arrêtaient pas de se disputer à cause de ça, c'était affreux.

— George, je suis rarement chez moi le soir. »

Le visage de l'agent Burkett – un garçon de vingt-cinq ans environ, le cœur sur la main, d'un naturel enjoué, mais qui ne croulait pas sous le poids de l'intelligence – s'éclaira.

« Bien sûr ! J'avais oublié. Il y a une clim, pas très puissante, mais ça permet de dormir. En tout cas, Floyd y arrivait. Alors, ça t'intéresse ? » Oui, ça l'intéressait. Et si le climatiseur, qui faisait trembler la fenêtre, n'était pas très efficace, le lit était confortable, le salon douillet et la douche ne fuyait pas. La cuisine se limitait à un four à micro-ondes et à une plaque chauffante, mais Tim prenait la plupart de ses repas au Bev's, alors ce n'était pas un problème. Quant au loyer, impossible de faire mieux : soixante-dix dollars la semaine. George avait décrit sa mère comme une sorte de dragon, mais Mme Burkett était en réalité une brave femme, affublée d'un accent du Sud à couper au couteau, si bien que Tim comprenait seulement un mot sur deux. Parfois, elle déposait devant sa porte un morceau de pain au maïs ou une tranche de gâteau dans du papier paraffiné. C'était comme avoir pour logeuse un elfe du Sud.

Norbert Hollister, le propriétaire du motel à la tête de rat, avait dit vrai au sujet des entrepôts : ils souffraient d'un manque de personnel chronique et recrutaient en permanence. Tim devinait que dans les entreprises qui rétribuaient le travail manuel au salaire horaire le plus bas qu'autorisait la loi (en Caroline du Sud, il était de sept dollars et vingt-cinq cents), la rotation était importante. Il alla trouver le contremaître, Val Jarrett, qui se dit disposé à l'engager trois heures par jour, dès huit heures du matin. Ce qui laissait à Tim le temps de se laver et de se restaurer après sa tournée nocturne. Et par conséquent, en plus de ses activités de veilleur de nuit, il se retrouva, une fois de plus, à charger et à décharger.

Ainsi va le monde, se disait-il. Et c'est temporaire.

11

Jour après jour, dans cette petite ville du Sud, Tim Jamieson adopta une routine réconfortante. Il n'avait pas l'intention de passer sa vie à DuPray, mais il se voyait bien être encore là à Noël (peut-être même qu'il mettrait un sapin artificiel dans son minuscule appartement au-dessus du garage), voire jusqu'à l'été prochain. Certes, ce n'était pas une oasis culturelle, et il comprenait pourquoi les jeunes, dans leur ensemble, se démenaient pour échapper à cet ennui monochrome. Lui s'y épanouissait. Il savait que cela ne durerait pas, mais pour le moment, c'était parfait.

Il se levait à dix-huit heures, dînait au Bev's, seul ou avec un des adjoints du shérif, effectuait sa tournée pendant les sept heures suivantes, prenait son petit déjeuner au Bev's, conduisait un chariot élévateur dans les entrepôts jusqu'à onze heures puis, à l'ombre de la gare, il avalait un sandwich et un Coca ou un thé glacé en guise de déjeuner, et il rentrait chez Mme Burkett pour se reposer jusqu'à dix-huit heures. Les jours de congé, il lui arrivait de dormir pendant douze heures d'affilée. Il lut les thrillers juridiques de John Grisham et toute la saga du *Trône de fer*. Il était un grand admirateur de Tyrion Lannister. Il savait qu'il existait une série télé inspirée des romans de Martin, mais il n'éprouvait pas le besoin de la regarder : son imagination lui fournissait tous les dragons dont il avait besoin.

En tant que policier, il avait appris à connaître le visage nocturne de Sarasota, aussi différent de l'ambiance surf et soleil qui régnait en journée dans cette station balnéaire que Mr Hyde était différent du Dr Jekyll. Le visage nocturne était souvent répugnant, parfois dangereux, et même s'il ne s'était jamais abaissé à employer cette expression odieuse que les flics utilisent pour qualifier les drogués morts et les prostituées agressées – AHT, aucun humain touché –, dix ans dans la police l'avaient rendu cynique. De temps en temps (*souvent*, s'avouait-il quand il voulait être honnête), il rapportait cet état d'esprit à la maison, et c'était devenu une composante de l'acide qui avait rongé son mariage. C'était également, devinait-il, une des raisons pour lesquelles il avait toujours refusé d'avoir des enfants. Il y avait trop de trucs moches au-dehors. Trop de choses qui pouvaient mal tourner. Bien plus graves qu'un alligator sur un parcours de golf.

En acceptant ce poste de veilleur de nuit, il n'aurait jamais imaginé qu'une bourgade de cinq mille quatre cents habitants (vivant pour la plupart dans les zones rurales périphériques) pouvait avoir un visage nocturne, et pourtant si. Et Tim s'aperçut qu'il aimait ça. À vrai dire, les personnes qu'il rencontrait la nuit constituaient le meilleur aspect de son travail.

Il y avait Mme Goolsby, avec qui il échangeait un signe de la main et un « Bonsoir » discret quand il commençait sa première tournée. Assise dans son fauteuil à bascule sur sa terrasse, elle se balançait doucement d'avant en arrière, en portant à ses lèvres une tasse qui contenait peut-être du whisky, du soda ou de la camomille. Parfois, elle était encore là quand il effectuait son deuxième aller-retour. Frank Potter, un des adjoints avec qui il dînait de temps en temps au Bev's, lui avait appris que Mme G. avait perdu son mari l'année précédente. Le semi-remorque de Wendell Goolsby avait effectué une sortie de route dans le Wisconsin en plein blizzard.

« Elle a même pas cinquante ans, mais Wen et Addie étaient mariés depuis un bail, avait dit Frank. Ils avaient même pas l'âge de voter ou d'acheter de l'alcool à l'époque. Comme dans la chanson de Chuck Berry, celle de l'ado qui se marie. Ce genre d'histoire, ça dure pas longtemps généralement. Mais eux, si. »

Tim fit également la connaissance d'Annie l'Orpheline, une sans-abri qui passait souvent la nuit sur un matelas pneumatique dans une ruelle entre le bureau du shérif et le magasin DuPray Discount. Elle possédait également une petite tente, plantée dans un champ derrière la gare, et quand il pleuvait, elle y dormait.

« Son vrai nom, c'est Annie Ledoux », avait précisé Bill Wicklow quand Tim lui avait posé la question. Bill était le plus âgé des adjoints de DuPray. Employé à mi-temps, il semblait connaître tout le monde en ville. « Ça fait des années qu'elle dort dans cette ruelle. Elle aime mieux ça que la tente.

— Et quand il commence à faire froid ? avait demandé Tim.

— Elle va à Yemassee. Ronnie Gibson l'accueille la plupart du temps. Ils sont plus ou moins parents. Cousins au troisième degré, un truc comme ça. Il y a un refuge pour sans-abri là-bas. Mais Annie refuse d'y aller, sauf quand elle est obligée, soi-disant parce qu'il y a un tas de cinglés. C'est l'hôpital qui se fout de la charité. »

Tim inspectait la cachette d'Annie une fois par nuit, et un jour, mû par la curiosité, il alla voir sa tente après avoir fini son travail à l'entrepôt. Trois drapeaux fixés sur des bambous étaient plantés dans la terre devant l'entrée : une bannière étoilée, un drapeau confédéré et un autre que Tim ne connaissait pas.

« C'est le drapeau de la Guyane, lui apprit Annie quand il lui posa la question. Je l'ai trouvé dans une poubelle derrière le Zoney's. Joli, hein ? »

Assise dans un fauteuil recouvert de plastique transparent, elle tricotait une écharpe qui semblait assez longue pour un des géants inventés par George R. R. Martin. D'un naturel plutôt chaleureux, elle n'affichait aucun signe de ce que les collègues de Tim à Sarasota appelaient « la parano des sans-abri », mais elle était fan des programmes de la nuit sur WMDK, et sa conversation empruntait parfois d'étranges chemins détournés où apparaissaient des soucoupes volantes, des transferts d'âmes et des possessions démoniaques.

Un soir où Tim la découvrit allongée sur son matelas pneumatique dans la ruelle, l'oreille collée à sa petite radio, il lui demanda pourquoi elle restait là, alors qu'elle possédait une tente qui semblait en parfait état. Annie l'Orpheline – âgée de soixante ans, ou de quatre-vingts – le regarda comme si elle avait affaire à un fou.

« Ici, je suis près de la police, répondit-elle. Vous savez ce qu'il y a derrière la gare et les entrepôts, monsieur J. ?

— Des bois, j'imagine.

— Des bois et des marécages. Des kilomètres de brûlis, de bouillasse et de pièges, jusqu'en Géorgie. Y a des *créatures* là-bas, et aussi quelques êtres humains malfaisants. Quand il pleut comme vache qui pisse et que je suis obligée de coucher sous ma tente, je me rassure en me disant qu'ils vont pas sortir en plein déluge, mais je dors pas très bien. Je garde mon couteau à portée de main, même si, à mon avis, il me servirait pas à grand-chose face à un rat des marais défoncé aux amphés. »

Annie était presque émaciée tellement elle était maigre et Tim prit l'habitude de lui apporter des petites gâteries du Bev's avant d'aller pointer à l'entrepôt. Parfois, c'était un sachet de cacahuètes grillées ou de lamelles de porc séché, parfois un biscuit au chocolat ou une tarte aux cerises. Un jour, il lui apporta un bocal de Wickles, des cornichons épicés, qu'Annie lui arracha des mains et plaqua contre sa poitrine décharnée en riant de bonheur.

« Des Wickles ! J'en ai pas mangé depuis qu'Hector était gamin ! Pourquoi vous êtes si gentil avec moi, monsieur J. ?

— Je ne sais pas. Il faut croire que je vous aime bien. Je peux en goûter un ?

— Bien sûr. » Elle lui tendit le bocal. « De toute façon, c'est à vous de l'ouvrir. J'ai trop mal aux mains à cause de mon arthrite. » Elle lui montra ses doigts, tellement déformés qu'ils ressemblaient à des morceaux de bois flotté. « Je peux encore tricoter et coudre, mais Dieu seul sait pendant combien de temps. »

Tim ouvrit le bocal, en grimaçant un peu à cause de la forte odeur de vinaigre, et piocha une rondelle de cornichon. Dégoulinante d'une substance qui aurait pu être du formaldéhyde.

« Rendez-le-moi ! Rendez-le-moi ! »

Il lui rendit le bocal et mangea la rondelle de cornichon.

« Ah, nom d'un chien, Annie, je crois que je vais garder ce rictus toute ma vie. »

Elle rit, dévoilant quelques dents restantes.

« C'est meilleur avec du pain et du beurre ou un bon Coca bien frais. Ou une bière. Mais ça, j'en bois plus.

— Qu'est-ce que vous tricotez ? Une écharpe ?

— Le Seigneur ne viendra pas vêtu de Son propre habit, répondit Annie. Partez maintenant, monsieur J., et allez faire votre devoir. Méfiez-vous des hommes en voiture noire. George Allman parle toujours d'eux à la radio. Vous savez d'où ils viennent, hein ? »

Elle lui lança un regard complice. Peut-être plaisantait-elle. Peut-être pas. Avec Annie l'Orpheline, difficile à dire.

Corbett Denton était un autre habitant du visage nocturne de DuPray. Unique coiffeur de la ville, on le surnommait Drummer à la suite de quelque exploit d'adolescent dont personne ne se souvenait avec exactitude, mais qui lui avait valu d'être exclu un mois du lycée. Peut-être avait-il fait les quatre cents coups durant ses jeunes années, mais ce temps était bien loin. Sexagénaire désormais, en surpoids, presque chauve, il souffrait d'insomnies. Quand il n'arrivait pas à dormir, il s'asseyait sur le perron de son salon et contemplait la rue principale déserte. Déserte à l'exception de Tim, évidemment. Ils échangeaient les banalités d'usage, comme deux personnes qui se connaissent à peine – la météo, le baseball, la brocante estivale annuelle –, mais une nuit, Denton dit une chose qui mit Tim en alerte orange.

« Vous savez, Jamieson, cette vie qu'on croit mener, elle n'existe pas. Ce n'est qu'un théâtre d'ombres. Et en ce qui me concerne, je ne serai pas mécontent quand les lumières s'éteindront. Dans l'obscurité, toutes les ombres disparaissent. »

Tim s'assit sur le perron, sous l'enseigne du salon de coiffure, dont la spirale tricolore perpétuelle avait cessé de tournoyer jusqu'au lendemain. Il ôta ses lunettes, les essuya avec sa chemise et les remit sur son nez.

« Je peux vous parler librement ? »

D'une pichenette, Drummer Denton lança sa cigarette dans le caniveau, où elle projeta quelques brèves étincelles.

« Allez-y. Entre minuit et quatre heures du matin, chacun devrait avoir le droit de s'exprimer en toute liberté. Du moins, c'est ce que je pense.

— Vous me faites l'impression d'être un homme dépressif. »

Cette remarque fit rire Drummer.

« On vous appelle Sherlock Holmes ?

— Vous devriez aller voir le Dr Roper. Il existe des pilules qui vous redonneront le moral. Mon ex-femme en prend. Même si le fait de se débarrasser de moi a eu certainement plus d'effet à ce niveau-là. »

Il sourit pour montrer qu'il plaisantait, mais Drummer Denton ne lui rendit pas son sourire. Il se leva.

« Je connais ces pilules, Jamieson. C'est comme l'alcool et la marijuana. Et sans doute comme l'ecstasy que les jeunes prennent de nos jours quand ils vont dans leurs raves ou je ne sais quoi. Ces machins vous font croire pendant un moment que tout est vrai. Que c'est important. Mais c'est faux.

— Allons, allons. Il ne faut pas être comme ça.

— Selon moi, c'est la seule façon d'être », déclara le coiffeur, et il marcha vers l'escalier qui menait à son appartement, au-dessus du salon, d'un pas traînant.

Tim le suivit du regard, troublé. Il songea que Drummer Denton faisait partie de ces individus capables de se suicider un soir de pluie. En emportant son chien dans la tombe, s'il en avait un. À l'image des pharaons de l'Égypte ancienne. Il envisagea d'en parler au shérif John, puis il pensa à Wendy Gullickson, toujours distante envers lui. Il ne voulait surtout pas qu'elle ou un des autres adjoints pense qu'il outrepassait ses fonctions. Il n'appartenait plus à la police, il n'était que le veilleur de nuit. Alors, mieux valait laisser tomber.

Mais Drummer Denton demeura dans un coin de sa tête.

12

Un soir, vers la fin du mois de juin, au cours d'une de ses rondes, Tim avisa deux jeunes garçons qui descendaient la Grand-Rue avec des sacs à dos et des gamelles à la main. On aurait pu croire qu'ils allaient à l'école, s'il n'avait pas été deux heures du matin. Ces promeneurs nocturnes étaient les jumeaux Bilson. Furieux après leurs parents qui avaient refusé de les conduire à la foire agricole de Dunning car leurs carnets de notes étaient inacceptables.

« On a surtout des C et on n'a raté aucun exam, expliqua Robert Bilson. En plus, on redouble même pas. Alors, où est le problème ?

— C'est pas juste, renchérit Roland Bilson. Demain matin, à la première heure, on sera arrivés à la foire et on trouvera du boulot. Paraît qu'ils cherchent toujours des *mains d'ouvrier*. »

Tim faillit lui dire que le mot exact était « manouvriers », mais la question n'était pas là.

« Les gars, je m'en veux de briser votre rêve, mais vous avez quel âge ? Onze ans ?

— Douze ! rectifièrent-ils en chœur.

— OK, douze ans. Mais baissez d'un ton, il y a des gens qui dorment. Personne ne vous engagera dans cette foire. Ils vont vous enfermer dans un stand minable et vous garder là jusqu'à ce que vos parents viennent vous chercher. En attendant, les gens vous reluqueront comme des bêtes curieuses. Peut-être même que certains vous lanceront des cacahuètes ou des tranches de porc séché. »

Les jumeaux Bilson le regardèrent avec consternation (et sans doute un certain soulagement).

« Voici ce que vous allez faire, leur dit Tim. Vous allez rentrer chez vous immédiatement, et je vous suivrai pour être sûr que vous ne changez pas d'avis par télépathie.

— C'est quoi, la télépathie ? demanda Robert.

— Un truc que possèdent les jumeaux, paraît-il. D'après la légende. Vous êtes sortis par la porte ou par la fenêtre ?

— La fenêtre, répondit Roland.

— OK. Vous rentrerez de la même façon. Si vous avez de la chance, vos parents ne s'apercevront de rien. »

Robert demanda : « Vous leur direz pas ?

— Sauf si je vous surprends en train de recommencer. Dans ce cas, non seulement je leur raconterai ce que vous avez fait, mais en plus je leur dirai que vous avez été insolents envers moi.

Roland était outré.

« C'est même pas vrai !

— Je mentirai. Je suis très doué pour ça. »

Il suivit les deux garçons jusque chez eux et regarda Robert faire la courte échelle à Roland pour l'aider à passer par la fenêtre ouverte. Tim rendit ensuite le même service à Robert. Il attendit de voir si une lumière s'allumait dans la maison, signalant la découverte imminente des apprentis fugueurs. Comme rien ne se passait, il reprit sa ronde.

13

Il y avait plus de monde dehors le vendredi et le samedi soir. Jusqu'à minuit ou une heure du matin, du moins. Principalement des couples d'amoureux. Plus tard se produisait parfois une invasion de ce que le shérif John appelait les *fusées*, de jeunes gars conduisant des voitures ou des pick-up aux moteurs gonflés, qui descendaient la rue principale de DuPray, déserte, à plus de cent à l'heure. Ils faisaient la course, côte à côte, et réveillaient tout le monde avec les bêlements furieux de leurs boîtes de vitesses. Parfois, un adjoint ou un agent de la police d'État en arrêtait un et lui collait un PV (ou bien il l'envoyait au trou s'il avait trop bu), mais même avec les quatre officiers de DuPray en service les soirs de week-end, les arrestations restaient rares. Généralement, les jeunes s'en tiraient à bon compte.

Tim rendit visite à Annie l'Orpheline. Il la trouva assise devant sa tente, en train de tricoter des chaussons. Arthrite ou pas, ses doigts remuaient à la vitesse de l'éclair. Il lui demanda si elle voulait gagner vingt dollars. Annie répondit que c'était toujours pratique d'avoir un peu d'argent, mais ça dépendait du genre de travail qu'elle devait faire. Tim lui expliqua et elle gloussa.

« Ce sera avec plaisir, monsieur J. Si vous ajoutez deux bocaux de Wickles, évidemment. »

Annie, dont la devise semblait être « Tout ou rien », lui fabriqua une banderole de dix mètres de long sur deux de large. Tim l'attacha à un rouleau en acier qu'il fabriqua lui-même en soudant des bouts de tuyaux dans l'atelier de Chez Fromie's. Après avoir confié au shérif John ce qu'il avait l'intention de faire et obtenu l'autorisation, aidé de Tag Faraday, il suspendit le rouleau à un câble tendu au-dessus de l'intersection à trois voies de la Grand-Rue, câble fixé à la façade du drugstore Oberg d'un côté et à celle du défunt cinéma de l'autre.

Le vendredi et le samedi soir, à l'heure de fermeture des bars, Tim tirait sur une corde qui déroulait la banderole, tel un store. Des deux côtés, Annie avait dessiné un vieux modèle d'appareil photo muni d'un flash. Et dessous, on pouvait lire : RALENTIS, IDIOT ! ON PHOTOGRAPHIE TA PLAQUE D'IMMATRICULATION !

C'était faux, évidemment (même si Tim relevait les numéros d'immatriculation quand il avait le temps de les voir), toutefois la banderole d'Annie sembla porter ses fruits. Ce n'était pas la solution parfaite, mais qu'y a-t-il de parfait dans ce monde ?

Début juillet, le shérif John convoqua Tim dans son bureau. Celui-ci lui demanda s'il allait avoir des ennuis.

« Bien au contraire, répondit le shérif. Vous faites un excellent travail. Cette histoire de banderole, ça me paraissait complètement dingue au départ, mais j'avoue que j'avais tort, et que vous aviez raison. Remarquez, les courses de voitures nocturnes, ça ne m'a jamais tracassé, pas plus que les gens qui nous accusent d'être trop fainéants pour intervenir. Ceux-là mêmes qui, chaque année, votent contre l'augmentation du nombre d'agents de police. Non, ce qui m'embête le plus, c'est qu'il faut tout nettoyer quand un de ces casse-cous percute un arbre ou un poteau téléphonique. Mourir comme ça, c'est moche, mais quand je pense à ceux qui ne seront plus jamais comme avant à cause d'une stupide soirée de chahut… je me dis que c'est pire. En tout cas, juin a été un bon mois cette année. Très bon, même. C'est peut-être l'exception qui confirme la règle, mais je ne crois pas. À mon avis, c'est la banderole. Vous direz à Annie qu'elle a sans doute sauvé plusieurs vies et qu'elle peut dormir dans une des cellules du fond quand elle voudra, dès qu'il commencera à faire froid.

— Je n'y manquerai pas, dit Tim. Du moment que vous avez un stock de Wickles, elle viendra. »

Le shérif John se renversa dans son fauteuil qui émit un gémissement plus désespéré que jamais. « Quand je disais que vous étiez surqualifié pour le poste de veilleur de nuit, j'étais loin de la vérité. Vous allez nous manquer quand vous partirez à New York.

— Rien ne presse », dit Tim.

14

Le seul commerce qui restait ouvert en ville vingt-quatre heures sur vingt-quatre était la supérette Zoney's Go-Mart, près des entrepôts. On pouvait y acheter de la bière, des sodas et des chips, et y faire le plein de Go Juice, une essence au rabais. Deux beaux Somaliens, les frères Absimil et Gutaale Dobira, alternaient de minuit à huit heures. Une nuit caniculaire de la mi-juillet, alors que Tim marchait vers l'extrémité ouest de la Grand-Rue en traçant des marques à la craie et en tapant aux portes, il entendit une détonation qui provenait des environs du Zoney's. Elle n'était pas particulièrement forte, mais Tim savait reconnaître un coup de feu. Celui-ci fut suivi d'un hurlement, de douleur ou de colère, et d'un bruit de verre brisé.

Tim s'élança. La pointeuse cognait contre sa cuisse. Instinctivement, sa main chercha à saisir la crosse d'une arme qui n'était plus là. Il vit une voiture arrêtée devant les pompes à essence et alors qu'il approchait de la supérette, deux jeunes types en sortirent en courant. L'un d'eux serrait dans son poing ce qui ressemblait à des billets de banque. Tim mit un genou à terre et les regarda remonter en voiture et démarrer sur les chapeaux de roues, arrachant des nuages de fumée bleue au bitume taché d'huile et de graisse.

Il décrocha la radio fixée à sa ceinture.

« Tim pour le bureau. Qui est de garde ? Répondez. »

C'était Wendy Gullickson, manifestement endormie et en colère.

« Qu'est-ce que vous voulez, Tim ?

— Un coup de feu a été tiré au Zoney's. »

Cette nouvelle la réveilla.

« Nom d'un chien, un braquage ? J'arrive tout…

— Non. Écoutez-moi. Les auteurs du coup de feu sont deux hommes. Blancs. Adolescents. Ou d'une vingtaine d'années. Ils conduisent une petite voiture. Peut-être une Chevrolet Cruze. Impossible de déterminer la couleur à cause des néons de la station-service. Mais c'est un modèle récent. Immatriculé en Caroline du Nord. Le numéro commence par WBT-9. Je n'ai pas pu voir le reste. Transmettez ces infos aux agents de patrouille et à la police d'État avant de faire *quoi que ce soit* d'autre !

— Qu'est-ce que… »

Tim coupa la communication, raccrocha la radio à sa ceinture et fonça vers le Zoney's. La vitrine du comptoir était brisée et la caisse enregistreuse ouverte. Un des frères Dobira gisait sur le flanc dans une flaque de sang qui s'élargissait. Il haletait, chaque inspiration s'achevant par un sifflement. Tim s'agenouilla près de lui.

« Faut que je vous retourne sur le dos, monsieur Dobira.

— Non, s'il vous plaît… J'ai mal… »

Tim n'en doutait pas, mais il devait examiner les dégâts. La balle avait pénétré assez haut, sur le côté droit de la blouse bleue, transformée en un magma violet par le sang. Qui continuait à s'échapper de sa bouche, inondant son bouc. Quand Dobira toussa, il projeta de fines gouttelettes sur le visage et les lunettes de Tim.

Celui-ci reprit sa radio et constata avec soulagement que Gullickson n'avait pas quitté son poste.

« J'ai besoin d'une ambulance, Wendy. Qu'elle rapplique le plus vite possible de Dunning. Un des frères

Dobira est blessé. La balle lui a perforé le poumon, on dirait. »

Gullickson voulut poser une question. Tim lui coupa le sifflet de nouveau et laissa tomber sa radio sur le sol pour ôter son T-shirt. Il l'appuya contre le trou dans la poitrine de Dobira.

« Vous pouvez le tenir quelques secondes, monsieur Dobira ?

— J'ai du mal… à respirer…

— Je sais. Appuyez. Ça va vous aider. »

Le blessé plaqua le T-shirt roulé en boule contre sa poitrine. Tim devinait qu'il ne tiendrait pas très longtemps, et il ne pouvait pas espérer que l'ambulance arrive avant au moins vingt minutes. Et ce serait miraculeux.

Les supérettes de stations-service regorgeaient de trucs à grignoter, mais laissaient à désirer au niveau du matériel de premiers secours. Il y avait quand même de la vaseline. Tim prit un pot dans le rayon et alla chercher un paquet de Huggies dans l'allée voisine. Il le déchira pendant qu'il revenait en courant vers l'homme allongé au sol. Il ôta le T-shirt, imbibé de sang lui aussi maintenant, tira délicatement sur la blouse pareillement trempée et entreprit de déboutonner la chemise que Dobira portait dessous.

« Non, non, gémit celui-ci. J'ai mal… Ne me touchez pas… s'il vous plaît.

— Il le faut. » Tim entendit un bruit de moteur qui approchait. Des lumières bleues se mirent à danser et à scintiller sur les éclats de verre. Il ne se retourna pas. « Tenez bon, monsieur Dobira. »

Avec deux doigts, il préleva dans le pot un peu de vaseline qu'il étala sur la plaie pour la colmater. Dobira poussa un cri de douleur et posa sur Tim ses yeux écarquillés.

« Je respire… un peu mieux.

— C'est juste une rustine, mais si vous respirez mieux, ça veut peut-être dire que votre poumon n'est pas crevé. »

Du moins, pas entièrement, songea Tim.

Le shérif John entra et mit un genou à terre à côté de Tim. Il portait une veste de pyjama de la taille d'une grand-voile sur son pantalon d'uniforme et ses cheveux se dressaient dans tous les sens.

« Vous avez fait vite, dit Tim.

— J'étais debout. Pas moyen de dormir. Je me faisais un sandwich quand Wendy a appelé. Dites-moi, monsieur, vous êtes Gutaale ou Absimil ?

— Absimil. » Sa respiration continuait à siffler, mais sa voix était plus ferme. Tim sortit une des couches du paquet et l'appuya contre la plaie, sans la déplier. « Ooh, ça fait mal.

— La balle est ressortie ou elle est toujours à l'intérieur ? demanda le shérif John.

— Je ne sais pas. Et je ne veux pas le retourner pour voir. Son état est relativement stable, il suffit d'attendre l'ambulance maintenant. »

La radio de Tim crépita. Le shérif la prit délicatement sur le tapis d'éclats de verre. C'était Wendy.

« Tim ? Bill Wicklow a repéré les deux types sur Deep Meadow Road et il les a pris en chasse.

— C'est John, Wendy. Dites à Bill de faire attention. Ils sont armés.

— Plus maintenant. » Si Wendy avait paru endormie précédemment, elle s'était réveillée. Et elle ne cachait pas sa satisfaction. « Ils ont fini dans le décor en essayant de fuir. L'un des deux a un bras cassé ; l'autre est menotté au pare-buffle du pick-up de Bill. La police d'État est en route. Dites à Tim qu'il avait raison : c'est bien une Cruze. Comment va Dobira ?

— Il va s'en tirer. »

Tim n'en était pas convaincu, mais il comprenait qu'en disant cela, le shérif s'adressait autant au blessé qu'à son adjointe.

« Je leur ai donné l'argent de la caisse, dit Dobira. Comme on nous l'a appris. »

Il semblait honteux, pourtant. *Profondément* honteux.

« Vous avez bien fait, lui dit Tim.

— Celui qui tenait le flingue m'a quand même tiré dessus. Et l'autre a brisé la vitrine du comptoir. Pour prendre… »

Une quinte de toux l'empêcha de continuer.

« Ne parlez pas, dit le shérif.

— … les tickets de loterie. Ceux qu'on gratte. Il faut les récupérer. Ils appartiennent à… » Il toussota faiblement. « À l'État de Caroline du Sud.

— Restez calme, monsieur Dobira, dit le shérif. Ne vous en faites pas pour ces foutus tickets et économisez vos forces. »

M. Dobira ferma les yeux.

15

Le lendemain, alors que Tim déjeunait sur le perron de la gare, le shérif John s'arrêta devant lui au volant de sa voiture personnelle. Il gravit les marches et observa l'assise affaissée de l'autre fauteuil.

« Vous croyez qu'il peut soutenir mon poids ?

— Il n'y a qu'un seul moyen de le savoir », répondit Tim. Le shérif s'assit avec précaution.

« D'après les toubibs de l'hôpital, Dobira va s'en tirer. Son frère – Gutaale – est près de lui. Il dit qu'il avait déjà vu ces deux salopards. Plusieurs fois.

— Ils repéraient les lieux.

— À tous les coups. J'ai envoyé Tag Faraday prendre les dépositions des deux frangins. Tag est mon meilleur adjoint. Je n'ai pas besoin de vous le dire, j'imagine.

— Gibson et Burkett se débrouillent. »

Le shérif John soupira.

« Ouais, mais aucun des deux n'aurait réagi aussi vite et aussi efficacement que vous, la nuit dernière. Quant à la pauvre Wendy, elle serait sans doute restée plantée là, bouche bée. Si elle ne s'était pas évanouie.

— Elle tient bien le standard. Elle est faite pour ça. Après, c'est juste mon avis.

— Uh-huh. Et c'est une experte du travail de bureau. L'année dernière, elle a réorganisé tous les dossiers. Et elle a tout foutu sur des clés USB. Par contre, sur le terrain, elle ne vaut rien. Mais elle est heureuse de faire partie de la brigade. Et vous, Tim, ça vous dirait d'en faire partie ?

— Je croyais que vous n'aviez pas les moyens de payer un salaire d'adjoint en plus. Vous avez obtenu des crédits supplémentaires, du jour au lendemain ?

— Non, hélas. Mais Bill Wicklow va rendre son insigne à la fin de l'année. Alors, je me disais que vous pourriez peut-être échanger vos postes. Il fera vos rondes, et vous, vous pourrez de nouveau endosser un uniforme et porter une arme. J'ai posé la question à

Bill. Il dit que le boulot de veilleur de nuit, ça lui irait. Pour quelque temps, du moins.

— Je peux y réfléchir ?

— J'y vois pas d'inconvénient. » Le shérif se leva. « La fin de l'année, c'est dans cinq mois. Mais sachez qu'on serait contents de vous avoir parmi nous.

— L'adjointe Gullickson aussi ? »

Un grand sourire apparut sur le visage du shérif John.

« Wendy n'est pas facile à amadouer, mais vous avez gagné des points ce soir.

— Vraiment ? Et si je l'invite à dîner, qu'est-ce qu'elle dira, à votre avis ?

— Je pense qu'elle dira oui, si vous n'avez pas l'intention de l'emmener au Bev's. Une jolie fille comme elle, il lui faut au moins le Roundup à Dunning. Ou bien le restau mexicain d'Hardeeville.

— Merci pour le tuyau.

— De rien. Réfléchissez à ma proposition.

— Promis. »

Tim tint parole. Il y réfléchissait encore quand l'enfer se déchaîna, un peu plus tard au cours de l'été, par une nuit de forte chaleur.

LE GAMIN INTELLIGENT

1

Par une belle matinée d'avril à Minneapolis – plusieurs mois avant que Tim Jamieson débarque à DuPray – Herbert et Eileen Ellis furent invités à entrer dans le bureau de Jim Greer, un des trois conseillers d'orientation de la Broderick School pour enfants surdoués.

« Luke n'a pas d'ennuis, j'espère ? demanda Eileen en s'asseyant. Si c'est le cas, il ne nous a rien dit.

— Non, absolument pas », répondit Greer. C'était un homme d'une trentaine d'années aux cheveux châtains clairsemés et au visage grave. Il portait une chemise de sport au col ouvert et un jean repassé. « Vous savez comment les choses se passent ici, n'est-ce pas ? La manière dont elles doivent se passer, compte tenu des capacités intellectuelles de nos élèves. Il n'y a pas de classes à proprement parler. C'est impossible. Nous avons des enfants de dix ans légèrement autistes qui font des exercices de maths du niveau de terminale, mais qui lisent encore comme des élèves de CE2. D'autres parlent couramment quatre langues, mais ont de gros problèmes avec les fractions. Nous leur enseignons toutes les matières et nous hébergeons quatre-vingt-dix pour cent d'entre eux car ils viennent des quatre coins des États-Unis, et même de l'étranger pour une dizaine d'entre eux. Mais nous concentrons notre attention sur leurs dons particuliers, quels qu'ils soient. Par conséquent, le système traditionnel, dans lequel les élèves passent du cours préparatoire à la terminale, nous semble totalement inadapté.

— Nous comprenons, dit Herb, et nous savons que Luke est un gamin intelligent. C'est pour cela qu'il est ici. »

Ce qu'il ne dit pas (mais Greer le savait certainement), c'était qu'ils n'auraient jamais eu les moyens de payer les frais de scolarité astronomiques de cet établissement. Herb était contremaître dans une usine qui fabriquait des boîtes, Eileen institutrice. Luke était un des rares externes de Broderick, et un des *très* rares élèves boursiers.

« Intelligent ? Pas exactement. »

Greer regarda le dossier ouvert devant lui, sur son bureau vide et immaculé, et Eileen eut le pressentiment qu'on allait leur demander de retirer leur fils de l'école, ou leur annoncer que sa bourse avait été supprimée, ce qui reviendrait au même. Les frais de scolarité s'élevaient à quarante mille dollars par an. Autant qu'à Harvard, en gros. Greer allait leur dire qu'il y avait eu une erreur : Luke n'était pas aussi brillant qu'ils l'avaient tous cru. Ce n'était qu'un enfant ordinaire, très doué pour la lecture, et qui semblait se souvenir de tout. Eileen savait, pour s'être renseignée, que la mémoire eidétique n'était pas rare parmi les jeunes enfants normaux. Entre dix et quinze pour cent d'entre eux pouvaient mémoriser presque tout. Hélas, ce « don » disparaissait généralement à l'adolescence, et Luke s'en approchait.

Greer sourit.

« Je vais vous parler franchement. Nous sommes fiers d'offrir un enseignement à des enfants exceptionnels, mais jamais nous n'avions accueilli un élève tel que Luke. Un de nos professeurs émérites – M. Flint, âgé aujourd'hui de plus de quatre-vingts ans – a pris la liberté de dispenser à votre fils des cours sur l'histoire des Balkans. Un sujet complexe, certes, mais qui éclaire formidablement bien la situation géopolitique actuelle. À en croire Flint, du moins. Après la première semaine, il est venu me trouver pour me confier que cette expérience avec votre fils s'apparentait sans doute à celle vécue par les anciens Juifs tancés par Jésus, pour qui ce n'était pas ce qui entrait dans leur bouche qui les rendait impurs, mais ce qui en sortait.

— Je suis perdu, avoua Herb.

— Billy Flint l'était également. Et c'est là où je veux en venir. » Greer se pencha en avant. « Comprenez-moi bien. Luke a assimilé en une seule semaine l'équivalent de deux semestres de cours de licence et tiré seul la plupart des conclusions que Flint avait prévu d'évoquer une fois les bases acquises. Pour certaines d'entre elles, Luke a souligné, de manière très convaincante, qu'elles s'apparentaient davantage à des idées reçues qu'à une réflexion originale. Même si, a précisé Flint, il l'a fait très poliment. En ayant presque l'air de s'excuser.

— Je ne sais pas quoi vous dire, répondit Herb. Luke ne parle pas beaucoup de son travail scolaire. Il prétend qu'on ne comprendrait pas.

— Ce qui est certainement vrai, ajouta Eileen. J'ai peut-être su ce qu'était la formule du binôme de Newtown autrefois, mais j'ai tout oublié. »

Herb reprit la parole : « Quand Luke rentre à la maison, il redevient comme n'importe quel autre gamin. Une fois ses devoirs et ses tâches terminés, il branche sa X-Box ou il joue au basket dans l'allée avec son copain Rolf. Et il continue à regarder *Bob l'Éponge.* » Après réflexion, il ajouta : « Même si, souvent, il a un livre sur les genoux en même temps. »

Exact, songea Eileen. Dernièrement, c'était *Principes de sociologie*. Et avant cela, William James. Et avant cela, le Gros Livre des A.A. Et encore avant cela, les œuvres complètes de Cormac McCarthy. Luke lisait comme broutent les vaches en liberté, en choisissant les endroits où l'herbe est la plus verte. Une bizarrerie que son mari choisissait d'ignorer, car cela l'effrayait. Elle aussi, d'ailleurs. Voilà sans doute pourquoi elle ignorait tout des cours sur l'histoire des Balkans. Luke ne lui en avait pas parlé car elle ne lui avait pas posé la question.

« Nous avons des prodiges ici, reprit Greer. À vrai dire, je classerais plus de cinquante pour cent des élèves de Broderick dans cette catégorie. Mais ils sont limités. Luke est différent, en ce sens qu'il est *complet*. Avec lui, ce n'est pas juste *une* chose, c'est tout. Je pense qu'il ne deviendra jamais un joueur de basket ou de baseball professionnel…

— S'il tient de moi, il sera trop petit pour le basket pro. » Herb souriait. « À moins qu'il soit le nouveau Spud Webb.

— Chut, fit Eileen.

— Mais il joue avec enthousiasme, ajouta Greer. Il y prend plaisir. Il ne considère pas que c'est du temps perdu. Sur un terrain de sport, ce n'est pas un empoté. Il s'entend bien avec ses camarades. Il n'est nullement introverti ni dysfonctionnel sur le plan émotionnel.

Luke est un enfant américain typique, qui porte des T-shirts de rock et met sa casquette à l'envers. Sans doute ne serait-il pas aussi à l'aise dans une école ordinaire – la lourdeur quotidienne le rendrait fou –, mais je pense qu'il s'en sortirait. Il poursuivrait ses études dans son coin. » Greer s'empressa d'ajouter : « Toutefois, je vous déconseille de faire le test !

— Nous sommes heureux qu'il soit ici, dit Eileen. Très. Et nous savons que c'est un gentil garçon. Nous l'aimons énormément.

— C'est réciproque. J'ai eu plusieurs conversations avec Luke et il me l'a bien fait comprendre. Un enfant aussi brillant, c'est extrêmement rare. Mais un enfant qui est par ailleurs équilibré, avec les pieds sur terre, capable d'appréhender le monde extérieur aussi clairement que celui qui est à l'intérieur de sa tête, c'est encore plus rare.

— Alors, s'il n'y a aucun problème, pourquoi on est ici ? demanda Herb. Même si ça ne me gêne pas de vous écouter chanter les louanges de mon fils, vous vous en doutez. Soit dit en passant, je lui file encore une raclée au basket, mais il a un bon bras roulé. »

Greer se renversa dans son fauteuil. Son sourire disparut.

« Vous êtes ici parce que nous sommes arrivés au bout de ce que nous pouvons faire pour Luke, et il le sait. Il a exprimé le souhait de suivre une filière universitaire originale. Il aimerait préparer un diplôme d'ingénieur au Massachusetts Institute of Technology à Cambridge et un diplôme d'anglais à Emerson, de l'autre côté du fleuve, à Boston.

— Quoi ? s'exclama Eileen. *En même temps ?*

— Oui.

— Et les tests d'entrée ? »

C'est tout ce qu'elle trouva à dire.

« Il les passera le mois prochain, en mai. Au lycée de North Community. Il va pulvériser tous les records. »

Il faudra que je lui prépare un déjeuner, pensa-t-elle.

Elle avait entendu dire que la cafétéria de North Com servait une nourriture exécrable.

Après un moment de silence stupéfait, Herb dit :

« Monsieur Greer, notre fils n'a que douze ans. En fait, il les a eus le mois dernier. Alors, peut-être qu'il est imbattable sur la Serbie, mais il n'aura pas de moustache avant deux ou trois ans. Et…

— Je comprends ce que vous ressentez, et nous n'aurions pas cette conversation si mes collègues conseillers d'orientation et les professeurs n'avaient pas la conviction que Luke était capable intellectuellement, socialement et mentalement de réussir. Dans les *deux* universités, oui. »

Eileen déclara :

« Je n'enverrai pas un enfant de douze ans à l'autre bout du pays, avec des étudiants qui ont l'âge de boire de l'alcool et d'aller en boîte de nuit. S'il pouvait habiter chez des gens de la famille, ce serait différent, mais… »

Greer l'écoutait en hochant la tête.

« Je comprends. Et je suis absolument d'accord. D'ailleurs, Luke sait qu'il n'est pas prêt à s'assumer seul, même dans un environnement encadré. Il est très lucide. Pourtant, il souffre de la situation actuelle, il se sent frustré et malheureux car il a faim de connaissances. Il est affamé. J'ignore à quoi ressemble la fabuleuse mécanique que recèle son crâne – nul ne le sait, et je pense que le vieux Flint a vu juste en parlant de Jésus enseignant aux anciens –, mais quand j'essaye de me la représenter, j'imagine une gigantesque machine étincelante qui fonctionne à deux pour cent de ses capacités seulement. Cinq pour cent au maximum. Et comme il s'agit d'une machine *humaine*, Luke... a faim.

— Frustré et malheureux ? répéta Herb. Hmmm. Ça ne se voit pas. »

Moi, je le vois, se dit Eileen. C'est dans ces moments-là que les assiettes s'entrechoquent et que les portes se ferment toutes seules.

Elle songea à la gigantesque machine étincelante décrite par Greer ; assez imposante pour occuper trois ou quatre entrepôts et qui servait à quoi, au juste ? À fabriquer des gobelets en carton ou à estamper des plateaux de fast-food en aluminium. Ils lui devaient davantage, mais ça ?

« Et l'université du Minnesota ? suggéra-t-elle. Ou Concordia, à Saint Paul ? S'il allait étudier dans l'une ou l'autre, il pourrait vivre à la maison ? »

Greer soupira.

« Autant envisager de le retirer d'ici pour l'inscrire dans un lycée ordinaire. Nous parlons d'un garçon pour qui les évaluations de QI ne veulent rien dire. Il sait où il veut aller. Il sait ce dont il a besoin.

— Je ne vois pas comment on peut faire, dit Eileen. Il obtiendra peut-être des bourses pour étudier là-bas, mais nous, on *travaille* ici. Et on ne roule pas sur l'or.

— Justement. Parlons-en », dit Greer.

2

Quand Herb et Eileen revinrent à l'école cet après-midi-là pour chercher Luke, il faisait l'idiot sur le trottoir, devant le bâtiment, avec quatre autres élèves, deux garçons et deux filles. Ils riaient et parlaient fort. Aux yeux d'Eileen, ils ressemblaient à n'importe quels enfants, n'importe où. Les filles à la poitrine naissante, en jupe et leggings ; Luke et son copain Rolf en pantalon de velours côtelé extra-large – la tendance cette année pour les garçons – et T-shirt. Sur celui de Rolf, on pouvait lire : LA BIÈRE C'EST POUR LES DÉBUTANTS. Il donnait l'impression de faire de la pole dance autour de l'étui de son violoncelle, tout en pérorant sur la soirée dansante du collège ou le théorème de Pythagore.

Apercevant ses parents, Luke s'immobilisa, juste le temps d'échanger un dab avec Rolf, puis il ramassa son sac à dos et sauta à l'arrière du 4Runner de sa mère.

« Mes *deux* parents, dit-il. Formidable. Que me vaut cet honneur suprême ?

— Tu veux vraiment partir étudier à Boston ? » demanda son père.

Nullement désarçonné par cette question, Luke éclata de rire et brandit les deux poings en signe de victoire.

« Oui ! Je peux ? »

C'était comme s'il demandait la permission de passer le vendredi soir chez Rolf, songea Eileen, admirative. Elle repensa à l'expression utilisée par Greer pour décrire leur fils : *complet*. Il n'y avait pas de meilleur mot. Luke était un génie que son intelligence taille XXL n'avait pas déformé : il n'avait pas le moindre scrupule à monter sur son skate pour dévaler un trottoir pentu avec son cerveau hors du commun, fermement décidé à arriver le premier.

« On va dîner tôt pour en discuter, répondit-elle.

— Rocket Pizza ! s'exclama Luke. Ça vous dit ? Tu as pensé à prendre ton médicament contre les brûlures d'estomac, papa ?

— Oh, crois-moi, après la réunion de ce matin, je ne risque pas d'oublier. »

3

Ils commandèrent une grande pizza à la saucisse épicée, dont Luke engloutit la moitié à lui seul, avec trois verres de Coca, face à des parents émerveillés par l'appareil digestif et la vessie de leur fils, autant que par son intelligence. Luke expliqua qu'il en avait parlé à M. Greer d'abord car, dit-il : « Je ne voulais pas vous faire flipper. C'était un entretien exploratoire basique.

— Un ballon d'essai, dit Herb.

— Exact. Je voulais tester les réactions. Prendre le pouls. Lancer l'idée en l'air pour voir…

— Stop. Il nous a expliqué qu'on pourrait peut-être venir avec toi.

— Vous êtes obligés, dit Luke, redevenant sérieux. Je suis trop jeune pour me passer de mes géniteurs glorifiés et vénérés. Et surtout… » Il regarda ses parents par-dessus les restes de la pizza. « Je n'arriverais pas à travailler. Vous me manqueriez trop. »

Eileen ordonna à ses yeux de retenir leurs larmes, mais évidemment, ils désobéirent. Herb lui tendit une serviette en papier.

« M. Greer, dit-elle, nous a exposé… un scénario, pourrait-on dire, selon lequel on pourrait éventuellement…

— Déménager, dit Luke. Qui veut la dernière part ?

— Vas-y, c'est pour toi, dit Herb. J'espère seulement que tu ne mourras pas avant d'avoir passé les tests.

— T'inquiète, dit Luke en riant. Il vous a parlé des anciens élèves riches, hein ? »

Eileen posa sa serviette.

« Bon sang, Lukey, tu as discuté de la situation financière de tes parents avec ton conseiller d'orientation ? Qui sont les adultes ici ? Je commence à me poser des questions.

— Calme-toi, *mamacita*, ça tombe sous le sens. Même si j'avais d'abord pensé au fonds de dotation. Celui de la Broderick est énorme. Ils pourraient financer votre déménagement sans même s'en apercevoir. Mais les administrateurs n'accepteront jamais, même si c'est la solution logique.

— Ah bon ? dit Herb.

— Bien sûr ! » Luke mastiqua avec enthousiasme, déglutit et but bruyamment une gorgée de Coca. « Je suis un placement. Une action dotée d'un fort potentiel de croissance. Investissez des nickels et récoltez des dollars, comme on dit. L'Amérique fonctionne de cette façon. Les administrateurs pourraient voir à long terme, sans problème, mais ils sont incapables de sortir de leur boîte cognitive.

— Leur boîte cognitive, répéta son père.

— Oui, tu sais bien. Une boîte qui résulte d'une dialectique ancestrale. Voire tribale, même si c'est tordant d'imaginer une tribu d'administrateurs. Ils se disent : "Si on fait ça pour lui, on pourrait être obligés de le faire pour un autre gamin." C'est ça, la boîte. C'est héréditaire.

— Une idée reçue, dit Eileen.

— En plein dans le mille, maman. Les administrateurs vont passer le relais aux anciens étudiants riches, ceux qui ont gagné des méga-fortunes en pensant en dehors de la boîte justement, mais qui ont toujours un faible pour les vieilles couleurs de Broderick. M. Greer servira d'intermédiaire. Du moins, je l'espère. Le deal, c'est : ils m'aident maintenant, et moi j'aiderai l'école plus tard, quand je serai riche et célèbre. Personnellement, je me fiche de devenir l'un ou l'autre, j'appartiens corps et âme à la classe moyenne. Mais il se peut que je devienne riche quand même, accessoirement. En supposant, bien évidemment, que je ne chope pas une sale maladie ou que je ne sois pas tué dans un attentat.

— Ne dis pas des choses qui portent malheur, le morigéna sa mère, et elle se signa au-dessus de la table encombrée.

— Superstitions, maman, répondit Luke avec indulgence.

— Fais-moi plaisir. Et essuie ta bouche. Tu as de la sauce partout. On croirait que tu saignes des gencives. »

Luke s'exécuta.

Son père prit la parole : « D'après M. Greer, certaines personnes concernées pourraient en effet financer notre déménagement, et *nous aussi*, pendant une période allant jusqu'à seize mois.

— Vous a-t-il dit que ces mêmes personnes pourraient également t'aider à trouver un nouvel emploi ? » Les yeux de Luke pétillaient. « Mieux que celui-ci ?

Figure-toi qu'un des anciens élèves de l'école est Douglas Finkel. Le propriétaire d'American Paper Products. On n'est pas loin de ton domaine. Ta spécialité. Ton champ d'action…

— Le nom de Finkel est apparu, confirma Herb. Mais de manière hypothétique uniquement.

— Et puis… » Luke se tourna vers sa mère. « Boston est un marché porteur actuellement pour les enseignants. Le salaire de base moyen pour quelqu'un qui possède ton expérience est de soixante-cinq mille dollars.

— Comment tu sais tout ça, fiston ? » demanda Herb.

Luke haussa les épaules.

« Wikipédia pour commencer. Ensuite, je consulte les principales sources citées dans leurs articles. En gros, il s'agit de rester en phase avec son environnement. Mon environnement, c'est la Broderick School. Alors, je savais sur quels administrateurs, quels anciens élèves fortunés je devais me renseigner. »

Eileen tendit la main au-dessus de la table, prit le reste de pizza dans la main de son fils et le reposa dans le plat, avec les morceaux de croûte.

« Lukey, en supposant que ça marche, tes amis ne te manqueraient pas ? »

Le regard de Luke s'assombrit.

« Si. Surtout Rolf. Et Maya aussi. Même si, officiellement, on ne peut pas inviter des filles au bal de printemps, officieusement, c'est ma cavalière. Alors, oui. *Mais*. »

Ils attendirent. Leur fils, habituellement loquace, parfois à l'excès, semblait avoir du mal à trouver ses mots. Il commença une phrase, s'arrêta, recommença, s'arrêta de nouveau.

« Je ne sais pas comment dire ça. Je ne sais même pas si je *peux* le dire.

— Essaie, l'encouragea Herb. Nous aurons un tas de conversations importantes à l'avenir, mais celle-ci est la plus importante à ce jour. Alors, essaie. »

Richie Rocket fit son apparition dans le restaurant, comme toutes les heures, pour exécuter son numéro et il se mit à danser sur « Mambo Number 5 ». Eileen regarda le personnage en combinaison spatiale argentée agiter ses mains gantées vers les tables les plus proches. Plusieurs jeunes enfants le rejoignirent pour se trémousser en riant au rythme de la musique, sous le regard de leurs parents qui prenaient des photos et applaudissaient. Il n'y avait pas si longtemps – cinq petites années –, Lukey avait fait partie de ces enfants. Aujourd'hui, ils évoquaient d'improbables changements. Eileen ne savait pas comment leur fils avait pu naître d'un couple de gens ordinaires, aux aspirations et aux attentes ordinaires ; et parfois, elle aurait aimé que ce soit différent. Parfois, elle haïssait profondément le rôle qu'on leur avait imposé, mais elle n'avait jamais haï Luke, et elle ne le haïrait jamais. C'était son bébé, le seul et unique.

« Luke ? » dit Herb. Tout doucement. « Fiston ?

— C'est la suite. » Le garçon leva la tête et regarda ses parents. Dans ses yeux brillait un éclat qu'ils avaient rarement vu. Il leur cachait cette brillance car il savait qu'elle les effrayait, plus que des assiettes qui s'entrechoquent toutes seules. « Vous ne comprenez pas ? C'*est la suite*. J'ai envie d'aller là-bas… d'apprendre…

et d'aller de l'avant. Ces facs, c'est comme la Brod. Ce n'est pas un but en soi, mais un tremplin vers le but.

— Quel but, mon chéri ? demanda Eileen.

— Je ne sais pas. Il y a tellement de choses que j'ai envie d'apprendre. Et de comprendre. J'ai ce truc à l'intérieur de ma tête… il réclame… et parfois, il est satisfait. Mais c'est rare. Parfois, je me trouve nul… complètement stupide…

— Oh, non, mon chéri. Tu es tout sauf stupide. »

Sa mère voulut lui prendre la main, mais il la retira en secouant la tête. Le plat à pizza en fer-blanc vibra sur la table. Les croûtes gigotèrent.

« C'est un abîme, vous voyez ? Parfois, j'en rêve. Un gouffre sans fond, rempli de tout ce que je ne sais pas. Je ne sais pas comment un abîme peut être rempli, c'est un oxymore, et pourtant, c'est le cas. Du coup, je me sens minable et stupide. Mais il y a un pont qui enjambe cet abîme, et je veux l'emprunter. Je veux m'arrêter au milieu et lever les bras… »

Eileen et Herb, un peu effrayés, regardèrent leur fils tendre les bras de part et d'autre de son visage étroit et concentré. Le plat de pizza trembla de plus belle. Comme parfois les assiettes dans les placards.

« … et toutes ces choses entassées dans l'obscurité remonteront à la surface. *Je le sais*. »

Le plat glissa sur la table et tomba bruyamment sur le sol. Herb et Eileen s'en aperçurent à peine. Ce genre de phénomène se produisait de temps en temps autour de Luke quand il était contrarié. Pas souvent, mais quelquefois. Ses parents étaient habitués.

« Je comprends, dit Herb.

— Mon œil, dit Eileen. On ne comprend rien, ni l'un ni l'autre. Mais il faut que tu continues. Remplis les formulaires. Passe les tests. Rien ne t'empêche de changer d'avis ensuite. Et si tu es toujours décidé… » Elle se tourna vers son mari, qui hocha la tête. « On fera tout pour que ça marche. »

Luke sourit. Il ramassa le plat à pizza et regarda Richie Rocket.

« Je dansais avec lui quand j'étais petit.

— Oui, dit sa mère, et elle dut avoir recours à la serviette en papier encore une fois. Je m'en souviens.

— Tu sais ce qu'on dit au sujet de l'abîme, hein ? » demanda Herb.

Luke secoua la tête. Parce que cela faisait partie des rares choses qu'il ne savait pas, ou parce qu'il ne voulait pas priver son père du plaisir de la chute.

« Quand tu le regardes, il te regarde aussi.

— Exact, dit Luke. Hé, on peut prendre un dessert ? »

4

Les tests d'entrée à l'université, incluant la dissertation, durèrent quatre heures. Fort heureusement, il y eut une pause au milieu. Assis sur un banc dans le hall du lycée, Luke dévora les sandwiches que sa mère lui avait confectionnés, en regrettant de ne pas avoir de livre. Il avait apporté *Le Festin nu*, mais un des surveillants le lui avait confisqué (en même temps que son téléphone et celui de tous les autres candidats), en précisant qu'on le lui rendrait plus tard. Le type l'avait même feuilleté, à la recherche de photos cochonnes ou de quelques antisèches.

Pendant qu'il grignotait ses Z'animo, Luke constata que plusieurs autres candidats l'entouraient. Des garçons et des filles plus âgés que lui, des collégiens et des lycéens.

« Hé, petit, qu'est-ce que tu fous ici ? demanda l'un d'eux.

— Je passe les tests. Comme vous. »

Une des filles demanda : « Tu es un génie ? Comme dans les films ?

— Non, répondit Luke en souriant. En revanche, j'ai dormi dans un Holiday Inn Express la nuit dernière. »

Cette remarque les fit rire, ce qui était une bonne chose. Un des garçons présenta sa paume et Luke frappa dedans.

« Où tu vas aller ? Dans quelle école ?

— Au MIT, si je peux. »

Luke était hypocrite en disant cela car il avait déjà été accepté dans les deux établissements de son choix, à condition qu'il réussisse les tests. Ce qui ne devrait pas poser de problème. Jusqu'à présent, c'était une promenade de santé. Ce qui l'intimidait, c'étaient ces garçons et ces filles autour de lui. À la rentrée, il se retrouverait avec des étudiants semblables, plus âgés, presque deux fois plus grands, et évidemment, il ne passerait pas inaperçu. Il en avait discuté avec M. Greer, expliquant qu'il craignait d'être considéré comme un phénomène de foire.

« Ce qui compte, c'est ce que tu ressens, avait répondu M. Greer. Essaie de ne jamais l'oublier. Et si tu as besoin de conseils, de quelqu'un à qui parler, n'hésite pas, pour l'amour du ciel. Et tu pourras toujours m'envoyer des SMS. »

Une autre fille, une jolie rouquine, lui demanda s'il avait pigé le problème de l'hôtel, en maths.

« Celui avec Aaron ? Oui, je crois bien.

— C'est quoi la bonne réponse, d'après toi ? Si tu t'en souviens. »

Il s'agissait de savoir combien un type prénommé Aaron devrait payer sa chambre d'hôtel pour x nuits en sachant que le tarif était de 99,95 dollars par nuit, auxquels il fallait ajouter une taxe de huit pour cent, plus une taxe forfaitaire de cinq dollars. Et Luke se souvenait du résultat, évidemment. C'était une question légèrement vicieuse à cause du mot *combien*. La réponse n'était pas un chiffre, mais une équation.

« La réponse B. »

Il sortit son stylo et écrivit sur le sac en papier de son déjeuner : 1,08 (99,95x) + 5.

« Tu es sûr ? demanda la rousse. J'ai choisi la réponse A. »

Elle se pencha vers lui pour prendre le sac en papier (Luke capta une bouffée de son délicieux parfum : lilas) et écrivit : (99,95 + 0,08x) + 5.

« Excellente équation, dit Luke, mais c'est comme ça que ceux qui pondent les tests te baisent à l'arrivée. » Il tapota sur la formule de la fille. « Ta réponse ne correspond qu'à une seule nuit d'hôtel. Et elle ne tient pas compte de la taxe de séjour. »

Elle émit un grognement.

« C'est pas grave, lui dit Luke. Je parie que tu as bon aux autres questions.

— Peut-être que tu te trompes et qu'elle a raison », dit un garçon, celui qui lui avait tapé dans la main.

La fille secoua la tête.

« C'est le gamin qui a raison. J'ai oublié cette putain de taxe. Je suis nulle. »

Luke la regarda s'éloigner, tête basse. Un des garçons la rattrapa et la prit par la taille. Luke l'envia.

Un autre, grand et beau, qui portait des lunettes de marque, s'assit à côté de lui.

« Ça fait pas bizarre ? demanda-t-il. D'être comme toi ? »

Luke réfléchit.

« Parfois. Mais la plupart du temps, c'est… la vie, quoi. » Un des surveillants sortit de la salle en agitant une cloche.

« On y va ! »

Luke se leva, avec un certain soulagement, et jeta le sac en papier dans une poubelle à côté de la porte du gymnase. Il regarda la jolie rousse une dernière fois et, au moment où il entrait dans la salle, la poubelle glissa de sept centimètres vers la gauche.

5

La seconde partie du test fut aussi facile que la première et Luke estima avoir rendu une dissertation correcte. Il avait fait court, en tout cas. En quittant le lycée, il aperçut la jolie rousse, assise seule sur un banc, en pleurs. Il se demanda si elle avait foiré les tests, et si oui, à moitié ou complètement ? Du style : je n'aurai pas mon premier choix ? Ou bien : je suis bonne pour me taper un BTS ? Qu'est-ce que ça faisait d'avoir un cerveau qui ne connaissait pas nécessairement toutes les réponses ? Devait-il aller la consoler ? Mais accepterait-elle de se laisser consoler par un avorton ? N'allait-elle pas l'envoyer paître ? Il se demandait également comment la poubelle avait fait pour bouger. C'était étrange et inquiétant. Il songea alors (avec toute la force d'une révélation) que la vie ressemblait foncièrement à un long test d'évaluation, mais au lieu d'avoir quatre ou cinq choix, vous en aviez des dizaines. Y compris des réponses merdiques du style *parfois*, *peut-être*, *peut-être pas*.

Sa mère lui faisait signe. Il lui répondit de la même manière et courut jusqu'à la voiture. Quand il fut assis, ceinture bouclée, elle lui demanda comment ça s'était passé.

« J'ai cartonné ! »

Il lui adressa son sourire le plus éclatant, sans pouvoir s'empêcher de penser à la jolie rousse. C'était moche de la voir pleurer, mais la façon dont elle avait baissé la tête quand il avait souligné l'erreur dans son équation – comme une fleur frappée par la sécheresse –, c'était pire, en un sens.

Il se dit qu'il ne devait plus y penser, mais évidemment, ça ne marchait pas comme ça. « Essaie de ne pas penser à un ours blanc, avait dit un jour Fiodor Dostoïevski à son frère, et tu penseras à ce maudit animal à chaque instant… »

« Maman ?

— Quoi ?

— Tu trouves que la mémoire, c'est une aubaine ou une malédiction ? »

Elle n'eut pas besoin de réfléchir à la question : Dieu seul savait ce dont *elle* se souvenait.

« Les deux, mon chéri. »

6

Un jour de juin, à deux heures du matin, alors que Tim Jamieson remontait la Grand-Rue de DuPray en frappant aux portes, un SUV noir tourna dans Wildersmoot Drive, une rue de la banlieue nord de Minneapolis. Un nom de rue débile. Luke et son copain Rolf l'avaient rebaptisée Wildersmooch[1] Drive, parce que c'était encore plus débile et parce qu'ils rêvaient l'un et l'autre de galocher une fille, furieusement.

Le SUV transportait un homme et deux femmes. L'homme se prénommait Denny, les femmes Michelle et Robin. Denny conduisait. Au milieu de la rue en courbe, silencieuse, il éteignit les phares, se gara le long du trottoir et coupa le moteur.

« Vous êtes sûres que c'est pas un TP, hein ? Parce que j'ai pas apporté mon chapeau en papier d'alu.

— Ha ha », fit Robin, laconique.

Elle était assise à l'arrière.

« C'est un TK de base, dit Michelle. Pas de quoi te mettre dans tous tes états. Finissons-en. »

Denny ouvrit l'accoudoir central pour prendre un téléphone portable qui semblait rescapé des années 1990 avec son boîtier massif et ses deux petites antennes. Il le tendit à Michelle. Pendant qu'elle composait le numéro, il souleva le double fond de l'accoudoir et en sortit des gants en latex très fins, deux Glock 37 et une bombe aérosol qui, à en croire ce qui était écrit dessus, contenait du désodorisant parfum linge propre. Il tendit une des armes à Robin, garda l'autre et passa l'aérosol à Michelle.

1. *Smooch* : galocher. *(Toutes les notes sont du traducteur.)*

« En avant, les champions, en avant ! scanda-t-il. Rouge Rubis, Rouge Rubis, voilà ce que je dis.

— Arrête avec tes trucs débiles de lycéen », dit Michelle. Dans le téléphone, coincé entre sa joue et son épaule pour pouvoir enfiler ses gants, elle demanda : « Tu me reçois, Symonds ?

— Cinq sur cinq, répondit Symonds.

— Ici Rouge Rubis. On est arrivés. Va couper le système. »

Elle attendit en écoutant Jerry Symonds au bout du fil. Chez les Ellis, où dormaient Luke et ses parents, les boîtiers du système d'alarme DeWalt, dans le vestibule et la cuisine, s'éteignirent. Dès qu'elle reçut le feu vert, Michelle fit signe à ses partenaires, pouce dressé.

« C'est bon. »

Robin balança sur son épaule le sac de survie, qui ressemblait à un sac à main de taille moyenne. Le plafonnier ne s'alluma pas quand ils descendirent du SUV, qui portait des plaques de la police d'État du Minnesota. En file indienne, ils se glissèrent entre la maison des Ellis et celle des Destin (dans laquelle Rolf dormait lui aussi, en rêvant peut-être qu'il galochait une fille, furieusement) et entrèrent par la cuisine. Robin la première parce qu'elle avait les clés.

Ils s'arrêtèrent devant la cuisinière. Du sac de survie, Robin sortit deux silencieux compacts et trois paires de lunettes ultralégères montées sur des élastiques. Elles les faisaient ressembler à des insectes, mais éclairaient la cuisine d'une lumière éclatante. Denny et Robin vissèrent les silencieux sur les pistolets. Michelle les précéda dans le salon, dans le vestibule, puis dans l'escalier.

Lentement, mais avec une bonne dose d'assurance, ils avancèrent dans le couloir du premier étage. Un étroit tapis étouffait leurs pas. Denny et Robin s'arrêtèrent devant la première porte fermée. Michelle continua jusqu'à la seconde. Elle se retourna vers ses complices et coinça la bombe aérosol sous son bras pour pouvoir lever les deux mains, doigts écartés : *donnez-moi dix secondes*. Robin hocha la tête, pouce dressé.

Michelle ouvrit la porte et entra dans la chambre de Luke. Les gonds grincèrent légèrement. La forme dans le lit (seule une touffe de cheveux dépassait) bougea brièvement. À deux heures du matin, le gamin aurait dû être plongé dans un sommeil profond, mais visiblement, ce n'était pas le cas. Peut-être que les jeunes génies ne dormaient pas comme les enfants normaux. Qui pouvait le savoir ? Certainement pas Michelle Robertson. Deux posters étaient fixés au mur, visibles comme en plein jour grâce aux lunettes. Le premier montrait un skater en plein vol, genoux pliés, bras écartés, poignets fléchis. L'autre était une photo des Ramones, un groupe punk que Michelle écoutait à l'époque du collège. Sans doute étaient-ils tous morts aujourd'hui, supposa-t-elle, partis vers la super Rockaway Beach céleste.

Elle traversa la chambre en comptant mentalement : quatre… cinq… À six, sa hanche heurta la commode du gamin. Dessus était posé un trophée quelconque, qui tomba. Sans faire beaucoup de bruit. Malgré tout, le gamin roula sur le dos et ouvrit les yeux.

« Maman ?

— Oui, répondit Michelle. Tout ce que tu veux. »

Elle vit l'affolement dans ses yeux, il ouvrit la bouche pour dire quelque chose. Elle retint sa respiration et actionna l'aérosol, à cinq centimètres du visage du garçon. K.O. instantané. Comme toujours. Et aucune gueule de bois quand il se réveillerait six ou huit heures plus tard. Le bonheur grâce à la chimie, songea Michelle, et elle continua à compter : sept… huit… neuf.

À dix, Denny et Robin pénétrèrent dans la chambre de Herb et d'Eileen. Et se retrouvèrent face à un problème : la femme n'était pas dans son lit. La porte de la salle de bains, ouverte, projetait un trapèze lumineux sur le sol. Trop intense pour les lunettes. Ils les ôtèrent et les lâchèrent. Sur le parquet verni. Le double bruit sec résonna dans la chambre silencieuse.

« Herb ? » Provenant de la salle de bains, tout bas. « Tu as renversé ton verre d'eau ? »

Robin s'approcha du lit en sortant le Glock glissé dans la ceinture de son pantalon, contre ses reins, pendant que Denny se dirigeait vers la salle de bains, sans chercher à étouffer ses pas. Trop tard, de toute façon. Il se plaqua contre le mur, son arme au niveau du visage.

L'oreiller du côté de la femme était encore creusé par le poids de sa tête. Robin l'appliqua sur le visage de l'homme et tira à travers. Le Glock émit un toussotement, pas plus, et cracha un peu de suie marron.

Eileen sortit de la salle de bains, inquiète.

« Herb ? Tu… »

Elle découvrit Denny. Il la saisit à la gorge, appuya le canon du Glock sur sa tempe et pressa la détente. Il y eut un autre toussotement. Eileen glissa jusqu'au sol.

Pendant ce temps, les pieds de Herb Ellis s'agitaient inutilement, soulevant le couvre-lit sous lequel, quelques instants plus tôt, il dormait avec sa défunte épouse. Robin tira de nouveau dans l'oreiller, deux fois. Le deuxième coup de feu ressemblait plus à un aboiement qu'à un toussotement, le troisième résonna encore plus bruyamment.

Denny ôta l'oreiller.

« Tu as trop regardé *Le Parrain* ou quoi ? Nom de Dieu, Robin, on ne reconnaît plus la tête. Qu'est-ce que le type des pompes funèbres va pouvoir foutre avec ça ?

— Le boulot est accompli, c'est l'essentiel. »

La vérité, c'était qu'elle n'aimait pas les voir quand elle les tuait ; elle n'aimait pas voir la vie s'éteindre, et elle avait du mal à supporter le carnage après.

« Sois un homme, ma vieille. Le troisième coup de feu a fait du boucan. Amène-toi. »

Ils ramassèrent les lunettes et se rendirent dans la chambre du garçon. Denny prit Luke dans ses bras – sans problème, il ne pesait pas plus de quarante kilos – et, d'un mouvement du menton, il fit signe aux deux femmes de passer devant. Ils ressortirent par où ils étaient entrés, en traversant la cuisine. Aucune lumière n'était allumée dans la maison voisine (le troisième coup de feu n'avait pas été si fort que ça), et il n'y avait aucun bruit dehors, à l'exception des grillons et d'une sirène au loin, à Saint Paul peut-être.

Michelle les précéda entre les deux maisons, jeta un coup d'œil dans la rue et fit signe aux autres d'avancer. C'était le seul moment que Denny Williams détestait. Si un insomniaque regardait dehors au même instant et voyait trois personnes sur la pelouse de son voisin à deux heures du matin, ça lui paraîtrait suspect. Et si l'une de ces personnes transportait ce qui ressemblait à un garçon, ça lui paraîtrait très suspect.

Mais Wildersmoot Drive – qui devait son nom à un notable des Twin Cities depuis longtemps disparu – dormait à poings fermés. Robin ouvrit la portière arrière du SUV garé le long du trottoir, monta à bord et tendit les bras. Denny lui passa le garçon, qu'elle plaqua contre elle. La tête de Luke bascula sur son épaule. À tâtons, elle chercha la ceinture de sécurité.

« Beurk, il bave, dit-elle.

— Oui, ça arrive quand on est inconscient », répondit Michelle, et elle referma la portière.

Elle monta à l'avant, pendant que Denny se glissait au volant. Elle rangea les armes et la bombe aérosol, tandis que Denny s'éloignait lentement du domicile des Ellis. À l'approche de la première intersection, il ralluma les phares.

« Appelle », dit-il.

Michelle composa le même numéro.

« Ici Ruby Red. On a le paquet, Jerry. Arrivée à l'aéroport prévue dans vingt-cinq minutes. Réactive le système. »

Dans la maison des Ellis, l'alarme se réenclencha. Quand la police débarquerait enfin, ils trouveraient deux personnes mortes et une disparue. Le gamin apparaîtrait comme le principal suspect, fort logiquement. On le disait très intelligent, et les gamins dans son genre avaient tendance à être un peu cinglés, pas vrai ? Un peu instables. Ils l'interrogeraient quand ils le retrouveraient. Ce n'était qu'une question de temps. Un gamin pouvait s'enfuir, mais même le plus intelligent ne pouvait pas se cacher.

Pas très longtemps.

7

À son réveil, Luke se souvint d'un rêve qu'il avait fait : pas vraiment un cauchemar, mais pas très agréable malgré tout. Une femme étrange était penchée au-dessus de son lit, ses cheveux blonds pendaient de chaque côté de son visage. *Oui, tout ce que tu veux*, avait-elle dit. Comme une de ces filles, dans les vidéos porno qu'il regardait parfois avec Rolf.

Il se redressa dans son lit, regarda autour de lui et crut tout d'abord qu'il s'agissait d'un autre rêve. Il était dans sa chambre – même papier peint bleu, mêmes posters, même commode avec son trophée de la Little League dessus –, mais où était la fenêtre ? La fenêtre qui donnait sur la maison de Rolf avait disparu.

Il ferma les yeux avec force, puis les rouvrit brusquement. Aucun changement : toujours pas de fenêtre. Il envisagea de se pincer, mais ça faisait trop cliché. À la place, il se donna une chiquenaude sur la joue. Toujours pareil.

Luke se leva. Ses vêtements étaient posés sur la chaise, là où sa mère les avait rangés la veille au soir : slip, chaussettes et T-shirt sur l'assise, le jean plié sur le dossier. Il s'habilla lentement, les yeux fixés à l'endroit où aurait dû se trouver la fenêtre, puis il enfila ses baskets. Ses initiales figuraient sur les côtés – LE –, parfait, mais la barre du milieu du E était trop longue, il en était certain.

Il les retourna, à la recherche de traces de poussière. Rien. Plus aucun doute désormais : ce n'étaient pas ses baskets. Les lacets non plus : ils étaient trop propres. Pourtant, elles lui allaient parfaitement.

Il palpa le mur, cherchant la fenêtre derrière le papier peint. Elle ne s'y trouvait pas.

Était-il devenu fou ? Avait-il disjoncté, tel le jeune héros d'un film terrifiant signé Night Shyamalan ? Les enfants dotés d'un cerveau à haut niveau de fonctionnement (comme on disait) n'étaient-ils pas sujets à la dépression ? Non, il n'était pas fou. Il était aussi sain d'esprit que la veille au soir en se couchant. Évidemment, dans un film, l'enfant fou se croirait sain d'esprit – la touche Shyamalan –, mais d'après les ouvrages de psychologie que Luke avait lus, la plupart des individus fous en avaient conscience. Non, il n'était pas fou.

Enfant (comprenez quand il avait cinq ans au lieu de douze), il avait traversé une phase pendant laquelle il collectionnait les pin's politiques. Son père s'était fait un plaisir de l'aider à bâtir cette collection, d'autant que les pin's en question ne valaient presque rien sur eBay. Luke était surtout fasciné (pour des raisons qui lui échappaient) par les pin's des candidats malchanceux à l'élection présidentielle. Cette frénésie avait fini par passer et la plupart de ces pin's prenaient certainement la poussière dans le grenier ou la cave, mais il en avait conservé un, comme une sorte de talisman porte-bonheur. Il représentait un avion bleu, entouré du slogan LES WINGS POUR WILLKIE. Wendell Willkie s'était présenté contre Franklin Roosevelt en 1940 et avait été platement battu, ne remportant que dix États, soit un total de quatre-vingt-deux grands électeurs.

Luke avait déposé ce pin's dans son trophée de la Little League. Il y plongea la main et la ressortit vide.

Il s'approcha de son poster de Tony Hawk sur son skate Birdhouse. En apparence, tout était normal. Mais la petite déchirure sur le côté gauche avait disparu.

Ce n'étaient pas ses baskets, ni son poster, et le pin's de Willkie avait disparu.

Ce n'était pas sa chambre.

Quelque chose se mit à palpiter dans sa poitrine et il inspira à fond plusieurs fois pour essayer de se calmer.

Il marcha jusqu'à la porte et saisit la poignée, certain d'être enfermé.

Non. Mais le couloir derrière la porte ne ressemblait en rien à celui du premier étage de la maison dans laquelle il avait vécu plus de douze ans. Des parpaings, peints en vert industriel, avaient remplacé les lambris. Face à la porte, un poster montrait trois enfants de l'âge de Luke courant dans les herbes hautes d'une prairie. L'un d'eux sautait en l'air. Ils étaient fous ou en proie à une joie délirante. La légende en bas accréditait la seconde hypothèse : UN JOUR COMME LES AUTRES AU PARADIS.

Luke sortit dans le couloir. À droite, il prenait fin devant une porte métallique à double battant dotée d'une barre anti-panique comme on en trouvait dans les établissements publics. À gauche, trois mètres environ devant une porte identique, une fille était assise par terre. Elle portait un jean pattes d'éléphant et un chemisier aux manches bouffantes. Elle était noire. Et bien qu'elle semblât avoir plus ou moins le même âge que lui, on aurait dit qu'elle fumait une cigarette.

8

Assise derrière son bureau, Mme Sigsby regardait l'écran de son ordinateur. Son tailleur strict griffé Diane von Furstenberg ne masquait pas sa maigreur excessive. Ses cheveux gris étaient parfaitement permanentés. Le Dr Hendricks se tenait debout à côté d'elle. Bonjour, l'épouvantail, pensait-il, mais il n'aurait jamais osé le dire.

« Le voici, dit Mme Sigsby. Notre nouveau venu. Lucas Ellis. Il a voyagé à bord d'un Gulfstream pour la première et unique fois de sa vie, et il ne le sait même pas. De l'avis général, ce garçon est un pur prodige.

— Pas pour longtemps », dit le Dr Hendricks.

Remarque accompagnée de son rire caractéristique : une inspiration suivie d'une expiration. Une sorte de hi-han. Ajouté à ses dents de devant proéminentes et à sa taille imposante – 2,04 mètres –, ce rire lui avait valu le surnom de Donkey Kong parmi les techniciens.

Mme Sigsby se tourna vers lui et le regarda d'un air sévère.

« Ils sont sous notre responsabilité. Les plaisanteries de mauvais goût sont malvenues, Dan.

— Pardon. »

Il se retint pour ne pas ajouter : *Qui croyez-vous tromper, Siggers ?*

Cette question aurait été malavisée, d'autant qu'elle était purement théorique. Le Dr Hendricks savait qu'elle ne trompait personne, surtout pas elle-même. Siggers était comme ce nazi inconnu, ce pitre qui avait trouvé génial d'inscrire *Arbeit macht frei* à l'entrée d'Auschwitz.

Mme Sigsby prit le formulaire d'entrée du nouveau pensionnaire. Hendricks avait apposé une pastille rose autocollante dans le coin supérieur droit.

« Eh bien, vos roses vous ont-ils appris quelque chose, Dan ? Quoi que ce soit ?

— Vous le savez bien. Vous avez vu les résultats.

— Certes. Mais cela s'est-il révélé utile ? »

Avant que le brave médecin puisse répondre, Rosalind glissa la tête à l'intérieur de la pièce.

« J'ai de la paperasse à vous faire remplir, madame Sigsby. Nous avons cinq autres arrivées. Je sais qu'elles figurent sur votre tableur, mais elles sont en avance sur le planning. »

Mme Sigsby semblait ravie.

« Les cinq aujourd'hui ! Me voilà récompensée de mes efforts ! »

Hendricks, alias Donkey Kong, songea : Modeste, comme toujours.

« Non, seulement *deux* aujourd'hui, corrigea Rosalind. Ce soir, précisément. Amenés par l'équipe Émeraude. Les trois autres demain, amenés par l'équipe Opale. Quatre sont des TK. Un seul TP. Une sacrée prise. Quatre-vingt-treize nanogrammes de BDNF.

— Avery Dixon, c'est bien ça ? demanda Mme Sigsby. De Salt Lake City.

— Orem, rectifia Rosalind.

— Un mormon d'Orem », dit le Dr Hendricks avec son rire semblable à un braiment.

Une sacrée prise, en effet, pensa Mme Sigsby. Il n'y aura pas de pastille rose sur la fiche de Dixon. Trop précieux. Injections minimales, il faut éviter une crise, pas d'expériences de noyade. Pas avec un BDNF supérieur à 90.

« Excellentes nouvelles. Vraiment excellentes. Récupérez les dossiers et déposez-les sur mon bureau. Vous les avez envoyés par mail également ?

— Bien entendu. » Rosalind sourit. Les mails menaient le monde, mais elles savaient l'une et l'autre que Mme Sigsby préférait le papier aux pixels. C'était son côté *old school*. « Je vous les apporte dès que possible.

— Avec du café, s'il vous plaît. Dès que possible également. »

Mme Sigsby se tourna vers le Dr Hendricks. Il a toujours de la bedaine, pensa-t-elle. Pourtant, en tant que médecin, il devrait savoir que c'est dangereux, surtout pour un homme aussi grand, chez qui le système vasculaire est davantage sollicité. Mais il n'y a pas mieux qu'un médecin pour ignorer les réalités médicales.

Ni Mme Sigsby ni Hendricks n'étaient des TP, mais à cet instant, ils partageaient la même pensée : tout ceci serait tellement plus facile si, au lieu d'une détestation mutuelle, existait de la sympathie.

Dès qu'ils se retrouvèrent seuls dans le bureau, Mme Sigsby se renversa dans son fauteuil pour regarder le médecin penché au-dessus d'elle.

« Je suis d'accord pour dire que l'intelligence du jeune Ellis n'a aucune influence sur notre travail à l'Institut, dit-elle. Il pourrait tout aussi bien avoir un QI de 75. Toutefois, c'est pour cette raison que nous l'avons pris un peu prématurément. Il venait d'être accepté dans *deux* établissements de premier plan : MIT et Emerson. »

Stupéfaction de Hendricks.

« À *douze* ans ?

— Oui. Le meurtre de ses parents et sa disparition vont faire du bruit dans la presse, mais beaucoup moins sans doute en dehors des Twin Cities, même si cela peut provoquer certains remous sur Internet, pendant une semaine ou deux. L'impact aurait été beaucoup plus important s'il avait créé l'événement dans les milieux universitaires de Boston avant de se volatiliser. Les journaux télévisés raffolent de ce genre de gamins. Et qu'est-ce que je dis toujours, docteur ?

— Dans notre profession, pas de nouvelles, bonnes nouvelles.

— Exact. Dans un monde idéal, nous l'aurions laissé en paix. Nous ne manquons pas de TK. » Elle tapota la pastille rose sur le formulaire d'entrée. « Comme l'indique ce document, son BDNF n'est pas si élevé que ça. Seulement… »

Elle n'eut pas besoin d'achever sa phrase. Certaines choses se raréfiaient. Les défenses d'éléphant. Les peaux de tigre. Les cornes de rhinocéros. Les métaux précieux. Même le pétrole. Maintenant, vous pouviez ajouter à la liste les enfants spéciaux, dont les qualités extraordinaires n'avaient rien à voir avec leur QI. Cinq nouveaux allaient arriver cette semaine, parmi lesquels le jeune Dixon. Une bonne prise, mais deux ans plus tôt, ils auraient peut-être été trente.

« Oh, regardez ! » s'exclama Mme Sigsby. Sur l'écran de son ordinateur, le nouveau venu s'approchait de la plus ancienne résidente de l'Avant. « Il va faire connaissance avec Benson, alias "Trop intelligente pour son bien". Elle va lui livrer le scoop, ou une de ses versions.

— Elle est toujours à l'Avant, dit Hendricks. On devrait la nommer responsable de l'accueil. »

Mme Sigsby lui adressa son sourire le plus glacial.

« Mieux vaut elle que vous, docteur. »

Hendricks la toisa. Il avait envie de répliquer : *D'où je suis, je vois que vous perdez vos cheveux à toute vitesse, Siggers. Conséquence de votre anorexie, légère mais très ancienne. Votre cuir chevelu est aussi rose que l'œil d'un lapin albinos.*

Il y avait un tas de choses qu'il aurait voulu dire à l'administratrice en chef de l'Institut, cette femme qui maniait la grammaire à la perfection et n'avait pas de nichons. Mais il ne les disait jamais. Ç'aurait été une erreur.

9

D'autres affiches s'alignaient dans le couloir en parpaings. La fille était assise sous l'une d'elles, montrant deux enfants, un Noir et une Blanche, front contre front, un sourire jusqu'aux oreilles. La légende disait : J'AI CHOISI D'ÊTRE HEUREUX !

« Elle te plaît, celle-là ? » demanda la jeune Noire.

Vue de près, la cigarette qui pendait entre ses lèvres était une friandise.

« J'aimerais bien écrire J'AI CHOISI D'ÊTRE NULLE, à la place, mais ils risquent de me piquer mon stylo. Parfois, ils laissent couler, mais pas toujours. Le problème, c'est qu'on ne peut jamais savoir de quel côté va pencher la balance.

— Où suis-je ? demanda Luke. C'est quoi, cet endroit ? »

Il avait envie de pleurer. Sans doute parce qu'il était désorienté.

« Bienvenue à l'Institut.

— On est toujours à Minneapolis ? »

La jeune Noire rit.

« Pas vraiment. Et on n'est plus dans le Kansas, Toto. On est dans le Maine. En pleine cambrousse. D'après Maureen, du moins.

— Le *Maine* ? » Luke secoua la tête, comme s'il avait reçu un coup à la tempe. « Tu es sûre ?

— Ouais. Tu es tout blanc, Petit Blanc. À mon avis, tu devrais t'asseoir avant de tourner de l'œil. »

Luke s'assit par terre, en prenant appui sur une main car ses jambes n'eurent pas le temps de se plier. Ça ressemblait plus à une chute.

« J'étais chez moi, je dormais, dit-il. Et je me suis réveillé ici. Dans une chambre qui ressemble à la mienne, mais qui n'est pas la mienne.

— Je sais. Ça fait un choc, hein ? » Elle glissa la main dans la poche de son pantalon et en sortit un paquet sur lequel un cow-boy maniait un lasso. CIGARETTES BONBONS CORRAL, pouvait-on lire. FUME COMME PAPA ! « Tu en veux une ? Un peu de sucre te remontera le moral. Moi, ça me fait toujours du bien. »

Luke prit le paquet et l'ouvrit. Il restait six cigarettes à l'intérieur, terminées par un bout rouge censé représenter le tabac incandescent. Il en prit une, l'introduisit dans sa bouche et la cassa en deux avec ses dents. Le goût sucré envahit son palais.

« Ne fais jamais ça avec une vraie cigarette, avertit la fille. Tu trouveras ça dégoûtant.

— Je ne savais pas qu'on vendait encore des vieux trucs comme ça, dit Luke.

— Des comme ça, non, évidemment. Fume comme papa ? Tu imagines ? C'est une antiquité. Mais ils ont des choses bizarres à la cantine. Y compris de *vraies* cigarettes, figure-toi ! Des Lucky Strike, des Chesterfield et des Camel, comme dans les vieux films qui passent sur Turner Classic Movies. J'ai envie d'essayer, mais la vache, ça coûte un max de jetons.

— Des vraies cigarettes ? Pas pour les enfants, si ?

— Ici, il n'y a que des enfants. Bien que, pour le moment, ils ne soient pas nombreux à l'Avant. D'après Maureen, d'autres vont peut-être arriver. Je ne sais pas d'où elle tire ses infos, mais généralement, c'est du sérieux.

— Des cigarettes pour les enfants ? On est où ici ? Sur l'île des Plaisirs ? » demanda Luke.

Même si, à cet instant, il n'éprouvait aucun plaisir.

La jeune Noire éclata de rire.

« Comme dans *Pinocchio* ! Excellent ! »

Elle leva la main. Luke lui tapa dans la paume et se sentit un peu mieux. Difficile d'expliquer pourquoi.

« C'est quoi, ton nom ? Je ne peux pas continuer à t'appeler Petit Blanc. Ça fait profilage racial.

— Luke Ellis. Et toi ?

— Kalisha Benson. » Elle leva l'index. « Écoute-moi bien, Luke. Tu peux m'appeler Kalisha, ou Sha. Mais ne m'appelle pas "petite".

— Pourquoi ? »

Luke essayait encore de trouver ses repères. Sans y parvenir. Il mangea l'autre moitié de la cigarette, celle avec le faux bout incandescent.

« C'est ce que disent Hendricks et sa clique quand ils t'injectent des trucs ou te font passer des tests. "Je vais t'enfoncer une aiguille dans le bras, ça va faire mal, mais sois une bonne petite. Je vais te faire un frottis de gorge, tu vas avoir des haut-le-cœur, comme un putain d'asticot, mais sois une bonne petite. On va te plonger dans le caisson, alors retiens ta respiration et sois une bonne petite." Voilà pourquoi tu ne peux pas m'appeler comme ça. »

Luke accorda une oreille distraite à cette histoire de tests, mais il aurait l'occasion d'y repenser plus tard. Pour l'instant, il était bloqué sur le « putain ». Il avait entendu un tas de garçons prononcer ce gros mot (Rolf et lui le disaient souvent hors de chez eux), et il l'avait entendu dans la bouche de la jolie rousse qui avait raté son examen, mais jamais dans la bouche d'une fille de son âge. Il en déduisait qu'il avait mené une existence protégée.

Kalisha posa la main sur son genou, ce qui lui procura un léger frisson, et le regarda d'un air solennel.

« Mon conseil, c'est de jouer le jeu et d'être un bon petit, même si ça craint, et quoi qu'ils t'enfoncent dans la gorge ou dans les fesses. Concernant le caisson, je ne sais pas trop, je n'y ai jamais eu droit, personnellement, j'en ai juste entendu parler. Par contre, je sais une chose : tant qu'ils font des tests sur toi, tu restes ici, à l'Avant. J'ignore ce qui se passe à l'Arrière, et je ne veux pas le savoir. Je sais juste que l'Arrière, c'est comme un piège à cafards, les enfants y entrent, mais ils n'en sortent jamais. Pas ici, en tout cas. »

Luke regarda le couloir qu'il avait emprunté. Il y avait un grand nombre d'affiches encourageantes, et pas mal dc portes, huit environ de chaque côté.

« Il y a combien d'enfants dans ces chambres ?

— Trois seulement, pour le moment. Cinq avec toi et moi. L'Avant n'est jamais bondé, mais en ce moment, ça ressemble à une ville fantôme. Les enfants vont et viennent.

— En parlant de Michel-Ange, murmura Luke.

— Hein ?

— Non, rien. Qu'est-ce… »

Une des portes à double battant au bout du couloir s'ouvrit et une femme vêtue d'une robe marron apparut, leur tournant le dos. Elle retenait la porte avec ses fesses et se débattait avec quelque chose. Kalisha se leva d'un bond.

« Hé, Maureen ! Attendez, on va vous aider. »

Comme elle avait dit « on » et non pas « je », Luke se leva à son tour et lui emboîta le pas. En approchant, il constata que la robe marron était en fait une sorte d'uniforme, comme en porterait une femme de chambre dans un hôtel chic. Moyennement chic, du moins, car il n'y avait pas de volants ni rien. Elle essayait de faire franchir à un panier à linge la bande métallique qui séparait le couloir de la vaste pièce située au-delà, qui ressemblait à un salon, avec des tables, des chaises et des fenêtres par lesquelles entrait un soleil éclatant. Il y avait également un téléviseur de la taille d'un écran de cinéma. Kalisha ouvrit le second battant pour faire plus de place. Luke se saisit du panier à linge (sur le côté était imprimé le mot DANDUX) et aida la femme à le tirer dans ce qu'il commençait à considérer comme le couloir du dortoir. Le panier contenait des draps et des serviettes.

« Merci, fiston. »

C'était une femme assez âgée, aux cheveux majoritairement gris, et elle semblait fatiguée. Le badge fixé sur son sein gauche flasque indiquait : MAUREEN. Elle dévisagea Luke.

« Tu es le nouveau. Luke, c'est ça ?

— Luke Ellis. Comment vous le savez ?

— C'est marqué sur ma fiche. »

Elle tira de sa poche de blouse une feuille de papier pliée et la rangea aussitôt.

Luke lui tendit la main, comme on le lui avait appris.

« Enchanté. »

Maureen la lui serra. Comme elle semblait plutôt gentille, il songea qu'il était en effet enchanté de faire sa connaissance. En revanche, il n'était pas enchanté de se retrouver ici. Il avait peur et il s'inquiétait, pour ses parents et pour lui-même. Ils devaient se demander où il était passé. Ils refuseraient de croire qu'il avait fugué, mais en découvrant sa chambre vide, quelle autre conclusion pourraient-ils tirer ? La police allait se lancer à sa recherche, si ce n'était déjà fait. Toutefois, si Kalisha disait vrai, ils le chercheraient loin d'ici.

Maureen avait la paume chaude et sèche.

« Maureen Alvorson. Femme de ménage et à tout faire. C'est moi qui m'occuperai de l'entretien de ta chambre.

— Ne lui donne pas du travail supplémentaire », dit Kalisha en jetant un regard menaçant à Luke.

Maureen sourit.

« Tu es un amour, Kalisha. Ce garçon n'a pas l'air du genre à faire du bazar, pas comme Nicky. Lui, on dirait Pig-Pen dans la bande dessinée des Peanuts. Au fait, il est dans sa chambre ? Je ne l'ai pas vu sur le terrain de jeux avec George et Iris.

— Vous connaissez Nicky, dit Kalisha. S'il sort du lit avant une heure de l'après-midi, il appelle ça se lever à l'aube.

— Je vais faire les autres chambres, dans ce cas, mais les toubibs veulent le voir à une heure. S'il n'est pas debout, ils vont le faire lever. Ravie de te connaître, Luke. »

La vieille Maureen repartit en poussant son panier.

« Viens », dit Kalisha en prenant Luke par la main.

Bien qu'inquiet à cause de ses parents, il fut à nouveau parcouru de frissons.

Elle l'entraîna dans l'espace détente. Il avait envie d'explorer les lieux, particulièrement les distributeurs (de vraies cigarettes, était-ce possible ?), mais dès que la porte se fut refermée derrière eux, Kalisha le prit entre quat'z' yeux. Elle semblait très sérieuse soudain, presque agressive.

« Je ne sais pas combien de temps tu vas rester ici. Et moi non plus, d'ailleurs. Mais tant que tu seras ici, sois sympa avec Maureen, OK ? Cet endroit est rempli de connards, mais elle n'en fait pas partie. Elle est gentille. Et elle a des problèmes.

— Quel genre de problèmes ? »

Luke avait posé la question par politesse. Il regardait par la fenêtre ce qui devait être le terrain de jeux. Il y avait là un garçon et une fille, peut-être un peu plus âgés.

« D'abord, expliqua Kalisha, elle pense qu'elle est peut-être malade, mais elle ne veut pas aller chez le médecin parce qu'elle n'a pas les moyens d'être malade. Elle gagne seulement quarante mille dollars par an et elle a le double de factures. Même plus. Son mari a accumulé les dettes, puis il a fichu le camp. Et évidemment, ça n'arrête pas d'augmenter, à cause des intérêts.

— Mon père appelle ça le "vig", dit Luke. Ça vient d'un mot ukrainien qui signifie "profits" ou "gains". C'est un terme de voyous, et mon père dit que les compagnies de crédit, c'est rien que des voyous. Si on pense aux intérêts composés qu'ils touchent, il a…

— Raison ?

— Oui. » Luke cessa d'observer le garçon et la fille dehors – George et Iris, certainement – pour se retourner vers Kalisha. « Maureen t'a raconté tout ça ? À quelqu'un de ton âge ? Tu dois être la reine des relations interpersonnelles. »

Surprise tout d'abord par cette réflexion, Kalisha partit d'un grand éclat de rire. Mains sur les hanches, tête rejetée en arrière. Une posture qui la faisait ressembler à une femme plus qu'à une enfant.

« Les relations intrapersonnelles ! Tu as de drôles d'expressions, Lukey !

— *Inter*, pas *intra*, corrigea-t-il. Sauf si tu t'adresses à tout un groupe. Et que tu leur donnes des conseils en matière de crédit, par exemple… C'était une plaisanterie. »

Une plaisanterie minable. De pauvre type.

Kalisha l'observa d'un œil critique, de haut en bas, puis de bas en haut, faisant naître en lui de nouveau des frissons qui n'étaient pas désagréables.

« Tu es très intelligent, hein ? »

Il haussa les épaules, un peu gêné. Habituellement, il n'aimait pas frimer – c'était la pire façon de se faire des amis et d'influencer les gens –, mais aujourd'hui, il était désorienté, bouleversé, inquiet et (autant l'avouer) mort de trouille. Il devenait de plus en plus difficile de ne pas apposer l'étiquette « kidnapping » sur cette expérience. Il était bien un *kid*, un enfant, et il dormait (*napping*) quand on l'avait enlevé. Et à en croire Kalisha, il s'était réveillé à des milliers de kilomètres de chez lui. Ses parents l'auraient-ils laissé partir sans protester, sans se battre même ? Peu probable. Luke ignorait ce qui s'était passé, mais il espérait qu'ils ne s'étaient pas réveillés pendant ce temps-là.

« Ultra-intelligent même, je dirais. Tu es TP ou TK ? Plutôt TK.

— Je ne sais pas de quoi tu parles. »

Mais peut-être le savait-il. Il songea à la manière dont les assiettes s'entrechoquaient parfois dans les placards, à la porte de sa chambre qui s'ouvrait ou se fermait toute seule, et au plat qui s'était agité chez Rocket Pizza. À la poubelle qui s'était déplacée le jour des tests.

« TP, ça veut dire télépathe. Et TK…

— Télékinésie. »

Elle sourit et pointa un doigt vers lui.

« Tu es vraiment un garçon très intelligent. Télékinésie, exact. TP et TK. On est l'un ou l'autre. Personne n'est les deux, paraît-il. En tout cas, c'est que disent les techniciens. Moi, je suis TP. »

Il y avait de la fierté dans cette affirmation.

« Tu lis dans les pensées ? Tu parles ! Tous les jours et deux fois le dimanche ?

— À ton avis, comment je sais tout ça au sujet de Maureen ? Elle n'a jamais parlé de ses problèmes à quiconque, ce n'est pas son genre. Mais je ne connais pas tous les détails, uniquement les grandes lignes. » Elle réfléchit. « Il y a une histoire de bébé également. Ce que je trouve bizarre. Un jour, je lui ai demandé si elle avait des enfants, et elle m'a dit non… » Kalisha haussa les épaules. « J'ai toujours eu ce don… par moments, pas en permanence… C'est pas comme être un super héros. Sinon, je foutrais le camp d'ici.

— Tu es sérieuse ?

— Oui. Et voici ton premier test. Il y en aura beaucoup d'autres. Je pense à un chiffre entre un et cinquante. Lequel ?

— Aucune idée.

— C'est vrai ? Sans mentir ?

— Sans mentir. »

Luke se dirigea vers la porte située à l'autre bout de la pièce. Dehors, le garçon tirait des paniers et la fille bondissait sur un trampoline : rien de prodigieux, quelques sauts assis, une pirouette parfois. Ni l'un ni l'autre ne semblaient s'amuser ; on aurait dit qu'ils tuaient le temps.

« Ces deux-là, dehors, c'est George et Iris ?

— Ouais. » Kalisha le rejoignit. « George Iles et Iris Stanhope. TK tous les deux. Les TP sont plus rares.

— On peut aller dehors ?

— Oui, bien sûr. La porte du terrain de jeux n'est jamais fermée à clé. Mais ça m'étonnerait que tu restes longtemps, les insectes sont sacrément féroces en pleine cambrousse. Tu as du répulsif dans ton placard de la salle de bains. Tu devrais t'en mettre. Te tartiner même. Maureen affirme que ça ira mieux quand les libellules vont éclore. Pour l'instant, je n'en ai vu aucune.

— Ils sont sympas ?

— George et Iris ? Oui, je crois. Mais on n'est pas les meilleurs amis du monde. George, je le connais depuis une semaine. Et Iris… elle est arrivée il y a dix jours, je crois. Environ. Après moi, c'est Nick le plus ancien ici. Nick Wilholm. Mais n'espère pas avoir des relations sérieuses à l'Avant, grosse tête. Je te le répète : ça va et ça vient. Et aucun ne te parlera de Michel-Ange.

— Ça fait combien de temps que tu es ici, Kalisha ?

— Presque un mois. Je suis une ancienne.

— Alors, tu vas pouvoir m'expliquer ce qui se passe, hein ? » D'un mouvement de tête, il montra le garçon et la fille dehors. « Et eux aussi.

— On te racontera ce qu'on sait, ce que nous disent les aides-soignants et les techniciens, mais à mon avis, c'est du baratin. George est de cet avis. Iris, elle… » Kalisha rit. « Elle est comme l'agent Mulder dans la série *X-Files*. Elle veut croire.

— Croire à quoi ? »

Le regard de Kalisha – empli à la fois de sagesse et de tristesse – lui donna une fois de plus des airs d'adulte.

« Que c'est juste un petit détour sur la grande auto route de la vie et que tout va s'arranger à la fin, comme dans *Scooby-Doo*.

— Où sont tes parents ? Comment tu es arrivée ici ? »

L'adulte disparut.

« J'ai pas envie de parler de ça maintenant.

— OK. »

Peut-être n'en avait-il pas envie non plus. Pas tout de suite en tout cas.

« Quand tu rencontreras Nicky, ne t'inquiète pas s'il pousse une gueulante. C'est sa façon à lui de se défouler. Et certaines de ses colères sont… distrayantes.

— Si tu le dis. Tu veux bien me rendre un service ?

— Ouais, si je peux.

— Arrête de m'appeler "grosse tête". Mon prénom, c'est Luke.

— Ça peut se faire. »

Il voulut ouvrir la porte, mais Kalisha posa la main sur son poignet.

« Une dernière chose avant que tu sortes. Tourne-toi vers moi, Luke. »

Il s'exécuta. Elle mesurait au moins deux centimètres de plus que lui. Il ignorait qu'elle allait l'embrasser, jusqu'à ce qu'elle le fasse. À pleine bouche. Elle introduisit même sa langue pendant une seconde ou deux, déclenchant en Luke non pas des frissons mais une véritable décharge électrique, comme s'il avait enfoncé ses doigts dans une prise. Son premier baiser, et pas n'importe lequel ! Rolf serait hyper-jaloux, pensa Luke, si tant est qu'il fût capable de penser à cet instant.

Kalisha recula, visiblement satisfaite.

« Ne va pas te faire des idées, précisa-t-elle, c'est pas le grand amour. Je ne suis même pas sûre que ce soit un service que je te rends, mais peut-être. Durant ma première semaine ici, je suis restée en quarantaine. Pas de piqûres, pas de points. »

Elle montra une affiche sur le mur, à côté du distributeur de friandises. Un garçon assis dans un fauteuil montrait joyeusement un groupe de points multicolores sur un mur blanc. Un médecin souriant (blouse blanche, stéthoscope autour du cou) se tenait debout à côté de lui, une main posée sur son épaule. En haut de l'affiche, on pouvait lire : PAS DE PIQÛRES, PAS DE POINTS ! Et juste en dessous : PLUS VITE TU LES VERRAS, PLUS VITE TU RENTRERAS CHEZ TOI !

« Qu'est-ce que ça veut dire ?

— T'occupe pas de ça maintenant. Mes parents étaient antivaccins à fond, et deux jours après avoir atterri ici, j'ai chopé la varicelle. Je toussais, j'avais une super fièvre et des boutons rouges affreux. La totale. Je suppose que je suis guérie puisqu'ils m'ont laissée sortir et qu'ils ont recommencé les tests, mais si ça se trouve je suis encore contagieuse. Si tu as de la chance, peut-être que tu vas attraper la varicelle toi aussi, et tu passeras quinze jours à boire du jus d'orange en regardant la téloche, au lieu qu'on te fasse des piqûres et des IRM. »

La fille les aperçut et agita la main. Kalisha fit de même et, avant que Luke ait le temps de dire quoi que ce soit, elle poussa la porte.

« Allez, lui dit-elle. Arrête de prendre cet air de demeuré et viens faire la connaissance de la bande. »

PAS DE PIQÛRES
PAS DE POINTS

1

Devant la porte de la cantine et du salon télé de l'Institut, Kalisha prit Luke par les épaules et l'attira contre elle. Il pensa – il espéra – qu'elle allait l'embrasser de nouveau, mais elle lui murmura quelque chose à l'oreille. Quand ses lèvres frôlèrent sa peau, il en eut la chair de poule.

« Parle de ce que tu veux, mais pas un mot sur Maureen, OK ? On pense qu'ils font juste qu'écouter parfois, mais mieux vaut être prudent. Je veux pas qu'elle ait des ennuis. »

Maureen était la femme de ménage, mais qui étaient ces *ils* ? Luke ne s'était jamais senti aussi perdu, pas même à quatre ans quand il avait été séparé de sa mère dans un centre commercial pendant quinze interminables minutes.

Entre-temps, comme l'avait prédit Kalisha, les insectes l'avaient trouvé. De minuscules bestioles noires qui formaient des nuages tourbillonnants autour de sa tête.

La majeure partie du terrain de jeux était tapissée de fin gravier. La zone du panneau de basket, où le garçon prénommé George continuait à tirer des paniers, était cimentée, et une matière spongieuse destinée à amortir les chutes entourait le trampoline, au cas où quelqu'un retomberait en dehors de l'appareil. Il y avait un jeu de palets, un filet de badminton, un parcours de cordes et un ensemble de cylindres aux couleurs vives que les plus petits pouvaient assembler pour former un tunnel, bien qu'il n'y ait pas d'enfants assez jeunes pour les utiliser. Et également des balançoires, des bascules et un toboggan. Des pancartes fixées sur un long placard vert, flanqué de tables de pique-nique, indiquaient : JEUX ET MATÉRIEL et VEUILLEZ RANGER CE QUE VOUS EMPRUNTEZ.

Le terrain de jeux était entouré d'un grillage métallique d'au moins trois mètres de haut et Luke remarqua la présence de deux caméras dans des coins. Poussiéreuses, comme si elles n'avaient pas été nettoyées depuis longtemps. Au-delà du grillage, il n'y avait que la forêt, de pins essentiellement. À en juger par leur taille et leur épaisseur, Luke leur donnait quatre-vingts ans, grosso modo. La formule de calcul – fournie dans l'ouvrage *Arbres d'Amérique* qu'il avait lu un dimanche après-midi à dix ans – était simple. Pas besoin de compter les cercles. Vous estimiez la circonférence d'un arbre, vous divisiez ce nombre par *pi* pour obtenir le diamètre et vous multipliiez le résultat par le facteur de croissance moyenne du pin américain, à savoir 4,5. L'évidence même. Comme ce corollaire : ces arbres n'avaient pas été taillés depuis longtemps, peut-être deux générations. L'Institut, quel qu'il soit, se trouvait au milieu d'une forêt primaire, autant dire au milieu de nulle part. Quant au terrain de jeux, Luke songea immédiatement que s'il existait des prisons pour enfants de six à seize ans, la cour de promenade ressemblerait exactement à ça.

La fille, Iris, leur adressa un signe de la main. Elle exécuta deux bonds sur le trampoline, faisant voler sa queue-de-cheval, puis sauta de côté pour atterrir sur le revêtement souple, jambes écartées, genoux fléchis.

« Sha ! Qui tu nous amènes ?

— Je te présente Luke Ellis. Arrivé ce matin.

— Salut, Luke. »

Iris était une fille maigre, qui mesurait au moins cinq centimètres de plus que Kalisha. Elle avait un joli visage agréable ; les joues et le front luisants, mélange de sueur et de produit contre les insectes, devina Luke.

« Iris Stanhope. »

Luke lui serra la main, en sentant que les insectes – dans le Minnesota, on les appelait des *minges*, mais il ignorait quel nom on leur donnait ici – avaient commencé à le goûter.

« Même si je ne suis pas ravi d'être ici, je suis ravi de te rencontrer.

— Je viens d'Abilene, au Texas. Et toi ?

— Minneapolis. C'est dans…

— Je sais où c'est, le coupa Iris. L'État au milliard de lacs ou une connerie dans ce genre.

— George ! s'écria Kalisha. Et la politesse, jeune homme ? Amène-toi !

— Oui, j'arrive. Attends… » George posa le bout des orteils sur la ligne de lancer franc et plaqua le ballon contre sa poitrine. Tout bas, d'une voix chargée de tension, il dit : « Et voilà, chers amis, après sept matchs âprement disputés, tout se joue maintenant. C'est la fin des prolongations. Les Wizards sont à un point des Celtics et George Iles, qui vient juste de quitter le banc, a la possibilité d'offrir la victoire à son équipe. S'il réussit un lancer franc, les Wizards égalisent. S'il réussit les deux, il entre dans l'histoire. Il aura sa photo au panthéon des basketteurs et recevra peut-être en cadeau une Tesla décapotable…

— Tesla ne fabrique pas de décapotables, fit remarquer Luke. Pas encore, du moins. »

George l'ignora.

« Personne n'aurait imaginé Iles dans cette position, surtout pas lui. Un silence de cathédrale s'est abattu sur le Verizon Center…

— Et soudain, quelqu'un pète ! » lança Iris. La langue coincée entre les lèvres, elle émit un long prout postillonnant. « Un vrai coup de trompette ! Et ça pue !

— Iles inspire à fond… il fait rebondir le ballon deux fois, comme à son habitude.

— En plus de parler tout le temps et très vite, confia Iris à Luke, George possède une vie imaginaire très active. Tu t'y feras. »

George se tourna brièvement vers les trois autres.

« Iles lance un regard noir à une supportrice des Celtics qui le charrie dans les tribunes… Elle a l'air aussi bête qu'elle est vilaine. »

De nouveau, Iris imita un bruit de pet.

« Iles fait face au panier… Il tire… »

Le ballon ne toucha même pas le cercle.

« Nom de Dieu, George, dit Kalisha. C'était nul. Allez, grouille-toi d'égaliser ou de perdre, qu'on puisse discuter. Ce gars ne sait pas ce qui lui est arrivé.

— Comme si *on* le savait », ironisa Iris.

George plia les genoux et tira. Le ballon roula autour du cercle… et après réflexion, tomba sur le côté.

« *Victoire des Celtics !* » s'écria Iris. Elle exécuta un saut de pom-pom girl en agitant des pompons imaginaires. « Maintenant, viens dire bonjour au nouveau. »

George marcha vers le trio en chassant les insectes. Il était petit, trapu, et Luke songea qu'il resterait toujours un basketteur professionnel en rêve. Ses yeux bleus très clairs lui rappelèrent les films de Paul Newman et de Steve McQueen que Rolf et lui aimaient regarder sur TCM. Cette image, tous les deux affalés dans le canapé devant la télé et mangeant du pop-corn, lui fit un pincement au cœur.

« Yo, mec. Comment tu t'appelles ?

— Luke Ellis.

— Moi, c'est George Iles, mais les filles te l'ont sûrement déjà dit. Pour elles, je suis un dieu. »

Iris lui fit un doigt d'honneur. Kalisha se prit la tête à deux mains, comme si elle souffrait d'une migraine.

« Un dieu de l'amour.

— Adonis, mais pas Cupidon », rétorqua Luke qui se prenait au jeu. Il essayait du moins. « Adonis est le dieu du désir et de la beauté.

— Si tu le dis. Alors, comment tu trouves cet endroit ? Ça craint, hein ?

— C'est quoi, exactement ? Kalisha appelle ça l'Institut, mais qu'est-ce que ça veut dire ?

— On pourrait aussi appeler ça "La maison de Mme Sigsby pour enfants médiums récalcitrants" », dit Iris, et elle cracha par terre.

Luke n'avait pas l'impression d'arriver au milieu d'un film, mais de débarquer dans la troisième saison d'une série. À l'intrigue complexe.

« Qui est cette Mme Sigsby ?

— La salope en chef, dit George. Tu vas faire sa connaissance, et je te conseille de ne pas te moquer d'elle. Elle déteste ça.

— Tu es TP ou TK ? demanda Iris.

— TK, je suppose. » En vérité, c'était bien plus qu'une supposition.

« Des fois, il y a des choses qui bougent autour de moi, et étant donné que je ne crois pas aux poltergeists, ça vient sûrement de moi. Mais c'est pas une raison suffisante pour… »

Sa voix mourut. *Pour que je me retrouve ici*, pensait-il. Pourtant, il était bien ici.

« TK-positif ? » demanda George.

Il marcha vers une des tables de pique-nique. Luke lui emboîta le pas, suivi des deux filles. Il pouvait calculer l'âge de la forêt qui les entourait, il connaissait les noms de cent bactéries, il aurait pu faire un cours à ces filles et à ce garçon sur Hemingway, Faulkner ou Voltaire, mais jamais il ne s'était senti aussi paumé.

« Je ne sais pas ce que ça veut dire.

— Pos, c'est le nom qu'ils donnent aux enfants comme George et moi, expliqua Kalisha. Les techniciens, les intendants et les médecins. On n'est pas censés le savoir…

— Mais on le sait, conclut Iris. C'est ce qu'on pourrait appeler un secret de Polichinelle. Les TK et les TP-positifs peuvent le faire à volonté. Nous autres, non. Avec moi, les objets bougent seulement quand je suis en colère, ou super heureuse, ou juste surprise. C'est involontaire, comme éternuer. Du coup, je suis juste moyenne. Les TK et les TP moyens sont des "roses".

— Pourquoi ? demanda Luke.

— Ils collent une pastille rose sur les documents de ton dossier. On n'est pas censés voir ce que contiennent nos dossiers, mais j'ai vu le mien, un jour. Parfois, ils sont négligents.

— Mais fais attention, sinon ils peuvent être négligents avec tes fesses », dit Kalisha.

Iris poursuivit : « Les roses subissent plus de tests et d'injections. Moi, j'ai eu droit au caisson. Ça craint, mais pas trop.

— C'est quoi, le… »

George ne laissa pas à Luke le temps d'achever sa question.

« Moi, je suis TK-pos. Pas de rose dans mon dossier. Zéro pastille rose pour ce gamin.

— Tu as vu ton dossier toi aussi ?

— Pas la peine. J'assure un max. Tu vas voir… »

Sans qu'il ait besoin d'une concentration du style maître spirituel hindou, ni même de bouger, une chose extraordinaire se produisit. (Aux yeux de Luke, en tout cas, car les filles, elles, ne semblaient pas particulièrement impressionnées.) Le nuage d'insectes qui entourait la tête de George recula et forma une sorte de queue de comète, comme s'il avait été emporté par une bourrasque. Alors qu'il n'y avait pas un souffle de vent.

« Tu vois ? dit-il. Un TK-pos en action. Hélas, ça ne dure pas longtemps. »

En effet, les insectes revenaient déjà tournoyer autour de George, maintenus en respect uniquement par le répulsif dont il était enduit.

« Quand tu as tiré le second lancer franc, demanda Luke, tu aurais pu faire entrer le ballon mentalement ? »

George secoua la tête, à regret visiblement.

« J'aimerais bien qu'ils fassent venir un TK-pos vraiment balèze », dit Iris. L'excitation provoquée par l'arrivée d'un nouveau était retombée. Elle semblait fatiguée, effrayée, et plus vieille que son âge, que Luke estimait à quatorze ans environ. « Qui serait capable de nous téléporter loin de cet endroit de merde. »

Elle s'assit sur un des bancs de pique-nique et plaqua sa main sur ses yeux.

Kalisha s'assit à côté d'elle et la prit par les épaules.

« Oh, allons, ma belle. Ça va aller.

— Non, ça ne va pas ! Regarde ça, je ressemble à une pelote d'épingles ! » Elle tendit les bras. Elle avait deux pansements adhésifs sur le gauche et trois sur le droit. Puis elle se frotta les yeux, brièvement, et remit sur son visage ce que Luke devinait être un masque. « Et toi, le nouveau, tu sais déplacer des objets ? »

Luke n'avait jamais évoqué avec personne le thème de la domination de l'esprit sur la matière, la psychokinèse, sauf avec ses parents. Sa mère affirmait que cela ferait peur aux gens. Pour son père, ce « don » était ce qu'il y avait de moins important chez lui. Luke partageait ces points de vue, mais ces deux filles et ce garçon n'avaient pas peur, et dans cet endroit, c'était un « don » important. De toute évidence.

« Non, avoua-t-il. Je n'arrive même pas à remuer les oreilles. »

En voyant les autres rire, Luke se détendit. Cet Institut était étrange et inquiétant, mais au moins, il s'y trouvait en bonne compagnie.

« De temps en temps, ajouta-t-il, des objets se déplacent autour de moi, mais ça s'arrête là. Des assiettes ou des couverts. Ou bien, une porte se ferme toute seule. Une ou deux fois, ma lampe de bureau s'est allumée. Rien de spectaculaire. En fait, je n'étais même pas vraiment sûr que ça venait de moi. Je pensais que c'était un courant d'air… ou une secousse sismique… »

Les autres le regardaient d'un air entendu.

« Bon, OK, admit-il. Je savais. Mes parents aussi. Mais on n'en a jamais fait tout un plat. »

Cela aurait pu se passer différemment si, étant d'une intelligence effrayante, il n'avait pas été accepté dans *deux* universités à l'âge de douze ans. Admettons que votre fils de sept ans joue du piano comme Van Cliburn, qui se soucierait de savoir qu'il réalise également des tours de cartes ? Ou s'il remuait les oreilles ? Voilà une chose qu'il ne pouvait pas dire à George, Iris et Kalisha. Il donnerait l'impression de se vanter.

« Tu as raison, il n'y a pas de quoi en faire un plat ! s'emporta Kalisha. C'est ça qui est complètement dingue ! On n'est pas les X-Men !

— On a été kidnappés ? »

Luke priait pour qu'ils éclatent de rire. Pour que l'un d'eux réponde : « Bien sûr que non ! »

« À ton avis ? demanda George.

— Parce que tu peux éloigner les insectes pendant une seconde ou deux ? Parce que... » Il repensa au plateau qui était tombé de la table à la pizzéria. « Parce que, parfois, quand j'entre dans une pièce, la porte se referme derrière moi ?

— S'ils capturaient les gens pour leur physique, dit George, Iris et Sha ne seraient pas ici.

— Abruti », rétorqua Kalisha.

George sourit.

« Voilà une réponse extrêmement argumentée. Du niveau de "Suce ma quéquette".

— Des fois, j'ai hâte qu'ils t'envoient à l'Arrière, dit Iris. Dieu va certainement me foudroyer sur place pour avoir dit ça, mais...

— Attendez, *attendez*, intervint Luke. Commencez par le début.

— C'est *ça*, le début, mec, lâcha une voix dans leur dos. Hélas, c'est aussi la fin, probablement. »

2

Luke lui donnait seize ans, mais il apprit par la suite que le nouveau venu avait en réalité deux ans de plus. Grand, le regard sombre, Nick Wilholm arborait une épaisse tignasse, plus noire que noir, qui réclamait à cor et à cri une double dose de shampoing. Il portait une chemise fripée, boutonnée jusqu'au col, un short tout aussi fripé, des chaussettes de sport blanches qui tombaient sur ses chevilles et des baskets sales. Luke se souvint que Maureen l'avait comparé à Pig-Pen des Peanuts.

Les autres lui vouaient un respect teinté de méfiance, que Luke perçut immédiatement. Kalisha, Iris et George n'étaient pas plus heureux que Luke d'être ici, mais ils s'efforçaient de conserver une attitude positive et, exception faite du moment où Iris avait craqué, il émanait d'eux une impression de vague insouciance, du style « faisons contre mauvaise fortune bon cœur ». Rien de tel chez Nicky. Même s'il ne semblait pas en colère à cet instant précis, on sentait qu'il avait laissé éclater sa fureur récemment. Une coupure mal cicatrisée fendait sa lèvre inférieure encore enflée, on devinait un reste de coquard autour d'un œil et un hématome tout frais marbrait sa joue.

Un bagarreur, donc. Luke en avait connu quelques-uns ; il y en avait même deux ou trois à la Broderick School. Rolf et lui gardaient leurs distances, mais si cet endroit était une prison, comme Luke commençait à le suspecter, il lui serait impossible d'éviter Nicky Wilholm. Néanmoins, les trois autres ne semblaient pas avoir peur de lui : un signe encourageant. Nick était peut-être révolté par la réalité qui se cachait derrière ce nom d'Institut mais, en présence de ses compagnons, il paraissait simplement à cran. Sur ses gardes. N'empêche, ces traces sur son visage évoquaient des perspectives désagréables, surtout si Nicky n'était pas d'un naturel bagarreur. Et si ces coups avaient été infligés par un adulte ? Un enseignant qui ferait une chose pareille, à la Broderick et presque partout ailleurs, serait renvoyé à coup sûr, et peut-être même arrêté.

Il pensa aux paroles de Kalisha : *On n'est plus au Kansas, Toto.*

« Luke Ellis », dit-il.

Il tendit la main, sans trop savoir à quoi s'attendre.

Nicky l'ignora et ouvrit le placard vert qui renfermait le matériel.

« Tu joues aux échecs, Ellis ? Ces trois-là sont nuls. Donna Gibson offrait un peu d'opposition au moins, mais elle est partie à l'Arrière il y a trois jours.

— Et on ne la reverra plus, ajouta George avec tristesse.

— Oui, je sais jouer, répondit Luke, mais je n'ai pas la tête aux échecs. Je veux savoir où je suis et ce qui se passe ici. »

Nicky sortit du placard un échiquier et une boîte contenant les pièces. Il les disposa rapidement sur leurs cases respectives en regardant à travers les cheveux qui pendaient devant ses yeux, au lieu de les repousser sur son front.

« Tu es à l'Institut. Quelque part dans la cambrousse du Maine. Il n'y a même pas de ville, uniquement des coordonnées sur la carte. TR-110. Sha l'a appris grâce à une ribambelle de gens. *Idem* pour Donna Gibson et Pete Littlejohn. Encore des TP envoyés à l'Arrière.

— On dirait que Petey est parti depuis une éternité, alors que c'était juste la semaine dernière, ajouta

Kalisha, nostalgique. Vous vous souvenez de tous ses boutons ? Et de ses lunettes qui n'arrêtaient pas de glisser sur son nez ? »

Nicky ne l'écoutait pas.

« Les gardiens du zoo n'essaient pas de cacher ni de nier ce qu'ils font. À quoi bon, vu qu'ils travaillent sur des gamins TP jour et nuit ? Et ils ne s'inquiètent pas pour les trucs qu'ils veulent garder secrets car Sha elle-même ne peut pas pénétrer aussi profondément dans leur esprit. Pourtant, elle est très douée.

— Je fais quatre-vingt-dix pour cent au test de Rhine presque à tous les coups », dit Kalisha. Elle ne se vantait pas, elle énonçait un fait.

« Et je pourrais connaître le nom de ta grand-mère si tu le faisais apparaître sur le devant de ton esprit, mais je ne peux pas aller au-delà. »

Ma grand-mère s'appelle Rebecca, pensa Luke.

« Rebecca », dit Kalisha et, en voyant l'étonnement de Luke, elle fut prise d'un éclat de rire qui la fit ressembler à l'enfant qu'elle était encore il n'y avait pas si longtemps.

« Je te laisse les blancs, annonça Nicky. Je joue toujours avec les noirs.

— Nicky est notre rebelle honoraire, dit George.

— Il a les marques qui le prouvent, ajouta Kalisha. Ça lui joue des tours, mais il ne peut pas s'en empêcher, apparemment. Sa chambre est un véritable foutoir : encore un acte de révolte enfantine qui donne plus de travail à Maureen, et c'est tout. »

Nicky posa sur la jeune Noire un regard sévère.

« Si Maureen était réellement une sainte, comme tu le penses, elle nous ferait sortir d'ici. Ou bien elle préviendrait la police du coin. »

Kalisha secoua la tête.

« Reviens sur terre. Si tu bosses ici, tu es forcément un rouage de la machine. Bon ou mauvais.

— Méchant ou gentil », renchérit George, solennel.

« De toute façon, les flics les plus proches doivent être à des kilomètres d'ici. Et c'est sûrement une bande de demeurés, intervint Iris. Et puisque visiblement tu t'es autoproclamé Chef des Explications, pourquoi tu ne fais pas un topo complet au nouveau ? Tu as oublié comme c'est flippant de se réveiller ici la première fois, dans une chambre qui ressemble à la tienne ? »

Nicky s'assit confortablement sur le banc et croisa les bras. À cet instant, Luke vit de quelle manière Kalisha le regardait, et il songea que si elle embrassait Nicky, ce ne serait pas seulement pour lui transmettre la varicelle.

« OK, Ellis, je vais te dire tout ce qu'on sait. Ou ce qu'on croit savoir. Ce ne sera pas long. Mesdames, n'hésitez pas à intervenir. Toi, George, si tu sens venir une crise de connerie, retiens-toi.

— Merci bien, répondit George. Dire que je t'ai laissé conduire ma Porsche.

— Kalisha est la plus ancienne ici, déclara Nick. À cause de la varicelle. Combien d'enfants tu as vus passer pendant tout ce temps ? »

Elle réfléchit.

« Environ vingt-cinq. Peut-être un peu plus. »

Nicky acquiesça.

« Ils… *Nous* venons de partout. Sha vivait dans l'Ohio, Iris au Texas. George, lui, vient de Trifouillis-les-Oies, dans le Montana…

— De Billings, rectifia George. Une ville tout à fait respectable.

— Pour commencer, ils nous baguent, comme des oiseaux migrateurs ou des bisons. » Nicky souleva ses cheveux et tira sur le lobe de son oreille pour laisser apparaître un petit cercle de métal brillant de la taille d'une demi-pièce de dix *cents*. « Après, ils nous examinent, ils nous testent, ils nous font des injections et ils nous examinent de nouveau, et ils refont des tests. Les roses ont droit à plus d'injections et de tests.

— Moi, j'ai eu le caisson, répéta Iris.

— Félicitations, dit Nicky. Si on est positifs, ils nous obligent à exécuter des numéros de chiens savants. Personnellement, je suis TK-pos, mais George, le moulin à paroles ici présent, est un peu meilleur que moi dans ce domaine. Et on a connu un gars, j'ai oublié son nom, qui était encore meilleur que George.

— Bobby Washington, dit Kalisha. Un petit Noir, dans les neuf ou dix ans. Capable de faire tomber ton assiette de la table. Ça fait combien de temps qu'il est parti maintenant ? Quinze jours ?

— Un peu moins, dit Nicky. Quinze jours, ça voudrait dire qu'il est parti avant que j'arrive.

— Un soir, il était là, à la cantine, et le lendemain, il était parti à l'Arrière, dit Kalisha. Pouf ! À mon avis, je suis la suivante sur la liste. Je pense qu'ils en ont terminé avec tous leurs tests.

— Pareil pour moi, dit Nick d'un ton amer. Ils seront probablement contents de se débarrasser de moi.

— Tu peux enlever le "probablement", plaisanta George.

— Ils nous font des piqûres, intervint Iris. Des fois, ça fait mal. Des fois, ça te fait des trucs bizarres. Un jour, j'ai eu une poussée de fièvre et un horrible mal de tête. J'ai cru que j'avais chopé la varicelle de Sha, mais le lendemain, plus rien. Ils te font des piqûres jusqu'à ce que tu voies les points et que tu entendes le bourdonnement.

— Tu t'en es bien sortie, dit Kalisha. Chez certains… Il y avait un gars qui s'appelait Morty… j'ai oublié son nom de famille…

— Celui qui se mettait les doigts dans le nez, dit Iris. Et qui traînait avec Bobby Washington, justement. Je ne me souviens pas de son nom, moi non plus. Ils l'ont envoyé à l'Arrière deux jours après mon arrivée.

— Pas forcément, fit remarquer Kalisha. Il n'est pas resté longtemps ici et il a commencé à avoir des boutons partout après une des injections. Il me l'a raconté à la cantine. Il disait que son cœur cognait comme un fou. Je crois qu'il est tombé gravement malade… Peut-être même qu'il est mort. »

George la regardait en ouvrant de grands yeux remplis de consternation.

« Le cynisme et les angoisses adolescentes, d'accord, mais dis-moi que tu ne crois pas ce que tu viens de dire.

— En tout cas, je ne *veux pas* le croire.

— Bouclez-la, tous les trois », ordonna Nicky. Penché au-dessus de l'échiquier, il considérait Luke. « Ils nous kidnappent, oui. Parce qu'on possède des pouvoirs psychiques ? Oui. Comment ils nous repèrent ? Aucune idée. Mais c'est forcément une grosse organisation car ici, c'est immense. C'est un putain de *camp* ! Il y a des médecins, des techniciens, ceux qui se font appeler les intendants. Un véritable hôpital au milieu de la cambrousse.

— Tu oublies la sécurité, ajouta Kalisha.

— Exact. Le responsable est un gros salopard chauve. Stackhouse, il s'appelle.

— C'est dingue, dit Luke. En Amérique ?

— On n'est pas en Amérique. Ici, c'est le Royaume de l'Institut. Quand on ira déjeuner à la cantine, jette un coup d'œil par les fenêtres. Tu verras surtout des arbres, mais si tu regardes bien, tu verras aussi un autre bâtiment. En parpaings verts, comme celui-ci. C'est là qu'ils nous emmènent quand ils ont terminé les injections et les tests.

— Et qu'est-ce qui se passe là-bas ? »

Ce fut Kalisha qui répondit : « On n'en sait rien. »

Luke faillit demander si Maureen le savait, mais il se remémora les paroles que Kalisha avait murmurées à son oreille : *Ils écoutent*.

« On sait uniquement ce qu'ils nous racontent, ajouta Iris. Ils disent…

— Ils disent que tooooout ira BIEN ! »

Nicky avait crié si fort, de manière si soudaine, que Luke sursauta et faillit tomber du banc. Le garçon aux cheveux noirs se remit debout et leva les yeux vers l'objectif poussiéreux d'une des caméras de surveillance. Luke repensa alors à une autre chose qu'avait dite Kalisha : *Quand tu rencontreras Nicky, ne t'inquiète pas s'il pousse une gueulante. C'est sa façon à lui de se défouler*.

« Ce sont des missionnaires qui veulent imposer Jésus à une bande d'Indiens trop…

— Naïfs ? suggéra Luke.

— Oui, voilà ! » Nicky gardait les yeux fixés sur la caméra. « Une bande d'Indiens naïfs qui gobent tout ce qu'on leur raconte ; ils croient que s'ils renoncent à leurs terres en échange de quelques babioles et de saloperies de couvertures infestées de puces, ils iront au ciel, où ils retrouveront leurs ancêtres et vivront heureux éternellement ! C'est nous, ces Indiens assez naïfs pour gober n'importe quoi, tout ce qui ressemble à une PUTAIN DE FIN HEUREUSE ! »

Il se retourna brusquement vers eux, cheveux en bataille, regard brûlant, poings serrés. Luke remarqua quelques anciennes égratignures sur ses jointures. Il doutait que Nicky ait donné autant qu'il avait reçu – ce n'était encore qu'un enfant –, mais visiblement, il ne s'était pas laissé faire.

« Vous croyez que Bobby Washington avait deviné que ses épreuves étaient terminées quand ils l'ont emmené à l'Arrière ? Ou Pete Little-John ? Nom d'un chien, si la matière grise était de la poudre à canon, ces deux-là n'auraient pas pu se moucher. »

Il se retourna vers la caméra sale, au-dessus de lui. L'absence d'un autre exutoire pour libérer sa fureur le rendait un peu grotesque, mais Luke l'admirait malgré tout. Nicky n'acceptait pas la situation.

« Écoutez-moi bien, vous tous ! Vous pouvez me tabasser, vous pouvez m'emmener à l'Arrière, je me battrai jusqu'au bout ! *Nick Wilholm ne se laisse pas acheter avec de la verroterie et des couvertures !* »

Il se rassit, essoufflé. Puis il sourit, dévoilant des fossettes, des dents blanches et des yeux remplis de bonne humeur. L'être maussade, qui broyait du noir, avait disparu. À croire qu'il n'avait jamais existé. Luke n'éprouvait aucune attirance pour les garçons, mais en voyant ce sourire, il comprenait pourquoi Kalisha et Iris donnaient l'impression de se trouver face au chanteur d'un boys band quand elles regardaient Nick.

« Je devrais faire partie de leur équipe au lieu d'être cloîtré ici comme un poulet dans un enclos. Je saurais faire la promo de cet endroit bien mieux que Sigsby, Hendricks et les autres médecins. J'ai des *convictions*.

— Très certainement, admit Luke, mais je ne suis pas certain de comprendre où tu veux en venir.

— Ouais, tu t'es un peu égaré sur ce coup-là », confirma George.

Nicky croisa les bras.

« Avant de te flanquer une raclée aux échecs, le nouveau, laisse-moi finir mon topo. Ils nous amènent ici. Ils nous testent. Ils nous injectent Dieu sait quoi et ils nous testent de nouveau. Certains d'entre nous ont droit au caisson, mais personne n'échappe à ce test oculaire super zarbi qui te donne l'impression que tu vas t'évanouir. On dort dans des chambres qui ressemblent aux nôtres, sans doute dans le but de… comment dire ?… d'apaiser nos émotions délicates.

— Acclimatation psychologique, déclara Luke. Logique.

— À la cantoche, on mange bien. On peut même choisir sur la carte, aussi réduite soit-elle. Les portes des chambres ne sont pas fermées à clé, et si on n'arrive pas à dormir, on peut aller chercher un truc à grignoter. Ils nous laissent des biscuits, des noix, des pommes, etc. Ou alors, tu peux aller aux distributeurs. Ils fonctionnent avec des jetons. Moi, j'en ai pas, ils sont réservés aux gentils petits garçons et aux gentilles petites filles. Je ne suis pas un boy-scout. Quand j'en vois un, j'ai envie de lui enfoncer son…

— Tu t'égares, le coupa Kalisha. Arrête ton baratin.

— Pigé. » Nick lui adressa son sourire irrésistible et reporta son attention sur Luke. « Ils ont un tas de trucs pour t'inciter à être sage, si tu veux des jetons. À la cantine, il y a des friandises, des sodas… un vaste choix.

— Des Cracker Jack, précisa George d'un ton rêveur. Des Ho Hoto.

— Et aussi des cigarettes, des jus de fruits alcoolisés, des trucs plus forts. »

Iris intervint à son tour : « Il y a un écriteau qui dit : VEUILLEZ BOIRE AVEC MODÉRATION. Avec des gamins de dix ans qui appuient sur des boutons pour avoir des mixed drinks. À mourir de rire, non ?

— Vous me faites marcher, hein ? demanda Luke, mais il vit Kalisha et George confirmer en hochant la tête.

— Tu peux te saouler, mais pas au point de tomber ivre mort, assura Nicky. Personne n'a assez de jetons pour ça.

— Exact, confirma Kalisha. Toutefois, tu as des gamins qui essaient de rester ivres le plus possible.

— Des alcooliques, vous voulez dire ? De dix et onze ans ? » Luke ne parvenait toujours pas à le croire. « Vous plaisantez.

— Non. Certains enfants font tout ce qu'on leur demande uniquement pour pouvoir utiliser les distributeurs d'alcool tous les jours. Je ne suis pas ici depuis assez longtemps pour avoir étudié la question, mais ceux qui sont arrivés avant toi te racontent des trucs.

— À côté de ça, ajouta Iris, il y a un tas d'enfants qui deviennent accros au tabac. »

C'était dément, et en même temps, se disait Luke, il y avait là une sorte de logique folle. Il pensa au satiriste de la Rome antique, Juvénal, qui affirmait que le peuple était heureux et docile tant qu'il avait du pain et des jeux. Sans doute pouvait-on dire la même chose du vin et des cigarettes, surtout si on les proposait à des gamins effrayés, malheureux et enfermés.

« Ça ne fausse pas les tests ?

— Difficile à dire, vu qu'on ignore en quoi ils consistent, répondit George. Apparemment, tout ce qu'ils veulent, c'est que tu voies les points et que tu entendes le bourdonnement.

— Quels points ? Quel bourdonnement ?

— Tu verras bien, dit George. Ce n'est pas si terrible. Le plus chiant, c'est pour y arriver. Je déteste les piqûres.

— Trois semaines, grosso modo, reprit Nick. Voilà le temps que la plupart des enfants passent à l'Avant. D'après Sha, du moins. Et c'est la plus ancienne. Après, ils nous envoient à l'Arrière. Et ensuite – paraît-il –, on est débriefés et tous nos souvenirs de cet endroit sont effacés, d'une manière quelconque. » Il décroisa les bras et tendit les mains vers le ciel, doigts écartés. « Et après ça, mes petits, on monte au paradis ! Purifiés. Mais accros à un paquet de clopes par jour. Alléluia !

— On retourne chez nos parents, voilà ce qu'il veut dire, précisa Iris tout bas.

— Où on sera accueillis à bras ouverts, ajouta Nicky. Sans que personne nous pose de questions. Bienvenue à la maison. Allons à la pizzéria pour fêter ça ! Tu trouves ça crédible, Ellis ? »

Non.

« Mais nos parents sont vivants, hein ? » demanda Luke d'une voix qui lui sembla presque inaudible.

Aucun des trois autres ne répondit à sa question, ils se contentèrent de le regarder. C'était suffisant.

3

Quelqu'un frappa à la porte du bureau de Mme Sigsby. Elle invita la personne à entrer sans détacher les yeux de l'écran de son ordinateur. L'homme qui franchit le seuil était presque aussi grand que le Dr Hendricks, mais dix ans plus jeune et en bien meilleure condition physique. Large d'épaules et musclé. Son crâne rasé était lisse et brillant. Il portait un jean et une chemisette bleue qui dévoilait ses biceps admirables. D'un étui fixé sur sa hanche dépassait un court bâton en métal.

« Le groupe Rouge Rubis est arrivé, si vous souhaitez leur parler de l'opération Ellis.

— Il y a quelque chose d'urgent ou d'inhabituel, Trevor ?

— Non, madame, pas vraiment. Si je vous dérange, je repasserai plus tard.

— Non, non. Accordez-moi juste une minute. Nos résidents sont en train de briefer le nouveau. Venez voir ça. Le mélange de fantasmes et d'observations est très amusant. On croirait une scène de *Sa Majesté des mouches*. »

Trevor Stackhouse contourna le bureau. Il découvrit sur l'écran Wilholm – un sale petit emmerdeur de première – devant un échiquier sur lequel toutes les pièces étaient déjà disposées. Le nouveau était assis en face. Les deux filles se tenaient sur le côté, fascinées comme toujours par Wilholm, ce James Dean d'aujourd'hui : beau, renfrogné, rebelle. Heureusement, il serait bientôt parti. Stackhouse avait hâte que Hendricks signe les papiers.

« Combien de personnes travaillent ici, à votre avis ? » demanda le nouveau.

Iris et Kalisha (surnommée parfois la Fille à la Varicelle) se regardèrent. Ce fut Iris qui répondit :

« Cinquante ? Au moins, je dirais. Il y a les médecins, les techniciens, les intendants, le personnel de la cantine…

— Deux ou trois agents d'entretien, ajouta Wilholm, plus les femmes de ménage. En ce moment, il n'y a que Maureen parce qu'on est seulement cinq, mais quand on est plus nombreux, ils en font venir deux ou trois autres. De l'Arrière, peut-être, je ne sais pas trop.

— Comment cet endroit peut-il rester secret avec tous ces employés ? s'étonna Ellis. Par exemple, où garent-ils leurs voitures ? »

« Question intéressante, commenta Stackhouse. Personne ne l'a jamais posée à ma connaissance. »

Mme Sigsby soupira.

« Il est très intelligent, celui-là. Pas seulement cultivé, apparemment. Mais taisez-vous, je veux écouter la suite. »

« … rester ici, poursuivait Luke. Vous suivez le raisonnement ? Comme une période de service. Ce qui voudrait dire qu'il s'agit d'une structure gouvernementale. Dans le genre de ces prisons secrètes où ils conduisent les terroristes pour les interroger.

— En leur mettant des sacs sur la tête avant de les plonger dans l'eau, dit Wilholm. J'ai jamais entendu dire qu'ils faisaient ça ici avec les enfants, mais ils en seraient capables.

— Ils ont le caisson, souligna Iris. C'est leur torture à eux. Ils t'enfilent une casquette, ils te mettent la tête dans l'eau et ils prennent des notes. En fait, c'est mieux que les piqûres. » Elle s'interrompit.

« Pour moi, en tout cas.

— Ils remplacent les employés par groupes, à mon avis », dit Ellis. Mme Sigsby avait l'impression qu'il s'adressait à lui-même plus qu'aux autres. Je parie que ça lui arrive souvent, pensa-t-elle. « Ça ne peut pas fonctionner autrement. »

Stackhouse opinait du chef.

« Excellent esprit de déduction. Il a quel âge ?

— Lisez le rapport, Trevor. »

Mme Sigsby appuya sur une touche du clavier de son ordinateur et le fond d'écran apparut : une photo de ses jumelles dans leur poussette double, prise des années avant l'apparition des seins, de l'insolence et des petits copains peu fréquentables. Et de la drogue, dans le cas de Judy.

« L'équipe Rouge Rubis a été débriefée ?

— Je m'en suis chargé personnellement. Quand la police examinera l'ordinateur du gamin, ils découvriront des recherches sur les enfants qui tuent leurs parents. Pas énormément, juste deux ou trois.

— Procédure habituelle, donc.

— Oui, madame. Tant que ça fonctionne, pourquoi en changer ? » Stackhouse lui adressa un grand sourire qu'elle trouva presque aussi charmeur que celui de Wilholm lorsqu'il le déployait à pleine puissance. Mais pas tout à fait quand même. Leur Nicky était un véritable aimant à filles. Pour l'instant, du moins. « Voulez-vous voir l'équipe ou uniquement leur rapport ? C'est Denny Williams qui l'a rédigé, ça devrait être plus ou moins lisible.

— Si tout s'est passé sans anicroche, juste le rapport. Je demanderai à Rosalind de me le transmettre.

— Bien. Et concernant Alvorson ? Elle a transmis des infos ? »

Mme Sigsby haussa un sourcil.

« Vous voulez savoir si Wilholm et Kalisha flirtent ? Cela a-t-il un rapport avec votre mission de sécurité, Trevor ?

— Ils peuvent flirter autant qu'ils veulent, j'en ai rien à foutre. D'ailleurs, je les encourage à aller plus loin et à perdre leur pucelage, s'ils l'ont toujours, pendant que c'est encore possible. Mais de temps en temps, Alvorson glane des infos en rapport avec mon travail. Comme sa conversation avec le petit Washington. »

Maureen Alvorson, la femme de ménage qui semblait avoir de l'affection pour les jeunes pensionnaires de l'Institut, était en réalité une moucharde. (Compte tenu du peu d'intérêt des cancans qu'elle rapportait, Mme Sigsby jugeait le terme « espionne » excessif.) Ni Kalisha ni aucun des autres TP ne l'avaient démasquée, car Maureen était extrêmement douée pour masquer la manière dont elle gagnait un peu d'argent.

Sa plus grande prouesse était d'avoir soigneusement instillé l'idée que certains endroits de l'Institut (le coin sud de la cafétéria ou une petite zone située près des distributeurs de la cantine, pour n'en citer que deux) échappaient à toute surveillance vidéo. C'était là qu'Alvorson recueillait les secrets des enfants. Des secrets dérisoires la plupart du temps, mais parfois une pépite se cachait parmi tous ces rebuts. Ainsi, le jeune Washington avait confié à Maureen son désir de se suicider.

« Non, rien récemment, répondit la directrice. Si Maureen me livre des informations susceptibles de vous intéresser, je vous les transmettrai, Trevor.

— OK. C'était juste pour savoir.

— Je comprends. Maintenant, laissez-moi, je vous prie. J'ai du travail. »

4

« On s'en fout de toutes ces conneries », dit Nicky en se rasseyant sur le banc. Il repoussa enfin les cheveux qui masquaient son visage.

« La cloche va bientôt sonner et après le déjeuner, je dois passer un test oculaire en regardant un mur blanc. Alors, montre-nous de quoi tu es capable, Ellis. Joue. »

Luke n'avait jamais eu aussi peu envie de jouer aux échecs. Il avait mille autres questions – au sujet de ces mystérieux points essentiellement –, mais le moment était peut-être mal choisi. La surcharge d'informations n'était pas un mythe, après tout. Il avança le pion du roi de deux cases. Nicky riposta. Luke réagit avec le fou du roi, menaçant ainsi le pion de Nicky. Après une brève hésitation, celui-ci déplaça sa reine en diagonale, de quatre cases. Un coup fatal, quasiment. Luke déplaça sa propre reine, attendit que Nicky joue un coup sans importance, et fit glisser sa reine à côté du roi de Nicky, mine de rien.

Nicky regarda l'échiquier en plissant les yeux.

« Échec et mat ? En quatre coups ? Sérieux ? »

Luke haussa les épaules.

« On appelle ça le coup du berger. Mais ça marche seulement si on joue avec les blancs. La prochaine fois, tu le verras venir et tu pourras le contrer. Le mieux, c'est d'avancer le pion de la reine de deux cases ou le pion du roi d'une case.

— Et si je fais ça, tu peux encore me battre ?

— Peut-être. »

Réponse diplomatique. Pour éviter de dire : évidemment.

« La vache. » Nicky continuait à étudier l'échiquier. « C'est super malin. Qui t'a appris ça ?

— J'ai lu des bouquins. »

Nicky leva la tête et sembla voir Luke pour la première fois. Il fit la même remarque que Kalisha : « Tu es très intelligent, hein ?

— Assez pour te battre », lança Iris, évitant ainsi à Luke de répondre.

Au même moment, la cloche sonna. Un carillon sur deux tons. Discret.

« Allons déjeuner, dit Kalisha. Je crève de faim. Viens, Luke. C'est le perdant qui range le jeu. »

Nicky pointa son index sur elle à la manière d'un pistolet, en faisant *bang bang* avec sa bouche. Mais il souriait. Luke se leva et suivit les filles. George le rattrapa à l'entrée de l'espace détente et lui prit le bras. Luke savait, pour avoir lu des ouvrages de sociologie (et grâce également à son expérience personnelle) que les enfants, en groupe, avaient tendance à se glisser dans des catégories facilement identifiables. Si Nicky symbolisait le rebelle, George Iles tenait le rôle du clown. Toutefois, à cet instant, il semblait sérieux comme un pape. À voix basse, et d'une traite, il dit : « Nicky est cool comme gars, je l'aime bien ; les filles sont dingues de lui et je parie qu'il va te plaire à toi aussi. Y a pas de problème, mais ne le prends pas pour modèle. Il refuse d'admettre qu'on est coincés ici, et pourtant, c'est la réalité, alors ne gaspille pas ton énergie. Au sujet des points, par exemple. Si tu les vois, dis-le. Et si tu les vois pas, dis-le aussi. Ne mens pas. *Ils savent.* »

Nicky les rejoignit.

« Qu'est-ce que tu racontes encore, Georgie ?

— Il voulait savoir comment on fait les enfants, répondit Luke. Je lui ai dit de te poser la question.

— Oh, putain, encore un comique. Il manquait plus que ça. » Nicky saisit Luke à la gorge et fit mine de l'étrangler. Luke voulut y voir une marque d'affection. Peut-être même de respect. « Allez, viens. On va déjeuner. »

5

Ce que ses nouveaux amis appelaient la cantine était en fait une partie de l'espace détente, en face du téléviseur géant. Luke aurait voulu examiner de plus près les distributeurs, mais il n'en eut pas le loisir car les autres marchaient trop vite. Il eut le temps, cependant, d'entrevoir l'écriteau mentionné par Iris : VEUILLEZ BOIRE AVEC MODÉRATION. Alors, peut-être qu'ils ne le faisaient pas marcher avec cette histoire d'alcool.

Ni le Kansas ni l'île des Plaisirs, se dit-il. C'est le Pays des Merveilles. Quelqu'un est entré dans ma chambre en pleine nuit et m'a poussé dans le terrier.

La cantine n'était pas aussi grande que celle de la Broderick School, mais presque. En outre, le fait qu'ils soient seulement cinq la faisait paraître encore plus vaste. La plupart des tables étaient pour quatre, mais il y en avait deux plus longues au centre. Sur l'une d'elles, on avait dressé cinq couverts. Une femme en blouse rose et pantalon assorti vint verser de l'eau dans leurs verres. À l'instar de Maureen, elle portait un badge avec son prénom : NORMA.

« Comment ça va, mes petits chéris ? demanda-t-elle.

— On fait aller, répondit gaiement George. Et vous ?

— Ça va, dit Norma.

— Vous n'auriez pas sur vous une carte "Vous êtes libéré de prison", par hasard ? »

Norma lui adressa un sourire poli avant de franchir la porte battante qui conduisait sans doute aux cuisines.

« Pourquoi est-ce que je me fatigue ? demanda George. Mes meilleures répliques tombent à l'eau ici. C'est du gâchis. »

Il prit les menus empilés au centre de la table et les distribua. En haut figurait la date du jour. Et dessous, ENTRÉES (ailes de poulet sauce barbecue ou velouté de tomates), PLATS (burger de bison ou chop suey à l'américaine) et DESSERTS (tarte aux pommes ou un truc baptisé Gâteau Magique à la Crème Anglaise). Il y avait une liste d'une demi-douzaine de sodas.

« Tu peux avoir du lait, mais ils ne s'embêtent pas à le mettre sur le menu, expliqua Kalisha. La plupart des enfants n'en veulent pas, sauf quand il y a des céréales au petit déj.

— La bouffe est vraiment bonne ? » demanda Luke.

La nature prosaïque de sa question, comme s'ils se trouvaient dans un club de vacances formule tout inclus, raviva son sentiment d'irréalité et de dislocation.

« Oui, répondit Iris. Parfois, ils nous pèsent. J'ai pris deux kilos.

— Ils nous engraissent avant de nous manger, ajouta Nicky. Comme dans *Hänsel et Gretel.*

— Le vendredi soir et le dimanche midi, c'est buffet, précisa Kalisha. À volonté.

— Comme dans *Hänsel et Gretel* les bouffons », répéta Nicky. Il pivota à moitié sur lui-même et leva les yeux vers la caméra située dans le coin. « Revenez, Norma. On est prêts, je crois. »

La femme en rose réapparut aussitôt, ce qui eut pour effet d'accentuer la sensation d'irréalité de Luke. Mais quand arrivèrent ses ailes de poulet et son chop suey, il mangea de bon cœur. Certes, il se trouvait dans un lieu étrange, il était terrorisé, il tremblait pour ses parents, mais il avait douze ans.

C'était un garçon en pleine croissance.

6

Quelqu'un les observait certainement car à peine Luke eut-il avalé le dernier morceau de son gâteau à la crème anglaise qu'une autre femme, vêtue elle aussi d'une sorte d'uniforme rose, surgit à côté de lui. Son badge indiquait qu'elle se prénommait GLADYS.

« Luke ? Viens avec moi, s'il te plaît. »

Il regarda les quatre autres. Kalisha et Iris détournèrent la tête. Nicky, lui, observait Gladys, bras croisés, un léger sourire sur les lèvres.

« Revenez plus tard, ma jolie. À Noël, par exemple. Je vous embrasserai sous le gui. »

Elle l'ignora.

« Luke ? S'il te plaît ? »

Seul George osait le regarder en face, et son expression rappela à Luke ce qu'il lui avait dit au moment où ils revenaient du terrain de jeux. *Ne gaspille pas ton énergie*. Il se leva.

« À plus tard, les amis. Peut-être. »

Kalisha lui adressa un message muet : *Pas de piqûres, pas de points*.

Gladys était une mignonne petite femme, mais peut-être était-elle ceinture noire de judo capable de l'envoyer au tapis au cas où il ferait des histoires. Et puis, de toute façon, *quelqu'un* les observait, et nul doute que les renforts accourraient immédiatement. Un autre élément, non négligeable, entrait en ligne de compte. On lui avait appris à être poli et à obéir aux grandes personnes. Même dans ce contexte, difficile d'enfreindre ces règles.

Gladys le précéda devant la rangée de fenêtres dont avait parlé Nicky. Luke regarda dehors et, en effet, il aperçut un autre bâtiment. En partie masqué par l'écran des arbres, mais bien réel. L'Arrière.

Avant de quitter la cantine, Luke jeta un coup d'œil par-dessus son épaule, en quête de réconfort : un signe de la main ou un sourire de Kalisha aurait suffi. Mais personne ne lui faisait signe, personne ne souriait. Ils le regardaient de la même façon que lorsqu'il avait demandé si leurs parents étaient toujours vivants. Peut-être qu'ils l'ignoraient. En revanche, ils savaient où on l'emmenait. Car ils étaient déjà passés par là.

7

« Quelle belle journée, hein ? » s'extasia Gladys en l'entraînant dans le couloir aux murs en parpaings.

Ils passèrent devant sa chambre. Le couloir menait à une autre aile du bâtiment – encore des portes –, mais ils bifurquèrent à gauche, dans une sorte de vestibule, face à un ascenseur.

Luke, habituellement très doué pour entretenir une conversation polie, restait muet. Certain que Nicky agirait de même à sa place.

« Les bestioles, en revanche… Aaah ! » Gladys chassa des insectes imaginaires. « N'oublie pas de t'enduire de répulsif, au moins jusqu'en juillet.

— Quand les libellules éclosent.

— Oui ! Exactement ! »

Elle émit un rire chantant.

« Où on va ?

— Tu verras. »

Elle haussa les sourcils, comme pour dire : *Ne gâchons pas la surprise.*

La porte de l'ascenseur s'ouvrit. Deux hommes en chemise et pantalon bleus en sortirent. L'un se prénommait JOE, l'autre HADAD. Tous deux avaient un iPad à la main.

« Salut, les gars, dit gaiement Gladys.

— Salut, ma belle, répondit Hadad. Comment ça va ?

— Très bien, gazouilla Gladys.

— Et toi, Luke ? s'enquit Joe. Tu trouves tes marques ? »

Luke ne répondit pas.

« Tu nous fais le coup du silence ? » Hadad affichait un grand sourire. « C'est pas grave. Pour l'instant. Plus tard, ça sera peut-être différent. Je vais te dire un truc, Luke : si tu te comportes bien avec nous, on se comportera bien avec toi.

— Il faut marcher droit pour que ça marche, ajouta Joe. Sur ces bonnes paroles… à plus tard, Gladys ?

— Pour sûr. Tu me dois un verre.

— Si tu le dis. »

Les deux hommes s'éloignèrent. Gladys fit monter Luke dans l'ascenseur. Il n'y avait ni boutons ni numéros. « B », annonça-t-elle en sortant de sa poche de pantalon une carte magnétique qu'elle passa devant un capteur. La porte se referma. La cabine descendit, mais pas longtemps.

« Vous êtes arrivés au Niveau B », susurra une voix féminine.

Gladys agita sa carte de nouveau. La porte s'ouvrit sur un vaste hall éclairé par des dalles translucides au plafond. Des nappes de musique douce flottaient dans l'air. On se croirait dans un supermarché, pensa Luke. Plusieurs personnes allaient et venaient ; certaines poussaient des chariots chargés de matériel, d'autres transportaient un panier blanc qui semblait contenir des prélèvements sanguins. Sur chaque porte figurait un numéro, précédé de la lettre B.

Une grosse organisation, avait dit Nicky. *Un camp !* Il avait certainement raison, car s'il existait un Niveau B, la logique voulait qu'il existe également un Niveau C. Voire des Niveaux D et E. On était tenté de croire qu'il s'agissait d'une installation gouvernementale, songea Luke, mais comment pouvaient-ils cacher une telle entreprise ? Contraire à la loi et à la Constitution. Qui reposait sur le rapt d'enfants.

Ils passèrent devant une porte ouverte. Luke crut voir une salle de repos, avec des tables et des distributeurs (mais aucun écriteau VEUILLEZ BOIRE AVEC MODÉRATION). Un homme et deux femmes étaient assis à une des tables. Habillés normalement – jean et chemise –, ils buvaient du café. Une des femmes, plus ou moins blonde, avait un visage familier. Sans qu'il puisse dire pourquoi tout d'abord, puis il se souvint d'une voix qui disait : *Oui, tout ce que tu veux*. Les dernières paroles qu'il avait entendues avant de se réveiller ici.

« Vous, dit-il en la montrant du doigt. C'était vous ! »

La femme ne dit rien, elle demeura impassible. Mais elle le regarda fixement. Gladys ferma la porte.

« C'est elle, dit Luke. J'en suis sûr.

— On est presque arrivés, dit Gladys. Ce ne sera pas long. Ensuite, tu pourras retourner dans ta chambre. Je suis sûre que tu as envie de te reposer. Les premiers jours, c'est parfois épuisant.

— Vous ne m'avez pas écouté ? C'est cette femme qui est entrée dans ma chambre. Et elle m'a aspergé le visage avec je ne sais quoi. » Aucune réponse, uniquement ce sourire enjoué. Que Luke trouvait de plus en plus flippant. On aurait dit un androïde dans un film de science-fiction.

Ils s'arrêtèrent devant la porte B31.

« Si tu es sage, tu auras droit à cinq jetons. » Gladys glissa la main dans sa poche de pantalon, d'où elle sortit une poignée de cercles en métal ressemblant à des pièces de vingt-cinq *cents*, ornés d'un triangle sur les deux faces. « Tu vois ? Je les ai là. »

Elle frappa à la porte. L'homme tout de blanc vêtu qui vint ouvrir se prénommait TONY. Il était grand, blond, et beau, si on faisait abstraction d'un léger strabisme. Luke trouva qu'il ressemblait à un méchant dans un film de James Bond, peut-être le moniteur de ski charmeur qui est en réalité un tueur à gages.

« Bonjour, ma jolie. » Il embrassa Gladys sur la joue. « Ah, je vois que tu nous amènes Luke. Salut, Luke. » Il tendit la main. Luke, imitant Nicky Wilholm, l'ignora. Tony rit comme s'il s'agissait d'une excellente plaisanterie. « Entre, entre. »

Gladys le poussa délicatement dans le dos et ferma la porte. Ce que Luke découvrit alors au centre de la pièce était inquiétant. On aurait dit un fauteuil de dentiste. Mais c'était la première fois qu'il en voyait un muni de sangles sur les accoudoirs.

« Assieds-toi, champion », dit Tony.

Ce n'était pas « mon petit », mais presque.

Tony se dirigea vers un comptoir, ouvrit un tiroir qui se trouvait dessous et fourragea à l'intérieur. En sifflotant. Quand il se retourna, il tenait une sorte de petit fer à souder. Il parut surpris de constater que Luke n'avait pas bougé. Il le gratifia d'un grand sourire.

« Assieds-toi, je t'ai dit.

— Qu'est-ce que vous allez faire avec ça ? Me tatouer ? »

Il pensa aux Juifs à qui on tatouait des numéros sur les bras quand ils entraient dans les camps, à Auschwitz ou Bergen-Belsen. Une idée totalement ridicule, et pourtant...

Surpris par cette question, Tony répondit en riant :

« Mon Dieu, non ! Je vais juste te placer une puce dans le lobe. C'est comme se faire percer les oreilles. Rien de bien méchant. Tous nos pensionnaires en ont une. »

Luke recula.

« Je ne suis pas un pensionnaire. Je suis un prisonnier. Et vous ne me mettrez rien dans l'oreille.

— Si », répliqua Tony, sans se départir de son sourire artificiel. Il avait toujours la tête du type qui aide les enfants à prendre le téléski, avant d'essayer de tuer James Bond avec une fléchette empoisonnée. « Ça ne fait pas plus mal qu'un pincement. Alors, sois gentil, assieds-toi dans ce fauteuil. Ce sera terminé dans sept secondes. Et Gladys te donnera une poignée de jetons. Si tu compliques les choses, je te mettrai quand même la puce, mais tu n'auras pas de jetons. Bon, tu en penses quoi ?

— Je ne m'assoirai pas dans ce fauteuil. »

Luke tremblait de la tête aux pieds, mais sa voix était ferme.

Tony soupira. Il déposa soigneusement son instrument sur le comptoir, s'approcha de Luke, les mains sur les hanches. Il avait adopté un air solennel, presque triste.

« Tu es sûr ?

— Oui. »

La gifle fit bourdonner ses oreilles avant même qu'il s'aperçoive que la main droite de Tony avait quitté sa hanche. Il recula d'un pas en titubant et regarda le géant blond avec des yeux écarquillés, remplis de stupéfaction. Son père lui avait donné une (petite) claque un jour parce qu'il avait joué avec des allumettes à quatre ou cinq ans, mais jamais encore il n'avait reçu une vraie gifle. Il avait la joue en feu et n'en revenait pas.

« Ça fait beaucoup plus mal qu'un pincement à l'oreille », dit Tony. Son grand sourire avait disparu. « Tu en veux une autre ? Ce sera avec plaisir. Tes petits camarades et toi, vous vous prenez pour les rois du monde. Nom d'un chien ! »

Luke remarqua alors le léger hématome sur le menton de Tony, et la petite entaille sur sa joue gauche. Il songea à la trace de coquard sur le visage de Nicky Wilholm. Il aurait aimé être capable d'en faire autant, mais le courage lui manquait. En vérité, il ne savait pas se battre. S'il ripostait, Tony allait le rouer de coups.

« Alors, tu veux bien t'asseoir dans ce fauteuil maintenant ? »

Luke s'exécuta.

« Tu vas te tenir tranquille ou je dois t'attacher ?

— Pas la peine. »

Tony avait dit vrai : le pincement à l'oreille était moins douloureux que la gifle, peut-être parce qu'il s'y attendait, ou parce que ça ressemblait plus à un acte médical qu'à une agression. L'opération terminée, Tony alla chercher une seringue hypodermique dans un stérilisateur.

« Deuxième round, champion.

— Y a quoi dans cette seringue ?

— Ça ne te regarde pas.

— Si vous m'injectez ce truc dans le corps, ça me regarde. »

Tony soupira.

« Je t'attache ou pas ? À toi de choisir. »

Il repensa au conseil de George : *Ne gaspille pas ton énergie*.

« Non.

— Bravo. Une petite piqûre et c'est terminé. »

Sans être insoutenable, la douleur fut vive et Luke sentit son bras s'enflammer jusqu'au poignet, comme sous l'effet d'une poussée de fièvre très localisée. Puis la sensation de brûlure disparut.

Tony colla un pansement adhésif sur son bras et fit pivoter le fauteuil. Luke se retrouva face à un mur blanc.

« Ferme les yeux. »

Luke obéit.

« Tu entends des bruits ?

— Quel genre ?

— Cesse de poser des questions et réponds aux miennes. Tu entends quelque chose, oui ou non ?

— Taisez-vous. Laissez-moi écouter. »

Tony se tut. Luke tendit l'oreille.

« Quelqu'un vient de passer dans le couloir. Et quelqu'un d'autre a ri. Je crois que c'était Gladys.

— C'est tout ?

— Oui.

— OK. Très bien. Maintenant, tu vas compter jusqu'à vingt et tu ouvriras les yeux. »

Luke fit ce qu'on lui demandait.

« Qu'est-ce que tu vois ?

— Le mur.

— Rien d'autre ? »

Luke devina que Tony parlait des points. *Si tu les vois, dis-le*, lui avait conseillé George. *Si tu les vois pas, dis-le aussi*. *Ne mens pas*. *Ils savent*.

« Non, rien d'autre.

— Tu es sûr ?

— Oui. »

Tony lui donna une tape sur l'épaule qui le fit sursauter.

« OK, champion. On a terminé. Je te souhaite une très bonne journée. »

8

Gladys l'attendait devant la salle B31 quand Tony ouvrit la porte. Elle affichait son large sourire professionnel d'hôtesse.

« Alors, Luke, comment ça s'est passé ? »

Tony répondit à sa place :

« Très bien. C'est un gentil garçon.

— C'est notre spécialité, dit Gladys d'une voix presque chantante. Bonne journée, Tony.

— Toi aussi, Gladys. »

Elle entraîna Luke vers l'ascenseur en bavardant joyeusement. Il ignorait de quoi elle parlait. Son bras l'élançait à peine, mais il appuyait un sachet de glace contre son oreille qui palpitait encore. La gifle lui avait fait plus mal que le reste. Pour diverses raisons.

Gladys l'escorta jusqu'à sa chambre en empruntant le couloir peint en vert industriel. Ils passèrent devant l'affiche sous laquelle s'était assise Kalisha, puis devant celle qui proclamait ENCORE UNE JOURNÉE AU PARADIS, pour atteindre finalement la chambre qui ressemblait à la sienne, mais n'était pas la sienne.

« Temps libre ! » s'exclama Gladys comme si elle lui remettait un prix d'une valeur inestimable. Et en effet, la perspective de se retrouver seul ressemblait à une récompense. « Il t'a fait une piqûre, hein ?

— Oui.

— Si tu sens une douleur dans le bras, ou si tu as la tête qui tourne, préviens-moi, ou un de mes collègues, d'accord ?

— OK. »

Luke ouvrit la porte, mais avant qu'il entre, Gladys le saisit par l'épaule et l'obligea à se retourner. Elle arborait toujours son sourire d'hôtesse, mais ses doigts formaient un étau d'acier qui s'enfonçait dans sa chair. Pas au point de lui faire mal, mais suffisamment pour qu'il sache qu'elle *pouvait* lui faire mal.

« Pas de jetons pour toi, malheureusement. Je n'ai pas eu besoin d'en parler avec Tony. Cette marque sur ta joue en dit long. »

Luke avait envie de répondre : *Je n'en veux pas de vos jetons merdiques !*, mais il garda le silence. Il n'avait pas peur de recevoir une gifle, il craignait que sa voix – frêle, mal assurée, désorientée, la voix d'un garçon de six ans – le fasse craquer devant elle.

« Je vais te donner un bon conseil. » Gladys ne souriait plus. « Tu dois comprendre que tu es ici pour servir, Luke. Cela signifie que tu vas devoir grandir, et vite. Apprendre à être réaliste. Tu vas subir certaines choses. Certaines pas très agréables. Tu peux être un bon petit gars et recevoir des jetons, ou choisir d'être mauvais joueur et ne rien avoir du tout. Ces choses auront lieu quoi qu'il arrive. Alors, qu'est-ce que tu choisis ? Ce n'est pas très difficile. »

Luke ne répondit pas. Le sourire de Gladys réapparut malgré tout. Ce sourire qui disait : *Suivez-moi, monsieur, je vous conduis à votre table*.

« Tu retourneras chez toi avant la fin de l'été, et ce sera comme si tout ça n'avait jamais existé. Si tu gardes quelques souvenirs, ils ressembleront à un rêve. Mais tant que ce n'est *pas* un rêve, autant passer un bon moment, non ? » Elle desserra son emprise et poussa délicatement Luke à l'intérieur de la chambre.

« Repose-toi un peu. Allonge-toi. Tu as vu les points ?

— Non.

— Ça viendra. »

Elle ferma la porte en douceur. Tel un somnambule, Luke traversa la pièce jusqu'au lit qui n'était pas le sien. Il s'allongea, appuya sa tête sur l'oreiller qui n'était pas le sien, et contempla le mur vide, sans fenêtre. Aucun point, là non plus. Même s'il ignorait à quoi ils ressemblaient. Il songea : je veux ma maman.

Cette pensée brisa ses dernières résistances. Il lâcha le sachet de glace, plaqua ses mains sur ses yeux et se mit à pleurer. L'observaient-ils ? Écoutaient-ils ses sanglots ? Peu importe. Il s'en fichait. Quand il s'endormit, il pleurait encore.

9

Au réveil, il se sentait mieux, comme nettoyé. Il découvrit qu'on avait ajouté deux choses dans sa chambre pendant qu'il était parti déjeuner, avant de faire la connaissance de ses deux nouveaux merveilleux amis : Gladys et Tony. Un ordinateur portable était posé sur le bureau. Un Mac, comme le sien, mais un modèle plus ancien. L'autre nouveauté était un petit téléviseur, installé sur un pied dans un coin.

Luke commença par allumer l'ordinateur. Le tintement familier du Mac provoqua un autre pincement au cœur. Un écran bleu apparut, avec ce message : PLACE UN JETON DEVANT LA CAMÉRA POUR OUVRIR. Luke appuya plusieurs fois sur la touche *Enter*, sachant que c'était inutile.

« Saloperie. »

En dépit de l'aspect irréel et effroyable de la situation, il ne put s'empêcher de rire. Un rire sec et bref, mais authentique. Avait-il éprouvé un certain sentiment de supériorité – voire du mépris – à l'égard de ces enfants qui quémandaient des jetons afin d'acheter des jus de fruits alcoolisés ou des cigarettes ? Évidemment. S'était-il dit : *Jamais je ne ferai ça* ? Évidemment. Quand Luke pensait aux jeunes qui fumaient et buvaient (ce qui lui arrivait rarement, il avait d'autres préoccupations plus importantes), la première chose qui lui venait à l'esprit, c'était la vision de ces gothiques ringards qui écoutaient Pantera et dessinaient des cornes de diable pourries sur leurs blousons en jean, des losers tellement débiles qu'ils croyaient commettre un acte de rébellion en s'enroulant dans les chaînes de l'addiction. Il s'imaginait mal faisant la même chose, et pourtant, il était là, face à l'écran bleu d'un ordinateur, il s'acharnait sur la touche *Enter* tel un rat enfermé dans une boîte de Skinner qui appuie sur un levier pour obtenir une croquette ou quelques grammes de cocaïne.

Il ferma l'ordinateur et s'empara de la télécommande posée sur le téléviseur. Il s'attendait à découvrir un autre écran bleu et un message expliquant qu'il avait besoin d'un ou plusieurs jetons pour faire fonctionner la télé mais, au lieu de cela, il tomba sur Steve Harvey en train d'interviewer David Hasselhoff à propos de la fameuse liste des choses à faire avant de mourir. Le public riait en découvrant ses réponses.

La touche *Guide* de la télécommande fit apparaître un menu semblable à celui de sa télé, chez lui, mais comme la chambre et l'ordinateur, ce n'était pas *exactement* le même. Si le menu proposait un vaste choix de films et de programmes sportifs, il n'y avait aucune chaîne d'information. Luke éteignit la télé, reposa la télécommande dessus et regarda autour de lui.

Outre celle qui donnait sur le couloir, il y avait deux portes. L'une s'ouvrait sur un placard. Celui-ci contenait des jeans, des T-shirts (aucun effort n'avait été accompli pour copier ceux qu'il avait chez lui, ce qui constituait une sorte de soulagement), deux chemises, deux paires de baskets et une paire de pantoufles. Pas de chaussures de ville.

L'autre porte donnait sur une petite salle de bains, d'une propreté impeccable. Deux brosses à dents encore emballées étaient posées sur le lavabo, à côté d'un tube de Crest tout neuf. Dans l'armoire à pharmacie, bien remplie, il trouva du bain de bouche, du Tylenol pour enfants, du déodorant, un répulsif anti-insectes à bille, des pansements adhésifs, et divers autres articles plus ou moins utiles. La seule chose qui pouvait être considérée comme vaguement dangereuse était un coupe-ongles.

Il referma l'armoire à pharmacie et se contempla dans la glace. Il avait les cheveux en bataille et des cernes sous les yeux (trop de branlettes, aurait dit Rolf). Bizarrement, il paraissait à la fois plus vieux et plus jeune. En examinant son lobe droit endolori, il vit le minuscule cercle métallique incrusté dans la peau légèrement rougie. Il aurait parié que, quelque part au Niveau B, ou C ou D, un technicien suivait désormais tous ses faits et gestes. En ce moment même peut-être. Lucas David Ellis, qui avait projeté de s'inscrire au MIT et à Emerson, était désormais réduit à un point clignotant sur un écran d'ordinateur.

Il retourna dans sa chambre (Non, *la* chambre, corrigea-t-il), regarda autour de lui et fit une constatation déprimante. Pas un seul livre. Rien. C'était aussi affreux que l'absence d'ordinateur. Peut-être même plus. Il retourna vers le placard et ouvrit les tiroirs l'un après l'autre, pensant peut-être y trouver une bible ou un Livre de Mormon, comme dans les chambres d'hôtel. Il ne découvrit que des slips soigneusement empilés et des chaussettes.

Que lui restait-il ? Steve Harvey interviewant David Hasselhoff ? Une rediffusion de *Vidéogag* ?

Hors de question.

Il quitta la chambre, pensant que Kalisha ou un des autres pensionnaires traînaient peut-être dans les parages. À la place, il tomba sur Maureen Alvorson, qui poussait dans le couloir son panier de linge débordant de draps et de serviettes pliés. Elle paraissait plus fatiguée que jamais et essoufflée.

« Bonjour, madame Alvorson. Vous voulez que je pousse votre panier ?

— Ah, ce serait très gentil, dit-elle avec un sourire. On attend cinq nouveaux : deux ce soir et trois demain. Et je dois préparer leurs chambres. C'est par là… »

Elle désigna la direction opposée à l'espace détente et au terrain de jeux.

Luke se mit à pousser le panier, lentement, au rythme des pas de Mme Alvorson.

« Vous ne sauriez pas, par hasard, comment je pourrais gagner un jeton ? J'en ai besoin pour déverrouiller l'ordinateur dans ma chambre.

— Tu es capable de faire un lit, si je t'explique comment on fait ?

— Bien sûr. Je fais mon lit chez moi.

— Au carré ?

— Euh… non.

— Peu importe, je te montrerai. Si tu fais cinq lits, je te donnerai trois jetons. C'est tout ce que j'ai dans ma poche. Ils me rationnent.

— Ce serait super.

— OK. Mais arrête avec tes "madame Alvorson". Tu peux m'appeler Maureen, ou simplement Mo. Comme les autres enfants.

— Entendu. »

Ils passèrent devant l'ascenseur et s'engagèrent dans un autre couloir. Bordé lui aussi d'affiches encourageantes. Il y avait un distributeur de glaçons, comme dans les motels, et apparemment, il ne fonctionnait pas avec des jetons. Soudain, Maureen posa la main sur le bras de Luke. Il arrêta de pousser le panier de linge et la regarda d'un air interrogateur.

Dans un murmure, elle lui dit :

« Je vois qu'on t'a mis une puce, mais tu n'as pas reçu de jetons.

— Euh…

— Tu peux parler ici, tout bas. Il y a une dizaine d'endroits à l'Avant où leurs saletés de micros ne captent rien. Des zones mortes. Je les connais toutes. Celle-ci en est une, juste après le distributeur de glaçons.

— OK…

— Qui t'a posé la puce et t'a fait cette marque sur le visage ? Tony ? »

Luke sentait ses yeux le piquer et il n'osait rien dire ; il ne savait pas s'il pouvait parler sans risque. Il se contenta de hocher la tête.

« Il fait partie des méchants, dit Maureen. Comme Zeke. Et Gladys, même si elle sourit tout le temps. Parmi les gens qui travaillent ici, il y en a plein qui aiment maltraiter les enfants, mais ces trois-là, c'est les pires.

— Tony m'a giflé. Fort. »

Maureen lui ébouriffa les cheveux. Un geste que les femmes faisaient avec les bébés et les jeunes enfants, mais Luke s'en fichait. C'était une marque d'affection et, à cet instant, ça représentait beaucoup.

« Fais ce qu'il te demande, dit Maureen. Ne discute pas. C'est le meilleur conseil que je peux te donner. Il y a des personnes ici avec qui tu peux discuter, même Mme Sigsby, même si ça ne sert à rien, mais Tony et Zeke, c'est des sales bêtes. Gladys aussi. Ils mordent. » Sur ce, la femme de ménage se remit en marche, mais Luke la retint par la manche de son uniforme marron pour la ramener vers la zone morte.

« Je crois que Nicky a frappé Tony, murmura-t-il. Il avait une coupure sur la joue et un léger coquard. »

Le sourire de Maureen dévoila des dents qui n'avaient pas vu le dentiste depuis longtemps.

« Bravo à Nicky, dit-elle. Je parie que Tony le lui a fait payer cher, mais quand même… bravo. Allez, viens. Si tu m'aides, on peut préparer ces chambres en moins de deux. »

Dans la première, des posters de Tommy Pickles et de Zuko, des personnages de dessin animé, ornaient les murs et un bataillon de figurines G.I. Joe occupait le dessus de la commode. Luke en reconnut plusieurs immédiatement car il avait eu sa phase G.I. Joe lui aussi, il n'y avait pas si longtemps. Le papier peint représentait des clowns joyeux tenant des ballons gonflables.

« Putain, lâcha Luke, c'est une chambre de môme. »

Maureen lui lança un regard amusé qui semblait dire : Tu n'es pas Mathusalem non plus.

« Exact. Il s'appelle Avery Dixon et, d'après ma fiche, il n'a que dix ans. Allez, mettons-nous au travail. Je suis sûre que si je te montre comment on fait un lit au carré, tu y arriveras du premier coup. Tu m'as l'air d'être un garçon qui comprend vite. »

10

De retour dans sa chambre, Luke présenta un de ses jetons devant la caméra de l'ordinateur portable. Il se sentait un peu idiot, mais un écran bleu apparut aussitôt, avec ce message : CONTENT DE TE REVOIR DONNA ! Luke fronça les sourcils, puis esquissa un sourire. Avant son arrivée, cet ordinateur avait manifestement appartenu à une certaine Donna. La page d'accueil n'avait pas été modifiée. Quelqu'un s'était planté. C'était une erreur infime, certes, mais une erreur pouvait en cacher d'autres.

Le message s'effaça, remplacé par un banal fond d'écran : une plage déserte à l'aube. Les icônes situées en bas ressemblaient à celles de son propre ordinateur, à une différence près, flagrante (mais pas surprenante à ce stade) : il n'y avait pas de timbre-poste pour symboliser la messagerie. Toutefois, il y avait deux icônes de moteurs de recherche. Ça, c'était une surprise, et une bonne. Il ouvrit Firefox et tapa AOL LOG-IN. L'écran bleu réapparut. Cette fois, un cercle rouge palpitait au milieu. Et une douce voix artificielle dit : « Désolé, Dave. Je ne peux pas faire ça. »

Luke crut d'abord à une autre erreur – d'abord Donna, et maintenant Dave –, avant de reconnaître la voix de HAL 9000 dans le film *2001 : l'Odyssée de l'espace*. Ce n'était pas une bourde, juste de l'humour de geek. Absolument pas drôle dans ce contexte.

Il tapa *Herbert Ellis* sur Google et eut droit au même message de la part de HAL. Après réflexion, Luke tapa Orpheum Theater Minneapolis, non qu'il ait eu l'intention d'aller voir un spectacle (ni dans cette salle ni ailleurs dans un futur proche), mais pour savoir à quel type d'informations il pouvait accéder. Il y en avait certainement, sinon à quoi bon lui donner une connexion ?

Le Orf, comme l'appelaient ses parents, semblait faire partie des sites autorisés aux « pensionnaires » de l'Institut. Il apprit ainsi que le spectacle Hamilton allait reprendre (« À la demande générale ! ») et que Patton Oswalt se produirait le mois prochain dans cette salle (« Préparez-vous à mourir de rire ! »). Il essaya alors de se connecter sur le site de la Broderick School. Aucun problème. Mais quand il voulut joindre M. Greer, le conseiller d'orientation, il retomba sur HAL. Il commençait à comprendre la frustration éprouvée par David Bowman dans le film de Kubrick.

Alors qu'il s'apprêtait à quitter Google, une idée lui vint. Il tapa *Police d'État du Maine*. Son index hésita au-dessus de la touche *Enter*. Sans doute allait-il avoir droit aux excuses hypocrites de HAL une fois encore, mais il devinait que ça ne s'arrêterait pas là. Une alarme allait probablement se déclencher aux niveaux inférieurs. Ils pouvaient oublier de changer le nom d'un utilisateur, mais pas d'installer un programme d'alerte si un des jeunes pensionnaires de l'Institut essayait de contacter les autorités. Un châtiment s'ensuivrait. Plus sérieux qu'une gifle. Bref, cet ordinateur, autrefois utilisé par une certaine Donna, ne servait à rien.

Luke se renversa contre le dossier de sa chaise et croisa les bras sur son torse étroit. Il pensa à Maureen, à la façon amicale dont elle lui avait ébouriffé les cheveux. Un simple geste, distrait, mais (avec les jetons) il avait permis d'atténuer la brûlure de la gifle assenée par Tony. Kalisha lui avait-elle dit que cette femme avait quarante mille dollars de dettes ? Non, plutôt le double.

Motivé par la démonstration de tendresse de Maureen, mais aussi pour tuer le temps, il tapa sur Google : *Je croule sous les dettes aidez-moi SVP*. L'ordinateur lui donna accès immédiatement à toutes sortes d'informations sur le sujet, dont les noms de plusieurs sociétés qui promettaient de vous débarrasser de ces foutues factures sans aucun problème, un coup de téléphone suffisait. Luke était sceptique, mais il devinait que certaines personnes y croyaient ; c'était d'ailleurs comme ça qu'elles s'étaient retrouvées dans cette situation.

Maureen Alvorson ne faisait pas partie de ces personnes, d'après Kalisha. Cette dernière affirmait que le mari de Maureen avait accumulé des dettes avant de ficher le camp. C'était peut-être vrai, peut-être pas, mais il y avait forcément des solutions à ce problème. Il y avait toujours des solutions. L'éducation servait à les trouver. Cet ordinateur n'était peut-être pas si inutile que ça, finalement.

Luke consulta les sources qui lui paraissaient le plus fiables, et très vite il s'immergea dans l'univers des dettes et des remboursements. Il sentait renaître sa vieille faim de savoir. Son envie d'apprendre des choses nouvelles.

D'isoler et de comprendre les problèmes fondamentaux. Chaque information conduisait à trois autres (ou six, ou douze) et, finalement, un tableau cohérent commença à apparaître. Une sorte de carte topographique. Le concept le plus intéressant – la cheville ouvrière à laquelle tous les autres étaient reliés – était simple, mais sidérant (pour Luke, du moins). Les dettes étaient une *marchandise*. Qui s'achetait, se vendait, et était devenue à un moment donné le pivot de l'économie américaine, mais également de l'économie mondiale. Pourtant, cette marchandise n'existait pas réellement. Ce n'était pas une chose concrète – du gaz, de l'or ou des diamants. Ce n'était qu'une idée.

Quand l'ordinateur tinta pour annoncer un message, Luke secoua la tête comme s'il émergeait d'un rêve captivant. D'après l'horloge du Mac, il était presque dix-sept heures. Il cliqua sur l'icône représentant un ballon en bas de l'écran et lut :

Mme Sigsby : Bonjour, Luke. Je suis la directrice de cet établissement. J'aimerais te voir.

Il réfléchit, puis tapa :

Luke : Ai-je le choix ?

La réponse fut immédiate :

Mme Sigsby : Non ☺

« Vous pouvez prendre votre smiley et vous le… »

On frappa à la porte. Il alla ouvrir, s'attendant à voir Gladys, mais il se retrouva face à Hadad, un des deux types croisés dans l'ascenseur.

« Tu as envie d'aller faire un tour, mon grand ? » Luke soupira :

« Accordez-moi une minute. Faut que j'enfile mes baskets.

— No problemo. »

Hadad le conduisit au-delà de l'ascenseur, jusqu'à une porte qu'il ouvrit à l'aide d'une carte magnétique. Ils parcoururent la courte distance qui les séparait du bâtiment administratif en chassant les insectes.

11

Mme Sigsby rappelait à Luke la sœur aînée de son père. Comme tante Rhoda, elle était maigre, presque dépourvue de hanches et de poitrine. Mais tante Rhoda avait des rides d'expression autour de la bouche et un regard chaleureux. Elle aimait vous prendre dans ses bras. Luke sentait qu'il ne fallait attendre aucune marque d'affection de la part de cette femme qui se tenait debout à côté de son bureau dans un tailleur prune, avec des chaussures assorties. Il y aurait peut-être quelques sourires, mais ils seraient aussi authentiques qu'un billet de trois dollars. Dans les yeux de Mme Sigsby, il percevait une évaluation méticuleuse, et rien d'autre.

« Merci, Hadad. Je m'en occupe. »

L'aide-soignant (Luke devinait que telle était sa fonction) répondit par un hochement de tête respectueux et ressortit.

« Commençons par une remarque évidente, dit Mme Sigsby. Nous sommes seuls. Je passe une dizaine de minutes avec chaque nouveau pensionnaire, peu de temps après son arrivée. Certains, désorientés et furieux, ont tenté de m'agresser. Je ne leur en tiens pas rigueur. Pourquoi leur en voudrais-je ? Nos pensionnaires les plus âgés ont seize ans, mais l'âge moyen est de onze ans et six mois. Des enfants, autrement dit. Or les enfants ne savent pas contrôler leurs impulsions. Je vois dans ce comportement agressif un moment propice à la pédagogie, et je leur donne une leçon. As-tu besoin d'une leçon, Luke ?

— Non, pas sur ce sujet. »

Luke se demanda si Nicky faisait partie de ceux qui avaient tenté de lever la main sur ce petit bout de femme. Peut-être qu'il lui poserait la question plus tard.

« Bien. Assieds-toi. »

Luke prit le siège devant le bureau et glissa ses mains entre ses genoux. Mme Sigsby s'assit face à lui dans son fauteuil. Elle avait le regard d'une maîtresse d'école qui ne tolère pas les sottises. Et les punit sévèrement. Luke n'avait encore jamais rencontré d'adulte impitoyable. Jusqu'à aujourd'hui. Une constatation effrayante. Son premier réflexe fut de la rejeter en la qualifiant de ridicule. Il l'étouffa dans l'œuf. Mieux valait se dire qu'il avait mené une existence protégée. Il était préférable – et plus sûr – de croire que Mme Sigsby était ce qu'il croyait qu'elle était, jusqu'à preuve du contraire. La situation était grave, cela ne faisait aucun doute. Se mentir à soi-même serait peut-être la plus grosse erreur qu'il pouvait commettre.

« Tu t'es fait des amis, Luke. C'est bien, c'est un bon début. Tu rencontreras d'autres personnes durant ton séjour à l'Avant. Deux nouveaux viennent d'arriver : un garçon nommé Avery Dixon et une fille nommée Helen Simms. Ils dorment pour le moment, mais tu pourras bientôt faire leur connaissance. Peut-être avant l'extinction des feux à vingt-deux heures dans le cas de Helen. Avery, lui, va dormir jusqu'à demain matin. Il est très jeune, et on peut imaginer qu'il sera dans tous ses états en se réveillant. J'espère que tu le prendras sous ton aile, comme le feront Kalisha, Iris et George, j'en suis sûre. Et peut-être Nick aussi. Mais personne ne sait jamais comment il va réagir. Pas même lui. Aider Avery à s'acclimater te permettra de gagner des jetons qui constituent, comme tu as pu le constater, la monnaie d'échange principale ici, à l'Institut. C'est à toi de décider, mais sache que nous t'observerons. »

Je le sais déjà, pensa Luke. Vous nous écoutez aussi. Sauf dans les rares endroits où vous ne pouvez pas. À en croire Maureen.

« Tes amis t'ont fourni un certain nombre d'informations, exactes ou totalement fausses. En revanche, ce que je vais te dire maintenant est *absolument* exact, alors écoute bien. » Elle se pencha en avant, les mains à plat sur son bureau, les yeux fixés sur ceux de Luke. « Tes oreilles sont grandes ouvertes, Luke ? Car je n'aime pas me répéter.

— Oui.

— Oui, quoi ? »

La question claqua, bien que le visage de Mme Sigsby demeurât parfaitement calme.

« J'écoute. Je suis attentif.

— Parfait. Tu vas passer un certain temps à l'Avant. Dix jours, peut-être. Ou deux semaines. Peut-être même un mois, mais il est rare que nos conscrits restent aussi longtemps.

— Les conscrits ? Vous voulez dire que j'ai été mobilisé ? »

Mme Sigsby eut un petit hochement de tête.

« C'est exactement ça. Nous menons une guerre et tu as été appelé pour servir ton pays.

— Pourquoi ? Parce que j'arrive, de temps en temps, à déplacer un verre ou un livre sans le toucher. C'est stu…

— *Tais-toi !* »

Luke s'arrêta net, presque aussi sonné qu'il l'avait été par la gifle de Tony.

« Quand je te parle, tu écoutes. Tu ne m'interromps pas. C'est bien compris ? »

Ne faisant pas confiance à sa voix, Luke hocha la tête.

« Il ne s'agit pas d'une course à l'armement, mais d'une bataille de *l'esprit*. Et si nous la perdons, les conséquences ne seront pas seulement dramatiques, elles seront inimaginables. Tu n'as peut-être que douze ans, mais tu es un soldat engagé dans une guerre non déclarée. *Idem* pour Kalisha et les autres. Ça te plaît ? Non, évidemment. Les appelés ne sont jamais contents de leur sort, et il faut parfois leur apprendre que le refus d'obéir aux ordres entraîne des conséquences. D'ailleurs, je crois que tu as déjà reçu une leçon à ce sujet. Si tu es aussi intelligent que l'affirme ton dossier, une autre ne sera peut-être pas nécessaire. Mais s'il le faut, tu y auras droit. Tu n'es pas chez toi. Tu n'es pas dans ton école. Tu n'écoperas pas d'une corvée ou d'une heure de colle, tu ne seras pas convoqué dans le bureau du proviseur. Tu seras *puni*. Compris ?

— Oui. »

Les jetons pour les garçons et les filles obéissants, les gifles pour les récalcitrants. Ou pire. Un concept glaçant, mais simple.

« Tu vas recevoir un certain nombre d'injections. Tu vas subir un certain nombre de tests. On contrôlera ton état physique et mental. Après ça, tu seras autorisé à rejoindre ce qu'on appelle l'Arrière, et là tu devras accomplir un certain nombre de tâches. Ton séjour à l'Arrière peut durer jusqu'à six mois, mais la durée moyenne du service actif est de six semaines seulement. Ensuite, on effacera tes souvenirs et on te renverra chez tes parents.

— Ils sont vivants ? Mes parents sont toujours en vie ? »

Le rire de Mme Sigsby avait un son étonnamment joyeux.

« Bien sûr qu'ils sont vivants ! Nous ne sommes pas des meurtriers, Luke.

— Je veux leur parler, alors. Si vous me laissez leur parler, je ferai tout ce que vous voulez. »

Ces paroles lui échappèrent avant qu'il prenne conscience que c'était une promesse imprudente.

« On ne s'est pas bien compris, Luke. » Elle se rassit. Les mains à plat sur le bureau. « Ce n'est pas une négociation. Tu feras ce qu'on te demande, de toute façon. Crois-moi. Ainsi, tu t'éviteras énormément de souffrances. Tu n'auras aucun contact avec le monde extérieur durant tout ton séjour à l'Institut, et cela inclut tes parents. Tu obéiras aux ordres. Tu te plieras aux protocoles. Et à quelques exceptions près peut-être, les ordres ne te paraîtront pas ardus, ni les protocoles contraignants. Le temps passera très vite, et quand tu nous quitteras, quand tu te réveilleras dans ta chambre un beau matin, rien de tout cela n'aura jamais eu lieu. Le plus triste, selon moi, c'est que tu n'auras pas le souvenir d'avoir eu l'immense privilège de servir ton pays.

— Je ne vois pas comment c'est possible », dit Luke. En se parlant à lui-même plus qu'à Mme Sigsby, comme il le faisait lorsqu'un sujet – un problème de physique, un tableau de Manet, les implications à court et long terme de l'endettement – avait capté toute son attention. « Un tas de gens me connaissent. Les profs à l'école… les collègues de mes parents… mes amis… vous ne pouvez pas effacer tous leurs souvenirs. »

Cette fois, la directrice ne rit pas, elle se contenta de sourire.

« Tu serais surpris de voir tout ce que nous pouvons faire. Bien, assez bavardé. » Elle se leva, contourna son bureau, main tendue. « J'ai été ravie de faire ta connaissance. »

Luke se leva à son tour, en ignorant sa main.

« Serre-moi la main, Luke. »

Une partie de lui avait envie d'obéir – les habitudes sont coriaces –, mais il garda le bras le long du corps.

« Serre-moi la main, ou tu le regretteras. Je ne te le répéterai pas. »

Il la dévisagea et comprit qu'elle ne plaisantait pas. Alors, il obéit. Elle garda sa main dans la sienne. Sans serrer. Mais il sentait qu'elle avait de la force. Elle plongea ses yeux, gris acier, dans les siens.

« Il se peut que je te croise sur le campus, mais espérons que tu ne remettras pas les pieds dans ce bureau. Si jamais tu es convoqué ici de nouveau, notre conversation sera moins agréable. Tu as compris ?

— Oui.

— Bien. Je sais que tu traverses une période sombre, mais si tu fais ce qu'on te demande, tu verras réapparaître le soleil. Aie confiance. File, maintenant. »

Luke ressortit du bureau en ayant l'impression, une fois de plus, d'évoluer dans un rêve, ou d'être Alice dans le terrier du lapin. Hadad l'attendait en bavardant avec la secrétaire, ou l'assistante, peu importe, de Mme Sigsby.

« Je te ramène à ta chambre. Reste bien près de moi, compris ? »

Alors qu'ils marchaient en direction du bâtiment d'en face, Luke dut s'arrêter, pris de vertiges.

« Attendez », dit-il.

Il se plia en deux, mains sur les genoux. Des lumières colorées dansaient devant ses yeux.

« Tu vas t'évanouir ? demanda Hadad.

— Non. Mais accordez-moi quelques secondes.

— OK. Ils t'ont fait une piqûre ?

— Oui.

— Ça fait ça parfois. Réaction à retardement. »

Luke s'attendait à ce qu'on lui demande s'il voyait des taches ou des points, mais Hadad attendit simplement en sifflotant et en chassant les nuées de cératopogonidés.

Luke revoyait le regard glacial de Mme Sigsby, il repensait à son refus catégorique de lui expliquer comment un endroit tel que celui-ci pouvait exister sans une forme de… Quel serait le terme exact ? Protocole extrajudiciaire ? C'était comme si elle le mettait au défi de tirer les conclusions par lui-même.

Si tu fais ce qu'on te demande, tu verras réapparaître le soleil. Aie confiance.

Il n'avait que douze ans et savait que son expérience du monde était limitée, mais il était sûr d'une chose : quand quelqu'un vous disait *« Aie confiance »*, il mentait effrontément.

« Tu te sens mieux ? Tu es prêt à repartir, fiston ?

« Oui. » Luke se redressa. « Mais je ne suis pas votre fiston. »

Le large sourire de Hadad dévoila sa dent en or.

« Pour le moment, si. Tu es un enfant de l'Institut, Luke. Alors, détends-toi et fais-toi une raison. »

12

Dès qu'ils furent de retour dans le bâtiment, Hadad appela l'ascenseur et lança « À plus tard, Balthazar ! » avant de pénétrer dans la cabine. En regagnant sa chambre, Luke trouva Nicky Wilholm assis par terre devant le distributeur de glaçons, en train de manger un biscuit au beurre de cacahuètes dans un moule en papier. Une affiche apposée au-dessus de lui montrait deux tamias de dessin animé ; des bulles de dialogue sortaient de leurs bouches fendues par un grand sourire. Celui de gauche disait : « Vis la vie que tu aimes ! » L'autre disait : « Aime la vie que tu vis ! » Luke demeura perplexe.

« Comment tu qualifierais cette affiche dans un endroit comme celui-ci, petit génie ? demanda Nicky. C'est de l'ironie, du sarcasme ou du baratin ?

— Les trois », répondit Luke, et il s'assit à côté de lui.

Nicky lui tendit le paquet de biscuits.

« Tu veux l'autre ? »

Oui, il le voulait. Il remercia Nicky, déchira l'emballage pour sortir la friandise qu'il mangea en trois bouchées.

Nicky l'observa d'un œil amusé.

« Tu as eu droit à ta première injection, hein ? Ça file une super envie de sucre. Ce soir, au dîner, tu n'auras peut-être pas faim, mais tu mangeras le dessert. À tous les coups. Alors, tu as vu des points ?

— Non. » Luke se souvint qu'il avait dû se pencher en avant, les mains sur les genoux en attendant que les vertiges passent. « Peut-être. C'est quoi, exactement ?

— Les techniciens appellent ça les Lumières de Stasi. Ça fait partie de la préparation. Personnellement, je n'ai pas eu beaucoup de piqûres, et quasiment aucun test zarbi, parce que je suis un TK-pos. Comme George. Sha, elle, est TP-pos. Tu passes plus de tests quand tu es un pensionnaire ordinaire. » Il réfléchit à ce qu'il venait de dire. « Aucun de nous n'est ordinaire, sinon on ne serait pas ici, mais tu m'as compris.

— Ils essaient de développer nos capacités ? »

Nicky haussa les épaules.

« Ils nous préparent pour quoi ?

— Pour ce qu'ils font à l'Arrière. Comment ça s'est passé avec la reine des salopes ? Elle t'a sorti son discours sur l'honneur de servir son pays ?

— Elle m'a expliqué que j'avais été appelé sous les drapeaux. J'ai plutôt l'impression d'avoir été enrôlé de force. Au dix-septième et au dix-huitième siècle quand les capitaines de navire avaient besoin de membres d'équipage…

— J'avais compris. Je suis allé à l'école, je te signale. Mais tu n'as pas tort. » Nicky se leva. « Viens, on va sur le terrain de jeux. Tu pourras me donner une leçon aux échecs.

— Je crois que je vais plutôt aller m'allonger.

— Tu es un peu pâle, en effet. Mais la friandise t'a fait du bien, hein ? Avoue.

— Oui, confirma Luke. Qu'est-ce que tu as fait pour gagner un jeton ?

— Rien. Maureen me l'a filé en douce avant de terminer son service. Kalisha a raison à son sujet, reconnut Nicky, presque à contrecœur. S'il y a quelqu'un de bien dans cet endroit pourri, c'est elle. »

Ils étaient arrivés devant la chambre de Luke. Nicky brandit le poing et Luke frappa dedans.

« On se voit à la cantine, Einstein. D'ici là, te laisse pas abattre ! »

MAUREEN ET AVERY

1

Luke sombra dans un demi-sommeil peuplé de fragments de rêves désagréables, ne se réveillant que lorsque la cloche annonça l'heure du dîner. Un soulagement. Nicky s'était trompé : il avait faim. De nourriture et de compagnie. Néanmoins, il s'arrêta en chemin pour vérifier que les autres ne l'avaient pas fait marcher. Eh bien, non. Le distributeur de friandises jouxtait un authentique distributeur de cigarettes vintage, rempli, surmonté d'une enseigne lumineuse montrant un homme et une femme élégante qui fumaient sur un balcon en riant. Juste à côté, une autre machine proposait des boissons pour adultes en petites bouteilles, que certains élèves de la Broderick School, portés sur l'alcool, appelaient « les doses avion ». Vous pouviez acheter un paquet de cigarettes pour huit jetons, une petite bouteille de vin de cassis Leroux pour cinq. En face, se trouvait une glacière Coca-Cola d'un rouge éclatant.

Soudain, des mains le saisirent par-derrière et le soulevèrent de terre. Luke laissa échapper un cri de surprise et Nicky éclata de rire dans son oreille.

« Pose-moi ! »

Au lieu d'obéir, Nicky le balança de droite à gauche en chantonnant.

Enfin, il reposa Luke, le fit tournoyer, leva les bras et se mit à danser le boogaloo au rythme de la muzak qui sortait des haut-parleurs disposés en hauteur. Derrière lui, Kalisha et Iris assistaient à la scène en affichant la même expression qui semblait dire : *« Ah, les garçons ! »*

« Tu veux te battre, Lukey ?

— Enfonce ton nez dans mon cul et étouffe-toi », répliqua Luke.

Et il se mit à rire.

Le mot qui qualifiait Nicky, qu'il soit de bonne ou de mauvaise humeur, était *vivant*.

« Joli, commenta George en se faufilant entre les deux filles. Je le ressortirai.

— Du moment que tu cites tes sources », dit Luke.

Nicky arrêta de danser.

« Je meurs de faim, Martin. Allons manger. »

Luke souleva le couvercle de la glacière Coca-Cola.

« Les sodas sont gratuits, si j'ai bien compris. On paie juste l'alcool, les clopes et les sucreries.

— Tout juste, dit Kalisha.

— Et… euh… » Il montra le distributeur de friandises. La plupart valaient un jeton, mais ce qu'il désignait en valait six. « C'est du…

— Tu veux savoir si les Hi Boy Brownies, c'est bien ce que tu penses ? demanda Iris. Je n'ai jamais essayé, mais je suis sûre que oui.

— Je confirme, déclara George. Ça m'a fait planer, mais ça m'a filé une crise d'urticaire aussi. Je suis allergique. Allez, on va bouffer. »

Ils s'assirent tous à la même table. NORMA avait été remplacée par SHERRY. Luke commanda des champignons panés, un steak haché-salade et un dessert qui se faisait appeler Cream Brulay à la Vanille. Il y avait peut-être des gens intelligents dans ce sinistre royaume enchanté – Mme Sigsby n'avait rien d'une idiote, assurément –, mais la personne qui confectionnait les menus n'en faisait pas partie. Attention, n'était-ce pas du snobisme intellectuel de sa part ?

Il décida qu'il s'en fichait.

Ils parlèrent un peu des écoles qu'ils fréquentaient avant qu'on les arrache à leurs existences quotidiennes – des écoles normales, autant que pouvait en juger Luke, et non pas des établissements spécialisés pour enfants surdoués –, puis de leurs programmes télé et films préférés. Tout allait bien jusqu'à ce qu'Iris porte la main à sa joue constellée de taches de rousseur et que Luke s'aperçoive qu'elle pleurait. Légèrement. Mais c'étaient bien des larmes.

« Pas d'injections aujourd'hui. En revanche, j'ai eu droit à cette saloperie de thermo dans le cul. » Voyant l'air hébété de Luke, elle sourit, ce qui fit couler une autre larme sur sa joue. « Ils prennent notre température par voie rectale. »

Les autres acquiescèrent.

« On ne sait pas pourquoi, dit George, mais c'est humiliant.

— Et ça fait très dix-neuvième siècle, ajouta Kalisha. Ils doivent avoir une raison… »

Elle haussa les épaules.

« Qui veut du café ? proposa Nicky. Je vais en chercher si…

— Salut. »

La voix venait du seuil de la cantine. Ils tournèrent la tête et découvrirent une fille en jean et débardeur.

Ses cheveux, courts et en épis, étaient verts d'un côté et bleu-violet de l'autre. Néanmoins, en dépit de cette coiffure punk, elle ressemblait à une enfant perdue dans les bois, tout droit sortie d'un conte de fées. Luke devina qu'elle avait à peu près son âge.

« Où je suis ? demanda-t-elle. L'un de vous sait ce qu'est cet endroit ?

— Approche, ma jolie, lança Nicky en la gratifiant de son sourire éclatant. Prends une chaise. Et mange un morceau.

— J'ai pas faim, répondit la nouvelle. Dites-moi juste un truc : qui je dois sucer pour sortir d'ici ? »

Voilà comment ils firent la connaissance de Helen Simms.

2

Après dîner, ils retournèrent sur le terrain de jeux (Luke n'oublia pas de s'asperger de produit contre les insectes) et ils informèrent Helen. Ils apprirent que c'était une TK et une pos, comme George et Nicky. Elle le prouva en renversant plusieurs pièces que Nicky venait d'installer sur l'échiquier.

« Tu n'es pas juste une pos, tu es une *super* pos, dit George. Laisse-moi essayer. » Il parvint à faire tomber un pion, et le roi noir chancela sur sa base, mais rien de plus. Il se rassit en soupirant. « OK, c'est toi qui gagnes, Helen.

— On est tous des perdants, répondit-elle. Voilà ce que je pense. »

Luke lui demanda si elle s'inquiétait au sujet de ses parents.

« Pas vraiment. Mon père est alcoolique. Ma mère a divorcé quand j'avais six ans et elle s'est remariée… surprise !… avec un autre alcoolique. Elle a dû se dire : Si tu ne peux pas les vaincre, joins-toi à eux. Car maintenant, c'est une alcoolo elle aussi. Mon frère me manque, par contre. Vous croyez qu'il va bien ?

— Bien sûr », répondit Iris, sans grande conviction.

Et elle partit sauter sur le trampoline. Luke songea qu'il aurait eu mal au cœur s'il en avait fait autant aussitôt après dîner, mais Iris n'avait presque rien mangé.

« Soyons clairs, dit Helen. Vous ne savez pas pourquoi on est ici, sauf que c'est peut-être lié à des pouvoirs psychiques qui seraient recalés à une audition de *L'Amérique a un incroyable talent*.

— On ne serait même pas sélectionnés pour *Little Big Shots*, dit George.

— Ils nous font passer des tests jusqu'à ce qu'on voie des points, mais vous ne savez pas pourquoi ?

— Exact, confirma Kalisha.

— Ensuite, ils nous envoient dans un autre endroit, l'Arrière, mais on ignore ce qui s'y passe ?

— Tu sais jouer aux échecs ? demanda Nicky. Ou tu te contentes de renverser les pièces ? »

Helen l'ignora.

« Et quand ils en ont terminé avec nous, on a droit à un effacement de mémoire style S-F, et on vit heureux jusqu'à la fin de nos jours ?

— Tu as tout compris », dit Luke.

Elle réfléchit et lâcha : « C'est l'enfer.

— C'est pour ça que Dieu nous a donné du jus de fruits alcoolisé et des Hi Boy Brownies », ironisa Kalisha.

Luke en avait assez entendu. Il allait se remettre à pleurer ; il sentait les larmes venir, comme un orage. Iris pouvait se permettre de pleurer en public, c'était une fille, mais il se faisait une idée (sûrement démodée, puissante malgré tout) de la manière dont les garçons étaient censés se comporter. En un mot : comme Nicky.

Il regagna sa chambre, ferma la porte et se coucha sur son lit, un bras devant les yeux. Et là, sans raison aucune, il songea à Richie Rocket dans sa combinaison spatiale argentée en train de danser avec enthousiasme, comme Nicky Wilholm avant le dîner, et il revit les petits enfants qui l'imitaient en riant aux éclats et en chantant « Mambo Number 5 ». À croire que rien ne pouvait arriver, que leurs vies seraient toujours remplies d'une joie innocente.

Les larmes vinrent, parce qu'il avait peur et qu'il était en colère, mais surtout parce qu'il voulait rentrer chez lui. Il n'avait jamais éprouvé le mal du pays. Il n'était pas en colonie de vacances, il n'était pas en excursion. Il vivait un cauchemar, et il n'avait qu'une seule envie : que ça s'arrête. Il voulait se réveiller. Et comme il ne le pouvait pas, il s'endormit, tandis qu'un dernier sanglot soulevait sa frêle poitrine.

3

Encore des cauchemars.

Il se réveilla en sursaut alors qu'il était pourchassé par un chien noir sans tête dans Wildersmoot Drive. Pendant un bref moment merveilleux, il crut que tout cela n'était qu'un rêve, et qu'il était dans sa vraie chambre. Puis il regarda son pyjama qui n'était pas son pyjama, et le mur où aurait dû se trouver une fenêtre. Il se rendit aux toilettes et, comme il n'avait plus sommeil, il alluma l'ordinateur. Il crut qu'il aurait besoin d'un autre jeton pour le faire fonctionner, mais non. Peut-être fonctionnait-il par cycles de vingt-quatre heures, ou quarante-huit s'il avait de la chance. L'horloge en haut de l'écran indiquait trois heures et quart. L'aube était encore loin. Ça lui apprendrait à faire une sieste et à se coucher si tôt.

Il envisagea de se connecter à YouTube pour visionner des vieux dessins animés, des trucs comme Popeye, qui les faisaient se tordre de rire, Rolf et lui, en hurlant « Où qu'sont mes épinards ? » et « Uck-uck-uck ». Mais il devinait qu'ils ne feraient que raviver son envie de rentrer chez lui. Alors, que restait-il ? Se recoucher, pour rester éveillé jusqu'au lever du soleil ? Errer dans les couloirs déserts ? Faire un tour sur le terrain de jeux ? C'était possible – Kalisha lui avait dit que la porte n'était jamais fermée à clé –, mais ça serait trop flippant.

« Pourquoi tu ne réfléchis pas, abruti ? »

Il avait parlé tout bas, mais sa voix le fit sursauter ; il faillit même plaquer sa main sur sa bouche. Il se leva et fit le tour de la chambre, pieds nus. C'était une bonne question. *Pourquoi il ne réfléchissait pas ?* Il était doué pour ça, non ? Lucas Ellis, le cerveau. Le petit génie. Il adorait Popeye le marin, il adorait « Call of Duty », il adorait tirer des paniers dans le jardin, mais il savait aussi lire le français, même s'il avait encore besoin des sous-titres quand il regardait des films français sur Netflix, parce qu'ils parlaient tous trop vite et qu'ils employaient des expressions insensées. *Boire comme un trou*[1], par exemple. Alors qu'il était plus logique de dire « boire comme un poisson ». Il était capable de noircir un tableau d'équations mathématiques, il pouvait réciter tous les éléments de la table périodique, donner la liste de tous les vice-présidents depuis celui de George Washington et expliquer de manière convaincante pourquoi personne n'atteindrait jamais la vitesse de la lumière, sauf au cinéma.

Alors pourquoi restait-il là, à se lamenter sur son sort ? Que puis-je faire d'*autre* ?

Luke décida de considérer cela comme une vraie question, et non comme l'expression de son désespoir. S'évader était probablement impossible, mais apprendre ?

Il essaya de se connecter au site du *New York Times* et ne fut pas surpris de tomber sur HAL 9000. Pas d'infos pour les jeunes pensionnaires de l'Institut. La question était : existait-il un moyen de contourner cette interdiction ? Une voie détournée ? Peut-être.

Voyons voir. Voyons voir. Il ouvrit Firefox et tapa #! manteaude-Griffin !#

Griffin était le nom de l'homme invisible créé par H.G. Wells, et ce site, que Luke avait découvert un an plus tôt environ, permettait de contourner le contrôle parental. Il ne permettait pas d'accéder au dark web, mais à la porte d'à côté. Il s'en était déjà servi, pas pour visiter des sites pornographiques sur les ordinateurs de la Broad (bien que Rolf et lui l'aient déjà fait, deux ou trois fois) ou pour visionner des décapitations de Daesh, uniquement parce qu'il trouvait cette idée super cool et qu'il voulait voir si ça fonctionnait. Chez lui et à

1. En français dans le texte.

l'école, ça avait marché, mais ici ? Il n'y avait qu'une seule façon de le savoir. Il enfonça la touche *Enter*.

Le Wifi de l'Institut moulina longuement et, juste au moment où Luke commençait à se dire qu'il perdait son temps, la connexion s'établit. Dans la partie supérieure de l'écran apparut l'homme invisible de Wells, la tête enveloppée d'un bandage, les yeux masqués par des lunettes noires de frimeur. Sous cette image figurait une question qui était également une invitation : QUELLE LANGUE SOUHAITEZ-VOUS TRADUIRE ? La liste était longue, de l'assyrien au zoulou. Tout l'intérêt de ce site tenait au fait que le choix de la langue n'avait aucune importance : l'important, c'était l'historique. Autrefois, il existait dans Google un passage secret sous les contrôles parentaux, mais les sages de Mountain View l'avaient condamné. D'où le Manteau de Griffin.

Luke opta pour l'allemand, au hasard. Apparut alors : ENTREZ LE MOT DE PASSE. Faisant appel à ce que son père appelait parfois sa « drôle de mémoire », Luke entra #49ger194GbL4. L'ordinateur se remit à mouliner, avant d'annoncer : MOT DE PASSE ACCEPTÉ.

Il tapa *New York Times*, puis appuya sur *Enter*. Cette fois, l'ordinateur réfléchit encore plus longtemps, mais le *Times* finit par apparaître. Le numéro du jour, en anglais. À partir de maintenant, l'historique de l'ordinateur n'enregistrerait qu'une succession de mots allemands et leurs traductions en anglais. Une petite victoire, peut-être. Ou une grande. Dans l'immédiat, Luke s'en fichait. C'était une victoire, voilà tout.

Combien de temps faudrait-il à ses ravisseurs pour qu'ils prennent conscience de ce qu'il était en train de faire ? Camoufler l'historique de cet ordinateur ne servirait à rien s'ils pouvaient l'espionner en direct. En voyant la une du journal, ils couperaient immédiatement la connexion. Tant pis pour le *Times* et son gros titre sur Trump et la Corée du Nord, il ferait bien de se connecter au site du *Star Trib* avant qu'il soit trop tard pour voir si on parlait de ses parents. C'est alors que des hurlements retentirent dans le couloir.

« *Au secours ! Au secours !* AIDEZ-MOI, JE SUIS PERDU ! »

4

Ces braillements émanaient d'un garçonnet en pyjama *Star Wars* qui tambourinait à toutes les portes avec ses petits poings, semblables à des pistons. Dix ans ? Avery Dixon semblait avoir six ans, sept au maximum. Son pantalon était mouillé et lui collait à la peau.

« *Au secours !* JE VEUX RENTRER CHEZ MOI ! »

Luke regarda autour de lui ; il s'attendait à voir une personne – plusieurs probablement – accourir, mais le couloir demeura désert. Par la suite, il découvrirait qu'un enfant hurlant qu'il voulait rentrer chez lui était chose courante à l'Institut. Dans l'immédiat, il désirait juste le faire taire. Ce gamin angoissé l'angoissait.

Luke s'approcha de lui, s'accroupit pour se mettre à sa hauteur et le prit par les épaules.

« Hé, hé, calme-toi, petit. »

Le garçonnet le regarda avec ses yeux rougis, mais Luke n'était pas certain qu'il le voyait. La sueur plaquait ses cheveux sur son front. Son visage ruisselait de larmes et la morve faisait briller sa lèvre supérieure.

« *Où est ma maman ? Où est mon papa ?* »

Il ne disait pas papa, mais *papaaaaa* ! On croyait entendre une sirène annonçant une attaque aérienne.

Il se mit à taper du pied. Ses poings martelèrent les épaules de Luke. Ce dernier le lâcha, se redressa et recula. Stupéfait, il regarda le gamin se rouler par terre.

En face de l'affiche qui proclamait ENCORE UNE JOURNÉE AU PARADIS, une porte s'ouvrit et Kalisha apparut. Elle portait un T-shirt tie-dye et un short de basket extralarge. Elle rejoignit Luke et toisa le nouveau, les mains sur ses hanches quasiment inexistantes.

Elle se tourna vers Luke.

« J'ai déjà vu des colères, mais celle-ci, c'est le pompon. »

Une autre porte s'ouvrit et Helen Simms sortit à son tour dans le couloir, vêtue – si l'on pouvait dire – de ce qu'on appelait une nuisette. *Elle* avait des hanches, et d'autres atouts intéressants.

« Hé, remets tes yeux dans leurs orbites, Lukey, dit Kalisha, et file-moi un coup de main plutôt. Ce môme me casse la tête, il va me filer une migraine. »

Elle s'agenouilla et tendit la main vers le jeune enragé, mais la retira vivement lorsqu'il lui assena un coup de poing sur l'avant-bras.

« Ah, la vache ! Aide-moi donc. Tiens-lui les mains. »

Luke s'agenouilla à son tour et fit une timide tentative pour maîtriser le gamin, avant de reculer. Mais il ne voulait pas passer pour une mauviette devant cette vision en rose arrivée récemment. Alors il saisit le garçonnet par les coudes et lui plaqua les bras le long du corps. Il sentait le cœur de l'enfant battre à toute allure.

Kalisha se pencha au-dessus de lui, prit son visage entre ses mains et le regarda droit dans les yeux. Il cessa de hurler. On n'entendait plus que le bruit de sa respiration précipitée. Il observait Kalisha, fasciné, et Luke comprit soudain pourquoi elle disait qu'il lui cassait la tête.

« C'est un TP, hein ? Comme toi. »

Kalisha acquiesça.

« Mais il est beaucoup plus fort que moi, ou que les autres TP que j'ai vus passer ici. Viens, on va l'emmener dans ma chambre.

— Je peux venir ? demanda Helen.

— Libre à toi, ma jolie. Je suis sûre que Luke apprécie le spectacle. »

Helen rougit.

« Je vais peut-être me changer d'abord.

— Fais ce que tu veux, répondit Kalisha, avant de s'adresser au garçonnet : Comment tu t'appelles ?

— Avery. » Il avait la voix éraillée à force de brailler. « Avery Dixon.

— Moi, c'est Kalisha. Tu peux m'appeler Sha, si tu veux.

— Mais ne l'appelle pas "petite", dit Luke.

5

La chambre de Kalisha était plus féminine que l'aurait cru Luke, compte tenu du langage qu'elle employait parfois. Il y avait un dessus-de-lit rose et des oreillers à volants. Une photo encadrée de Martin Luther King les toisait au-dessus de la commode.

Elle rit en voyant Luke la regarder.

« Ils essaient de faire en sorte que ça ressemble à chez nous, mais quelqu'un a dû trouver que le portrait que j'avais sur mon mur allait un peu trop loin, alors ils l'ont changé.

— Pourquoi ? C'était qui ?

— Eldridge Cleaver. Tu connais ?

— Bien sûr. *Soul on Ice*. Je ne l'ai pas encore lu, mais j'avais prévu de m'y mettre. »

Sans cesser de renifler, Avery voulut s'asseoir sur le lit de Kalisha. Elle l'en empêcha, en douceur, mais fermement.

« Non, non, pas avec ton pantalon tout mouillé. »

Lorsqu'elle voulut le lui enlever, Avery recula prestement, les mains plaquées sur son entrejambe.

Kalisha se tourna vers Luke et haussa les épaules. Il fit de même, puis s'accroupit devant Avery.

« Tu es dans quelle chambre ? »

En guise de réponse, Avery secoua la tête.

« Tu as laissé ta porte ouverte ? »

Cette fois, le garçonnet acquiesça.

« Je vais te chercher des vêtements secs, dit Luke. Toi, tu restes ici avec Kalisha, OK ? »

Aucune réaction. Avery le regardait fixement, épuisé et désorienté. Au moins, il avait renoncé à imiter une sirène d'alarme.

« Vas-y, dit Kalisha à Luke. Je vais essayer de le calmer. »

Helen apparut sur le seuil. Elle avait enfilé un jean et finissait de boutonner un pull.

« Il va mieux ?

— Un peu », répondit Luke.

Il remarqua une succession de gouttes sur le sol du couloir, venant de la direction qu'il avait prise avec Maureen pour faire les lits des nouveaux.

« Aucun signe des deux autres garçons, dit Helen. Ils doivent dormir comme des souches.

— Exact, dit Kalisha. Va avec Luke, La Nouvelle. Avery et moi, on a des trucs à se dire, d'esprit à esprit. »

6

« Il s'appelle Avery Dixon, dit Luke à Helen, alors qu'ils se tenaient devant une porte ouverte, juste après le distributeur de glaçons qui jacassait tout seul. « Il a dix ans. Il ne les fait pas, hein ? »

Elle le regarda d'un air stupéfait.

« Tu es TP ou quoi ?

— Non. » Il observait le poster de Tommy Pickles et la collection de figurines G.I. Joe sur la commode. « Je suis venu ici avec Maureen. C'est une des femmes de ménage. Je l'ai aidée à faire le lit. À part ça, la chambre était déjà prête. »

Helen lui adressa un sourire narquois.

« Ah, tout s'explique. Tu es un petit fayot. »

Luke repensa à la gifle que lui avait assenée Tony et se demanda si Helen aurait bientôt droit au même traitement.

« Non, pas du tout. Maureen n'est pas comme les autres. Si tu la traites bien, elle te traitera bien aussi.

— Ça fait combien de temps que tu es ici, Luke ?

— Je suis arrivé peu de temps avant toi.

— Alors, comment tu peux savoir qui est gentil ou pas ?

— Maureen est quelqu'un de bien, c'est tout ce que je dis. Bon, aide-moi à lui trouver des fringues. »

Helen prit un pantalon et un slip dans la commode (sans omettre de fouiller dans les autres tiroirs) et ils regagnèrent la chambre de Kalisha. En chemin, elle demanda à Luke s'il avait déjà subi les tests dont lui avait parlé George. Non, répondit-il, mais il lui montra la puce dans son oreille. »

« N'essaie pas de résister. Je l'ai fait, ça m'a valu une baffe. »

Elle s'arrêta net.

« Je te crois pas ! »

Luke tourna la tête pour lui montrer sa joue, sur laquelle deux doigts de Tony avaient laissé de légers hématomes.

« Moi, personne ne me frappera, déclara Helen.

— À ta place, je ne tenterais pas le diable. »

Elle repoussa ses cheveux bicolores.

« J'ai déjà les oreilles percées, alors je m'en fous. »

Kalisha était en tailleur sur son lit, à côté d'Avery, assis sur une serviette de toilette. Elle caressait les cheveux du garçonnet, collés par la sueur. Il la regardait d'un air rêveur, comme si elle était la Princesse Tania. Helen lança les vêtements à Luke qui, ne s'y attendant pas, laissa tomber le slip, orné de dessins de Spiderman dans diverses postures acrobatiques.

« Je n'ai aucune envie de voir la petite quéquette de ce gamin. Je retourne me coucher, déclara-t-elle. Peut-être que je me réveillerai dans ma chambre, ma *vraie* chambre, et que tout cela n'aura été qu'un rêve.

— N'espère pas trop », dit Kalisha.

Helen s'éloigna à grands pas. Luke ramassa le slip, juste à temps pour voir le balancement de ses hanches dans le jean délavé.

« Appétissant, hein ? » lâcha Kalisha.

Luke lui apporta les vêtements, le rouge aux joues.

« Oui, j'avoue. Mais elle laisse un peu à désirer au niveau personnalité. »

Il espérait faire rire Kalisha – il aimait beaucoup son rire –, mais elle semblait triste.

« Cet endroit saura l'amadouer. Bientôt, elle détalera en tremblant dès qu'elle verra un type en chemise bleue. Comme nous tous. Allez, Avery, enfile ça. Lukey et moi, on ne regarde pas. »

Ils lui tournèrent le dos, observant par la porte de la chambre restée ouverte l'affiche qui proclamait qu'ils étaient au paradis. Ils entendaient derrière eux des reniflements et des bruissements de tissu. Finalement, Avery déclara :

« Je suis habillé, vous pouvez vous retourner.

— Maintenant, dit Kalisha, prends ton pyjama mouillé et va le suspendre dans la salle de bains, au-dessus de la baignoire. »

Il obéit sans protester, puis revint dans la chambre en traînant les pieds.

« C'est fait, Sha. »

La fureur avait déserté sa voix. Il paraissait intimidé et fatigué.

« Bravo. Viens t'allonger sur le lit. Tu peux maintenant. »

Kalisha se rassit, prit les pieds du garçonnet sur ses genoux et tapota le lit à côté d'elle. Luke vint s'asseoir et demanda à Avery s'il se sentait mieux.

« Oui, je crois.

— Non, tu en es sûr », dit Kalisha, et elle se remit à lui caresser les cheveux.

Luke avait le sentiment – complètement débile peut-être – qu'il se passait énormément de choses entre eux. Intérieurement.

« Vas-y, dit Kalisha. Raconte-lui ta blague si ça te fait plaisir. Et ensuite, au lit, bordel.

— Tu as dit un gros mot.

— Oui, possible. Allez, raconte-lui ta blague. »

Avery se tourna vers Luke.

« OK. C'est trois nains qui vont à la mine. Le premier prend une pioche, le deuxième prend une pelle. Le troisième passe devant, pourquoi ? »

Luke faillit faire remarquer à Avery que plus personne n'employait le mot « nain » dans la bonne société, mais étant donné que, de toute évidence, la bonne société n'existait pas ici, il dit simplement :

« Je donne ma langue au chat.

— Il a pris la tête. Tu as compris ?

— Oui. Allez, dors maintenant. »

Avery s'apprêtait à ajouter quelque chose – peut-être une autre blague qui lui était venue à l'esprit –, mais Kalisha le fit taire. Elle continua à lui caresser les cheveux. En remuant les lèvres. Les paupières du garçonnet s'alourdirent. Elles se fermèrent, se rouvrirent lentement, se refermèrent et se rouvrirent de nouveau, encore plus difficilement. Pour la dernière fois.

« Tu as fait quelque chose ? demanda Luke.

— Je lui ai chanté une berceuse que me chantait ma mère. » Sa voix n'était qu'un murmure, mais impossible de ne pas percevoir le plaisir et l'émerveillement qui transparaissaient. « Je chante comme une casserole, mais d'un esprit à l'autre, la mélodie n'a pas d'importance, apparemment.

— J'ai l'impression qu'il n'est pas très intelligent », dit Luke.

Le regard que lui lança Kalisha lui fit venir le rouge au front, comme lorsqu'elle l'avait surpris en train de reluquer les jambes de Helen.

« À tes yeux, dit-elle, le monde entier ne doit pas avoir l'air très intelligent.

— Non, non, je ne suis pas comme ça, protesta Luke. Je voulais juste dire que…

— Relax. J'ai compris ce que tu voulais dire. En fait, il ne manque pas d'intelligence. Mais un niveau de TP aussi élevé que le sien, c'est pas forcément une bonne chose. Quand tu ne sais pas ce que les gens pensent, tu dois commencer très jeune à…

— Repérer des indices ?

— Oui, voilà. Les gens ordinaires survivent en étudiant les visages, en jugeant le ton employé, autant que les mots eux-mêmes. C'est comme avoir des dents qui poussent, pour pouvoir mâcher des aliments durs. Ce pauvre gosse ressemble à Panpan dans le dessin animé de Disney. Ses dents sont tout juste bonnes à grignoter de l'herbe. Tu comprends ce que je te raconte ? »

Luke répondit par l'affirmative.

Kalisha soupira :

« L'Institut n'est pas un endroit pour Panpan, mais peut-être que ça n'a pas d'importance, étant donné qu'on finira tous à l'Arrière.

— Quel niveau de TP il a par rapport à… toi, disons ?

— Mille fois plus. Ils ont une unité de mesure ici : le BDNF. J'ai vu ça un jour sur l'ordinateur du Dr Hendricks. Et à mon avis, c'est du lourd. Mais c'est toi la grosse tête. Tu ne sais pas ce que c'est ? »

Non, mais il avait bien l'intention de le découvrir. S'ils ne lui confisquaient pas son ordinateur avant, évidemment.

« En tout cas, reprit Kalisha, ce gamin doit exploser tous les records. Je lui ai parlé ! C'était de la vraie télépathie !

— Pourtant, tu as déjà rencontré d'autres TP, même si c'est plus rare que les TK. Peut-être pas dans le monde extérieur, mais ici, forcément.

— Tu ne comprends pas. Et peut-être que tu ne peux pas comprendre. C'est comme écouter de la musique sur une chaîne sans le son, ou écouter des gens discuter dans le jardin pendant que tu es dans la cuisine avec le lave-vaisselle qui marche. Parfois, il se passe rien, tu entends que dalle. Mais là, c'était réel, un vrai film de science-fiction. Tu devras veiller sur lui une fois que je serai partie, Luke. Ce gamin, c'est un putain de Panpan. Pas étonnant qu'il ne se comporte pas comme un enfant de son âge. Il se l'est coulé douce jusqu'à maintenant. »

Des mots résonnaient dans l'esprit de Luke : *quand je serai partie*.

« Tu… Quelqu'un t'a dit qu'ils allaient t'envoyer à l'Arrière ? Maureen ?

— Inutile. Je n'ai pas passé un seul de leurs tests débiles hier. Aucune injection non plus. C'est un signe. Nick va partir lui aussi. Peut-être que George et Iris resteront ici un peu plus longtemps. »

Délicatement, elle referma sa main sur la nuque de Luke, faisant naître les mêmes frissons à chaque fois.

« Je vais être ta sœur pendant une minute, Luke. Ton âme sœur. Alors, écoute bien. Si la seule chose qui te plaît chez la Punkette, c'est sa façon de se tortiller quand elle marche, ne change rien. Ce n'est pas bon de s'attacher aux gens ici. Quand ils s'en vont, ça te fout en l'air. Et ils s'en vont tous. Par contre, il faut que tu veilles sur ce gamin tant que tu pourras. Quand j'imagine Tony, Zeke ou cette salope de Winona en train de frapper Avery, ça me donne envie de chialer.

— Je ferai mon possible. Mais j'espère que tu vas rester ici encore longtemps. Tu me manquerais.

— Merci, mais c'est exactement ce que je veux dire. »

Après cet échange, ils demeurèrent silencieux un instant. Luke devinait qu'il allait devoir bientôt quitter cette chambre, mais il voulait s'attarder encore un peu. Il ne se sentait pas prêt à se retrouver seul.

« Je crois que je peux aider Maureen. » Il s'exprimait tout bas, en remuant à peine les lèvres. « Au sujet de ses dettes. Il faut que je lui en parle. »

Kalisha ouvrit de grands yeux et sourit.

« Vraiment ? Ce serait génial. » Elle approcha ses lèvres de l'oreille de Luke, déclenchant de nouveaux frissons. Il n'osait pas regarder ses bras, de crainte de constater qu'il avait la chair de poule. « Dépêche-toi. Elle part en congé une semaine dans un jour ou deux. » Elle plaça sa main… Oh, mon Dieu… sur le haut de la cuisse de Luke, une zone que sa mère elle-même ne visitait plus. « Et à son retour, elle va travailler ailleurs pendant trois semaines. Tu la croiseras peut-être dans les couloirs ou dans l'espace détente, mais c'est tout. Elle refuse d'en parler, même dans les endroits où c'est sans danger, alors il s'agit certainement de l'Arrière. »

Elle éloigna ses lèvres et ôta sa main. Luke regretta amèrement qu'elle n'ait pas d'autres secrets à lui confier.

« Retourne dans ta chambre », dit-elle, et il devina, en voyant la petite lueur dans son regard, qu'elle avait conscience de l'effet qu'elle produisait sur lui. « Essaye de dormir un peu. »

7

Il fut arraché à un sommeil profond, sans rêves, par des coups violents frappés à sa porte. Il se redressa dans son lit, jeta des regards affolés autour de lui. Avait-il oublié de se réveiller pour aller à l'école ?

La porte s'ouvrit et un visage souriant apparut. C'était Gladys, la femme qui l'avait emmené se faire poser une puce dans l'oreille. Celle qui lui avait déclaré qu'il était ici pour servir.

« Coucou ! roucoula-t-elle. Debout tout le monde ! Tu as loupé le petit déjeuner, mais je t'ai apporté du jus d'orange. Tu le boiras en chemin. Il vient d'être pressé ! »

Luke remarqua la petite lumière verte sur l'ordinateur portable. Il s'était mis en veille, mais si Gladys entrait et appuyait sur n'importe quelle touche pour savoir quels sites il avait consultés (il l'en croyait capable), elle découvrirait l'homme invisible de H.G. Wells avec sa tête bandée et ses lunettes noires. Elle ne saurait pas ce que c'était, sans doute penserait-elle qu'il s'agissait d'un site consacré à la science-fiction ou au roman policier, mais elle rédigerait un rapport. Un rapport qui finirait entre les mains d'une personne plus haut placée, payée pour être curieuse.

« Vous me laissez une minute pour enfiler un pantalon ?

— Trente secondes. Il ne faut pas que le jus d'orange réchauffe. »

Elle lui adressa un clin d'œil espiègle et ferma la porte.

Luke se leva d'un bond, enfila un jean, attrapa un T-shirt et réveilla l'ordinateur pour connaître l'heure.

Il fut stupéfait de découvrir qu'il était déjà neuf heures. *Jamais* il ne se réveillait aussi tard. L'espace d'un instant, il se demanda s'ils n'avaient pas mis quelque chose dans sa nourriture, mais dans ce cas, il ne se serait pas réveillé au beau milieu de la nuit.

C'est le choc, pensa-t-il. J'essaye encore d'assimiler, de comprendre tout ce qui m'arrive.

Il éteignit l'ordinateur, sachant que toute tentative pour cacher M. Griffin ne servirait à rien s'ils surveillaient son activité sur Internet. Et s'ils étaient connectés sur son ordinateur, ils savaient déjà qu'il avait réussi à accéder au site du *New York Times*. Mais si vous commenciez à raisonner de cette manière, tout devenait futile. Or, c'était probablement ce que les laquais de Sigsby voulaient lui faire croire, à lui et à tous les autres enfants prisonniers ici.

S'ils savaient, ils auraient déjà repris l'ordinateur, se dit Luke. Et s'ils surveillaient cet ordinateur, ils sauraient que le nom qui s'affichait sur la page d'accueil n'était pas le bon, non ?

Cela paraissait logique, mais peut-être voulaient-ils lui donner du mou ? Raisonnement paranoïaque, mais la situation s'y prêtait.

Quand Gladys rouvrit la porte, il était assis sur le lit et il enfilait ses baskets.

« Bravo ! » s'exclama-t-elle comme si Luke était un enfant de trois ans qui avait réussi à s'habiller seul pour la première fois.

Il l'aimait de moins en moins, et pourtant quand elle lui tendit le verre de jus d'orange, il le vida d'un trait.

8

Cette fois, lorsque Gladys passa sa carte magnétique devant le lecteur, elle ordonna à l'ascenseur de les conduire au Niveau C.

« Bon sang, quelle belle journée ! » s'exclama-t-elle, alors que la cabine commençait à descendre.

Apparemment, c'était sa phrase d'introduction préférée. Luke observa les mains de l'intendante.

« Je vois que vous portez une alliance. Vous avez des enfants ? » Le sourire de Gladys se teinta de méfiance.

« Ça ne regarde que moi.

— Je me demandais juste… Si vous aviez des enfants, vous aimeriez qu'ils soient enfermés dans un endroit comme celui-ci ?

« Niveau C », annonça la douce voix féminine de l'ascenseur.

Gladys avait totalement perdu son sourire quand elle entraîna Luke dans le couloir en le tenant par le bras, un peu plus fortement que nécessaire.

« Je me demandais aussi comment vous vous arrangiez avec votre conscience. Mais c'est personnel, je suppose ?

— Assez, Luke. Je t'ai apporté un jus d'orange. Je n'étais pas obligée.

— Et que diriez-vous à vos enfants, si quelqu'un découvrait ce qui se passe ici ? Si on en parlait aux infos ? Comment vous le leur expliqueriez ? »

Gladys pressa le pas en le tirant presque derrière elle, mais il n'y avait aucune expression de colère sur son visage. Dommage. Il aurait eu le plaisir de savoir qu'il avait fait mouche. Mais non. Il n'y avait aucune expression. Un visage de poupée.

Ils pénétrèrent dans la pièce C17. Les étagères croulaient sous le matériel médical et informatique. Derrière un fauteuil rembourré qui ressemblait à un siège de salle de cinéma, se dressait, sur un pied métallique, une sorte de projecteur. Au moins, il n'y avait pas de sangles sur les accoudoirs du fauteuil.

Un technicien les attendait : ZEKE, à en croire le badge épinglé à sa chemise bleue. Luke connaissait ce nom. Maureen lui avait dit qu'il faisait partie des méchants.

« Salut, Luke, lança Zeke. Est-ce que tu te sens détendu ? »

Ne sachant pas quoi répondre, Luke haussa les épaules.

« Tu ne vas pas faire d'histoires, hein ? Voilà ce que je veux savoir, petit.

— Non, non. Pas d'histoires.

— À la bonne heure. »

Zeke ouvrit un flacon contenant un liquide bleu. Il s'en dégagea une forte odeur d'alcool. Et Zeke sortit un thermomètre qui mesurait au moins trente centimètres de long. Bien sûr que non, mais…

« Baisse ton pantalon et penche-toi en avant sur ce fauteuil. Les bras sur les accoudoirs.

— Pas avec… »

Pas avec Gladys juste à côté, voulait-il dire, mais la porte de la Salle C17 était fermée. Gladys avait disparu. Peut-être pour protéger ma pudeur, pensa Luke, mais plus sûrement parce qu'elle en avait marre de mes conneries. Une pensée qui l'aurait réjoui s'il n'y avait eu cette baguette de verre qui allait bientôt sonder des profondeurs de son anatomie jamais explorées jusqu'à maintenant. Cet instrument ressemblait au thermomètre qu'utiliserait un vétérinaire pour prendre la température d'un cheval.

« Pas avec quoi ? » Zeke agitait le thermomètre à la manière d'un bâton de majorette. « Pas avec ça ? Désolé, petit, il le faut. Ordre du quartier général.

— Ça ne serait pas plus simple avec une bandelette frontale ? Je suis sûr que vous pouvez en acheter dans n'importe quelle pharmacie pour un dollar et demi. Même moins avec votre carte de…

— Garde tes plaisanteries pour tes camarades. Baisse ton pantalon et penche-toi au-dessus de ce fauteuil, ou je m'en charge. Et ça ne va pas te plaire. »

Luke marcha lentement vers le fauteuil, déboutonna son pantalon, le baissa et se pencha en avant.

« Oh, c'est la *pleine lune* ! »

Zeke se planta devant lui, le thermomètre dans une main, un pot de vaseline dans l'autre. Il plongea le thermomètre dans le pot et le ressortit. Une boule de gel pendait à l'extrémité. Luke songea que ça ressemblait à la chute d'une blague cochonne.

« Tu vois ? dit le technicien. J'ai mis plein de lubrifiant. Ça ne te fera pas mal. Relâche tes fesses et dis-toi bien que tant que tu ne sens pas mes *deux* mains sur toi, ta virginité ne craint rien. »

Zeke alla se placer derrière Luke qui était penché en avant, les avant-bras appuyés sur le dossier du fauteuil, fesses en l'air. Il sentait sa transpiration, forte et nauséabonde. Il essaya de se dire qu'il n'était pas le premier pensionnaire qui subissait ce traitement. Cela le réconforta un peu… mais franchement, pas beaucoup. Cette pièce débordait de matériel high-tech, malgré cela, ce sale type s'apprêtait à prendre sa température en utilisant la méthode la plus rudimentaire. Pourquoi ?

Pour briser ma résistance, songea Luke. Pour bien me faire comprendre que je suis un cobaye, et quand vous disposez de cobayes, vous pouvez obtenir toutes les données que vous voulez, de la manière que vous voulez. D'ailleurs, peut-être même qu'ils n'ont pas besoin de prendre ma température. C'est peut-être une façon de dire : *Si on peut te fourrer ce truc dans le cul, qu'est-ce qu'on peut y fourrer d'autre ?* Réponse : *Tout ce qu'on veut.*

« Le suspense est insoutenable, hein ? » demanda Zeke dans son dos.

Ce salopard riait.

9

Après l'humiliation du thermomètre, qui parut interminable, Zeke lui prit la tension en introduisant le doigt de Luke dans un oxymètre. Il mesura sa taille et son poids. Il examina sa gorge et son nez. Après quoi, il nota tous les résultats en fredonnant. Entre-temps, Gladys était revenue. Elle buvait du café dans une tasse ornée de marguerites en exhibant son sourire faux.

« C'est l'heure de la piqûre, Lukey, annonça Zeke. Tu ne vas pas me donner du fil à retordre, hein ? »

Luke fit non de la tête. Il ne désirait qu'une chose : regagner sa chambre pour essuyer la vaseline entre ses fesses. Il n'avait aucune raison d'avoir honte. Pourtant, c'était le cas.

Zeke lui fit une injection. Cette fois, Luke ne ressentit aucune chaleur. Uniquement une douleur, brève et légère.

Zeke consulta sa montre. Ses lèvres remuaient pendant qu'il comptait les secondes. Luke en fit autant, mais sans bouger les lèvres. Il était arrivé à trente quand le technicien baissa le bras.

« Tu as des nausées ? »

Luke secoua la tête.

« Un goût métallique dans la bouche ? »

Il ne sentait que des relents de jus d'orange.

« Non.

— Tant mieux. Maintenant, fixe le mur. Tu vois des points ? Ou peut-être que ça ressemble plus à des cercles. »

Luke secoua la tête de nouveau.

« Tu me dis la vérité, hein, petit ?

— Oui. Ni points. Ni cercles. »

Zeke le regarda droit dans les yeux pendant plusieurs secondes. (Luke faillit lui demander s'il voyait des points, mais il se retint.) Finalement, il se redressa, frotta ses paumes l'une contre l'autre de manière ostentatoire et se tourna vers Gladys.

« Emmène-le. Le Dr Evans voudra l'examiner cet après-midi, pour le truc des yeux. » Il montra l'espèce de projecteur. « À seize heures. »

Luke fut sur le point de demander ce qu'était ce « truc des yeux », mais en vérité, il s'en fichait. Il avait faim (voilà une chose qui ne changeait pas, quoi qu'ils lui fassent subir), mais surtout, il avait envie de se nettoyer. Il se sentait… souillé.

« Alors, ce n'était pas si terrible, hein ? dit Gladys dans l'ascenseur. Tu as fait tout un plat pour pas grand-chose. »

Et elle, qu'est-ce qu'elle en penserait si on en avait fait autant dans *son* cul ? Nicky aurait peut-être posé la question, mais il n'était pas Nicky.

Elle le gratifia de ce sourire forcé qu'il trouvait de plus en plus insupportable.

« Tu apprends à bien te comporter, c'est formidable. Tiens, voici un jeton. Non, deux. Je suis d'humeur généreuse aujourd'hui. »

Il les prit.

Plus tard, sous la douche, alors que l'eau coulait sur ses cheveux, il pleura encore. Il avait au moins un point commun avec Helen : il souhaitait que tout cela ne soit qu'un cauchemar. Il aurait donné n'importe quoi, peut-être même son âme, pour se réveiller en voyant les rayons du soleil se répandre sur son lit tel un édredon et en sentant l'odeur du bacon frit qui montait de la cuisine. Ses larmes se tarirent et il commença à éprouver un sentiment qui n'était pas du chagrin, mais quelque chose de plus… dur. Une sorte de soubassement, dont il ignorait l'existence jusqu'alors. Cette découverte lui procurait un soulagement.

Non, il ne s'agissait pas d'un rêve, tout cela lui arrivait pour de bon, et sortir d'ici ne paraissait plus suffisant. Cette chose dure en lui exigeait davantage. Elle voulait dénoncer cette bande de kidnappeurs et de tortionnaires d'enfants, de Mme Sigsby jusqu'à Gladys et son sourire en toc ou Zeke avec son thermomètre gluant. Elle voulait faire s'écrouler l'Institut sur leurs têtes, comme Samson avait fait s'écrouler le temple de Dagon sur les Philistins. Ce n'était que le fantasme aigri et impuissant d'un gamin de douze ans, il en avait conscience, mais si jamais l'occasion se présentait, il le ferait.

Ainsi qu'aimait à le répéter son père : il était bon d'avoir des objectifs. Ils pouvaient vous aider à traverser des moments difficiles.

10

La cantine était déserte, à l'exception d'un agent d'entretien (FRED, indiquait son badge) qui passait la serpillière. Il était encore trop tôt pour déjeuner, mais une coupe de fruits – oranges, pommes, raisin, bananes – était posée sur la première table. Luke prit une pomme avant de se diriger vers les distributeurs et il utilisa un de ses jetons pour acheter un sachet de pop-corn. Le petit déjeuner des champions, se dit-il. Maman piquerait une crise.

Il emporta son « repas » dans l'espace détente et regarda en direction du terrain de jeux. George et Iris jouaient aux échecs, assis à une des tables de pique-nique. Avery effectuait de petits sauts prudents sur le trampoline. Aucun signe de Nicky et de Helen.

« Je crois que je n'ai jamais vu de pire mélange alimentaire », dit Kalisha.

Luke sursauta, laissant tomber quelques pop-corns par terre.

« La vache, tu m'as fait peur !

— Désolée. »

Elle s'accroupit pour ramasser les pop-corns et les goba.

« Sérieux ? J'y crois pas, dit Luke.

— La règle des cinq secondes qui purifient tout.

— D'après le National Health Service – c'est en Angleterre – la règle des cinq secondes est un mythe. Une grosse connerie.

— Le fait que tu sois un génie t'oblige à détruire les illusions de tout le monde ?

— Je dis juste… »

Kalisha sourit et se redressa.

« Je te fais marcher, Luke. Miss Varicelle te fait marcher. Ça va ?

— Oui.

— Tu as eu droit au traitement rectal ?

— Parlons d'autre chose.

— Pigé. Ça te dit de jouer au cribbage jusqu'au déjeuner ? Si tu ne connais pas les règles, je peux t'apprendre.

— Je sais jouer, mais je n'ai pas envie. Je crois que je vais retourner dans ma chambre.

— Pour réfléchir à ta situation ?

— En quelque sorte. On se voit au déjeuner.

— À la cloche. Rendez-vous est pris. Haut les cœurs, petit héros. Tope là. »

Elle leva la main et Luke vit qu'elle avait coincé quelque chose entre son pouce et son index. Il plaqua sa paume blanche contre la paume brune de Kalisha et le petit morceau de papier plié passa d'une main à l'autre.

« À plus, mec. »

Elle se dirigea vers le terrain de jeux.

De retour dans sa chambre, Luke s'allongea sur son lit, se tourna sur le côté, face au mur, et déplia le morceau de papier. Kalisha avait une écriture minuscule, soignée.

Maureen t'attend à côté du distributeur de glaçons près de la chambre d'Avery. Le plus vite possible. Balance ce mot dans les chiottes.

Il froissa le message, se rendit aux toilettes et lâcha la boulette de papier dans la cuvette pendant qu'il baissait son pantalon. Il se trouvait un peu ridicule, comme un gamin qui joue à l'espion, et en même temps, pas du tout. Il aurait aimé croire que l'endroit où on chiait échappait à toute surveillance, mais il n'en était pas convaincu.

Le distributeur de glaçons. Là où Maureen lui avait parlé la veille. Voilà qui était intéressant. D'après Kalisha, il existait plusieurs endroits où la surveillance audio fonctionnait mal, voire pas du tout. Mais Maureen semblait avoir un faible pour celui-ci. Peut-être en raison de l'absence de caméras. Peut-être parce qu'elle s'y sentait plus en sécurité, peut-être à cause du boucan de la machine. Et peut-être qu'il tirait des conclusions hâtives.

Avant d'aller retrouver Maureen, il décida de se rendre sur le site du *Star Tribune*, et il s'assit devant l'ordinateur. Il alla jusqu'à M. Griffin, mais pas plus loin. Il repensait à une vieille balade que sa mère lui chantait parfois. *Je me demande*, *je me demande*, *je me demande*, disait le refrain, *mais en vérité je ne veux pas savoir*.

Voulait-il réellement savoir ? Découvrir, peut-être, que ces salopards, ces *monstres*, mentaient, et que ses parents étaient morts ? Consulter le *Trib* pour savoir, ce serait un peu comme un type qui joue toutes ses économies à la roulette, sur un seul coup.

Pas maintenant, décida-t-il. Quand l'humiliation du thermomètre se serait atténuée, mais pas maintenant. Et si ça faisait de lui un trouillard, tant pis. Il éteignit l'ordinateur et marcha en direction de l'autre aile. Maureen ne se trouvait pas à proximité de la machine à glaçons, mais son chariot de linge stationnait au milieu de ce que Luke considérait désormais comme le couloir d'Avery, et il l'entendait chanter une chanson où il était question de gouttes de pluie, d'innombrables gouttes de pluie. Guidé par le son de sa voix, il découvrit Maureen en train de changer les draps dans une chambre décorée de posters de la Fédération mondiale de catch montrant des malabars vêtus de shorts en Lycra. Tous paraissaient assez méchants pour mâcher des clous et cracher des agrafes.

« Bonjour, Maureen, comment ça va ?

— Bien. Mon dos me fait un peu souffrir, mais j'ai mon Ibuprofène.

— Un coup de main ?

— Merci, mais c'est ma dernière chambre, et j'ai presque fini. Deux filles, un garçon. Attendus prochainement. Ça, c'est la chambre du garçon. » Elle montra les posters en riant. « Tu t'en doutes.

— Je voulais aller chercher des glaçons, mais je n'ai pas de seau dans ma chambre.

— Ils sont empilés dans un cagibi à côté de la poubelle. » Elle se redressa en se tenant les reins et en grimaçant. Luke entendit craquer les vertèbres. « Ah, ça va beaucoup mieux. Viens, je vais te montrer.

— Il ne faut pas que ça vous embête.

— Ça ne m'embête pas. Allons-y. Tu peux pousser mon chariot si tu veux. »

Alors qu'ils avançaient dans le couloir, Luke repensa à ses recherches sur le problème financier de Maureen. Une statistique effrayante l'avait marqué : la dette des Américains dépassait les douze mille milliards de dollars. De l'argent dépensé sans avoir été gagné, uniquement promis. Un paradoxe que seul un comptable pouvait savourer. Si une grande partie de cette dette concernait des crédits immobiliers ou des prêts aux entreprises, un montant non négligeable provenait de ces petits rectangles de plastique que chacun possédait dans son portefeuille : l'oxycodone des consommateurs américains.

Maureen ouvrit un placard situé à droite du distributeur de glaçons.

« Tu peux en prendre un pour m'éviter de me baisser ? Une personne indélicate a poussé tous les seaux au fond. »

Luke se pencha à l'intérieur du placard en disant à voix basse :

« Kalisha m'a parlé de votre problème d'endettement. Je crois savoir comment le résoudre, mais cela dépend beaucoup de votre résidence officielle…

— Ma résidence…

— Dans quel État habitez-vous ?

— Je… » Maureen jeta un rapide coup d'œil autour d'elle. « On ne doit pas parler de choses personnelles avec les résidents. Si quelqu'un l'apprend, ça pourrait me coûter ma place. Plus que ça même. Je peux te faire confiance, Luke ?

— Je ne dirai rien.

— Je vis dans le Vermont, à Burlington. C'est là où je vais pendant ma semaine de congé. » Cet aveu sembla libérer quelque chose en elle, et bien qu'elle continuât à parler tout bas, les mots se déversaient en un flot ininterrompu : « La première chose que je dois faire quand je quitte le travail, c'est effacer un tas de messages de relance sur mon téléphone. Et sur mon répondeur quand je rentre chez moi. Lorsque le répondeur est plein, ils déposent des lettres – des avertissements, des menaces – dans ma boîte ou sous ma porte. Ma voiture, ils peuvent bien la saisir quand ils veulent, c'est un tas de ferraille. Mais maintenant, ils parlent de me prendre ma maison ! Elle est payée pourtant, et pas grâce à lui ! J'ai soldé le prêt avec ma prime d'engagement quand j'ai commencé ici. D'ailleurs, c'est pour ça que je suis venue travailler à l'Institut, mais s'ils saisissent ma maison, je perdrai la je-sais-plus-quoi…

— La valeur résiduelle, murmura Luke.

— Oui, voilà. » Ses joues au teint cireux s'étaient empourprées, sous l'effet de la honte ou de la colère, Luke n'aurait su le dire. « Et une fois qu'ils m'auront pris ma maison, ils voudront l'argent que j'ai mis de côté, mais cet argent, il est pas pour moi ! Il est pas pour moi, mais ils me le prendront quand même. Ils me l'ont dit.

— Votre mari a dépensé tant que ça ? »

Luke n'en revenait pas. Ce type devait être un vrai panier percé.

« Oui !

— Chut, pas si fort. » Tenant le seau d'une main, il ouvrit la machine à glaçons de l'autre. « Le Vermont, c'est un bon point. Cet État ne reconnaît pas la communauté des biens entre époux.

— C'est quoi, ça ? »

Une chose qu'ils ne veulent pas que vous sachiez, pensa Luke. Il y a tellement de choses qu'ils vous cachent. Une fois que vous êtes collé au papier tue-mouches, ils veulent que vous y restiez. Il prit la pelle en plastique qui se trouvait à l'intérieur de la porte du distributeur et fit semblant de casser des glaçons trop gros.

« Les cartes de crédit qu'il a utilisées, elles étaient à son nom ou au vôtre ?

— Au sien, évidemment. Mais c'est quand même moi qu'ils harcèlent parce que, légalement, on est toujours mariés. Et c'est les mêmes comptes ! »

Luke entreprit de remplir le seau de glaçons en prenant tout son temps.

« Ils prétendent qu'ils peuvent faire ça, et ça semble plausible, mais en vérité, ils n'ont pas le droit. Pas dans le Vermont, en tout cas. Ni dans la plupart des États. Si votre mari a utilisé *ses* cartes, et si *sa* signature apparaît sur les factures, ce sont *ses* dettes.

— Ils disent que c'est les nôtres ! À tous les deux !

— Ils mentent. Quant aux coups de téléphone dont vous parlez… est-ce qu'ils ont lieu après vingt heures ? »

La voix de Maureen n'était plus qu'un murmure rageur.

« Tu plaisantes ? Des fois, ils appellent à minuit passé ! "Payez ou sinon la banque saisira votre maison la semaine prochaine ! Quand vous rentrerez du travail, ils auront changé les serrures et vous trouverez vos meubles dans le jardin !" »

Luke avait lu des histoires semblables, et pires encore. Des agents de recouvrement menaçaient d'expulser des personnes âgées de leur maison de retraite. Ou de s'en prendre à de jeunes adultes qui essayaient de se lancer dans la vie. Ils étaient prêts à tout pour toucher leur commission sur l'argent qu'ils cherchaient à récupérer.

« Heureusement que vous êtes absente dans la journée et que la plupart de ces appels finissent sur votre répondeur. Vous n'avez pas le droit d'avoir un portable ici ?

— Mon Dieu, non ! Il est enfermé dans ma voiture à… Pas ici. Une fois, j'ai changé de numéro, mais ils ont réussi à trouver le nouveau. Comment ils font ? »

Très facile, pensa Luke.

« N'effacez pas ces appels, conseilla-t-il. Sauvegardez-les. L'heure apparaîtra. Les agences de recouvrement n'ont pas le droit d'appeler les clients – c'est comme ça qu'ils les appellent – après vingt heures. »

Il vida le seau et se remit à le remplir, encore plus lentement. Maureen le regardait avec un mélange de stupéfaction et d'espoir naissant, mais Luke ne s'en apercevait pas. Immergé dans le problème, il suivait mentalement les lignes jusqu'au point central où il était possible de les couper.

« Il vous faut un avocat. Mais surtout, évitez ces cabinets bidon qui font de la pub sur le câble ; ils vous prendront tout ce qu'ils peuvent et ensuite ils vous déclareront en faillite. Vous ne récupérerez jamais votre solvabilité. Vous devez choisir un avocat du Vermont, honnête, spécialisé dans l'endettement, et qui déteste ces sales sangsues. Je vais faire quelques recherches et je vous donnerai un nom.

— Tu peux faire ça ?

— Je pense. » S'ils ne lui confisquaient pas son ordinateur avant, évidemment. « Cet avocat devra découvrir quelle agence de recouvrement est chargée de récupérer l'argent. Ces gens qui vous font peur et vous appellent en pleine nuit. Les banques et les sociétés de crédit n'aiment pas donner les noms des escrocs qu'ils emploient, mais à moins que la loi ait été abrogée – et il y a des individus puissants à Washington qui essaient de le faire –, un bon avocat peut les obliger à fournir cette information. Les personnes qui vous appellent enfreignent la loi en permanence. C'est une bande de salopards qui opèrent dans des call centers. »

Pas très différents des salopards qui travaillent ici, pensa Luke.

« C'est quoi, des call…

— Peu importe. » Leur entretien s'éternisait. « Un avocat qui connaît son métier ira trouver les banques avec les enregistrements de votre répondeur et il leur laissera le choix : elles oublient vos dettes ou elles se retrouvent au tribunal, accusées de pratiques commerciales illégales. Les banques détestent avoir affaire à la justice et elles n'aiment pas que les gens découvrent qu'elles utilisent des types qui ressemblent à des tueurs à gages dans un film de Scorsese.

— Tu penses que je ne suis pas obligée de rembourser ? »

Maureen n'en revenait pas.

Luke observa son visage fatigué, trop pâle.

« Vous avez fait quelque chose de mal ? »

Elle secoua la tête.

« Mais c'est tellement d'argent. Il meublait son propre appart à Albany, il achetait des chaînes hi-fi, des ordinateurs, des télés à écran plat. Il a une poule et il lui fait des cadeaux. Il aime jouer au casino. Tout ça depuis des années. Et moi, idiote que je suis, je m'en suis aperçue trop tard.

— Il n'est pas trop tard, c'est ce que…

— Salut, Luke. »

Luke sursauta, se retourna et découvrit Avery Dixon.

« Salut. C'était chouette, le trampoline ?

— Pas mal. Mais ça m'a ennuyé à force. Hé, tu sais quoi ? Ils m'ont fait une piqûre et j'ai même pas pleuré.

— Bravo.

— Ça te dit d'aller regarder la téloche jusqu'au déjeuner ? Iris dit qu'ils ont Nickelodeon. Avec *Bob l'Éponge*, *Inventeur en herbe* et *Bienvenue chez les Loud*.

— Pas maintenant, répondit Luke. Mais vas-y, fais-toi plaisir. »

Avery les observa, Maureen et lui, puis il s'éloigna dans le couloir.

Dès qu'il eut disparu, Luke se retourna vers Maureen.

« Ce n'est pas trop tard, croyez-moi. Mais il faut faire vite. Rendez-vous ici demain. Je vous donnerai un nom. Quelqu'un de bien. Qui a fait ses preuves. Promis.

— C'est… Oh, fiston, c'est trop beau pour être vrai. »

Luke aimait bien qu'elle l'appelle « fiston ». Cela lui faisait chaud au cœur. C'était stupide peut-être, mais c'était la vérité.

« Non, justement. C'est ce qu'ils veulent vous faire croire. Bon, faut que j'y aille. C'est bientôt l'heure du déjeuner.

— J'oublierai pas, dit Maureen en prenant la main de Luke dans la sienne. Si tu peux… »

Des portes claquèrent au bout du couloir. Luke s'attendait à voir deux intendants, parmi les plus méchants – Tony et Zeke, par exemple –, se précipiter vers lui. Ils l'emmèneraient quelque part pour l'interroger, ils voudraient savoir de quoi Maureen et lui avaient parlé, et s'il ne répondait pas immédiatement, ils utiliseraient les « techniques d'interrogatoire poussé », jusqu'à ce qu'il crache le morceau. Il serait dans de sales draps, mais pour Maureen ce serait peut-être pire encore.

« Détends-toi, Luke, dit-elle. C'est les nouveaux résidents. »

Trois intendantes, tout de rose vêtues, franchirent les portes. Elles tiraient un convoi de brancards. Sur les deux premiers dormaient des fillettes blondes. Le troisième transportait un malabar rouquin. Sans doute l'amateur de catch. Tous trois dormaient. Alors qu'ils approchaient, Luke lâcha :

« La vache ! Ces filles sont jumelles, on dirait. Parfaitement identiques.

— Exact. Elles s'appellent Gerda et Greta. Allez, va manger. Il faut que j'aide à installer les nouveaux. »

11

Avery était assis dans un des fauteuils inclinables, ses pieds se balançaient dans le vide et il mangeait un Slim Jim devant la télé en suivant ce qui se passait à Bikini Bottom.

« J'ai eu droit à deux jetons parce que j'ai pas pleuré pendant la piqûre.

— Super.

— Je te donne l'autre, si tu veux.

— Non merci. Garde-le pour plus tard.

— OK. *Bob l'Éponge*, c'est chouette, mais j'aimerais mieux rentrer chez moi. »

Avery ne sanglotait pas, il ne pleurnichait pas, mais des larmes apparurent aux coins de ses yeux.

« Oui, moi aussi. Fais-moi une place. »

Avery glissa sur le côté et Luke s'assit à côté de lui dans le fauteuil. Ils étaient serrés, mais peu importe. Luke prit le garçonnet par les épaules et l'étreignit légèrement. Avery posa sa tête sur son épaule, ce qui émut Luke, sans qu'il comprenne pourquoi, et lui donna à lui aussi un peu envie de pleurer.

« Tu sais quoi ? Maureen a un enfant, dit Avery.

— Ah bon ? Tu crois ?

— Ouais. Il était petit, mais maintenant il est grand. Plus grand que Nicky même.

— Oh. OK.

— C'est un secret. » Avery ne quittait pas des yeux l'écran, sur lequel Patrick se disputait avec M. Krabs. « Elle économise de l'argent pour lui.

— Vraiment ? Comment tu le sais ? »

Cette fois, Avery se tourna vers Luke.

« Je le sais. Comme je sais que ton meilleur ami s'appelle Rolf et que tu habitais dans Wildersmoochy Drive. »

Luke le regardait d'un air hébété.

« Nom d'un chien, Avery.

— Je suis doué, hein ? »

Et, malgré les larmes qui mouillaient ses joues, il pouffa.

12

Après le déjeuner, George proposa une partie de badminton à trois contre trois : Nicky, Helen et lui contre Luke, Kalisha et Iris. L'équipe de Nicky pouvait même prendre Avery comme bonus, précisa-t-il.

« Ce n'est pas un bonus, c'est un handicap, répondit Helen en chassant un nuage d'insectes autour d'elle.

— C'est quoi, un handicap ? demanda Avery.

— Si tu veux le savoir, lis dans mon esprit. De toute façon, le badminton, c'est pour les femmelettes qui savent pas jouer au tennis.

— Tu es vraiment d'une compagnie agréable », dit Kalisha.

Helen, qui se dirigeait vers les tables de pique-nique et le placard des jeux, lui adressa un doigt d'honneur par-dessus son épaule, sans se retourner. Iris suggéra que Nick et George jouent contre Luke et Kalisha. Elle servirait d'arbitre. Avery proposa son aide. Tous étant d'accord, la partie débuta. Le score était de dix partout quand la porte de l'espace détente s'ouvrit brutalement pour laisser apparaître le nouveau. Il réussissait presque à marcher en ligne droite, bien que visiblement assommé par la drogue qui circulait dans son organisme. Il semblait également furieux. Luke estima qu'il mesurait au moins 1,80 mètre et il lui donna seize ans. Il arborait déjà une bedaine considérable, mais ses bras rougis par le soleil étaient enveloppés de muscles et il possédait des trapèzes impressionnants, sans doute développés par des séances de musculation. Ses joues étaient constellées de taches de rousseur et de boutons d'acné. Il avait les yeux rougis, comme irrités. Ses cheveux roux se dressaient en pétard. Tous les joueurs de badminton s'arrêtèrent pour le regarder.

Dans un murmure, sans bouger les lèvres, à la manière d'un détenu dans la cour de la prison, Kalisha commenta : « C'est Hulk le Rouquin. »

Le nouveau s'arrêta au niveau du trampoline et observa les autres. Il s'exprima lentement, de manière hachée, comme s'il pensait avoir affaire à des êtres primitifs qui maniaient difficilement l'anglais. Il avait un accent du Sud.

« C'est… quoi… cet… endroit… de merde ? »

Avery trottina vers lui.

« C'est l'Institut. Salut, je m'appelle Avery. Et toi, comment tu… »

Le nouveau appuya la paume de sa main sur le menton d'Avery et le repoussa. Ce n'était pas un geste particulièrement violent, presque nonchalant, mais le garçonnet s'affala sur une des protections qui bordaient le trampoline. Il regarda le nouveau d'un air à la fois surpris et choqué. Le colosse roux ne lui prêta pas attention, pas plus qu'aux joueurs de badminton, à Iris ou à Helen, qui avait interrompu sa réussite. On aurait dit qu'il parlait tout seul.

« C'est… quoi… cet… endroit… de merde ? »

Il chassa les insectes d'un geste agacé. À l'instar de Luke le premier jour, il ne s'était pas aspergé de répulsif avant de sortir. Les bestioles ne se contentaient pas de tournoyer autour de lui, elles se posaient sur sa peau pour goûter sa sueur.

« Ah, mec, dit Nick, t'aurais pas dû envoyer valdinguer l'Avorton de cette façon. Il voulait juste être sympa. »

Le nouveau sortit enfin de sa bulle. Il se tourna vers Nick.

« Putain… tu… es… qui… toi ?

— Nick Wilholm. Aide donc Avery à se relever.

— Hein ? »

Nick conservait son calme.

« Tu l'as fait tomber, tu l'aides à se relever.

— Je m'en occupe », dit Kalisha, et elle se précipita vers le trampoline.

Lorsqu'elle se pencha pour prendre le bras d'Avery, le nouveau la poussa elle aussi. Elle se retrouva projetée à côté des protections, sur les graviers qui lui éraflèrent le genou.

Nick lâcha sa raquette de badminton et marcha vers le nouveau. Il mit les mains sur ses hanches.

« Tu peux les aider tous les deux maintenant. Je parie que tu es super désorienté, mais c'est pas une raison.

— Et si je veux pas ? »

Nick sourit.

« Je te casse la gueule, gros lard. »

Helen Simms assistait à la scène avec intérêt, de la table de pique-nique. Quant à George, il décida apparemment d'émigrer vers un territoire plus sûr. Il se dirigea vers la porte de l'espace détente, en faisant un large détour pour éviter Le Nouveau.

« S'il veut jouer les connards, t'occupe pas de lui, dit Kalisha à Nick. Tout va bien. Hein, Avery ? »

Elle l'aida à se relever et recula.

« Oui, oui, ça va, confirma Avery, mais des larmes roulaient de nouveau sur ses joues rebondies.

— Qui tu as traité de connard, salope ?

— Ça doit être toi, répondit Nick. Vu que tu es le seul connard ici. »

Il fit un pas de plus vers Le Nouveau. Luke était fasciné par le contraste : Le Nouveau était un maillet, Nick un couteau.

« Excuse-toi, dit celui-ci.

— Va te faire foutre avec tes excuses. Je sais pas où on est ici, mais j'ai pas l'intention d'y rester. Maintenant, dégage.

— Tu n'iras nulle part, dit Nick. Tu es ici pour un bon moment, comme nous. »

Son sourire ne dévoilait pas ses dents.

« Arrêtez, tous les deux », intervint Kalisha.

Elle tenait Avery par les épaules, et Luke n'avait pas besoin d'être télépathe pour savoir ce qu'elle pensait car il pensait la même chose : Le Nouveau pesait au moins vingt kilos de plus que Nick, et même s'il avait du bide, ses bras étaient massifs.

« Dernier avertissement, dit Le Nouveau. Dégage où je te massacre. »

George n'avait plus envie de rentrer, apparemment. Il revenait vers Le Nouveau, non pas par-derrière, mais sur le côté. C'était Helen qui s'approchait dans son dos, sans se presser, avec ce joli petit déhanchement qu'admirait Luke. Et un sourire en coin.

Front plissé, bouche pincée, George avait le visage crispé par la concentration. Les insectes qui tournoyaient autour des deux garçons s'assemblèrent soudain pour s'attaquer au visage du Nouveau, comme poussés par un souffle de vent. Il porta une main à ses yeux, les chassant de l'autre. Helen s'agenouilla derrière lui et Nick le bouscula. Le rouquin bascula à la renverse et s'affala, à moitié sur le gravier, à moitié sur l'asphalte.

Helen se redressa d'un bond et s'éloigna en se pavanant. Rieuse, elle tendit le doigt et s'exclama : « Va te faire voir, gros lard ! »

Le Nouveau commença à se relever en lançant un grognement de fureur, mais avant qu'il puisse se remettre debout, Nick s'avança pour lui décocher un coup de pied dans la cuisse. Avec force. Le Nouveau hurla de douleur. Il se tint la jambe à deux mains et ramena ses genoux contre sa poitrine.

« Arrêtez, bon sang ! s'écria Iris. Vous trouvez qu'on n'a pas suffisamment d'ennuis ? »

L'ancien Luke aurait sans doute partagé cet avis, mais pas le nouveau Luke, celui de l'Institut.

« C'est lui qui a commencé, dit-il. Et peut-être qu'il en avait besoin.

— Je vous le ferai payer ! sanglota Le Nouveau. Bande de petits enfoirés, même pas capables de vous battre à la loyale ! »

Son visage avait pris une inquiétante couleur violacée. Luke se demanda si un garçon de seize ans obèse pouvait succomber à une crise cardiaque et il s'aperçut, avec horreur, qu'il s'en fichait.

Nick mit un genou à terre.

« Tu ne feras rien du tout, dit-il. Tu vas commencer par m'écouter, gros lard. Ton problème, c'est pas nous. C'est *eux*. »

Luke se retourna et découvrit trois intendants alignés devant la porte de l'espace détente : Joe, Hadad et Gladys. Hadad avait abandonné son air amical et Gladys avait perdu son sourire factice. Tous trois tenaient des machins noirs d'où sortaient des fils électriques. Ils étaient prêts à intervenir. Car vous ne pouviez pas laisser les animaux de laboratoire se faire du mal, songea Luke. Impossible. Les cobayes étaient précieux.

Nicky lança : « Luke, aide-moi à relever ce connard. »

Luke prit le bras du Nouveau pour le passer autour de son cou. Nick en fit autant avec l'autre bras. L'adolescent avait la peau chaude et moite, il haletait entre ses dents serrées. À eux deux, Luke et Nicky le remirent debout.

« Nicky ! s'exclama Joe. Tout va bien ? C'est fini, cette bagarre ?

— Terminé, répondit Nick.

— Y a intérêt », dit Hadad.

Gladys et lui retournèrent à l'intérieur. Joe resta où il était, son gadget noir à la main.

« Tout va bien, dit Kalisha. Ce n'était pas vraiment une bagarre. Juste un petit…

— Désaccord, dit Helen.

— Il ne pensait pas à mal, ajouta Iris. Il est déboussolé, voilà tout. »

Il y avait une authentique compassion dans sa voix, et Luke eut un peu honte d'avoir éprouvé une telle joie quand Nick avait balancé un coup de pied dans la jambe du Nouveau.

« Je vais vomir, annonça ce dernier.

— Pas sur le trampoline, dit Nick. On s'en sert. Luke, aide-moi à l'emmener là-bas, près de la clôture. »

Le Nouveau émit des bruits d'éructation – *urk*, *urk* –, son énorme ventre se soulevait. Les deux garçons l'entraînèrent vers la clôture située entre le terrain de jeux et les bois. Ils arrivèrent juste à temps. Le Nouveau appuya son visage contre les losanges du grillage et vomit à travers, évacuant les restes de ce qu'il avait mangé à l'extérieur, quand il était un Enfant Libre et pas encore Le Nouveau.

« Beurk, fit Helen. Je connais quelqu'un qui a mangé du maïs à la crème. C'est dégoûtant.

— Tu te sens mieux ? » demanda Nick.

Le Nouveau hocha la tête.

« Tu as fini ? »

Cette fois, le Nouveau secoua la tête et se remit à vomir, moins violemment toutefois.

« Je crois que… »

Il se racla la gorge, provoquant un nouveau jet de vomi.

« Ah, la vache, dit Nick en s'essuyant la joue. Les serviettes sont comprises avec la douche ?

— Je crois que je vais m'évanouir.

— Mais non », répondit Luke. En vérité, il n'en savait rien, mais il préférait rester positif. « Viens par ici, à l'ombre. »

Ils le soutinrent jusqu'à la table de pique-nique. Kalisha s'assit à côté de lui et lui conseilla de garder la tête baissée. Ce qu'il fit sans protester.

« Comment tu t'appelles ? demanda Nick.

— Harry Cross. » Toute son agressivité s'était envolée. Il paraissait fatigué, rempli d'humilité. « Je viens de Selma, dans l'Alabama. Je sais pas comment j'ai atterri ici, je sais pas ce qui m'arrive ni rien.

— On peut t'apprendre certaines choses, dit Luke. Si tu arrêtes tes conneries. Ressaisis-toi. C'est déjà assez dur de vivre ici, sans qu'on se batte entre nous.

— Et excuse-toi auprès d'Avery », ajouta George. Le pitre de la classe avait disparu. « Pour commencer.

— C'est rien, dit Avery. Il m'a pas fait mal. »

Kalisha l'ignora.

« Excuse-toi. »

Harry Cross leva la tête. Il passa la main sur son visage rougeaud et ingrat.

« Pardon de t'avoir bousculé, petit. » Il regarda les autres. « C'est bon ?

— À moitié. » Luke montra Kalisha. « Elle aussi. »

Harry soupira :

« Pardonne-moi… je connais pas ton nom.

— Kalisha. Si on devient amis – ce qui semble peu probable pour l'instant –, tu pourras m'appeler Sha.

— Mais ne l'appelle pas "petite" », précisa Luke.

George éclata de rire et lui donna une tape dans le dos.

Harry essuya un peu de vomi sur son menton.

Nick dit : « Maintenant que l'excitation est retombée, si on finissait cette foutue partie de bad…

— Salut, les filles ! s'exclama Iris. Venez donc par ici ! »

Luke se retourna. Joe était parti. À sa place se trouvaient deux fillettes blondes. Elles se tenaient par la main et affichaient la même expression de terreur hébétée. Tout en elles était identique, à l'exception de leurs T-shirts : un vert et un rouge. (Luke pensa aux livres du Dr Seuss : un poisson, deux poissons.)

« Oui, venez, leur dit Kalisha. N'ayez pas peur. Tout va bien maintenant. »

Si seulement c'était vrai, pensa Luke.

13

À quatre heures moins le quart cet après-midi-là, Luke était dans sa chambre, en train de se renseigner sur les avocats du Vermont spécialisés dans les affaires de dettes. Pour l'instant, personne ne lui avait demandé pourquoi il s'intéressait à ce sujet. Personne ne l'avait interrogé, non plus, à propos de l'homme invisible de H.G. Wells. Sans doute pourrait-il mettre au point une sorte de test afin de savoir s'ils l'espionnaient – en effectuant des recherches sur les façons de se suicider, par exemple –, mais il décréta que ce serait débile. À quoi bon réveiller l'eau qui dort ? Et étant donné que cela ne changeait pas grand-chose à sa nouvelle vie, sans doute était-il préférable de ne pas savoir.

Soudain, on frappa à la porte, plusieurs petits coups brusques, et elle s'ouvrit avant qu'il ait le temps de dire « Entrez ». C'était une intendante. Grande et brune. Le badge épinglé sur sa blouse rose indiquait : PRISCILLA.

« Le truc de l'œil, hein ? demanda Luke en éteignant son portable.

— Exact. Allons-y. »

Pas de sourire, pas de bonne humeur forcée. Après Gladys, Luke trouvait cela reposant.

Ils montèrent dans l'ascenseur, qui les conduisit au Niveau C.

« Jusqu'où ça descend comme ça ? » demanda Luke.

Priscilla se tourna vers lui.

« Ça ne te regarde pas.

— C'était juste pour bav…

— Inutile. Tais-toi. »

Luke se tut.

Dans cette chère vieille Salle C17, Zeke avait été remplacé par un technicien prénommé BRANDON, d'après son badge. Étaient également présents deux hommes en costume ; l'un muni d'un iPad, l'autre d'un porte-bloc. Pas de badges pour eux. Luke en déduisit que c'étaient des médecins. L'un d'eux, extrêmement grand, exhibait une bedaine qui faisait honte à celle de Harry Cross. Il avança d'un pas, main tendue.

« Bonjour, Luke. Je suis le Dr Hendricks, responsable des opérations médicales. »

Luke se contenta de regarder la main tendue, sans éprouver le besoin de la serrer. Il apprenait toutes sortes de nouveaux comportements. C'était intéressant, bien qu'effrayant.

Le Dr Hendricks laissa échapper un étrange rire proche du braiment, mélange d'expirations et d'inspirations incomplètes.

« Parfait. C'est très bien. Voici le Dr Evans, responsable des opérations ophtalmologiques. »

En disant cela, il émit le même *hi-han* et Luke en conclut que l'expression *opérations ophtalmologiques* était de l'humour de médecins.

Néanmoins, cette plaisanterie ne fit pas rire, ni même sourire, le Dr Evans, un petit homme arborant une moustache très soignée. Il ne tendit pas la main non plus.

« Tu es une de nos nouvelles recrues, donc. Bienvenue. Assieds-toi, je t'en prie. »

Luke obéit. Il préférait être assis dans le fauteuil que penché en avant, les fesses à l'air. En outre, il devinait ce qui allait se passer. Il avait déjà subi ce genre d'examens. Dans les films, les petits génies portaient toujours des grosses lunettes, mais Luke avait dix sur dix à chaque œil. Par conséquent, il se sentait plutôt détendu, jusqu'à ce qu'il voie Hendricks s'approcher de lui avec une seringue. Son optimisme s'envola aussitôt.

« Ne t'inquiète pas, c'est encore une petite piqûre de rien du tout », dit Hendricks. Son braiment dévoila des dents de lapin. « C'est comme à l'armée.

— Évidemment, puisque je suis un appelé, dit Luke.

— Exact. Tout à fait exact. Ne bouge plus maintenant. »

Luke se laissa faire. Il ne ressentit aucun éclair de chaleur, mais un autre phénomène fit son apparition. Désagréable. Alors que Priscilla se penchait pour allumer un spot, Luke commença à suffoquer.

« Je ne peux plus… »

Déglutir, voulait-il dire, sans y parvenir. Sa gorge était obstruée.

« Ne t'inquiète pas, ça va passer », dit Hendricks.

Des paroles rassurantes, mais l'autre médecin s'approchait avec un tube, qu'il avait visiblement l'intention d'enfoncer dans sa gorge, comme si cela devenait nécessaire. Hendricks posa la main sur l'épaule de son collègue.

« Attendons encore quelques secondes. »

Luke leur lançait des regards désespérés, de la bave coulait sur son menton. Ces visages seraient les derniers qu'il verrait… Et soudain, sa gorge se libéra. Il avala une énorme bouffée d'air.

« Vous voyez ? dit Hendricks. Tout va bien. Pas besoin de l'intuber, Jim.

— Que… qu'est-ce que vous m'avez fait ?

— Rien du tout. »

Le Dr Evans tendit le tube en plastique à Brandon et prit la place de Hendricks. Il braqua une lumière dans les yeux de Luke, après quoi, à l'aide d'une petite règle, il mesura l'écartement entre les deux.

« Tu ne portes pas de lentilles ?

— Je veux savoir ce que vous m'avez injecté ! Je ne pouvais plus *respirer* ! Je ne pouvais plus *déglutir* !

— Tout va bien, dit Evans. Tu déglutis comme un champion. Et tu retrouves un teint normal. Alors, tu portes des lentilles, oui ou non ?

— Non.

— À la bonne heure. Regarde droit devant, s'il te plaît. »

Luke fixa son regard sur le mur. L'horrible sensation de ne plus pouvoir respirer avait disparu. Brandon abaissa un écran blanc et diminua l'éclairage.

« Continue à regarder droit devant, ordonna le Dr Evans. Si tu tournes la tête une seule fois, Brandon te colle une gifle. Si tu recommences, il t'envoie une décharge électrique. De faible voltage, mais ça fait très mal. Tu as compris ?

— Oui. » Luke déglutit, sans peine cette fois. Mais si sa gorge fonctionnait normalement, son cœur, lui, continuait à s'emballer. « Le Conseil de l'ordre est au courant de tout ça ?

— Tais-toi maintenant », ordonna Brandon.

C'était le leitmotiv, visiblement. Luke se dit que le pire était passé. Il s'agissait d'un simple examen oculaire maintenant. D'autres résidents l'avaient subi et ils se portaient bien. Il continua à déglutir néanmoins, pour vérifier qu'il en était toujours capable. Ils allaient projeter le tableau optométrique, il lirait les lettres, et ce serait terminé.

« Regarde droit devant, répéta Evans. Les yeux fixés sur l'écran et pas ailleurs. »

De la musique se fit entendre. Des violons. Pour me détendre, sans doute, pensa Luke.

« Priss, allumez le projecteur », lança Evans.

Au centre de l'écran apparut non pas un tableau optométrique, mais un point bleu qui palpitait faiblement, comme s'il renfermait un cœur. Un point rouge apparut dessous. Luke pensa à HAL : « Désolé, Dave. » Puis un vert. Les points rouge et vert battaient au même rythme que le bleu, puis tous les trois se mirent à clignoter. D'autres points les rejoignirent, un par un tout d'abord, puis deux par deux, puis par dizaines. Bientôt, l'écran fut envahi de centaines de points colorés et clignotants.

« Regarde l'écran, dit Evans. L'écraaaaan. Et rien d'autre.

— Donc, si je ne vois pas les points tout seul, vous les projetez ? Pour amorcer la pompe, comme on dit ? Eh bien, ça ne…

— Tais-toi. »

C'était Priscilla cette fois.

Maintenant, les points tournoyaient. Ils se pourchassaient furieusement. Certains semblaient décrire des spirales, d'autres s'assemblaient, tandis que d'autres formaient des cercles qui s'élevaient et retombaient, s'entrecroisaient. Les violons s'emballaient, la musique classique prit des accents de quadrille. Les points ne se contentaient plus de bouger, on aurait dit un panneau publicitaire de Times Square aux circuits grillés, victime d'une dépression nerveuse. De fait, Luke n'était pas loin de ressentir le même effet. Il songea à Harry Cross vomissant à travers le grillage et il sut qu'il allait en faire autant s'il continuait à regarder ces points multicolores qui fonçaient dans tous les sens. Or il ne voulait pas vomir sur ses genoux…

Brandon le gifla. Il n'y était pas allé de main morte. Le bruit ressemblait à un pétard qui explose, à la fois proche et lointain.

« Regarde l'écran, petit. »

Quelque chose de chaud coulait sur sa lèvre supérieure. Ce salopard m'a filé une baffe sur le nez, songea-t-il, mais cela semblait n'avoir aucune importance. Ces points tourbillonnants pénétraient dans sa tête, ils envahissaient son cerveau comme une encéphalite ou une méningite. Un truc en « ite », en tout cas.

« OK, Priss, vous pouvez éteindre », dit Evans, mais Priscilla n'avait pas dû l'entendre car les points continuaient à tournoyer. Ils se déployaient, puis rapetissaient, chaque éclosion était un peu plus importante que la précédente : *bwoush* et *zip*, *bwoush* et *zip*. Ils jaillissaient de l'écran, en 3D, se précipitaient vers lui, puis battaient en retraite, avant de repartir à l'assaut…

Luke crut entendre Brandon dire quelque chose à Priscilla, mais ça devait être dans sa tête, non ? Et n'y avait-il pas quelqu'un qui criait ? Était-ce lui ?

« Bravo, Luke. C'est très bien. »

Le bourdonnement de la voix d'Evans lui parvenait de très loin. Du haut de la stratosphère. De la face cachée de la lune peut-être.

D'autres points colorés apparurent. Ils n'étaient plus seulement sur l'écran, ils tournoyaient sur les murs, au plafond, tout autour de lui, à l'intérieur de lui. Luke comprit alors, durant les quelques secondes précédant son évanouissement, qu'ils étaient en train de *remplacer* son cerveau. Il vit ses mains voltiger parmi les points lumineux, danser gaiement et courir sur sa peau, et il s'aperçut qu'il se balançait furieusement de droite à gauche sur le fauteuil.

Il essaya de dire : *Je fais une crise d'épilepsie, vous allez me tuer !* – mais il ne sortit de sa bouche qu'un gargouillis pathétique. Puis les points disparurent, Luke s'affaissa dans le fauteuil. Il s'enfonçait dans les ténèbres, et c'était un soulagement. Oh, oui, quel soulagement.

14

Quelques gifles le ranimèrent. Moins violentes que celle qui l'avait fait saigner du nez (s'il n'avait pas rêvé), mais ce n'étaient pas non plus des petites tapes affectueuses. Ouvrant les yeux, il constata qu'il était allongé par terre. Dans une autre pièce. Priscilla se trouvait à côté de lui, un genou au sol. C'était elle qui lui administrait les claques. Brandon et les deux médecins assistaient à la scène, en retrait. Hendricks avait toujours son iPad, Evans son porte-bloc.

« Il est réveillé, annonça Priscilla. Tu peux te lever, Luke ? »

Il n'en savait rien. Quatre ou cinq ans plus tôt, il avait fait une angine, accompagnée d'une forte fièvre. Il se sentait dans le même état aujourd'hui, comme si la moitié de son corps s'était envolée dans l'atmosphère. Il avait un sale goût dans la bouche et l'endroit de la dernière piqûre le grattait furieusement. Il avait encore la sensation de sa gorge qui gonflait et s'obstruait ; un moment horrible.

Brandon ne lui laissa pas le temps de tester la résistance de ses jambes : il l'agrippa par le bras et le remit sur ses pieds. Luke, chancelant, parvint à rester debout.

« Comment tu t'appelles ? demanda Hendricks.

— Luke… Lucas… Ellis. »

Les mots semblaient provenir de cette moitié de lui-même qui flottait au-dessus de sa tête. Il était épuisé. Il avait les joues en feu à cause de toutes ces gifles et son nez l'élançait. Il leva la main (lentement, comme s'il évoluait dans l'eau) et frotta sa lèvre supérieure. Il ne fut pas étonné de découvrir des écailles de sang séché sur ses doigts.

« Combien de temps je suis resté évanoui ?

— Asseyez-le », ordonna Hendricks.

Brandon le prit par un bras, Priscilla par l'autre. Ils le conduisirent jusqu'à une chaise (une simple chaise de cuisine, sans sangles, Dieu merci). Face à une table. Derrière laquelle était assis Evans, sur une autre chaise de cuisine. Une pile de cartes se trouvait devant lui. Elles avaient les dimensions d'un livre de poche, le dos était tout bleu.

« Je veux retourner dans ma chambre », dit Luke. Si sa voix semblait toujours provenir d'ailleurs, elle s'était rapprochée de sa bouche. Peut-être. « J'ai envie de m'allonger. Je me sens mal.

— La sensation de désorientation va passer, dit Hendricks. Toutefois, je te conseille de sauter le repas du soir. Pour l'instant, je te demande de prêter attention au Dr Evans. On t'a préparé un petit test. Quand ce sera terminé, tu pourras retourner dans ta chambre et… décompresser. »

Evans prit la première carte.

« Qu'est-ce que tu vois ?

— Une carte, répondit Luke.

— Garde tes plaisanteries pour ta page YouTube », dit Priscilla, et elle lui donna une gifle.

Beaucoup plus forte que celles ayant servi à le réveiller.

Ça bourdonnait dans son oreille, mais au moins, il avait les idées un peu plus claires maintenant. Il regarda Priscilla et ne perçut aucune trace de doute sur son visage. Aucun regret. Aucune empathie. Rien. Il comprit qu'à ses yeux il n'était pas un enfant. Mais un cobaye. Auquel vous faisiez faire ce que vous vouliez, et s'il refusait, vous lui infligiez ce que les psychologues appelaient un renforcement négatif. Et une fois les tests terminés ? Vous alliez boire un café et manger une viennoiserie en salle de repos, et vous parliez de vos enfants (des vrais enfants, eux) ou vous déblatériez sur la politique, le sport, etc.

Ne l'avait-il pas déjà compris ? Si, sûrement, mais il existait une différence entre savoir une chose et avoir la peau rougie par la réalité de cette chose. Luke voyait venir le temps – pas très lointain – où il aurait un mouvement de recul instinctif chaque fois que quelqu'un ferait un geste dans sa direction, même si c'était pour lui serrer la main.

Evans déposa soigneusement la première carte sur le côté et en prit une autre sur la pile.

« Et celle-ci, Luke ?

— Je vous le répète, je n'en sais rien ! Comment je peux savoir ce… »

Priscilla le gifla de nouveau. Le bourdonnement était encore plus fort et Luke se mit à pleurer. Sans pouvoir se retenir. Il avait cru que l'Institut était un cauchemar, mais le véritable cauchemar c'était ça : être à moitié en dehors de son corps, obligé de dire ce qu'on voyait sur des cartes, alors qu'on ne voyait rien, et recevoir une gifle à chaque fois.

« Essaie, Luke, dit Hendricks dans l'oreille qui ne bourdonnait pas.

— Je veux retourner dans ma chambre. Je suis *fatigué*. Je me sens *mal.* »

Evans reposa la deuxième carte et en prit une troisième.

« C'est quoi, ça ?

— Vous vous trompez. Je suis un TK, pas un TP. Kalisha pourrait peut-être vous dire ce qu'il y a sur ces cartes, et je suis sûr qu'Avery y arriverait, *mais je ne suis pas un TP !* »

Evans piocha une quatrième carte.

« C'est quoi ? Réponds, ou sinon, ça ne sera pas une gifle cette fois. Brandon va t'envoyer une décharge avec son *zap-stick* et ça va te faire mal. Il se pourrait même que tu fasses une autre crise, alors dis-moi, Luke : qu'est-ce que tu vois ?

— Le pont de Brooklyn ! La tour Eiffel ! Brad Pitt en smoking, un chien qui chie, une course de Formule 1… Je ne sais pas ! »

Il attendit la décharge de zap-stick. Une sorte de Taser, supposa-t-il. Cette arme émettrait peut-être un crépitement, ou un bourdonnement. Ou peut-être qu'elle ne ferait aucun bruit. Luke serait pris de soubresauts et il tomberait par terre. Il convulserait sur le sol en bavant… Au lieu de tout cela, Evans mit la carte de côté et fit signe à Brandon de reculer. Luke ne se sentit pas soulagé pour autant.

J'aimerais mieux être mort, pensa-t-il. Loin d'ici.

« Priscilla, dit Hendricks, ramenez Luke dans sa chambre.

— Bien, docteur. Bran, aide-moi à le transporter jusqu'à l'ascenseur. »

Le temps qu'ils l'atteignent, Luke avait retrouvé la totalité de son corps, son esprit recommençait à fonctionner. Avaient-ils vraiment éteint le projecteur ? Il *continuait à voir* des points danser devant lui.

« Vous vous êtes trompés. » Il avait la bouche et la gorge très sèches. « Je ne suis pas ce que vous appelez un TP. Vous le savez, hein ?

— Peu importe », répondit Priscilla, indifférente. Elle se tourna vers Brandon et lui adressa un véritable sourire. Elle n'était plus la même. « Je te vois plus tard, hein ? »

Brandon sourit à son tour.

« Et comment ! »

Il pivota et son poing jaillit. Il s'arrêta à un centimètre du nez de Luke qui sursauta et poussa un cri d'effroi. Brandon s'esclaffa et Priscilla le regarda avec indulgence, l'air de dire : Ah, les hommes !

« Vas-y mollo avec elle, Luke », dit Brandon, et il repartit dans le hall du Niveau C en roulant des mécaniques. Le zap-stick, dans son étui, cognait contre sa hanche.

De retour au Niveau A – qui correspondait à l'aile des résidents, Luke l'avait compris maintenant –, il tomba sur les jumelles, Gerda et Greta, immobiles, les yeux écarquillés par la peur. Elles se donnaient la main et tenaient des poupées elles aussi identiques. Luke se serait cru dans un film d'horreur.

Priscilla l'accompagna jusqu'à sa porte, puis s'en alla sans un mot. Luke entra dans sa chambre et, après avoir constaté que personne n'était venu emporter son ordinateur, il se laissa tomber sur son lit sans même ôter ses chaussures. Et il dormit pendant cinq heures.

15

Mme Sigsby attendait le Dr Hendricks, alias Donkey Kong, quand il entra dans les pièces privées qui jouxtaient son bureau. Elle était perchée au bord d'un petit canapé. Il lui tendit un dossier.

« Je sais que vous idolâtrez les versions papier, alors voici. Grand bien vous fasse. »

Elle n'ouvrit pas le dossier.

« Cela ne peut me faire ni du bien ni du mal, Dan. Ce sont vos tests, vos expérimentations et, apparemment, ça ne se passe pas comme prévu. »

Un rictus crispa la mâchoire du Dr Hendricks.

« Agnes Jordan. William Gortsen. Veena Patel. Plus deux ou trois autres dont les noms m'échappent. Donna quelque chose. Avec tous ceux-là, nous avons obtenu des résultats positifs. »

Mme Sigsby soupira et arrangea ses cheveux clairsemés. Hendricks trouvait qu'elle avait une tête d'oiseau : un nez crochu à la place du bec, mais les mêmes petits yeux avides. Une tête d'oiseau abritant un cerveau de bureaucrate. Pathétique, vraiment.

« Et les dizaines de roses avec lesquels vous n'avez obtenu aucun résultat ?

— Oui, sans doute. Mais réfléchissez… (En vérité, il avait envie de demander : *Comment pouvez-vous être aussi stupide ?* – mais cela lui vaudrait de gros ennuis.) Si la télépathie et la télékinésie sont liées, comme le suggèrent mes expériences, il existe peut-être d'autres capacités psychiques, cachées, qui attendent d'être dévoilées. Ce dont sont capables ces gamins, même les plus doués d'entre eux, n'est peut-être que la partie émergée de l'iceberg. Supposons que la guérison psychique soit une réalité ? Supposons qu'un glioblastome comme celui qui a tué John McCain puisse être soigné uniquement par la pensée ? Supposons que ces capacités puissent être canalisées afin de prolonger la vie, jusqu'à cent cinquante ans, peut-être plus ? L'utilisation que nous faisons de ces gamins n'est pas forcément une fin en soi, ça pourrait être un commencement !

— J'ai déjà entendu cette chanson, répondit Mme Sigsby. Et je l'ai lue dans ce que vous aimez appeler la "définition de votre mission". »

Oui, mais vous ne comprenez pas, pensa Hendricks. Et Stackhouse non plus. Evans comprend, lui, plus ou moins, mais même lui ne perçoit pas l'immense potentiel. « Ce n'est pas comme si cet Ellis ou cette Iris Stanhope étaient particulièrement précieux. Si on les appelle les "roses", il y a une raison. » Il émit un *Pfft* en faisant un geste vague de la main.

« C'était vrai il y a vingt ans, ça l'est moins aujourd'hui, répliqua la directrice. Il y a dix ans même.

— Mais…

— Ça suffit, Dan. Le jeune Ellis a-t-il montré des signes de TP, oui ou non ?

— Non. Mais il a continué à voir les lumières une fois le projecteur éteint, ce qui, je pense, constitue un indicateur. Un indicateur *fort*. Malheureusement, il a fait une crise. Ce qui n'est pas rare, comme vous le savez. »

Mme Sigsby soupira de nouveau.

« Je ne vois aucune objection à ce que vous poursuiviez vos tests avec les Lumières de Stasi, Dan, mais ne perdez pas de vue l'essentiel. Notre objectif principal est de préparer les patients pour l'Arrière. C'est le plus important, le point crucial. Les effets secondaires éventuels nous importent peu. La direction n'a que faire de l'équivalent psychique du Minoxidil. »

Hendricks eut un mouvement de recul, comme si elle l'avait frappé.

« Vous ne pouvez pas mettre sur le même plan un médicament contre l'hypertension qui a également prouvé qu'il faisait pousser les cheveux sur les crânes dégarnis et une démarche scientifique qui pourrait changer le cours de l'existence humaine.

— Non, sans doute pas. Mais peut-être que si vos tests avaient produit davantage de résultats, moi-même et les personnes qui nous paient serions plus enthousiastes. Hélas, vous n'avez obtenu que quelques succès aléatoires. »

Hendricks ouvrit la bouche pour protester, mais il se ravisa en voyant le regard menaçant de Mme Sigsby.

« Vous pouvez poursuivre vos expériences pour le moment, Dan. Estimez-vous satisfait. Étant donné qu'elles nous ont déjà coûté plusieurs enfants.

— Des roses, souligna-t-il, et il refit ce petit *Pfft* de mépris.

— Vous en parlez comme si on les trouvait sous les sabots d'un cheval. C'était peut-être vrai autrefois, mais plus maintenant, Dan. Plus maintenant. Dans l'immédiat, j'ai un dossier pour vous. »

C'était une chemise rouge. Portant l'inscription TRANSFERT.

16

Quand Luke entra dans l'espace détente ce soir-là, il trouva Kalisha assise par terre, appuyée contre une des grandes fenêtres ; elle contemplait le terrain de jeux. Et sirotait une des petites bouteilles d'alcool vendues au distributeur.

« Tu bois ce machin ? » demanda-t-il en s'asseyant à côté d'elle.

Dehors, Avery et Helen sautaient sur le trampoline. Apparemment, cette dernière lui apprenait à exécuter des sauts périlleux avant. Bientôt, l'obscurité les obligerait à rentrer. Car si le terrain de jeux n'était jamais fermé, il n'était pas éclairé non plus, ce qui décourageait les activités nocturnes.

« C'est la première fois. Ça m'a coûté tous mes jetons. Et c'est répugnant. Tu en veux ? »

Elle tendit la bouteille qui contenait un breuvage baptisé Thé Plus.

« Non merci. Hé, Sha, pourquoi tu ne m'as pas dit que le test des lumières était aussi horrible ?

— Appelle-moi Kalisha. Tu es le seul à m'appeler comme ça, et j'aime bien. » Elle avait un peu de mal à articuler. Elle n'avait pourtant bu que quelques gorgées de thé alcoolisé, mais évidemment, elle n'était pas habituée.

« OK. Alors, Kalisha, pourquoi tu ne m'as rien dit ? »

Elle haussa les épaules.

« Ils t'obligent à regarder des lumières multicolores qui dansent, jusqu'à ce que tu tombes dans les vapes. C'est pas si terrible.

— Ah bon ? C'est tout ce qui t'est arrivé ?

— Oui. Pourquoi ? Ça t'a fait quoi, à toi ?

— D'abord, ils m'ont fait une piqûre et ça a provoqué une réaction. Ma gorge s'est resserrée. Pendant un moment, j'ai bien cru que j'allais mourir.

— Oh. Moi aussi j'ai eu droit à une piqûre avant, mais il ne s'est rien passé. Ça devait être horrible. Je suis désolée, Lukey.

— Attends, ce n'est pas tout. Je me suis évanoui en regardant les lumières. J'ai eu comme une crise d'épilepsie, je crois. » Il avait un peu mouillé son pantalon également, mais il préférait garder cette information pour lui. « Quand je me suis réveillé… » Il se tut, le temps de se ressaisir. Pas question de pleurer devant cette jolie fille aux beaux yeux marron et aux cheveux noirs brillants. « Quand je me suis réveillé, ils m'ont giflé. »

Kalisha se redressa.

« Hein ?

— Oui. Et ensuite, un des médecins… Evans. Tu le connais ?

— Celui avec la petite moustache ? »

Elle plissa le nez et but une autre gorgée de thé alcoolisé.

« Oui, voilà. Il avait un paquet de grosses cartes devant lui et il voulait que je devine ce qu'il y avait dessus. J'y pense depuis que je suis réveillé, et je me dis que c'était un test de PES. À coup sûr. Tu nous en as parlé, tu te souviens ?

— Évidemment. Moi, j'y ai eu droit une dizaine de fois. Au moins. Mais pas juste après les lumières. Ils m'ont ramenée directement dans ma chambre. Ils ont dû se mélanger les pinceaux dans leurs dossiers, ils t'ont pris pour un TP au lieu d'un TK.

— Oui, c'est ce que j'ai pensé. Et je le leur ai dit, mais ils ont continué à me gifler. Comme s'ils croyaient que je simulais.

— C'est complètement dingue. »

Elle avait de plus en plus de mal à articuler.

« En fait, reprit Luke, le problème, c'est que je ne suis pas ce que vous appelez un "pos". Je suis un sujet ordinaire. Ils nous appellent les roses.

— Oui. Les roses. Je sais.

— Et les autres ? Il leur est arrivé la même chose ?

— J'ai jamais posé la question. T'es vraiment sûr qu't'en veux pas ? »

Luke lui prit la bouteille et but une gorgée de thé alcoolisé, essentiellement pour que Kalisha ne boive pas tout. Il estimait qu'elle avait déjà dépassé la limite. Le goût était aussi infect qu'il l'avait imaginé.

Il lui rendit la bouteille.

« Tu veux pas savoir c'que j'fête ?

— Quoi donc ?

— Iris. J'bois à sa mémoire. L'était comme toi, rien d'spécial. C'est juste une p'tite TK. Sont venus la chercher y a une heure. Comme dirait George : on ne la reverra plus. »

Elle se mit à pleurer. Luke la prit par les épaules. Il ne savait pas quoi faire d'autre. Kalisha ne protesta pas. Au contraire, elle posa sa tête contre lui.

17

Ce soir-là, Luke retourna sur le site de M. Griffin, il entra l'adresse du *Star Trib* et la contempla pendant presque trois minutes avant de l'effacer, sans oser appuyer sur *Enter*. Un lâche. Je suis un lâche, pensa-t-il. S'ils sont morts, il faut que je le sache. Mais comment pourrait-il affronter cette nouvelle sans s'effondrer totalement ? Et puis, serait-il plus avancé ?

Il tapa *avocats Vermont dettes*. Il avait déjà effectué cette recherche, mais il était toujours bon de vérifier. Et puis, ça ferait passer le temps.

Vingt minutes plus tard, il se déconnecta. Il hésitait entre aller se promener ou voir qui traînait dans les parages (il aimerait tomber sur Kalisha, de préférence, si elle n'était pas en train de cuver), lorsque les points lumineux refirent leur apparition. Ils tourbillonnaient devant ses yeux et le monde autour de lui commença à s'effacer. À *s'éloigner*, comme un train qui quittait la gare, alors que lui restait sur le quai.

Il appuya son front contre l'ordinateur refermé et inspira lentement, profondément, en se répétant : tiens bon, tiens bon… Ça finirait par passer. Il s'interdisait de penser à ce qui arriverait dans le cas contraire. Au moins, il pouvait déglutir. Et au bout d'un moment, en effet, cette impression de dériver loin de lui-même, de plonger dans un univers de lumières virevoltantes disparut. Il n'aurait su dire combien de temps l'épisode avait duré, juste une minute, peut-être deux, mais cela lui avait paru beaucoup plus long.

Il se rendit dans la salle de bains et se brossa les dents en se regardant dans le miroir. Pour ce qui était des points lumineux, ils savaient, probablement, mais pas pour le reste. Il ignorait ce qui figurait sur la première carte et sur la troisième, mais la deuxième représentait un garçon sur un vélo et la quatrième un petit chien tenant une balle dans sa gueule. Un chien noir. Une balle rouge. Apparemment, il était un TP.

Ou bien, il l'était devenu.

Il se rinça la bouche, éteignit et, après s'être déshabillé dans le noir, il s'allongea sur son lit. Ces lumières l'avaient changé. Ils savaient que cela pouvait se produire, sans en être sûrs. Il ne voyait pas d'où lui venait cette certitude, mais…

Il était un cobaye, comme tous les autres, mais les TP et les TK de niveau inférieur – les roses – subissaient davantage de tests. Pourquoi ? Parce qu'ils étaient moins précieux ? En cas de problème, ils représentaient une moins grosse perte ? Probablement. Les médecins croyaient que le test des cartes avait été un échec. Tant mieux. Ces individus étaient malfaisants, et mentir à des êtres malfaisants, c'était forcément bien, non ? Néanmoins, il devinait que ces lumières avaient peut-être une autre fonction que de développer les dons des roses, car des TP et des TK plus performants, comme Kalisha et George, y avaient droit eux aussi. Oui, mais laquelle ?

Luke l'ignorait. Il savait juste que les points avaient disparu. Iris aussi. Les points reviendraient peut-être, pas Iris. Elle était partie à l'Arrière et ils ne la reverraient plus.

Il s'endormit.

18

Le lendemain matin au petit déjeuner, il y avait neuf enfants, mais Iris étant partie, ils n'avaient pas envie de parler, et encore moins de rire. George ne fit aucune plaisanterie. Helen Simms mangea uniquement des cigarettes en sucre. Harry Cross revint du buffet avec une montagne d'œufs brouillés (accompagnés de bacon et de frites) qu'il engloutit sans lever les yeux de son assiette, comme quelqu'un qui accomplit un travail.

Les jumelles, Greta et Gerda Wilcox, refusèrent de manger jusqu'à l'arrivée de Gladys, tout sourire, qui parvint à leur faire avaler quelques bouchées. L'attention qu'elle leur portait sembla les égayer ; il y eut même quelques rires. Luke envisagea de les prendre à part pour leur conseiller de se méfier de ce grand sourire, mais cela les effraierait, et à quoi bon ?

À *quoi bon ?* Cette phrase était devenue un nouveau mantra, et Luke savait qu'il ne devait pas raisonner ainsi ; c'était déjà une façon d'accepter ce qui se passait. Or il ne voulait pas s'aventurer sur cette voie, pas question. Mais la logique l'emportait. Si les petites G se sentaient réconfortées par l'attention de la grande G, c'était peut-être aussi bien. Néanmoins, quand il imaginait les fillettes soumises à l'épreuve du thermomètre rectal… et aux lumières…

« Qu'est-ce qui t'arrive ? demanda Nick. On dirait que tu as mordu dans un citron.

— Je pense à Iris.

— Iris, c'est du passé, mec. »

Luke le regarda d'un air étonné.

« C'est cruel. »

Nick haussa les épaules.

« La vérité est souvent cruelle. Tu veux aller jouer au basket ?

— Non.

— Oh, allez. Je te laisse plusieurs paniers d'avance.

— Je n'ai pas envie.

— Tu te dégonfles ? »

Il n'y avait aucune animosité dans cette question. Luke secoua la tête « Ça me rendrait trop triste. Je jouais souvent au basket avec mon père. »

Il constata qu'il avait employé le passé, et il s'en voulut.

« OK, je comprends. » Nick le regarda avec une expression de pitié que Luke trouva quasiment insoutenable, surtout venant de Nicky Wilholm. « Écoute, mec…

— Quoi ? »

Nick soupira.

« Si tu changes d'avis, je suis dehors. »

Luke quitta la cantine et parcourut d'un pas traînant son couloir – ENCORE UNE JOURNÉE AU PARADIS, proclamait l'affiche –, puis il s'engagea dans le suivant, qu'il avait surnommé mentalement le Couloir du Distributeur de Glaçons. Ne voyant pas Maureen, il continua. Il passa devant d'autres affiches d'encouragement, d'autres chambres. Neuf de chaque côté. Les portes ouvertes laissaient voir des lits sans draps ni couvertures, des murs vierges. Ce qui leur donnait l'apparence de ce qu'elles étaient réellement : des cellules de prison pour enfants. Il dépassa l'ascenseur et poursuivit son chemin devant d'autres chambres. Certaines conclusions s'imposaient. Dont celle-ci : à une époque, l'Institut avait accueilli beaucoup plus de « résidents ». À moins que les responsables de ce projet aient péché par optimisme.

Luke déboucha finalement dans une autre salle de détente où l'homme à tout faire prénommé Fred passait une chamoisine en faisant de grands mouvements apathiques. Là aussi, il y avait des distributeurs de snacks et de boissons, mais ils étaient vides et débranchés. Dehors, à la place du terrain de jeux, il n'y avait qu'un carré de gravier, clôturé par un grillage, au-delà duquel étaient disposés plusieurs bancs (sans doute pour les membres du personnel qui souhaitaient prendre leur pause à l'extérieur du complexe). Un peu plus loin, à une cinquantaine de mètres, se dressait le bâtiment administratif peint en vert. L'antre de Mme Sigsby, qui avait déclaré qu'il était ici pour servir.

« Qu'est-ce que tu fais ? demanda Fred.

— Je me promène. Je visite.

— Y a rien à voir. Retourne d'où tu viens. Va jouer avec les autres.

— Et si je n'ai pas envie ? »

Cette réponse sonnait de manière plus pathétique que provocatrice, et Luke regretta ses paroles.

Fred portait un talkie-walkie à la ceinture et un zap-stick de l'autre côté.

« Retourne là-bas. Je te le répéterai pas.

— OK. Bonne journée, Fred.

— Ouais, c'est ça. »

La chamoisine reprit ses grands mouvements indolents.

Luke battit en retraite, stupéfait de la rapidité avec laquelle tous les principes qu'il tenait pour acquis concernant les adultes – ils étaient gentils avec vous si vous étiez gentil avec eux, pour commencer – avaient volé en éclats. Il s'efforça de ne pas regarder à l'intérieur de toutes ces chambres vides devant lesquelles il passait. Elles avaient quelque chose d'inquiétant. Combien d'enfants avaient vécu là ? Que leur arrivait-il lorsqu'on les envoyait à l'Arrière ? Et où étaient-ils maintenant ? Chez eux ?

« Mon cul, oui », murmura-t-il en regrettant que sa mère ne soit pas là pour le réprimander. L'absence de son père était une souffrance. L'absence de sa mère, une torture.

De retour dans le Couloir du Distributeur de Glaçons, il vit le panier de linge de Maureen stationné devant la chambre d'Avery. Il glissa la tête à l'intérieur. Elle lui sourit tout en lissant le couvre-lit.

« Ça va, Luke ? »

Question idiote. Mais il savait que ça partait d'une bonne intention. Comment le savait-il ? Peut-être y avait-il un rapport avec le light show de la veille ? Maureen semblait plus pâle aujourd'hui, les rides qui encadraient sa bouche plus profondes. Luke pensa : Cette femme va mal.

« Oui, très bien. Et vous ?

— Ça va. »

Elle mentait. Il le savait. Ce n'était pas une impression, c'était une certitude.

« À part que celui-ci… Avery… a mouillé son lit cette nuit. » Elle soupira. « C'est pas le premier, et ça sera pas le dernier. Heureusement, ça n'a pas traversé l'alèse. Allez, bonne journée, Luke. Porte-toi bien. »

Elle le regardait droit dans les yeux, d'un air rempli d'espoir. Mais cet espoir résidait derrière ses yeux. De nouveau, il pensa : Ils m'ont changé. Je ne sais pas comment, et je ne sais pas dans quelle mesure, mais c'est sûr, ils m'ont changé. On m'a ajouté quelque chose. Il se réjouissait d'avoir menti au sujet des cartes. Et il se réjouissait qu'ils l'aient cru. Pour l'instant, du moins.

Alors qu'il ressortait dans le couloir, il se retourna et dit :

« Je crois que je vais aller chercher des glaçons. Ils m'ont donné des gifles hier, et j'ai encore mal.

— Bonne idée, fiston. Vas-y. »

Ce *fiston* lui réchauffa le cœur une fois encore. Et lui donna envie de sourire.

Il alla chercher le seau resté dans sa chambre, vida l'eau des glaçons fondus dans le lavabo et retourna à la machine. Maureen était déjà là, penchée en avant, les fesses collées contre le mur en parpaings, les mains sur les tibias. Luke se précipita, mais elle le repoussa d'un geste.

« J'étire mon dos. Pour enlever les nœuds. »

Luke ouvrit la porte du distributeur de glaçons et prit la pelle. Il ne pouvait pas glisser un mot à Maureen, comme l'avait fait Kalisha, car s'il avait un ordinateur, il n'avait ni papier ni stylo. Pas même un petit bout de crayon. Et c'était peut-être aussi bien. Les messages pouvaient se révéler dangereux ici.

« Leah Fink, à Burlington, murmura-t-il en piochant des glaçons. Rudolph Davis, à Montpelier. Tous les deux ont cinq étoiles sur le site Legal Eagle. C'est un site de consommateurs qui note les avocats. Vous vous souviendrez de leurs noms ?

— Leah Fink, Rudolph Davis. Que Dieu te bénisse, Luke. »

Il savait qu'il devrait en rester là, mais la curiosité l'emporta. Il avait toujours été curieux. Alors, au lieu de s'en aller, il se mit à marteler la glace avec la pelle, comme s'il voulait la briser. Ce n'était pas nécessaire, mais ça faisait un joli vacarme.

« Avery dit que l'argent que vous avez mis de côté, c'est pour un enfant. Je sais bien que ça ne me regarde pas, mais…

— Le petit Dixon fait partie des télépathes, hein ? Il doit être sacrément fortiche, même s'il mouille son lit. Y a pas de pastille rose sur sa fiche.

— Oui, exact. »

Luke continua à agiter la pelle.

« Eh bien, il a raison. J'ai fait adopter mon fils par le biais de l'église, juste après sa naissance. Je voulais le garder, mais le pasteur et ma mère m'en ont dissuadée. Le sale type que j'ai épousé ne voulait pas d'enfant, alors je l'ai abandonné. Ça t'intéresse vraiment, Luke ?

— Oui. »

Et c'était vrai. Pourtant, ils ne devaient pas parler trop longtemps. Si *on* ne pouvait pas les entendre, *on* pouvait peut-être les voir.

« Quand j'ai commencé à avoir mal dans le dos, je me suis dit qu'il fallait que je sache ce qu'il était devenu, et je l'ai découvert. L'administration n'est pas censée dire où vont les bébés, mais l'église conserve tous les dossiers d'adoption depuis 1950. Et je connais le mot de passe de l'ordinateur du presbytère. Le pasteur l'a noté sur un papier, sous le clavier. Mon fils n'est qu'à deux villes de l'endroit où je vis, dans le Vermont. Il est en terminale au lycée. Il veut aller à l'université. Ça aussi, je l'ai appris. Mon fils veut aller à l'université. L'argent doit servir à ça, pas à rembourser les dettes de ce salopard. »

Elle sécha ses yeux avec sa manche d'un geste furtif.

Luke ferma la porte du distributeur de glaçons et se redressa.

« Prenez soin de votre dos, Maureen.

— Promis. »

Et si c'était un cancer ? Voilà ce qu'elle pensait, il le savait.

Au moment où il s'éloignait, elle posa la main sur son épaule et se pencha vers lui, tout près. Elle avait mauvaise haleine. Une haleine de personne malade.

« Il n'est pas obligé de savoir d'où vient l'argent, mon garçon. Mais il en a besoin. Hé, Luke… Fais ce qu'ils te demandent. Tout ce qu'ils te demandent. » Elle hésita. « Et si tu as envie de parler à quelqu'un, de n'importe quoi… fais-le ici.

— Je croyais qu'il y avait d'autres endroits où…

— Fais-le ici », répéta-t-elle, et elle s'éloigna en poussant son panier.

19

En regagnant le terrain de jeux, Luke s'étonna de voir Nick faire un match de basket avec Harry Cross. Ils riaient et s'amusaient à se rentrer dedans comme s'ils étaient amis depuis l'école primaire. Helen, assise à la table de pique-nique, jouait à la bataille contre Avery, avec deux jeux de cartes. Luke s'assit à côté d'elle et lui demanda qui gagnait.

« Difficile à dire, répondit Helen. Avery m'a battue à la première partie, mais là, c'est hyper serré.

— En fait, elle trouve ça chiant comme la pluie, mais elle est sympa, dit Avery. Pas vrai, Helen ?

— Exact, Petit Kreskin[1]. Exact. Après ça, on va se faire une partie de Slap Jack. Et ça ne va pas te plaire parce que je tape *très* fort. »

Luke regarda autour de lui, saisi soudain par une bouffée d'angoisse. Qui fit éclore une escadrille de points fantomatiques devant ses yeux. Ils disparurent aussi vite qu'ils étaient apparus.

« Où est Kalisha ? Ils ne l'ont pas…

1. Célèbre mentaliste américain.

— Non, non. Ils ne l'ont pas emmenée. Elle prend une douche, c'est tout.

— Elle plaît à Luke, dit Avery. Elle lui plaît beaucoup.

— Avery ?

— Quoi, Helen ?

— Il y a des choses dont il ne faut pas parler.

— Pourquoi ?

— Parce que la discrétion est une vertu silencieuse. »

Elle détourna le regard. Et passa la main dans ses cheveux bicolores, peut-être pour masquer le tremblement de sa bouche. Peine perdue, dans ce cas.

« Qu'est-ce qui se passe ? demanda Luke.

— Demande donc au petit Kreskin. Il voit tout, il sait tout.

— Ils lui ont enfoncé un thermomètre dans les fesses, dit Avery.

— Oh, fit Luke.

— Putain, tu imagines comme c'est dégradant ?

— Avilissant, dit Luke.

— Mais aussi exquis et délicieux », dit Helen, et tous deux éclatèrent de rire.

Helen riait en pleurant, mais elle riait quand même, et pouvoir rire ici, c'était précieux.

« Je comprends pas, dit Avery. Comment ça peut être exquis et délicieux, un thermomètre dans les fesses ?

— C'est délicieux si tu le lèches juste après », dit Luke, et ils se tordirent de rire tous les trois.

Helen tapa du poing sur la table, faisant voler les cartes.

« Oh, la vache, je me suis fait pipi dessus. C'est dégoûtant. Regardez pas ! »

Elle partit en courant, manquant de renverser George qui sortait au même moment en s'empiffrant de biscuits au beurre de cacahuètes.

« Qu'est-ce qui lui prend ? demanda-t-il.

— Elle s'est fait pipi dessus, répondit Avery. Moi aussi, j'ai fait pipi dans mon lit cette nuit, alors je compatis.

— Épargne-nous les détails, dit Luke avec un sourire. Va donc jouer au basket avec Nicky et Le Nouveau.

— Tu es dingue ? Ils sont trop grands. Et Harry m'a déjà envoyé au tapis une fois.

— Alors, va sauter sur le trampoline.

— J'en ai marre, à force.

— Vas-y quand même. Il faut que je parle à George.

— Des lumières ? Quelles lumières ? »

Ce gamin est super flippant, songea Luke.

« Va faire du trampoline. Montre-moi que tu sais faire des sauts périlleux.

— Et essaie de ne pas te briser la nuque, ajouta George. Mais si ça arrive, je chanterai "You Are So Beautiful" à ton enterrement. »

Avery dévisagea George pendant quelques secondes, puis il dit :

« Tu détestes cette chanson.

— Exact, confirma George. On appelle ça de la satire. Ou bien de l'ironie. Je confonds toujours les deux. Allez, grouille-toi. »

Luke et George le regardèrent s'éloigner vers le trampoline en traînant les pieds.

« Ce gamin a dix ans, et mis à part ces conneries de PES, il se comporte comme s'il en avait six. Dément, non ?

— Complètement. Et toi, tu as quel âge ?

— Treize, répondit George, morose. Mais ces temps-ci, j'ai l'impression d'en avoir cent. Dis-moi, Luke… Ils affirment que nos parents vont bien. Tu y crois, toi ? »

Question délicate. Finalement, Luke répondit :

« Non… pas vraiment.

— Si tu pouvais, tu voudrais le savoir ?

— Je ne sais pas.

— Moi, non, dit George. J'ai déjà assez de problèmes. Découvrir qu'ils sont… enfin, tu vois… je m'en remettrais pas. Malgré tout, j'arrête pas de me poser la question. En permanence. »

Je pourrais te le dire, pensa Luke. Je pourrais avoir la réponse, pour nous deux. Il faillit se pencher vers George pour le lui murmurer à l'oreille. Puis il repensa à ce qu'il venait de dire : il avait déjà assez de problèmes.

« Hé, le truc des yeux… ils te l'ont fait ?

— Oui, bien sûr. Tout le monde y passe. Comme le coup du thermomètre dans le cul, l'EEG, l'ECG, l'IRM, l'examen de sang, le test des réflexes et toutes les autres choses merveilleuses que tu peux imaginer, Lukey. »

Luke envisagea de demander à George s'il avait continué à voir les points lumineux une fois le projecteur éteint, mais il s'abstint.

« Tu as fait une crise ? Moi, oui.

— Non. Ils m'ont assis à une table ensuite. Et ce connard de médecin moustachu m'a fait un tour avec des cartes.

— Tu veux dire qu'ils t'ont demandé de deviner ce qu'il y avait dessus ?

— Exact. Je pense que c'étaient des cartes de Rhine, c'est quasiment sûr. J'ai déjà passé ce genre de tests deux ans environ avant de me retrouver dans ce charmant enfer. Lorsque mes parents ont compris que je pouvais déplacer des objets rien qu'en les regardant. Quand ils ont décidé que c'était pas un truc bidon pour les faire flipper, ou une de mes petites plaisanteries, ils ont voulu savoir ce que je pouvais faire d'autre, et ils m'ont emmené à Princeton, là où il y a ce machin qui s'appelle "Institut de recherches sur les anomalies". Je crois qu'ils l'ont fermé depuis.

— Les anomalies ? Sérieux ?

— Ouais. Ça paraît plus scientifique que "recherches sur le paranormal", j'imagine. C'était carrément dans le département d'ingénierie de Princeton, figure-toi. Deux étudiants de troisième cycle m'ont fait passer le test de Rhine, mais j'ai quasiment tout foiré. Ce jour-là, je n'ai même pas réussi à déplacer des trucs. Ça arrive des fois. » Il haussa les épaules. « Ils ont dû me prendre pour un imposteur, mais je m'en foutais. Quand je suis en forme, j'arrive à faire tomber une pile de briques rien qu'en y pensant. Remarque, c'est pas ça qui m'aidera à me taper des nanas, tu n'es pas d'accord ? »

Luke, dont le record consistait à faire tomber un plat de pizza de la table d'un restaurant sans y toucher, était d'accord.

« Alors, ils t'ont giflé, toi aussi ?

— Une fois, mais c'était une sacrée baffe, dit George. J'avais essayé de faire une plaisanterie. Cette salope de Priscilla m'en a collé une.

— J'ai fait sa connaissance. Une vraie salope, oui. »

Sa mère détestait ce mot, encore plus que *putain*. Et en le prononçant, il eut un pincement au cœur.

« Tu ne savais pas ce qu'il y avait sur ces cartes ? »

George le regarda d'un drôle d'air.

« Je suis TK, pas TP. Comme toi. Comment tu veux que je sache ?

— Oui, bien sûr.

— Comme j'avais déjà passé ce test à Princeton, j'ai deviné la croix, puis l'étoile, puis les vagues. Priscilla m'a dit d'arrêter de mentir, alors quand Evans a pris la carte suivante, j'ai dit que je voyais une photo des nichons de Priscilla. C'est là qu'elle m'a filé une baffe. Ensuite, ils m'ont laissé retourner dans ma chambre. En toute franchise, ils n'avaient pas l'air très intéressés. J'avais plutôt l'impression qu'ils faisaient ça par-dessus la jambe.

— Peut-être qu'ils ne s'attendaient pas à découvrir quoi que ce soit, dit Luke. Peut-être que tu étais juste un sujet témoin.

— Témoin de quoi ? Qu'est-ce que tu racontes ?

— Rien. Laisse tomber. Alors, elles sont revenues ? Les lumières. Les points colorés ?

— Non. » George semblait intrigué maintenant. « Et toi ?

— Non plus. » Luke se réjouissait qu'Avery ne soit pas là. Il pouvait juste espérer que les ondes cérébrales du petit médium avaient une portée limitée. « Mais j'ai fait une crise d'épilepsie… du moins, j'ai cru… et j'avais peur qu'elles reviennent.

— Je ne comprends pas le but de cet endroit, dit George, plus morose que jamais. Ça ressemble à des installations gouvernementales, mais… Ma mère avait acheté un bouquin, peu de temps avant qu'ils m'emmènent à Princeton. *Histoires de télépathie et canulars*, ça s'appelait. Je l'ai lu après elle. Il y avait un chapitre consacré aux expériences gouvernementales sur les trucs qu'on arrive à faire. La CIA en a mené quelques-unes dans les années 1950. Sur la télépathie, la télékinésie, la précognition et même la lévitation et la téléportation. Ils utilisaient du LSD. Ils ont obtenu des résultats, paraît-il, mais rien d'extraordinaire. » Il se pencha en avant, ses yeux marron plongés dans les yeux verts de Luke. « Comme avec nous, mec. Rien de plus. Est-ce qu'on est censés assurer la domination des États-Unis sur le monde en déplaçant des boîtes de crackers – à condition qu'elles soient vides – ou en tournant les pages d'un livre à distance ?

— Ils pourraient envoyer Avery en Russie, dit Luke. Il leur dirait ce que Poutine a mangé au petit déjeuner. Et s'il porte des slips ou des caleçons. »

George sourit.

« Au sujet de nos parents… »

Kalisha arriva en courant pour demander qui voulait jouer à la balle au prisonnier.

Tout le monde.

20

Luke ne subit aucun test ce jour-là, si ce n'est celui de son courage, et il échoua de nouveau. Deux fois il se rendit sur le site du *Star Tribune*, et deux fois il se dégonfla, même si la seconde fois il jeta un rapide coup d'œil au gros titre : un type avait écrasé un groupe de gens avec son camion pour prouver qu'il avait la foi. C'était affreux, mais au moins ça se passait hors de l'Institut. Cela voulait dire que le monde extérieur était toujours là. Un détail avait changé : son prénom apparaissait maintenant sur la page d'accueil de l'ordinateur, à la place de la mystérieuse Donna qui l'avait précédé.

Tôt ou tard, il serait obligé de chercher des informations sur ses parents. Il le savait et il comprenait pleinement, désormais, le sens de ce vieux dicton : pas de nouvelles, bonnes nouvelles.

Le lendemain, on le conduisit de nouveau au Niveau C, où un technicien prénommé Carlos lui préleva trois petits tubes de sang, lui fit une injection (sans provoquer de réaction), puis l'emmena dans des toilettes pour qu'il urine dans un bocal. Après cela, Carlos et une aide-soignante à l'air renfrogné, Winona, l'escortèrent au Niveau D. Winona avait la réputation de faire partie des méchantes et Luke n'essaya pas d'engager la conversation. Ils l'introduisirent dans une grande salle abritant un appareil d'IRM qui devait coûter une fortune.

Ça ressemble à des installations gouvernementales, avait dit George. Dans ce cas, que penseraient M. et Mme Tout-le-monde de la manière dont on dépensait leur argent ? Luke devinait que dans un pays où la population pestait contre Big Brother, même si c'était pour lui imposer des contraintes insignifiantes comme porter un casque de moto ou posséder un permis pour se promener avec une arme, la réponse serait : « rien de bien ».

Un autre technicien les attendait, mais avant que Carlos et lui puissent allonger Luke à l'intérieur du tube, le Dr Evans se précipita pour examiner son bras, au niveau de la dernière injection, et déclara qu'il était « bon pour le service ». Il demanda à Luke s'il avait eu d'autres crises ou des vertiges.

« Non.

— Et les lumières ? Elles sont revenues ? Quand tu faisais de l'exercice, peut-être ? Devant ton ordinateur ? Ou pendant que tu poussais aux toilettes ?

— Non.

— Ne me mens pas, Luke.

— Je ne mens pas. »

Il se demandait si l'IRM allait détecter un changement dans son activité cérébrale et prouver qu'il mentait.

« OK. Très bien. »

Non, pas très bien, songea Luke. Vous êtes déçu, et ça me réjouit.

Evans griffonna quelque chose sur son bloc.

« Poursuivez, madame et messieurs, poursuivez ! »

Et il repartit en coup de vent, tel le Lapin Blanc en retard à un rendez-vous important.

Le technicien chargé de la machine à IRM – DAVE, indiquait son badge – demanda à Luke s'il était claustrophobe.

« Tu sais certainement ce que ça veut dire.

— Je ne le suis pas. Ma seule phobie, c'est d'être enfermé. »

Dave était un homme à lunettes d'un certain âge, à l'air sérieux, à moitié chauve. Il ressemblait à un comptable. Mais Adolf Eichmann aussi.

« Parce que si tu es claustrophobe, je peux te donner un Valium. C'est autorisé.

— Pas la peine.

— Tu devrais en prendre un quand même, intervint Carlos. Tu vas passer un long moment dans ce machin, à entrer et sortir. Ça rend l'expérience plus agréable. Peut-être même que tu t'endormiras, malgré le boucan. Ça cogne et ça résonne. »

Luke le savait. S'il n'avait jamais passé d'IRM, il avait vu un tas de séries médicales.

« Non merci. »

Néanmoins, après le déjeuner (apporté par Gladys), poussé par la curiosité et pour tromper l'ennui, il prit le Valium. Il avait déjà fait trois passages dans la machine et, à en croire Dave, il en restait trois autres. Il ne demanda même pas ce qu'ils testaient, ce qu'ils cherchaient ou espéraient trouver. Il devinait la réponse : C'*est pas tes oignons*. Ou une variante. D'ailleurs, il n'était pas certain qu'ils le sachent eux-mêmes.

Le Valium lui donna l'impression de flotter dans un rêve et, au cours du dernier passage à l'intérieur du tube, il fut pris d'une légère somnolence, malgré le vacarme que produisait la machine quand elle prenait des clichés. Lorsque Winona réapparut pour le ramener au Niveau A, l'effet du Valium s'était dissipé et il se sentait juste shooté.

Elle sortit de sa poche une poignée de jetons. Quand elle les lui tendit, l'un d'eux tomba et roula sur le sol.

« Ramasse-le, empoté. »

Il obéit.

« Tu as eu une dure journée, dit-elle, avec un vrai sourire. Si tu t'offrais quelque chose à boire, hein ? Pour décompresser. Te relaxer. Je te recommande la Harvey's Bristol Cream. »

Elle pourrait facilement avoir un enfant de l'âge de Luke. Deux peut-être. Leur aurait-elle fait la même recommandation ? Oh, vous avez eu une dure journée à l'école. Si vous preniez un petit jus de fruits alcoolisé pour vous détendre, avant d'attaquer vos devoirs ? Il faillit le lui dire. Au pire, elle lui flanquerait une gifle. Mais…

« À quoi bon ?

— Hmmm ? » Elle le regardait en fronçant les sourcils. « Qu'est-ce que tu racontes ?

— Rien. Absolument rien, Winnie. »

— Ne joue pas au plus malin, Luke.

— Je ferai un effort. »

Il glissa les jetons dans sa poche. Il en avait compté neuf. Il en donnerait trois à Avery et trois à chaque jumelle Wilcox. De quoi acheter des trucs à grignoter, mais pas le reste. Quant à lui, il n'avait qu'une seule envie à cet instant : s'enfiler une mégadose de protéines et de glucides. Peu importe ce qu'il y avait au menu ce soir, du moment que c'était copieux.

21

Le lendemain, Joe et Hadad le conduisirent de nouveau au niveau C, où on l'obligea à boire une solution barytée. Tony se tenait juste à côté, son zap-stick à la main, prêt à lui administrer une décharge électrique si Luke exprimait la moindre protestation. Quand il eut bu jusqu'à la dernière goutte, on le conduisit dans un box de la taille d'un W.-C. d'une aire d'autoroute pour lui faire passer une radio. Tout se déroula sans problème, mais au moment où il ressortait du box, une violente crampe d'estomac le plia en deux.

« Vomis pas par terre, dit Tony. Si tu dois gerber, fais ça dans le lavabo, là-bas dans le coin. »

Trop tard. Le petit déjeuner de Luke, à moitié digéré, jaillit dans une bouillie de baryum.

« Ah, merde alors ! pesta Tony. Va falloir que tu nettoies tout ça. Et je veux que le sol soit assez propre pour que je puisse manger par terre.

— Je m'en occupe, dit Hadad.

— Et puis quoi, encore. » Tony ne haussa pas la voix, il ne regarda même pas Hadad, mais celui-ci tressaillit malgré tout. « Tu peux aller chercher le seau et la serpillière, si tu veux. Mais c'est Luke qui va nettoyer. »

Hadad apporta le nécessaire. Luke parvint à remplir le seau au lavabo malgré les crampes qui continuaient à lui nouer le ventre, et ses bras tremblaient tellement qu'il ne pouvait pas redescendre le seau sans renverser de l'eau savonneuse partout. Joe s'en chargea à sa place en lui glissant à l'oreille : « Tiens bon, gamin.

— File-lui la serpillière et c'est tout », lança Tony, et Luke comprit – grâce à cette nouvelle manière qu'il avait de comprendre les choses – que Tony se régalait.

Il passa la serpillière et rinça le sol. Tony examina le résultat, déclara que c'était inacceptable et lui ordonna de recommencer. Les crampes étaient passées et, cette fois, il put soulever et reposer le seau tout seul. Hadad et Joe, assis dans un coin, discutaient des chances respectives des Yankees et des San Diego Padres, manifestement leurs équipes préférées. Alors qu'ils regagnaient l'ascenseur, Hadad donna une tape dans le dos de Luke et dit :

« Bravo, Luke. Tu as des jetons à lui donner, Joey ? J'en ai plus. »

Joe lui en donna quatre.

« À quoi servent ces tests ? demanda Luke.

— À un tas de choses, répondit Hadad. T'inquiète pas pour ça. »

Voilà sans doute le conseil le plus stupide qu'il avait jamais entendu.

« Est-ce que je sortirai d'ici un jour ?

— Bien sûr, dit Joe. Mais tu te souviendras plus de rien. »

Il mentait. Là encore, ce n'était pas de la télépathie, du moins pas telle que Luke l'avait toujours imaginée : il n'entendait pas des mots dans son esprit, il ne les voyait pas non plus, comme le texte qui défile en bas de l'écran des chaînes d'info. Il *savait*, voilà tout. C'était une chose aussi indéniable que la pesanteur ou l'irrationalité de la racine carrée de deux.

« Il y a encore beaucoup de tests ?

— Oh, on a de quoi t'occuper, dit Joe.

— Mais évite de vomir à l'endroit où doit marcher Tony Fizzale », ajouta Hadad en riant de bon cœur.

22

Une nouvelle femme de ménage passait l'aspirateur dans sa chambre quand Luke arriva. Âgée d'une vingtaine d'années, rondelette, elle se prénommait JOLENE d'après son badge.

« Où est Maureen ? » demanda-t-il, bien qu'il le sût parfaitement.

C'était sa semaine de congés et quand elle reprendrait le travail, ça ne serait pas forcément dans cette partie de l'Institut, pas tout de suite du moins. Il espérait qu'elle était dans le Vermont pour essayer de se sortir de ce pétrin dans lequel l'avait fourrée son mari avant de ficher le camp, mais elle allait lui manquer… même si, se disait-il, il la reverrait certainement à l'Arrière, quand il serait envoyé là-bas à son tour.

« Mo-Mo est partie tourner un film avec Johnny Depp, répondit Jolene. Une de ces histoires de pirates que tous les gamins adorent. Elle joue la tête de mort ! »

Elle s'esclaffa, puis lança : « Allez, sors d'ici pendant que je termine.

— Il faut que je m'allonge. Je ne me sens pas très bien.

— Tiens donc ? Tes camarades et toi, vous êtes tous pourris gâtés ici. Vous avez quelqu'un pour faire le ménage et vous préparer à manger, vous avez la télé dans la chambre... Tu crois que j'avais une télé dans ma chambre à ton âge ? Ou ma propre salle de bains ? J'avais trois sœurs et deux frères, et on se battait pour avoir la place.

— On nous force à avaler des trucs qui nous font vomir. Vous croyez que ça vous plairait ? »

Je ressemble un peu plus à Nicky de jour en jour, pensa Luke. Hé, où est le mal ? C'est bien d'avoir des modèles positifs.

Jolene se tourna vers lui en brandissant le tuyau de l'aspirateur.

« Tu veux savoir ce que ça fait de recevoir un coup sur la tête ? »

Luke ressortit de sa chambre. Il marcha lentement dans les couloirs, obligé de s'arrêter deux fois pour prendre appui contre le mur à cause des crampes d'estomac qui étaient réapparues. Heureusement, elles étaient moins fréquentes et moins intenses. Juste avant d'atteindre l'espace loisirs, désert, dont les baies vitrées donnaient sur le bâtiment administratif, il entra dans une des chambres inoccupées, s'allongea sur le matelas nu et s'endormit. Pour la première fois, il se réveilla en ne s'attendant pas à voir la maison de Rolf Destin par la fenêtre.

Un pas dans la mauvaise direction, songea-t-il.

23

Le lendemain matin, on lui fit une injection, puis on le relia à des appareils servant à mesurer le rythme cardiaque et la tension, et on l'obligea à courir sur un tapis contrôlé par Carlos et Dave. Ils augmentèrent la vitesse jusqu'à ce que Luke soit essoufflé et risque d'être éjecté du tapis. Les chiffres s'affichaient sur la console devant lui, et juste avant que Carlos diminue enfin l'allure du tapis, Luke vit que son cœur battait à 170.

Pendant qu'il buvait un verre de jus d'orange et reprenait sa respiration, un grand type chauve, costaud, entra dans la salle et s'adossa au mur, bras croisés. Il portait un costume marron qui semblait valoir très cher et une chemise blanche sans cravate. Ses yeux sombres examinèrent Luke, de son visage encore rouge et transpirant à ses baskets toutes neuves.

« Il paraît que tu tardes à t'adapter, jeune homme, dit-il. Nick Wilholm n'y est peut-être pas pour rien. Ce n'est pas quelqu'un qu'il faut émuler. Tu connais le sens du mot "émuler" ?

— Oui.

— Wilholm est insolent et désagréable avec les hommes et les femmes qui essaient simplement de faire leur travail. »

Luke ne dit rien. C'était toujours plus prudent.

« Ne laisse pas son comportement déteindre sur toi, voilà le conseil que je te donne. Un *bon* conseil. Et limite au strict minimum tes relations avec le personnel. »

Un signal d'alarme retentit dans l'esprit de Luke, jusqu'à ce qu'il comprenne que ce grand type chauve ne parlait pas de Maureen. Il faisait allusion à Fred, l'agent d'entretien. Luke en avait la certitude, bien qu'il ait parlé une seule fois à Fred, et plusieurs fois à Maureen.

« Évite également le Salon Ouest et les chambres vides. Si tu as envie de dormir, va dans ta chambre. Fais en sorte que ton séjour ici soit le plus agréable possible.

— Il n'y a rien d'agréable ici.

— Tu as le droit d'avoir ton avis. Tu sais ce qu'on dit, hein ? Les avis, c'est comme les trous du cul, tout le monde en a un. Mais je pense que tu es assez intelligent pour savoir qu'il y a une énorme différence entre "rien d'agréable" et "quelque chose de désagréable". N'oublie pas ça. »

Sur ce, le colosse chauve s'en alla.

« C'était qui ? demanda Luke.

— Stackhouse, répondit Carlos. Le responsable de la sécurité. Si j'étais toi, j'éviterais de me le mettre à dos. »

Dave approcha avec une seringue.

« Faut que je te prenne encore un peu de sang. Y en a pour une minute. Sois un bon petit, OK ? »

24

Après l'épreuve du tapis de course et le dernier prélèvement sanguin, il y eut deux jours sans tests, pour Luke du moins. Il eut quand même droit à quelques injections – dont une qui provoqua de furieuses démangeaisons sur tout son bras pendant une heure –, mais ce fut tout. Les jumelles Wilcox commencèrent à s'habituer, surtout à partir du moment où Harry Cross se lia d'amitié avec elles. C'était un TK et il se targuait de pouvoir déplacer un tas d'objets, mais Avery affirmait que c'était un gros baratineur.

« Il est encore moins doué que toi, Luke. »

Celui-ci leva les yeux au ciel.

« Ne sois pas trop diplomate, Avery, ça te jouera des tours.

— Ça veut dire quoi, diplomate ?

— Dépense un jeton pour regarder sur ton ordi.

— Désolé, Dave, je ne peux pas », répondit le jeune garçon en faisant une surprenante imitation de la voix à la fois douce et sinistre de HAL 9000, et il se mit à rire.

Harry faisait du bien à Greta et à Gerda, on ne pouvait le nier. Chaque fois qu'il les voyait, un grand sourire idiot fendait son visage. Il s'accroupissait, écartait les bras et les jumelles se précipitaient vers lui.

« Tu crois qu'il les tripote ? demanda Nick un matin sur le terrain de jeux, en regardant Harry qui surveillait les deux sœurs sur le trampoline.

— Beurk, c'est dégoûtant, dit Helen. Tu regardes trop de téléfilms sur Lifetime.

— Non », dit Avery. Le Choco Pop qu'il mangeait lui avait dessiné une moustache marron. « Il veut pas les… »

Il plaqua ses petites mains sur ses fesses et balança son bassin en avant. En voyant cela, Luke se dit que c'était une parfaite illustration des méfaits de la télépathie. Vous saviez beaucoup trop de choses, beaucoup trop tôt.

« Beurk, répéta Helen. Ne me fais pas regretter de ne pas être aveugle.

— Il avait des cockers chez lui, ajouta Avery. Ces fillettes sont des… Il existe un mot pour ça.

— Substituts, dit Luke.

— Oui, voilà.

— Je ne sais pas comment Harry se comportait avec ses chiens, dit Nick à Luke, un peu plus tard au déjeuner, mais ces gamines le mènent par le bout du nez. C'est comme si on leur avait offert une nouvelle poupée. Avec des cheveux roux et un gros ventre. Regarde-moi ça… »

Assises de part et d'autre de Harry, les jumelles lui donnaient à manger des morceaux de pain de viande qu'elles piochaient dans leurs assiettes.

« Je trouve ça mignon », commenta Kalisha.

Nicky lui adressa un sourire. Celui qui illuminait tout son visage (visage qui s'ornait aujourd'hui d'un joli coquard, cadeau d'un membre du personnel).

« Ça ne m'étonne pas, Sha. »

Elle lui rendit son sourire et Luke ressentit un pincement de jalousie. C'était complètement stupide, compte tenu des circonstances, mais il n'y pouvait rien.

25

Le lendemain, Priscilla et Hadad escortèrent Luke jusqu'au Niveau E, qu'il n'avait jamais visité jusqu'alors. Là, on lui brancha une perfusion, qui l'aiderait à se détendre, expliqua Priscilla. En vérité, elle le mit KO. Quand il se réveilla, nu et tremblotant, son abdomen, son torse et sa jambe droite étaient bandés. Une femme médecin qu'il ne connaissait pas – RICHARDSON, indiquait le badge épinglé sur sa blouse blanche – était penchée au-dessus de lui.

« Comment te sens-tu, Luke ?

— Qu'est-ce que vous m'avez fait ? »

Il avait voulu hurler, mais il ne parvint qu'à émettre un grognement étranglé. Ils lui avaient également introduit un truc dans la gorge. Sans doute une sorte de tube pour respirer. Un peu tardivement, il plaqua ses mains sur son bas-ventre.

« On a juste prélevé quelques échantillons. » Le Dr Richardson ôta d'un geste vif son calot à impression cachemire, libérant une cascade de cheveux bruns. « Rassure-toi, on ne t'a pas enlevé un rein pour le vendre au marché noir, si c'est ce qui t'inquiète. Tu vas ressentir une légère douleur entre les côtes, mais ça passera. En attendant, avale ça. »

Elle lui tendit un flacon marron, sans étiquette, qui contenait quelques pilules.

Et s'en alla.

Zeke entra avec ses vêtements.

« Habille-toi quand tu sentiras que tu peux y arriver sans tomber », dit-il et, toujours prévenant, il lâcha les affaires sur le sol.

Au bout d'un moment, Luke parvint à les ramasser et à s'habiller. Priscilla, accompagnée de Gladys cette fois, le ramena au rez-de-chaussée. Il faisait jour quand ils l'avaient descendu, il faisait noir maintenant. C'était peut-être le milieu de la nuit, il n'aurait su le dire ; il avait complètement perdu la notion du temps.

« Tu peux marcher jusqu'à ta chambre ? » demanda Gladys.

Pas de grand sourire, peut-être qu'il ne fonctionnait pas le soir.

« Oui.

— Alors, vas-y. Et prends ces pilules. C'est de l'oxycodone. Ça supprime la douleur, et ça t'aidera à te sentir bien. En prime. Demain matin, ça ira beaucoup mieux. »

Luke s'éloigna dans le couloir. Au moment où il allait ouvrir la porte de sa chambre, il s'arrêta. Quelqu'un pleurait. Près de l'endroit où était affiché ce stupide poster : ENCORE UNE JOURNÉE AU PARADIS. Probablement chez Kalisha. Il hésita un moment. Il n'avait pas envie de savoir pourquoi elle pleurait, et il ne se sentait pas en état de réconforter qui que ce soit. Mais c'était Kalisha, alors il alla frapper à sa porte, tout doucement. N'obtenant pas de réponse, il tourna la poignée et glissa la tête à l'intérieur.

« Kalisha ? »

Elle était allongée sur son lit, une main devant les yeux.

« Va-t'en, Luke. Je ne veux pas que tu me voies comme ça. »

Il faillit obéir, mais ce n'était pas ce qu'elle voulait. Alors, au lieu de ressortir, il alla s'asseoir sur le lit, à côté d'elle.

« Qu'est-ce qui ne va pas ? »

Ça aussi, il le savait. Il ignorait juste les détails.

26

Les enfants étaient dehors sur le terrain de jeux, tous à l'exception de Luke, qui à ce moment-là se trouvait au Niveau E, inconscient, pendant que le Dr Richardson prélevait ses échantillons. Deux hommes étaient alors apparus. Ils portaient des tenues rouges, et non roses ou bleues comme les intendantes et les techniciens de l'Avant, et ils n'avaient pas de badge avec leur nom. Les trois « anciens » – Kalisha, Nick et George – savaient ce que ça signifiait.

« J'étais certaine qu'ils venaient me chercher, raconta Kalisha à Luke. Je suis la plus ancienne, et ils ne m'ont fait passer aucun test depuis au moins dix jours, alors que je suis guérie de la varicelle. Pas même un prélèvement sanguin. Pourtant, on sait que ces putains de vampires adorent nous prendre du sang. En fait, c'était Nick qu'ils venaient chercher. Nick ! »

La douleur perceptible dans la voix brisée de Kalisha attristait Luke, car il était fou d'elle, mais il n'était pas étonné. Nick Wilholm aurait pu incarner le premier rôle dans une dystopie pour ados, celui du beau gars rebelle. Chaque fois qu'il apparaissait, Helen se tournait vers lui telle l'aiguille d'une boussole attirée par le nord magnétique. *Idem* pour Iris. Les jumelles elles-mêmes le regardaient bouche bée, les yeux brillants, quand il passait. Mais Kalisha cohabitait avec lui depuis longtemps, ils étaient les vétérans de l'Institut, et ils avaient presque le même âge. Ils formaient un couple possible.

« Il s'est débattu, poursuivit Kalisha. De toutes ses forces. »

Elle se redressa si brutalement que Luke faillit être éjecté du lit. Ses lèvres retroussées dévoilaient ses dents et elle serrait les poings devant elle, au-dessus de sa poitrine menue.

« J'aurais dû le défendre ! On aurait tous dû se battre !

— C'est arrivé très vite, non ?

— Il en a frappé un à la gorge, mais l'autre lui a envoyé une décharge dans la hanche. Il devait avoir la jambe paralysée. Alors, il s'est retenu à une des cordes du portique pour ne pas tomber, et il a balancé un coup de pied au type, avec son autre jambe, avant que ce salopard lui envoie une deuxième décharge.

— Il lui a arraché son zap-stick des mains », dit Luke.

Il voyait la scène, mais c'était une erreur de le dire : cela laissait deviner une chose que Kalisha ne devait pas savoir. Heureusement, elle semblait ne pas avoir compris.

« Exact, dit-elle. Mais l'autre type, celui que Nick avait frappé à la gorge, lui a balancé un coup de jus sur le côté. Cette saloperie de matraque électrique devait être réglée au maximum parce que j'ai entendu le grésillement, alors que j'étais à l'autre bout, près du jeu de palets. Nick est tombé, ils se sont penchés au-dessus de lui et ils ont continué à lui envoyer des décharges. Il a sursauté, alors qu'il était couché par terre, inconscient. Il a *sursauté !* Helen s'est précipitée en hurlant : "Vous allez le tuer ! Vous allez le tuer !", et l'un des deux lui a décoché un coup de pied dans la cuisse en poussant une sorte de *haï*, comme un karatéka débile. Et il a éclaté de rire. Helen est tombée en pleurant. Les deux types ont relevé Nick et l'ont emmené. Mais avant qu'ils franchissent la porte de l'espace détente... »

Elle se tut. Luke attendit. Il savait ce qui allait venir. Encore un de ses nouveaux pressentiments, qui étaient plus que des pressentiments. Mais il devait laisser parler Kalisha, car elle ne devait pas savoir ce qu'il était devenu, personne ne devait le savoir.

« Nick a repris connaissance, un peu », dit-elle. Des larmes coulaient sur ses joues. « Assez pour nous voir. Il a souri et il nous a fait un signe de la main. Il nous a fait signe, oui ! Pour te dire comme il était courageux.

— Oui », dit Luke, qui retenait surtout le *était*. Et il songea : On ne le reverra plus.

Kalisha lui saisit le cou à deux mains pour attirer le visage de Luke vers elle, si brutalement que leurs fronts se heurtèrent.

« Je t'interdis de dire ça !

— Désolé », murmura Luke en se demandant ce qu'elle avait vu d'autre dans son esprit. Pas grand-chose, espérait-il. Il misait sur le fait qu'elle était encore sous le choc après avoir vu les types en rouge emmener Nick. La question qu'elle lui posa ensuite le rassura pleinement à ce sujet.

« Ils t'ont prélevé des échantillons, hein ? Tu as des bandages.

— Oui.

— C'est cette salope aux cheveux noirs, je parie ? Richardson. Combien ?

— Trois. Dans la jambe, dans l'estomac et entre les côtes. C'est celui qui fait le plus mal.

— Moi, ils m'en ont pris un dans le nichon, comme pour une biopsie. Ça faisait super mal. Ils disent qu'ils prélèvent des échantillons, mais si au lieu de nous prendre quelque chose, ils *mettaient* quelque chose ? Ils mentent tout le temps !

— D'autres traceurs, tu veux dire ? Pour quoi faire ? Puisqu'on a déjà ce truc ? »

Luke tripota le lobe de son oreille. Ce n'était même plus douloureux ; la puce était devenue une partie de lui-même.

— Je ne sais pas. »

Luke sortit de sa poche le flacon de pilules.

« Ils m'ont donné ça. Peut-être que tu devrais en prendre une. Pour te détendre. Ça t'aidera à dormir.

— De l'oxy ? »

Il hocha la tête.

Kalisha tendit la main vers le flacon, puis la retira.

« Le problème, c'est que j'en veux pas une seule, ni même deux. Je les voudrais toutes. Mais il vaut mieux que je ressente ce que je ressens. C'est préférable, tu ne crois pas ?

— Je ne sais pas », avoua Luke.

Ils s'aventuraient dans des eaux profondes, et aussi intelligent soit-il, il n'avait que douze ans.

« Laisse-moi, Luke. J'ai besoin d'être seule avec ma tristesse ce soir.

— OK.

— Ça ira mieux demain. Et si c'est moi la prochaine qu'ils emmènent…

— Non, ça n'arrivera pas. »

C'était idiot de dire ça, il le savait. Le moment était venu pour Kalisha. Depuis longtemps.

« *Si* ça arrive, sois gentil avec Avery. Il a besoin d'un ami. » Elle le regarda droit dans les yeux. « Et toi aussi.

— OK. »

Elle essaya de sourire.

« Tu es adorable. Approche. »

Luke se pencha en avant et elle l'embrassa, d'abord sur la joue, puis au coin de la bouche. Ses lèvres étaient salées. Il s'en fichait.

Quand il ouvrit la porte de la chambre, elle dit :

« Ça aurait dû être moi. Ou George. Pas Nick. C'est le seul qui n'a jamais accepté toutes leurs conneries. Le seul qui n'a jamais baissé les bras. » Elle haussa la voix. *« Vous êtes là ? Vous m'entendez ? J'espère car je vous déteste et je veux que vous le sachiez !* JE VOUS HAIS ! »

Elle se laissa retomber sur le lit et éclata en sanglots. Luke faillit revenir vers elle, mais il se ravisa. Il lui avait apporté tout le réconfort dont il était capable, et il avait mal, pas uniquement à cause de Nicky, il avait mal aux endroits où le Dr Richardson l'avait piqué. Que la femme aux cheveux bruns lui ait prélevé des échantillons de tissus ou qu'elle ait introduit quelque chose dans son corps (l'idée des traceurs ne tenait pas debout, mais il pouvait s'agir d'une sorte d'enzyme ou de vaccin expérimental) importait peu car tous leurs tests, toutes leurs injections semblaient n'avoir aucun sens. Il repensa aux camps de concentration et aux expériences horribles, stupides, menées par les nazis. Congeler les gens, les brûler, leur inoculer des maladies.

Il regagna sa chambre en envisageant d'avaler une pilule d'oxy, voire deux, mais il ne le fit pas.

Il envisagea d'utiliser M. Griffin pour aller sur le site du *Star Tribune*, mais là aussi, il renonça.

Il songea à Nick, le chéri de toutes les filles. Nick qui, le premier, avait remis Harry Cross à sa place, avant de sympathiser avec lui, ce qui était beaucoup plus courageux que de le tabasser. Nick, qui s'était opposé à leurs tests, et qui s'était débattu face aux types de l'Arrière quand ils étaient venus le chercher. Nick qui ne renonçait jamais.

Enfin, il s'endormit.

27

Le lendemain, Joe et Hadad conduisirent Luke et George Iles dans la salle C11, où ils restèrent seuls un instant. Quand les deux intendants revinrent avec des tasses de café, Zeke les accompagnait. Il avait les yeux rouges et semblait avoir la gueule de bois. Il coiffa les deux garçons de bonnets en caoutchouc munis d'électrodes, qu'il attacha sous leurs mentons. Lorsqu'il eut vérifié les données, Luke et George se succédèrent dans un simulateur de conduite. Le Dr Evans, posté juste à côté, avec son fidèle porte-bloc, prenait des notes pendant que Zeke annonçait des chiffres qui correspondaient peut-être, peut-être pas, aux temps de réaction des deux conducteurs. Luke grilla plusieurs feux rouges et provoqua un grand nombre de carnages avant de prendre le coup, mais à partir de là, l'expérience devint amusante. Une première à l'Institut.

Le test terminé, le Dr Richardson rejoignit le Dr Evans. Aujourd'hui, elle portait un tailleur trois-pièces et des chaussures à talons. Prête pour une réunion au sommet.

« Sur une échelle de un à dix, où situerais-tu ta douleur, ce matin, Luke ?

— Deux. Sur une échelle de un à dix, mon envie de foutre le camp d'ici serait de onze. »

Elle gloussa, comme s'il s'agissait d'une plaisanterie, salua le Dr Evans (en l'appelant Jim) et s'en alla.

« Alors, qui a gagné ? » demanda George au Dr Evans. Le médecin eut un sourire indulgent.

« Ce n'est pas ce genre de test, George.

— Oui, d'accord, mais qui a gagné ?

— Vous avez été très rapides tous les deux, une fois que vous vous êtes habitués au simulateur. C'est exactement ce qu'on attend des TK. Fini pour aujourd'hui, les garçons. Chouette, non ? Hadad, Joe, veuillez ramener ces jeunes gens au rez-de-chaussée. »

Sur le chemin de l'ascenseur, George dit :
« J'ai écrasé six piétons avant de piger le truc. Et toi ?
— Trois seulement. Mais j'ai percuté un car de ramassage scolaire. Il y a peut-être eu des victimes à bord.
— Tu es nul. Moi, je l'ai évité. » L'ascenseur arriva. Tous quatre montèrent à bord. « En fait, j'ai écrasé sept piétons. Le dernier, c'était volontaire. J'ai imaginé que c'était Zeke. »
Joe et Hadad se regardèrent et pouffèrent. Du coup, Luke les trouva un peu plus sympathiques. Malgré lui.
Quand les deux intendants remontèrent dans l'ascenseur, sans doute pour se rendre à la salle de repos, Luke demanda :
« Après les points, ils t'ont fait le coup des cartes ? Un test de télépathie ?
— Oui, je te l'ai dit.
— Est-ce qu'ils t'ont fait passer des tests de TK ? Ils t'ont demandé d'allumer une lampe à distance ou de faire tomber une série de dominos ? »
George se gratta la tête.
« Maintenant que tu en parles, non. Mais ils savent déjà que je peux faire ce genre de trucs. Les bons jours, du moins. Et toi ?
— Non. Et je comprends ce que tu veux dire. N'empêche, c'est quand même bizarre qu'ils n'essaient pas d'évaluer nos limites.
— Tout ça n'a aucun sens, Lukey. À commencer par le fait d'être ici. Viens, on va bouffer. »
La plupart des enfants déjeunaient à la cantine, mais Kalisha et Avery étaient dehors, sur le terrain de jeux. Assis sur les graviers, adossés au grillage, ils se

regardaient. Luke dit à George d'aller manger sans lui et il rejoignit la jolie jeune fille noire et le petit garçon blanc. Ils se parlaient… sans se parler. Luke le savait, mais il ignorait ce qu'ils se disaient.

Un souvenir éclair le ramena le jour des évaluations pour entrer à l'université. Il revit la fille qui l'avait interrogé sur l'équation mathématique, l'histoire de ce type nommé Aaron et du prix de la chambre d'hôtel. Dans une autre vie. Mais Luke se souvenait très bien qu'il ne comprenait pas comment un problème si simple pour lui pouvait être si compliqué pour cette fille. Aujourd'hui, il comprenait. Ce qui se déroulait entre Kalisha et Avery, là-bas devant le grillage, le dépassait.

Kalisha tourna la tête vers lui et le chassa d'un geste.

« On se parlera plus tard, Luke. Va manger.

— OK », répondit-il, mais il n'eut pas l'occasion de lui parler au déjeuner car il sauta le repas.

Plus tard, après une sieste profonde (il avait fini par craquer et par avaler une des pilules contre la douleur), il emprunta le couloir qui menait à l'espace détente et au terrain de jeux et s'arrêta devant la porte de Kalisha, qu'il trouva ouverte. Le dessus-de-lit rose et les oreillers à volants avaient disparu. Tout comme la photo encadrée de Martin Luther King. Luke resta planté là, la main plaquée sur la bouche, les yeux écarquillés, le temps d'assimiler.

Si elle s'était débattue, comme l'avait fait Nick, le bruit l'aurait réveillé, songeait-il, malgré l'oxycodone. L'autre explication – elle les avait suivis de son plein gré – était moins satisfaisante, mais – il devait le reconnaître – plus vraisemblable. Dans un cas comme dans l'autre, la fille qui l'avait embrassé deux fois avait disparu.

Il regagna sa chambre et enfouit son visage dans son oreiller.

28

Ce soir-là, Luke montra un de ses jetons à la caméra de l'ordinateur pour le réveiller, et il rendit visite à M. Griffin. Que cela soit encore possible constituait un signe d'espoir. Évidemment, les connards qui dirigeaient cet endroit connaissaient peut-être l'existence de cette porte dérobée, et alors ? Cette question débouchait sur une conclusion qui semblait plutôt solide, à ses yeux du moins : les sbires de Sigsby pouvaient le surprendre en train de reluquer le monde extérieur, c'était même probable, mais jusqu'à présent, ça ne s'était pas produit. Ils n'espionnaient pas son ordinateur. Ils faisaient preuve de négligence dans certains domaines, se dit-il. Nombreux, peut-être. Mais fallait-il s'en étonner ? Ils ne surveillaient pas des soldats retenus prisonniers, uniquement une bande de gamins désorientés et apeurés.

À partir du site de M. Griffin, Luke accéda à celui du *Star Tribune*. La une du jour était consacrée au combat permanent autour de l'assurance-santé. Une terreur familière, provoquée par ce qu'il risquait de découvrir à l'intérieur du quotidien, s'insinua en lui, et il faillit revenir à la page d'accueil. Il pourrait effacer l'historique, éteindre l'ordinateur et se coucher. Prendre une autre pilule peut-être. Ce que vous ignoriez ne pouvait pas vous faire souffrir, affirmait un dicton, et n'avait-il pas suffisamment souffert aujourd'hui ?

Puis il pensa à Nick. Nicky Wilholm aurait-il reculé, s'il avait connu l'existence d'une porte dérobée comme M. Griffin ? Certainement pas. Mais Luke n'avait pas le courage de Nicky.

Il revit Winona lui tendant les jetons. Quand il en avait fait tomber un, elle l'avait traité de maladroit et lui avait ordonné de le ramasser. Ce qu'il avait fait, sans émettre la moindre protestation. Nick aurait réagi différemment. Luke pouvait presque l'entendre dire : *Ramasse-le toi-même, Winnie*. Prêt à encaisser le coup qui aurait suivi. Peut-être même qu'il l'aurait rendu.

Mais Luke Ellis n'était pas comme ça. Luke Ellis était un gentil garçon, qui faisait ce qu'on lui disait de faire, qu'il s'agisse d'accomplir des corvées ménagères ou de jouer dans une fanfare à l'école. Il détestait cette foutue trompette ; une note sur trois lui arrachait les tympans, mais il continuait car M. Greer tenait à ce qu'il fasse au moins une activité extrascolaire autre que du sport en salle. Luke Ellis était le genre de garçon qui se donnait du mal pour se montrer sociable, afin de ne pas passer pour un taré, en plus d'être un surdoué. Il cochait toutes les cases des relations sociales, après quoi il replongeait dans ses livres. Car il existait un abîme et les livres renfermaient des incantations magiques qui faisaient remonter ce qui se cachait au fond : tous les grands mystères. Et pour Luke, ces mystères avaient de l'importance. Un jour, plus tard, peut-être qu'il écrirait des livres lui aussi.

Mais ici, le seul avenir s'appelait l'Arrière, et la vérité de l'existence se résumait à cette question : À quoi bon ?

« Et puis merde », murmura-t-il, et il consulta les rubriques locales du *Star Trib*. Son cœur cognait dans ses oreilles et faisait palpiter les petites plaies qui déjà se refermaient sous les bandages.

Dès qu'il vit sa photo, prise au collège l'année précédente, il comprit. Il n'avait même pas besoin de lire le gros titre :

LES RECHERCHES SE POURSUIVENT AFIN DE RETROUVER LE FILS DU COUPLE DE FALCON HEIGHTS SAUVAGEMENT ASSASSINÉ.

Les lumières colorées réapparurent, tourbillonnantes et palpitantes. Luke plissa les yeux, éteignit l'ordinateur, se leva et regagna son lit d'un pas tremblant sur ses jambes qui semblaient ne plus lui appartenir. Il s'allongea dans la lumière douce de la lampe de chevet, les yeux fixés au plafond. Enfin, ces saloperies de points psychédéliques commencèrent à s'atténuer.

Le couple de Falcon Heights sauvagement assassiné.

C'était comme si une trappe dont il ignorait l'existence jusqu'alors venait de s'ouvrir dans son esprit, et une seule pensée – limpide, solide, puissante – l'empêchait de passer à travers : *ils m'observent peut-être.* Ils ne connaissaient pas le site de M. Griffin, ils ne savaient pas qu'il pouvait s'en servir pour accéder au monde extérieur. De même, ils ignoraient que les lumières avaient provoqué un changement fondamental dans son cerveau ; ils croyaient que l'expérience avait échoué. Pour le moment du moins. Voilà les éléments dont il disposait, et ils pourraient se révéler précieux.

Les sbires de Sigsby n'étaient pas omniscients. Le fait qu'il puisse encore accéder à M. Griffin en apportait la preuve. La seule forme de rébellion à laquelle ils s'attendaient de la part des résidents était celle qui s'exprimait ouvertement. Une fois qu'elle avait été matée par la peur, les coups ou les décharges électriques, les résidents pouvaient même être laissés seuls un court instant, comme Joe et Hadad l'avaient fait avec George et lui dans la Salle C11, pour aller chercher un café.

Sauvagement assassiné.

Ces deux mots ouvraient la trappe, et il serait si facile d'y tomber. Depuis le début, Luke était presque sûr qu'ils mentaient, mais le *presque* maintenait la trappe fermée. Il autorisait un faible espoir. Ce gros titre en caractères gras tuait l'espoir. Et puisque ses parents étaient morts – *sauvagement assassinés* –, qui était le principal suspect ? Le fils qui avait disparu, évidemment. La police chargée de l'enquête savait maintenant qu'il était un enfant spécial, un génie ; et les génies n'étaient-ils pas fragiles ? Susceptibles de dérailler ?

Kalisha avait hurlé son désir de rébellion, mais lui ne le ferait pas, si forte soit son envie. Intérieurement, dans son cœur, il pouvait hurler autant qu'il voulait. Mais pas à voix haute. Il ne savait pas si ses secrets pourraient lui être utiles, mais il savait qu'il y avait des fissures dans les murs de ce que George avait appelé, fort justement, cet enfer. Et s'il parvenait à utiliser ses secrets – et son intelligence prétendument supérieure – comme on manie un pied-de-biche, il pourrait peut-être élargir une de ces fissures. Il ignorait s'il était possible de s'évader, mais s'il trouvait un moyen de le faire, ça ne serait qu'un premier pas vers un objectif plus large.

Faire s'abattre cet Institut sur eux, songeait-il. Comme Samson avait provoqué la chute du temple de

Dagon après que Dalila l'avait embobiné pour qu'il se coupe les cheveux. Et les écraser. Tous.

Au bout d'un moment, il plongea dans un sommeil léger. Il rêva qu'il était chez lui, avec sa mère et son père, vivants. C'était un rêve agréable. Son père lui rappelait qu'il devait sortir les poubelles. Sa mère confectionnait des pancakes, que Luke inondait de sirop de mûres. Son père mangeait le sien avec du beurre de cacahuètes en regardant les infos matinales sur CBS – Gayle King et Norah O'Donnell, super sexy –, puis il partait travailler en embrassant Luke sur la joue et Eileen sur la bouche. Un rêve agréable, oui. La mère de Rolf emmenait les garçons à l'école tous les jours. Quand elle klaxonna devant la maison, Luke sauta sur son sac à dos et se précipita vers la porte. « Hé, n'oublie pas l'argent de ton déjeuner ! » lui cria sa mère, mais ce qu'elle lui tendait, c'étaient des jetons. Luke se réveilla alors et s'aperçut qu'il y avait quelqu'un dans sa chambre.

29

Luke ne voyait pas de qui il s'agissait car, à un moment donné, il avait dû éteindre la lampe de chevet, sans s'en rendre compte. Il entendait un léger raclement de pieds près du bureau et sa première pensée fut : un des intendants vient chercher l'ordinateur car ils me surveillent depuis le début, et j'ai été assez stupide pour croire le contraire. Pauvre débile.

La fureur se répandit en lui. Il ne se leva pas de son lit, il en jaillit, bien décidé à se jeter sur l'intrus. Celui-ci pourrait lui donner des claques, le frapper ou se servir de son foutu zap-stick, Luke parviendrait bien à lui décocher quelques coups. Et s'ils ne comprenaient pas pourquoi il réagissait ainsi, tant pis. Lui, il le savait.

Mais il ne s'agissait pas d'un adulte. Il percuta un petit corps qui se retrouva projeté au sol.

« Aïe, Lukey ! Me fais pas de mal ! »

Avery Dixon. L'Avorton.

À tâtons, Luke le releva et l'entraîna vers son lit. Il alluma la lampe de chevet. Avery semblait terrorisé.

« Bon sang, qu'est-ce que tu fous ici ?

— Je me suis réveillé et j'avais peur. Je ne peux pas aller voir Sha, ils l'ont emmenée. Alors, je suis venu ici. Je peux rester ? S'il te plaît ? » Tout cela était vrai, mais il n'y avait pas que cela. Luke le comprit avec une lucidité à côté de laquelle ses autres « visions » paraissaient floues et hésitantes. Car Avery était un puissant TP, beaucoup plus que Kalisha. Et à cet instant, Avery était en… mode émetteur.

« Tu peux rester », dit Luke. Mais voyant le garçonnet se glisser dans son lit, il s'empressa d'ajouter : « Stop ! Va aux toilettes d'abord. Je ne veux pas que tu fasses pipi dans mon lit. »

Avery obéit sans protester, et Luke entendit le jet d'urine, abondant, frapper la cuvette. Quand le garçonnet revint se coucher, Luke éteignit la lumière. Avery se blottit contre lui. C'était bon de ne plus être seul. Merveilleux, à vrai dire.

Dans son oreille, le garçonnet murmura : « Je suis désolé pour ton papa et ta maman, Luke. »

Tout d'abord incapable de parler, Luke demanda, tout bas : « Vous parliez de moi avec Kalisha hier, sur le terrain de jeux ?

— Oui. Elle m'a demandé de venir. Elle m'a dit qu'elle t'enverrait des lettres, et que je servirais de facteur. Tu peux le dire à George et à Helen, si tu penses qu'il n'y a pas de risques. »

Il ne le ferait pas car rien ici, entre ces murs, n'était sans risques. Pas même le fait de penser. *Il lui a arraché son zap-stick des mains*, avait-il dit quand Kalisha lui avait décrit le combat de Nicky contre les intendants tout de rouge vêtus. Elle ne lui avait pas demandé comment il le savait car elle avait sans doute compris. Avait-il vraiment cru qu'il pourrait lui cacher ses nouveaux talents de télépathe ? Aux autres peut-être, mais pas à Kalisha. Et sûrement pas à Avery.

« Regarde ! » chuchota celui-ci.

Luke ne voyait rien du tout. La lampe de chevet était éteinte et en l'absence de fenêtre pour laisser entrer la lumière de l'extérieur, la chambre était plongée dans l'obscurité la plus totale. Il plissa les yeux malgré tout et crut voir Kalisha.

« Elle va bien ? murmura-t-il.

— Oui. Pour l'instant.

— Nick est là-bas, lui aussi ? Il va bien ?

— Oui, chuchota Avery. Iris aussi. Mais elle a des migraines. Comme d'autres enfants. Sha pense que c'est à cause des films. Et des points.

— Quels films ?

— Je ne sais pas. Sha n'en a pas encore vu. Mais Nicky, si. Iris également. Kalisha dit qu'à son avis, il y a d'autres enfants – genre à l'arrière de l'Arrière –, mais là où ils sont, il y en a juste quelques-uns pour le moment. Jimmy, Len et Donna. »

J'ai hérité de l'ordinateur de Donna, songea Luke.

« Bobby Washington était là lui aussi, au début. Maintenant, il est parti. Iris a dit à Kalisha qu'elle l'avait vu.

— Je ne connais pas ces enfants.

— Kalisha dit que Donna est partie à l'Arrière deux ou trois jours seulement avant ton arrivée. C'est pour ça que tu as son ordi.

— Tu es super inquiétant comme garçon. »

Avery, qui le savait sans doute, ignora cette remarque.

« On leur fait des piqûres qui font mal. Piqûres et points, points et piqûres. Kalisha pense qu'il se passe des choses graves à l'Arrière. Elle dit que tu peux peut-être faire quelque chose. Elle dit aussi… »

Le garçonnet n'acheva pas sa phrase, c'était inutile. Luke fut traversé par une image fugitive, mais d'une clarté aveuglante, sans doute envoyée par Kalisha Benson, via Avery Dixon, celle d'un canari en cage. La porte de la cage s'ouvrit et le canari s'envola.

« Elle dit que toi seul es suffisamment intelligent.

— Si je peux, je le ferai, déclara Luke. Que t'a-t-elle dit d'autre ? »

Pas de réponse. Avery s'était endormi.

ÉVASION

1

Trois semaines s'écoulèrent.

Luke mangea. Il dormit, se réveilla, mangea de nouveau. Très vite, il mémorisa le menu et se joignit aux applaudissements sarcastiques des autres pensionnaires chaque fois qu'un plat changeait. Certains jours, il y avait des tests. Certains jours, des injections. Certains jours, les deux. Certains jours, ni l'un ni l'autre. Quelques injections le rendirent malades. Mais dans l'ensemble, non. En tout cas, sa gorge n'enfla plus jamais, ce dont il se réjouit. Il traînait sur le terrain de jeux. Il regardait la télé et sympathisa avec Oprah, Ellen, le Dr Phil, le juge Judy. Il regardait sur YouTube des vidéos de chats qui s'observent dans la glace et de chiens qui attrapent des frisbees au vol. Parfois, il les visionnait seul, parfois avec les autres enfants. Quand Harry venait dans sa chambre, il était accompagné des jumelles, qui réclamaient des dessins animés. Quand Luke se rendait dans la chambre de Harry, les jumelles étaient presque tout le temps présentes. Harry n'était pas très dessins animés. Il avait un penchant pour le catch, les vidéos de combats en cage et les carambolages du NASCAR. Il accueillait généralement Luke par ces mots : « Tu vas voir ça ! » Les jumelles raffolaient des coloriages et les intendants leur apportaient des piles et des piles d'albums à colorier. Habituellement, elles ne dépassaient pas les traits, mais un jour, elles colorièrent n'importe comment, ce qui les fit beaucoup rire. Luke en déduisit qu'elles étaient ivres ou droguées. Lorsqu'il interrogea Harry, celui-ci répondit qu'elles avaient voulu essayer. Il eut la décence de prendre un air honteux, et quand elles vomirent (en chœur, comme tout ce qu'elles faisaient), il eut la décence de paraître encore plus honteux. Et c'est lui qui nettoya. Un jour, Helen réussit un triple saut périlleux sur le trampoline. Elle éclata de rire, salua, puis fondit en larmes. Impossible de la consoler. Lorsque Luke voulut essayer, elle le frappa avec ses petits poings. *Bang-bang-bang-bang*. Pendant quelque temps, Luke battit tous les nouveaux arrivants aux échecs, et quand cela devint lassant, il trouva des moyens de perdre, ce qui était étonnamment difficile pour lui.

Il avait l'impression de dormir même lorsqu'il était réveillé. Il sentait son QI décliner, il le sentait réellement, comme de l'eau qui coule d'une fontaine car quelqu'un a oublié de fermer le robinet. Il compta les jours de cet étrange été grâce au calendrier de son ordinateur. Outre le visionnage des vidéos sur YouTube, il utilisait son ordinateur uniquement – à une seule exception, notable – pour chater avec George ou Helen, dans leurs chambres. Ce n'était jamais lui qui commençait ces discussions et il les écourtait autant que possible.

Qu'est-ce qui va pas ? lui écrivit Helen un jour.

Rien, répondit-il.

À ton avis, pourquoi on est toujours à l'Avant ? lui demanda George. Même si je me plains pas.

Je ne sais pas, répondit Luke, et il mit fin à la communication.

Il s'aperçut qu'il était aisé de masquer son chagrin aux intendants, aux techniciens et aux médecins, tous habitués à s'occuper d'enfants déprimés. Pourtant, même dans les profondeurs de sa tristesse, il songeait parfois à l'image joyeuse qu'avait projetée Avery, celle d'un canari qui s'échappe de sa cage.

Son cauchemar éveillé était parfois traversé de bribes de souvenirs éclatants qui surgissaient à l'improviste : son père l'aspergeait avec le tuyau d'arrosage, son père tirait un lancer franc en tournant le dos au panier, Luke plaquait son père à la manière d'un footballeur au moment où le ballon entrait dans le cercle et tous les deux tombaient dans l'herbe en riant ; sa mère déposait sur la table un gigantesque cupcake recouvert de bougies allumées pour son douzième anniversaire ; elle le serrait dans ses bras en disant *Ce que tu es devenu grand !* ; ses parents dansaient comme des fous dans la cuisine pendant que Rihanna chantait « Pon de Replay ». Autant de souvenirs magnifiques, aussi piquants que des orties.

Quand il ne pensait pas au couple de Falcon Heights sauvagement assassiné – quand il n'en rêvait pas –, Luke songeait à la cage dans laquelle il était enfermé et à l'oiseau qu'il aurait voulu être. Il n'y avait que dans ces moments-là que son esprit semblait capable de retrouver son acuité d'autrefois. Certaines choses tendaient à confirmer sa théorie qui voulait que l'Institut fonctionne selon le principe d'inertie, à l'image d'une fusée qui coupe ses moteurs une fois la vitesse de libération atteinte. Les globes en verre noir des caméras de surveillance incrustées dans les plafonds des couloirs, par exemple. La plupart semblaient ne pas avoir été nettoyés depuis longtemps. Notamment dans l'Aile Ouest de l'étage résidentiel. Les caméras fonctionnaient encore, sans doute, mais les images qu'elles filmaient devaient être floues, au mieux. Malgré cela, visiblement, ni Fred ni ses collègues de l'entretien – Mort, Connie, Jawed – n'avaient reçu l'ordre de les nettoyer. Conclusion : la personne censée surveiller les couloirs n'en avait rien à foutre que les images de surveillance soient pourries.

Luke se pliait à la routine en courbant l'échine, il faisait ce qu'on lui demandait, sans protester, mais quand il ne restait pas dans sa chambre comme un zombie, il avait toujours une oreille qui traînait. La plupart des choses qu'il entendait n'avaient aucun intérêt ; néanmoins, il enregistrait tout. Il stockait. Y compris les ragots. Ainsi, le Dr Evans courait après le Dr Richardson, il essayait d'engager la conversation, « trop obsédé par sa bite » (*dixit* l'intendante Norma) pour s'apercevoir que Felicia Richardson n'aurait même pas voulu le prendre avec des pincettes. Autre exemple : Joe et deux autres intendants, Chad et Gary, utilisaient parfois les jetons qu'ils ne distribuaient pas aux pensionnaires pour acheter des petites bouteilles de jus de fruits alcoolisé au distributeur du Salon Est. Parfois, ils parlaient de leurs familles et d'un bar, l'Outlaw Country, où se produisaient des groupes de musiciens. « Si on peut appeler ça de la musique », avait dit une intendante prénommée Sherry à Gladys l'Hypocrite. Ce bar, que les techniciens et les intendants appelaient La Chatte, se trouvait dans une ville nommée Dennison River Bend. Luke ne parvenait pas à la localiser, mais sans doute ne se trouvait-elle pas très loin de l'Institut, quarante ou cinquante kilomètres au maximum, car ils s'y rendaient tous quand ils avaient un peu de temps libre.

Luke notait mentalement les prénoms qu'il entendait. Le Dr Evans s'appelait James ; le Dr Hendricks, Dan ; Tony s'appelait Fizzale ; Gladys, Hickson ; et Zeke, Ionidis. S'il sortait d'ici un jour, si le canari s'échappait de sa cage, il espérait pouvoir témoigner contre ces salopards au cours d'un procès. Ce n'était peut-être qu'un fantasme, il en avait conscience, mais cela l'aidait à tenir le coup.

Maintenant qu'il se comportait en bon petit soldat, on le laissait parfois seul au niveau C, brièvement, en lui ordonnant de ne pas bouger. Il hochait la tête, attendait que le technicien soit parti faire ce qu'il avait à faire, puis il s'en allait lui aussi. Il y avait de nombreuses caméras de surveillance aux niveaux inférieurs, bien propres celles-ci, mais aucune alarme ne se déclenchait, aucun intendant n'accourait en brandissant son zap-stick. Deux fois, il fut surpris en train de rôder. On le ramena simplement à son point de départ, avec une réprimande la première fois, une tape derrière la tête la seconde fois, pour la forme.

Au cours d'une de ces expéditions (il essayait toujours de donner l'impression d'errer sans but : un enfant qui trompe son ennui avant le prochain test, en attendant qu'on l'autorise à regagner sa chambre), Luke découvrit un trésor. Dans la salle d'IRM déserte ce jour-là, il avisa, à moitié cachée sous un écran d'ordinateur, une des cartes magnétiques qui servaient à actionner les ascenseurs. Il la rafla en passant devant et la fourra dans sa poche, pendant qu'il faisait mine de contempler le tube de la machine. Il s'attendait presque à ce que la carte se mette à crier : « Voleur ! Voleur ! »

quand il ressortit de la pièce (comme la harpe magique que Jack volait au géant), mais rien ne se produisit, ni à cet instant ni plus tard. Ne tenaient-ils pas le compte de ces cartes ? Apparemment, non. Elle était peut-être arrivée à expiration, aussi inutile qu'une clé magnétique d'hôtel une fois que le client a rendu sa chambre.

Mais quand Luke la testa le lendemain, dans l'ascenseur, il constata avec ravissement qu'elle fonctionnait. Le surlendemain, lorsque le Dr Richardson le surprit en train de regarder à l'intérieur de la salle qui renfermait le caisson d'immersion, au Niveau D, il s'attendit à être puni, peut-être même à recevoir une décharge du zap-stick qu'elle portait généralement sous sa blouse blanche, dans un étui, ou à se faire rosser par Tony ou Zeke. Au lieu de cela, elle lui remit un jeton, pour lequel il la remercia.

« J'ai pas encore eu le droit à ça, dit Luke en montrant le caisson. C'est horrible ?

— Non, c'est amusant, répondit-elle, avec un grand sourire comme si elle en était convaincue. Mais que fais-tu par ici ?

— C'est un intendant qui m'a amené. Je ne connais pas son nom. Il avait dû oublier son badge.

— Il a de la chance. Si tu avais pu me donner son nom, j'aurais été obligée de faire un rapport et il aurait eu des ennuis. Mais bon… encore de la paperasse, toujours de la paperasse… »

Elle leva les yeux au ciel et Luke lui adressa un regard qui disait : *Je compatis*. Elle le conduisit jusqu'à l'ascenseur, lui demanda où il était censé se trouver. Au Niveau B, répondit-il, et elle l'accompagna. Elle l'interrogea pour savoir s'il avait toujours mal et il dit que la douleur avait disparu.

La carte magnétique lui permettait également d'accéder au Niveau E, où il y avait un fatras de machines, mais quand il voulut descendre plus bas – car il avait entendu parler des Niveaux F et G dans des conversations –, Miss Voix d'Ascenseur l'informa d'un ton agréable que l'accès lui était interdit. Tant pis. Qui ne tente rien n'a rien.

À l'Avant, il n'y avait pas de tests écrits ; en revanche, ils subissaient un grand nombre d'EEG. Parfois, le Dr Evans faisait passer les enfants en groupe. Un jour où Luke subissait l'examen seul, le Dr Evans grimaça soudain, porta la main à son estomac et annonça qu'il revenait tout de suite. Après avoir ordonné à Luke de ne toucher à rien, il sortit précipitamment. Pour aller poser sa pêche, devina Luke.

Il examina les écrans d'ordinateur, fit courir ses doigts sur quelques claviers, envisagea de taper n'importe quoi pour voir et décida que ce serait une mauvaise idée. Au lieu de cela, il s'approcha de la porte et jeta un coup d'œil dans le couloir, juste au moment où émergeait de l'ascenseur le grand type chauve, vêtu du même costume marron de luxe. À moins que ce soit un autre. Stackhouse possédait peut-être un placard rempli de costumes marron. Il avança dans le couloir en feuilletant la liasse de documents qu'il tenait à la main et Luke recula vivement. Il y avait dans la Salle C4, celle des appareils à EEG et à ECG, une alcôve bordée d'étagères supportant diverses fournitures. Luke s'y cacha, sans savoir s'il obéissait à un pressentiment naturel, à une de ses nouvelles ondes cérébrales de TP ou à une bonne vieille paranoïa. En tout cas, c'était moins une. Stackhouse glissa la tête à l'intérieur de la salle, la balaya du regard et repartit. Luke attendit d'être sûr qu'il n'allait pas revenir et il reprit sa place à côté de l'appareil d'EEG.

Deux ou trois minutes plus tard, Evans entra d'un pas vif. Sa blouse blanche flottait derrière lui, il avait les joues rouges et les yeux exorbités. Il agrippa Luke par son T-shirt.

« Qu'a dit Stackhouse quand il t'a vu tout seul ? Je veux savoir !

— Il n'a rien dit parce qu'il ne m'a pas vu. Je vous guettais dans le couloir et quand M. Stackhouse est sorti de l'ascenseur, je me suis caché, là. » Luke montra l'alcôve aux fournitures et leva vers le Dr Evans un regard innocent. « Je ne voulais pas que vous ayez des ennuis.

— Tu es un brave garçon, dit Evans, et il lui donna une tape dans le dos. J'ai dû répondre à un appel pressant de la nature et je savais que je pouvais te faire confiance. Bon, finissons-en avec cet examen. Ensuite, tu pourras remonter jouer avec tes amis. »

Avant d'appeler Yolanda, une autre intendante (nom de famille Freeman) pour qu'elle le ramène au Niveau A, Evans donna à Luke une douzaine de jetons, et une autre tape dans le dos, vigoureuse.

« C'est notre petit secret, hein ?

— Oui. »

Il croit vraiment que je l'aime bien, s'étonna Luke. Délirant, non ? Quand je vais raconter ça à George.

2

Mais il n'en eut pas l'occasion. Ce soir-là, au dîner, il y avait deux nouveaux et un ancien manquait à l'appel.

Pour autant que Luke pouvait en juger, pendant qu'il se cachait dans l'alcôve pour que Stackhouse ne le voie pas, George avait été emmené.

« Il est avec les autres, murmura Avery ce soir-là, alors qu'ils étaient couchés dans le même lit. Sha dit qu'il pleure parce qu'il a peur. Elle lui a expliqué que c'était normal. Ils ont tous peur. »

3

Deux ou trois fois au cours de ses expéditions, Luke s'arrêta devant la salle de repos au Niveau B où les conversations étaient souvent intéressantes et éclairantes. Cette salle était utilisée par le personnel, mais également par des groupes de personnes extérieures qui débarquaient parfois avec des bagages qui ne portaient pas d'étiquettes de compagnies aériennes. Quand elles croisaient Luke – en train de boire à la fontaine voisine ou de faire semblant de lire une affiche consacrée à l'hygiène –, la plupart le regardaient sans le voir, comme s'il faisait partie du décor. Ces individus dégageaient une impression de brutalité, et Luke était de plus en plus convaincu qu'ils étaient les chasseurs-cueilleurs de l'Institut. C'était logique, car il y avait plus d'enfants dans l'Aile Ouest maintenant. Un jour, Luke avait entendu Joe dire à Hadad – ils étaient très copains tous les deux – que l'Institut ressemblait à la ville de Long Island, en bord de mer, où il avait grandi. « Parfois, c'est marée haute. Parfois, c'est marée basse.

— C'est plus souvent marée basse, ces temps-ci », avait répondu Hadad, et c'était sans doute vrai, mais au cours de ce mois de juillet, c'était marée montante assurément.

Certains de ces groupes extérieurs étaient des trios ou des quatuors. Luke les associait dans son esprit à des militaires, peut-être parce que tous les hommes avaient les cheveux courts et que les femmes portaient des chignons serrés. Un jour, il entendit un intendant prononcer le mot Émeraude en parlant d'un des groupes. Un autre portait le nom de Rouge Rubis. C'était un trio : deux femmes et un homme. Luke savait qu'il s'agissait de celui qui s'était rendu à Minneapolis pour assassiner ses parents et le kidnapper. Il essaya de saisir leurs noms, en utilisant son esprit autant que ses oreilles, et n'en obtint qu'un seul : la femme qui lui avait aspergé le visage d'un produit quelconque lors de sa dernière nuit à Falcon Heights se prénommait Michelle. Quand elle le vit dans le couloir, penché au-dessus de la fontaine, son regard glissa sur lui sans s'arrêter… puis revint en arrière une ou deux secondes.

Michelle.

Encore un nom à retenir.

Il ne fallut pas longtemps à Luke pour obtenir la confirmation de sa théorie : ces individus étaient effectivement chargés de l'approvisionnement en TP et en TK. Présentement, le groupe Émeraude se trouvait dans la salle de repos, et alors que Luke, posté dans le couloir, lisait pour la douzième fois l'affiche sur l'hygiène, il entendit un des hommes dire qu'ils devaient repartir pour effectuer un chargement rapide dans le Missouri. Le lendemain, une fille de quatorze ans, hébétée, Frieda Brown, vint grossir leurs rangs dans l'Aile Ouest.

« Je ne devrais pas être ici, dit-elle à Luke. C'est une erreur.

— Ah, ce serait chouette », répondit-il, et il lui expliqua comment obtenir des jetons.

Il n'était pas certain qu'elle comprenait, mais elle finirait par le faire. Comme tout le monde.

4

Personne ne semblait s'offusquer du fait qu'Avery dormait dans la chambre de Luke presque tous les soirs. C'était le facteur et il apportait à Luke des lettres de Kalisha, des missives de l'Arrière qui lui parvenaient non pas par la poste, mais par télépathie. La nouvelle du meurtre de ses parents était encore trop récente et douloureuse pour que ces lettres l'arrachent à son état de torpeur, mais les nouvelles qu'elles renfermaient n'en étaient pas moins troublantes. Et instructives. Même si Luke se serait volontiers passé de ces informations. Si à l'Avant les enfants subissaient des tests, assortis de châtiments quand ils se comportaient mal, à l'Arrière, on les obligeait à travailler. On se servait d'eux. On les détruisait à petit feu.

Les films provoquaient des migraines, de plus en plus longues et intenses, après chaque projection. George se portait bien quand il était arrivé, il avait simplement peur, d'après Kalisha, mais après quatre ou cinq jours d'exposition aux points, aux films et aux injections douloureuses, lui aussi commença à souffrir de migraines.

Les films étaient projetés dans une petite salle dotée de sièges moelleux. Ça commençait par de vieux dessins animés : Bip-Bip et le Coyote, Bugs Bunny ou Dingo et Mickey. Et puis, après la première partie, débutait le vrai spectacle. Kalisha estimait que les films ne duraient pas longtemps, une demi-heure au maximum, mais c'était difficile à dire car elle était vaseuse pendant la projection, et après elle avait mal à la tête. Comme tous les autres.

Lors des deux premières séances auxquelles elle assista, les enfants de l'Arrière eurent droit à un double programme. La vedette du premier film était un homme aux cheveux roux clairsemés. Il portait un costume noir et conduisait une voiture noire étincelante. Avery essaya de montrer mentalement cette voiture à Luke, mais celui-ci ne capta qu'une image floue. Peut-être que Kalisha ne pouvait pas envoyer autre chose. Néanmoins, il devait s'agir d'une limousine ou d'une grosse berline, devina-t-il, car d'après Avery, les passagers de l'homme roux voyageaient toujours à l'arrière. Et puis, il leur ouvrait la portière quand ils montaient ou descendaient. La plupart du temps, c'étaient les mêmes personnes, de vieux hommes blancs, mais il y avait parmi eux un type plus jeune, à la joue balafrée.

« Sha dit qu'il a des habitués, chuchota Avery, alors que Luke et lui étaient couchés côte à côte dans le lit. Elle dit aussi que ça se déroule à Washington car il passe devant le Capitole et la Maison-Blanche, et parfois, elle aperçoit aussi la grande aiguille de pierre.

— Le Washington Monument.

— Oui, voilà. »

Vers la fin du film, l'homme aux cheveux roux troquait son costume noir contre une tenue plus ordinaire. On le voyait alors monter à cheval, pousser une fillette sur une balançoire, puis manger une glace avec la même fillette, sur un banc dans un parc. Après cela, le Dr Hendricks apparaissait sur l'écran, tenant un cierge magique, non allumé.

Le second film montrait un homme portant ce que Kalisha appela une coiffe arabe. Elle voulait certainement parler d'un keffieh. Il marchait dans une rue, puis il était assis à une terrasse en train de boire du thé ou du café dans un verre, ensuite il faisait un discours, puis il balançait un petit garçon en le tenant par les mains. À un moment, il passait à la télé. Le film s'achevait sur l'image du Dr Hendricks brandissant le cierge magique non allumé.

Le lendemain matin, Sha et les autres visionnèrent un dessin animé de Titi et Grosminet, suivi de quinze ou vingt minutes du chauffeur roux. Ensuite, déjeuner à la cantine de l'Arrière, avec distribution de cigarettes. L'après-midi, ce fut Cochonnet, puis l'Arabe. Chaque film se terminait par l'image du Dr Hendricks et son cierge magique, toujours éteint. Ce soir-là, ils eurent droit à des injections douloureuses et à une nouvelle dose de lumières clignotantes. Après quoi, on les ramena dans la salle de projection, où ils regardèrent pendant vingt minutes des images d'accidents de voitures. Après chaque accident, le Dr Hendricks apparaissait sur l'écran en tenant le cierge magique non allumé.

Luke, toujours accablé de chagrin, mais pas stupide, commença à comprendre. C'était totalement dément, mais pas plus que de pouvoir découvrir de temps à autre ce qui se passait dans la tête des gens. Et ça expliquait un tas de choses.

« Kalisha pense qu'elle s'est évanouie et qu'elle a rêvé pendant les accidents de voitures, murmura Avery à l'oreille de Luke. D'un autre côté elle n'est pas certaine que c'était vraiment un rêve. Elle dit que les enfants – elle, Nicky, Iris, Donna, Len et quelques autres – se trouvaient à l'intérieur de ces points lumineux et qu'ils s'enlaçaient, tête contre tête. Le Dr Hendricks était là, et cette fois, il avait allumé le cierge magique. Ça faisait peur. Mais tant qu'ils restaient ensemble, accrochés les uns aux autres, ils n'avaient plus de migraines. Kalisha dit que c'était peut-être quand même un rêve parce qu'elle s'est réveillée dans sa chambre. Les chambres de l'Arrière ne sont pas comme les nôtres. Le soir, les portes sont fermées à clé. » Avery s'interrompit.

« Je n'ai plus envie de parler de ça ce soir, Lukey.

— OK. Dors. »

Avery s'endormit, mais Luke resta longtemps éveillé.

Le lendemain, il utilisa enfin son ordinateur pour autre chose que connaître la date, correspondre avec Helen ou regarder *BoJack Horseman*. Il rendit visite à M. Griffin et, de là, il se rendit sur le site du *New York Times* qui l'informa qu'il pouvait lire gratuitement dix articles. Luke ne savait pas trop ce qu'il cherchait, tout en étant certain qu'il le saurait quand il tomberait dessus. Et en effet. Un gros titre à la une du journal du 15 juillet annonçait : **LE DÉPUTÉ BERKOWITZ SUCCOMBE À SES BLESSURES.**

Au lieu de lire l'article, Luke revint un jour en arrière. Le gros titre disait : **MARK BERKOWITZ LE FAVORI DE L'ÉLECTION PRÉSIDENTIELLE GRIÈVEMENT BLESSÉ DANS UN ACCIDENT DE VOITURE.** Une photo l'accompagnait. Berkowitz, un élu de l'Ohio, avait des cheveux noirs et une cicatrice sur la joue, souvenir d'une blessure reçue en Afghanistan. Luke survola l'article. On y apprenait que la Lincoln à bord de laquelle Berkowitz se rendait à une réunion avec des dignitaires venus de Pologne et d'autres pays de l'Est avait fait une sortie de route et percuté une pile de pont en béton. Le chauffeur était mort sur le coup. Selon plusieurs sources anonymes à l'hôpital MedStar, les blessures de Berkowitz étaient « d'une extrême gravité ». L'article ne précisait pas si le chauffeur était roux, mais Luke le savait, comme il savait qu'un homme dans un pays arabe allait bientôt mourir, si ce n'était déjà fait. Ou peut-être qu'il allait assassiner quelqu'un d'important.

La conviction grandissante que les autres enfants et lui-même étaient formés en vue de devenir des drones psychiques – y compris l'inoffensif Avery Dixon, qui ne ferait pas de mal à une mouche – commençait à stimuler Luke, mais il fallut que survienne la scène d'horreur avec Harry Cross pour l'arracher totalement à la torpeur du chagrin.

5

Le lendemain soir, à l'heure du dîner, il y avait quatorze ou quinze enfants à la cafétéria ; certains bavardaient, d'autres riaient ; parmi les nouveaux, certains pleuraient ou criaient. En un sens, songea Luke, être ici dans cet Institut, c'était comme vivre dans un asile d'aliénés de jadis, où les fous étaient simplement enfermés, sans être soignés.

Harry n'était pas là, en revanche, et il était déjà absent au déjeuner. Luke ne s'intéressait guère à ce gros balourd, mais difficile de l'ignorer au cours des repas car Gerda et Greta s'asseyaient toujours de chaque côté de lui, dans leurs tenues identiques et, les yeux brillants, elles le regardaient blablater sur le NASCAR, le catch, ses émissions préférées et « la vie à Selma ».

Si quelqu'un ordonnait à Harry de la fermer, les deux petites G. foudroyaient du regard l'enquiquineur.

Ce soir, les jumelles dînaient seules, ce qui semblait les chagriner. Mais elles avaient gardé une place à Harry, entre elles évidemment, et quand il arriva enfin, d'un pas lent en balançant sa bedaine, le visage rougi par un coup de soleil, elles se précipitèrent vers lui en braillant. Chose inhabituelle, il parut les ignorer. Il avait le regard vide et ses deux yeux semblaient ne pas regarder dans la même direction. Son menton luisait de bave et une tache humide assombrissait l'entrejambe de son pantalon. Les conversations s'arrêtèrent. Les nouveaux arrivants étaient partagés entre la perplexité et l'effroi. Ceux qui étaient ici depuis assez longtemps pour avoir subi une longue série de tests échangèrent des regards inquiets.

Comme Luke et Helen.

« Ça va aller, dit-elle. C'est plus dur pour certains enfants que pour... »

Avery était assis à côté d'elle. Il prit une des mains de Helen entre les siennes. Et déclara avec un calme angoissant :

« Non, ça n'ira pas. Il n'ira plus jamais bien. »

Harry laissa échapper un cri, tomba à genoux et bascula vers le sol, la tête la première. Son nez et ses lèvres aspergèrent le linoléum de sang. Il se mit à trembler avant d'être pris de convulsions ; ses jambes se repliaient et se détendaient, ses bras s'agitaient. Il commença à émettre un grognement, pas comme un animal, plutôt comme un moteur qui s'emballe sans réussir à passer à la vitesse supérieure. Il roula sur le dos sans cesser de grogner. De la bave ensanglantée écumait entre ses lèvres tremblotantes. Ses dents s'entrechoquaient.

Les jumelles poussèrent des cris stridents. Tandis que Gladys accourait du couloir et que Norma contournait un des bacs en inox de la cuisine, une des deux sœurs G. s'agenouilla et tenta de prendre Harry dans ses bras. L'obèse leva son poing droit, arma son bras épais et décocha un coup d'une force terrible, qui atteignit la fillette à la tempe et l'envoya valdinguer. Sa tête heurta le mur avec un bruit sourd. Sa sœur se précipita vers elle en hurlant.

Le chaos régnait à l'intérieur de la cantine. Luke et Helen restèrent assis malgré tout. Helen avait passé un bras autour des épaules d'Avery (pour se réconforter elle-même, visiblement, car Avery paraissait indifférent). Presque tous les autres enfants s'étaient regroupés autour de Harry qui convulsait. Gladys les écarta en s'écriant : « Reculez, bande d'idiots ! »

Pas de sourire hypocrite ce soir pour la grande G.

D'autres membres du personnel arrivaient : Joe et Hadad, Chad, Carlos, plus deux autres personnes que Luke ne connaissait pas, dont un type encore en civil, qui venait sans doute de prendre son service. Le corps de Harry se soulevait et retombait en faisant des bonds voltaïques, comme si le sol était électrifié. Chad et Carlos immobilisèrent ses bras. Hadad lui décocha une décharge de zap-stick en plein plexus, et comme cela n'arrêtait pas les convulsions, Joe visa la nuque avec le sien. Le crépitement de l'appareil réglé sur l'intensité maximale couvrit le brouhaha. Le corps de Harry devint mou. Ses yeux saillaient sous ses paupières mi-closes. De la bave coulait des coins de sa bouche. Sa langue dardait entre ses lèvres.

« Tout va bien. On contrôle la situation ! beugla Hadad. Regagnez vos places ! Il va bien ! »

Les enfants battirent en retraite, silencieux à présent. Luke se pencha vers Helen et lui glissa :

« Je crois qu'il ne respire plus.

— Peut-être que si, peut-être que non. Mais regarde-la, elle. »

Elle montra la jumelle qui avait été projetée contre le mur. Luke remarqua qu'elle avait les yeux vitreux et que sa tête reposait de travers sur son cou. Du sang coulait sur une joue, jusque sur le haut de sa robe.

« Réveille-toi ! » lui criait sa sœur. Elle se mit à la secouer. Des couverts jaillirent des tables, comme emportés par une tornade. Les enfants et les intendants baissèrent la tête. *« Réveille-toi. Harry ne voulait pas te faire mal.* RÉVEILLE-TOI ! »

« Laquelle est laquelle ? demanda Luke à Helen, mais ce fut Avery qui répondit, toujours de ce même ton calme et angoissant :

— Celle qui hurle et qui lance les couverts, c'est Gerda. La morte, c'est Greta.

— Elle n'est pas morte, rétorqua Helen, choquée. C'est impossible. » Couteaux, fourchettes et cuillères s'envolèrent jusqu'au plafond. (Jamais je ne pourrai faire ça, se dit Luke.) Et retombèrent avec fracas.

« Et pourtant, si, commenta Avery d'un air détaché. Et Harry aussi. » Il se leva en tenant la main de Helen et la main de Luke. « J'aimais bien Harry, même s'il m'a fait tomber. J'ai plus faim. » Il les regarda l'un et l'autre. « Et vous non plus. »

Ils quittèrent la cantine sans qu'on les remarque en faisant un détour pour éviter la jumelle hurlante et sa sœur morte. Le Dr Evans avançait à grands pas dans le couloir ; il semblait tourmenté et énervé. Sans doute était-il en train de dîner, pensa Luke.

Derrière eux, Carlos s'exclamait :

« Tout le monde va bien ! Asseyez-vous et finissez de dîner. Tout le monde va bien.

— Les points l'ont tué, déclara Avery. Le Dr Hendricks et le Dr Evans n'auraient jamais dû lui montrer les points, même si c'était un rose. Peut-être que son BDNF était encore trop élevé. Ou bien c'est autre chose, du style allergie.

— C'est quoi, le BDNF ? demanda Helen.

— J'en sais rien. Je sais seulement que s'il est très élevé chez les enfants, il ne faut pas leur faire de grosses injections avant l'Arrière.

— Et toi, tu sais ? » demanda Helen en se tournant vers Luke.

Ce dernier secoua la tête. Kalisha en avait parlé une fois, et il avait entendu quelques personnes prononcer ces initiales au cours de ses expéditions. Il avait envisagé de taper BDNF sur Google, mais il craignait de déclencher une alarme.

« Tu n'y as jamais eu droit, hein ? demanda-t-il à Avery. Aux grosses injections ? Aux tests spéciaux ?

— Non. Mais ça viendra. À l'Arrière. » Il posa sur Luke un regard solennel. « Le Dr Evans appelle les points les Lumières de Stasi. Il pourrait avoir des ennuis à cause de ce qu'il a fait à Harry. J'espère qu'il en aura. Ces lumières me font mourir de trouille. Comme les grosses injections. Les injections *fortes*.

— Moi aussi, dit Helen. Déjà, celles que j'ai eues, c'était affreux. »

Luke aurait voulu leur parler des piqûres qui avaient failli l'étouffer ou des deux qui l'avaient fait vomir (à chaque haut-le-cœur, il voyait ces foutus points lumineux), mais manifestement, c'était de la rigolade à côté de ce qu'avait subi Harry.

« Dégagez le chemin », ordonna Joe.

Ils se plaquèrent contre le mur, près du poster qui proclamait : J'AI CHOISI D'ÊTRE HEUREUX. Jake et Hadad passèrent devant eux en emportant le corps de Harry Cross. Carlos tenait dans ses bras la fillette à la nuque brisée. Sa tête ballottait dans le vide, ses cheveux pendaient. Luke, Helen et Avery les suivirent du regard jusqu'à ce qu'ils montent dans l'ascenseur, et Luke se surprit à se demander si la morgue se trouvait au Niveau E ou F.

Avery, dont le calme étrange et inquiétant était en fait dû au choc, se mit à pleurer.

« Je vais dans ma chambre », déclara Helen. Elle donna une tape sur l'épaule de Luke et embrassa Avery sur la joue. « On se voit demain, les gars. »

Elle se trompait. Les intendants en bleu vinrent la chercher durant la nuit et ils ne la revirent plus jamais.

6

Avery fit pipi, se brossa les dents, enfila son pyjama (il le laissait dans la chambre de Luke désormais) et se coucha dans le lit de Luke. Celui-ci fit ce qu'il avait à faire dans la salle de bains, rejoignit le garçonnet et éteignit la lumière. Il colla son front contre celui d'Avery et murmura :

« Il faut que je sorte d'ici. »

Comment ?

Ce mot n'avait pas été prononcé, il s'était brièvement allumé dans l'esprit de Luke, avant de disparaître.

Il parvenait un peu mieux à capter les pensées maintenant, mais seulement quand Avery était tout près ; et même dans ces conditions, parfois, il n'y arrivait pas du tout. Les points – qu'Avery appelait les Lumières de Stasi – lui avaient conféré quelques pouvoirs de télépathie, mais à peine. De même que ses dons de télékinésie n'avaient jamais été très élevés. Si son QI atteignait des sommets, en termes de talents paranormaux il était nul. J'aimerais bien en posséder davantage, pensa-t-il, mais un des vieux dictons de son père lui revint en mémoire : « Fais un vœu dans une main et chie dans l'autre, tu verras laquelle se remplit en premier. »

« Je ne sais pas », répondit-il.

En revanche, il savait qu'il était là depuis longtemps, plus longtemps que Helen, et ils l'avaient emmenée. Bientôt, ils viendraient le chercher lui aussi.

7

Au milieu de la nuit, Avery secoua Luke, l'arrachant à un rêve dans lequel Greta Wilcox gisait contre le mur, la tête de travers. Il n'était pas mécontent d'y échapper. L'Avorton était blotti contre lui, genoux et coudes saillants, il tremblait tel un chien surpris en plein orage. Luke alluma la lampe de chevet. Les yeux d'Avery étaient mouillés de larmes.

« Qu'est-ce qui t'arrive ? Tu as fait un cauchemar ?

— Non. Elles m'ont réveillé.

— Qui ça ? »

Luke se retourna, mais il n'y avait personne d'autre dans la chambre, et la porte était fermée.

« Sha. Et Iris.

— Tu entends Iris aussi bien que Kalisha ? » C'était nouveau.

« Avant, j'y arrivais pas, mais… ils leur ont montré les films, ils leur ont fait des piqûres, et puis elles ont tenu le cierge magique, elles se sont enlacées, tête contre tête… Je t'ai raconté…

— Oui.

— Généralement, ça va mieux après, les migraines disparaissent pendant quelque temps, mais cette fois, Iris est revenue à elle dès l'étreinte terminée et c'était tellement affreux qu'elle s'est mise à hurler, et elle ne pouvait plus s'arrêter. » La voix d'Avery s'éleva au-delà de son timbre de soprano habituel, habitée par un tremblement qui glaça Luke. « Oh, ma tête, ma tête, j'ai l'impression qu'elle se fend en deux. Ma pauvre tête. Arrêtez ça… Il faut que quelqu'un arrête ça… »

Luke le secoua brutalement.

« Ne parle pas si fort. Ils nous écoutent peut-être. »

Avery inspira plusieurs fois, à fond.

« Dommage que tu ne puisses pas m'entendre à l'intérieur de ta tête, comme Sha. Je pourrais tout te raconter. C'est difficile de l'expliquer à voix haute.

— Essaie.

— Sha et Nicky ont essayé de réconforter Iris, mais ils n'ont pas réussi. Elle a griffé Sha et essayé de frapper Nicky. Le Dr Hendricks est intervenu – il était en pyjama – et il a appelé les types en rouge. Pour qu'ils emmènent Iris.

— À l'arrière de l'Arrière ?

— Je pense. Heureusement, elle allait mieux ensuite.

— Ils lui ont peut-être donné un antalgique. Ou un sédatif.

— Non, je ne crois pas. Je crois qu'elle allait mieux, c'est tout. Peut-être que Kalisha l'a aidée ?

— Ne me pose pas la question, dit Luke. Comment tu veux que je le sache ? »

Avery ne l'écoutait plus.

« Il y a quelque chose à faire, peut-être. Un moyen de… » Sa voix mourut. Luke crut qu'Avery se rendormait. Mais il s'agita et ajouta : « Il se passe un truc affreux là-bas.

— Tout est affreux là-bas, dit Luke. Les films, les piqûres, les points… tout.

— Oui, mais là, c'est autre chose. C'est pire. Comme… je sais pas… »

Luke appuya son front contre celui du garçonnet et se concentra au maximum pour écouter. Il perçut le bruit d'un avion qui passait au-dessus de lui.

« Un bruit ? Une sorte de vrombissement ?

— Oui ! Mais pas comme un avion. Plutôt comme le bourdonnement d'une ruche. Je crois que ça vient de l'arrière de l'Arrière. »

Avery remua entre les draps. Dans la lumière de la lampe, il ne ressemblait plus à un enfant : il ressemblait à un vieillard inquiet.

« Les migraines empirent, et elles durent de plus en plus longtemps parce qu'ils les obligent sans cesse à regarder les points… les lumières… et ils leur font des piqûres, ils les forcent à regarder les films.

— Et le cierge magique, dit Luke. Ils sont forcés de le regarder car c'est le déclencheur.

— Comment ça ?

— Rien. Rendors-toi.

— Je crois que j'y arriverai pas.

— Essaie. »

Luke prit Avery dans ses bras et contempla le plafond. Il pensait à cette vieille chanson mélancolique que sa mère lui chantait parfois : *J'étais à toi dès le début, et tu as pris mon cœur. Tu as eu le meilleur, alors, et puis zut, baby, prends le reste aussi.*

Luke était de plus en plus convaincu que c'était la raison de leur présence ici. On voulait prendre le meilleur d'eux. On les transformait en armes, et on les utilisait jusqu'à ce qu'ils soient totalement vidés. Après quoi, on les conduisait à l'arrière de l'Arrière, où ils rejoignaient… le bourdonnement.

Non, de telles choses n'existent pas, songea-t-il. Mais les gens disaient que des choses comme l'Institut n'existaient pas, ou alors, certainement pas en Amérique. Ça se saurait, disaient-ils, car on ne pouvait plus rien cacher de nos jours, tout le monde racontait tout. Pourtant, il était bel et bien ici. *Ils* étaient ici. La vision de Harry Cross pris de convulsions, la bave aux lèvres, allongé sur le sol de la cantine, était effroyable ; le spectacle de cette fillette inoffensive avec sa tête de travers et ses yeux vitreux était encore plus terrible. Mais il ne pouvait concevoir quelque chose de plus affreux que des esprits humains soumis à des agressions constantes jusqu'à ce qu'ils deviennent partie intégrante d'un bourdonnement de ruche. D'après Avery, c'était ce qui avait failli arriver à Iris ce soir-là, et c'était ce qui arriverait bientôt à Nicky, la coqueluche de toutes les filles, et à George le roi des vannes.

Et à Kalisha.

Luke finit par s'endormir. Quand il se réveilla, le petit déjeuner était terminé depuis longtemps, et il était seul dans son lit. Il courut dans le couloir et fit irruption dans la chambre d'Avery, certain de ce qu'il allait découvrir, mais les posters du garçonnet ornaient toujours les murs, ses G.I. Joe étaient toujours sur la commode : alignés ce matin, prêts à se lancer à l'assaut.

Luke poussa un soupir de soulagement et grimaça quand il reçut une claque sur l'arrière du crâne. Se retournant, il découvrit Winona (nom de famille : Briggs).

« Habille-toi, jeune homme. Voir un homme en slip, ça ne m'intéresse pas s'il n'a pas au moins vingt-deux ans et des muscles. Tu n'as ni l'un ni l'autre. »

Elle attendit qu'il s'exécute. Luke lui fit un doigt d'honneur (bon d'accord, il cacha son majeur contre sa poitrine, mais ça lui fit du bien quand même) et il retourna dans sa chambre pour s'habiller. À l'intersection avec l'autre couloir, il avisa un panier à linge Dandux. Ce pouvait être celui de Jolene ou de n'importe quelle autre femme de chambre venue en renfort pour s'occuper de l'afflux de pensionnaires, mais il savait que c'était celui de Maureen. Il sentait sa présence. Elle était revenue.

8

Quand il la vit, un quart d'heure plus tard, Luke songea : Cette femme est encore plus malade qu'avant.

Maureen était en train de nettoyer la chambre des jumelles ; elle ôtait les posters de princes et de princesses Disney et les rangeait soigneusement dans un carton. Les lits des deux petites G. avaient déjà été défaits et les draps entassés dans le panier avec le linge sale qu'elle avait collecté dans les autres chambres.

« Où est Gerda ? » demanda Luke.

Il était également curieux de savoir où étaient Greta et Harry, sans parler de tous ceux qui avaient pu succomber à ces expériences débiles. Y avait-il un crématorium quelque part, dans cette antichambre de l'enfer ? Au Niveau F, peut-être. Dans ce cas, il devait être équipé de filtres ultra-performants car sinon, il aurait senti l'odeur des enfants en train de brûler.

« Si tu ne me poses pas de questions, je ne te dirai pas de mensonges. Fiche le camp d'ici et occupe-toi de tes affaires. »

La voix de Maureen était cassante et sèche, dédaigneuse, mais ce n'était qu'une façade. Même les rudiments de télépathie pouvaient se révéler utiles.

À la cantine, Luke prit une pomme dans la coupe de fruits et un paquet de cigarettes Round-Up (FUME COMME TON PAPA) au distributeur. Les cigarettes en sucre ravivèrent la douleur de la disparition de Kalisha, mais l'aidèrent aussi à se sentir plus proche d'elle. Il jeta un coup d'œil au terrain de jeux où une dizaine d'enfants utilisaient les équipements. Il y avait foule par rapport au moment où Luke était arrivé. Avery était assis sur une des protections qui entouraient le trampoline, le menton appuyé sur la poitrine, les yeux fermés. Il dormait. Luke n'était pas étonné. Ce petit merdeux avait passé une mauvaise nuit.

Quelqu'un lui tapa sur l'épaule, brutalement, mais sans agressivité. En se retournant, Luke découvrit Stevie Whipple, un des nouveaux.

« Ah, la vache, mec, c'était rude hier soir, dit Stevie. Le gros rouquin et la gamine.

— M'en parle pas.

— Et ce matin, les types en uniforme rouge sont venus chercher la punkette pour l'emmener à l'Arrière. »

Luke regarda Stevie d'un air abasourdi.
« Helen ?
— Ouais. Ça craint grave ici, commenta Stevie, les yeux fixés sur le terrain de jeux. J'aimerais bien avoir des bottes de Sept Lieues. Je foutrais le camp si vite que t'en aurais la tête qui tourne.
— Des bottes de Sept Lieues et une bombe, dit Luke.
— Hein ?
— Pour faire sauter ces enfoirés *avant* de se tirer. »
Stevie envisagea cette option. Son visage lunaire se relâcha, puis il éclata de rire.
« Ouais, excellent ! On rase tout et on fout le camp avec les bottes de Sept Lieues. Hé, t'aurais pas un jeton en trop ? J'ai la dalle à cette heure-ci, et les pommes, c'est pas mon truc. Je suis plutôt du genre Twix. Ou Funyuns. C'est bon, les Funyuns. »
Luke, qui avait gagné un grand nombre de jetons en polissant son image de gentil garçon, en donna trois à Stevie Whipple en lui disant de se faire plaisir.

9

Luke repensait à la première fois où il avait posé les yeux sur Kalisha, et pour célébrer cette rencontre, peut-être, il alla s'asseoir à côté du distributeur de glaçons et coinça entre ses lèvres une cigarette en sucre. Il en était à sa deuxième Round-Up quand Maureen approcha en faisant rouler lentement son panier, rempli maintenant de draps et de taies d'oreiller propres.
« Comment va votre dos ? lui demanda Luke.
— C'est pire que jamais.

— Désolé. C'est moche.

— J'ai pris mes cachets. Ça fait du bien. »

Elle se pencha en avant et empoigna ses tibias ; son visage se retrouva tout près de celui de Luke.

Il murmura : « Ils ont emmené mon amie Kalisha. Nicky et George aussi. Et Helen, juste aujourd'hui. »

La plupart de ses amis avaient disparu, en effet. Et qui était devenu le plus ancien pensionnaire de l'Institut ? Eh bien, Luke Ellis en personne.

« Je sais », dit Maureen. Elle aussi chuchotait. « Je suis allée à l'Arrière. On ne peut plus continuer à bavarder, Luke. Ils vont se méfier. » Cet argument paraissait logique, et pourtant il avait quelque chose de bizarre. Comme Joe et Hadad, Maureen bavardait tout le temps avec les enfants, elle leur donnait des jetons quand elle en avait. Et puis, n'y avait-il pas des endroits, des zones mortes où la surveillance audio ne fonctionnait pas ? Kalisha le pensait, en tout cas.

Maureen se redressa et s'étira en plaquant ses mains contre ses reins. Elle parlait d'une voix normale maintenant :

« Tu as l'intention de rester assis là toute la journée ? »

Luke aspira la cigarette en sucre qui pendait entre ses lèvres, la croqua et se leva.

« Attends. Tiens, un jeton. » Maureen le sortit de la poche de sa blouse et le lui tendit. « Utilise-le pour acheter quelque chose de bon. » Luke regagna sa chambre en flânant et s'affala sur son lit. Il se recroquevilla en chien de fusil et déplia la feuille de papier à lettres, pliée en un carré serrée, que lui avait remise Maureen en même temps que le jeton. Elle avait une écriture tremblante, à l'ancienne, mais si le message était difficile à déchiffrer, ce n'était pas uniquement pour cette raison. Elle avait écrit tout petit, d'un bord à l'autre de la feuille, de haut en bas. Sur tout un côté, et une partie de l'autre. Luke repensa à ce que leur avait dit M. Sirois, un jour, en cours d'anglais, à propos des meilleures nouvelles d'Ernest Hemingway : *Ce sont des miracles de compression*. Il en allait de même de ce message. Combien de fois avait-elle dû recommencer pour réussir à condenser en quelques lignes essentielles tout ce qu'elle avait à lui dire sur une si petite feuille ? Luke admira sa concision, alors même qu'il commençait à comprendre ce qu'avait fait Maureen. Ce qu'elle était.

Luke, il faut que tu te débarrasses de ce mot quand tu l'auras lu. C'est comme si Dieu t'avait envoyé pour me donner une dernière chance de racheter les fautes que j'ai commises. J'ai parlé à Leah Fink à Burlington. Tout ce que tu m'as dit est vrai et tout va s'arranger au sujet de mes dettes. Ça va moins bien en ce qui me concerne, vu que mon mal de dos, c'est bien ce que je pensais. MAIS maintenant que les $$$ que j'ai mis de côté sont à l'abri, j'ai retiré mon argent. Il y a moyen de le remettre à mon fils, pour qu'il puisse aller à l'université. Il ne saura jamais que ça vient de moi et c'est ce que je veux. Je te dois énormément ! Il faut que tu sortes d'ici, Luke. Ils vont bientôt t'envoyer à l'Arrière. Tu es un « rose », et quand ils arrêteront les tests, il te restera environ trois jours. J'ai quelque chose à te donner et, surtout, des choses à te dire, sans savoir comment. Le seul endroit sûr, c'est le distributeur de glaçons, malheureusement on y est allés trop souvent. Je n'ai pas peur pour moi, mais je ne veux *pas que tu rates ta seule chance. Je regrette d'avoir fait ce que j'ai fait, et d'avoir connu cet endroit. Je pensais à l'enfant que j'ai abandonné, mais ce n'est pas une excuse. Trop tard maintenant. Je préférerais que notre conversation ait lieu ailleurs qu'au distributeur de glaçons, même s'il faut peut-être courir ce risque.* JE T'EN PRIE, *débarrasse-toi de ce mot, Luke, et* SOIS PRUDENT, *pas pour moi, ma vie est bientôt finie, mais pour toi.* MERCI DE M'AVOIR AIDÉE. Maureen A.

Ainsi, Maureen était une moucharde. Elle espionnait les enfants dans des lieux censés être sûrs, puis elle courait voir Sigsby (ou Stackhouse) pour leur transmettre des bribes d'informations, à voix basse. Et elle n'était probablement pas la seule. Les deux autres intendants sympathiques, Joe et Hadad, caftaient peut-être eux aussi. En juin, Luke aurait détesté Maureen pour ça, mais on était en juillet maintenant, et il avait beaucoup vieilli.

Il se rendit dans la salle de bains et jeta le message de Maureen dans les toilettes pendant qu'il baissait son pantalon, comme il l'avait fait avec celui de Kalisha. Il y a cent ans, lui semblait-il.

10

Cet après-midi-là, Stevie Whipple organisa une partie de balle au prisonnier. La plupart des enfants y participèrent, mais Luke déclina. Il alla chercher l'échiquier dans le placard des jeux de société (en souvenir de Nicky) et rejoua ce que beaucoup considéraient comme la plus belle partie de tous les temps, Yakov Estrin contre Hans Berliner, à Copenhague en 1965. Quarante-deux coups, un classique. Il alterna entre les blancs et les noirs. Sa mémoire faisait tout le boulot, pendant que son esprit restait concentré sur le message de Maureen.

L'idée que c'était une moucharde lui était insupportable, mais il comprenait ses raisons. Il y avait d'autres personnes, ici, qui avaient conservé quelques vestiges d'honnêteté, mais travailler dans un endroit tel que celui-ci détruisait votre boussole morale. Ces personnes étaient condamnées, qu'elles en aient conscience ou non. Maureen aussi, peut-être. La seule chose qui comptait désormais, c'était de savoir si elle connaissait réellement un moyen de s'enfuir. Pour ce faire, elle devait lui transmettre des informations sans éveiller les soupçons de Mme Sigsby et de ce type, Stackhouse (prénom : Trevor). Et puis, il y avait le corollaire : pouvait-on lui faire confiance ? Luke pensait que oui. Pas uniquement parce qu'il l'avait aidée quand elle était dans le besoin, mais parce que ce message renfermait une note de désespoir, celui d'une femme qui a décidé de miser tous ses jetons sur un seul tour de roulette. Et puis, avait-il le choix ?

Avery faisait partie des « prisonniers » obligés de courir à l'intérieur du cercle, et un des joueurs lui envoya le ballon en plein visage. Il s'assit par terre et se mit à pleurer. Stevie Whipple l'aida à se relever et examina son nez.

« Tout va bien, ça ne saigne pas. Va donc t'asseoir là-bas, avec Luke.

— Sur la touche, tu veux dire ? répondit Avery en reniflant. C'est bon, je peux…

— Avery ! » s'exclama Luke. Il brandit deux jetons. « Tu veux des crackers au beurre de cacahuètes et un Coca ? »

Avery le rejoignit en trottinant. Oublié, le ballon sur le nez.

« Tu parles ! »

Ils se rendirent à la cantine. Avery introduisit un jeton dans le distributeur de snacks, et quand il se pencha pour récupérer le paquet de crackers dans le plateau, Luke se pencha en même temps que lui et murmura à son oreille :

« Tu veux m'aider à sortir d'ici ? »

Avery montra le paquet de Nabs.

« T'en veux un ? »

Et dans l'esprit de Luke, un mot s'alluma, puis s'effaça : *Comment ?*

« Juste un. Je te laisse les autres », dit-il, et il renvoya mentalement ces mots : *Je te le dirai ce soir*.

Deux conversations se déroulaient simultanément. Une à voix haute, l'autre entre leurs esprits. Cela fonctionnerait de la même manière avec Maureen.

Espérait-il.

11

Le lendemain, après le petit déjeuner, Gladys et Hadad conduisirent Luke au caisson d'immersion. Ils le confièrent à Zeke et à Dave.

Zeke Ionidis dit :

« Ici, on fait passer des tests, mais c'est aussi là qu'on noie les méchants garçons qui disent pas la vérité. Tu dis la vérité, Luke ?

— Oui.
— Tu es un télep ?
— Quoi ? »
Il savait parfaitement ce que voulait dire Zeke le Zarbi.
« Un télep. Un TP. Tu en es un ?
— Non. Je suis un TK. Vous vous souvenez ? Je déplace des petites cuillères et ainsi de suite. » Il risqua un sourire. « En revanche, j'arrive pas à les tordre. J'ai essayé. »
Zeke secoua la tête.
« Si tu es un TK et si tu vois les points, tu es un télep. Si tu es un TP et si tu vois les points, tu déplaces les petites cuillères. C'est comme ça que ça marche. »
Vous ne savez pas comment ça marche, pensa Luke. Aucun de vous. Il se souvint que quelqu'un – Kalisha peut-être, ou bien George – lui avait dit qu'ils le sauraient s'il mentait au sujet des points. C'était sans doute vrai, peut-être que ça apparaissait sur les tracés des EEG. Mais ça, le savaient-ils ? Non. Zeke bluffait.
« J'ai vu les points deux ou trois fois, mais je ne lis pas dans les pensées.
— Hendricks et Evans pensent que si, dit Dave.
— Non, franchement. »
Il prit son air le plus innocent, du style : Je le jure devant Dieu.
« On va bien voir si tu dis la vérité, répondit Dave. Déshabille-toi, petit. »
N'ayant pas le choix, Luke ôta ses vêtements et pénétra dans le caisson. Celui-ci mesurait environ un mètre de profondeur sur deux de large. L'eau était fraîche, agréable. Pour l'instant, tout allait bien.
« Je pense à un animal, dit Zeke. Lequel ? »

C'était un chat. Luke ne voyait pas d'image, uniquement le mot, aussi gros et éclatant qu'une publicité Budweiser derrière la vitre d'un bar.

« Je ne sais pas.

— OK, petit, si tu veux la jouer comme ça. Respire à fond, mets la tête sous l'eau et compte jusqu'à quinze. En mettant un *Comment va ?* entre chaque seconde. Un – *Comment va ?* – deux – *Comment va ?* – trois…

Luke fit ce qu'on lui demandait. Quand il émergea, Dave (nom de famille inconnu, pour le moment du moins) lui demanda à quel animal il pensait maintenant. Le mot qui apparaissait dans l'esprit de Luke était KANGOUROU.

« Je ne sais pas. Je vous le répète. Je suis un TK, pas un TP. Et même pas un TP-pos.

— Replonge, ordonna Zeke. Trente secondes cette fois, avec un *comment va ?* entre chaque. Je te chronomètre. »

La troisième immersion dura quarante-cinq secondes ; la quatrième une minute complète. Ils remplacèrent les animaux par les prénoms des intendants et intendantes : Gladys, Norma, Pete, Priscilla.

« J'y arrive pas ! » s'exclama Luke en chassant l'eau de ses yeux. Vous ne comprenez pas ?

— Ce que je comprends, c'est qu'on va essayer une minute et quinze secondes, dit Zeke. Et pendant que tu comptes, demande-toi combien de temps tu veux continuer ce petit jeu. À toi de voir, petit. »

Luke essaya de refaire surface après avoir compté jusqu'à soixante-sept seulement. Mais Zeke lui enfonça la tête sous l'eau. Il ressortit après une minute quinze, les poumons en feu, le cœur cognant à se rompre.

— À quelle équipe je pense ? demanda Dave, et Luke vit mentalement une enseigne lumineuse qui disait VIKINGS.

— Je ne sais pas !

— Baratineur, dit Zeke. On y retourne pour une minute trente.

— Non », dit Luke en pataugeant dans le caisson. Il essayait de ne pas paniquer. « Je ne peux pas. »

Zeke leva les yeux au ciel.

« Arrête de faire ta chochotte. Les pêcheurs d'ormeaux peuvent rester sous l'eau neuf minutes. Je te demande juste de tenir quatre-vingt-dix secondes. Sauf si tu dis à tonton Dave quelle est son équipe préférée.

— Ce n'est pas mon oncle et je ne peux pas deviner. Laissez-moi sortir. » Et, car il ne pouvait pas s'en empêcher : « S'il vous plaît. »

Zeke dégaina son zap-stick et régla le curseur au maximum d'un geste théâtral.

« Tu veux que j'enfonce ce truc dans l'eau ? Crois-moi, tu vas danser comme Michael Jackson. Approche. »

Luke n'avait pas le choix, là encore. Il glissa vers le bord du caisson d'immersion. C'est *amusant*, avait dit Richardson.

« Dernière chance, dit Zeke. À quelle équipe il pense ? »

Les Vikings. Les Vikings du Minnesota, l'équipe de chez moi.

« *Je ne sais pas*.

— OK, dit Zeke, comme s'il était sincèrement désolé. Le sous-marin Luke repart en plongée.

— Attends, intervint Dave. Laisse-lui quelques secondes pour se préparer. »

Il semblait soucieux, ce qui inquiéta Luke.

« Remplis bien tes poumons, Luke. Et essaie de te calmer. Quand ton corps est en alerte rouge, il consomme plus d'oxygène. »

Luke inspira et expira une demi-douzaine de fois, avant de glisser sous l'eau. La main de Zeke s'abattit sur sa tête et agrippa ses cheveux. Calme-toi, calme-toi, calme-toi, se répéta Luke. Et aussi : Zeke, espèce de salopard. Sadique. Je te hais.

Il tint les quatre-vingt-dix secondes et remonta à l'air libre en suffoquant. Dave lui essuya le visage avec une serviette.

« Arrête ça, murmura-t-il à son oreille. Dis-moi juste à quoi je pense. Cette fois, c'est une vedette de cinéma. »

Dans l'esprit de Luke, l'enseigne lumineuse affichait maintenant : MATT DAMON.

« Je ne sais pas. »

Il se mit à pleurer. Les larmes coulaient sur son visage mouillé.

« Soit, dit Zeke. C'est parti pour une minute quarante-cinq. Cent cinq longues secondes. Et n'oublie pas les *Comment va?* entre chaque. On va faire de toi un pêcheur d'ormeaux. »

Luke se remit à hyperventiler avant de replonger, mais quand il arriva à cent dans sa tête, il était certain qu'il allait ouvrir la bouche et avaler de l'eau. Ils le sortiraient du caisson, le réanimeraient et recommenceraient. Et ainsi de suite jusqu'à ce qu'il leur dise ce qu'ils voulaient entendre, ou meure noyé.

Au moins, Zeke ne lui appuyait plus sur la tête. Luke se redressa en suffoquant et en crachant. Ils lui laissèrent le temps de récupérer, puis Zeke dit :

« Oublie les animaux, les équipes de football et je ne sais quoi encore. Dis-le tout simplement : “Je suis un télep. Je suis un TP.” Et on s’arrête là.

— OK ! OK ! Je suis un télep !

— Formidable ! s’exclama Zeke. On avance ! À quel nombre je pense ? »

L’enseigne lumineuse indiquait 17.

« Six », dit Luke.

Zeke imita le son d’un buzzer de jeu télévisé.

« Désolé, c’était le 17. Deux minutes ce coup-ci.

— Non ! Je n’en peux plus ! Par pitié.

— C’est la dernière fois, Luke », dit tout bas Dave.

Zeke décocha un coup de coude à son collègue, presque assez fort pour le faire tomber.

« Lui dis pas des trucs qui sont peut-être pas vrais. » Puis, s’adressant à Luke : « Je te laisse trente secondes pour reprendre ton souffle, et ensuite, on y retourne. Équipe Olympique de Plongée ! »

N’ayant toujours pas le choix, Luke inspira et souffla rapidement, mais bien avant qu’il soit arrivé à trente dans sa tête, la main de Zeke se referma sur son crâne et lui enfonça la tête sous l’eau.

Luke ouvrit les yeux et regarda la paroi blanche du caisson. La peinture était écaillée ici ou là, peut-être arrachée par les ongles d’autres enfants soumis à ce supplice strictement réservé aux roses. Pourquoi ? C’était évident. Hendricks et Evans estimaient que le champ des talents paranormaux pouvait être développé, au prix de quelques sacrifices, et les roses étaient une denrée abondante.

Calme-toi, calme-toi, calme-toi.

Malgré ses tentatives pour rester zen, ses poumons finirent par réclamer davantage d’air. Et sa zénitude, déjà fragile, vola en éclats quand il songea que s'il survivait à ces deux minutes, il serait obligé de tenir deux minutes quinze, puis deux minutes trente, puis…

Il se mit à gesticuler. Zeke le maintint sous l'eau. Les pieds collés contre la paroi, Luke s'arc-bouta et parvint presque à crever la surface, mais Zeke fit appel à son autre main pour le repousser. Les points réapparurent ; ils clignotaient devant ses yeux, ils fonçaient droit sur lui, battaient en retraite, puis revenaient à toute vitesse. Ils se mirent à tournoyer autour de lui comme un manège devenu fou. Les Lumières de Stasi, pensa Luke. Je vais mourir en regardant les…

Zeke le tira par les cheveux. Sa blouse blanche était trempée. Il regardait fixement Luke.

« Je vais t'y remettre, Luke. Encore, encore et encore. Jusqu'à ce que tu te noies. Et puis on te réanimera, et on te noiera de nouveau, et on te réanimera. Dernière chance : à quel nombre je pense ?

— Je ne… » Luke vomit de l'eau. « … sais pas ! »

Le regard de Zeke demeura fixé sur lui pendant cinq secondes peut-être. Luke le soutint, malgré les larmes qui jaillissaient de ses yeux. Finalement, Zeke lâcha :

« Et puis, merde ! Merde à tout ça, merde à toi, petit. Dave, sèche-le et renvoie-le dans sa chambre. Je ne veux plus voir sa sale petite gueule. »

Zeke quitta la salle en claquant la porte.

Luke sortit du caisson en pataugeant dans l'eau ; il faillit tomber. Dave le retint, puis lui tendit une serviette. Après s'être séché, Luke se rhabilla le plus vite possible. Il avait hâte de s'éloigner de cet homme, de cet endroit. Pourtant, même s'il avait l'impression d'être à moitié mort, sa curiosité demeurait intacte.

« Pourquoi c'est si important ? Pourquoi c'est si important, alors qu'on n'est pas ici pour *ça* ?

— Comment tu sais pourquoi vous êtes ici ?

— Je ne suis pas idiot.

— Tu devrais la boucler, Luke, dit Dave. Je t'aime bien. Ça veut pas dire que j'aie envie de t'écouter jacasser.

— J'ignore à quoi servent ces points, mais ça n'a rien à voir avec le fait de découvrir si je peux être les deux, TP et TK. Qu'est-ce que vous manigancez ici ? Savez-vous au moins ce… »

Dave le gifla. Une grande claque, venue de loin, qui projeta Luke à terre. La flaque d'eau sur le carrelage, devant le caisson, mouilla les fesses de son jean.

« Je ne suis pas ici pour répondre à tes questions. » Dave se pencha vers Luke. « On sait ce qu'on fait, petit malin ! *On sait très bien ce qu'on fait !* » Il l'obligea à se relever. « L'année dernière, on a eu un gamin qui a tenu trois minutes et demie. C'était un sacré emmerdeur, mais au moins, il avait des couilles ! »

12

Avery vint le trouver dans sa chambre, inquiet, mais Luke le chassa : il avait besoin d'être seul un moment.

« C'était si terrible que ça ? demanda le garçonnet. Le caisson ? Je suis désolé Luke.

— Merci. Laisse-moi maintenant. On parlera plus tard.

— OK. »

Avery repartit en refermant délicatement la porte. Luke s'allongea sur son lit, essayant de ne pas repenser à ces minutes interminables passées sous l'eau, mais il ne parvenait pas à oublier. Il s'attendait à voir les lumières danser devant ses yeux et filer à travers son champ de vision, former des cercles et des tourbillons vertigineux. Comme elles ne venaient pas, il finit par se calmer. Une pensée, une seule, dominait toutes les autres, y compris sa peur de voir les points revenir… définitivement cette fois.

Je dois sortir d'ici. Et si je n'y parviens pas, je préfère mourir avant qu'ils me conduisent à l'Arrière pour prendre ce qui reste de moi.

13

La majorité des insectes avaient disparu en même temps que le mois de juin. Le Dr Hendricks retrouva Zeke Ionidis devant le bâtiment de l'administration, où se trouvait un banc ombragé par un chêne. Non loin, en haut d'un mât, la bannière étoilée s'agitait paresseusement dans une douce brise d'été. Le Dr Hendricks avait posé le dossier de Luke sur ses genoux.

« Vous êtes sûr ? demanda-t-il à Zeke.

— Sûr et certain. J'ai maintenu ce petit salopard sous l'eau cinq ou six fois, en ajoutant quinze secondes à chaque coup, comme vous me l'avez demandé. S'il était capable de lire dans les pensées, il l'aurait fait, vous pouvez en mettre votre main au feu. Un commando de marines n'aurait pas résisté à ce traitement, alors vous pensez, un gamin qui a tout juste l'âge d'avoir six poils aux couilles. »

Hendricks, qui semblait sur le point d'insister, soupira et secoua la tête.

« Bien. Je me ferai une raison. On a un tas de roses en ce moment, et d'autres vont arriver. Abondance de biens ne nuit pas. N'empêche, je suis un peu déçu. Je fondais de gros espoirs sur ce garçon. »

Il ouvrit le dossier marqué d'une pastille rose dans le coin supérieur droit. Sortant un stylo de sa poche, il barra la première page d'un grand trait en diagonale.

« Au moins, reprit-il, Evans l'a trouvé en parfaite santé. Cette petite idiote, Benson, ne lui a pas refilé sa varicelle.

— Il n'était pas vacciné ? s'étonna Zeke.

— Si, mais elle a tenu absolument à mélanger leurs salives. Et elle était sérieusement atteinte. On ne pouvait pas prendre le risque. Mieux vaut prévenir que guérir.

— Alors, quand part-il pour l'Arrière ? »

Hendricks esquissa un sourire.

« Vous avez hâte de vous en débarrasser, hein ?

— J'avoue, répondit Zeke. La fille Benson ne lui a peut-être pas refilé sa varicelle, mais Wilholm lui a transmis le germe de l'emmerdeur.

— Il partira dès que j'aurai le feu vert de Heckle et de Jeckle. »

Zeke fit mine de frissonner.

« Ces deux-là… *Brrrr*. Ils me foutent les jetons. »

Hendricks n'émit aucune opinion sur les médecins de l'Arrière.

« Vous êtes sûr qu'il est nul au niveau télépathie ? »

Zeke lui tapota l'épaule.

« Sûr et certain, docteur. Vous pouvez en mettre votre main au feu. »

14

Pendant que Hendricks et Zeke discutaient de son avenir, Luke allait déjeuner. Outre qu'il l'avait terrorisé, le caisson d'immersion lui avait donné une faim de loup. Quand Stevie Whipple lui demanda où il était passé et ce qui n'allait pas, Luke secoua la tête. Il n'avait pas envie de parler du caisson. Ni maintenant ni plus tard. C'était comme faire la guerre, supposait-il. Vous étiez réquisitionné, vous partiez au combat, mais au retour, vous ne vouliez pas parler de ce que vous aviez vu, de ce qui vous était arrivé là-bas.

Le ventre rempli de fettucine Alfredo version cantine, il fit une sieste et, à son réveil, il se sentait un peu mieux. Parti à la recherche de Maureen, il l'aperçut dans l'Aile Ouest, autrefois déserte. Apparemment, l'Institut s'apprêtait à accueillir de nouveaux pensionnaires. Il marcha vers elle et lui demanda si elle avait besoin d'un coup de main.

« J'avoue que j'aimerais bien gagner quelques jetons, dit-il.

— Non merci, pas la peine. »

Luke avait l'impression qu'elle vieillissait d'heure en heure. Son visage était d'une pâleur mortelle. Combien de temps encore avant que quelqu'un remarque son état et l'oblige à s'arrêter ? Il n'aimait pas penser à ce qu'elle deviendrait si cela arrivait. Existait-il un plan d'épargne retraite pour les femmes de ménage qui faisaient également office de mouchardes pour l'Institut ? Sans doute pas.

Le panier à linge était à moitié rempli de draps propres et Luke y déposa le mot qu'il avait rédigé sur une feuille de bloc volée dans le coin aux fournitures de la Salle C4, en même temps qu'un stylo à bille bon marché qu'il cachait sous son matelas. Sur le stylo, on pouvait lire IMMOBILIER DENNISON RIVER BEND. Voyant la feuille pliée dans son panier, Maureen la couvrit prestement d'une taie d'oreiller et adressa à Luke un hochement de tête discret. Il repartit.

Ce soir-là, dans son lit, il bavarda longuement à voix basse avec Avery avant de le laisser dormir. Il y avait forcément deux scénarios, lui dit-il. Il pensait que le garçonnet comprenait. Mais le mot juste était peut-être *espérait*.

Il resta éveillé jusqu'à une heure tardive. Il écoutait le faible ronflement d'Avery en réfléchissant à son évasion. Cette idée lui semblait à la fois absurde et parfaitement réalisable. Il songea aux globes poussiéreux des caméras de surveillance et à toutes les fois où on l'avait laissé errer seul un peu partout, ce qui lui avait permis de glaner des bribes d'informations. Il y avait également les fausses zones sans surveillance que connaissaient Sigsby et ses sbires, et la vraie qu'ils ne connaissaient pas (du moins l'espérait-il). Finalement, l'équation était très simple. Il devait tenter le coup. L'alternative, c'était les Lumières de Stasi, les films, les migraines, le cierge magique qui déclenchait ce qu'il devait déclencher. Et pour finir, le bourdonnement.

Quand ils arrêteront les tests, il te restera environ trois jours.

15

L'après-midi suivant, Trevor Stackhouse alla trouver Mme Sigsby dans son bureau. Penchée au-dessus d'un dossier ouvert, la directrice lisait et prenait des notes. Elle leva l'index, sans lever la tête. Stackhouse se planta devant la fenêtre et contempla l'Aile Ouest du bâtiment qu'ils appelaient La Résidence, comme si l'Institut était réellement un campus universitaire situé au milieu des bois dans le nord du Maine. Deux ou trois enfants rôdaient autour des distributeurs de snacks et de sodas qui venaient d'être remplis. Il n'y avait ni alcool ni tabac en vente dans cet espace détente. Depuis 2005. Habituellement, l'Aile Ouest était peu habitée, voire pas du tout, et quand des pensionnaires logeaient là, ils pouvaient se procurer des cigarettes et des boissons alcoolisées aux distributeurs installés à l'autre bout du bâtiment. Certains se contentaient d'y goûter, mais ils étaient nombreux – généralement les plus terrorisés et déprimés par ce changement catastrophique survenu dans leur existence – à devenir rapidement accros. C'étaient ceux qui posaient le moins de problèmes, car ils ne voulaient pas seulement des jetons, ils en avaient besoin. Karl Marx disait de la religion que c'était l'opium du peuple, mais Stackhouse n'était pas de cet avis. Il trouvait que les Lucky Strike et le Boone's Farm (très apprécié des filles) faisaient parfaitement l'affaire.

« Bien, dit Mme Sigsby en refermant son dossier. Je vous écoute, Trevor.

— L'équipe Opale livre quatre nouveaux demain. »

Stackouse avait les mains jointes dans le dos, les pieds écartés. Un capitaine à l'avant d'un navire, pensa Mme Sigsby. Il portait un de ses habituels costumes marron. Un choix inapproprié en été, estimait-elle, mais sans doute considérait-il que cela faisait partie de son *image*.

« Nous n'avons pas eu autant de pensionnaires depuis 2008. »

Il tourna le dos à la fenêtre, qui n'offrait pas un spectacle très intéressant. Parfois – souvent, même –, il en avait marre des enfants. Il se demandait comment faisaient les enseignants, surtout qu'ils n'avaient pas le droit de gifler les insolents ni d'administrer une bonne décharge électrique aux esprits retors, comme Nicholas Wilholm, qui les avait quittés.

Mme Sigsby dit :

« Jadis, bien avant votre époque et la mienne, il y avait plus de cent enfants ici. Il y avait même une liste d'attente.

— Une liste d'attente ? Tiens donc. Eh bien, pourquoi m'avez-vous appelé ? L'équipe Opale est en place et une des opérations de collecte s'annonce délicate. Je prends l'avion ce soir. La fille en question est dans un environnement étroitement surveillé.

— Un centre de désintoxication, vous voulez dire ?

— Exact. »

Si les TK ultra-performants semblaient s'insérer relativement bien en société, leurs congénères TP rencontraient souvent des problèmes d'adaptation qui les conduisaient vers l'alcool et la drogue. Pour endiguer le torrent d'informations, supposait Stackhouse.

« Elle en vaut la peine, ajouta-t-il. Elle n'est pas au niveau du petit Dixon – lui, c'est un vrai prodige –, mais presque. Alors, dites-moi ce qui vous inquiète et laissez-moi faire ce que j'ai à faire.

— Je ne suis pas inquiète, je veux juste vous livrer une info. Mais ne restez pas debout derrière moi, ça me file les jetons. Prenez un siège. »

Pendant que Stackhouse allait chercher le fauteuil destiné aux visiteurs, de l'autre côté du bureau, Mme Sigsby ouvrit un fichier vidéo sur son ordinateur. Les images montraient les distributeurs de snacks devant la cantine. Elles étaient un peu floues, elles sautaient toutes les dix secondes environ et étaient parfois brouillées par l'électricité statique. Mme Sigsby arrêta le défilement durant une de ces interruptions.

« La première chose que je veux vous faire remarquer, dit-elle en employant ce ton cassant et professoral qu'il ne supportait plus, c'est la mauvaise qualité de cette vidéo. C'est totalement inacceptable. On pourrait en dire autant de la moitié des caméras de surveillance. La petite épicerie merdique de Bend a une caméra de meilleure qualité que les nôtres. »

Elle voulait parler de Dennison River Bend, et c'était vrai.

« Je transmettrai, mais nous savons bien, vous et moi, que les infrastructures de l'Institut sont pourries. La dernière rénovation complète date d'il y a quarante ans, quand les choses étaient différentes dans ce pays. Beaucoup plus libres. Il se trouve que nous avons seulement deux techniciens, dont un est actuellement en congé. Le matériel informatique est obsolète, comme les générateurs. Mais vous savez tout ça. »

Oui, Mme Sigsby le savait. Le problème n'était pas le manque d'argent, mais la difficulté à recruter des gens de l'extérieur. Un cercle vicieux classique. L'Institut devait fonctionner en vase clos, et à l'ère des réseaux sociaux et des pirates informatiques, cela devenait de plus en plus difficile. Une simple allusion à ce qui se déroulait entre ces murs serait fatale. Pour le travail vital qu'ils accomplissaient ici, bien sûr, mais aussi pour le personnel. Par conséquent, il était difficile de recruter, difficile de s'approvisionner, et effectuer des réparations virait au cauchemar.

« Ces parasites proviennent des cuisines, expliqua Stackhouse. Mixers, broyeurs d'ordures, micro-ondes. Je pourrai peut-être faire quelque chose.

— Peut-être pourriez-vous faire quelque chose également pour les globes qui entourent les caméras. Ce n'est pas une opération très technique. Je crois qu'on appelle ça "nettoyer". Nous avons des agents d'entretien, non ? »

Stackhouse consulta sa montre.

« Merci, Trevor. J'ai compris le message. »

Mme Sigsby relança la vidéo. Maureen apparut sur l'écran, avec son panier à linge. Accompagnée de deux résidents : Luke Ellis et Avery Dixon, l'exceptionnel TP-pos qui passait presque toutes ses nuits dans le lit d'Ellis maintenant. Si les images laissaient à désirer, le son en revanche était parfait.

« Ici, on peut parler, disait Maureen aux garçons. Il y a un micro, mais il ne marche plus depuis des années. Pensez à sourire, c'est tout. Si quelqu'un regarde la vidéo, il croira que vous fayotez pour avoir des jetons. Alors, c'est quoi votre problème ? Faites vite. »

Il y eut un silence. Avery se gratta les bras, se pinça le nez et se tourna vers Luke. Conclusion, il faisait uniquement acte de présence. Ellis tenait les rênes. Ce qui n'étonnait pas Stackhouse. Ellis était le cerveau. Le joueur d'échecs.

« C'est à propos de ce qui s'est passé à la cantine. Avec Harry et les petites G. Voilà notre problème. »

Maureen soupira et posa son panier.

« Oui, j'en ai entendu parler. C'est affreux. Mais d'après ce que je sais, ils vont bien.

— Vraiment ? Tous les trois ? »

Maureen ne répondit pas immédiatement. Avery levait vers elle un regard inquiet en se grattant les bras et en se pinçant le nez. On aurait dit qu'il avait envie de faire pipi. Finalement, elle dit :

« Peut-être qu'ils ne vont pas très bien pour le moment. J'ai entendu le Dr Evans dire qu'on les avait emmenés à l'Arrière. Ils ont une très bonne infirmerie là-bas.

— Qu'est-ce qu'ils ont d'autre ?

— Chut. » La femme de ménage leva la main et regarda autour d'elle. L'image fut brouillée par les interférences, mais le son demeura limpide. « Ne me posez pas de questions sur l'Arrière. Je n'ai pas le droit d'en parler, sauf pour dire que c'est très bien, mieux que l'Avant. Et qu'après y avoir passé quelque temps, les garçons et les filles rentrent chez eux. »

Quand l'image redevint nette, Maureen avait pris les deux garçons dans ses bras. Elle les serrait contre elle.

« Regardez ça, commenta Stackhouse, admiratif. Mère Courage. Elle est excellente.

— Chut », fit Mme Sigsby.

Luke demanda à Maureen si elle pouvait affirmer que Harry et Greta étaient toujours en vie.

« Franchement, dit-il, ils avaient plutôt l'air… morts.

— Oui, c'est que disent tous les enfants, ajouta Avery en se pinçant le nez de manière particulièrement violente. Harry a pété les plombs et après, il a arrêté de respirer. Et la tête de Greta était toute tordue sur son cou. »

Maureen prit son temps pour répondre. Stackhouse vit qu'elle choisissait ses mots. Elle aurait pu faire un bon agent de renseignements, dans un environnement où la collecte d'informations jouait un rôle important. Les deux garçons la regardaient, ils attendaient.

Au bout d'un moment, elle dit :

« Je n'étais pas présente, bien sûr, et j'imagine que ça devait être effrayant. Néanmoins, je pense que c'est moins grave qu'il y paraissait. » Elle s'interrompit, mais voyant Avery se pincer le nez de nouveau, comme pour se rassurer, elle enchaîna : « Si le jeune Cross a fait une crise – je dis bien *si* –, ils lui donneront un traitement qui convient. Quant à Greta, en passant devant la salle de détente du personnel, j'ai entendu le Dr Evans dire au Dr Hendricks qu'elle souffrait d'une entorse cervicale. Ils lui ont certainement mis une minerve. Et sa sœur est avec elle, j'imagine. Pour la réconforter.

— OK, dit Luke, visiblement soulagé. Du moment que vous en êtes sûre.

— Autant que je peux l'être, Luke. C'est tout ce que je peux te dire. Les mensonges, c'est pas ce qui manque ici, mais moi, j'ai été élevée en apprenant qu'il ne fallait pas mentir, surtout aux enfants. Voilà pourquoi je vous dis que je suis sûre autant que je peux l'être. Mais en quoi c'est important ? Vous vous inquiétez pour vos amis, ou bien il y a autre chose ? »

Luke se tourna vers Avery, qui se tordit carrément le nez cette fois, avant de hocher la tête.

Stackhouse leva les yeux au ciel, en signe d'exaspération.

« Nom de Dieu, petit, si tu veux décrocher les tableaux, vas-y ! Ces préliminaires, ça me rend dingue. »

Mme Sigsby mit la vidéo sur pause.

« C'est un geste d'autoréconfort. C'est quand même mieux que de se mettre la main au paquet. À mon époque, j'en ai connu des tas qui s'agrippaient les parties, même des filles. Taisez-vous, maintenant. On arrive au moment intéressant. »

« Si je vous dis un secret, vous promettez de le garder pour vous ? » demanda Luke.

Maureen sembla réfléchir, pendant qu'Avery continuait à torturer son pauvre nez. Finalement, elle hocha la tête.

Luke baissa la voix. Mme Sigsby monta le volume.

« Certains enfants parlent de faire la grève de la faim. On arrête de manger tant qu'on n'est pas certains que les petites G. et Harry vont bien. »

Maureen se mit à parler tout bas elle aussi.

« Quels enfants ?

— Je ne sais pas exactement. Certains parmi les nouveaux.

— Dis-leur que ce serait une très mauvaise idée. Tu es un garçon intelligent, Luke, très intelligent même, et je suis sûre que tu connais le sens du mot *représailles*. Tu l'expliqueras à Avery plus tard. »

Elle regarda fixement le garçonnet, qui eut un mouvement de recul et porta la main à son nez, comme s'il craignait qu'elle s'en saisisse, peut-être pour l'arracher.

« Il faut que j'y aille, dit-elle. Je vous interdis de vous fourrer dans le pétrin. Et surtout, je ne veux pas avoir d'ennuis moi non plus. Si quelqu'un vous demande de quoi on a parlé…

— On vous a réclamé des corvées pour avoir plus de jetons, dit Avery. Pigé.

— Parfait. » Elle leva les yeux vers la caméra, s'éloigna puis se retourna. « Vous allez bientôt partir d'ici et rentrer chez vous. En attendant, comportez-vous intelligemment. Ne faites pas d'histoires. » Elle sortit un chiffon de la poche de sa blouse et épousseta vite fait le distributeur de boissons alcoolisées, avant de récupérer son panier et de s'en aller. Luke et Avery s'attardèrent encore quelques secondes, avant de s'en aller à leur tour. Mme Sigsby arrêta la vidéo.

« Une grève de la faim, dit Stackhouse en souriant. C'est nouveau, ça.

— Oui.

— Oh, cette simple idée me remplit de terreur. »

Son sourire s'élargit. Sigsby désapprouvait sans doute cette réaction, mais c'était plus fort que lui.

À son grand étonnement, elle ricana. Depuis quand ne l'avait-il pas entendue rire ? La réponse était peut-être jamais.

« Il y a quelque chose d'amusant. Des enfants en pleine croissance qui font la grève de la faim. Ce sont des machines à manger. Vous avez raison, cependant : c'est inédit. À votre avis, qui a eu cette idée parmi les nouveaux arrivants ?

— Oh, allons ! Aucun. Nous n'avons qu'un seul enfant ici assez intelligent pour savoir ce qu'est une grève de la faim. Et il est avec nous depuis presque un mois.

— Exact. Et je ne serai pas fâchée de le voir quitter l'Avant. Wilholm était une plaie, mais au moins il affichait ouvertement sa colère. Ellis, lui… est fourbe. Je n'aime pas les enfants fourbes.

— Quand doit-il partir ?

— Dimanche ou lundi. Si Hallas et James, à l'Arrière, sont d'accord. Et ils le seront. Hendricks en a quasiment terminé avec lui.

— Parfait. Comptez-vous évoquer devant les enfants cette histoire de grève de la faim, ou bien laisser tomber ? Je vous suggère de laisser tomber. Cette idée mourra de sa belle mort, à supposer qu'elle se concrétise.

— Je crois que je vais leur en parler. Comme vous le disiez, nous avons beaucoup de résidents actuellement, et il serait peut-être bon de s'adresser à eux collectivement, au moins une fois.

— Si vous faites ça, Ellis va probablement comprendre qu'Alvorson est une moucharde. »

Compte tenu du QI d'Ellis, le « probablement » était en trop.

« Peu importe, dit-elle. Dans quelques jours, il ne sera plus là, et son petit ami au nez qui démange le suivra de près. Concernant ces caméras de surveillance…

— Je rédigerai une note pour Andy Fellowes avant de partir ce soir, et nous en ferons une priorité dès mon retour. » Il se pencha en avant, les mains dans le dos, et plongea ses yeux marron dans les yeux gris acier de Mme Sigsby. « D'ici là, détendez-vous. Vous allez attraper un ulcère, à force. Et dites-vous au moins une fois par jour que nous avons face à nous des enfants, pas des criminels endurcis. »

La directrice ne répondit pas car elle savait que Stackhouse avait raison. Luke Ellis, aussi intelligent soit-il, n'était qu'un enfant, et après un certain temps passé à l'Arrière, il serait toujours un enfant. Mais il serait beaucoup moins intelligent.

16

Ce soir-là, quand Mme Sigsby entra à la cantine, svelte et droite comme un I dans un tailleur rouge carmin, avec un chemisier gris agrémenté d'un rang de perles, elle n'eut pas besoin de tapoter contre un verre avec une cuillère pour réclamer l'attention. Tous les bavardages s'arrêtèrent immédiatement. Des techniciens et des intendants vinrent se placer dans l'encadrement de la porte qui donnait sur le Salon Ouest. Les employés de cuisine se rassemblèrent derrière le comptoir à salades.

« Ainsi que la plupart d'entre vous le savent déjà, dit-elle d'une voix agréable mais puissante, un malencontreux incident s'est produit ici même, à la cantine, avant-hier soir. Des rumeurs affirment que deux enfants seraient morts. C'est totalement faux. Nous ne tuons pas les enfants dans cet Institut. »

Elle balaya les pensionnaires du regard. Ceux-ci l'observaient avec des yeux écarquillés. Ils en avaient oublié le contenu de leurs assiettes.

« Au cas où certains d'entre vous, trop concentrés sur leur salade de fruits, n'auraient pas bien écouté, je le répète : *Nous ne tuons pas les enfants*. » Elle marqua une pause, le temps que le message s'imprime dans les esprits. « Vous n'avez pas demandé à être ici. Nous en sommes tous conscients. Néanmoins, nous refusons de nous excuser. Vous êtes ici pour servir votre pays, mais aussi le monde entier. Une fois votre mission accomplie, vous ne recevrez pas de décorations, aucun défilé ne sera organisé en votre honneur. Vous n'aurez pas connaissance de nos remerciements venus du fond du cœur car avant que vous partiez, tous vos souvenirs de l'Institut seront expurgés. Effacés, pour ceux d'entre vous qui ne connaissent pas ce mot. » Son regard croisa brièvement celui de Luke et son regard disait : *Toi*, tu le *connais*, évidemment. « Mais sachez malgré tout que nous vous sommes reconnaissants. Durant votre séjour ici, vous subirez des tests, dont certains seront peut-être pénibles, mais vous survivrez, et vous retrouverez vos familles. Nous n'avons jamais perdu un seul enfant. »

Elle s'interrompit de nouveau, guettant une réaction, une objection. Wilholm aurait peut-être fait une remarque, mais Wilholm n'était plus là. Ellis ne dit rien car il n'était pas du genre à réagir directement. En joueur d'échecs, il préférait les attaques sournoises. Grand bien lui fasse.

« Harold Cross a été victime d'une courte crise d'épilepsie à la suite du test d'acuité visuelle que certains d'entre vous, ceux qui l'ont passé, appellent « les points » ou « les lumières ». Il a frappé sans le vouloir Greta Wilcox, qui essayait, de manière courageuse, je suis sûre que nous sommes tous d'accord, de le réconforter. Sa sœur est auprès d'elle. Les jumelles Wilcox et Harold seront renvoyés dans leurs foyers respectifs la semaine prochaine, et je suis certaine que tous vos vœux les accompagnent. »

Une fois de plus, elle chercha le regard de Luke, assis à une table au fond, contre le mur. Son jeune ami était avec lui. Dixon demeurait bouche bée, mais au moins, il laissait son nez tranquille.

« Si quelqu'un contredit devant vous ce que je viens de dire, sachez que cette personne ment ; et ces mensonges doivent être immédiatement rapportés à un intendant ou à un technicien. C'est bien compris ? »

Silence absolu, pas même brisé par un raclement de gorge nerveux.

« Si vous avez bien compris, j'aimerais vous entendre dire : "Oui, madame Sigsby."

— *Oui, madame Sigsby* », dirent en chœur les enfants.

Elle les gratifia d'un léger sourire.

« Je suis certaine que vous pouvez faire mieux que ça.

— Oui, madame Sigsby !

— Avec conviction maintenant.

— OUI, MADAME SIGSBY ! »

Cette fois, même le personnel des cuisines, les techniciens et les intendants donnèrent de la voix.

Mme Sigsby sourit.

« Très bien. Rien de tel qu'une affirmation claire et nette pour nettoyer les poumons et l'esprit, n'est-ce pas ? Maintenant, vous pouvez finir de manger. » Elle se tourna vers les employés des cuisines en blouses blanches. « Double ration de dessert, ce soir. Si tant est que vous ayez des gâteaux et des glaces, chef Doug ? »

Le chef Doug forma un rond avec son pouce et son index. Un pensionnaire se mit à applaudir. D'autres l'imitèrent. Mme Sigsby se tourna à droite et à gauche pour saluer, et quitta la cantine la tête haute ; ses mains se balançaient d'avant en arrière et décrivaient de tout petits arcs de cercle. Un sourire discret, à la Joconde, pensa Luke, retroussait les coins de sa bouche. Les blouses blanches s'écartèrent sur son passage.

Sans cesser d'applaudir, Avery se pencha vers Luke et murmura :

« Elle a menti sur tout. »

Luke répondit par un hochement de tête à peine perceptible.

« Espèce de salope », dit Avery.

Luke répondit de la même manière et envoya un bref message mental : *Continue d'applaudir*.

17

Ce soir-là, Avery et Luke étaient couchés côte à côte dans le lit de ce dernier, alors que le calme régnait sur l'Institut à l'approche d'une nouvelle nuit.

Avery rapporta à voix basse tout ce que lui avait dit Maureen chaque fois qu'il se touchait le nez pour qu'elle envoie un message. Luke avait craint qu'elle ne comprenne pas le mot qu'il avait déposé dans son panier (un petit préjugé inconscient, sans doute dû au fait qu'elle portait un uniforme de femme de ménage, il se promit de remédier à cela), mais elle avait parfaitement saisi ce qu'il attendait d'elle et avait fourni à Avery une liste étape par étape. Luke estimait que l'Avorton aurait pu envoyer des signaux un peu plus subtils mais, apparemment, c'était passé comme une lettre à la poste. Du moins, il l'espérait. Dans ce cas, la seule véritable question qui se posait était de savoir si la première étape pouvait fonctionner. Elle était d'une simplicité presque grossière.

Allongés sur le dos, les deux garçons scrutaient l'obscurité. Luke passait en revue toutes les étapes pour la dixième fois – ou la quinzième – lorsque Avery envahit son esprit avec trois mots qui clignotèrent comme un néon rouge, puis s'effacèrent, laissant une image résiduelle.

Oui, madame Sigsby.

Luke lui donna un coup de coude.

Avery ricana.

Quelques secondes plus tard, les mêmes mots réapparurent, plus lumineux encore.

Oui, madame Sigsby !

Luke lui décocha un autre coup de coude, mais il souriait, et Avery le savait probablement, malgré l'obscurité. Car le sourire était dans son esprit autant que sur ses lèvres, et Luke estimait qu'il en avait le droit. Peut-être qu'il ne parviendrait pas à s'échapper de l'Institut – il devait reconnaître que les chances de réussite étaient faibles –, mais la journée d'aujourd'hui avait été bonne. L'espoir était un mot magnifique et une sensation délicieuse.

OUI, MADAME SIGSBY, GROSSE SALOPE !

« Arrête ou je te chatouille, murmura Luke.

— Ça a marché, hein ? Pour de bon. Tu crois vraiment que tu peux…

— Je ne sais pas. Je sais seulement que je vais essayer. Maintenant, boucle-la et laisse-moi dormir.

— J'aimerais que tu puisses m'emmener. J'aimerais tellement.

— Moi aussi, répondit Luke, et il était sincère. Pour Avery, ce serait dur de se retrouver seul. Il était plus adapté socialement que les petites G. ou Stevie Whipple, mais jamais personne ne lui décernerait le titre de M. Fort Caractère.

— Quand tu reviendras, ramène un millier de flics avec toi, chuchota le garçonnet. Et fais vite, avant qu'ils m'expédient à l'Arrière. Pendant qu'on peut encore sauver Sha.

— Je ferai de mon mieux, promit Luke. Et maintenant, arrête de brailler dans ma tête. Ça devient lourd, à force.

— Dommage que tu ne sois pas plus TP. Et que ça te fasse mal de communiquer mentalement. On pourrait mieux se parler.

— Avec des si, on mettrait New York en bouteille. Pour la dernière fois : dors. »

Avery finit par s'endormir et Luke sentit qu'il sombrait lui aussi. La première étape de Maureen était aussi branlante que le distributeur de glaçons près duquel ils bavardaient parfois, mais il devait admettre que ça concordait avec toutes les choses qu'il avait observées : les caméras de surveillance poussiéreuses, la peinture écaillée sur les plinthes, une carte d'ascenseur oubliée. Une fois de plus, il compara cet endroit à une fusée aux moteurs coupés, qui fonctionne selon le principe d'inertie.

18

Le lendemain, Winona l'escorta au Niveau C, où il eut droit à un rapide examen : tension, rythme cardiaque, température, saturation en oxygène. Quand Luke demanda quelle était la suite du programme, Dave consulta son porte-bloc, lui fit un grand sourire – comme s'il ne l'avait jamais expédié au tapis – et annonça qu'il n'y avait rien d'autre de prévu.

« Tu as une journée de repos, Luke. Profites-en. » Il tendit la main, paume en avant.

Luke lui rendit son sourire et tapa dans sa paume. En songeant au message de Maureen : *Quand ils arrêteront les tests, il te restera environ trois jours*.

« Et demain ? demanda-t-il alors qu'ils regagnaient l'ascenseur.

— À chaque jour suffit sa peine, répondit Dave. C'est la seule manière de vivre. »

C'était peut-être vrai pour certains, mais ça ne l'était plus pour Luke. Il aurait aimé disposer d'un peu plus de temps pour revoir le plan de Maureen – pour procrastiner, plus exactement –, mais il craignait de ne plus pouvoir attendre.

La balle au prisonnier était devenue une activité quotidienne sur le terrain de jeux de l'Institut. Luke se joignit aux autres joueurs et participa à la bousculade pendant une dizaine de minutes avant de se laisser toucher par le ballon. Mais au lieu de rejoindre le camp des prisonniers, il traversa le demi-terrain de basket en bitume et passa devant Frieda Brown, qui s'amusait à tirer des lancers francs toute seule. Luke se dit qu'elle n'avait toujours pas réellement compris où elle se trouvait. Il s'assit sur le gravier, adossé au grillage. Au moins, le problème des insectes s'était un peu arrangé. Il laissa tomber ses mains de chaque côté de son corps et se balança nonchalamment, en suivant la partie de balle au prisonnier.

« Tu as envie de tirer des paniers ? lui proposa Frieda.

— Plus tard, peut-être. »

Mine de rien, il glissa une main dans son dos, sentit le bas du grillage et s'aperçut que, oui, Maureen avait raison : il y avait un interstice là où le sol s'inclinait légèrement. Un affaissement de terrain peut-être dû à la fonte de la neige au début du printemps. Un espace de cinq ou six centimètres seulement, mais bien réel. Personne ne s'était donné la peine de le combler. La main retournée de Luke appuyait contre le bas de la clôture, les pointes du grillage pénétraient dans sa paume. Il agita le bout des doigts à l'air libre, à l'extérieur de l'Institut, puis se releva, épousseta ses fesses et demanda à Frieda si elle voulait jouer au basket avec lui. Elle le gratifia d'un sourire ardent qui disait *Oui ! Bien sûr ! Sois mon ami !*

Luke en eut le cœur brisé.

19

Luke ne subit aucun test non plus le lendemain, et personne ne se donna la peine de prendre son pouls ou sa tension. Il aida Connie, de l'équipe d'entretien, à transporter deux matelas de l'ascenseur jusqu'à deux chambres de l'Aile Est, ce qui lui valut un seul misérable jeton (les agents d'entretien étaient radins dès qu'il était question de distribuer les jetons), et en regagnant sa chambre, il rencontra Maureen, postée près du distributeur de glaçons, en train de se désaltérer avec une bouteille d'eau qu'elle gardait toujours au frais à l'intérieur de la machine. Il lui demanda si elle avait besoin d'aide.

« Non, ça va. » Elle baissa la voix : « Hendricks et Zeke discutaient dehors, devant le drapeau. Je les ai vus. Ils t'ont fait passer des tests ?

— Non. Rien depuis deux jours.

— C'est bien ce que je pensais. On est vendredi. Tu as peut-être jusqu'à samedi ou dimanche, mais à ta place, je ne prendrais pas le risque. »

Le mélange d'inquiétude et de compassion qu'il lisait sur le visage creusé de Maureen le terrifiait.

Ce soir.

Il ne prononça pas ce mot à voix haute, il l'articula seulement, une main collée sur la joue, en se grattant sous l'œil. La femme de ménage hocha la tête.

« Maureen… ils savent que vous avez un… »

Il ne put achever sa phrase. C'était inutile.

« Ils croient que c'est une sciatique. » Sa voix n'était qu'un murmure. « Hendricks a peut-être deviné, mais il s'en fiche. Les autres aussi, tant que je peux travailler. Allez, Luke, vas-y. Je ferai ta chambre pendant que tu déjeunes. Quand tu iras te coucher, regarde sous ton matelas. Bonne chance. » Elle sembla hésiter. « J'aimerais pouvoir te serrer dans mes bras, fiston. »

Luke sentit ses yeux se remplir de larmes. Il s'éloigna rapidement avant que Maureen s'en aperçoive.

Il fit un déjeuner copieux, bien qu'il n'ait pas particulièrement faim. Il ferait de même au dîner. Si son plan fonctionnait, il aurait besoin de toute l'énergie qu'il pouvait accumuler.

Ce soir-là, à la cantine, Avery et Luke furent rejoints par Frieda, qui semblait s'être prise d'affection pour Luke. Après le repas, ils sortirent sur le terrain de jeux. Luke déclina la proposition de Frieda de tirer des paniers, prétextant qu'il devait surveiller Avery sur le trampoline.

Les deux mots, semblables à des néons rouges, s'allumèrent dans l'esprit de Luke pendant qu'il regardait l'Avorton exécuter des figures – saut assis, saut ventral, vrille – avec indolence.

Ce soir ?

Il secoua la tête.

« Par contre, il faut que tu dormes dans ta chambre. J'ai besoin de mes huit heures de sommeil, pour une fois. »

Avery descendit du trampoline et regarda Luke d'un air solennel.

« Ne me mens pas en pensant que quelqu'un va se poser des questions en me voyant triste. Je ne serai pas forcément triste. »

Un sourire forcé, pathétique, déforma ses lèvres.

OK. Mais ne bousille pas ma seule chance, l'Avorton. Reviens me chercher si tu peux. S'il te plaît.

Promis.

Les points lumineux étaient de retour, et avec eux le souvenir vivace du caisson d'immersion. Luke supposait que cela était dû à l'effort produit pour transmettre ses pensées.

Avery continua à le dévisager, avant de courir vers le panier de basket.

« Tu veux jouer, Frieda ? »

Elle le toisa et sourit.

« Je vais te ridiculiser, petit.

— C'est ce qu'on va voir. »

Ils jouèrent pendant que la lumière du jour fuyait le ciel. Luke traversa le terrain de jeux et se retourna vers Avery – que Harry Cross avait surnommé un jour « le tout petit ami » de Luke – au moment où celui-ci tentait un bras roulé qui ne toucha même pas le panneau. Il pensait qu'Avery viendrait dans sa chambre le soir, ne serait-ce que pour récupérer sa brosse à dents, mais non.

20

Luke fit quelques parties de Slap Dash et de 100 Balls sur son ordinateur, après quoi il se brossa les dents, se déshabilla en gardant son caleçon et se mit au lit. Il éteignit sa lampe avant de glisser la main sous son matelas. Il aurait pu se couper avec le couteau que Maureen avait caché là (contrairement aux couteaux en plastique de la cantine, c'était un vrai couteau à découper, avec une vraie lame) si elle ne l'avait pas enveloppé dans un torchon. Il y avait autre chose, qu'il ne parvint pas à identifier au toucher. Pourtant, il en avait utilisé plein avant de se retrouver ici. Une clé USB. Il se pencha en avant dans le noir et glissa les deux objets dans la poche de son pantalon.

Puis vint l'attente. Des enfants couraient dans le couloir, peut-être jouaient-ils à chat ou chahutaient-ils tout simplement. Cela se produisait tous les soirs maintenant que les pensionnaires étaient plus nombreux. Il y eut des cris et des rires, accompagnés de « Chut ! », suivis de nouveaux éclats de rire. Les enfants se défoulaient. Ils évacuaient la peur. Un de ceux qui braillaient le plus fort était Stevie Whipple, et Luke en déduisit que Stevie avait bu du vin ou de la citronnade alcoolisée. Aucun adulte ne venait réclamer le silence ; les intendants ne cherchaient pas à imposer le règlement en matière de limitation des nuisances sonores et de couvre-feu.

Enfin, le calme revint dans l'aile de Luke. Il n'entendait plus que les battements réguliers de son cœur et les rouages de son esprit, alors qu'il passait en revue, une dernière fois, la liste de Maureen.

Une fois dehors, retourne vers le trampoline, se rappela-t-il. Sers-toi du couteau s'il le faut. Ensuite, tourne légèrement vers la droite.

S'il réussissait à sortir.

Il constata avec soulagement qu'il était déterminé à quatre-vingts pour cent et effrayé à seulement vingt pour cent. C'était encore trop, mais naturel sans doute, se disait-il. L'idée qui alimentait sa détermination – *la certitude* – était simple et évidente : c'était sa seule et unique chance ; il n'en aurait pas d'autre, et il était bien décidé à en tirer le meilleur profit.

Quand il estima que le silence régnait dans le couloir depuis une demi-heure, Luke se leva et alla chercher le seau en plastique posé sur le téléviseur. Il avait inventé une histoire destinée à d'éventuels observateurs, au cas où quelqu'un regarderait les écrans de contrôle à cette heure-ci, au lieu de faire des réussites dans une salle de surveillance située quelque part au sous-sol.

L'histoire d'un garçon qui s'est couché tôt, et qui se réveille pour une raison quelconque, une envie de faire pipi peut-être, ou à cause d'un cauchemar. Quoi qu'il en soit, encore à moitié endormi, il sort dans le couloir en caleçon. Les caméras protégées par leurs globes poussiéreux le suivent tandis qu'il se rend au distributeur de glaçons. Et quand il revient avec son seau rempli, l'observateur en déduit qu'il n'est pas assez réveillé pour s'apercevoir qu'il tient toujours la pelle dans la main. Demain matin, il la trouvera sur son bureau ou sur le bord du lavabo et se demandera comment elle est arrivée là.

De retour dans sa chambre, Luke versa des glaçons dans un verre, le remplit au robinet du lavabo et en but la moitié. C'était bon. Il avait la bouche et la gorge très sèches. Il laissa la pelle sur le réservoir des toilettes et retourna se coucher. Il s'agita dans son lit. En marmonnant. Dans l'histoire qu'il interprétait, le garçon se languissait peut-être de son « tout petit ami ». Voilà pourquoi, peut-être, il n'arrivait pas à se rendormir. Peut-être que personne ne l'espionnait, mais peut-être que si, et il devait donner le change.

Finalement, il ralluma la lumière et se rhabilla. Il se rendit dans la salle de bains où il n'y avait (probablement) pas de caméra et glissa la pelle dans son pantalon, devant, en rabattant par-dessus son T-shirt des Twins. S'il y avait une caméra, et si quelqu'un se trouvait devant les écrans, il était d'ores et déjà fichu. Mais il n'avait pas d'autre choix que de poursuivre son histoire jusqu'au chapitre suivant.

Il ressortit dans le couloir et marcha jusqu'à l'espace détente. Stevie Whipple et un autre garçon, un des nouveaux, étaient là, allongés par terre. Ils dormaient à poings fermés. Une demi-douzaine de mignonnettes de whisky vides étaient éparpillées autour d'eux. Ces petites bouteilles représentaient une grosse quantité de jetons. Stevie et son nouvel ami allaient se réveiller avec la gueule de bois et les poches vides.

Luke enjamba Stevie pour entrer à la cantine. Éclairé uniquement par les néons du comptoir à salades, cet endroit avait quelque chose de lugubre et d'un peu effrayant. Il prit une pomme dans la coupe de fruits, toujours pleine, et mordit dedans alors qu'il retournait dans la salle de repos, en espérant que personne ne l'observait, ou que cette personne comprenait le numéro qu'il était en train d'interpréter. Le garçon s'est réveillé, il est allé chercher des glaçons au distributeur et il a bu un bon verre d'eau fraîche, mais maintenant il n'arrive plus à dormir, alors il va chercher quelque chose à grignoter à la cantine. Puis il se dit : Pourquoi ne pas aller prendre l'air sur le terrain de jeux ? Il ne serait pas le premier. Kalisha lui avait raconté qu'Iris et elles étaient sorties plusieurs fois la nuit pour contempler les étoiles, incroyablement brillantes ici, en raison de la clarté du ciel. Luke espérait seulement que personne n'avait eu l'idée de sortir ce soir-là pour profiter du spectacle ou se bécoter.

Non, il n'y avait personne et, en l'absence de lune, le terrain de jeux se trouvait plongé dans l'obscurité. Les divers équipements n'étaient que des ombres anguleuses. Quand ils n'étaient pas accompagnés d'une ou deux personnes, les plus petits avaient peur du noir. Les plus grands également, mais la plupart refusaient de l'admettre.

Luke traversa le terrain de jeux en flânant, attendant de voir surgir un des intendants de l'équipe de nuit qu'il connaissait moins, qui lui demanderait ce qu'il faisait ici, avec une pelle à glace sous son T-shirt. Il n'envisageait tout de même pas de s'enfuir, si ? Ce serait une idée complètement dingue !

« Complètement dingue, murmura Luke en s'asseyant par terre, le dos contre le grillage. Oui, c'est exactement ça. Je suis complètement dingue. »

Il attendit de voir si quelqu'un venait. Non, personne. Il entendait uniquement les grillons et les ululements d'une chouette. Il y avait une caméra, mais y avait-il quelqu'un derrière ? Il savait que la surveillance laissait à désirer. Il n'allait pas tarder à découvrir dans quelle mesure.

Il souleva son T-shirt pour sortir la pelle. Quand il avait visualisé cette scène, il s'imaginait creusant la terre dans son dos avec sa main droite, la main gauche prenant éventuellement le relais si son bras fatiguait. En réalité, ça ne fonctionnait pas aussi bien. La pelle raclait contre le bas du grillage, produisant un bruit assourdissant dans le silence de la nuit, et il ne voyait pas s'il progressait.

C'est de la folie, se dit-il.

Faisant fi de la caméra, Luke s'agenouilla et se mit à creuser sous le grillage, expulsant la terre et les cailloux à droite et à gauche. Le temps parut se dilater. Il eut l'impression que deux heures s'écoulaient. Quelqu'un dans la salle de surveillance qu'il n'avait jamais vue (mais qu'il se représentait très nettement) commençait-il à se demander pourquoi ce gamin insomniaque n'était pas revenu du terrain de jeux ? Allait-il envoyer un ou une collègue pour voir ce qui se passait ? Dis donc, Lukey, supposons que la caméra soit équipée d'un système de vision nocturne ? Hein ?

Il continua à creuser. La sueur couvrait son visage d'une pellicule grasse qui attirait les insectes de l'équipe de nuit. Il creusa encore. Il sentait l'odeur de ses aisselles. Son cœur galopait. Soudain, il perçut une présence dans son dos, mais quand il regarda par-dessus son épaule, il ne vit que le portique du panier de basket, dressé sur la toile de fond du ciel étoilé.

Il y avait maintenant une tranchée sous le grillage. Pas très profonde, mais il était déjà maigre en arrivant à l'Institut et il avait perdu quelques kilos depuis. Alors, peut-être...

Hélas, quand il s'allongea pour tenter de se glisser dessous, ça ne passait pas. Loin s'en fallait.

Retourne à l'intérieur, se dit-il. Retourne te coucher avant qu'ils te découvrent et t'infligent un horrible châtiment pour avoir tenté de fuir.

Mais ce n'était pas une option, c'était de la lâcheté. Ils lui réservaient un sort horrible, de toute façon : les films, les migraines, les Lumières de Stasi... et pour finir, le bourdonnement.

Alors il creusa encore, essoufflé maintenant, en se balançant d'avant en arrière, de droite à gauche.

L'espace entre le bas du grillage et le sol augmentait lentement. Quelle bêtise de leur part de ne pas avoir bétonné le sol autour du grillage ! Quelle bêtise de ne pas y avoir fait passer un courant électrique. Mais ils ne l'avaient pas fait, et c'était tant mieux.

Luke s'allongea de nouveau sur le sol pour essayer de se faufiler, et de nouveau, le grillage l'empêcha de passer. Mais il approchait du but. Alors il se remit à genoux et recommença à creuser, plus vite. Un craquement sec se produisit quand le manche de la pelle à glace finit par céder. Il lança la poignée et continua à creuser, même si le bord de la pelle lui rentrait dans les paumes. Quand il s'arrêta pour examiner ses mains, il constata qu'elles saignaient.

Cette fois, ça doit être bon, se dit-il. Il le faut.

Non… presque… mais pas tout à fait.

C'était reparti, avec la pelle. Droite et gauche, bâbord et tribord. Le sang coulait entre ses doigts, la sueur plaquait ses cheveux sur son front, des moustiques chantaient à ses oreilles. Il reposa la pelle, s'allongea à plat ventre et essaya encore une fois de passer sous le grillage. Les pointes saillantes agrippèrent son T-shirt, puis mordirent sa peau, faisant couler le sang dans son dos. Il continua à ramper malgré tout.

À mi-chemin, il resta coincé. Le nez dans le sol, il voyait la terre se soulever sous forme de mini-tourbillons devant ses narines à chaque halètement. Il fallait qu'il ressorte et qu'il continue à creuser, juste un peu. Mais quand il voulut revenir sur le terrain de jeux, il s'aperçut qu'il ne pouvait plus reculer non plus. Il était pris au piège. Il serait encore coincé là, sous ce putain de grillage, comme un lapin pris au collet, lorsque le soleil se lèverait le lendemain matin.

Les points réapparurent, rouges, verts et violets. Ils émergeaient du trou dans le sol, à quelques centimètres seulement de ses yeux. Ils fonçaient sur lui, se scindaient, puis se rassemblaient pour tournoyer comme des lumières stroboscopiques. La claustrophobie lui broyait le cœur et le crâne. Ses mains palpitaient et hurlaient.

Il déploya les bras, planta ses doigts dans la terre et tira de toutes ses forces. L'espace d'un instant, les points envahirent non seulement son champ de vision, mais la totalité de son cerveau. Il se perdit dans leur éclat. Puis le bas du grillage parut se soulever légèrement. C'était peut-être un effet de son imagination, mais il ne le pensait pas. Il l'entendit craquer.

Grâce aux injections et au caisson, je suis devenu un TK-pos maintenant, se dit-il. Comme George.

Mais cela n'avait aucune importance, se dit-il. Ce qui comptait, c'était qu'il pouvait bouger de nouveau.

Les points s'atténuèrent. Si le bas du grillage s'était réellement soulevé, il était retombé. Les griffes de métal lacérèrent ses omoplates, ses fesses et ses cuisses. Pendant un moment d'intense souffrance, il se retrouva immobilisé une seconde fois ; le grillage le retenait avidement, il refusait de le laisser partir, mais quand il tourna la tête sur le côté et appuya la joue sur le sol caillouteux, il avisa un buisson. À portée de main ? Il tendit le bras. Trop court. Il essaya encore, en étirant ses articulations au maximum. Et parvint à l'agripper. Il tira. Le buisson commença à se déraciner, mais avant qu'il s'arrache du sol, Luke put bouger de nouveau, en donnant des coups de bassin et en poussant avec les pieds. Une dent métallique lui adressa un dernier baiser d'adieu sous la forme d'une éraflure brûlante sur le mollet, juste avant qu'il parvienne, à force de gigoter, à se glisser de l'autre côté.

Il était passé.

Luke se redressa à genoux en chancelant et jeta un regard affolé derrière lui, certain de voir toutes les lumières du bâtiment s'allumer, partout, dans les couloirs, à la cantine, et des silhouettes se précipiter, celles des intendants brandissant leurs zap-sticks, réglés sur la puissance maximale.

Mais il ne vit personne.

Il se releva et se mit à courir à l'aveuglette, oubliant dans sa panique la prochaine étape vitale : l'orientation. Sans cette douleur soudaine, fulgurante, qui enflamma son talon gauche quand il marcha sur une pierre tranchante, il aurait foncé tête baissée dans les bois et se serait perdu avant que la raison reprenne le dessus. Il s'aperçut qu'il avait perdu une basket au moment de l'ultime plongeon vers la liberté.

Il retourna vers le grillage, plié en deux, pour la récupérer et l'enfiler. Si les éraflures dans son dos et sur ses fesses le piquaient simplement, l'entaille au mollet, plus profonde, lui faisait l'effet d'une brûlure au fer rouge. Malgré cela, son rythme cardiaque ralentit et ses pensées s'éclaircirent. *Une fois dehors, reviens vers le trampoline*, lui avait dit Avery, relayant l'étape numéro deux de Maureen. *Tourne-lui le dos, puis fais un pas vers la droite. C'est ta direction. Tu n'auras que deux kilomètres à parcourir environ. Et tu n'es pas obligé de suivre une ligne parfaitement droite. L'objectif que tu vises est très gros, mais essaie quand même de faire de ton mieux.* Plus tard ce soir-là, dans son lit, Avery avait suggéré que Luke pourrait peut-être se guider grâce aux étoiles. Personnellement, il n'y connaissait rien.

Bon, il fallait y aller maintenant. Avant cela, cependant, il avait encore une chose à faire.

Palpant son oreille droite, il sentit le petit cercle qui y était incrusté. Il se souvint d'avoir entendu quelqu'un – Iris peut-être, ou Helen – dire que la pose de l'implant ne lui avait pas fait mal car elle avait déjà les oreilles percées. Mais les boucles d'oreilles s'enlevaient facilement, Luke avait vu sa mère le faire. Celle-ci était installée à demeure.

Mon Dieu, je Vous en supplie, ne m'obligez pas à utiliser le couteau.

Luke s'arma de courage. Il introduisit ses ongles sous le bord supérieur arrondi de la puce et tira. Son lobe s'étira. Ça faisait mal, très mal même, sans résultat. Il lâcha son oreille, prit deux grandes inspirations (ravivant les souvenirs de son immersion dans le caisson) et tira de nouveau. Plus fort. La douleur redoubla, sans qu'il parvienne à arracher la puce. Le temps passait. L'aile résidentielle du bâtiment, étrange sous cet angle inhabituel, était toujours plongée dans l'obscurité et le silence, mais pour combien de temps encore ?

Il pourrait essayer de tirer de nouveau, mais cela ne ferait que retarder l'inévitable. Maureen le savait, c'était pourquoi elle lui avait donné ce couteau à découper. Il le sortit de sa poche (en prenant soin de ne pas faire tomber la clé USB) et, dans la faible lumière des étoiles, le leva devant ses yeux. Avec son pouce, il testa le tranchant de la lame, puis, de la main gauche, il tira sur le lobe de son oreille, au maximum.

Là, il hésita, prenant le temps d'assimiler cette réalité : il était du bon côté du grillage. La chouette à moitié endormie ulula de nouveau. Des lucioles mouchetaient l'obscurité et, malgré l'extrême tension de cet instant, il fut sensible à la beauté du spectacle.

Dépêche-toi, se dit-il. Comme si tu coupais un morceau de steak. Et même si ça fait un mal de chien, ne crie pas. Tu ne dois pas crier.

Luke appuya la lame contre le haut de son lobe, à l'extérieur, et demeura dans cette position pendant quelques secondes, qui ressemblèrent à plusieurs éternités. Puis il laissa retomber sa main.

Je ne peux pas.

Il le faut.

Je ne peux pas.

Oh, Seigneur, je dois le faire.

De nouveau, il appuya la lame contre la chair tendre, sans protection, et l'abattit d'un coup sec, sans réfléchir, juste le temps de prier pour que le couteau soit suffisamment aiguisé pour accomplir le travail en une seule fois.

Le couteau était aiguisé, oui, mais le courage de Luke faiblit un peu au dernier moment, au lieu d'être tranché net, le lobe pendait maintenant, retenu par un lambeau de chair et de cartilage. Tout d'abord, il ne sentit aucune douleur, uniquement le sang chaud qui ruisselait dans son cou. Puis elle surgit. C'était comme si une guêpe de la taille d'une bouteille de bière l'avait piqué pour lui injecter son poison. Luke avala une longue aspiration sifflante, saisit le lobe pendant entre son pouce et son index et tira, comme on ôte la peau d'une cuisse de poulet. Il se pencha au-dessus de sa main car s'il savait qu'il avait réussi à arracher cette saloperie de puce, il avait besoin de la voir. Pour être sûr. Elle était bien là.

Après avoir vérifié qu'il se trouvait à la hauteur du trampoline, il lui tourna le dos, puis fit un pas – ni trop grand ni trop petit, espérait-il – vers la droite. Devant lui se dressait la masse sombre de la partie nord de la forêt du Maine, sur des kilomètres et des kilomètres. Levant les yeux vers le ciel, il aperçut la Grande Ourse. Suis cette direction, se dit-il. C'est tout ce que tu as à faire. Mais ça ne sera pas tout droit jusqu'au lever du jour, seulement pendant deux kilomètres environ, avait dit Maureen à Avery. Ensuite, il faudra passer à l'étape suivante. Ignore la douleur dans le haut du dos ; la douleur, plus intense, au mollet ; et la pire de toutes, la douleur de ton oreille à la Van Gogh. Ignore les tremblements de tes bras et de tes jambes. Continue à avancer. Mais d'abord…

Il leva son poing droit et balança par-dessus le grillage le petit morceau de chair qui renfermait encore la puce. Il entendit (ou crut entendre) le léger bruit que produisit le lobe en retombant sur le bitume qui entourait la pathétique imitation d'un terrain de basket. Qu'ils le gardent en souvenir.

Et il se mit à marcher, les yeux fixés sur cette seule constellation.

21

La Grande Ourse lui servit de guide pendant moins de trente secondes. Dès que Luke pénétra dans les bois, elle disparut. Il s'arrêta. Il apercevait encore une partie de l'Institut à travers l'entrelacs des premières branches.

Moins de deux kilomètres, se dit-il, et tu devrais trouver ce que tu cherches, même si tu dérives un peu de ta trajectoire car c'est gros, avait dit Maureen à Avery.

Relativement gros, du moins. Avance lentement. Tu es droitier, ça veut dire que c'est ton côté dominant, alors essaie de compenser, mais pas trop, ou tu risques de partir trop vers la gauche. Et n'arrête pas de compter. Un *mile*, ça représentait entre deux mille et deux mille cinq cents pas. *Grosso modo*, en fonction du terrain. Et fais attention de ne pas t'éborgner avec une branche. Tu es déjà assez amoché comme ça.

Luke se remit en marche. Au moins, il n'y avait pas de fourrés à traverser car les arbres, très anciens, créaient de l'ombre et formaient un tapis d'aiguilles qui les empêchaient de se développer. Chaque fois qu'il devait contourner un de ces arbres centenaires (des pins, probablement, mais comment en être sûr dans le noir ?), il devait se réorienter et reprendre une trajectoire rectiligne, largement hypothétique désormais. Autant essayer de trouver son chemin dans une immense pièce remplie d'objets à peine visibles.

Quelque chose sur sa gauche émit un grognement et détala, brisant une branche et en faisant trembler plusieurs autres. Luke le petit citadin se figea. Était-ce un cerf ? Oh, bon sang, et si c'était un ours ? Un cerf s'enfuirait, mais un ours aurait peut-être envie de s'offrir un en-cas nocturne. Peut-être allait-il foncer sur lui, attiré par l'odeur du sang ? Luke savait que son cou et son épaule droite en étaient inondés.

Mais le bruit disparut ; il n'entendait plus que les grillons et parfois le *hou-hou* de la chouette. Il en était à huit cents pas quand cette chose inconnue l'avait arrêté. Il recommença à avancer, les mains tendues devant lui tel un aveugle, en comptant les pas dans sa tête. Mille… mille deux cents… Un arbre, gigantesque, les premières branches sont bien plus hautes que ma tête, invisibles, fais le tour… mille quatre cents… mille cinq…

Il trébucha sur un tronc abattu et s'affala. Quelque chose, un morceau de branche, s'enfonça dans le haut de sa cuisse gauche, lui arrachant un cri de douleur. Il demeura allongé un instant pour reprendre son souffle, regrettant – comble de l'ironie – sa chambre à l'Institut. Une chambre où il y avait une place pour chaque chose, où chaque chose était à sa place, où aucun animal de taille indéterminée ne fonçait entre les arbres. Un endroit sûr.

« Ouais, jusqu'à ce qu'il cesse de l'être », murmura-t-il, et il se releva en frottant, à travers la nouvelle déchirure de son jean, la nouvelle déchirure de sa peau. Au moins, ils n'ont pas de chiens, se dit-il en repensant à ce vieux film en noir et blanc dans lequel deux détenus enchaînés l'un à l'autre tentaient de s'enfuir, poursuivis par des chiens qui aboyaient sur leurs talons. Par-dessus le marché, ces deux gars devaient traverser des marais. Peuplés d'alligators.

Il entendit Kalisha : Tu vois, Lukey ? Tout va bien. Continue à avancer. En ligne droite. Autant que possible.

Arrivé à deux mille pas, Luke commença à chercher des lumières droit devant, à travers les arbres. *Il y en a toujours quelques-unes*, avait dit Maureen à Avery, *mais la lumière jaune est la plus éclatante*. À deux mille cinq cents pas, il sentit naître l'inquiétude. À trois mille cinq cents pas, il comprit qu'il avait dérivé, et pas qu'un peu.

C'est à cause de cet arbre qui m'a fait trébucher, se dit-il. Cette saleté d'arbre. J'ai dû me tromper de direction en me relevant. Si ça se trouve, je marche vers le

Canada. Et si les types de l'Institut ne me trouvent pas, je mourrai dans ces bois.

Mais comme il ne pouvait pas faire demi-tour (même s'il l'avait voulu, il n'aurait pas pu revenir sur ses pas), Luke continua à avancer en agitant les mains devant lui pour repousser les branches susceptibles de lui infliger de nouvelles blessures. Son oreille l'élançait.

Il avait cessé de compter ses pas, mais il devait avoisiner les cinq mille – au moins trois kilomètres – quand il aperçut une faible lumière jaune orangé à travers les arbres. Luke crut tout d'abord qu'il s'agissait d'une hallucination ou d'un des points, bientôt rejoint par une multitude d'autres. Une douzaine de pas supplémentaires mirent un terme à ses craintes. La lumière orangée, plus vive maintenant, était flanquée de deux autres, beaucoup plus faibles. Des lampes électriques, certainement. La plus éclatante devait être une lampe à vapeur de sodium comme sur les grands parkings. Le père de Rolf leur avait expliqué, un soir où il avait conduit Luke et Rolf au multiplexe de Southdale, que ces éclairages étaient censés lutter contre les agressions et les vols de voitures.

Luke réprima une forte envie de se précipiter vers cette lumière. Il ne voulait surtout pas trébucher sur un autre tronc couché, ou marcher dans un trou et se casser la jambe. D'autres lumières apparaissaient maintenant, mais il gardait les yeux fixés sur la première. Si la Grande Ourse n'avait pas servi longtemps, il avait trouvé une autre étoile pour le guider, plus sûre. Dix minutes après l'avoir repérée, il atteignit la fin de la forêt. Au-delà d'une cinquantaine de mètres de terrain dégagé se dressait un grillage, surmonté de fils de fer barbelés, éclairé par des lampadaires disposés tous les dix mètres environ. Munis de détecteurs de mouvement, avait précisé Maureen à Avery. Dis à Luke de rester à l'écart. Conseil superflu.

Derrière ce grillage, il y avait des petites maisons. Très petites. Même pas assez grandes pour se retourner, aurait dit son père. Elles comportaient trois pièces au maximum, plus certainement deux. Et étaient toutes identiques. Avery disait que Maureen appelait ça le village, mais aux yeux de Luke, ça ressemblait plutôt à une caserne de l'armée. Les maisons étaient réparties par blocs de quatre, autour d'un carré d'herbe. Des lumières étaient allumées dans certaines maisons, sans doute pour que leurs occupants ne se prennent pas les pieds dans un obstacle s'ils se rendaient aux toilettes en pleine nuit.

La rue unique s'achevait devant un bâtiment plus grand que les autres. De chaque côté, un petit parking accueillait des voitures et des camionnettes garées à touche-touche. Trente ou quarante véhicules, estima Luke. Il se souvint de s'être demandé où les employés de l'Institut laissaient leurs voitures. Maintenant, il savait. Même si le mode d'acheminement des provisions demeurait un mystère. Le lampadaire à vapeur de sodium était installé devant le grand bâtiment et il éclairait deux pompes à essence. Luke devina qu'il s'agissait d'une sorte de grande surface, version Institut.

Il comprenait un peu mieux maintenant. Les employés avaient droit à des jours de congé – Maureen avait disposé d'une semaine pour retourner dans le Vermont –, mais généralement ils restaient ici, et quand ils n'étaient pas en service, ils vivaient dans ces maisons riquiqui. Leurs horaires de travail devaient être conçus afin qu'ils puissent partager leurs logements.

Quand ils avaient besoin de se distraire, ils sautaient dans leurs véhicules personnels pour se rendre à la ville la plus proche, Dennison River Bend, en l'occurrence.

Les habitants du coin se demandaient certainement ce que faisaient ces hommes et ces femmes, là-bas dans les bois ; ils devaient poser des questions, et sans doute que les gens de l'Institut avaient mis au point une couverture. Laquelle ? Luke n'en avait pas la moindre idée et, à cet instant, c'était le dernier de ses soucis. Cependant, elle devait être convaincante pour avoir tenu pendant tant d'années.

Longe le grillage. Cherche une écharpe.

Luke repartit, le grillage et le village sur sa gauche, les bois sur sa droite. Une fois encore, il dut réprimer l'envie de se dépêcher, surtout maintenant qu'il voyait un peu mieux. Le temps passé avec Maureen avait été nécessairement limité pour éviter que leurs palabres attirent l'attention, mais aussi parce que Luke craignait qu'Avery ne les trahisse en se pinçant le nez de manière trop ostentatoire. Résultat, il ignorait où se trouvait cette écharpe et il avait peur de passer à côté.

Il s'inquiétait sans raison. Maureen l'avait attachée à la branche basse d'un grand pin, à l'endroit où le grillage tournait à angle droit pour s'éloigner des bois. Luke la détacha et la noua autour de sa taille ; il ne voulait pas laisser un indice aussi flagrant à ceux qui n'allaient pas tarder à le pourchasser. D'ailleurs, se demanda-t-il, combien de temps s'écoulerait-il avant que Mme Sigsby et Stackhouse découvrent sa disparition et comprennent qui l'avait aidé à s'enfuir ? Pas très longtemps, sans doute.

Avouez tout, Maureen. Ne les obligez pas à vous torturer. Car si vous essayez de leur cacher la vérité, c'est ce qu'ils feront, et vous êtes trop âgée, trop malade pour supporter le caisson.

La lumière éclatante devant le bâtiment, qui était peut-être un économat, se trouvait loin derrière maintenant. Luke dut scruter attentivement les environs avant de trouver l'ancienne route qui s'enfonçait dans la forêt, et qui avait peut-être été utilisée par des bûcherons une génération plus tôt. L'entrée était masquée par un épais bosquet de myrtilles. Malgré son désir de presser le pas, Luke s'arrêta le temps d'en cueillir une double poignée qu'il goba. Elles étaient sucrées, délicieuses. Elles avaient *le goût du dehors*.

Quand il eut déniché l'ancien chemin, il n'eut aucun mal à le suivre, même dans l'obscurité. Une épaisse végétation avait envahi les bas-côtés érodés et une double bande de mauvaises herbes tapissait les ornières creusées autrefois par les roues des véhicules. Il fallait enjamber des branches abattues, mais impossible de retourner dans la forêt par erreur.

Il essaya de recommencer à compter ses pas et réussit à s'y tenir, plus ou moins, jusqu'à quatre mille, avant de renoncer. Parfois, le chemin remontait, mais dans l'ensemble, il descendait. À deux reprises, il tomba sur des amas d'arbres abattus et de fourrés, et plus loin, sur un entrelacs de buissons si épais qu'il craignit que le chemin s'arrête là. Mais ayant réussi à traverser cet obstacle, il constata qu'il se poursuivait de l'autre côté. Il n'aurait su dire combien de temps s'était écoulé. Une heure peut-être, deux plus certainement. Une seule certitude : il faisait encore nuit, et même si c'était effrayant d'évoluer dans cette obscurité, surtout pour un gamin de la ville, il espérait qu'elle allait durer encore longtemps. Tout en sachant qu'à cette époque de l'année, les premières lueurs du jour apparaîtraient dans le ciel dès quatre heures du matin.

Arrivé au sommet d'une nouvelle montée, il s'arrêta un moment pour se reposer. En demeurant debout. Il ne pensait pas vraiment qu'il s'endormirait s'il s'asseyait, mais cette simple perspective l'effrayait. L'adrénaline qui lui avait donné l'énergie de creuser la terre et de se faufiler sous le grillage, puis de marcher à travers bois jusqu'au village, s'était tarie. Et même si ses égratignures dans le dos et au mollet, sa plaie à l'oreille ne saignaient plus, elles l'élançaient encore. Surtout l'oreille. Il la toucha délicatement et retira vivement ses doigts en laissant échapper un sifflement de douleur, dents serrées. Néanmoins, il eut le temps de sentir un caillot de sang.

Je me suis mutilé, pensa-t-il. Mon lobe ne repoussera jamais.

« À cause de ces salopards, se dit-il. C'est eux qui *m'ont forcé* à faire ça. »

N'osant pas s'asseoir, il se pencha en avant, les mains sur les genoux, une position dans laquelle il avait souvent vu Maureen. Elle n'atténua nullement la douleur des éraflures dans son dos ou sur son mollet, ni celle de son oreille tranchée, mais soulagea légèrement ses muscles fatigués. Il se redressa, prêt à repartir, puis s'arrêta. Un bruit discret lui parvenait, droit devant. Une sorte de bruissement rapide, comme le vent dans les pins, mais il n'y avait pas le moindre souffle d'air au sommet de cette petite montée.

Faites que ce ne soit pas une hallucination, se dit-il. Faites que ce soit vrai.

Encore cinq cents pas (ceux-là, il les compta), et Luke découvrit que ce bruit était celui de l'eau qui coule. Le chemin s'élargit et devint de plus en plus raide, jusqu'à ce qu'il soit obligé de progresser de biais, en s'accrochant aux branches des arbres pour ne pas tomber à la renverse. Il s'arrêta lorsqu'il n'y eut plus aucun arbre, ni d'un côté ni de l'autre. Ici, la forêt avait été décimée, donnant naissance à une clairière désormais envahie de buissons. En contrebas et au-delà courait une large bande de soie noire, suffisamment lisse pour refléter les ondulations du ciel étoilé. Il imaginait les bûcherons d'autrefois, des hommes qui travaillaient peut-être dans ces forêts du Nord avant la Seconde Guerre mondiale, conduisant des vieux camions Ford ou International Harvester, voire des équipages de chevaux, pour transporter les troncs coupés. Cette clairière leur servait de rond-point. C'était là qu'ils déchargeaient les billes de bois pour les faire glisser jusqu'à la Dennison River, où débutait leur voyage vers les différentes scieries.

Luke descendit l'ultime pente sur des jambes tremblantes et endolories. Les deux cents derniers pas étaient les plus raides : longtemps auparavant, le chemin avait été profondément creusé par le passage de ces innombrables troncs. Il s'assit et se laissa glisser en se retenant aux buissons pour ralentir un peu sa descente, et il s'arrêta finalement, de manière brutale, sur une rive rocailleuse, à un mètre environ de l'eau. Là, comme promis par Maureen, l'avant d'une vieille barque esquilleuse pointait sous une bâche verte constellée d'aiguilles de pin. Elle était amarrée à une souche déchiquetée.

Comment Maureen connaissait-elle l'existence de cet endroit ? Par ouï-dire ? Cela semblait peu probable, alors que la vie d'un jeune garçon pouvait dépendre de cette embarcation délabrée. Peut-être l'avait-elle découvert lors d'une promenade solitaire, avant de tomber malade. Ou bien, peut-être qu'avec d'autres personnes de l'Institut – deux ou trois cantinières qui semblaient sympathiques – elles quittaient leur village-caserne pour venir pique-niquer ici : sandwiches et Coca ou bouteille de vin. Peu importe. La barque était là.

Luke avança dans l'eau jusqu'à mi-mollet. Il se pencha pour en recueillir dans ses paumes jointes et s'en abreuver. Elle était froide et paraissait plus sucrée encore que les myrtilles. Ayant étanché sa soif, il essaya de détacher la barque amarrée à la souche, mais les nœuds étaient complexes et le temps passait. Finalement, il utilisa le couteau afin de sectionner la corde, ce qui eut pour effet immédiat de refaire saigner sa paume droite. Pire, la barque se mit à dériver.

Il bondit, la rattrapa de justesse et la tira vers la berge. Ses deux paumes saignaient maintenant. Il essaya d'arracher la bâche, mais dès qu'il lâchait la barque, le courant l'emportait. Il se maudit de ne pas avoir commencé par là. Finalement, il opta pour l'unique solution : il hissa son buste par-dessus bord, sous la vieille bâche qui empestait le poisson, puis agrippa le banc du milieu et tira, jusqu'à se retrouver entièrement à l'intérieur de la barque. Il retomba dans une flaque d'eau sur une chose longue et anguleuse. L'embarcation fut entraînée vers l'aval par le courant léger, dans le mauvais sens.

Je vis une vraie aventure, songea Luke. Oui, une sacrée aventure.

Il se redressa en position assise sous la bâche, qui se souleva dans une terrible puanteur. Il la repoussa avec ses mains ensanglantées, jusqu'à ce qu'elle bascule par-dessus bord. Elle flotta un instant, avant de couler. La chose inconfortable sur laquelle il avait chu était une rame. Contrairement à la barque, elle paraissait relativement neuve. Maureen avait attaché l'écharpe à une branche. Avait-elle également placé cette rame au fond de la barque à son intention ? Il n'était pas certain qu'elle puisse descendre l'ancien chemin des bûcherons dans son état, surtout la dernière portion pentue. Si elle l'avait fait, elle méritait au moins un poème épique à sa gloire. Tout cela parce qu'il avait effectué quelques recherches pour elle sur Internet et trouvé des informations qu'elle aurait sans doute pu dénicher elle-même si elle n'avait pas été malade. Il ne savait pas trop quoi en penser et il n'essayait même pas de comprendre. Il savait juste que la rame était là, et qu'il devait l'utiliser, malgré la fatigue, malgré ses mains en sang.

Au moins, il savait s'en servir. Bien qu'il soit un garçon de la ville, le Minnesota était l'« État aux dix mille lacs » et Luke était allé pêcher avec son grand-père paternel bien des fois. Il s'assit au milieu de la barque et se servit de la rame pour orienter l'avant de l'embarcation vers l'aval. Cela étant fait, il rama jusqu'au centre de la rivière, large d'environ soixante-dix mètres à cet endroit, puis il rentra la rame. Il ôta ses baskets et les posa sur le banc arrière pour les faire sécher. Quelque chose y était imprimé à la peinture noire, à moitié effacé, mais en se penchant, il parvint à déchiffrer : *S. S*[1]. *Pokey*. Cela le fit sourire. Renversé sur les coudes, il leva les yeux vers la folle étendue des étoiles, en essayant de se convaincre qu'il ne s'agissait pas d'un rêve, qu'il avait vraiment réussi à s'enfuir.

Quelque part derrière lui, sur la gauche, retentit le double gémissement d'une sirène électromécanique.

---

1. Abréviation de *steamship*, soit : bateau à vapeur.

Se retournant, il découvrit la lumière éclatante d'un phare qui tremblotait à travers les arbres. Il arriva à la hauteur de la barque, puis la dépassa. Luke ne voyait pas la locomotive ni le train qu'elle tractait, il y avait trop d'arbres dans son champ de vision, mais il entendait le grondement des wagons et les rafales tumultueuses des roues d'acier sur les rails. Détail qui réussit finalement à le convaincre. Il ne s'agissait pas d'un fantasme extrêmement précis qui se déroulait à l'intérieur de son esprit alors qu'il dormait dans son lit à l'Institut. Il y avait là-bas un authentique train qui roulait sans doute vers Dennison River Bend. Et c'était une authentique barque qui le conduisait vers le sud, emportée par ce lent et magnifique courant. C'étaient d'authentiques étoiles qu'il voyait au-dessus de lui. Évidemment, les sbires de Sigsby se lanceraient à sa poursuite, mais…

« Je ne retournerai jamais à l'Institut. *Jamais*. »

Il laissa pendre sa main par-dessus bord, écarta ses doigts dans l'eau et regarda quatre petits sillages courir derrière lui dans le noir. Il avait souvent fait ce geste, à bord du petit skif de son grand-père, propulsé par son moteur deux temps qui toussotait, mais jamais – même à quatre ans, quand tout lui paraissait nouveau et extraordinaire – il n'avait été à ce point submergé d'émotion au spectacle de ces sillons liquides et fugaces. Il réalisa, avec la force d'une révélation, qu'il fallait avoir connu l'emprisonnement pour apprécier pleinement la liberté.

« Je préfère mourir plutôt que de me laisser attraper. »

Il comprenait que c'était la vérité, et qu'il en arriverait peut-être à cette extrémité, mais il savait également qu'il n'en était pas encore là.

Luke Ellis leva ses mains tailladées et sanglantes face à la nuit, à l'air libre, et il se mit à pleurer.

22

Il s'assoupit, assis sur le banc central, le menton posé sur la poitrine, les mains pendantes entre les jambes, pieds nus dans la petite flaque au fond de la barque, et sans doute le *Pokey* l'aurait-il entraîné au-delà de la prochaine étape de cette improbable pérégrination s'il n'avait été réveillé par le mugissement d'une autre sirène de train, venant non pas de la rive cette fois, mais d'en haut, droit devant. Et beaucoup plus forte. Ce n'était pas un simple coup de klaxon, mais un *WHAAA* autoritaire qui fit sursauter Luke, si brutalement qu'il faillit basculer à l'arrière de la barque. Il leva les mains, dans un geste instinctif pour se protéger, conscient de l'aspect pathétique de cette réaction. Le mugissement fut remplacé par des grincements métalliques et des grondements assourdissants. Luke agrippa les bords de la barque, là où elle se rétrécissait, et regarda devant lui d'un air horrifié, certain qu'il allait être écrabouillé.

Ce n'était pas encore vraiment l'aube, mais le ciel avait déjà commencé à s'éclaircir, couvrant d'un voile lustré la rivière, beaucoup plus large maintenant. Cinq cents mètres en aval, un train de marchandises franchissait un pont à tréteaux. Luke vit passer des wagons portant l'inscription New England Express, Massachusetts Red, d'autres transportant des voitures, et plusieurs wagons-citernes marqués Canadian CleanGlass et Virginia Util-X. Il passa sous le pont en levant la main pour se protéger de la suie qui lui dégringola sur la tête. Deux ou trois blocs de mâchefer tombèrent dans l'eau.

Luke reprit la rame et entreprit de diriger la barque vers la rive droite, sur laquelle il aperçut quelques tristes constructions aux fenêtres condamnées par des planches et une grue rouillée qui semblait inutilisée depuis longtemps. La rive était jonchée de papiers, de vieux pneus et de bidons. Le train qu'il venait de voir passer ralentissait encore, dans une succession de crissements et de chocs métalliques. Vic Destin, le père de son ami Rolf, affirmait qu'il n'existait pas de moyen de transport aussi sale et bruyant que le chemin de fer. Il disait cela non pas avec dégoût, mais en affichant une certaine satisfaction, ce qui n'étonnait pas les deux garçons. M. Destin était dingue de trains.

Luke avait presque atteint la fin du parcours établi par Maureen ; à présent, il cherchait des marches. Rouges. *Pas vraiment rouges*, avait précisé Avery. *Plus maintenant. D'après Maureen, elles sont plutôt roses.* Et quand Luke les avisa, cinq minutes seulement après être passé sous le pont, il constata qu'elles n'étaient même plus roses. S'il restait quelques vestiges de peinture sur les contremarches, les marches elles-mêmes étaient grises. Elles sortaient de l'eau et montaient jusqu'au quai, une cinquantaine de mètres plus haut. Il rama dans cette direction et la quille de sa petite embarcation s'échoua sur une des marches immergées.

Luke débarqua lentement, aussi ankylosé qu'un vieillard. Il envisagea d'amarrer le *S.S. Pokey* (les plaques de rouille arrachées aux poteaux, des deux côtés des marches, indiquaient que d'autres avant lui, des pêcheurs probablement, l'avaient fait), mais la corde attachée à l'avant ne lui parut pas assez longue.

Il abandonna la barque et la regarda dériver, emportée par le faible courant. Et soudain, il vit ses baskets, et les chaussettes fourrées à l'intérieur, sur le siège arrière. Agenouillé sur la marche immergée, il parvint à rattraper la barque juste à temps. Il la tira vers lui, une main après l'autre, jusqu'à ce qu'il puisse récupérer ses baskets.

« Merci, *Pokey* », murmura-t-il, et il relâcha la petite embarcation.

Il gravit deux ou trois marches et s'assit pour enfiler ses chaussures. Elles étaient presque sèches, mais lui était trempé. Rire lui faisait mal dans le dos, à cause de ses égratignures, mais il rit quand même. Il escalada les marches jadis rouges, s'arrêtant de temps à autre pour reposer ses jambes fatiguées. L'écharpe de Maureen nouée autour de sa taille – dans la lumière du petit matin, il constata qu'elle était mauve – s'était desserrée. Après avoir envisagé de la laisser là, il refit le nœud plus solidement. Il ne voyait pas comment ils pouvaient le suivre jusqu'ici, mais cette ville était une destination logique, et il ne voulait laisser derrière lui aucun repère qu'ils pourraient découvrir, même fortuitement. En outre, cette écharpe lui semblait importante désormais. Elle était devenue… Il cherchait le mot approprié. Ce n'était pas un porte-bonheur, c'était un talisman. Car elle venait de Maureen, sa sauveuse.

Le temps qu'il atteigne le haut de l'escalier, le soleil était apparu à l'horizon, énorme et rouge, baignant d'une lueur vive un entrelacs de voies ferrées. Le train de marchandises qui était passé au-dessus de lui était maintenant immobilisé à la gare de triage de Dennison River Bend. Alors que la locomotive qui l'avait tracté s'éloignait lentement, une locomotive de manœuvre jaune vif vint s'amarrer à l'arrière du train. Bientôt, elle le pousserait jusqu'à l'endroit où les attelages étaient démaillés et réassemblés.

Les secrets du transport de marchandises ne lui avaient pas été enseignés à la Broderick School, où les professeurs s'intéressaient à des matières plus ésotériques comme les mathématiques avancées, la climatologie et les poètes anglais. Il devait ces connaissances ferroviaires à Vic Destin, fondu des trains et fier possesseur d'un gigantesque réseau miniature Lionel dans le sous-sol de sa maison. Luke et Rolf y avaient passé d'innombrables heures, tenant le rôle de ses assistants bénévoles. Rolf aimait surtout faire rouler les modèles réduits ; les informations sur les vrais trains l'intéressaient moins. Luke, lui, aimait les deux. En vérité, si Vic Destin avait été philatéliste, Luke aurait porté le même intérêt à ses incursions dans l'univers des timbres. C'était dans sa nature. Il devinait que cela lui conférait un petit côté inquiétant (plusieurs fois, il avait surpris Alicia Destin en train de le regarder d'une manière qui le laissait entendre), mais présentement, il bénissait les exposés passionnés de M. Destin.

Maureen, à l'inverse, ne connaissait rien aux trains ; elle savait juste que Dennison River Bend possédait une gare et croyait que tous les trains qui y passaient se rendaient ensuite dans toutes sortes d'endroits. Lesquels ? Elle n'en avait pas la moindre idée.

« Elle pense que si tu arrives jusque-là, tu pourras peut-être sauter dans un train de marchandises », avait dit Avery.

Eh bien, il était arrivé *jusque-là*. Quant à savoir s'il pouvait sauter à bord d'un train de marchandises, c'était une autre histoire. Dans les films, ça semblait facile, mais la plupart des films racontaient n'importe quoi. Peut-être valait-il mieux marcher jusqu'à ce qui faisait office de centre-ville dans ce bled du Nord. Trouver le poste de police, s'il y en avait un ou, à défaut, appeler la police d'État. Mais comment ? Il n'avait pas de portable et les cabines téléphoniques étaient une espèce en voie d'extinction. Et même s'il en trouvait une, que mettrait-il dans l'appareil ? Un jeton de l'Institut ? Sans doute pourrait-il appeler le 911 gratuitement, mais était-ce judicieux ? Quelque chose lui disait que non.

Luke resta où il était, triturant nerveusement l'écharpe nouée autour de sa taille, alors que le jour se levait beaucoup trop vite à son goût. Appeler la police si près de l'Institut présentait des inconvénients, qu'il n'ignorait pas malgré sa peur et sa fatigue. La police découvrirait rapidement que ses parents avaient été assassinés et qu'il était le principal suspect. Autre inconvénient : Dennison River Bend. Ces villes existaient grâce à l'argent investi, c'était leur élément vital, et d'où venait l'argent à Dennison River Bend ? Non pas de cette gare, sans doute largement automatisée. Ni de ces sinistres bâtiments qu'il avait vus en arrivant. Sans doute des usines autrefois, mais plus maintenant. En revanche, il y avait quelque part dans les environs une sorte d'installation (« un truc du gouvernement », diraient les gens du coin en échangeant un hochement de tête entendu, chez le coiffeur ou sur la place principale), et les gens qui y travaillaient avaient de l'argent. Ces hommes et ces femmes venaient en ville, et pas uniquement au bar, les soirs où se produisait un groupe qui envoyait du lourd. Ils apportaient des dollars. Et peut-être que l'Institut contribuait au bien-être de la ville. Il avait peut-être financé un centre d'animation ou un terrain de sport, ou bien il participait à l'entretien des routes. Dès lors, tout ce qui mettait en danger ces dollars serait considéré avec scepticisme et désapprobation. Si ça se trouve, les fonctionnaires municipaux touchaient des pots-de-vin pour veiller à ce que l'Institut n'attire pas l'attention de personnes indésirables. Était-ce de la parano de sa part ? Peut-être. Peut-être pas.

Luke brûlait d'envie de dénoncer Mme Sigsby et ses sbires, mais dans l'immédiat il lui semblait préférable, plus sûr, de s'éloigner rapidement de l'Institut.

La locomotive de manœuvre poussait la ribambelle de wagons de marchandises vers le haut de la pente qu'on appelait la butte, ou la bosse. Deux rocking-chairs étaient disposés côte à côte sur la terrasse du minuscule bureau de la gare. Dans un des deux était assis un homme portant un jean et des bottes en caoutchouc rouge vif, qui lisait son journal en buvant du café. Quand le chauffeur de la locomotive fit rugir son klaxon, l'homme posa son journal et descendit les marches du perron au petit trot, s'arrêtant pour faire un signe de la main en direction d'une cabine vitrée reposant sur des pilotis en acier. Un type installé à l'intérieur lui répondit de la même manière. L'aiguilleur, sans doute. L'homme aux bottes rouges était certainement le démailleur.

Le père de Rolf se lamentait sur l'état moribond du chemin de fer en Amérique, et Luke comprenait pourquoi maintenant. Des voies partaient dans toutes les directions, mais quatre ou cinq seulement semblaient opérationnelles. Les autres étaient tachetées de rouille, des mauvaises herbes poussaient entre les traverses. Sur certaines étaient échoués des wagons couverts et plats, derrière lesquels se cacha Luke pour avancer jusqu'au bureau. Une planchette à pince pendait à un clou, sur un des piliers de la terrasse. Si c'étaient les horaires des trains du jour, ça l'intéressait.

Accroupi derrière un wagon abandonné, près de l'arrière de la tour de triage, il regarda par en dessous le démailleur se diriger vers la butte. Le chargement qui venait d'arriver était au sommet maintenant, requérant toute l'attention de l'aiguilleur. Si Luke se faisait repérer, sans doute le prendrait-on pour un dingue de trains, comme M. Destin. Mais rares étaient les gamins qui venaient admirer les trains à cinq heures du matin, aussi mordus fussent-ils. Surtout des gamins trempés de la tête aux pieds, à qui il manquait un bout d'oreille.

Il n'avait pas le choix. Il fallait qu'il sache ce qui était écrit sur cette feuille.

M. Bottes Rouges s'avança au moment où le premier wagon passa lentement devant lui et tira sur la manille d'attelage qui le rattachait au suivant. Le wagon, qui portait l'inscription PRODUITS DE L'ÉTAT DU MAINE sur le côté, en lettres bleues, blanches et rouges, dévala la pente, emporté par la pesanteur, contrôlé cependant par les enrayeurs équipés de radars. L'aiguilleur actionna un levier et le wagon fut dévié vers la Voie 4.

Luke contourna le wagon et marcha tranquillement vers le bureau, les mains dans les poches. Il ne respira librement qu'une fois sous la tour, hors du champ de vision de l'aiguilleur. S'il fait correctement son travail, se dit-il, il est concentré sur sa tâche, il ne regarde pas ailleurs.

Le wagon suivant, une citerne, fut envoyé sur la Voie 3. Ainsi que deux wagons transportant des voitures. Qui s'entrechoquèrent avec fracas. Si les trains miniatures de Vic Destin étaient relativement silencieux, il régnait ici une véritable cacophonie. Luke devinait que les personnes habitant à moins de deux kilomètres à la ronde avaient les tympans brisés trois ou quatre fois par jour. Peut-être finissaient-elles par s'y habituer ? Il avait du mal à le concevoir, jusqu'à ce qu'il repense aux enfants qui vivaient quotidiennement à l'Institut : ils se goinfraient à la cantine, buvaient des boissons alcoolisées, fumaient une cigarette de temps en temps, faisaient les fous sur le terrain de jeux et couraient dans les couloirs le soir en braillant comme des fous. Luke se disait que ces enfants pouvaient s'habituer à n'importe quoi. Une idée effroyable.

Il atteignit la porte du bureau. Le démailleur lui tournait le dos et Luke ne craignait pas de le voir se retourner. « Si vous vous déconcentrez dans ce genre de travail, vous risquez d'y laisser une main », avait dit M. Destin, un jour, aux deux garçons.

La feuille fixée sur la planchette à pince n'indiquait pas grand-chose. Les colonnes correspondant aux Voies 2 et 5 ne contenaient que ces trois mots : RIEN DE PRÉVU. La Voie 1 accueillait un train de marchandises à destination du New Brunswick au Canada. Départ : 17 heures. Ça ne l'intéressait pas. Le train de la Voie 4 partait pour Burlington et Montréal à 14 h 30. C'était déjà mieux, mais ce n'était pas encore l'idéal. S'il était encore là à 14 h 30, il risquait d'avoir de gros ennuis. La Voie 3, sur laquelle l'aiguilleur envoyait maintenant le wagon New England Express que Luke avait vu traverser le pont, semblait un meilleur choix. L'heure limite au-delà de laquelle le chef de station ne pouvait plus (théoriquement) accepter un nouveau chargement pour le train 4297 était 9 heures. Et à 10 heures, le train devait quitter Dennison River Bend pour Portland/ME, Portsmouth/ NH et Sturbridge/MA. Cette dernière ville se trouvait au moins à quatre cents kilomètres, peut-être même beaucoup plus.

Luke retourna se cacher derrière le wagon et regarda les autres dévaler la butte vers différentes voies. Certains allaient rejoindre des trains qui partaient aujourd'hui, tandis que d'autres resteraient sur diverses voies de garage jusqu'à ce qu'on ait besoin d'eux.

Le démailleur ayant terminé son travail, il grimpa sur le marchepied de la locomotive de manœuvre pour parler au conducteur. L'aiguilleur descendit de sa cabine pour les rejoindre. Il y eut des éclats de rire. Qui flottèrent sans peine jusqu'aux oreilles de Luke dans l'air calme du matin. Il aimait ce son. Il avait entendu beaucoup d'adultes rire dans la salle de repos du Niveau C, mais ce son lui paraissait sinistre, comme les rires des orques dans une histoire de Tolkien. Ces rires, à l'inverse, émanaient de braves types qui n'avaient jamais enfermé d'enfants et ne leur avaient jamais enfoncé la tête dans un caisson. C'étaient les rires de personnes qui ne trimbalaient pas à la ceinture des matraques électriques.

Le conducteur de la locomotive tendit un sac par la vitre. Le démailleur le prit et sauta du marchepied. Tandis que la locomotive descendait lentement la butte, le démailleur et l'aiguilleur piochèrent chacun un donut dans le sac. Les gros, saupoudrés de sucre et sans doute fourrés à la confiture. L'estomac de Luke grogna.

Les deux hommes s'assirent dans les rocking-chairs sur la terrasse pour déguster leurs donuts. Pendant ce temps, Luke reporta son attention sur les wagons qui attendaient Voie 3. Il y en avait douze au total, dont la moitié découverts. Pas suffisant sans doute pour constituer un train à destination du Massachusetts, mais d'autres wagons provenant de la gare de triage allaient peut-être les rejoindre. Une cinquantaine, au moins, patientaient là-bas.

Soudain, un semi-remorque fit son apparition et traversa plusieurs voies en tressautant jusqu'au wagon PRODUITS DE L'ÉTAT DU MAINE. Il fut suivi d'une fourgonnette. De laquelle descendirent plusieurs hommes qui entreprirent de transférer des tonneaux du wagon au semi-remorque. Luke les entendait parler en espagnol et il parvint à saisir quelques mots. Un des tonneaux se renversa, laissant échapper des pommes de terre. Ce qui provoqua des rires et un bref combat de patates. Luke les observait avec envie.

L'aiguilleur et le démailleur assistèrent à la bataille depuis leurs fauteuils, avant de disparaître à l'intérieur. Le semi-remorque repartit, chargé maintenant de pommes de terre destinées à McDonald's ou à Burger King. La fourgonnette lui emboîta le pas. La gare de triage se retrouva déserte. Cela n'allait sans doute pas durer. Il y aurait d'autres opérations de chargement et de déchargement, et le conducteur de la locomotive devrait peut-être ajouter d'autres wagons au train de marchandises qui partait à 10 heures.

Luke décida de tenter sa chance. Il jaillit de derrière le wagon, mais revint précipitamment sur ses pas en voyant le conducteur de la locomotive gravir à pied la butte, un téléphone collé à l'oreille. L'homme s'arrêta et Luke craignit d'avoir été vu, mais apparemment, l'homme concluait seulement son appel. Il rangea son portable dans la poche frontale de sa salopette et passa devant le wagon derrière lequel se terrait Luke sans même tourner la tête. Il gravit les marches du perron et entra à son tour dans le bureau.

Luke ne perdit pas une seconde. Il dévala la pente sans se soucier de la douleur dans son dos et de ses jambes fatiguées, sautant par-dessus les rails et les enrayeurs, contournant les capteurs de vitesse. Parmi ceux qui attendaient d'effectuer le voyage Portland-Portsmouth-Sturbridge, un wagon rouge portait la mention SOUTHWAY EXPRESS sur le côté, à peine visible sous les graffitis accumulés au cours de ses années de service. Il était crasseux et strictement utilitaire, mais il présentait un intérêt indéniable : la porte coulissante n'était pas entièrement fermée. L'ouverture était peut-être suffisante pour laisser passer un jeune garçon maigrelet aux abois.

Luke saisit une poignée rouillée et se hissa jusqu'à l'ouverture. Oui, elle était assez large. Plus large, à vrai dire, que le passage qu'il avait creusé sous le grillage de l'Institut. Cela lui semblait très loin, presque dans une autre vie. Le montant de la porte érafla son dos et ses fesses déjà meurtris, mais il parvint à se faufiler. Le wagon était aux trois-quarts plein et si, vu de l'extérieur, il ne payait pas de mine, l'intérieur sentait bon le bois, la peinture et l'huile de moteur.

Il y avait là un bric-à-brac qui lui rappela le grenier de sa tante Lacey, à cette différence près qu'elle y entreposait des vieilles choses, alors que tout ce qui l'entourait était neuf. Sur la gauche, il identifia des tondeuses, des débroussailleuses, des souffleurs de feuilles, des tronçonneuses et des caisses contenant des pièces détachées pour automobiles et des moteurs hors-bord. À droite, il y avait des meubles, certains emballés dans des cartons, mais la plupart momifiés sous des mètres et des mètres de film plastique. Dans un coin se dressait une pyramide de lampadaires couchés, enveloppés de papier-bulle et scotchés par trois. Il aperçut également des chaises, des tables, des causeuses et même des canapés. Luke s'avança vers l'un d'eux, proche de la porte entrouverte, pour examiner la facture scotchée sur le papier-bulle. Ce canapé (et les autres meubles sans doute) devait être livré au magasin d'ameublement Bender et Bowen de Sturbridge, Massachusetts.

Luke sourit. Le train 4297 perdrait peut-être quelques wagons en chemin, à Portland et à Portsmouth, mais celui-ci irait jusqu'au terminus. La chance ne l'avait pas abandonné.

« Il y a quelqu'un là-haut qui m'aime », murmura-t-il.

Il se souvint alors que sa mère et son père étaient morts, et il pensa : Mais pas énormément.

En écartant de la paroi du fond quelques cartons de chez Bender et Bowen, il découvrit avec ravissement, juste derrière, un empilement de protections en mousse. Elles sentaient l'humidité, pas le moisi. Il se faufila dans cet espace étroit et remit les cartons en place, le mieux possible.

Enfin, il était dans un endroit relativement sûr et il pouvait s'allonger sur un tapis de mousse. Il était épuisé, pas uniquement à cause de cette évasion nocturne, mais de toutes ces journées de repos interrompu, de peur grandissante qui l'avaient finalement conduit à s'enfuir. Néanmoins, il n'osait pas s'endormir. Il finit par s'assoupir malgré tout. Il fut réveillé par le vacarme de la locomotive qui approchait, et le wagon Southway Express s'ébranla brutalement. Luke se leva pour aller jeter un coup d'œil par l'ouverture. Il vit passer la gare de triage. Puis le wagon pila net, manquant de le projeter au sol. Un crissement métallique lui fit supposer qu'on attelait son wagon à un autre.

Au cours de l'heure qui suivit, il y eut d'autres chocs, d'autres secousses, tandis que venaient s'ajouter les wagons qui formeraient bientôt le train 4297 à destination du sud de la Nouvelle-Angleterre, loin de l'Institut.

Loin, loin, loin, pensa Luke.

À plusieurs reprises, et une fois tout à côté de lui, il entendit des hommes parler, mais le vacarme l'empêchait d'entendre ce qu'ils disaient. Luke tendait l'oreille en se rongeant les ongles, déjà rognés jusqu'au sang. Et s'ils parlaient de lui ? Il repensa au conducteur de la locomotive qui jacassait dans son portable. Et si Maureen avait craché le morceau ? S'ils avaient découvert sa disparition ? Et si un des sbires de Mme Sigsby – Stackhouse, vraisemblablement – avait appelé la gare de triage pour demander à l'aiguilleur de fouiller tous les wagons en partance ? Dans ce cas, l'homme commencerait-il par les wagons dont les portes étaient entrouvertes ? Est-ce que le pape est catholique ?

Puis les voix s'éloignèrent et moururent. Les chocs et les déplacements brutaux se poursuivirent à mesure que le train 4297 accueillait de nouveaux wagons. À l'extérieur, des véhicules allaient et venaient. Des coups de klaxon se faisaient entendre. Luke sursautait chaque fois. Il aurait donné cher pour savoir quelle heure il était. Il ne pouvait faire qu'une seule chose : patienter.

Après une attente qui parut une éternité, les chocs cessèrent. Il ne se passa plus rien. Luke recommença à sombrer dans le sommeil ; il s'était presque endormi lorsque se produisit un choc encore plus violent que les précédents. Il se retrouva projeté sur le côté. Après une pause, le train se remit en branle.

Luke s'extirpa de sa cachette et s'approcha de la porte entrouverte, juste à temps pour voir passer le bâtiment peint en vert qui abritait le bureau. Le démailleur et l'aiguilleur avaient retrouvé leurs rocking-chairs ;

chacun tenait une partie de journal. Le 4297 franchit un ultime embranchement et passa devant un autre groupe de bâtiments abandonnés. Vinrent ensuite un terrain de baseball envahi par les mauvaises herbes, un dépotoir et deux terrains vagues. Puis un parc pour caravanes où jouaient des enfants.

Quelques minutes plus tard, Luke se retrouva en train de contempler le centre de Dennison River Bend. Il apercevait des boutiques, des lampadaires, des places de stationnement en épi, des trottoirs, une station-service Shell. Un pick-up blanc et sale attendait que le train soit passé. À ses yeux, tout cela était aussi incroyable que le spectacle des étoiles au-dessus de la rivière. Il était dehors. Il n'y avait plus de techniciens, plus d'intendants, plus de machines à jetons qui proposaient aux enfants de l'alcool et des cigarettes. Quand le train négocia un léger virage, Luke dut prendre appui contre la paroi du wagon des deux mains, jambes écartées. Trop fatigué pour lever les pieds, il se contenta de ce piètre pas de danse pour célébrer sa victoire.

23

Lorsque la ville eut cédé la place à une forêt profonde, la fatigue frappa Luke de plein fouet. Il avait l'impression d'être enseveli sous une avalanche. Il retourna derrière les cartons en rampant, s'allongea d'abord sur le dos, sa position préférée pour dormir, puis bascula sur le ventre quand les lacérations dans son dos et sur ses fesses protestèrent. Il s'endormit aussitôt. Il dormait encore quand le train s'arrêta à Portland, puis à Portsmouth, malgré les secousses chaque fois qu'on retirait ou ajoutait un wagon. Il dormait toujours quand le train s'arrêta à Sturbridge et n'émergea, au prix d'un gros effort, que lorsque la porte de son wagon s'ouvrit dans un fracas métallique, laissant entrer la lumière brûlante d'une fin d'après-midi de juillet.

Deux hommes montèrent et entreprirent de charger les meubles à bord d'un camion adossé à la porte du wagon. Les canapés d'abord, les lampadaires ensuite, puis les fauteuils. Bientôt, ils allaient s'attaquer aux cartons et ils découvriraient Luke. Là-bas, dans le coin opposé, il y avait tous les moteurs, les tondeuses à gazon, derrière lesquels il pouvait aisément se cacher, mais s'il bougeait, il serait découvert.

Un des deux manutentionnaires s'approcha, si près que Luke sentit son après-rasage, quand quelqu'un au-dehors s'écria :

« Hé, les gars ! Y a du retard au niveau du changement de loco. Ça devrait pas être trop long, mais vous avez le temps d'aller boire un café, si ça vous dit.

— Pourquoi pas une bière, plutôt ? » suggéra l'homme qui, trois secondes plus tard, aurait découvert Luke allongé sur son matelas en mousse de protection.

Suggestion accueillie par un éclat de rire, et les hommes redescendirent. Luke sortit à reculons de son alcôve et clopina jusqu'à la porte sur ses jambes ankylosées et endolories. Au-delà du camion en train d'être chargé, il vit les trois hommes se diriger en flânant vers la gare. Celle-ci, peinte en rouge et non pas en vert, était quatre fois plus grande que celle de Dennison River Bend. La pancarte sur la façade indiquait : STURBRIDGE MASSACHUSETTS.

Luke envisagea de se faufiler entre le wagon et l'arrière du camion, mais une intense activité régnait dans la gare ; un grand nombre de personnes, hommes et femmes, s'affairaient, à pied ou dans divers véhicules. On allait le voir, on allait l'interroger, et dans son état il savait qu'il ne parviendrait pas à raconter son histoire de manière cohérente. Il sentait vaguement les tiraillements de la faim, les élancements dans son oreille, mais tout cela disparaissait derrière son envie de dormir. Ce wagon, une fois vidé, serait peut-être envoyé sur une voie de garage et, à la nuit tombée, il se mettrait en quête du poste de police le plus proche. D'ici là, peut-être serait-il capable de s'exprimer sans passer pour un fou. Pas complètement, du moins. Et même s'ils ne le croyaient pas, ils lui donneraient certainement quelque chose à manger, peut-être même un antalgique pour apaiser sa douleur à l'oreille. Il avait un atout dans sa manche : la mort de ses parents. Un fait qu'ils pourraient vérifier. On le renverrait à Minneapolis. Ce serait une bonne chose, quitte à se retrouver dans un centre de détention pour mineurs. Il y aurait des verrous aux portes, mais pas de caisson d'immersion.

Le Massachusetts constituait un excellent départ ; il avait eu de la chance d'arriver jusqu'ici, même si c'était encore trop près de l'Institut. Minneapolis, en revanche, c'était chez lui. Il y connaissait des gens. M. Destin le croirait peut-être. Ou M. Greer, à la Broderick School. Ou…

Aucun autre nom ne lui vint à l'esprit. Il était trop fatigué. Essayer de réfléchir, c'était comme regarder à travers une vitre maculée de graisse. À quatre pattes, il rampa jusqu'au fond du wagon, dans le coin droit. Caché là, il guetta, entre deux motoculteurs, le retour des hommes venus chercher les meubles destinés au magasin Bender and Bowen Fine Furniture. Ils risquaient de le découvrir, il le savait. Car c'étaient des hommes, et les hommes aimaient inspecter tout ce qui possédait un moteur. Ils voudraient jeter un coup d'œil aux tondeuses à gazon ou aux débroussailleuses. Ils voudraient connaître le nombre de chevaux des nouveaux moteurs Evinrude (ils étaient emballés dans des caisses, mais l'information devait figurer sur la facture). Luke attendrait, il se ferait tout petit, en espérant que la chance – déjà fort sollicitée – lui sourirait encore un peu. Et si les hommes ne le découvraient pas, il replongerait dans le sommeil.

Mais Luke n'eut pas la possibilité d'attendre ni de guetter. Allongé sur le côté, il se rendormit en quelques minutes. Il dormait quand les deux hommes remontèrent à bord du wagon pour achever le déchargement. Il dormait quand l'un des deux se pencha pour examiner un tracteur de jardin John Deere, à moins de deux mètres de l'endroit où Luke dormait, en chien de fusil, d'un sommeil de plomb. Il dormait encore quand ils repartirent et quand un des employés de la gare de triage referma la porte du wagon Southway, cette fois entièrement. Il continua à dormir malgré les secousses et le vacarme provoqués par l'ajout de nouveaux wagons, se réveillant légèrement lorsqu'une nouvelle locomotive remplaça la 4297. Puis il se rendormit, tel un fugitif de douze ans qui a été harcelé, maltraité et terrorisé.

La locomotive précédente avait une capacité de traction de quarante wagons. Vic Destin aurait identifié la nouvelle comme étant une GE AC6000CW, le chiffre 6 000 indiquant le nombre de chevaux qu'elle pouvait développer. C'était une des locomotives diesel les plus puissantes en service aux États-Unis, capable de tirer un train de plus d'un kilomètre et demi de long. Quittant

Sturbridge pour prendre d'abord la direction du sud-est, avant de rouler plein sud, le train express 9956 tractait soixante-dix wagons.

Celui de Luke était presque vide maintenant, et il le resterait jusqu'à ce que le train s'arrête à Richmond, en Virginie, où douze groupes électrogènes Kohler viendraient s'ajouter à son chargement. La plupart de ces appareils avaient pour destination Wilmington, mais deux d'entre eux – ainsi que l'assortiment de motoculteurs, de tondeuses et d'engins divers derrière lequel dormait Luke – devaient être livrés chez Fromie, dans la petite ville de DuPray, en Caroline du Sud. Le train 9956 s'y arrêtait trois fois par semaine.

Les petits détails font les grandes histoires.

L'ENFER ATTEND

1

Alors que le train 4297 quittait la gare de Portsmouth, dans le New Hampshire, à destination de Sturbridge, Mme Sigsby étudiait les dossiers et les niveaux de BDNF de deux enfants qui résideraient prochainement à l'Institut. Un garçon et une fille. L'équipe Rouge Rubis devait les amener un peu plus tard dans la soirée. Le garçon, âgé de dix ans, venait de Sault Ste. Marie et atteignait seulement les 80 sur l'échelle du BDNF. La fille, quatorze ans, venait de Chicago. Elle atteignait les 86. D'après son dossier, elle était autiste. Une source de complications, pour le personnel et les autres résidents. Si elle avait été en dessous de 80, sans doute ne l'auraient-ils pas choisie. Mais 86, c'était un score exceptionnel.

BDNF signifiait « facteur neurotrophique dérivé du cerveau ». Mme Sigsby ne comprenait pas grand-chose à ces considérations purement chimiques, c'était le domaine du Dr Hendricks, mais elle saisissait l'essentiel. À l'instar du TMB, le taux métabolique de base, le BDNF était une échelle. Qui mesurait la croissance et le taux de survie des neurones à travers le corps, et plus particulièrement dans le cerveau.

Les rares individus qui possédaient des niveaux de BDNF élevés, moins de cinq pour cent de la population, étaient les plus heureux au monde. Hendricks affirmait qu'ils représentaient ce que Dieu avait en tête quand Il avait créé les êtres humains. Ils souffraient rarement de trous de mémoire, de dépression ou de douleurs neuropathiques. Ils étaient généralement épargnés par les problèmes d'obésité ou de sous-alimentation extrême qui frappaient les boulimiques et les anorexiques. Ils socialisaient aisément avec les autres (à l'exception de la future pensionnaire), ils avaient une propension à arrêter les conflits au lieu de les provoquer (Nick Wilholm étant une autre exception), ils étaient très peu sensibles aux névroses du style troubles obsessionnels compulsifs et possédaient une forte capacité de raisonnement verbal. Ils avaient rarement la migraine et leur taux de cholestérol demeurait bas quoi qu'ils mangent. Dans l'ensemble, ils avaient des cycles de sommeil inférieurs à la moyenne, ou irréguliers, mais ils compensaient ce manque en faisant des siestes plutôt qu'en avalant des somnifères.

Sans être fragile, le BDNF pouvait cependant être endommagé, de manière parfois catastrophique. La cause la plus fréquente était ce que Hendricks appelait l'encéphalopathie traumatique chronique, l'ETC pour faire court. Autant que pouvait en juger Mme Sigsby, cela s'apparentait à une bonne vieille commotion cérébrale. Le BDNF moyen était de 60 unités par millimètre. Chez les joueurs de football américain qui pratiquaient ce sport depuis dix ans ou plus, on tournait autour de 35 et on atteignait parfois les 20. Le BDNF baissant lentement avec l'âge, beaucoup plus rapidement chez les personnes atteintes de la maladie d'Alzheimer. Mais tout cela importait peu à Mme Sigsby, à qui on demandait simplement d'obtenir des résultats, et depuis qu'elle dirigeait l'Institut, les résultats étaient bons.

Ce qui lui importait, en revanche, comme à ceux qui finançaient l'Institut et avaient réussi à garder son existence secrète depuis 1955, c'était que les enfants dotés de BDNF élevés possèdent également certaines capacités psychiques : TK, TP ou (cas rares) un mélange des deux. Les enfants eux-mêmes n'avaient parfois pas conscience de leurs dons car ceux-ci étaient souvent latents. Ceux qui savaient – généralement des TP à haut niveau de fonctionnement comme Avery Dixon – pouvaient à l'occasion utiliser leurs talents quand cela leur semblait utile, mais la plupart du temps ils les ignoraient.

Presque tous les nouveau-nés subissaient un test de BDNF. Les enfants tels que ceux dont Mme Sigsby consultait les dossiers présentement étaient repérés, suivis et finalement enlevés. Leurs capacités psychiques, encore réduites, étaient affinées et améliorées. D'après le Dr Hendricks, ces talents pouvaient également être développés en ajoutant la télékinésie à la télépathie, ou vice versa, même si ce développement n'influait en rien sur la mission de l'Institut, sa *raison d'être*[1]. Les quelques succès qu'il avait rencontrés avec les roses qu'on lui avait confiés comme cobayes ne seraient jamais consignés. Elle était sûre que Donkey Kong s'en désolait, même s'il savait que toute publication dans une revue de médecine l'enverrait dans une prison de haute sécurité au lieu de lui valoir le prix Nobel.

1. En français dans le texte.

On frappa quelques petits coups rapides à la porte, de pure forme, et Rosalind glissa la tête à l'intérieur du bureau avec l'air de s'excuser.

« Pardonnez-moi de vous déranger, madame, mais y a Fred Clark qui demande à vous voir. On dirait qu'il…

— Rafraîchissez-moi la mémoire. Qui est Fred Clark ? »

Mme Sigsby ôta ses lunettes et se massa le nez.

« Un des agents d'entretien.

— Essayez de savoir ce qu'il veut et venez me le dire. Si c'est encore un problème de souris qui grignotent les fils électriques, ça peut attendre. Je suis occupée.

— Il dit que c'est important, et il est dans tous ses états. »

La directrice soupira, ferma le dossier et le rangea dans un tiroir.

« Très bien. Envoyez-le-moi. J'espère que c'est du sérieux. »

Ça l'était. C'était même très sérieux.

2

Mme Sigsby reconnut Clark pour l'avoir souvent croisé dans les couloirs en train de pousser un balai ou de passer la serpillière, mais elle ne l'avait jamais vu comme ça. Il était d'une pâleur cadavérique, ses cheveux gris étaient ébouriffés comme s'il avait essayé de les arracher et sa bouche était agitée de tressaillements nerveux.

« Que se passe-t-il, Clark ? Vous semblez avoir vu un fantôme.

— Faut que vous veniez, madame Sigsby. Faut que vous voyiez ça.

— Quoi donc ? »

Il secoua la tête et répéta :

« Faut que vous voyiez ça. »

Elle le suivit dans le couloir qui reliait le bâtiment administratif et l'Aile Ouest des résidents. À deux reprises, elle demanda à l'agent d'entretien ce qui se passait, mais chaque fois il secoua la tête en répétant qu'il fallait qu'elle voie par elle-même. L'agacement qu'éprouvait Mme Sigsby d'avoir été dérangée commençait à disparaître derrière un sentiment d'angoisse. Un des enfants ? Un test qui avait mal tourné, comme avec le jeune Cross ? Non, sans doute pas. Un problème de ce genre aurait été découvert par un intendant, un technicien ou un des médecins, pas par un agent d'entretien.

Au milieu du couloir quasiment désert de l'Aile Ouest, un garçon dont la bedaine dépassait de sous sa chemise, à moitié sortie de son pantalon, examinait une feuille de papier accrochée à la poignée d'une porte fermée. Voyant arriver Mme Sigsby, il prit un air affolé. Parfaitement justifié aux yeux de la directrice.

« Whipple, c'est bien ça ?

— Ouais.

— Pardon ? J'ai mal entendu. »

Stevie se mordilla la lèvre inférieure, pendant qu'il réfléchissait.

« Oui, madame Sigsby.

— C'est mieux. Maintenant, fiche le camp. Si tu n'as pas de test à passer, trouve-toi une occupation.

— OK… Euh, pardon. Oui, madame Sigsby. »

Stevie décampa, non sans jeter un coup d'œil par-dessus son épaule. Que ne vit pas la directrice, concentrée sur la feuille de papier fixée à la poignée de la porte. NE PAS ENTRER, pouvait-on lire. Des mots sans doute écrits par Clark avec le stylo glissé dans sa poche de poitrine.

« J'aurais fermé si j'avais eu la clé », expliqua-t-il.

Les agents d'entretien avaient les clés des réserves du Niveau A et des distributeurs pour pouvoir les remplir, mais pas celles des salles d'examen ni des chambres. D'ailleurs, ces dernières étaient rarement verrouillées, sauf quand un des résidents faisait des siennes et devait être cloîtré pendant une journée en guise de punition. Les agents d'entretien n'avaient pas non plus les cartes magnétiques qui commandaient les ascenseurs. S'ils avaient besoin d'accéder à un niveau inférieur, ils devaient être accompagnés d'un intendant ou d'un technicien.

Fred dit :

« Si ce gros gamin était entré, il aurait eu le choc de sa vie. »

Mme Sigsby ouvrit la porte, sans répondre, et découvrit une pièce vide : aucune photo, aucun poster aux murs, juste un matelas nu sur le lit. Semblable en cela à un certain nombre d'autres chambres depuis une douzaine d'années, lorsque le flot d'enfants dotés d'un BDNF élevé avait commencé à se tarir. Selon la théorie du Dr Hendricks, cette qualité se dégradait peu à peu, à l'image d'autres caractéristiques du génome humain, comme la vue et l'ouïe. C'était peut-être une plaisanterie, ou pas. Avec Donkey Kong, on ne pouvait jamais être sûr de rien.

Elle se retourna vers Fred.

« C'est dans la salle de bains, précisa-t-il. J'ai fermé la porte. Au cas où. »

Mme Sigsby ouvrit la porte et se pétrifia pendant une seconde. Depuis qu'elle dirigeait l'Institut, elle avait vu tas de choses, y compris le suicide d'un résident et les tentatives ratées de deux autres, mais elle n'avait encore jamais été témoin du suicide d'un employé.

La femme de ménage (l'uniforme marron ne laissait aucune place au doute) s'était pendue au pommeau de la douche, qui aurait certainement cédé sous le poids d'une personne plus lourde, le jeune Whipple, par exemple. Le visage inerte qui regardait Mme Sigsby était noir et gonflé. La langue saillait entre les lèvres, comme dans une ultime moquerie. Sur le carrelage mural, d'une écriture irrégulière, elle avait laissé un message.

« C'est Maureen », dit Fred, tout bas. Il sortit de la poche arrière de son pantalon un mouchoir roulé en boule avec lequel il s'essuya la bouche. « Maureen Alvorson. Elle… »

S'arrachant à sa stupeur, Mme Sigsby regarda par-dessus son épaule. La porte de la chambre était restée grande ouverte.

« Allez fermer ça.

— Elle…

— *Fermez cette porte !* »

L'agent d'entretien s'exécuta. Mme Sigsby palpa la poche droite de sa veste de tailleur : elle était vide. Merde, se dit-elle. Merde, merde, merde. Elle n'avait pas pensé à prendre son talkie-walkie, mais qui pouvait s'attendre à une chose pareille ?

« Retournez dans mon bureau. Demandez à Rosalind de vous donner mon talkie-walkie et apportez-le-moi.

— Vous…

— Taisez-vous. »

Sa bouche n'était plus qu'un trait et ses yeux exorbités au milieu de son visage étroit incitèrent Clark à reculer d'un pas. On aurait dit une folle.

« Dépêchez-vous, et pas un mot à quiconque.

— OK, pigé. »

Fred ressortit de la chambre en prenant soin de fermer la porte derrière lui. La directrice se laissa tomber sur le matelas nu et regarda la femme suspendue au pommeau de douche. Et le message qu'elle avait laissé en se servant d'un tube de rouge à lèvres qui avait roulé devant la cuvette des toilettes.

L'ENFER ATTEND.
JE SERAI LÀ POUR VOUS ACCUEILLIR.

3

Stackhouse se trouvait au village de l'Institut, quand il répondit à l'appel de Mme Sigsby, il semblait groggy. Elle en déduisit qu'il avait fait la fête à l'Outlaw Country la veille au soir, sans doute dans son costume marron, mais elle ne prit pas la peine de poser la question. Elle lui ordonna de rappliquer illico dans l'Aile Ouest. Il trouverait aisément la chambre en question : un agent d'entretien monterait la garde devant.

Hendricks et Evans faisaient passer des tests au Niveau C. Mme Sigsby leur ordonna d'arrêter sur-le-champ ce qu'ils étaient en train de faire et de renvoyer les sujets à la résidence. Les deux médecins étaient attendus dans l'Aile Ouest. Hendricks, qui pouvait se montrer extrêmement horripilant, même dans ses meilleurs moments, exigea de savoir pourquoi. Mme Sigsby lui répondit de la fermer et de venir immédiatement.

Stackhouse arriva le premier. Suivi de près par les deux médecins.

« Jim, dit Stackhouse à Evans après avoir pris connaissance de la situation, soulevez-la. Pour détendre la corde. »

Evans ceintura la morte – pendant un court instant, on aurait pu croire qu'ils dansaient – et la souleva. Stackhouse s'attaqua au nœud sous la mâchoire.

« Dépêchez-vous, dit Evans. Elle a fait dans sa culotte.

— Je suis sûr que vous avez senti pire. J'y suis presque… Tenez-la… OK, c'est bon. »

Il fit passer le nœud coulant par-dessus la tête de la défunte (en étouffant un juron lorsqu'un de ses bras tomba mollement sur sa nuque, dans un geste amical) et porta le corps jusque sur le lit. La corde avait laissé une marque violacée, presque noire, autour du cou. Tous quatre regardaient la morte sans rien dire. Avec son 1,92 m, Stackhouse était grand, mais Hendricks le dépassait de dix bons centimètres. Entre eux, Mme Sigsby ressemblait à un lutin.

Le responsable de la sécurité se tourna vers elle en haussant les sourcils. Elle soutint son regard sans un mot.

Sur la table de chevet se trouvait un petit flacon de comprimés en verre marron. Le Dr Hendricks le prit et l'agita.

« Oxy. Quarante milligrammes. Ce n'est pas le dosage le plus fort, mais c'est quand même fort. Il n'en reste plus que trois. Je suppose que nous ne pratiquerons pas d'autopsie… »

Tu supposes bien, se dit Stackhouse.

« … mais au cas où, je pense qu'on découvrirait qu'elle a avalé presque tous les comprimés avant de se passer la corde au cou.

— Ce qui aurait suffi à la tuer, de toute façon, ajouta Evans. Cette femme ne devait pas peser plus de cinquante kilos. Il est évident que cette sciatique n'était pas son principal problème, quoi qu'elle ait pu dire. Elle n'aurait pas pu continuer très longtemps à exercer son travail, et donc…

— Elle a décidé d'en finir », conclut Hendricks.

Stackhouse contemplait le message sur le mur.

« "L'enfer attend", lut-il, songeur. Étant donné ce qu'on fait ici, certains pourraient penser que c'est une affirmation sensée. »

Peu portée sur la vulgarité de manière générale, Mme Sigsby lâcha : « Ne dites pas de conneries. »

Stackhouse haussa les épaules. Son crâne chauve luisait dans l'éclairage de la salle de bains comme si on l'avait frotté à la cire.

« Pour des personnes extérieures, je voulais dire, qui ne connaissent pas la réalité des choses. Mais peu importe. On a affaire à un cas assez simple : une femme malade en phase terminale choisit de tirer sa révérence. » Il montra le mur de la douche. « Après avoir proclamé sa culpabilité. Et la nôtre. »

Oui, ça se tenait, mais Mme Sigsby n'aimait pas ça. Le dernier message qu'Alvorson avait adressé au monde exprimait peut-être un sentiment de culpabilité, mais il y avait un parfum de triomphe dans cette affirmation.

« Elle a pris une semaine de congé récemment », confia l'agent d'entretien.

Mme Sigsby avait oublié sa présence. Quelqu'un aurait dû le congédier. *Elle* aurait dû le congédier.

« Elle est rentrée chez elle dans le Vermont. C'est sûrement là-bas qu'elle a eu ces médocs.

— Merci, Sherlock, dit Stackhouse. Vous n'avez pas un couloir à laver ?

— Et profitez-en pour nettoyer les protections des caméras, ordonna Mme Sigsby. J'ai déjà demandé que ce soit fait la semaine dernière. Je ne le répéterai pas.

— Oui, madame.

— Pas un mot sur tout ça, Clark.

— Non, madame. Bien sûr que non.

— Crémation ? proposa Stackhouse après le départ de l'agent d'entretien.

— Oui. Des intendants la transporteront jusqu'à l'ascenseur pendant que les pensionnaires déjeunent. C'est-à-dire… » Mme Sigsby consulta sa montre. « … dans moins d'une heure.

— Un problème ? interrogea le responsable de la sécurité. À part transporter le corps en douce, je veux dire. Je vous demande ça parce qu'on dirait qu'il y a un problème. »

La directrice regarda encore une fois les mots inscrits au rouge à lèvres sur le carrelage, puis le visage noirci de la morte, sa langue pendante. Tournant le dos à cette grimace morbide, elle s'adressa aux deux médecins :

« Je vais vous demander de sortir. Je dois m'entretenir avec M. Stackhouse en privé. »

Hendricks et Evans échangèrent un regard, puis s'en allèrent.

4

« C'était votre indic. C'est ça, votre problème ?

— *Notre* indic, Trevor. Mais oui, c'est ça le problème. Ou ça pourrait l'être. »

Un an plus tôt – non, presque un an et demi plus tôt, il y avait encore de la neige sur le sol –, Maureen Alvorson avait sollicité un rendez-vous avec Mme Sigsby et réclamé un travail qui pourrait lui procurer un revenu supplémentaire. La directrice, qui nourrissait un projet depuis plusieurs mois sans trop savoir comment le concrétiser, avait alors demandé à Alvorson si elle verrait un inconvénient à transmettre les informations glanées auprès des enfants. Alvorson avait accepté, faisant même preuve d'une certaine fourberie en proposant cette histoire de prétendues zones mortes où les micros fonctionnaient mal, ou pas du tout.

Stackhouse sembla dubitatif.

« Ses renseignements dépassaient rarement le niveau du ragot. Tel garçon avait passé la nuit avec telle fille, untel avait écrit TONY EST UN CONNARD sur une table du réfectoire, ce genre de choses. » Après un court silence, il ajouta : « Mais ces mouchardages ont peut-être accentué son sentiment de culpabilité.

— Elle était mariée, dit Mme Sigsby, mais vous remarquerez qu'elle ne porte plus son alliance. Que sait-on de sa vie dans le Vermont ?

— De mémoire, ça ne me revient pas, mais ce sera dans son dossier. Je me ferai un plaisir de regarder. »

Mme Sigsby s'aperçut qu'elle-même savait peu de choses sur Maureen Alvorson. Elle savait qu'elle était mariée car elle avait vu son alliance. Qu'elle était retraitée de l'armée, comme beaucoup d'employés de l'Institut. Elle savait qu'Alvorson venait du Vermont. Mais c'était presque tout. Comment cela se pouvait-il, alors qu'elle avait engagé cette femme pour espionner les pensionnaires ? Cela n'avait peut-être plus d'importance, maintenant qu'elle était morte, mais cela amena Mme Sigsby à s'interroger. Au sujet du talkie-walkie qu'elle avait laissé dans son bureau, persuadée que Clark s'affolait sans raison. Mais aussi des caméras poussiéreuses, des ordinateurs trop lents, du personnel en sous-effectif et incompétent qui les utilisait, du gaspillage de nourriture au réfectoire, des souris qui grignotaient les fils électriques et des rapports de surveillance bâclés, surtout ceux de l'équipe de nuit, de vingt-trois heures à sept heures, quand les pensionnaires dormaient.

Elle s'interrogea alors sur la notion de négligence.

« Julia ? Je disais que…

— J'ai entendu. Je ne suis pas sourde. Qui est de garde à cette heure-ci ?

Stackhouse consulta sa montre.

« Personne, probablement. C'est le milieu de la journée. Les gamins sont dans leurs chambres, ou bien ils font leurs trucs de gamins. »

C'est ce que vous supposez, songea-t-elle. Et quelle est la mère de la négligence, sinon le goût des suppositions ? L'Institut fonctionne depuis plus de soixante ans, beaucoup plus même, et il n'y a jamais eu une seule fuite. Jamais une seule raison (sous sa direction, du moins) d'utiliser le téléphone spécial, celui qu'ils appelaient le Téléphone Zéro, pour autre chose que de banales mises au point. Bref, ils avaient toujours tout réglé en interne.

Évidemment, des rumeurs circulaient en ville. La plus répandue parmi les habitants de Bend étant que ces installations dans les bois cachaient une base de missiles nucléaires. Ou alors, il s'agissait d'armes bactériologiques et chimiques. Autre rumeur, plus proche de la vérité : c'était un centre expérimental du gouvernement. Les rumeurs n'étaient pas une source d'inquiétude. Elles généraient elles-mêmes la désinformation.

Tout va bien, se dit-elle. Tout est en ordre. Le suicide d'une femme de ménage rongée par la maladie n'est qu'un obstacle mineur sur la route. Néanmoins, c'était le signe annonciateur de… parler de *problèmes* aurait été excessif, mais de soucis plus importants, assurément. Dont elle était en partie responsable. Dans les premiers temps de sa prise de fonction, jamais la poussière ne se serait accumulée sur les globes des caméras de surveillance, jamais elle n'aurait quitté son bureau sans son talkie-walkie. En ce temps-là, elle aurait été mieux renseignée sur la femme qu'elle payait pour moucharder les pensionnaires.

Elle songea à la notion d'entropie. La tendance à se la couler douce quand tout allait bien.

À supposer que ça aille bien.

« Madame Sigsby ? Julia ? Avez-vous des ordres à me donner ? »

Elle revint dans l'instant présent.

« Oui. Je veux tout savoir sur elle, et s'il n'y a personne dans la salle de surveillance, envoyez quelqu'un sur-le-champ. Jerry, par exemple. »

Jerry Symonds était un de leurs informaticiens, le meilleur dont ils disposaient quand il s'agissait de cajoler le matériel obsolète.

« Jerry est en congé, dit Stackhouse. Il pêche à Nassau.

— Andy, dans ce cas. »

Stackhouse secoua la tête.

« Fellowes est au village. Je l'ai vu sortir de l'économat.

— Il devrait être ici, bon sang. Zeke, alors. Zeke le Grec. Il s'est déjà occupé de la surveillance, non ?

— Je crois. »

Et voilà. C'était toujours pareil. Le flou. Des *suppositions*.

Des caméras poussiéreuses. Des plinthes sales. Des bavardages imprudents au Niveau B. La salle de surveillance désertée.

Spontanément, Mme Sigsby décréta que d'importants changements devaient survenir, avant que les feuilles des arbres changent de couleur et commencent à tomber. Le suicide d'Alvorson servirait au moins d'électrochoc. Elle n'aimait pas parler à l'homme qui se trouvait à l'autre bout du Téléphone Zéro ; elle était toujours parcourue d'un petit frisson quand elle entendait son léger zézaiement (il l'appelait *Zigzby*), mais il fallait le faire. Un rapport écrit ne suffirait pas. Ils possédaient des collaborateurs dans tout le pays. Un jet privé. Le personnel était bien payé et bénéficiait d'un tas d'avantages sociaux. Malgré cela, l'Institut ressemblait de plus en plus à une solderie dans un centre commercial au bord de la faillite. C'était insensé. Il fallait que certaines choses changent. Et elles allaient changer.

« Demandez à Zeke de vérifier tous les traceurs de nos pensionnaires, assurons-nous que tout le monde est présent à l'appel. Je m'intéresse particulièrement à Luke Ellis et à Avery Dixon. Alvorson parlait souvent avec eux.

— On sait de quoi ils parlaient, et ça ne va pas chercher loin.

— Faites ce que je vous demande.

— Avec plaisir. En attendant, détendez-vous. » Il montra le cadavre au visage noirci et à la langue pendante. « Et prenez du recul. C'était une femme malade qui voyait arriver la fin et a décidé de prendre les devants.

— Vérifiez que tous les pensionnaires sont là, Trevor. S'ils sont à leur place – heureux ou pas –, *alors*, je me détendrai. »

Elle savait bien que non. Il y avait déjà eu trop de relâchement.

5

De retour dans son bureau, elle annonça à Rosalind qu'elle ne souhaitait pas être dérangée, sauf s'il s'agissait de Stackhouse ou de Zeke Ionidis, occupé à effectuer une mission de contrôle au Niveau D. Assise dans son fauteuil, elle contempla le fond d'écran de son ordinateur. Il représentait une plage de sable blanc à Siesta Key où, disait-elle aux gens, elle voulait prendre sa retraite. Elle avait renoncé à essayer de s'en convaincre elle-même. En vérité, Mme Sigsby s'attendait à mourir ici, au milieu des bois, peut-être dans sa petite maison au village, mais plus vraisemblablement derrière ce bureau. Deux de ses écrivains préférés, Thomas Hardy et Rudyard Kipling, étaient morts à leur table de travail. Pourquoi pas elle ? L'Institut était devenu sa vie, et ça lui convenait très bien.

La plupart des employés partageaient ce point de vue. Ils avaient été soldats ou agents de sécurité dans des sociétés qui ne rigolaient pas, du style Blackwater et Tomahawk Global. Denny Williams et Michelle Robertson, de l'équipe Rouge Rubis, avaient appartenu au FBI. Et si l'Institut n'était pas toute leur vie quand ils avaient été recrutés, il l'était devenu. Non pas en raison de la paie. Ni des avantages sociaux ou de la pension de retraite. C'était dû, en partie, à une façon de vivre qui leur était aussi familière que le sommeil. L'Institut ressemblait à une petite base militaire ; il y avait même au village un économat où ils pouvaient acheter un large éventail de produits à bas prix, et une pompe à essence pour leurs voitures et leurs pick-up : 90 *cents* le gallon pour de l'ordinaire, 1,5 dollar pour du super. Mme Sigsby avait vécu quelque temps sur la base aérienne de Ramstein en Allemagne, et la ville de Dennison River Bend lui rappelait – toutes proportions gardées – Kaiserslautern où, avec quelques amis, ils allaient parfois évacuer la pression. Il y avait tout à Ramstein, y compris deux salles de cinéma, un restaurant Johnny Rockets, mais parfois, vous aviez besoin de prendre l'air. *Idem* ici.

Mais ils reviennent toujours, pensait-elle en regardant la plage de sable blanc sur laquelle elle se rendait parfois, mais où elle ne vivrait jamais. Ils reviennent toujours, et même si certaines choses ici se sont dégradées, ils ne parlent pas. C'est le seul domaine dans lequel ils ne sont pas négligents. Car si les gens apprenaient ce qu'on fait, qu'on a détruit des centaines d'enfants, on serait tous jugés et exécutés. On aurait droit à une piqûre comme Timothy McVeigh.

C'était le mauvais côté de la chose. Le bon côté était l'évidence même : la totalité des employés, depuis le Dr Dan Hendricks, alias Donkey Kong, souvent horripilant mais assurément compétent, et les Drs Heckle et Jeckle à l'Arrière, jusqu'au simple agent d'entretien, comprenaient que le sort du monde était entre leurs mains, comme il avait été entre les mains de ceux qui les avaient précédés. Il ne s'agissait pas uniquement de la survie de l'espèce humaine, mais de la survie de la planète. Ils comprenaient qu'il n'y avait aucune limite à ce qu'ils pouvaient faire, et à ce qu'ils feraient pour atteindre ces objectifs. Toute personne capable d'appréhender le travail de l'Institut ne pouvait pas y voir une entreprise monstrueuse.

La vie ici était agréable, relativement agréable en tout cas, particulièrement pour des hommes et des femmes qui avaient bouffé du sable au Moyen-Orient et vu des camarades soldats étendus dans des villages pourris, les jambes arrachées ou les tripes à l'air. Vous aviez des congés, vous pouviez rentrer chez vous et passer du temps en famille, si vous en aviez une (beaucoup d'employés de l'Institut n'en avaient pas). Évidemment, vous ne pouviez pas parler à vos proches de ce que vous faisiez et, au bout d'un moment, votre femme, votre mari, vos enfants comprenaient que c'était un travail qui comptait plus qu'eux. Car il vous accaparait. Votre vie devenait, par ordre décroissant, l'Institut, le village, la ville de Dennison River Bend avec ses trois bars, dont un qui accueillait des groupes de musique country. Et une fois que vous en aviez pris conscience, très souvent, vous oubliiez votre alliance, comme l'avait fait Alvorson.

Mme Sigsby ouvrit le tiroir du bas de son bureau, fermé à clé, et en sortit un téléphone semblable à ceux qu'utilisaient les équipes d'extraction : massif, monolithique : un réfugié venant d'une époque où les cassettes avaient cédé la place aux CD et où les téléphones portables faisaient leur apparition dans les boutiques spécialisées. On le surnommait parfois le Téléphone Vert à cause de sa couleur, mais plus souvent le Téléphone Zéro car il n'y avait ni écran ni touches, uniquement trois petits cercles blancs.

J'appellerai, se dit-elle. Peut-être applaudiront-ils à ma présence d'esprit et me féliciteront-ils pour mon initiative. Ou alors, ils estimeront que je m'inquiète sans raison et qu'il est temps de songer à me remplacer. Quoi qu'il en soit, il faut le faire. Le devoir me l'ordonne. J'aurais dû appeler plus tôt.

« Mais pas aujourd'hui », murmura-t-elle.

Non, pas aujourd'hui, alors qu'il faut s'occuper d'Alvorson (autrement dit, s'en débarrasser). Peut-être pas demain, ni cette semaine. Ce qu'elle envisageait de faire n'était pas rien. Elle devrait prendre des notes pour que, le jour où elle appellerait, elle soit aussi au point que possible. Si elle avait réellement l'intention d'utiliser le Zéro, il était impératif qu'elle soit prête à répondre de manière concise lorsque l'homme au bout du fil dirait : *Bonjour, mizziz Zigzby, z'est à quel suzet ?*

Ce n'est pas de la procrastination, se dit-elle. Rien à voir. Je ne souhaite pas nécessairement causer des ennuis à quiconque, mais…

Son interphone émit un léger bourdonnement.

« J'ai Zeke au téléphone, madame Sigsby. Ligne 3. »

Elle décrocha.

« Eh bien, Ionidis ?

— Aucun absent. Vingt-huit traceurs à l'Arrière. À l'Avant, on a deux gamins dans l'espace détente, six sur le terrain de jeux et cinq dans leurs chambres.

— Parfait. Merci beaucoup.

— De rien, madame. »

Mme Sigsby se leva de son fauteuil en se sentant un peu mieux, sans qu'elle puisse expliquer pourquoi. Naturellement que tous les pensionnaires étaient là. Que croyait-elle ? Que certains avaient fichu le camp à Disney World ?

Bien, passons à la corvée suivante.

6

Une fois que tous les pensionnaires eurent rejoint le réfectoire, Fred Clark poussa un chariot emprunté aux cuisines jusqu'à la porte de la chambre dans laquelle Maureen Alvorson avait mis fin à ses jours. Avec Stackhouse, ils enveloppèrent le corps dans une bâche verte et le transportèrent au bout du couloir en pressant le pas. De loin leur parvenaient les bruits des animaux à la curée, mais ici, tout était désert, à l'exception d'un ours en peluche abandonné devant un ascenseur. Il contemplait le plafond de ses petits yeux ronds vitreux. Fred l'envoya valdinguer d'un coup de pied nerveux.

Stackhouse le regarda d'un air de reproche.

« Faut pas faire ça, mon vieux. C'est un doudou.

— Je m'en fous. Ils laissent traîner leurs saloperies partout et c'est nous qu'on doit les ramasser. »

Quand la porte de l'ascenseur s'ouvrit, Fred voulut pousser le chariot à l'intérieur, mais Stackhouse l'écarta sans ménagement.

« On n'a plus besoin de vos services à partir d'ici. Ramassez cet ours en peluche et allez le déposer dans l'espace détente ou au réfectoire pour que son ou sa propriétaire le retrouve en sortant. Et commencez à nettoyer ces putains de globes. »

Il montra une des caméras de surveillance au plafond, poussa le chariot dans l'ascenseur et présenta sa carte devant le lecteur.

Fred attendit que la porte se referme pour lui adresser un doigt d'honneur. Mais les ordres, c'étaient les ordres, et il s'attaquerait au nettoyage des globes. Plus tard.

7

Mme Sigsby attendait Stackhouse au Niveau F. Il y faisait froid et elle avait enfilé un pull par-dessus sa veste de tailleur. Elle l'accueillit par un hochement de tête. Stackhouse répondit de la même manière et poussa le chariot dans le tunnel qui reliait l'Avant à l'Arrière. Parfaite incarnation de l'adjectif « utilitaire » avec son sol en béton, ses parois incurvées et carrelées et ses barres de néons au plafond. Dont certaines bégayaient, ce qui donnait à ce souterrain un parfum de film d'horreur. D'autres étaient carrément mortes. Quelqu'un avait appliqué un autocollant des New England Patriots sur un mur.

Encore et toujours la négligence, pensa-t-elle. Le laisser-aller.

Sur la porte de l'Arrière, à l'extrémité du passage, une pancarte indiquait : ACCÈS INTERDIT AU PERSONNEL NON AUTORISÉ. Mme Sigsby se servit de sa carte magnétique pour l'ouvrir. Derrière, un petit hall abritait un ascenseur.

Une brève montée les conduisit dans un salon à peine plus engageant que le tunnel qu'ils avaient emprunté pour atteindre l'Arrière. Heckle – le Dr Everett Hallas de son vrai nom – les attendait. Il arborait un grand sourire et ne cessait de tripoter le coin de sa bouche. Mme Sigsby repensa au jeune Dixon et à sa manie de se pincer le nez. Mais Dixon était encore un enfant, et Hallas un quinquagénaire. Travailler à l'Arrière laissait des séquelles, on avait l'impression d'évoluer dans un environnement pollué par un faible taux de radiations.

« *Bonjour*, madame Sigsby ! *Bonjour*, chef de la sécurité Stackhouse ! Quelle joie de vous accueillir ! Nous devrions nous voir plus souvent ! Même si, forcément, je regrette les circonstances qui vous amènent ici aujourd'hui. »

Il se pencha au-dessus du chariot pour tapoter la bâche qui enveloppait le cadavre de Maureen Alvorson. Puis il porta la main à la commissure de sa bouche, comme s'il palpait un bouton de fièvre qu'il était le seul à sentir et à voir.

« Dans la fleur de l'âge, etc., etc.

— Il faut faire vite », dit Stackhouse.

Ce qui signifiait, supposa Mme Sigsby : Je veux foutre le camp d'ici. Elle partageait cet avis. Car c'était à l'Arrière que le véritable travail était effectué, et même si les Drs Heckle et Jeckle (de son vrai nom Joanne James) méritaient le titre de héros, ce n'était jamais agréable de visiter ce lieu. Elle se sentait déjà pénétrée par l'atmosphère qui y régnait, comme si elle se trouvait à l'intérieur d'un champ électrique.

« Oui, bien sûr, dit Heckle. C'est un travail sans fin, aux rouages secrets, les petites puces mordent les grosses. Je connais bien ça. Suivez-moi. »

Ils quittèrent le salon avec ses fauteuils hideux, son canapé qui l'était tout autant et son téléviseur à écran vieillot pour pénétrer dans un couloir à l'épaisse moquette bleue : à l'Arrière, les enfants chutaient parfois et cognaient leurs précieuses petites têtes. Les roues du chariot laissaient des sillons dans les fibres. Ce couloir ressemblait fortement à ceux de la résidence de l'Avant, à l'exception des serrures sur les portes, toutes fermées. À travers l'une d'elles, Mme Sigsby entendit des bruits de coups et des cris étouffés : « Laissez-moi sortir ! », « Donnez-moi un putain de cachet d'aspirine au moins ! »

« Iris Stanhope, dit Heckle. Elle ne se sent pas dans son assiette, hélas. En revanche, plusieurs de nos nouveaux arrivants se portent remarquablement bien. Ce soir, on passe un film. Et demain : feu d'artifice. »

Il gloussa en touchant le coin de sa bouche et Mme Sigsby songea – c'était grotesque – à Shirley Temple.

Elle vérifia qu'elle n'était pas décoiffée. Non, évidemment. Ce qu'elle ressentait – ce bourdonnement sourd sur sa peau nue, l'impression que ses yeux vibraient à l'intérieur de leurs orbites –, ce n'était pas de l'électricité.

Ils passèrent devant la salle de projection, avec sa dizaine de sièges confortables. Au premier rang étaient assis Kalisha Benson, Nick Wilholm et George Iles. Ils portaient leurs maillots de corps rouge et bleu. Benson tétait une cigarette en sucre, Wilholm en fumait une vraie, un nuage de fumée grise flottait autour de sa tête. Iles se massait doucement les tempes. Benson et Iles se retournèrent pour les regarder passer avec leur chargement ; Wilholm, lui, garda les yeux fixés sur l'écran vide. Ce petit frimeur avait perdu une bonne part de son énergie, constata Mme Sigsby avec satisfaction.

La cafétéria se trouvait après la salle de projection, de l'autre côté du couloir. Elle était beaucoup plus petite que le réfectoire de l'Avant. Même s'il y avait toujours plus d'enfants ici. Car plus ils restaient à l'Arrière, moins ils mangeaient. Un diplômé en littérature parlerait sans doute d'ironie, songea Mme Sigsby. Trois enfants s'y trouvaient. Deux d'entre eux engloutissaient bruyamment ce qui ressemblait à du porridge, tandis que le troisième, une fille d'une douzaine d'années, restait assise devant son bol sans y toucher. Quand la gamine les vit passer avec le chariot, son visage s'illumina.

« Salut ! Qu'est-ce que vous transportez ? C'est un cadavre, hein ? Elle s'appelait pas Morris ? Drôle de nom pour une fille. À moins que ça soit Morin. Je peux la voir ? Elle a les yeux ouverts ?

— C'est Donna, précisa Heckle. Ne faites pas attention à elle. Elle va assister à la projection de ce soir, mais je pense qu'ils vont bientôt la transférer. Dans le courant de la semaine peut-être. Vers de plus verts pâturages, etc., etc. Vous voyez, quoi. »

Mme Sigsby voyait très bien. Il y avait l'Avant, il y avait l'Arrière… et il y avait l'Arrière de l'Arrière. Le terminus. Elle porta la main à ses cheveux encore une fois. Ils étaient toujours en place. Bien sûr. Elle pensa au tricycle qu'elle avait eu quand elle était petite, au jet d'urine chaude dans sa culotte pendant qu'elle dévalait l'allée ; elle pensa à des lacets cassés. À sa première voiture, à…

« C'était une Valium ! » s'écria la fille prénommée Donna. Elle se leva d'un bond, renversant sa chaise. Les deux autres enfants la regardèrent d'un air morne, du porridge dégoulinait sur leur menton. « Une Plymouth Valium, je le sais ! Oh, bon sang, je veux rentrer *chez moi* ! Oh, Seigneur, *ma tête* ! »

Deux intendants en uniforme rouge surgirent de… Mme Sigsby ne savait pas d'où. Et elle s'en fichait. Ils saisirent la fille par les bras.

« Ramenez-la dans sa chambre, ordonna Heckle. Mais pas de pilules. On a besoin d'elle ce soir. »

Donna Gibson, qui avait partagé autrefois des secrets de filles avec Kalisha quand elles étaient encore toutes les deux à l'Avant, se mit à hurler et à se débattre. Les deux intendants l'entraînèrent. Les pointes de ses baskets raclaient la moquette. Les pensées éparses qui occupaient l'esprit de Mme Sigsby s'atténuèrent, puis disparurent. Mais le bourdonnement sur sa peau, et même dans les plombages de ses dents, persista. Il était constant à cet endroit, comme le bourdonnement des néons dans le couloir.

« Tout va bien ? interrogea Stackhouse.

— Oui. »

Faites-moi sortir d'ici, c'est tout.

« Je ressens la même chose. Si ça peut vous rassurer. »

Non.

« Trevor, pouvez-vous m'expliquer pourquoi des corps destinés au crématorium doivent passer devant ces enfants ?

— Il y a des tonnes de haricots à Haricotville, répondit Stackhouse.

— Hein ? Qu'avez-vous dit ? »

Stackhouse secoua la tête, comme pour mettre de l'ordre dans ses pensées.

« Désolé. Ça m'est venu comme ça…

— Oui, dit le Dr Hallas. Aujourd'hui, il y a dans l'atmosphère beaucoup de… *transmissions en liberté*, dirons-nous.

— Je sais d'où ça venait, dit Stackhouse. Il fallait que ça sorte, voilà tout. J'avais l'impression de…

— D'étouffer avec de la nourriture, dit le Dr Hallas, d'un ton détaché. Pour répondre à votre question, madame Sigsby… *nul ne le sait.* »

Il tripota le coin de sa bouche.

Sortez-moi d'ici, pensa-t-elle.

« Où est le Dr James ?

— Dans ses appartements. Elle ne se sent pas au top aujourd'hui, malheureusement. Mais elle vous salue. Elle espère que vous allez bien, que vous êtes en pleine forme, que vous pétez le feu, etc., etc. »

Il sourit et refit sa mimique à la Shirley Temple. *Ne suis-je pas mignonne ?*

8

Dans la salle de projection, Kalisha prit la cigarette sans filtre que Nicky coinçait entre ses doigts, aspira une dernière bouffée, la laissa tomber par terre et l'écrasa avec son pied. Elle passa son bras autour des épaules du garçon.

« Ça va pas ?

— J'ai connu pire.

— Le film te fera du bien.

— Ouais. Mais il y a toujours le lendemain. Maintenant, je comprends pourquoi mon père tirait toujours la tronche quand il avait la gueule de bois. Et toi, Sha ?

— Ça peut aller. »

Effectivement. Juste un léger élancement au-dessus de l'œil gauche. Ce soir, il aurait disparu. Mais demain, il serait de retour, beaucoup moins léger. Demain, comparées à cette douleur, les gueules de bois du père de Nicky (et aussi de ses propres parents, à l'occasion) ressembleraient à des parties de plaisir : un martèlement sourd régulier, comme si un elfe démoniaque enfermé à l'intérieur de son crâne frappait contre les parois pour essayer de s'échapper. Néanmoins, elle savait que ça pouvait être bien plus terrible. Les migraines de Nicky étaient pires, celles d'Iris pires encore, et la douleur mettait de plus en plus de temps à disparaître.

George était le plus chanceux : en dépit de son TK élevé, il n'avait ressenti quasiment aucune douleur jusqu'à présent. Juste au niveau des tempes et à l'arrière de la tête, disait-il. Mais ça allait empirer. Ça empirait toujours, jusqu'à ce que tout soit enfin terminé. Et ensuite ? Pavillon A. Le bourdonnement. Le ronronnement. L'Arrière de l'Arrière. Kalisha n'attendait pas ce moment avec impatience, pas encore ; l'idée d'être rayée de la carte en tant que personne continuait à l'horrifier, mais ça changerait. Pour Iris, c'était déjà le cas. La plupart du temps, elle ressemblait à un zombie dans *The Walking Dead*. Helen Simms avait assez bien résumé les sentiments de Kalisha vis-à-vis du Pavillon A en affirmant que tout était préférable aux Lumières de Stasi et à une migraine qui hurlait en permanence.

Penché en avant, George l'observa derrière Nick, avec des yeux brillants encore relativement épargnés par la douleur.

« Il a réussi à sortir, murmura-t-il. Concentre-toi sur ça. Et tiens bon.

— On réussira aussi, déclara Kalisha. Pas vrai, Nick ?

— On va essayer », répondit Nick, et il parvint à esquisser un sourire. Même si l'idée qu'un type aussi nul au basket que Lukey Ellis puisse rameuter la cavalerie avait de quoi faire sourire.

« Il est peut-être nul au basket, mais il est bon aux échecs, rétorqua George. On peut compter sur lui. »

Un des intendants en blouse et pantalon rouges entra par une des portes de la salle de projection. Si à l'Avant les intendants portaient des badges avec leurs noms, ce n'était pas le cas à l'Arrière. Ici, ils étaient interchangeables. Il n'y avait pas de techniciens, par ailleurs, uniquement les deux médecins à demeure, rejoints parfois par le Dr Hendricks. Heckle, Jeckle et Donkey Kong. Le Trio Redoutable.

« Fin du temps libre. Si vous ne voulez pas aller manger, retournez dans vos chambres. »

Le Nicky d'autrefois aurait peut-être dit à cet abruti bodybuildé d'aller se faire foutre. Le nouveau Nicky se leva, tituba et dut prendre appui sur le dossier d'un siège. Kalisha souffrait de le voir dans cet état. Ce qu'on lui avait pris était, à certains égards, pire qu'un meurtre. À de nombreux égards.

« Venez, dit-il. On y va ensemble. D'accord, George ?

— Bah, je pensais assister à une projection de *Jersey Boys*, dit-il, mais puisque tu insistes. »

C'est nous les trois mousquetaires à la masse, pensa Kalisha.

Dans le couloir, le bourdonnement était beaucoup plus fort. Oui, elle savait que Luke s'était enfui,

Avery le lui avait dit, et c'était super. Ces connards imbus d'eux-mêmes n'avaient pas encore remarqué sa disparition, et ça c'était encore plus super. Hélas, les migraines décourageaient l'espoir. Car même quand elles se calmaient, vous viviez dans l'angoisse de leur retour, ce qui constituait une sorte d'enfer d'un genre très spécial. Et le bourdonnement qui provenait du Pavillon A rendait tout espoir superflu. C'était horrible. Jamais elle ne s'était sentie si seule, si acculée.

Mais je dois tenir bon aussi longtemps que possible, se dit-elle. Peu importe ce qu'ils nous font avec ces lumières et ces foutus films, il faut que je tienne bon. Il faut que je m'accroche à mon esprit.

Ils avancèrent lentement dans le couloir, sous la surveillance des intendants, non pas comme des enfants mais comme des invalides. Ou des personnes âgées qui tuent le temps durant leurs dernières semaines dans un hospice peu accueillant.

9

Conduits par le Dr Everett Hallas, Mme Sigsby et Stackhouse passèrent devant l'entrée du Pavillon A. Stackhouse poussait le chariot. Aucun cri ne leur parvenait de derrière la porte close, mais pour la directrice, la sensation d'évoluer dans un champ électrique était encore plus forte : il courait à la surface de sa peau comme les pattes d'une souris invisible. Le chef de la sécurité le sentait lui aussi et la main qui ne lui servait pas à pousser le cercueil improvisé de Maureen Alvorson massait son crâne lisse.

« J'ai toujours l'impression de sentir des toiles d'araignée », dit-il. Puis, s'adressant à Heckle : « Vous ne sentez rien ?

— Je suis habitué, répondit le médecin, et il toucha le coin de sa bouche. C'est un processus d'assimilation. » Il s'arrêta. « Non, ce n'est pas le bon mot. Je devrais dire *acclimatation.* Ou bien *accoutumance* ? L'un où l'autre. »

Mme Sigsby fut saisie d'une curiosité presque saugrenue.

« Docteur Hallas, quelle est votre date d'anniversaire ? Vous vous en souvenez ?

— Le 9 septembre. Et je sais ce que vous pensez. » Il regarda par-dessus son épaule la porte à double battant portant la mention Pavillon A en rouge, puis la directrice. « Je me sens aussi bien que possible.

— Le 9 septembre. Donc, vous êtes… Balance, c'est bien ça ?

— Verseau », rectifia Heckle, d'un air espiègle qui semblait dire : *Vous ne m'aurez pas si facilement, chère madame.* « Quand la lune est dans la Maison Sept et Mercure aligné avec Mars. Etc. Etc. Baissez la tête, monsieur Stackhouse, c'est bas de plafond à cet endroit. »

Ils empruntèrent un petit couloir mal éclairé et descendirent une volée de marches, Stackhouse retenant le chariot devant pendant que Mme Sigsby le guidait derrière, et atteignirent une autre porte fermée. Heckle se servit de sa carte magnétique et ils pénétrèrent dans une salle circulaire où régnait une chaleur désagréable. Il n'y avait aucun meuble. Juste un écriteau encadré, sur un des murs : **SOUVENEZ-VOUS QUE C'ÉTAIENT DES HÉROS**. Sous un verre plein de taches. Au bout de la salle, à mi-hauteur d'un mur en ciment brut, il y avait une trappe en acier qui évoquait une chambre froide. Sur la gauche, se trouvait un petit écran, noir pour le moment. Et à droite, deux boutons : un rouge et un vert.

À l'intérieur de cette salle, les pensées éparses et les fragments de souvenirs qui avaient troublé Mme Sigsby disparurent et la migraine fugitive qui était venue rôder autour de ses tempes s'atténua. C'était un soulagement : néanmoins, elle avait hâte de se retrouver dehors. Elle se rendait rarement à l'Arrière, sa présence n'étant pas indispensable. Le général à la tête d'une armée n'avait pas besoin de se rendre sur la ligne de front si les combats se passaient bien. Et même si elle se sentait un peu mieux, l'atmosphère de cette pièce ronde et nue demeurait insupportable.

Hallas semblait aller mieux lui aussi ; Heckle était redevenu l'homme qui avait été médecin dans l'armée pendant vingt-cinq ans et avait été décoré de la Bronze Star. Son dos s'était redressé et il ne touchait plus en permanence le côté de sa bouche. Son regard était clair, ses questions concises.

« Elle porte des bijoux ?

— Non, répondit la directrice en songeant à l'alliance manquante d'Alvorson.

— Puis-je supposer qu'elle est habillée ?

— Évidemment. »

Elle était choquée par cette question.

« Avez-vous examiné le contenu de ses poches ? »

Elle se tourna vers Stackhouse. Qui secoua la tête.

« Souhaitez-vous le faire ? Après, il sera trop tard. »

Mme Sigsby réfléchit et déclina la proposition. Alvorson avait laissé un mot sur le mur de la salle de bains et son sac à main devait se trouver dans son casier. Il faudrait s'en assurer, par acquit de conscience, mais elle refusait de déballer le cadavre de la femme de ménage et de dévoiler cette langue pendante, indécente, pour trouver un tube de baume à lèvres, un tube de comprimés pour les brulûres d'estomac et des mouchoirs en papier usagés.

« Personnellement, non. Et vous, Trevor ? »

Stackhouse secoua de nouveau la tête. Lui qui était bronzé toute l'année semblait pâle sous son hâle. La traversée de l'Arrière avait laissé des traces sur lui aussi. Peut-être que nous devrions le faire plus souvent, pensa-t-elle. Pour garder le contact avec le processus. Puis elle songea au Dr Hallas qui affirmait être Verseau et à Stackhouse qui déclarait qu'il existait des tonnes de haricots à Haricotville. Et elle songea que ce n'était pas une bonne idée de rester en contact avec le processus. D'ailleurs, né un 9 septembre, Hallas était-il réellement Balance ? N'était-il pas Vierge, plutôt ?

« Allons-y, dit-elle.

— C'*est parti* », répondit le Dr Hallas avec un large sourire très Heckle.

D'un geste brusque, il saisit la poignée de la porte en acier et l'ouvrit. Sur les ténèbres et une odeur de viande cuite. Un tapis roulant noir de suie plongeait dans l'obscurité.

Cette porte a besoin d'être nettoyée, songea Mme Sigsby. Et ce tapis devrait être récuré avant qu'il se coince et se brise. Toujours la négligence.

« J'espère que vous n'avez pas besoin d'aide pour la soulever, dit Heckle sans se départir de son sourire d'animateur de jeu télévisé. Je me sens un peu faible aujourd'hui. Je n'ai pas mangé mes céréales ce matin. »

Stackhouse souleva le corps enveloppé et le déposa sur le tapis roulant. Le bas de la bâche s'ouvrit, laissant apparaître une chaussure. Mme Sigsby réprima l'envie de détourner la tête pour ne pas voir la semelle usée.

« Des dernières paroles ? demanda Hallas. Un adieu solennel ? Du style : *On se connaissait à peine*.

— Ne soyez pas idiot », dit Mme Sigsby.

Le Dr Hallas referma la porte en acier et appuya sur le bouton vert. Mme Sigsby entendit le tapis roulant crasseux se mettre en mouvement, lentement, en grinçant. Quand le bruit s'arrêta, Hallas appuya sur le bouton rouge. Un chiffre apparut sur l'écran. Il passa rapidement de 90 à 200 à 400 puis à 900 pour atteindre finalement 1800.

« Beaucoup plus chaud qu'un four crématoire moyen, commenta Hallas. Et beaucoup plus rapide. Malgré tout, ça prend un peu de temps. Vous pouvez attendre, je serais ravi de vous faire faire le grand tour. »

Toujours ce grand sourire.

« Pas aujourd'hui, répondit Mme Sigsby. J'ai trop de travail.

— Je m'en doutais. Une autre fois, peut-être ? Nous vous voyons si rarement. Et nous sommes ouverts en permanence. »

10

Alors que Maureen Alvorson entamait son ultime plongeon, Stevie Whipple mangeait un cheeseburger au réfectoire de l'Avant. Avery Dixon agrippa son bras potelé, constellé de taches de rousseur.

« Suis-moi sur le terrain de jeux.

— J'ai pas fini de manger.

— Je m'en fous. » Avery baissa d'un ton : « C'est important. »

Stevie prit une dernière bouchée, énorme, essuya sa bouche avec le dos de sa main et suivit Avery. L'endroit était désert, à l'exception de Frieda Brown, assise sur le bitume qui entourait le panneau de basket, occupée à dessiner des personnages à la craie. Plutôt réussis. Tous souriants. Elle ne leva pas la tête quand les garçons passèrent.

Lorsqu'ils atteignirent le grillage, Avery montra la tranchée creusée dans la terre et le gravier. Stevie ouvrit de grands yeux.

« Qui a fait ça ? Une marmotte ? »

Il jeta des regards affolés autour de lui comme s'il s'attendait à en voir une, probablement enragée, cachée sous le trampoline ou sous la table de pique-nique.

« Non, c'est pas une marmotte, répondit Avery.

— Je parie que tu pourrais te faufiler par-d'sous. »

L'idée m'a traversé l'esprit, crois-moi, se dit Avery. Mais je me perdrais dans les bois. Et de toute façon, la barque n'est plus là.

« Laisse tomber. Faut que tu m'aides à reboucher.

— Pourquoi ?

— Parce que. Et arrête de dire "par-d'sous". Ça fait ignare. On dit "se faufiler en dessous". »

N'empêche, c'était exactement ce qu'avait réussi son ami. Que Dieu le garde. Où était-il maintenant ? Il n'en avait aucune idée. Il avait perdu le contact.

« "En dessous", répéta Stevie. Pigé.

— Génial. Allez, aide-moi. »

Les deux garçons s'agenouillèrent pour reboucher la tranchée sous le grillage en déplaçant la terre à mains nues, dans un nuage de poussière. C'était éprouvant et, quand ils eurent terminé, ils transpiraient l'un et l'autre. Stevie était écarlate.

« Qu'est-ce que vous fabriquez, les garçons ? »

Ils se retournèrent. C'était Gladys. Aucune trace de son grand sourire habituel.

« Rien, répondit Avery.

— Rien, confirma Stevie. On s'amuse avec la terre.

— Laissez-moi voir ça. Écartez-vous. »

Comme aucun des deux ne bougeait, elle décocha un coup de pied dans les côtes d'Avery.

« *Aïe !* s'écria-t-il en se recroquevillant. *Oh, ça fait mal !*

— Hé, qu'est-ce qui vous prend ? s'exclama Stevie. Vous avez vos règles ou… »

Il eut droit à un coup de pied lui aussi, dans l'épaule.

Gladys examina la tranchée partiellement remplie puis elle se tourna vers Frieda, toujours absorbée par son activité artistique.

« C'est toi qui as fait ça ? » lui lança-t-elle.

Frieda secoua la tête, sans lever les yeux de son dessin.

Gladys sortit son talkie-walkie de la poche de son pantalon blanc et enfonça une touche.

« Monsieur Stackhouse ? Gladys pour M. Stackhouse. »

Il y eut un silence, puis :

« Stackhouse. Je vous écoute.

— Je crois que vous devriez venir sur le terrain de jeux, le plus vite possible. Faut que vous voyiez un truc. C'est peut-être rien, mais ça me plaît pas trop. »

11

Après avoir alerté le chef de la sécurité, Gladys fit appel à Winona pour ramener les deux garçons dans leurs chambres. Interdiction d'en sortir jusqu'à nouvel ordre.

« Je sais rien au sujet de ce trou, affirma Stevie, boudeur. Je croyais que c'était une marmotte qui l'avait fait. »

Winona lui intima de la boucler et elle escorta les deux garçons à l'intérieur.

Stackhouse arriva accompagné de Mme Sigsby. Celle-ci se pencha en avant, pendant qu'il s'accroupissait, pour examiner d'abord la tranchée sous le grillage, puis le grillage lui-même.

« Personne n'a pu passer là-dessous, déclara la directrice. Sauf Dixon peut-être qui n'est pas plus épais que l'étaient les jumelles Wilcox. Mais c'est tout. »

Stackhouse déblaya le mélange de cailloux et de terre avec lequel les deux garçons avaient tenté de reboucher la tranchée.

« Vous en êtes sûre ? »

Mme Sigsby s'aperçut qu'elle se mordait la lèvre et elle s'obligea à arrêter. Cette idée est grotesque, se dit-elle. On a des caméras, on a des micros, on a des intendants, des agents d'entretien et des agents de sécurité. Tout ça pour surveiller une bande de gamins terrorisés qui n'oseraient même pas dire un mot plus haut que l'autre.

Certes, il y avait Wilholm, qui n'hésitait pas à dire un mot, ou deux, plus haut que l'autre, et il y avait eu quelques cas semblables au fil des ans. Toutefois…

« Julia. »

Tout bas.
« Quoi ?
— Baissez-vous. »
Elle commença à s'accroupir, mais s'aperçut que la petite Brown les observait.
« Retourne à l'intérieur ! lui lança-t-elle. Immédiatement. »
Frieda fila aussitôt en frottant la craie sur ses mains, abandonnant ses personnages souriants. Quand elle entra dans l'espace détente, Mme Sigsby découvrit un petit groupe d'enfants massés derrière les vitres, bouche bée. Où étaient les intendants et les intendantes quand on avait besoin d'eux ? Dans la salle de repos, en train de bavarder avec une des équipes d'extraction ? En train de raconter des plaisanteries sala…
« Julia ! »
Elle mit un genou à terre, grimaçant quand un petit caillou pointu lui rentra dans la peau.
« Il y a du sang sur la clôture. Vous le voyez ? »
Elle n'en avait pas envie, mais elle le voyait. Oui, c'était bien du sang. Devenu marron en séchant, mais c'était bien du sang.
« Maintenant, regardez ça. »
Stackhouse glissa un doigt entre les losanges du grillage pour désigner un buisson partiellement arraché. Là aussi, il y avait du sang. En regardant ces quelques taches, des taches qui se trouvaient *à l'extérieur*, la directrice sentit son estomac se nouer et, pendant un moment d'affolement, elle crut qu'elle allait faire sous elle, comme sur son tricycle, il y a très longtemps. Elle songea au Téléphone Zéro et vit sa vie de directrice de l'Institut – car il s'agissait bien de *sa vie* et non pas d'un simple travail – s'y abîmer. Que

dirait l'homme au zézaiement, à l'autre bout du fil, si elle lui annonçait que, dans ce complexe censément le plus secret et le mieux protégé du pays – et le plus *vital*, par ailleurs, un enfant s'était échappé *en passant sous un grillage* ?

Il estimerait qu'elle était finie. Morte et enterrée.

« Les pensionnaires sont tous là », dit-elle d'une voix éraillée.

Elle saisit Stackhouse par le poignet en enfonçant ses ongles dans sa peau. Il sembla ne pas s'en apercevoir. Il paraissait hypnotisé par le buisson à moitié déraciné. C'était aussi mauvais pour lui que pour elle. Pas pire, ce n'était pas possible, mais aussi mauvais.

« *Ils sont tous là*, Trevor. J'ai vérifié.

— Je pense que vous devriez vérifier de nouveau. Non ? »

Elle avait pris son talkie-walkie cette fois (une pensée lui traversa l'esprit : c'était comme verrouiller la porte de l'étable une fois que quelqu'un avait volé le bétail) et elle appuya sur le bouton.

« Zeke ? madame Sigsby pour Zeke. »

Tu as intérêt à être là, Ionidis. Tu as intérêt.

Il était là.

« Ici Zeke, madame Sigsby. Je me suis occupé d'Alvorson comme me l'a demandé M. Stackhouse, vu que Jerry est de repos et qu'Andy est pas là, et j'ai appelé sa voisine…

— On verra ça plus tard. Pour l'instant, contrôlez tous les traceurs encore une fois.

— OK. » Il semblait inquiet, subitement. Sans doute a-t-il perçu la nervosité dans ma voix, songea-t-elle. « Un peu de patience, je vous prie. Tout fonctionne au ralenti ce matin… Encore quelques secondes… »

Elle avait envie de hurler. Pendant ce temps, Stackhouse continuait à regarder à travers le grillage comme s'il s'attendait à voir apparaître un putain de Hobbit qui lui expliquerait ce qui s'était passé.

« OK, dit Zeke. Quarante et un pensionnaires. Ça n'a pas changé. Tout le monde est là. »

Le soulagement était comme une douce brise sur son visage.

« Parfait. C'est très... »

Stackhouse lui prit le talkie-walkie.

« Où sont-ils à cet instant ?

— Euh... il y en a toujours vingt-huit à l'Arrière, quatre dans le salon de l'Aile Ouest... trois au réfectoire... deux dans leurs chambres... trois dans le couloir... »

Certainement Dixon, Whipple et l'artiste, songea Mme Sigsby.

« Et un sur le terrain de jeux, ajouta Zeke. Voilà, ça fait quarante et un. Le compte est bon.

— Une seconde, Zeke. » Stackhouse se tourna vers Mme Sigsby.

« Vous voyez un enfant sur le terrain de jeux ? »

Elle ne répondit pas. C'était inutile.

Stackhouse porta le talkie-walkie à sa bouche.

« Zeke ?

— Je vous écoute, monsieur Stackhouse.

— Pouvez-vous localiser plus précisément l'enfant qui se trouve sur le terrain de jeux ?

— Euh... Je vais essayer de zoomer... Y a un bouton exprès pour ça...

— Pas la peine », dit Mme Sigsby.

Elle venait de repérer un petit objet qui scintillait dans le soleil de l'après-midi. Elle marcha jusqu'au panier de basket, s'arrêta sur la ligne des lancers francs et le ramassa. Elle revint vers son chef de la sécurité, bras tendu. Au creux de sa paume reposait un morceau de lobe d'oreille dans lequel était encore incrusté le traceur.

12

Les pensionnaires de l'Avant reçurent l'ordre de regagner leurs chambres et d'y rester. Quiconque serait surpris dans les couloirs serait sévèrement puni. Les forces de sécurité de l'Institut totalisaient quatre personnes, en comptant Stackhouse. Deux des agents, retournés au village, rappliquèrent aussitôt dans une voiturette de golf – Maureen avait espéré que Luke la trouverait, mais à trente mètres près il avait loupée. Le troisième membre de l'équipe Stackhouse était parti à Dennison River Bend et Stackhouse n'avait nullement l'intention d'attendre qu'il rentre. En revanche, Denny Williams et Robin Lecks, de l'équipe Rouge Rubis, se trouvaient sur place, dans l'attente de leur prochaine mission, et tout à fait disposés à être réquisitionnés. Ils furent rejoints par deux intendants costauds : Joe Brinks et Chad Greenlee.

« Le gamin du Minnesota, dit Denny devant l'équipe de recherche assemblée à la hâte. Celui qu'on a amené le mois dernier.

— Exact, confirma Stackhouse. Le garçon du Minnesota.

— Et vous dites qu'il a arraché la puce de son oreille ? demanda Robin.

— La blessure est plus nette que ça. À mon avis, il a utilisé un couteau.

— N'empêche, faut avoir des couilles, commenta Denny.

— Ses couilles, je vais les lui faire bouffer quand on l'aura rattrapé, déclara Joe. C'est pas un teigneux comme Wilholm, dans le temps, mais quand il te regarde, tu as l'impression qu'il se fout de ta gueule.

— Il doit s'être paumé dans les bois, dit Chad. Il sera tellement content de nous voir qu'il nous sautera au cou, je parie… Si on le retrouve, évidemment. Avec tous ces arbres.

— Il saignait de l'oreille, et sans doute du dos aussi, à cause du grillage, dit Stackhouse. Il doit avoir plein de sang sur les mains. On suivra les traces.

— Ça serait bien d'avoir un chien, dit Denny Williams. Un limier ou un bon vieux bluetick.

— Ce qui serait bien, c'est qu'il ait pas foutu le camp, rétorqua Robin. En passant sous le grillage, hein ? »

Elle faillit éclater de rire, mais choisit de s'abstenir en voyant le visage crispé et le regard furieux de Stackhouse.

Rafe Pullman et John Walsh, les deux agents de sécurité partis au village, arrivèrent sur ces entrefaites. Stackhouse déclara :

« Pas question de le tuer, que ce soit bien clair. Par contre, quand on l'aura retrouvé, ce petit fils de pute va recevoir une décharge dont il se souviendra toute sa vie.

— *Si* on le retrouve, répéta Chad.

— On le retrouvera », affirma Stackhouse.

Sinon, pensa-t-il, je suis cuit. Et peut-être que l'Institut aussi.

« Je retourne dans mon bureau », annonça Mme Sigsby.

Stackhouse la retint par le coude.

« Pour faire quoi ?
— Réfléchir.
— Très bien. Réfléchissez tant que vous voulez, mais pas de coup de téléphone. On est bien d'accord ? »

Mme Sigsby posa sur lui un regard chargé de mépris, mais la façon dont elle se mordillait la lèvre suggérait qu'elle aussi avait peut-être la frousse. Dans ce cas, ils étaient deux.

« Évidemment. »

Mais une fois de retour dans le silence béni et climatisé de son bureau, elle s'aperçut qu'elle avait du mal à réfléchir. Ses yeux ne cessaient de dériver vers le tiroir de son bureau. Comme s'il renfermait non pas un téléphone, mais une grenade.

13

Quinze heures.

Aucune nouvelle des hommes partis à la recherche de Luke Ellis dans les bois. Beaucoup de communications, oui, mais aucune nouvelle. Tous les employés de l'Institut avaient été informés de l'évasion. Tout le monde sur le pont. Certains s'étaient joints à la chasse à l'homme. D'autres passaient au peigne fin le village pour essayer de retrouver le garçon, ou du moins des traces de son passage. Aucun véhicule personnel n'avait disparu et toutes les voiturettes de golf qu'utilisaient parfois les employés étaient à leur place. Les contacts à Dennison River Bend – parmi lesquels deux membres des forces de police plutôt restreintes – avaient été alertés, en même temps qu'ils recevaient le signalement d'Ellis. Malgré cela, personne ne l'avait vu.

Concernant Alvorson, en revanche, *il y avait du nouveau.*

Ionidis avait fait preuve d'un esprit d'initiative et d'une débrouillardise dont auraient été incapables Jerry Symonds et Andy Fellowes, les informaticiens. Grâce à Google Maps et à une application permettant de localiser un téléphone, Zeke avait contacté la plus proche voisine de la défunte dans la petite ville du Vermont où elle avait conservé un logement. Il s'était fait passer pour un fonctionnaire des impôts, ce que la voisine avait gobé sans poser de questions et, dépourvue de cette froideur qui caractérisait, disait-on, les « gens du Nord », elle lui avait expliqué que Mo lui avait demandé de certifier certains documents la dernière fois qu'elle était rentrée à la maison. Une avocate était présente. Les documents étaient adressés à plusieurs sociétés de recouvrement. L'avocate appelait ça des mises en demeure.

« Ces lettres concernaient toutes les cartes de crédit de son mari, raconta la voisine à Zeke. Mo m'a pas expliqué, mais c'était pas nécessaire. Je suis pas née de la dernière pluie. Elle s'occupait des factures de ce bon à rien. Si le fisc veut l'attaquer en justice, je vous conseille de faire vite. Elle avait l'air mourante. »

Mme Sigsby estimait que la voisine du Vermont avait vu juste. La question était de savoir pourquoi Alvorson avait choisi cette solution. C'était une perte de temps. Tous les employés de l'Institut savaient que s'ils avaient des ennuis financiers (dus au jeu généralement), ils pouvaient obtenir des prêts dont les intérêts étaient proches de zéro. Cela faisait partie des nombreux avantages présentés à chaque nouvel arrivant au moment de l'embauche. En vérité, il s'agissait moins d'un avantage que d'une protection : une personne endettée pouvait être tentée de vendre des secrets.

L'explication la plus évidente de ce choix était la fierté, ajoutée peut-être à la honte d'avoir été ainsi abusée par son mari volage. Mais elle ne plaisait pas à Mme Sigsby. Cette femme était arrivée à la fin de sa vie, et sans doute le savait-elle depuis un certain temps. Elle avait décidé de partir les mains propres, et demander de l'argent à l'organisation qui les avait salies n'était pas la meilleure façon de commencer. Cela lui semblait une bonne explication. En adéquation avec la référence à l'enfer.

Cette salope a aidé Ellis à s'échapper, songea Mme Sigsby. Évidemment. C'était pour elle une manière d'expier. Hélas, je ne peux pas l'interroger, elle y a veillé. Évidemment, là encore. Elle connaissait nos méthodes. Alors, que faire ? Que faire si ce sale gamin, victime de son intelligence, n'était pas revenu avant la tombée de la nuit ?

Elle connaissait la réponse, et nul doute que Trevor aussi. Elle serait obligée de sortir le Téléphone Zéro du tiroir et d'appuyer sur les trois boutons blancs. L'homme qui zozotait répondrait. Quand elle lui annoncerait qu'un pensionnaire s'était échappé, pour la première fois dans toute l'histoire de l'Institut – en creusant un passage sous le grillage durant la nuit –, que dirait-il ? Oh, je zuis dézolé ? Z'est vraiment dommaze ? Ne vous en faites pas ?

Tu parles.

Réfléchis, se dit-elle. Réfléchis, réfléchis, *réfléchis*. À qui cette emmerdeuse de femme de ménage a-t-elle pu en parler ? Au demeurant, à qui Ellis a-t-il…

« Putain ! *Putain !* »

C'était là, devant son nez, depuis qu'ils avaient découvert le trou sous le grillage. Elle se redressa dans son fauteuil, les yeux écarquillés, sans penser au Téléphone Zéro pour la première fois depuis que Stackhouse l'avait appelée pour lui annoncer que la piste du sang avait pris fin après cinquante mètres seulement à l'intérieur des bois.

Elle alluma son ordinateur et trouva le dossier qu'elle cherchait. Elle cliqua dessus, faisant défiler une vidéo. Alvorson, Ellis et Dixon, rassemblés près des distributeurs.

Ici, on peut parler. Il y a un micro, mais il ne marche plus depuis des années.

C'était surtout Ellis qui parlait. Il se disait inquiet au sujet des jumelles et de Cross. Alvorson le rassurait. Dixon ne disait presque rien ; il se grattait les bras et se triturait le nez.

Nom de Dieu, petit, avait dit Stackhouse, *si tu veux décrocher les tableaux, vas-y !* Mais en regardant ces images avec un œil neuf, Mme Sigsby comprenait ce qui s'était passé réellement.

Elle ferma son ordinateur et appuya sur le bouton de l'interphone.

« Rosalind, je veux voir le jeune Dixon. Dites à Tony et à Winona de me l'amener. Immédiatement. »

14

Debout devant le bureau, Avery Dixon, vêtu d'un T-shirt Batman et d'un short sale qui laissait voir ses genoux égratignés, regardait Mme Sigsby d'un air effrayé. Flanqué de Winona et de Tony, lui qui était déjà petit ne ressemblait pas à un enfant de dix ans, mais à un élève du CP.

La directrice lui adressa un petit sourire.

« J'aurais dû vous convoquer immédiatement, monsieur Dixon. À croire que je décline.

— Oui, madame, murmura Avery.

— Vous êtes d'accord ? Je décline ?

— Non, madame ! »

Avery passa sa langue sur ses lèvres. Il laissait son nez en paix aujourd'hui.

Mme Sigsby se pencha en avant, mains jointes.

— Si j'ai eu un moment de faiblesse, il est passé. Il va y avoir des changements. Mais tout d'abord, il est important… *impératif*… de ramener Luke à la maison.

— Oui, madame.

— Nous sommes d'accord, parfait. C'est un bon début. Alors, où est-il allé ?

— Je ne sais pas, madame.

— Je pense que vous le savez. Steven Whipple et vous, on vous a vus reboucher le trou par lequel il s'est enfui. C'était idiot, soit dit en passant. Il ne fallait pas y toucher.

— On a cru que c'était une marmotte qui avait fait ça.

— Mensonge. Vous savez très bien qui a creusé ce trou. C'est votre ami Luke. » Elle posa les mains à plat sur son bureau et sourit à Avery. « C'est un garçon intelligent et les garçons intelligents ne s'aventurent pas au hasard dans les bois. L'idée de passer sous le grillage venait peut-être de lui, mais il a fallu qu'Alvorson lui décrive ce qui l'attendait de l'autre côté. Elle vous a indiqué les directions à suivre, point par point, chaque fois que vous vous tripotiez le nez. Directement à l'intérieur de votre brillant petit cerveau, n'est-ce pas ? Et ensuite, vous avez transmis les informations à Ellis. Inutile de nier, monsieur Dixon. J'ai visionné les images de votre conversation. Ça se voit comme le nez au milieu de la figure, si vous me pardonnez ce mauvais jeu de mots. J'aurais dû comprendre plus tôt. »

Et Trevor aussi, pensa-t-elle. Il a regardé la vidéo, il aurait dû deviner ce qui se passait. S'il y a un débriefing complet une fois cette histoire terminée, nous passerons pour deux aveugles.

« Alors, dites-moi maintenant où il est allé.

— Sincèrement, je ne sais pas.

— Vous baissez la tête, monsieur Dixon. Comme les menteurs. Regardez-moi droit dans les yeux. Sinon, Tony va vous tordre le bras dans le dos, et ça va faire très mal. »

Elle adressa un signe de tête à Tony. Qui agrippa un des poignets frêles d'Avery.

Alors, le garçonnet la regarda droit dans les yeux. C'était difficile car elle avait un visage fin, un visage d'institutrice méchante qui intimait : *dis-moi tout*, mais il y parvint. Des larmes s'agglutinèrent dans ses yeux et roulèrent sur ses joues. Il avait toujours pleuré pour un rien. Ses deux sœurs aînées le surnommaient Pleurnichard, et à l'école, à la récréation, il était le souffre-douleur de tous les autres élèves. Ici, sur le terrain de jeux, ça se passait mieux. Sa mère et son père lui manquaient terriblement, mais au moins, il avait des amis. Harry l'avait poussé par terre, mais il était devenu son copain ensuite. Jusqu'à ce qu'il meure. Jusqu'à ce qu'ils le tuent avec un de leurs tests stupides.

Sha et Helen étaient parties, mais la nouvelle, Frieda, était gentille avec lui, et elle l'avait laissé gagner au basket. Une seule fois, mais quand même. Et Luke… C'était son meilleur ami. Le meilleur ami qu'il avait jamais eu.

« Eh bien, monsieur Dixon, où Alverson lui a-t-elle dit d'aller ? Quel était le plan ?

— Je ne sais pas. »

Sur un signe de tête de la directrice, Tony tordit le bras d'Avery dans son dos en faisant remonter le poignet presque jusqu'à l'omoplate. La douleur, inimaginable, arracha un hurlement au garçonnet.

« Où est-il allé ? Quel était le plan ?

— *Je ne sais pas !*

— Lâchez-le, Tony. »

Tony obéit et Avery tomba à genoux en sanglotant.

« Ça fait très mal. Je vous en supplie, arrêtez de me faire du mal. »

Il faillit ajouter « C'est injuste », mais ces gens se souciaient-ils de ce qui était juste ou pas ? Non, absolument pas.

« Je n'ai pas envie de vous faire du mal », répondit Mme Sigsby.

Ce n'était pas tout à fait vrai. En vérité, toutes ces années passées à ce poste l'avaient rendue insensible à la souffrance des enfants. Et si l'écriteau accroché au mur du crématorium ne mentait pas – c'étaient des héros, malgré eux –, certains mettaient sa patience à rude épreuve.

« Je ne sais pas où il est allé, sincèrement.

— Quand des personnes se sentent obligées de préciser qu'elles sont sincères, c'est qu'elles ne le sont pas.

J'ai une certaine expérience de la chose. Alors, répondez, monsieur Dixon : où est allé Luke ? Quel était le plan ?

— Je ne sais pas !

— Tony, soulevez son T-shirt. Winona, prenez votre zap-stick. Puissance moyenne.

— Non ! hurla Avery. Non, pas le zap-stick ! Pas le zap-stick, non ! »

Tony le ceintura et souleva son T-shirt. Winona appuya l'extrémité de son bâton électrique sur le ventre du garçonnet, juste au-dessus du nombril, et envoya une décharge. Avery poussa un cri strident. Ses jambes furent prises de convulsions et de l'urine se répandit sur la moquette.

« Où est-il allé, monsieur Dixon ? » Il avait le visage marbré, mouillé de larmes et de morve, des cernes sous les yeux, il avait pissé dans son pantalon et malgré ça, cet avorton lui tenait tête. Elle n'arrivait pas à le croire. « Où est-il allé et quel était le plan ?

— *Je ne sais pas !*

— Winona ? Allez-y. Puissance moyenne.

— Madame, vous êtes sû…

— Un peu plus haut cette fois, si vous voulez bien. Juste en dessous du plexus. »

La transpiration lubrifiait les bras du garçonnet et il parvint, à force de gesticuler, à échapper à l'étreinte de Tony. Il aurait pu aggraver une situation déjà désespérée en se précipitant à travers le bureau tel un oiseau pris au piège dans un sous-sol, renversant tout sur son passage et se cognant contre les murs, mais Winona lui fit un croc-en-jambe et le remit debout en le saisissant par les bras. Ce fut donc Tony qui se servit du zap-stick. Avery hurla et s'affaissa.

« Il est évanoui ? demanda Mme Sigsby. Dans ce cas, faites venir le Dr Evans pour qu'il lui fasse une piqûre. Il nous faut des réponses, et vite. »

Tony pinça une des joues marbrées et mouillées d'Avery. Celui-ci ouvrit grand les yeux.

« Non, il est pas évanoui.

— Monsieur Dixon, reprit la directrice, toute cette souffrance est inutile. Dites-moi ce que je veux savoir et elle s'arrêtera. Où est allé Luke ? Quel était le plan ?

— Je ne sais pas, murmura le garçonnet. Sincèrement, je vous jure, je ne…

— Winona ? Veuillez baisser le caleçon de M. Dixon et appuyer votre zap-stick sur ses testicules. Puissance maximale. »

Bien qu'elle soit capable de gifler un pensionnaire insolent, Winona était visiblement mal à l'aise face à cet ordre. Néanmoins, elle s'attaqua à la ceinture du caleçon. C'est à ce moment-là qu'Avery craqua.

« OK ! OK ! Je vais vous le dire ! Mais ne me faites plus mal !

— C'est un soulagement pour vous et pour moi.

— Maureen lui a dit de traverser les bois. Il trouverait peut-être un chemin pour les voiturettes de golf, mais même s'il ne le trouvait pas, il devait continuer tout droit. Il verrait des lumières, et surtout une grande lumière jaune. Quand il atteindrait les maisons, il devait longer le grillage jusqu'à ce qu'il aperçoive une écharpe attachée à une branche ou à un buisson, je ne me souviens plus. Elle a dit qu'il y avait un chemin juste après… ou une route… j'ai oublié. En tout cas, ça le conduirait à la rivière. Et là, il y avait une barque. »

Il se tut. Mme Sigsby lui adressa un hochement de tête, accompagné d'un sourire affable, mais elle sentait son cœur s'emballer dans sa poitrine. C'était à la fois une bonne et une mauvaise nouvelle. Stackhouse et son équipe pouvaient arrêter de sillonner les bois. Mais une barque ? Ellis avait-il descendu la rivière ? Avec plusieurs heures d'avance ?

« Et ensuite, monsieur Dixon ? Où devait-il accoster ? En ville, je suppose ? À Dennison River Bend ? »

Avery secoua la tête et s'obligea à regarder la directrice droit dans les yeux, image même de la franchise terrorisée.

« Non. Elle disait que c'était trop près. Elle lui a dit de continuer jusqu'à Presque Isle.

— Très bien, monsieur Dixon. Vous pouvez regagner votre chambre. Mais si jamais je m'aperçois que vous avez menti…

— J'aurai des ennuis », dit Avery en séchant ses larmes d'une main tremblante.

Mme Sigsby ne put retenir un éclat de rire.

« Vous lisez dans mes pensées. »

15

Dix-sept heures.

Cela faisait au moins dix-huit heures qu'Ellis s'était enfui. Les caméras de surveillance du terrain de jeux n'enregistrant pas les images, impossible d'avoir une idée précise. Stackhouse et Mme Sigsby, enfermés dans le bureau de cette dernière, suivaient les derniers développements et écoutaient les rapports de leurs informateurs. Il y en avait dans tout le pays. Généralement, ils se contentaient de baliser le terrain : ils surveillaient les enfants qui possédaient des taux de BDNF élevés et rassemblaient des informations sur leurs amis, leur famille, leur quartier, leur situation scolaire. Et leur lieu d'habitation, évidemment. Ils s'intéressaient particulièrement aux habitations et aux systèmes d'alarme. Autant d'informations utiles aux équipes d'extraction le moment venu. Ils guettaient également l'apparition d'enfants « spéciaux » qui n'étaient pas encore dans le collimateur de l'Institut. Cela se produisait parfois. Car si les tests de BDNF, les dépistages de PKU ou les évaluations du score d'Agpar constituaient la routine pour les enfants nés dans les hôpitaux américains, tous les bébés ne naissaient pas à l'hôpital et de nombreux parents, comme les antivaccins, qui se faisaient entendre de plus en plus, interdisaient les tests.

Ces informateurs ignoraient à qui ils adressaient leurs rapports, et dans quel but. Beaucoup croyaient (à tort) qu'il s'agissait d'une sorte d'entreprise gouvernementale dans le style Big Brother. La plupart se contentaient d'empocher leurs cinq cents dollars mensuels et de rédiger un rapport quand c'était nécessaire, sans poser de questions. Bien sûr, il arrivait que l'un d'eux pose une question. Dans ce cas, il découvrait que la curiosité, outre qu'elle était un vilain défaut, vous faisait perdre cinq cents dollars par mois.

La plus importante concentration d'informateurs – une cinquantaine – se trouvait aux abords de l'Institut. Toutefois, traquer les enfants aux talents particuliers n'était pas leur principal objectif. Leur tâche consistait avant tout à repérer les personnes qui posaient les mauvaises questions. Ils faisaient office de détecteurs, de système d'alarme.

Stackhouse prit soin d'alerter une demi-douzaine d'entre eux, à Dennison River Bend, au cas où le jeune

Dixon se serait trompé ou aurait menti (« Il ne mentait pas, je l'aurais senti », affirmait Mme Sigsby), mais il envoya la plupart dans les environs de Presque Isle. Un de ces informateurs avait pour mission de contacter la police locale en expliquant qu'il pensait avoir vu un jeune garçon qui avait fait l'objet d'un reportage sur CNN. Il était recherché dans le cadre de l'enquête sur la mort de ses parents. Et se nommait Luke Ellis. L'homme précisa aux agents qu'il n'était pas certain qu'il s'agisse bien du même enfant, mais il lui ressemblait, et il avait réclamé de l'argent sur un ton menaçant et incohérent. Stackhouse et Mme Sigsby savaient bien que faire appel aux autorités pour retrouver leur fugitif n'était pas la solution idéale, mais il était toujours possible de les contrôler. En outre, tout ce que leur raconterait Ellis serait interprété comme les divagations d'un enfant déséquilibré.

Les téléphones portables ne passaient pas à l'Institut ni au village – ni même dans un rayon de trois kilomètres –, c'est pourquoi les participants à la chasse à l'homme communiquaient par radio. Et il y avait les téléphones fixes. Celui posé sur le bureau de Mme Sigsby sonna. Stackhouse décrocha.

« Quoi ? Qui est à l'appareil ? »

C'était le Dr Felicia Richardson, qui avait remplacé Zeke dans la salle informatique. Avec zèle. Elle aussi jouait sa peau, et elle en avait pleinement conscience.

« J'ai un de nos informateurs sur une autre ligne. Un certain Jean Levesque. Il affirme avoir retrouvé la barque utilisée par Ellis. Vous voulez que je vous le transfère ?

— Immédiatement ! »

Mme Sigsby se tenait devant Stackhouse. Ses lèvres formaient le mot *Quoi ?*

Stackhouse l'ignora. Il y eut un *clic* sur la ligne et Levesque reprit la communication. Il avait un accent de St. John Valley à couper à la tronçonneuse. Stackhouse ne l'avait jamais rencontré, mais il imaginait un vieux type au visage buriné, coiffé d'un chapeau dans lequel étaient plantées des mouches pour la pêche.

« J'ai trouvé la barcasse.

— Oui, il paraît. Où ça ?

— S'est échouée sur la rive, à environ huit kilomètres en amont de Presque Isle. Y avait pas mal de flotte à l'intérieur, pour sûr, mais l'manche de la rame – y en avait qu'une – l'était posé sur le siège. J'ai touché à rien. J'ai rien dit à personne. Y avait du sang sur la rame. Faut qu'j'vous dise qu'il y a des rapides un peu plus haut. Si l'gamin qu'vous cherchez il était pas habitué à naviguer, surtout un p'tit gars comme ça…

— Il a peut-être été éjecté, conclut Stackhouse. Restez où vous êtes, je vais envoyer deux hommes. Et merci.

— Vu c'que vous me payez, répondit le dénommé Levesque. Allez pas croire que vous pouvez me dire c'que je dois faire. »

Stackhouse coupa la communication, ce qui était une façon de répondre à cette récrimination, et informa Mme Sigsby.

« Avec un peu de chance, ce petit salopard s'est noyé et quelqu'un retrouvera son corps ce soir ou demain matin, mais on ne peut pas miser là-dessus. Je vais envoyer Rafe et John – je n'ai personne d'autre sous la main, mais ça va changer quand cette histoire sera terminée – à Presque Isle dès que possible. Si Ellis est à pied désormais, c'est là qu'il se rendra en premier. S'il fait du stop, la police du coin va le repérer et l'embarquer.

Après tout, c'est ce gamin cinglé qui a assassiné ses parents et qui s'est enfui jusque dans le Maine.

— Êtes-vous aussi optimiste que vous semblez l'être ? »

Mme Sigsby se posait sincèrement la question.

« Non. »

16

Les pensionnaires furent autorisés à quitter leurs chambres pour le dîner. Qui se déroula globalement dans le silence. Plusieurs intendantes et intendants et quelques techniciens rôdaient entre les tables tels des requins. Visiblement à cran, prêts à frapper ou à infliger une décharge électrique à quiconque se montrait insolent. Malgré ce silence, régnait secrètement une joie nerveuse, si puissante que Frieda Brown en était comme grisée. Une évasion s'était produite. Tous les enfants se réjouissaient, mais aucun ne voulait le montrer. Frieda était-elle heureuse ? Elle n'en était pas certaine. Une partie d'elle-même se réjouissait, toutefois…

Assis à côté d'elle, Avery s'amusait à ensevelir ses deux saucisses sous les haricots blancs à la tomate avant de les ressortir. Il les inhumait et les exhumait. Sans être aussi intelligente que Luke Ellis, Frieda était loin d'être bête, et elle connaissait la signification des verbes *inhumer* et *exhumer*. En revanche, elle ignorait ce qui se passerait si Luke racontait ce qui se déroulait ici à quelqu'un qui le croyait. Plus spécifiquement, que se passerait-il pour *eux* ? Seraient-ils libérés ? Renvoyés chez eux, auprès de leurs parents ? C'était ce que tous les enfants voulaient croire – d'où cette jubilation secrète –, mais Frieda, elle, avait des doutes. À quatorze ans, c'était déjà une cynique endurcie. Si ses personnages de dessin animé souriaient, elle les imitait rarement. En outre, elle savait une chose que les autres ignoraient. Avery avait été conduit dans le bureau de la directrice, et nul doute qu'il avait craché le morceau.

Autrement dit, Luke n'irait pas très loin.

« Tu as l'intention de bouffer cette merde ou de jouer avec ? »

Avery repoussa son assiette et se leva. Depuis qu'il était revenu du bureau de Mme Sigsby, on aurait dit qu'il avait vu un fantôme.

« Il y a de la tarte aux pommes *à la mode*[1] et du pudding au chocolat en dessert, dit Frieda. Et ici, c'est pas comme à la maison – chez moi, du moins – où tu es obligé de finir ton assiette pour avoir droit à la suite.

— J'ai pas faim », répondit Avery, et il quitta le réfectoire.

Mais deux heures plus tard, quand tous les pensionnaires eurent été renvoyés dans leurs chambres (l'espace détente était interdit d'accès et la porte du terrain de jeux verrouillée), il se rendit dans celle de Frieda, à pas feutrés, en pyjama. Il avait faim, lui dit-il. Est-ce qu'elle avait des jetons ?

« Tu plaisantes ? Je viens d'arriver. »

En réalité, elle avait trois jetons. Pas question, cependant, de les donner à Avery. Elle l'aimait bien, mais pas à ce point.

« Oh. OK.

— Retourne te coucher. Qui dort dîne. Et quand tu te réveilleras, ce sera le petit déjeuner.

1. En français dans le texte.

— Je peux dormir avec toi, Frieda ? Vu que Luke n'est plus là ?

— Tu ferais mieux de retourner dans ta chambre. Tu risques d'avoir des ennuis.

— Je veux pas dormir seul. Ils m'ont fait du mal. Ils m'ont envoyé des décharges électriques. Si jamais ils reviennent pour recommencer ? Ça se pourrait, s'ils découvrent que…

— Quoi donc ?

— Rien. »

Frieda réfléchit. Elle réfléchissait à un tas de choses tout le temps. Frieda Brown de Springfield dans le Missouri était une pro de la réflexion.

« Euh… OK. Couche-toi dans mon lit. Moi, je ne dors pas tout de suite. Ils passent un documentaire sur les animaux sauvages à la télé. J'ai envie de le regarder. Tu savais que certains animaux mangent leurs bébés ?

— Ah bon ? » Avery semblait abasourdi. « C'est très triste. »

Frieda lui tapota l'épaule.

« C'est pas le cas de la plupart.

— Oh. Tant mieux. »

Avery se glissa dans le lit. Frieda regarda le documentaire animalier. Un alligator affrontait un lion. À moins qu'il s'agisse d'un crocodile. En tout cas, c'était intéressant. Avery l'était aussi. Car Avery détenait un secret. Si elle avait été une TP aussi douée que lui, elle saurait déjà ce que c'était. De fait, elle savait seulement qu'il existait.

Une fois certaine qu'il dormait (il ronflait : des ronflements de petit garçon bien élevé), elle éteignit la lumière, se glissa dans le lit à côté de lui et le secoua.

Il grogna et voulut lui tourner le dos. Frieda l'en empêcha.

« Avery, où est allé Luke ?

— Prekile », marmonna-t-il.

Elle ignorait ce qu'était Prekile et elle s'en fichait. Car ce n'était pas la vérité.

« Allez, dis-moi où il est allé. Je le répéterai à personne.

— En haut des marches rouges. »

Il était encore à moitié endormi. Sans doute était-il persuadé de rêver.

« Quelles marches rouges ? » murmura-t-elle à son oreille.

Avery ne répondit pas, et quand il essaya de lui tourner le dos encore une fois, Frieda le laissa faire. Car elle avait tout ce qu'il lui fallait. Contrairement à Avery (et à Kalisha dans un bon jour), elle ne savait pas vraiment lire dans les pensées. Elle avait plutôt des intuitions, sans doute fondées sur des réflexions, et parfois, quand une personne s'ouvrait de manière inhabituelle (comme un garçonnet à moitié endormi), elle captait de brèves images lumineuses.

Allongée sur le dos, elle contemplait le plafond de sa chambre et elle réfléchissait.

17

Vingt-deux heures. Le calme régnait à l'Institut.

Sophie Turner, une des intendantes de nuit, assise à la table de pique-nique sur le terrain de jeux, fumait une cigarette en cachette. Elle tapotait les cendres au-dessus d'un couvercle d'une bouteille de Vitaminwater. Le Dr Evans était assis à côté d'elle, une main posée sur sa cuisse. Il se pencha pour l'embrasser dans le cou.

« Arrête, Jimmy. Pas ce soir, alors qu'on est en alerte rouge. Quelqu'un peut nous observer.

— Tu fumes une cigarette pendant que tous tes collègues sont sur les dents, fit remarquer Evans. Tant qu'à jouer les filles rebelles, va jusqu'au bout. »

Il fit remonter sa main et Sophie se demandait si elle devait le laisser faire lorsque, tournant la tête, elle vit une fillette, une des nouvelles, derrière la porte vitrée de l'espace détente. Les mains à plat sur les carreaux, elle les regardait.

« Nom de Dieu ! »

Elle repoussa la main d'Evans et écrasa sa cigarette. D'un pas vif, elle marcha jusqu'à la porte, la déverrouilla, l'ouvrit brutalement et saisit la Petite Voyeuse par le cou.

« Qu'est-ce que tu fais debout ? Interdiction de se promener dans les couloirs ce soir, tu n'as pas entendu ? Le réfectoire et l'espace détente sont interdits. Alors, si tu ne veux pas recevoir une fessée mémorable, retourne dans ta…

— Je veux parler à Mme Sigsby, dit Frieda. Là, tout de suite.

— Tu as perdu la tête ou quoi ? Pour la dernière fois… »

Le Dr Evans écarta Sophie, sans s'excuser. Fini les câlins pour ce soir, décréta l'intendante.

« Frieda ? Tu t'appelles bien Frieda, hein ?

— Oui.

— Raconte-moi ce qui te tracasse.

— Je dois parler uniquement à Mme Sigsby. C'est elle la chef.

— Exact. Et la chef a eu une journée très chargée. Alors, dis-moi ce qui se passe et je déciderai si c'est suffisamment important pour lui en parler.

— Oh, allons, dit Sophie. Tu n'es pas capable de voir quand ces gamins te mènent en bateau ?

— Je sais où est allé Luke. Mais je le dirai qu'à Mme Sigsby.

— Elle ment », affirma Sophie.

Frieda gardait les yeux fixés sur le Dr Evans.

« Non. »

Le débat qui se déroulait dans la tête du Dr Evans fut bref. Cela ferait bientôt vingt-quatre heures que Luke Ellis s'était enfui ; il pouvait se trouver n'importe où, en train de tout raconter à n'importe qui : un policier ou, que Dieu nous en préserve, un journaliste. Et ce n'était pas à lui de juger de la pertinence des affirmations de cette gamine, aussi invraisemblables soient-elles. Cette tâche revenait à Mme Sigsby. La sienne consistait à ne pas commettre une erreur qui le plongerait dans la merde jusqu'au cou.

« J'espère pour toi que tu dis la vérité, Frieda. Sinon, attends-toi à souffrir. Tu en es consciente, hein ? »

Frieda le regarda sans rien dire.

18

Vingt-deux heures vingt.

Le wagon Southway Express à l'intérieur duquel dormait Luke, derrière les motoculteurs, les tondeuses et les moteurs de hors-bord, quittait l'État de New York pour la Pennsylvanie. Il allait rouler pendant les trois prochaines heures sur une portion à grande vitesse à plus de cent vingt kilomètres-heure. Malheur à celui qui calait à un passage à niveau ou s'endormait sur la voie.

Pendant ce temps, Frieda se tenait devant le bureau de Mme Sigsby, les mains jointes dans le dos, vêtue d'une grenouillère rose, plus jolie que toutes celles qu'elle avait eues chez elle. Elle avait gardé ses couettes de la journée.

Stackhouse faisait un somme sur un canapé, dans les petits appartements privés jouxtant le bureau. Mme Sigsby ne voyait aucune raison de le réveiller. Dans l'immédiat du moins. Elle examina la jeune Frieda Brown et la jugea banale. Elle portait bien son nom : des yeux marron, des cheveux châtains et une peau café au lait. D'après son dossier, son taux de BDNF n'avait rien d'exceptionnel, lui non plus, par rapport aux critères en vigueur à l'Institut : utile, mais pas fantastique. Néanmoins, il y avait quelque chose dans ces yeux marron. *Quelque chose*. C'était peut-être l'expression d'un joueur de bridge ou de whist qui tenait tous les atouts dans sa main.

« Le Dr Evans me dit que vous savez où est notre pensionnaire qui a disparu. Peut-être pourriez-vous m'expliquer d'où vient cette inspiration ?

— Avery, répondit Frieda. Il est venu dans ma chambre. Il dort dans mon lit. »

Mme Sigsby sourit.

« Vous arrivez un peu tard, ma chère. M. Dixon nous a déjà dit tout ce qu'il sait.

— Il vous a menti. »

Elle gardait les mains dans le dos et un calme apparent, mais Mme Sigsby connaissait bien les enfants et elle savait que cette fille avait peur d'être ici. Elle avait conscience des risques. Pourtant, la certitude demeurait dans ces yeux marron. Fascinant.

Stackhouse entra dans le bureau en remettant sa chemise dans son pantalon.

« Qui est-ce ?

— Frieda Brown. Une petite fille qui fabule. Je parie que vous ne connaissez pas le sens de ce mot, ma chère.

— Si. Ça veut dire mentir, et je ne mens pas.

— Avery Dixon non plus. Je l'ai dit à M. Stackhouse et je vous le dis à vous : je sais quand un enfant ment.

— Oh, il vous a certainement dit presque toute la vérité. C'est pour ça que vous l'avez cru. Mais il vous a menti au sujet de Prekile. »

Un froncement de sourcils creusa le front de la directrice.

« Qu'est-ce que…

— Presque Isle ? » Stackhouse se planta devant Frieda et l'agrippa par le bras. « C'est ça que tu veux dire ?

— C'est ce qu'a dit Avery. Mais c'est un mensonge.

— Comment avez-vous… ? »

Stackhouse fit taire la directrice d'un geste.

« S'il a menti au sujet de Presque Isle, c'est quoi la vérité ? »

Frieda lui adressa un sourire malicieux.

« J'aurai droit à quoi, si je vous le dis ?

— Le droit d'échapper à une décharge électrique, rétorqua Mme Sigsby. Et de rester en vie.

— Si vous me donnez des coups de zap-stick, je vous dirai quelque chose, mais ça ne sera peut-être pas la vérité. La preuve, Avery ne vous a pas dit la vérité quand vous l'avez torturé. »

La directrice frappa sur son bureau du plat de la main.

« Ne jouez pas à ça avec moi, mademoiselle ! Si vous avez quelque chose à dire… »

Stackhouse l'arrêta encore une fois d'un geste. Il s'agenouilla devant Frieda. Il était si grand que leurs yeux n'arrivaient pas à la même hauteur, mais presque.

« Qu'est-ce que tu voudrais, Frieda ? Rentrer chez toi ? Je vais être franc : c'est impossible. »

Frieda faillit éclater de rire. Rentrer chez elle ? Avec sa mère débile, et sa succession de petits amis tout aussi débiles ? Le dernier avait voulu qu'elle lui montre ses seins, pour voir « s'ils poussaient vite ».

« Non, ce n'est pas ce que je veux.

— Quoi, alors ?

— Je veux rester ici.

— Voilà une demande inhabituelle.

— Mais je ne veux pas de piqûres et je ne veux plus subir de tests. Et je ne veux pas aller à l'Arrière. Jamais. Je veux rester ici, grandir ici et devenir une intendante comme Gladys ou Winona. Ou une technicienne comme Tony et Evan. Je pourrais même apprendre à cuisiner et devenir chef comme le Chef Doug. »

Stackhouse regarda Mme Sigsby par-dessus l'épaule de Frieda pour voir si elle était aussi estomaquée que lui. Manifestement, oui.

« Supposons que... euh... on envisage un séjour permanent. Si on rattrape Ellis grâce à ton information, évidemment...

— Ça peut pas faire partie du marché. Ce ne serait pas juste. C'est *votre* boulot de le rattraper. Ce qui compte, c'est que mon information soit bonne. Et elle l'est. »

Le chef de la sécurité interrogea du regard la directrice, qui répondit par un léger hochement de tête.

« OK, dit-il. Marché conclu. Vas-y, crache le morceau. »

Frieda le gratifia d'un sourire sardonique. Que Stackhouse eut envie de faire disparaître avec une bonne gifle. Envie passagère, mais forte.

« Je veux cinquante jetons également.

— Non.

— Quarante.

— Vingt, dit Mme Sigsby de derrière son bureau. Et seulement si l'information se vérifie. »

Frieda réfléchit.

« D'accord. Mais qu'est-ce qui me prouve que vous tiendrez vos promesses ?

— Il va falloir nous faire confiance. »

Frieda soupira :

« Oui, on dirait bien. »

Stackhouse intervint :

« Bon, arrête de tourner autour du pot. Si tu as quelque chose à dire, dis-le.

— Il a accosté avant Prekile. Devant des marches rouges. » Elle hésita, avant de dévoiler la suite. Le plus important : « En haut des marches, y avait une gare. C'est là qu'il est allé. À la gare. »

19

Après avoir renvoyé Frieda dans sa chambre avec ses jetons (et la menace d'annuler toutes les promesses si elle parlait à quiconque de ce qui s'était passé dans le bureau de Mme Sigsby), Stackhouse appela le service informatique. Andy Fellowes était revenu du village pour remplacer Felicia Richardson. Stackhouse lui expliqua ce qu'il voulait et demanda s'il était possible de l'obtenir sans alerter qui que ce soit. Fellowes répondit que c'était possible, mais il avait besoin de quelques minutes.

« Pas plus », dit-il et il raccrocha.

Il se servit de sa radio pour joindre Rafe Pullman et John Walsh, ses deux agents de sécurité qui se trouvaient à proximité.

« Est-ce que vous ne devriez pas plutôt envoyer un de nos amis policiers là-bas, à la gare ? » lui demanda Mme Sigsby, une fois l'échange terminé.

En effet, deux membres de la police de Dennison River Bend servaient d'informateurs à l'Institut, soit vingt pour cent de l'effectif.

« Ne serait-ce pas plus rapide ?

— Plus rapide peut-être, mais moins sûr. Je ne veux pas que ce merdier s'ébruite davantage, à moins que cela devienne absolument nécessaire.

— Mais s'il a pris un train, il peut se trouver *n'importe où* !

— Nous ne sommes même pas certains qu'il ait atteint la gare. Cette fille nous a peut-être baratinés.

— Je ne crois pas.

— Vous étiez certaine que Dixon n'avait pas menti. »

C'était exact – et gênant –, mais elle tint bon. La gravité de la situation l'imposait.

« Vous avez raison, Trevor. Toutefois, s'il était resté dans une ville de cette taille, les gens l'auraient repéré depuis longtemps.

— Pas forcément. C'est un gamin intelligent. Il a pu se cacher quelque part.

— Le train reste l'hypothèse la plus sérieuse, et vous le savez. »

Le téléphone sonna de nouveau. Tous deux se jetèrent dessus. Stackhouse l'emporta.

« Oui, Andy. Ça y est ?... Parfait, je vous écoute... »

Il se saisit d'un bloc sur lequel il nota quelque chose rapidement. Mme Sigsby se pencha par-dessus son épaule pour lire.

4297 : 10 heures

16 : 14h30

77 : 17 heures.

Il entoura *4297 : 10 heures*, demanda quelle était la destination et inscrivit : *Port*, *Ports*, *Stur*.

« À quelle heure ce train devait-il arriver à Sturbridge ? »

Il nota *16-17 heures* sur le bloc. Mme Sigsby regardait ces indications d'un air consterné. Elle savait ce que pensait Trevor : le garçon aura voulu aller le plus loin possible avant de descendre du train. En supposant qu'il soit monté à bord. À Sturbridge, donc. Et même si le train avait du retard, il était arrivé depuis au moins cinq heures.

« Merci, Andy, dit Stackhouse. Sturbridge se trouve dans l'ouest du Massachusetts, hein ? »

Il écouta la réponse en hochant la tête.

« OK. Donc, c'est au bord de l'autoroute. Mais ça reste une petite escale. Peut-être une correspondance. Vous pouvez essayer de savoir si ce train, ou une partie, continue sa route ensuite ? Après un changement de locomotive, par exemple ? »

Il écouta.

« Non, un simple pressentiment. S'il a voyagé clandestinement à bord de ce train, peut-être que Sturbridge ne lui semblait pas assez loin pour qu'il se sente en sécurité. Il voulait peut-être continuer à fuir. C'est ce que j'aurais fait à sa place. Renseignez-vous et rappelez-moi le plus vite possible. »

Il raccrocha.

« Andy a consulté le site de la gare. Aucun problème. Incroyable, non ? On trouve tout sur Internet, de nos jours.

— Sauf nous, souligna Mme Sigsby.

— Pour le moment.

— Alors, et maintenant ?

— On attend Rafe et John. »

Ce qu'ils firent. L'heure du crime sonna. Une demi-heure plus tard très précisément, le téléphone posé sur le bureau de la directrice retentit. Cette fois, elle fut la plus rapide. Elle aboya son nom dans l'appareil et écouta ce qu'on lui disait en hochant la tête.

« Très bien… Compris… Continuez jusqu'à la gare… au dépôt… je ne sais pas comment on appelle ça… et voyez si quelqu'un y est encore… Oh. Très bien. Merci. »

Elle raccrocha et se tourna vers Stackhouse.

« C'étaient vos forces de sécurité. » Paroles prononcées avec une pointe de sarcasme étant donné que, ce soir-là, ces forces de sécurité se composaient de deux hommes d'une cinquantaine d'années qui n'étaient pas dans une forme physique éblouissante. « Frieda Brown a dit vrai. Ils ont trouvé les marches, des empreintes de chaussures et même deux empreintes de doigts ensanglantées au milieu de l'escalier. Rafe pense qu'Ellis s'est arrêté à cet endroit pour se reposer ou pour refaire ses lacets. Ils possèdent des lampes électriques, mais John affirme qu'ils trouveront sans doute d'autres indices quand il fera jour. » Après une pause, elle ajouta : « Ils ont inspecté la gare. Il n'y a personne, pas même un veilleur de nuit. »

Malgré la climatisation qui maintenait une agréable température de 22 degrés dans le bureau, la sueur perlait sur le front de Stackhouse.

« Ça sent mauvais, Julia, mais on peut peut-être encore étouffer l'affaire sans utiliser *ça*. » Il montra le tiroir du bas qui renfermait le Téléphone Zéro. « Évidemment, s'il est allé trouver les flics de Sturbridge, la situation devient beaucoup plus délicate. Et il a eu cinq heures pour le faire.

— Même s'il est descendu dans cette ville, il n'a pas forcément contacté la police.

— Qu'est-ce qui l'en empêche ? Il ne sait pas qu'il est recherché pour le meurtre de ses parents. Puisqu'il ne sait même pas qu'ils sont morts.

— Même s'il l'ignore, il s'en doute. Il est très intelligent, Trevor, il ne faut pas l'oublier. À sa place, vous savez quelle est la première chose que je ferais si je descendais du train à Sturbridge, Massachusetts, à... » Elle consulta le bloc. « ... à 16 ou 17 heures ? Je foncerais à la bibliothèque et je me connecterais à Internet. Pour savoir ce qui s'est passé chez moi. »

Cette fois, ils regardèrent l'un et l'autre le tiroir du bas fermé à clé.

« OK, dit Stackhouse. Il faut élargir le champ d'action. Ça ne me plaît pas, mais on n'a pas le choix. Voyons qui on peut contacter dans les environs de Sturbridge. On saura si quelqu'un l'a aperçu. »

Mme Sigsby s'assit à son bureau pour enclencher l'opération, mais son téléphone sonna au moment où elle allait s'en saisir. Elle décrocha, écouta deux secondes et tendit l'appareil au chef de la sécurité.

C'était Andy Fellowes. Il n'avait pas chômé. Il y avait une équipe de nuit à la gare de Sturbridge, et quand Fellowes s'était fait passer pour un gérant de stocks de chez Downeast Freight à la recherche d'un chargement de homards vivants qui se serait égaré, le chef de gare, de garde à cette heure-ci, s'était fait un plaisir de l'aider. Non, aucun homard vivant n'avait été déchargé à Sturbridge. Et oui, la majeure partie du train 4297 poursuivait sa route, tracté par une locomotive beaucoup plus puissante. Il devenait le train 9956 à destination de Richmond, Wilmington, DuPray, Brunswick, Tampa et, pour finir, Miami.

Stackhouse s'empressa de noter tout ça, avant de se renseigner sur les deux villes qu'il ne connaissait pas.

« DuPray se trouve en Caroline du Sud, précisa Fellowes. C'est un arrêt en pleine cambrousse – deux pelés et trois tondus –, mais c'est un lieu de correspondance pour des trains venant de l'ouest. Il y a quelques entrepôts. Seule raison de vivre de ce bled, j'imagine. Brunswick est en Géorgie. C'est beaucoup plus grand. Ils doivent charger des grosses quantités de produits frais et de fruits de mer. »

Stackhouse raccrocha et se tourna vers Mme Sigsby une fois de plus.

« Supposons…

— Supposons, répéta la directrice. Un mot qui nous fait passer pour des idiots, vous et moi…

— Fermez-la. »

Personne d'autre n'aurait pu dire une chose pareille à Mme Sigsby (surtout sur ce ton), mais personne d'autre, non plus, n'avait le droit de l'appeler par son prénom.

Stackhouse se mit à faire les cent pas. Son crâne brillait dans la lumière. Elle se demanda si parfois il le cirait.

« Combien de personnes avons-nous à l'Institut ? demanda-t-il. Je vais vous le dire. Une quarantaine d'employés ici à l'Avant, et deux douzaines à l'Arrière, sans compter Heckle et Jeckle. Pas plus. Pour des raisons de sécurité. Il le faut. Mais ce soir, ça ne nous aide pas. Il y a dans ce tiroir un téléphone qui nous permettrait de recevoir des renforts de toutes sortes, mais si on l'utilise, nos vies s'en trouveront changées. Pas en bien.

— Si on utilise ce téléphone, on pourrait même ne plus avoir de vies », rétorqua Mme Sigsby.

Stackhouse ignora cette remarque.

« On dispose d'un réseau d'informateurs dans tout le pays, un réseau efficace composé de policiers et de médecins, d'employés d'hôtel, de journalistes travaillant pour de modestes hebdomadaires, de retraités qui ont énormément de temps libre pour consulter les sites Internet. On a également à notre disposition deux équipes d'extraction et un avion Challenger qui peut les conduire quasiment n'importe où rapidement. Et surtout, on a nos cerveaux, Julia. Nos cerveaux. Ellis est un joueur d'échecs, les intendants le voyaient tout le temps jouer contre Wilholm. Mais là, c'est une partie grandeur nature, et un jeu auquel il n'a jamais joué. Alors, supposons.

— Soit.

— On envoie un informateur chez les flics de Sturbridge. Avec la même histoire qu'à Presque Isle. Il leur raconte qu'il croit avoir vu Ellis. On a intérêt à faire de même à Portland et à Portsmouth, même si je ne crois pas un seul instant qu'il soit descendu si vite du train. Je mise sur Sturbridge, mais je pense que notre homme fera chou blanc là-bas aussi.

— Est-ce que vous ne prenez pas vos désirs pour des réalités ?

— Je ne fais que ça. Mais si ce gamin réfléchit aussi bien qu'il court, c'est logique.

— Quand le train 4297 est devenu le train 9956, il est resté à bord. Voilà votre supposition.

— Oui. Le 9956 s'arrête à Richmond sur le coup de 2 heures du matin. Il faut envoyer quelqu'un sur place, plusieurs personnes même, pour surveiller ce train. *Idem* à Wilmington, où il doit arriver entre 5 et 6 heures. Mais vous savez quoi ? Je pense qu'il ne descendra dans aucune de ces deux gares.

— Vous pensez qu'il va voyager jusqu'au terminus. »

Trevor, se dit-elle, vous grimpez de plus en plus haut dans l'arbre des suppositions et chaque branche est plus cassante que la précédente.

Mais qu'y avait-il d'autre à faire, maintenant que le garçon avait disparu ? Si elle était contrainte d'utiliser le Téléphone Zéro, on lui expliquerait qu'elle aurait dû se préparer à une telle éventualité. Facile à dire. *Qui* aurait pu imaginer qu'un enfant de douze ans serait suffisamment désespéré pour se couper le lobe de l'oreille afin de se débarrasser du traceur ? Ou qu'une femme de ménage déciderait de l'aider et de l'encourager ? On lui expliquerait ensuite que le personnel de l'Institut était devenu paresseux, qu'il se reposait sur ses lauriers… Et que répondre à cela ?

« … jusqu'au terminus. »

Elle revint à l'instant présent et pria Stackhouse de répéter.

« Je disais qu'il n'irait pas nécessairement jusqu'au terminus. Un gamin de cette intelligence *saura* qu'on va envoyer des gens là-bas, si on a deviné qu'il avait pris le train. Je ne pense pas non plus qu'il descendra dans une zone urbaine. Sûrement pas à Richmond, en tout cas. Une ville inconnue en pleine nuit. Wilmington, c'est possible – c'est plus petit et il fera jour quand le 9956 y arrivera –, mais je penche plutôt pour un des arrêts en pleine cambrousse. DuPray en Caroline du Sud ou Brunswick en Géorgie. En supposant qu'il se trouve bien à bord de ce train.

— Peut-être qu'il ne savait même pas où allait ce train quand il est reparti de Sturbridge. Auquel cas, il se pourrait qu'il continue jusqu'au terminus.

— S'il voyage à bord d'un wagon de marchandises, il sait. »

Mme Sigsby s'aperçut qu'elle n'avait pas eu aussi peur depuis des années. Peut-être qu'elle n'avait jamais eu aussi peur. Toutes ces suppositions. Était-il possible d'enchaîner autant de raisonnements justes ? Là encore, ils n'avaient rien d'autre. Alors, elle acquiesça.

« S'il choisit de descendre en pleine campagne, on pourrait envoyer une équipe d'extraction pour le récupérer. Ah, Trevor, ce serait l'idéal.

— *Deux* équipes. Opale et Rouge Rubis. C'est Rouge Rubis qui l'a amené ici, d'ailleurs. Une jolie façon de boucler la boucle, vous ne trouvez pas ? »

Mme Sigsby soupira.

« J'aimerais qu'on puisse être certains qu'il est monté dans ce train.

— Je ne peux pas l'affirmer à cent pour cent, mais j'en suis quasiment sûr. Et il faudra s'en contenter. » Stackhouse lui sourit. « Décrochez votre téléphone pour réveiller quelques personnes. Commencez par Richmond. Au niveau national, on donne à ces hommes et à ces femmes… combien ? Un million de dollars par an ? Pour une fois, certains mériteront leur argent. »

Une demi-heure plus tard, Mme Sigsby raccrocha.

« S'il est resté à Sturbridge, il doit se cacher dans une conduite d'eau, une maison abandonnée ou un endroit de ce genre. Si la police l'avait repéré, ils en parleraient sur leurs radios. Des gens à nous attendent le train à Richmond et à Wilmington. Avec une histoire toute prête.

— Oui, j'ai entendu. Joli travail, Julia. »

Elle accueillit ces félicitations d'un geste las.

« Toute personne qui l'aperçoit touchera une jolie prime. Encore plus généreuse, une véritable manne, s'ils réussissent à lui mettre le grappin dessus pour le conduire dans un lieu sûr où on viendra le récupérer. C'est peu probable à Richmond, où les deux personnes qu'on a envoyées sont des citoyens lambda. En revanche, un des types de Wilmington est policier. Prions pour que ça se passe là-bas.

— Et concernant DuPray et Brunswick ?

— On a deux personnes à Brunswick, le pasteur d'une église méthodiste située à proximité et son épouse. Une seule à DuPray, mais le type en question vit sur place. C'est le propriétaire de l'unique motel de la ville. »

20

Luke était de retour dans le caisson d'isolation sensorielle. Zeke lui enfonçait la tête sous l'eau et les Lumières de Stasi dansaient devant lui. Elles tourbillonnaient également à l'intérieur de sa tête, et c'était dix fois pire. Rien qu'à les regarder, il allait se noyer.

Tout d'abord, il crut que le cri qu'il entendait, alors qu'il remontait à la surface de la conscience en battant des bras, venait de lui, et il ne comprenait pas comment il pouvait produire un vacarme aussi infernal sous l'eau. Puis il se souvint qu'il se trouvait dans un wagon de marchandises, wagon qui faisait partie d'un train en mouvement qui maintenant ralentissait brutalement. Le hurlement en question était le crissement des roues sur les rails.

Les points colorés subsistèrent encore quelques secondes avant de disparaître. Un noir d'encre régnait à l'intérieur du wagon. En voulant étirer ses muscles ankylosés, Luke s'aperçut qu'il était coincé. Trois ou quatre emballages contenant les moteurs hors-bord étaient tombés. Il voulait croire qu'il avait provoqué cette chute en se débattant au milieu de son cauchemar, mais il songeait qu'il l'avait peut-être fait mentalement, quand il luttait contre ces satanées lumières. Autrefois, ses pouvoirs psychiques se limitaient à faire basculer des plats à pizza d'une table de restaurant ou à tourner les pages d'un livre, mais les temps avaient changé. *Il* avait changé. Dans quelle mesure ? Il l'ignorait et il n'avait pas envie de le savoir.

Le train ralentit encore et franchit bruyamment des aiguillages. Luke avait conscience d'être dans un état de détresse avancé. Si son corps n'était pas (encore) en alerte rouge, il avait assurément atteint le Code Jaune. Il avait faim, ce qui était déjà un problème, mais la soif reléguait au second plan les tiraillements de son ventre vide. Il se revoyait dévalant la pente jusqu'à la rivière, là où était amarré le *S.S. Pokey*, et s'aspergeant le visage d'eau froide, la portant à sa bouche entre ses mains jointes. Il aurait tout donné pour boire l'eau de cette rivière. Il passa sa langue sur ses lèvres, sans que cela lui procure un grand soulagement car elle était toute sèche.

Le train s'arrêta et Luke rempila les cartons à tâtons. C'était lourd. Il n'avait aucune idée de l'endroit où il se trouvait car, en gare de Sturbridge, quelqu'un avait fermé entièrement la porte du wagon Southway Express. Il regagna sa cachette derrière les cartons et attendit, la mort dans l'âme.

Il s'assoupissait de nouveau, malgré la soif, la faim, sa vessie pleine et la douleur qui palpitait dans son oreille, lorsque la porte du wagon s'ouvrit avec fracas, laissant entrer un torrent de clair de lune. Un torrent à ses yeux, du moins, après le noir total dans lequel il s'était réveillé. Un camion approchait du wagon à reculons et un type braillait : « Continue… encore… doucement… encore un peu… *Stop !* »

Le chauffeur du camion coupa son moteur. Le hayon s'abaissa bruyamment, puis un homme sauta à bord du wagon. Luke sentit alors une odeur de café, qui provoqua des gargouillis dans son ventre, si sonores que l'homme devait forcément les entendre. Mais non… Risquant un coup d'œil entre un tracteur de jardin et une tondeuse, il l'aperçut. Il portait un bleu de travail et avait enfilé des bouchons d'oreilles.

Un autre homme le rejoignit et déposa sur le sol du wagon une lanterne, dirigée – Dieu merci – non pas vers Luke, mais vers la porte. Ils tirèrent une rampe métallique sur laquelle ils entreprirent de faire glisser des caisses, du camion au wagon. Chacune portait les mentions KOHLER, HAUT et FRAGILE. Conclusion : où qu'il se trouve, il n'était pas encore arrivé au terminus.

Après avoir chargé dix ou douze caisses, les deux hommes s'offrirent une pause et sortirent un sac en papier contenant des donuts. Luke dut faire appel à toute sa volonté – il imagina que Zeke lui enfonçait la tête à l'intérieur du caisson, il pensa aux jumelles Wilcox, à Kalisha, à Nicky et à tous ceux (Dieu seul savait combien ils étaient) qui comptaient sur lui – pour s'empêcher de jaillir de sa cachette et supplier ces hommes de lui donner un morceau, juste un petit morceau de donut. Mais peut-être aurait-il fini par craquer si l'un d'eux n'avait pas prononcé des paroles qui l'avaient pétrifié.

« Au fait, t'as pas vu un gamin traîner dans les parages, par hasard ?

— Quoi ? répondit l'autre, la bouche pleine.

— Un gamin. Quand t'es allé apporter la thermos au conducteur.

— Qu'est-ce qu'un gosse foutrait par ici ? À deux heures et demie du matin ?

— Un gars m'a posé la question quand j'ai acheté les donuts. Il disait que son beauf l'avait appelé du Massachusetts et qu'il l'avait réveillé en plein sommeil pour lui demander d'aller jeter un coup d'œil à la gare. Le fils de ce type du Massachusetts a fait une fugue, à ce qu'il paraît. Il parlait toujours de sauter à bord d'un train de marchandises pour aller en Californie.

— C'est à l'autre bout du pays.

— Je sais bien. Et toi aussi. Mais un môme, est-ce qu'il le sait ?

— S'il travaille bien à l'école, il sait que Richmond, c'est pas à côté de Los Angeles.

— Ouais, mais c'est aussi un embranchement. Le type disait que le gamin avait peut-être pris ce train et qu'il était descendu pour essayer d'en choper un autre qui allait vers l'ouest.

— En tout cas, j'ai vu aucun gamin.

— Le type disait que son beau-frère offrirait une récompense.

— Il pourrait me filer un million de dollars, Billy. Si j'ai pas vu ce gosse, je peux pas l'inventer ! »

Si mon ventre se remet à gargouiller, je suis foutu, songea Luke. Grillé. Carbonisé.

Au-dehors, quelqu'un cria :

« Billy ! Duane ! Vingt minutes, les gars. Grouillez-vous ! »

Billy et Duane chargèrent encore quelques caisses Kohler à bord du wagon, firent glisser la rampe à l'arrière du camion et repartirent. Luke eut le temps d'entrapercevoir la silhouette d'une ville (laquelle ?) avant qu'un homme en bleu de travail, coiffé d'une casquette de cheminot, referme la porte coulissante du wagon… mais pas entièrement. Luke devina qu'il y avait un endroit qui coinçait dans la glissière. Cinq minutes encore s'écoulèrent avant que le train s'ébranle, lentement tout d'abord, à cause des aiguillages, avant de prendre de la vitesse.

Un homme qui se faisait passer pour le beau-frère d'un autre homme.

Il parlait toujours de sauter à bord d'un train de marchandises.

Ils savaient qu'il s'était enfui. Et même s'ils avaient découvert le *Pokey* en aval de Dennison River Bend, ils ne s'étaient pas laissé berner. Sans doute avaient-ils fait parler Maureen. Ou Avery. Il chassa de son esprit l'effroyable vision de l'Avorton torturé pour livrer des renseignements. S'ils avaient envoyé des gens ici afin de guetter sa descente du train, cela voulait dire que d'autres personnes l'attendraient au prochain arrêt également, et peut-être ferait-il jour alors. Il était possible qu'ils se contentent de le repérer et de le signaler pour éviter les ennuis, mais ils pouvaient tout aussi bien essayer de le capturer. En fonction de leur nombre. Et de leur degré de panique.

J'ai peut-être voulu jouer au plus malin en prenant le train, se dit Luke, mais que pouvais-je faire d'autre ? Ils n'étaient pas censés découvrir le subterfuge aussi vite.

Dans l'immédiat, il pouvait remédier à un inconfort. Se tenant d'une main au siège d'un tracteur de jardin pour assurer son équilibre, il dévissa le bouchon d'essence d'un motoculteur John Deere, ouvrit sa braguette et pissa au moins dix litres dans le réservoir vide. C'était un sale coup pour le futur propriétaire de cet engin, mais à circonstances exceptionnelles, solution exceptionnelle. Il revissa solidement le bouchon. Puis il s'assit sur le siège du tracteur de jardin, plaqua les mains sur son ventre vide et ferma les yeux.

Pense à ton oreille, se dit-il. Pense aux éraflures dans ton dos. Pense à la douleur et tu oublieras combien tu as faim et soif.

Et ça fonctionna, jusqu'à ce que ça cesse de fonctionner. Lorsque s'immiscèrent des images d'enfants quittant leurs chambres pour aller prendre leur petit déjeuner au réfectoire, ce qui aurait lieu dans quelques heures. Il ne parvint pas à chasser la vision des pichets de jus d'orange et de la fontaine remplie de Hawaiian Punch rouge. Oh, comme il aimerait y être. Il boirait un verre de chaque, puis il déposerait dans son assiette une montagne d'œufs brouillés et de bacon.

Non, tu ne peux pas souhaiter être là-bas, se dit-il. Penser ça, ce serait de la folie.

Pourtant, une partie de lui-même en rêvait.

Il ouvrit les yeux pour se débarrasser de ces visions. Mais celle du pichet de jus d'orange était têtue, elle s'accrochait… soudain, il aperçut quelque chose dans l'espace entre les nouvelles caisses et les petits engins à moteur. Tout d'abord, il crut à un effet d'optique dû à l'éclat de la lune entrant par la porte du wagon entrebâillée, puis à une hallucination. Il battit des paupières. C'était toujours là. Il descendit du siège du mini-tracteur pour s'en approcher à petits pas. Sur sa droite, des champs éclairés par la lune défilaient à travers l'ouverture de la porte. En quittant Dennison River Bend, Luke s'était abreuvé du paysage, émerveillé et fasciné, mais maintenant, il se désintéressait du monde extérieur. Toute son attention était fixée sur le sol du wagon, et plus précisément sur les miettes de donuts.

Il y avait même un petit morceau !

Il commença par celui-ci. Pour ramasser les miettes, il humecta le bout de son doigt. Craignant de perdre les plus petites dans les rainures du plancher, il se pencha et sortit sa langue pour les lécher.

21

C'était au tour de Mme Sigsby de dormir un peu sur le canapé dans la pièce qui jouxtait le bureau. Stackhouse avait fermé la porte pour que son téléphone fixe ou sa radio ne la dérangent pas. Fellowes appela de la salle informatique à trois heures moins dix.

« Le 9956 a quitté Richmond, annonça-t-il. Aucune trace du gamin. »

Stackhouse soupira et se massa le menton, sentant sous ses doigts le crissement de sa barbe naissante.

« Entendu.

— Dommage qu'on ne puisse pas arrêter ce train sur une voie de garage pour le fouiller. Ça réglerait une bonne fois pour toutes la question de savoir s'il se planque à bord ou pas.

— Dommage que tous les habitants de la terre ne s'assoient pas en rond pour chanter "Give Peace a Chance". À quelle heure le train arrive-t-il à Wilmington ?

— Sur le coup de 6 heures. Plus tôt, s'il gagne un peu de temps.

— On a combien de types sur place ?

— Deux pour l'instant. Un autre va arriver de Goldsboro.

— Ils savent qu'ils doivent rester calmes, hein ? Les gens nerveux, ça éveille les soupçons.

— Tout se passera bien, je pense. On a une bonne histoire. Le gamin fugueur, les gens qui s'inquiètent.

— Espérons-le. Tenez-moi informé. »

Le Dr Hendricks entra dans le bureau, sans prendre la peine de frapper. Il avait des cernes sous les yeux, ses vêtements étaient froissés et ses cheveux se dressaient comme une crête gris acier.

« Du nouveau ?

— Pas pour l'instant.

— Où est Mme Sigsby ?

— Elle s'offre quelques instants de repos bien mérité. » Stackhouse se renversa dans le fauteuil de la directrice et s'étira. « Le petit Dixon n'a pas eu droit au caisson, hein ?

— Bien sûr que non. » Donkey Kong semblait choqué par cette idée.

« Ce n'est pas un rose. Loin de là. Prendre le risque d'endommager un BDNF aussi élevé, ce serait de la folie. Ou risquer d'étendre ses capacités. Chose improbable, mais pas impossible. Sigsby me le ferait payer cher.

— Non, elle ne dira rien. Et ce petit salopard va y passer aujourd'hui même, dit Stackhouse. Plongez-le dans l'eau jusqu'à ce qu'il ait l'impression de crever. Et recommencez.

— Vous parlez sérieusement ? C'est un bien très précieux ! Un des TP-positifs les plus performants qu'on ait eus depuis des années !

— Je me contrefous de savoir qu'il peut marcher sur l'eau ou produire de l'électricité quand il pète. Il a aidé Ellis à s'échapper. Demandez au Grec de s'en charger dès qu'il reprendra le travail. Il adore les mettre dans le caisson. Dites-lui bien, quand même, de ne pas le tuer. J'ai conscience de sa valeur, mais j'ai envie de lui faire subir une expérience dont il se souviendra toute sa vie. Ensuite, envoyez-le à l'Arrière.

— Mais Mme Sigsby…

— Mme Sigsby est absolument d'accord. »

Les deux hommes se retournèrent. La directrice venait d'apparaître dans l'encadrement de la porte entre son bureau et ses appartements privés. Stackhouse songea tout d'abord qu'elle avait vu un fantôme, mais ce n'était pas tout à fait exact. En vérité, elle *ressemblait* à un fantôme.

« Faites ce qu'il vient de vous demander, Dan. Si ça endommage son BDNF, tant pis. Il doit payer. »

22

Le train s'ébranla de nouveau et Luke se remémora une chanson que lui chantait sa grand-mère. Était-ce celle qui parlait du Midnight Special[1] ? Il ne s'en souvenait plus. Les miettes de donut n'avaient servi qu'à aiguiser sa faim et à attiser sa soif. Sa bouche était un désert et sa langue une dune de sable. Il s'assoupit, sans parvenir à s'endormir. Les heures passèrent, il n'aurait su dire combien, puis les premières lueurs de l'aube commencèrent à filtrer à l'intérieur du wagon.

Luke rampa sur le plancher qui tanguait jusqu'à la porte entrouverte pour regarder dehors. Il vit défiler des arbres, des pins décharnés essentiellement, des forêts secondaires, des bourgades, des champs, encore des arbres. Lorsque le train traversa un pont de bois, Luke regarda avec envie le cours d'eau en contrebas. Cette fois, ce ne fut pas une chanson qui lui vint à l'esprit, mais un poème de Coleridge. « De l'eau, partout

1. Train qui partait de Houston, au Texas, à minuit. En direction de l'ouest.

de l'eau. Les planches du wagon rétrécissaient. De l'eau, partout de l'eau, et pas une goutte à boire. »

Sans doute était-elle polluée de toute façon, songea-t-il. Tout en sachant qu'il la boirait quand même. À en avoir le ventre gonflé. Et la vomir serait un plaisir car alors il pourrait encore en boire.

Juste avant que le soleil se lève, rouge et chaud, il sentit le goût du sel dans l'air. Le long de la voie ferrée, les fermes avaient cédé la place à des entrepôts et à d'anciennes usines de briques rouges aux fenêtres murées. Des grues se cabraient dans le ciel qui s'éclaircissait. Non loin de là, des avions décollaient. Le train suivit pendant quelque temps une route à quatre voies. Luke apercevait dans les voitures des gens qui n'avaient d'autre préoccupation que leur journée de travail. Lui parvenaient maintenant des odeurs de vase ou de poissons morts, ou les deux.

Je pourrais manger un poisson mort, pensa-t-il, s'il n'y avait pas trop d'asticots. Peut-être même que si. D'après le *National Geographic*, les asticots étaient une excellente source de protéines.

Lorsque le train commença à ralentir, il regagna sa cachette. Le wagon tressauta en franchissant les aiguillages. Enfin, le convoi s'immobilisa.

Malgré l'heure matinale, c'était un endroit animé. Luke percevait des bruits de camions, des hommes qui riaient et bavardaient. Un ghetto-blaster ou un puissant autoradio diffusait du Kanye : les basses ressemblaient à un battement de cœur qui s'emballe, puis ralentit. Une locomotive passa sur une autre voie, en laissant dans son sillage une forte odeur de diesel. Plusieurs secousses violentes se produisirent lorsque des wagons furent attelés ou dételés. Des hommes criaient en espagnol.

Luke saisit quelques injures : *puta mierda*, *hijo de puta*, *chupapollas*.

Une heure encore s'écoula. Mais peut-être n'était-ce qu'un quart d'heure. Finalement, un autre camion recula jusqu'au wagon Southway Express. Un homme en salopette ouvrit la porte en grand. Luke jeta un coup d'œil entre deux engins. L'homme sauta à bord et une autre rampe fut tirée entre le camion et le wagon. Cette fois, c'était une équipe de quatre hommes, deux Blancs et deux Noirs, costauds et tatoués. Ils riaient et parlaient avec un fort accent sudiste. Luke avait l'impression d'entendre ces chanteurs de country que diffusait la station BUZ'N 102 à Minneapolis.

Un des Blancs raconta qu'il était allé danser la veille au soir avec la femme d'un des Noirs. Celui-ci fit mine de le frapper, et le Blanc fit mine de reculer en titubant. Il s'assit sur la pile de cartons contenant des moteurs de hors-bord récemment refaite par Luke.

« Allez, magnez-vous, dit l'autre Blanc. J'ai envie d'aller prendre mon petit déj'. »

Moi aussi, se dit Luke. Oh, oui, moi aussi.

Quand ils commencèrent à transporter les caisses Kohler à bord du camion, Luke eut l'impression d'assister au film de l'arrêt précédent, mais à l'envers. Et cela lui fit penser à ceux que les enfants envoyés à l'Arrière étaient obligés de regarder, à en croire Avery. Des films qui faisaient réapparaître les points lumineux. De gros points bien juteux. La porte du wagon tressaillit sur son rail, comme si elle voulait se fermer toute seule.

« Ouah ! s'exclama le second Noir. Qui est là ?... » Il regarda autour de lui. « Personne.

— C'est le croquemitaine, dit le premier Noir, celui qui avait fait semblant de frapper le Blanc. Allez, on se dépêche. Le chef de gare a dit que le train était en retard sur son horaire. »

Ce n'est toujours pas le terminus, pensa Luke. Je ne resterai pas enfermé dans ce wagon jusqu'à ce que je meure de faim, uniquement parce que je serai mort de soif avant. Il avait lu quelque part qu'une personne pouvait tenir au moins trois jours sans boire avant de sombrer dans l'inconscience qui précède la mort, mais ce n'était pas du tout ce qu'il ressentait.

Les quatre hommes avaient chargé toutes les grosses caisses dans leur camion, sauf deux. Lorsqu'ils s'attaqueraient aux petits engins à moteur, Luke savait qu'ils le découvriraient, mais au lieu de cela, ils repoussèrent la rampe à l'intérieur du camion et refermèrent le hayon.

« Je vous rejoins, les gars », dit un des deux Blancs. Celui qui affirmait être allé danser avec la femme d'un des Noirs. « Faut que j'aille faire un tour aux chiottes. Pour poser ma pêche.

— Retiens-toi, Mattie.

— Impossible. Je vais faire une si grosse merde que je vais devoir descendre en rappel. »

Le camion démarra et repartit. S'ensuivit un moment de silence, puis le dénommé Mattie remonta à bord du wagon. Ses biceps gonflaient les manches de son T-shirt. Rolf Destin, l'ami de Luke dans une autre vie, aurait dit : *la messe est dite*.

« OK, le hors-la-loi. Je t'ai vu quand je me suis assis sur les cartons. Tu peux sortir de ta cachette. »

23

Luke ne bougea pas, essayant de se persuader que s'il demeurait totalement immobile et silencieux, l'homme en conclurait qu'il s'était trompé et repartirait. Mais c'était un raisonnement d'enfant, et il n'était plus un enfant. Loin de là. Alors, il se faufila entre les engins et voulut se redresser, mais il avait les jambes ankylosées et la tête qui tournait. Il serait tombé si le type ne l'avait pas retenu.

« Putain de merde, môme. Qui t'a arraché l'oreille ? »

Luke essaya de parler. Seul un croassement sortit de sa bouche. Il se racla la gorge et fit une nouvelle tentative.

« J'ai eu des ennuis. Vous auriez quelque chose à manger, monsieur ? Ou à boire ? Je meurs de faim et de soif. »

Sans quitter des yeux l'oreille mutilée de Luke, Mattie sortit de sa poche de salopette un rouleau de Life Saver. Luke se jeta dessus, arracha l'emballage et goba quatre pastilles. Il aurait cru que toute sa salive avait disparu, réabsorbée par son corps déshydraté, mais elle réapparut par petits jets, et le sucre fit l'effet d'une bombe dans sa tête. Les points apparurent brièvement, traversant le visage de l'homme. Celui-ci se retourna comme s'il avait senti une présence derrière lui, puis reporta son attention sur Luke.

« Depuis quand t'as rien mangé ?

— Je ne sais pas. Je m'en souviens pas.

— Ça fait combien de temps que tu es dans ce train ?

— Une journée. »

C'était sans doute exact, mais ça lui semblait beaucoup plus long.

« T'arrives de Yankeeland, hein ?

— Oui. »

Difficile de faire plus Yankeeland que le Maine, se dit Luke.

Mattie montra son oreille.

« Qui t'a fait ça ? Ton père ? Ton beau-père ? »

Luke regarda l'homme, affolé.

« Qui vous… Pourquoi vous dites ça ? » Malgré son état de faiblesse, la réponse lui semblait évidente. « Quelqu'un me cherche. C'était pareil dans le dernier endroit où le train s'est arrêté. Combien ils sont ? Qu'est-ce qu'ils ont dit ? Que je m'étais enfui de chez moi ?

— Oui. Ton oncle. Il est venu avec deux potes à lui, plus un flic de Wrightsville Beach. Ils ont pas précisé pourquoi, mais ouais, ils ont dit que tu t'étais enfui du Massachusetts. Ce que je peux comprendre. »

Luke était terrorisé d'apprendre qu'un policier faisait partie des hommes qui le recherchaient.

« J'ai pris ce train dans le Maine, pas dans le Massachusetts, et mon père est mort. Ma mère aussi. Tout ce qu'ils racontent est faux. »

Le dénommé Mattie sembla réfléchir.

« Alors, qui t'a charcuté l'oreille, le hors-la-loi ? Un salopard dans un foyer d'accueil ? »

Ce n'était pas très éloigné de la vérité, songea Luke. Oui, il était dans une sorte de foyer d'accueil, et oui, il était dirigé par des salopards.

« C'est compliqué. Simplement… si ces hommes me voient, monsieur, ils vont m'emmener. Peut-être que normalement ils ne pourraient pas le faire, mais ils ont un policier avec eux. Ils vont me ramener là où tout ça est arrivé. » Il montra son oreille. « Je vous en supplie, dites rien. Laissez-moi rester dans ce train, par pitié. »

Mattie se gratta la tête.

« Je sais pas trop. Tu es encore un gamin, et tu es dans un sale état.

— Ça sera encore pire si ces hommes m'arrêtent. »

Croyez-moi, l'encourageait-il avec ferveur. *Croyez-moi, croyez-moi.*

« Je sais pas trop, répéta Mattie. Même si, en toute franchise, les têtes de ces trois gars me revenaient pas trop. Ils m'avaient l'air un peu nerveux, y compris le poulet. Faut dire que tu as devant toi un gars qu'a fait trois fugues avant d'y arriver. La première fois, je devais avoir ton âge. »

Luke ne dit rien. Mattie avançait dans la bonne direction.

« Où tu vas comme ça ? Tu le sais, au moins ?

— Quelque part où je pourrai trouver à manger, à boire et *réfléchir*. J'ai besoin de réfléchir car personne ne voudra croire mon histoire. Surtout venant d'un enfant.

— *Mattie !* cria quelqu'un. *Amène-toi ! Sauf si tu veux t'offrir un voyage gratos en Caroline du Sud.*

— Tu as été kidnappé, petit ?

— Oui, répondit Luke, et il se mit à pleurer. Et ces hommes… celui qui prétend être mon oncle et le policier…

— *MATTIE ! Torche-toi le cul et grouille-toi !*

— C'est la vérité, dit Luke. Si vous voulez m'aider, laissez-moi partir.

— Ah, putain. » Mattie cracha par la porte ouverte. « Ça me plaît pas, mais quand je vois ton oreille… Ces types, c'est des méchants, tu dis ?

— Y a pas pire. »

Il avait de l'avance sur eux, mais qu'il puisse la conserver ou pas dépendait de la décision de cet homme.

« Tu sais où on est, au moins ? »

Luke fit non de la tête.

« À Wilmington. Ce train va s'arrêter en Géorgie, puis à Tampa, en Floride, pour finir à Miami. Si des gens te courent après, avec des avis de recherche et tout le tintouin, ils vont fouiller toutes ces villes. Mais le prochain arrêt, c'est juste une chiure de mouche sur la carte. Alors, peut-être que…

— Mattie ! Où tu es, nom de Dieu ? » La voix s'était rapprochée.

« Arrête de jouer au con. Faut qu'on se barre. »

Mattie considéra Luke d'un air dubitatif.

« S'il vous plaît. Ils m'ont mis dans un caisson. Ils ont failli me noyer. Je sais que c'est difficile à croire, mais c'est vrai. »

Des pas faisaient crisser le gravier. Mattie sauta du wagon et referma aux trois quarts la porte coulissante. Luke regagna son nid derrière les engins.

« Je croyais que tu voulais aller chier. Qu'est-ce que tu foutais là-dedans ? »

Luke s'attendait à ce que Mattie réponde : *Y a un gamin planqué dans ce wagon. Il m'a raconté une histoire à dormir debout comme quoi il avait été kidnappé dans le Maine et enfermé dans un caisson pour pas être obligé de retourner avec son oncle.*

« J'ai fait c'que j'avais à faire et après j'suis allé jeter un coup d'œil aux tondeuses Kubota. Ma vieille Lawn-Boy va bientôt rendre l'âme.

— Allez, viens. Le train peut pas attendre. Hé, au fait, t'aurais pas vu un gamin dans les parages ? Il serait monté à bord dans le Nord avec dans l'idée de venir visiter Wilmington. »

Il y eut un silence. Puis, Mattie répondit :

« Non. »

Luke se tenait prêt à bondir. En entendant ce simple mot, il appuya la tête contre la paroi du wagon et ferma les yeux.

Dix minutes plus tard, peut-être, une violente secousse parcourut tous les wagons du train 9956 (au nombre de cent maintenant) comme un frisson. La gare se mit à défiler, de plus en plus vite. L'ombre d'un poste d'aiguillage balaya le plancher du wagon. Puis une autre ombre apparut. Une ombre humaine. Et un sac en papier, gras, atterrit sur le sol.

Luke n'eut pas le temps de voir Mattie, mais il l'entendit :

« Bonne chance, le hors-la-loi. »

Il jaillit si précipitamment de sa cachette qu'il se cogna la tempe, du côté non amoché, contre le carter d'un mini-tracteur. Sans même s'en apercevoir. Ce sac en papier dégageait une odeur de paradis.

Et le paradis avait l'apparence d'un friand à la saucisse et au fromage, d'un Hostess Fruit Pie et d'une bouteille d'eau minérale Carolina Sweetheart. Luke dut faire appel à toute sa volonté pour ne pas vider d'un trait la bouteille d'un demi-litre. Il en laissa un fond, la reposa, puis la reprit pour revisser le bouchon. Si jamais elle se renversait dans un virage, il deviendrait fou. Il dévora le friand en cinq bouchées, qu'il fit passer avec une grande gorgée d'eau. Il lécha le gras sur ses mains, avant de regagner sa cachette en emportant l'eau et le dessert. Pour la première fois depuis qu'il avait descendu la rivière à bord du *S.S. Pokey* et levé les yeux vers l'escalier, il avait le sentiment que sa vie valait peut-être la peine d'être vécue. Et bien qu'il ne crût pas en Dieu – jugeant les preuves de son existence un peu moins convaincantes que les preuves du contraire –, il pria. Mais pas pour lui. Il demanda à cette force supérieure et hautement hypothétique de protéger cet homme qui l'avait baptisé « hors-la-loi » et avait lancé ce sac à l'intérieur du wagon.

24

Le ventre plein, il eut envie de somnoler, mais il s'obligea à rester éveillé.

Ce train va s'arrêter en Géorgie, puis à Tampa, en Floride, pour finir à Miami, avait dit Mattie. *Si des gens te courent après, avec des avis de recherche et tout le tintouin, ils vont fouiller toutes ces villes. Mais le prochain arrêt, c'est juste une chiure de mouche sur la carte.*

Il y avait peut-être des gens qui le guettaient même dans cette petite ville. Néanmoins, Luke n'avait aucune intention de poursuivre son voyage jusqu'à Tampa et Miami. Se fondre au milieu d'une population importante pouvait présenter un avantage, mais il y avait trop de policiers dans les grandes villes, et sans doute qu'ils possédaient tous, maintenant, la photo du garçon suspecté d'avoir assassiné ses parents. Par ailleurs, la logique lui disait qu'il ne pouvait pas fuir éternellement. Que Mattie ne l'ait pas dénoncé relevait du miracle. Compter sur un autre coup de chance extraordinaire, ce serait stupide.

Luke pensait disposer d'un atout précieux. Un seul. Si le couteau à découper caché sous son matelas par

Maureen avait disparu en chemin, il avait encore la clé USB. Il ignorait ce qu'elle contenait. Ce n'étaient peut-être que les confessions décousues d'une femme rongée par la culpabilité, du charabia au sujet de ce bébé qu'elle avait abandonné. À l'inverse, c'étaient peut-être des preuves. Des documents.

Le train ralentit de nouveau. Luke s'approcha de la porte et s'y accrocha pour se pencher à l'extérieur. Il vit des arbres, beaucoup d'arbres, une route goudronnée à deux voies et l'arrière de maisons et de bâtiments. Le train passa devant un mât de signalisation. La lumière jaune annonçait peut-être l'approche de cette « chiure de mouche » dont lui avait parlé Mattie. Ou bien un simple ralentissement, le temps qu'un autre train dégage la voie, un peu plus loin. Ce serait peut-être mieux pour lui, car si « un oncle inquiet » l'attendait dans la prochaine ville, il serait à la gare. Luke voyait briller devant lui les toits métalliques de plusieurs entrepôts. Au-delà, on retrouvait la route à deux voies, et au-delà, d'autres arbres.

Ta mission, se dit-il, consiste à sauter de ce train pour atteindre ces arbres le plus vite possible. Surtout, n'oublie pas de courir en heurtant le sol, si tu ne veux pas te retrouver le nez dans le ballast.

Il se balança d'avant en arrière, sans lâcher la porte, les lèvres pincées par un rictus de concentration. Oui, c'était bien l'arrêt évoqué par Mattie car il apercevait une gare droit devant. Sur les bardeaux verts décolorés du toit, on avait peint : DUPRAY SUD & OUEST.

C'est le moment d'y aller, pensa Luke. Si tu ne tiens pas à rencontrer tes oncles…

« Un… »

Il se pencha en avant.

« Deux… »

En arrière.

« *Trois !* »

Il sauta. Il se mit à courir dans le vide, mais son corps allait à la vitesse du train quand il retomba sur le ballast, à côté des rails, trop vite pour ses jambes. Le haut de son corps bascula vers l'avant, les bras tendus derrière lui dans une tentative pour conserver son équilibre. On aurait dit un patineur de vitesse à l'approche de la ligne d'arrivée.

Juste au moment où il pensait qu'il allait peut-être redresser sa course avant de s'affaler, quelqu'un cria : « *Attention !* »

Levant brusquement la tête, il vit un homme juché sur un chariot élévateur, à mi-chemin entre les entrepôts et la gare. Un autre homme, assis à l'ombre du toit de la gare, s'arracha à son rocking-chair, sans lâcher le magazine qu'il était en train de lire. Et s'écria : « Gaffe au poteau ! »

Luke aperçut alors un autre mât de signalisation – rouge clignotant celui-ci –, trop tard pour ralentir. Instinctivement, il tourna la tête et tenta de lever le bras, mais le côté droit de son visage percuta le poteau à pleine vitesse avant que Luke puisse se protéger. Son oreille estropiée encaissa le choc. Il rebondit, heurta le ballast et roula non loin des rails. Il ne perdit pas conscience, mais il voyait le ciel s'éloigner, revenir, repartir. Sentant quelque chose de chaud couler dans son cou, il comprit que sa plaie à l'oreille, sa pauvre oreille martyrisée, s'était rouverte. Une voix intérieure lui criait de se relever, de foncer dans les bois, mais entendre et obéir étaient deux choses différentes. Quand il voulut se remettre debout, il échoua.

La machine est bousillée, pensa-t-il. Merde. Quelle connerie !

L'homme descendu de son chariot élévateur le toisait. Vu du sol, il semblait mesurer au moins deux mètres. Le soleil qui se reflétait dans les verres de ses lunettes empêchait de voir ses yeux.

« Nom d'un chien, petit, à quoi tu joues ?

— Je veux m'enfuir. » Luke n'était pas certain de vraiment parler, mais sans doute que si. « Faut pas qu'ils me rattrapent. Je vous en supplie, empêchez-les de me rattraper. »

L'homme se pencha vers lui.

« Arrête d'essayer de parler. De toute façon, je ne comprends rien. Tu as reçu un sacré coup sur la caboche et tu saignes comme un porc à l'abattoir. Remue les jambes pour voir. »

Luke s'exécuta.

« Les bras maintenant. »

Luke les leva.

L'Homme au Rocking-Chair rejoignit l'Homme au Chariot Élévateur. Luke essaya d'utiliser ses talents de télépathe récemment acquis pour découvrir ce qu'ils savaient. En vain. Impossible de lire dans leurs pensées. Calme plat. Le coup reçu sur la tête avait peut-être effacé ses dons.

« Il va bien, Tim ?

— Je crois. J'espère. En cours de secourisme, on apprend qu'il ne faut pas déplacer une personne blessée à la tête, mais je vais quand même courir le risque.

— Lequel de vous deux se fait passer pour mon oncle ? demanda Luke. Tous les deux ? »

L'Homme au Rocking-Chair fronça les sourcils.

« Vous comprenez ce qu'il raconte ?

— Non. Je vais l'installer derrière le bureau de M. Jackson.

— Je prends les jambes. »

Luke retrouvait ses esprits. Grâce notamment à son oreille. Qui semblait bien décidée à forer un trou dans son crâne. Et à peut-être s'y cacher.

« Non, pas la peine. Il ne pèse rien. Appelez plutôt Doc Roper, s'il veut bien venir à domicile.

— À *l'entrepôt*, plutôt », corrigea l'Homme au Rocking-Chair.

Son rire dévoila des chicots jaunis.

« Oui, si vous voulez. Allez-y. Utilisez le téléphone de la gare.

— À vos ordres, chef. »

L'Homme au Rocking-Chair mima un salut militaire et s'en alla.

L'autre homme releva Luke.

« Lâchez-moi. Je peux marcher tout seul.

— Tu crois ? Voyons voir… »

Luke chancela un instant, avant de retrouver son équilibre.

« Comment tu t'appelles, petit ? »

Luke réfléchit. Pas question de donner son nom sans savoir si cet homme était un oncle ou pas. Il semblait plutôt sympathique… mais Zeke aussi, là-bas à l'Institut, quand, par extraordinaire, il était de bonne humeur.

« Et vous ? rétorqua-t-il.

— Tim Jamieson. Allez, viens. Reste pas au soleil. »

25

Norbert Hollister, propriétaire d'un motel décrépit qui restait ouvert uniquement grâce au salaire mensuel que lui versait l'Institut en tant qu'informateur, se servit du téléphone de la gare pour appeler Doc Roper. Mais au préalable, il se servit de son portable pour appeler un numéro qu'on lui avait communiqué au petit matin. Sur le coup, il avait pesté d'être ainsi réveillé. Maintenant, il s'en réjouissait.

« Votre gamin, dit-il. Il est ici.

— Une seconde, répondit Andy Fellowes. Je vous transfère. »

Après un bref silence, une autre voix demanda :

« Vous êtes Hollister ? De DuPray en Caroline du Sud ?

— Ouais. Le gamin que vous cherchez, il vient de sauter d'un train de marchandises. Il a l'oreille en charpie. La récompense, ça tient toujours ?

— Oui. Et si vous vous débrouillez pour qu'il reste en ville, il y aura même un bonus. »

Norbert émit un ricanement.

« Oh, je crois qu'il risque pas de bouger. Il s'est assommé contre un poteau et il divague complètement.

— Ne le perdez pas de vue, ordonna Stackhouse. Et appelez-moi toutes les heures. Compris ?

— Pour vous tenir au courant.

— Oui, voilà. On s'occupe du reste. »

L'ENFER EST LÀ

1

Tim fit traverser le bureau de Craig Jackson au jeune garçon au visage ensanglanté, encore sonné mais capable de marcher seul. Le propriétaire des Entrepôts et Magasins de DuPray résidait dans la ville voisine de Dunning, cependant il avait divorcé voilà cinq ans et la pièce spacieuse, climatisée qui jouxtait son bureau lui servait de logement d'appoint. Jackson n'était pas là aujourd'hui, ce qui n'étonnait pas Tim : quand le 9956 s'arrêtait à DuPray au lieu de passer en trombe, Craig avait tendance à disparaître.

Au-delà de la kitchenette avec son four à micro-ondes, sa plaque chauffante et son minuscule évier, il y avait le « salon », constitué d'un fauteuil disposé devant un téléviseur HD. Derrière, des pages centrales de *Playboy* et de *Penthouse* dominaient un lit de camp fait au carré. L'intention de Tim était d'allonger le gamin jusqu'à l'arrivée de Doc Roper, mais Luke secoua la tête.

« Le fauteuil.

— Tu es sûr ?

— Oui. »

Le coussin poussa un soupir de lassitude quand le garçon s'assit. Tim posa un genou à terre devant lui.

« Alors, si tu me disais ton nom maintenant ? »

Le garçon l'observa d'un air méfiant. Le sang ne coulait plus, mais sa joue en était couverte. Et son oreille droite était une bouillie effroyable.

« Vous m'attendiez ?

— Non, j'attendais le train. Je travaille ici tous les matins. Plus longtemps quand le 9956 s'arrête. Comment tu t'appelles ?

— Qui était l'autre type ?

— Plus de questions tant que tu ne m'as pas dit ton nom. » Le gamin réfléchit. Il passa sa langue sur ses lèvres et dit :

« Je m'appelle Nick. Nick Wilholm.

— OK, Nick. » Tim fit le signe de la paix. « Tu vois combien de doigts ?

— Deux.

— Et là ?

— Trois. L'autre type, il a dit que c'était mon oncle ? »

Tim fronça les sourcils.

« C'est Norbert Hollister. Le proprio du motel. Si c'est l'oncle de quelqu'un, il m'en a pas parlé. » Tim dressa son index. « Suis mon doigt. Je veux voir tes yeux bouger. »

Les yeux de Luke suivirent l'index de gauche à droite, de haut en bas.

« Bon, tu ne sembles pas trop amoché, commenta Tim. Espérons, du moins. Alors, à qui tu veux échapper, Nick ? »

Visiblement affolé, le garçon essaya de s'extirper du fauteuil.

« Qui vous a dit ça ? »

Tim le repoussa, en douceur.

« Personne. Mais quand je vois un gamin aux vêtements sales et déchirés, avec une oreille à moitié arrachée, qui saute d'un train en marche, je suis assez bête pour penser que c'est un fugueur. Alors, qui…

— C'était quoi, tous ces cris ? J'ai entendu… Oh, Seigneur, qu'est-il arrivé à ce garçon ? »

En se retournant, Tim découvrit Annie Ledoux l'Orpheline. Sans doute était-elle sous sa tente derrière la gare. Très souvent, elle allait y piquer un roupillon en milieu de journée. Alors que le thermomètre installé à l'extérieur de la gare indiquait déjà trente degrés à dix heures ce matin-là, Annie arborait ce que Tim appelait sa « panoplie mexicaine » : sarape, sombrero, bracelets de pacotille et bottes de cow-boy de récupération rafistolées.

« Je vous présente Nick Wilholm, dit Tim. Il vient de je ne sais où pour visiter notre charmant village. Il a sauté du 9956 en marche et percuté de plein fouet un poteau de signalisation. Nick, voici Annie Ledoux.

— Enchanté de vous rencontrer, dit Luke.

— Merci, fiston. Moi de même. C'est le poteau qui lui a arraché la moitié de l'oreille ?

— Non, je ne crois pas. J'espérais qu'il me raconte.

— Vous attendiez le train pour monter dedans ? » interrogea le garçon.

Il semblait obsédé par cette idée. Peut-être parce qu'il avait eu le cerveau sérieusement secoué, ou pour une autre raison.

« Je n'attends rien d'autre que le retour de Notre Seigneur Jésus-Christ », répondit Annie. Elle regarda autour d'elle. « M. Jackson a mis des photos obscènes au mur. J'avoue que ça ne m'étonne pas. »

À cet instant, un homme au teint olivâtre, vêtu d'une salopette par-dessus une chemise blanche, avec une cravate noire, entra. Une casquette de cheminot en toile était perchée sur le haut de son crâne.

« Bonjour, Hector, dit Tim.

— Bonjour à vous. »

Le dénommé Hector jeta un coup d'œil indifférent au garçon assis dans le fauteuil de Craig Jackson, malgré son visage ensanglanté, et reporta son attention sur Tim.

« Mon mécanicien me dit que j'ai deux groupes électrogènes pour vous, un lot de tondeuses tractées et autres, une tonne de conserves et une autre de fruits et légumes. Je suis déjà en retard, mon petit Timmy, et si vous déchargez pas tout ça, z'aurez plus qu'à envoyer à Brunswick tous les camions que cette ville n'a pas pour récupérer la marchandise. »

Tim se leva.

« Annie, pouvez-vous tenir compagnie à ce jeune homme jusqu'à l'arrivée du doc ? Faut que je retourne sur mon chariot élévateur.

— Je m'en occupe. Si jamais il pique une crise, je lui enfoncerai un truc dans la bouche.

— Je ne piquerai pas de crise.

— C'est ce qu'ils disent tous, rétorqua Annie de manière sibylline.

— Fiston, tu as voyagé clandestinement à bord de mon train ? demanda Hector.

— Oui, monsieur. Je suis désolé.

— Bah, maintenant que t'es descendu, je m'en fous. La police va s'occuper de toi, j'imagine. Tim, je vois que vous avez un problème sur les bras, mais la marchandise peut pas attendre, alors au boulot. Où est passée votre foutue équipe ? Je n'ai vu qu'un seul gars, et il est au bureau en train de téléphoner.

— C'est Hollister, le propriétaire du motel. Je le vois mal décharger quoi que ce soit. Sauf peut-être ses intestins le matin en se levant.

— Dégoûtant », commenta Annie l'Orpheline, mais peut-être faisait-elle allusion aux pages centrales qu'elle continuait à examiner.

« Les Beeman devraient être là, mais ces deux bons à rien sont en retard, on dirait. Comme vous.

— Ah, nom d'un chien ! » Hector ôta sa casquette pour passer la main dans ses épais cheveux noirs. « Je déteste faire la tournée du laitier. À Wilmington aussi, ils ont mis un temps fou à décharger. Une foutue Lexus est restée coincée dans le wagon porte-automobiles. Bon, voyons ce qu'on peut faire. »

Tim suivit Hector jusqu'à la porte. Avant de sortir, il se retourna.

« Ton nom, c'est bien Nick ? »

Le garçon sembla réfléchir, puis il répondit :

« Ça fera l'affaire pour le moment.

— Empêchez-le de bouger, dit Tim à Annie. S'il essaie de s'en aller, appelez-moi. »

Il s'adressa ensuite au garçon qui paraissait tout petit et en piteux état.

« À mon retour, on aura une petite discussion, toi et moi. Ça te va ? »

Le garçon hocha la tête avec lassitude.

« J'ai pas le choix. »

2

Une fois les hommes partis, Annie l'Orpheline dénicha deux torchons propres dans un panier sous l'évier de la kitchenette. Après les avoir imbibés d'eau froide, elle en essora un, qu'elle tendit au garçon.

« Appuie ça sur ton oreille. »

Luke obéit. Ça piquait. Annie se servit de l'autre torchon pour lui nettoyer le visage, en faisant preuve d'une douceur qui lui rappela sa mère. Elle s'interrompit pour lui demander – avec la même douceur – pourquoi il pleurait.

« Ma maman me manque.

— Je suis sûre que tu lui manques aussi.

— Non. À moins que la conscience survive après la mort. J'aimerais bien y croire, mais les preuves empiriques suggèrent que ce n'est pas le cas.

— Après la mort ? Oh, c'est sûr que oui. » Annie retourna vers l'évier pour rincer le torchon plein de sang. « Certains affirment que les âmes s'intéressent pas plus à la sphère terrestre qu'on se soucie des activités des fourmis dans leurs fourmilières, mais j'en fais pas partie. Moi, je crois qu'elles s'y intéressent. Toutes mes condoléances pour ta maman, fiston.

— Vous croyez que l'amour continue ? »

C'était une idée idiote, il le savait, mais qui faisait du bien.

« Évidemment. L'amour meurt pas avec le corps terrestre, fiston. C'est totalement ridicule. Ça fait combien de temps qu'elle a disparu ?

— Un mois peut-être, ou six semaines. J'ai perdu la notion du temps. Mes parents ont été assassinés et moi, on m'a kidnappé. Je sais que c'est difficile à croire… »

Annie s'attaqua au sang qui restait sur le visage du petit garçon.

« Pas si difficile que ça quand on sait. » Elle se tapota la tempe sous son sombrero. « Ils sont venus dans des voitures noires ?

— Je ne sais pas. Mais ça ne m'étonnerait pas.

— Et ils se sont servis de toi pour faire des expériences ? »

Luke en resta bouche bée.

« Comment vous le savez ?

— George Allman. Il passe sur WMDK, de minuit à quatre heures du matin. Son émission parle des possessions, des ovnis et des pouvoirs psychiques.

— Des pouvoirs psychiques ? Vraiment ?

— Oui. Et aussi des complots. Tu as entendu parler des complots, fiston ?

— Vaguement.

— L'émission de George Allman s'appelle *Les Outsiders*. Des auditeurs appellent, mais la plupart du temps, c'est lui qui s'exprime. Il ne dit pas que c'est des extraterrestres, ou le gouvernement, ou le gouvernement qui travaille avec les extraterrestres, il fait très attention car il ne veut pas disparaître ou être assassiné comme Jack et Bobby, mais il parle tout le temps des voitures noires et des expériences. Des histoires à vous faire dresser les cheveux sur la tête. Tu savais que le Fils de Sam était un walk-in ? Non ? Eh bien, si. Et le diable qui était en lui est ressorti ensuite, ne laissant qu'une coquille vide. Lève la tête, fiston, le sang a coulé dans ton cou, et s'il sèche avant que je le nettoie, je vais devoir frotter. »

3

Les frères Beeman, deux adolescents grands et massifs qui vivaient dans le camp de caravanes au sud de la ville, débarquèrent à midi et quart, en plein milieu de ce qui était habituellement la pause déjeuner de Tim. La majeure partie de la marchandise destinée au magasin Fromie, le vendeur de gros outillage, avait déjà été déchargée sur le quai lézardé de la gare. Si cela n'avait tenu qu'à Tim, il aurait viré les Beeman sur-le-champ, mais ils étaient plus ou moins parents de M. Jackson, à la manière compliquée du Sud, et ce n'était donc pas envisageable. De plus, il avait besoin d'eux.

À midi trente, Del Beeman, au volant du gros camion muni d'une carriole, recula jusqu'à la porte du wagon Carolina Produce puis les deux frères entreprirent de décharger des caisses de salades, de tomates, de concombres et de courges d'été. Hector et son mécanicien, qui se fichaient pas mal des légumes frais mais avaient hâte de foutre le camp de Caroline du Sud, donnèrent un coup de main. Norb Hollister, à l'ombre de l'auvent de la gare, était très occupé à les regarder, et Tim s'étonnait de sa présence depuis le matin – c'était la première fois qu'il s'intéressait à l'arrivée et au départ des trains –, mais il n'avait pas le temps de s'interroger.

À une heure moins dix, un vieux break Ford pénétra sur le petit parking de la gare, au moment même où Tim chargeait les dernières caisses de légumes frais à l'arrière du camion qui les livrerait à l'Épicerie DuPray… si Phil Beeman arrivait à le conduire jusque-là. C'était à moins de deux kilomètres, mais Phil avait la langue pâteuse ce matin et des yeux aussi rouges que ceux d'un petit animal essayant d'échapper à un feu de broussailles. Pas besoin d'être Sherlock Holmes pour deviner qu'il avait fumé des pétards. Avec son frère.

Doc Roper descendit du break. Tim le salua d'un geste de la main et désigna l'entrepôt qui abritait le bureau/studio de M. Jackson. Roper lui rendit son salut et marcha dans cette direction. C'était une caricature de médecin à l'ancienne, de ceux qui survivent dans de nombreuses zones rurales pauvres où l'hôpital le plus proche se situe à soixante-dix ou quatre-vingts kilomètres, où l'Obamacare est considéré comme une hérésie de gauchistes attardés et une visite au supermarché comme une excursion. La soixantaine bien tassée, obèse, baptiste pur et dur, il transportait une bible à côté de son stéthoscope dans la sacoche en cuir noir qui se transmettait de père en fils depuis trois générations.

« C'est quoi son problème à ce gamin ? demanda le mécanicien en s'essuyant le front avec un bandana.

— Je ne sais pas, répondit Tim, mais j'ai bien l'intention de le savoir. C'est bon, les gars, vous pouvez y aller. Sauf si vous voulez me laisser une des Lexus, Hector. Je me ferai un plaisir de la décharger moi-même.

— *Chupa mi polla* », répondit Hector.

Il serra la main de Tim et regagna sa locomotive en espérant rattraper son retard entre DuPray et Brunswick.

4

Stackhouse avait prévu d'effectuer le voyage à bord du Challenger avec les deux équipes d'extraction, mais Mme Sigsby décida de prendre sa place. Elle en avait le pouvoir car c'était elle la patronne. Néanmoins, le désarroi affiché par le chef de la sécurité frisait l'insulte.

« Ne faites pas cette tête, dit-elle. Quelle tête va rouler dans la poussière, à votre avis, si ça se finit mal ?

— Les deux nôtres. Et ça ne s'arrêtera pas là.

— Certes, mais laquelle tombera en premier et roulera le plus loin ?

— Julia, il s'agit d'une opération de terrain, et vous n'êtes jamais allée sur le terrain.

— Je serai avec les équipes Rouge Rubis et Opale. Quatre hommes efficaces et trois femmes coriaces. Il y aura également Tony Fizzale, un ex-marine, le Dr Evans et Winona Briggs. C'est une ancienne militaire qui possède des connaissances dans le domaine du tri. Denny Williams prendra les rênes dès que l'opération débutera, mais j'ai l'intention d'être présente et de rédiger mon rapport sur place. » Après réflexion, elle ajouta : « Si un rapport est nécessaire, s'entend. Et je commence à croire qu'il y a moyen de s'en passer. » Elle consulta sa montre. Midi trente. « Assez discuté. Il faut tout mettre sur pied. Je vous confie le fort. Si tout va bien, je serai de retour demain matin à deux heures. »

Stackhouse accompagna la directrice jusqu'au chemin de terre, fermé par une grille, qui rejoignait la route goudronnée à environ cinq kilomètres à l'est. C'était une journée chaude. Les grillons chantaient dans les bois touffus à travers lesquels ce salopard de gamin avait réussi à se repérer. Un monospace Ford Winstar attendait devant la grille, moteur en marche. Au volant se trouvait Robin Lecks. Derrière elle avait pris place Michelle Robertson. Les deux femmes portaient des jeans et des T-shirts noirs.

Mme Sigsby s'adressa à Stackhouse :

« D'ici jusqu'à Presque Isle : quatre-vingt-dix minutes. De Presque Isle à Erie, en Pennsylvanie : soixante-dix minutes. C'est là-bas qu'on récupérera l'équipe Opale. D'Erie à Alcolu, en Caroline du Sud : deux heures, *grosso modo*. Si tout se passe bien, nous serons à DuPray ce soir à dix-neuf heures.

— Restez en contact et souvenez-vous : c'est Williams qui dirige les opérations dès que ça commencera à chauffer. Pas vous.

— Je m'en souviendrai.

— Je pense que c'est une erreur, Julia. Je devrais y aller à votre place. »

Elle le regarda droit dans les yeux.

« Si vous répétez ça, je me débarrasse de vous. »

Elle marcha jusqu'au monospace. Denny Williams fit coulisser la porte latérale. Juste avant de monter à bord, elle se retourna vers Stackhouse :

« Faites en sorte qu'Avery Dixon ait droit à une bonne trempette dans le caisson et soit envoyé à l'Arrière avant mon retour.

— Donkey Kong n'aime pas cette idée. »

Mme Sigsby le gratifia d'un sourire terrifiant.

« Qu'est-ce que ça peut bien me faire ? »

5

Tim regarda le train s'éloigner avant de retourner à l'ombre sous l'auvent de la gare. Sa chemise était trempée de sueur. Il fut surpris de constater que Norbert Hollister était toujours là. Il portait son habituel gilet à motif cachemire et son pantalon de toile crasseux, maintenu aujourd'hui par une ceinture tressée, sous l'estomac. Tim se demanda (ce n'était pas la première fois) comment il pouvait remonter son pantalon si haut sans s'écraser les couilles.

« Qu'est-ce que vous faites encore là, Norbert ? »

Hollister haussa les épaules et sourit, dévoilant la vision d'une dentition dont Tim aurait pu se passer avant le déjeuner.

« Je tue le temps. On peut pas dire que les après-midi sont très animés au motel. »

Contrairement aux matinées et aux soirées ? songea Tim.

« Allez donc voir ailleurs si j'y suis. »

Norbert sortit de sa poche arrière un paquet de tabac à chiquer Red Man dont il fourra une grosse boule dans sa bouche. Voilà qui expliquait la couleur de ses dents, conclut Tim.

« Qui vous a élu le chef ici ?

— J'ai dû donner l'impression que je vous laissais le choix. Erreur. Fichez le camp.

— Très bien, je sais saisir une allusion. Je vous souhaite une bonne journée, monsieur Le Veilleur de Nuit. »

Norbert s'éloigna d'un pas tranquille. Tim le suivit du regard, perplexe. Il apercevait parfois Hollister au Bev's, le restau, ou au Zoney's, l'épicerie, en train d'acheter des cacahuètes bouillies ou un œuf dur provenant d'un bocal posé sur le comptoir. Sinon, il quittait rarement son bureau au motel, où il regardait le sport et des films porno sur sa télé. Qui, contrairement à celles des chambres, fonctionnait.

Annie l'Orpheline l'attendait dans le bureau de M. Jackson. Assise dans le fauteuil, elle passait en revue la paperasse dans la corbeille ARRIVÉE/DÉPART.

« Ça ne vous regarde pas, Annie, dit Tim sans agressivité. Et si vous mettez la pagaille, c'est moi qui aurai des ennuis.

— Y a rien d'intéressant, de toute façon. Uniquement des factures, des horaires, etc. Par contre, il a une carte de fidélité du café strip-tease à Hardeeville. Encore deux petits trous et il a droit à un buffet gratuit. Même si l'idée de déjeuner en regardant une femme qui montre sa chatte… *Beurk.* »

Tim n'avait jamais pensé à ça, et maintenant que c'était fait, il le regrettait.

« Le doc est avec le gamin ?

— Ouais. J'ai arrêté le saignement, mais il devra porter les cheveux longs maintenant, à cause de son oreille qui ne sera plus jamais comme avant. Mais écoutez-moi bien… Les parents de ce pauvre garçon ont été assassinés et on l'a kidnappé.

— Ça fait partie du complot ? »

Annie et Tim avaient eu de nombreuses conversations sur ce sujet au cours de ses rondes nocturnes.

« Exact. Ils sont venus le chercher dans des voitures noires, vous pouvez en être sûr, et s'ils suivent sa trace jusqu'ici, ils vont venir le chercher.

— J'en prends bonne note, dit Tim. Je vais en parler au shérif John. Merci de l'avoir lavé et surveillé. Maintenant, je pense que vous devriez vous en aller. »

Annie se leva et secoua son sarape.

« Oui, parlez-en au shérif John. Et restez sur vos gardes, vous tous. Ils peuvent très bien venir armés. Il y a une ville, dans le Maine, qui s'appelle Jerusalem's Lot, où vous pourriez interroger les habitants sur les hommes en voitures noires. À condition d'en trouver un, évidemment. Ils ont tous disparu il y a plus de quarante ans. George Allman parle souvent de cette ville.

— OK. »

Annie marcha jusqu'à la porte dans un bruissement de sarape, puis se retourna.

« Vous ne me croyez pas, et ça ne m'étonne pas. Forcément. Je suis la cinglée du coin depuis des années, bien avant votre arrivée, et si le Seigneur ne me rappelle pas à Lui, je serai la cinglée du coin longtemps après votre départ.

— Annie, je n'ai jamais…

— Chut. » Elle lui jeta un regard intense sous son sombrero. « Peu importe. Mais ouvrez grandes vos oreilles. C'est moi qui vous le dis… mais c'est *lui* qui *me* l'a dit. Ce gamin. Alors, on est deux maintenant. Et souvenez-vous : *ils arrivent dans des voitures noires*. »

6

Doc Roper rangeait dans sa sacoche les quelques outils d'examen qu'il avait utilisés. Le garçon était toujours assis dans le fauteuil de M. Jackson. Son visage avait été nettoyé et son oreille bandée. Un bel hématome faisait son apparition sur le côté droit, à la suite de sa rencontre avec le mât de signalisation, mais son regard était clair et vif. Le médecin avait déniché dans le mini-frigo une bouteille de ginger ale, que le garçon buvait à petites gorgées.

« Restez assis tranquillement, jeune homme », dit Roper.

Il ferma sa sacoche d'un geste sec et se dirigea vers Tim, qui se tenait sur le seuil entre le bureau et l'appartement.

« Comment il va ? demanda-t-il tout bas.

— Il est déshydraté et affamé car il n'a quasiment rien mangé depuis un moment, mais à part ça, il m'a l'air d'aller bien. Les gamins de cet âge, ça résiste à pire que ça. Il dit qu'il a douze ans, qu'il s'appelle Nick Wilholm et qu'il est monté à bord de ce train à son point de départ, dans le Maine, tout là-haut dans le Nord. Je lui ai demandé ce qu'il faisait là-bas et il m'a répondu qu'il ne pouvait pas me le dire. Je lui ai demandé son adresse, il dit qu'il a oublié. Possible, un violent coup à la tête peut provoquer une désorientation temporaire et des troubles de la mémoire. Mais j'ai roulé ma bosse, et je sais faire la différence entre l'amnésie et la réticence, surtout chez un enfant. Il nous cache quelque chose. Peut-être même pas mal de choses.

— OK.

— Vous voulez un conseil ? Promettez-lui un bon gros repas au restau et vous aurez droit à toute l'histoire.

— Merci, doc. Envoyez-moi votre note. »

Roper chassa cette question d'un geste.

« Offrez-*moi* un gueuleton, ailleurs qu'au Bev's, et on sera quittes… Et quand vous connaîtrez son histoire, venez me la raconter. »

Une fois le médecin parti, Tim ferma la porte afin de se retrouver seul avec le garçon. Il sortit son portable de sa poche pour appeler Bill Wicklow, l'adjoint du shérif qui devait reprendre le poste de veilleur de nuit après Noël. Le garçon l'observait attentivement en sirotant son soda.

« Bill ? C'est Tim… Ouais, ça va. Je me disais que vous voudriez peut-être faire un galop d'essai ce soir ? À cette heure-ci, je dors normalement, mais on a un problème à la gare… Formidable. Je vous revaudrai ça. Je laisserai la pointeuse au poste. N'oubliez pas qu'il faut la remonter. Et encore merci. »

L'appel terminé, il examina le garçon. Les hématomes sur son visage allaient bleuir ; dans une semaine ou deux, cependant, ils auraient disparu. L'expression de son regard durerait sans doute plus longtemps.

« Tu te sens mieux ? Ta migraine se calme ?

— Oui, monsieur.

— Oublie les "monsieur". Appelle-moi Tim. Et moi, comment je dois t'appeler ? C'est quoi, ton vrai nom ? »

Après une brève hésitation, Luke le lui dit.

7

Le tunnel mal éclairé qui reliait l'Avant à l'Arrière était glacial et Avery se mit à trembler. Il portait encore les mêmes vêtements trempés que lorsque Zeke et Carlos avaient sorti son petit corps inconscient du caisson. Il claquait des dents. Malgré cela, il s'accrochait à ce qu'il avait appris. C'était important. Tout était important désormais.

« Arrête avec tes dents, ordonna Gladys. C'est dégoûtant, ce bruit. »

Elle le poussait dans un fauteuil roulant et son légendaire sourire était aux abonnés absents. Tout le monde désormais savait ce que ce sale petit merdeux avait fait et, comme tous les autres employés de l'Institut, elle était terrorisée et le resterait jusqu'à ce que Luke Ellis soit de retour au bercail. Alors, ils pourraient pousser un immense soupir de soulagement.

« J-j-j'y p-p-peux rien, dit Avery. J-j-j-'ai froid.

— Qu'est-ce que ça peut me foutre ? » La voix cassante de Gladys se répercutait contre le carrelage des murs. « Tu as une idée de ce que tu as fait ? Hein ? Tu as une *idée* ? »

Oui. En fait, Avery avait un tas d'idées, certaines provenaient de Gladys (sa peur était comme un rat qui tournait dans une roue à l'intérieur de sa tête), d'autres n'appartenaient qu'à lui.

Dès qu'ils franchirent la porte sur laquelle était écrit ACCÈS INTERDIT AU PERSONNEL NON AUTORISÉ, la température remonta légèrement et, dans le salon miteux où les attendait le Dr James (sa blouse blanche était boutonnée de travers, elle avait les cheveux en bataille et affichait un sourire idiot), il faisait encore un peu plus chaud.

Les tremblements d'Avery se calmèrent, puis cessèrent. En revanche, les Lumières de Stasi réapparurent. Ce n'était pas grave : il pouvait les chasser à sa guise. Zeke avait failli le tuer dans le caisson. De fait, avant de s'évanouir, Avery avait cru qu'il était mort. En réalité, le caisson l'avait transformé. Il savait que cette expérience avait eu un certain impact sur les enfants qui l'avaient précédé, mais il avait le sentiment que c'était autre chose. Qui allait bien au-delà de la télépathie ou de la télékinésie. Si Gladys tremblait de peur en songeant à ce qui pourrait arriver à cause de Luke, Avery avait le sentiment que *lui aussi* pourrait la terroriser, s'il le souhaitait.

Mais l'instant ne s'y prêtait pas.

« Bonjour, jeune homme ! » s'exclama le Dr James.

On aurait dit une politicienne qui s'offrait un spot publicitaire à la télé, et ses pensées flottaient dans tous les sens, tels des bouts de papier pris dans un tourbillon.

Il y a quelque chose qui cloche sérieusement chez elle, se dit Avery. Une contamination radioactive, non pas dans ses os, mais dans son cerveau.

« Bonjour. »

Le Dr Jeckle rejeta la tête en arrière en éclatant de rire comme si ce mot, *bonjour*, était la chute d'une blague désopilante.

« On ne t'attendait pas si tôt, mais sois le bienvenu. Bienvenue ! Certains de tes amis sont déjà là ! »

Je sais, pensa Avery, j'ai hâte de les retrouver. Et je crois qu'ils seront heureux de me voir.

« Avant toute chose, il faut t'enlever ces vêtements mouillés. »

Elle adressa un regard chargé de reproche à Gladys, occupée à se gratter les bras pour tenter de se débarrasser des démangeaisons qui couraient à la surface de sa peau (ou juste dessous). Je vous souhaite bien du courage, pensa Avery.

« Je vais demander à Henry de te conduire dans ta chambre. On a de très gentils intendants ici. Tu es capable de marcher seul ?

— Oui. »

Réponse qui provoqua un nouvel éclat de rire chez le Dr Jeckle. Avery se leva du fauteuil roulant et posa sur Gladys un long regard pénétrant. Elle cessa de se gratter, et c'était *elle*, maintenant, qui grelottait. Non pas parce qu'elle était mouillée, ni parce qu'elle avait froid. Mais à cause de lui. Elle le sentait, et elle n'aimait pas ça.

Contrairement à Avery. Il trouvait ça magnifique.

8

Comme il n'y avait pas d'autre siège dans le salon de M. Jackson, Tim alla chercher le fauteuil dans le bureau. Il envisagea de le placer devant le garçon, mais songea que cela ressemblerait trop au décor d'une salle d'interrogatoire. Alors, il le fit glisser au niveau du gros fauteuil relax et s'assit à côté du garçon, comme s'ils étaient deux amis qui regardaient leur émission de télé préférée. À cette différence près que l'écran plat de M. Jackson demeurait noir.

« Eh bien, Luke… D'après Annie, tu as été kidnappé. Mais Annie est parfois un peu… délirante, si tu vois ce que je veux dire.

— Pas là.

— OK. Soit. Où on t'a kidnappé ?

— À Minneapolis. Ils m'ont endormi. Et ils ont tué mes parents. »

Il s'essuya les yeux.

« Ces kidnappeurs t'ont emmené de Minneapolis jusque dans le Maine ? Comment ?

— Je ne sais pas. J'étais inconscient. En avion certainement. Je viens réellement de Minneapolis. Vous pouvez vérifier, il suffit d'appeler mon école. La Broderick School pour enfants exceptionnels.

— J'en conclus que tu es un garçon très intelligent.

— Exact, répondit Luke sans une once de vantardise. Je suis un garçon très intelligent. Mais pour le moment, je suis surtout un garçon qui a très faim. Je n'ai rien mangé depuis deux jours, à part un friand à la saucisse et un dessert aux fruits. Je crois que ça fait deux jours. J'ai perdu la notion du temps. C'est un nommé Mattie qui me les a donnés.

— C'est tout ?

— Un petit bout de donut. Pas très gros.

— Bon sang ! Viens, on va te chercher à manger.

— Je veux bien », dit Luke. Et il ajouta : « S'il vous plaît. » Tim sortit son portable de sa poche.

« Wendy ? C'est Tim. Est-ce que tu pourrais me rendre un service ? »

9

La chambre d'Avery à l'Arrière était austère. Un simple lit de camp, pas de posters de personnages de dessins animés aux murs, pas de figurines G.I. Joe sur la commode. Avery s'en fichait. Il n'avait que dix ans, mais il devait se comporter en adulte désormais, et les adultes ne jouaient pas aux petits soldats.

Mais je ne peux pas y arriver seul, se dit-il.

Il se souvint du Noël précédent. C'était douloureux, mais il y repensa quand même. Il avait reçu en cadeau le château fort en Lego qu'il avait réclamé, mais face à toutes les pièces étalées devant lui, il ne savait pas comment passer de cet éparpillement au magnifique château représenté sur la boîte avec ses donjons, ses portes et le pont-levis qui s'abaissait et se relevait. Il s'était mis à pleurer. Alors, son père (mort désormais, il en avait la certitude) s'était agenouillé près de lui en disant : *On va suivre les instructions et on le fera ensemble. Étape par étape.* Ce qu'ils avaient fait. Ce château fort était resté sur sa commode, dans sa chambre, protégé par ses G.I. Joe, et c'était une des choses qu'ils n'avaient pas réussi à copier à l'Institut.

Maintenant, allongé sur ce lit de camp, dans cette chambre presque nue, habillé de vêtements secs, il revoyait son magnifique château, une fois achevé. Et il percevait le bourdonnement. Permanent ici, à l'Arrière. Plus fort dans les couloirs que dans les pièces, et plus fort encore au-delà du réfectoire, après la salle de repos des intendants, là où une porte verrouillée à double tour donnait sur l'Arrière de l'Arrière. Que les intendants appelaient fréquemment Gorky Park, car les enfants qui vivaient là (si on pouvait appeler ça vivre) étaient des *gorks*[1]. Des anomalies. Utiles, cependant, supposait Avery. Comme l'emballage d'une barre Hershey était utile, jusqu'à ce que vous en ayez léché tout le chocolat. Ensuite, vous pouviez le jeter.

Ici, les chambres fermaient à clé. Avery se concentra pour tenter de faire tourner sa serrure. Bien qu'il n'y ait nulle part où aller, hormis dans le couloir au sol tapissé de moquette bleue, mais c'était une expérience intéressante. Il sentait que la serrure *essayait* de tourner, mais il n'arrivait pas à l'actionner jusqu'au bout. Il se demanda si George Iles en serait capable, car George était déjà un TK-pos puissant au départ. Oui, sans doute, se dit-il. Avec un petit coup de main. Il repensa aux paroles de son père : *On le fera ensemble. Étape par étape.*

À dix-sept heures, la porte s'ouvrit et un intendant en tenue rouge glissa son visage impassible par l'entrebâillement. Les employés ne portaient pas de badges ici, mais Avery n'en avait pas besoin. Celui-ci s'appelait Jacob. Alias Jake le Serpent, pour ses collègues. Un

---

1. Acronyme de *God Only Really Knows*. « Dieu seul le sait vraiment ». Terme servant à désigner des personnes ayant subi des traumatismes crâniens et/ou se trouvant dans un état végétatif.

ancien de la Navy. Vous avez essayé d'entrer dans les SEAL, pensa Avery, mais vous avez échoué. Ils vous ont renvoyé. Peut-être que vous aimiez trop faire du mal aux gens.

« Dîner, annonça-t-il. Si tu veux manger, amène-toi. Sinon, je t'enferme jusqu'à l'heure du film.

— Je veux manger.

— Très bien. Tu aimes les films, petit ?

— Oui », répondit Avery.

En songeant : Mais pas ceux-là. Ces films tuent des gens.

« Ça va te plaire, tu verras. Il y a toujours un dessin animé pour commencer. Le réfectoire est juste là, au bout du couloir, sur ta droite. Et arrête de lambiner ! »

Jake lui donna une grande tape sur les fesses pour le faire avancer.

Au réfectoire – une salle sinistre, peinte du même vert foncé que les couloirs de la résidence de l'Avant –, une demi-douzaine d'enfants mangeaient un truc qui sentait le ragoût de bœuf en boîte Dinty Moore. Sa mère leur en servait au moins deux fois par semaine car sa petite sœur en raffolait. Sans doute était-elle morte elle aussi. La plupart de ces enfants ressemblaient à des zombies, et beaucoup bavaient. Une fille fumait une cigarette en mangeant. Sous les yeux d'Avery, elle tapota la cendre au-dessus de son bol, promena un regard vide autour d'elle et se remit à manger.

Il avait senti la présence de Kalisha dès le tunnel, et maintenant il la voyait enfin, assise à une table vers le fond. Il dut réprimer l'envie de se précipiter pour se jeter à son cou. Cela attirerait l'attention, ce qu'Avery ne voulait surtout pas. Au contraire. Helen Simms était assise à côté de Sha ; ses mains reposaient mollement de part et d'autre de son bol. Elle contemplait le plafond. Ses cheveux, si flamboyants lors de son arrivée à l'Avant, devenus ternes, pendaient de chaque côté de son visage – beaucoup plus émacié – sous forme de mèches emmêlées. Kalisha la faisait manger ; du moins, elle essayait.

« Allez, Hel. Fais un effort. On y va… »

Sha introduisit une cuillerée de ragoût dans la bouche d'Helen. Quand un morceau de viande indéterminée, marron, tenta de ressortir, Sha utilisa la cuillère pour le refouler. Cette fois, Helen déglutit, et Sha sourit.

« Oui, voilà ! Bravo. »

Sha, pensa Avery. *Salut, Kalisha.*

Surprise, elle tourna la tête et le vit. Un grand sourire éclaira son visage.

L'Avorton !

Un filet de sauce brune coula sur le menton d'Helen. Nicky, assis de l'autre côté, prit une serviette en papier pour l'essuyer. Apercevant Avery à son tour, il lui sourit et dressa les pouces. George, qui lui faisait face, pivota sur son siège.

« Hé, regardez qui est là ! L'Avorton. Sha disait que tu allais sûrement venir. Bienvenue dans la maison du bonheur, petit héros.

— Si tu veux manger, prends un bol », dit une femme d'un certain âge au visage sévère. Elle se prénommait Corinne, Avery le savait, et elle aimait donner des gifles. Ça l'aidait à se sentir bien. « Je suis obligée de fermer tôt ce soir, vu qu'il y a cinéma. »

Avery prit un bol, dans lequel il versa un peu de ragoût. Oui, c'était bien du Dinty Moore. Il déposa dessus une tranche de pain blanc spongieux, puis alla s'asseoir avec ses amis. Sha lui sourit. Sa migraine était féroce aujourd'hui, mais elle souriait malgré tout, et Avery eut envie de rire et de pleurer en même temps.

« Mange, mon pote », lui dit Nicky, sans pour autant suivre son conseil. Il avait à peine touché à son bol. Ses yeux étaient injectés de sang et il se frottait la tempe gauche. « Ça ressemble à de la diarrhée, je sais, mais je te déconseille de regarder les films le ventre vide. »

Ils ont rattrapé Luke ? transmit Sha.

Non. Ils sont tous morts de trouille.

Tant mieux. Super !

On va avoir droit à des piqûres qui font mal avant le film ?

Non, pas ce soir, je ne pense pas. C'est un nouveau film, on ne l'a vu qu'une seule fois.

George les regardait d'un air complice. Il avait entendu. À l'époque de l'Avant, George Iles n'était qu'un TK, mais il était devenu autre chose. Comme eux tous. Le séjour à l'Arrière décuplait vos « talents », pourtant, grâce au caisson d'isolation, Avery était différent d'eux. Il savait des choses. Par exemple, une grande partie des tests effectués à l'Avant concernaient des projets annexes menés par le Dr Hendricks, mais les injections avaient une utilité pratique. Certaines étaient des limiteurs, auxquels avait échappé Avery. On l'avait plongé directement dans le caisson, où on l'avait conduit jusqu'au seuil de la mort (peut-être même l'avait-il franchi). Par conséquent, il pouvait faire apparaître les Lumières de Stasi presque à volonté. Il n'avait pas besoin des films, et il n'avait pas besoin de participer à la pensée de groupe. Créer cette pensée de groupe était la principale fonction de l'Arrière.

Mais il n'avait que dix ans. Ce qui était un problème.

Tout en commençant à manger, il sonda Helen et se réjouit de découvrir qu'elle était toujours là. Il l'aimait bien. Elle ne ressemblait pas à cette salope de Frieda. Pas besoin de lire dans les pensées de Frieda pour savoir qu'elle l'avait incité à lui confier des choses, par la ruse, pour le moucharder ensuite. Ça ne pouvait être qu'elle.

Helen ?

Non, ne me parle pas, Avery. Je dois...

La suite se perdit, mais Avery pensait comprendre. Elle devait se cacher. Il y avait dans sa tête une éponge imbibée de douleur qu'elle essayait de fuir. Fuir la souffrance était une réponse sensée dans une certaine mesure. Problème : l'éponge ne cessait de grossir. Et elle grossirait jusqu'à ce qu'il n'y ait plus d'endroit où se cacher, et à ce moment-là, elle écraserait Helen contre la paroi de son propre cerveau, comme une mouche sur un mur. Et elle n'existerait plus. Du moins en tant que Helen.

Avery pénétra dans son esprit. C'était plus facile que d'essayer d'ouvrir à distance la serrure de la porte de sa chambre car c'était un TP puissant au départ, alors que la télékinésie représentait un monde nouveau pour lui. Encore maladroit, il devait se montrer prudent. Même s'il ne pouvait pas réparer Helen, il pensait pouvoir la *soulager*. La protéger un peu. Ce serait bénéfique pour elle et pour eux tous... car ils auraient besoin de toute l'aide possible.

Il dénicha l'éponge-migraine dans les profondeurs du crâne d'Helen. Et il lui ordonna de cesser de se développer. Il lui ordonna de foutre le camp. Elle refusa. Il la poussa. Les lumières colorées firent leur apparition devant lui, tournoyant lentement, comme de la crème dans du café. Il poussa plus fort. L'éponge était malléable, mais ferme.

Kalisha. Aide-moi.

À *quoi faire ?*

Il lui expliqua. Elle intervint, timidement tout d'abord. Ils poussèrent ensemble. L'éponge-migraine céda légèrement.

George, envoya Avery. *Nicky. Aidez-nous.*

Nicky intervint à son tour, modestement. Hésitant tout d'abord, George se joignit à eux, mais très vite, il battit en retraite.

« Je ne peux pas, murmura-t-il. Il fait noir. »

On s'en fiche qu'il fasse noir ! C'était Sha. *On peut l'aider !*

George revint. Il demeurait réticent et ne se montrait pas très utile, mais au moins, il était avec eux.

Ce n'est qu'une éponge, leur dit Avery. Il ne voyait plus son bol de ragoût, remplacé par le tourbillon palpitant des Lumières de Stasi. *Elle ne peut pas vous faire de mal. Poussez ! Tous ensemble !*

Ils essayèrent, et quelque chose se produisit. Helen détacha son regard du plafond. Pour le poser sur Avery.

« Regardez qui est là, dit-elle d'une voix enrouée. Ma migraine s'est calmée. Dieu merci. »

Et elle se mit à manger toute seule.

« Merde alors, lâcha George. C'est grâce à nous. »

Un sourire jusqu'aux oreilles, Nicky leva la main. « Tope-là, Avery. »

Celui-ci lui tapa dans la main, mais son sentiment de satisfaction disparut en même temps que les points lumineux. La migraine d'Helen reviendrait, et elle empirerait chaque fois qu'elle regarderait les films. *Idem* pour Sha. Pour Nicky. Et pour lui, tôt ou tard. Ils finiraient tous par rejoindre le bourdonnement qui émanait de Gorky Park.

Mais peut-être que… s'ils étaient tous ensemble, dans leur propre pensée de groupe… et s'il existait un moyen de fabriquer un bouclier…

Sha.

Elle le regarda. Elle écouta. Nicky et George aussi, dans la limite de leurs capacités. On aurait dit qu'ils étaient partiellement sourds. Mais Sha l'entendit. Elle mangea un petit morceau de ragoût, reposa sa cuillère et secoua la tête.

On ne peut pas s'enfuir, Avery. Si c'est à ça que tu penses, oublie.

Je sais bien que c'est impossible. Mais il faut faire quelque chose. *On doit aider Luke, et on doit s'aider nous-mêmes. Je vois les pièces, mais je ne sais pas comment les assembler. Je ne…*

« Tu ne sais pas comment construire le château », dit Nicky, tout bas, d'un ton songeur.

Helen avait cessé de manger pour se replonger dans la contemplation du plafond. L'éponge-migraine grossissait de nouveau, déjà ; elle se gorgeait de son esprit. Nicky l'aida à avaler un autre morceau de viande.

« Cigarettes ! » criait un des intendants. Il brandissait un paquet. Apparemment, les cigarettes étaient gratuites, ici. Et on vous encourageait à fumer. « Qui veut une cigarette avant le ciné ? »

Puisqu'on ne peut pas s'enfuir, transmit Avery, *aidez-moi à construire un château. Un mur. Un bouclier. Notre château. Notre mur. Notre bouclier.*

Il regarda tour à tour Sha, Nicky et George, avant de revenir sur Sha, pour la supplier de comprendre. Il vit ses yeux s'illuminer.

Elle a pigé, se dit Avery. Dieu soit loué, elle a pigé.

Elle ouvrit la bouche pour parler, mais la referma au moment où l'intendant – prénommé Clint – passait en braillant : « Cigarettes ! Qui veut une cigarette avant le ciné ? »

Quand il se fut éloigné, Sha dit : « Si on ne peut pas s'enfuir, on doit prendre possession de cet endroit. »

10

La froideur initiale affichée par l'adjointe Wendy Gullickson envers Tim s'était considérablement réchauffée depuis leur premier rancard au restaurant mexicain d'Hardeeville. Ils formaient désormais un couple reconnu, et lorsqu'elle entra dans les « appartements » de M. Jackson avec un gros sac en papier, elle l'embrassa d'abord sur la joue, puis furtivement sur la bouche.

« Je te présente l'adjointe Gullickson, déclara Tim, mais tu peux l'appeler Wendy, si elle est d'accord.

— Je suis d'accord, dit Wendy. Et toi, comment tu t'appelles ? »

Luke regarda Tim, qui lui fit un petit signe de tête.

« Luke Ellis.

— Enchantée, Luke. Ouah ! Tu as un sacré hématome.

— Oui, madame. Je suis rentré dans quelque chose.

— *Wendy*. Et ce pansement sur l'oreille ? Tu t'es coupé aussi ? »

Cette question arracha un petit sourire à Luke car c'était la pure vérité.

« Oui, plus ou moins.

— Tim m'a dit que tu avais peut-être faim, alors je suis passée chercher des trucs à emporter au restau de la Grand-Rue. J'ai du Coca, du poulet, des burgers et des frites. Qu'est-ce qui te ferait plaisir ?

— Tout », répondit Luke, ce qui fit beaucoup rire Wendy et Tim.

Ils le regardèrent dévorer deux cuisses de poulet, puis un hamburger et presque toutes les frites, pour finir par une belle portion de gâteau de riz. Tim, qui avait sauté le déjeuner, finit le poulet et les frites et but un Coca.

« Ça va mieux maintenant ? » demanda-t-il.

En guise de réponse, Luke fondit en larmes.

Wendy le prit dans ses bras et lui caressa les cheveux en les démêlant avec ses doigts. Quand Luke cessa de sangloter, Tim s'accroupit à côté de lui.

« Pardon, dit Luke. Je suis désolé.

— C'est rien. Tu as le droit.

— C'est parce que j'ai l'impression de revivre. Je ne sais pas pourquoi ça me fait pleurer…

— Je crois qu'on appelle ça le soulagement, dit Wendy.

— Luke prétend que ses parents ont été assassinés et qu'il a été kidnappé », expliqua Tim.

Wendy ouvrit de grands yeux.

« Je ne *prétends* rien ! s'emporta Luke, penché en avant dans le fauteuil de M. Jackson. C'est la vérité !

— OK, je me suis mal exprimé. Raconte-nous ton histoire, Luke. »

Après un moment de réflexion, Luke demanda :

« Vous voulez bien faire quelque chose pour moi d'abord ?

— Si je peux.

— Allez voir si ce type est toujours là, dehors.

— Norbert Hollister ? » Tim sourit. « Je l'ai envoyé paître. Il doit être au Go-Mart en train d'acheter des billets de loterie. Il est persuadé d'être le prochain millionnaire de Caroline du Sud.

— Vérifiez quand même. »

Tim se tourna vers Wendy, qui haussa les épaules.

« J'y vais. »

Elle revint une minute plus tard, l'air soucieux.

« En fait, il est assis dans un rocking-chair devant la gare. Il lit un magazine.

— Je crois que c'est un oncle, dit Luke à voix basse. J'avais des oncles à Richmond et à Wilmington. Peut-être aussi à Sturbridge. J'ignorais que j'avais autant d'oncles. »

Son rire produisit un son métallique.

Tim se leva et marcha jusqu'à la porte, juste à temps pour voir Norbert Hollister abandonner son rocking-chair et regagner, en flânant, son motel miteux. Sans se retourner. Tim rejoignit Luke et Wendy.

« Il est parti, fiston.

— Pour les prévenir, peut-être, dit Luke en enfonçant son doigt dans sa boîte de Coca vide. Mais je ne les laisserai pas m'emmener. J'ai cru mourir là-bas.

— Où ça ? demanda Tim.

— À l'Institut.

— Commence par le commencement », dit Wendy.

Ce qu'il fit.

11

Quand il eut terminé son récit – celui-ci dura presque une demi-heure, pendant laquelle il consomma un deuxième Coca –, il y eut un moment de silence. Puis Tim dit tout bas :

« C'est impossible. Premièrement, tous ces enlèvements, ça finirait par donner l'alerte. »

Wendy secoua la tête ; elle n'était pas d'accord.

« Tu as été policier. Tu devrais savoir ce qu'il en est. D'après une enquête menée il y a quelques années, presque cinq cent mille enfants disparaissent chaque année aux États-Unis. C'est hallucinant, non ?

— Oui, je connais les chiffres. Presque cinq cents disparitions d'enfants ont été signalées à Sarasota County la dernière année où j'étais flic là-bas. Mais dans la majorité des cas – l'*immense majorité* –, les gamins reviennent d'eux-mêmes. »

Tim pensait notamment à Robert et Roland Bilson, les jumeaux qu'il avait surpris alors qu'ils se rendaient à la foire agricole de Dunning au petit matin.

« Il reste quand même des milliers de disparitions, répliqua Wendy. Des *dizaines* de milliers.

— D'accord, mais combien de ces enfants disparus laissent des parents assassinés derrière eux ?

— Aucune idée. Je ne pense pas que quelqu'un ait mené une étude. »

Wendy reporta son attention sur Luke qui suivait leur échange du regard, tel le spectateur d'un match de tennis. Une main dans la poche, il jouait avec la clé USB comme si c'était une patte de lapin porte-bonheur.

« Parfois, dit-il, ils s'arrangent pour que ça ressemble à un accident, sans doute. »

Tim eut la vision soudaine de ce garçon vivant avec Annie l'Orpheline dans sa tente. La nuit, ils écouteraient le cinglé de la radio qui parlait de complots. Qui parlait *d'eux*.

« Tu dis que tu t'es coupé l'oreille parce qu'ils avaient mis un traceur à l'intérieur. C'est la vérité, Luke ? demanda Wendy.

— Oui. »

Elle ne savait plus quoi penser, manifestement. Le regard qu'elle lança à Tim semblait dire : *À toi.*

Tim prit la boîte de Coca vide des mains de Luke et la déposa dans le sac en papier qui ne contenait plus que des emballages et des os de poulet.

« Tu parles d'un programme secret mené sur le territoire national, et cela depuis Dieu sait combien d'années. À une époque, cela aurait pu être possible, je suppose – en théorie –, mais pas à l'ère de l'informatique. Les plus grands secrets du gouvernement ont été balancés sur Internet par cette organisation hors-la-loi baptisée…

— WikiLeaks. Je connais, le coupa Luke, visiblement agacé. Je sais qu'il est très difficile de garder des secrets et je sais que tout ça semble complètement dingue. Mais durant la Seconde Guerre mondiale, les Allemands ont construit des camps de concentration dans lesquels ils ont réussi à tuer sept millions de Juifs. Et aussi des Gitans et des homosexuels.

— Oui, mais les gens qui vivaient à proximité de ces camps savaient ce qui s'y passait », fit remarquer Wendy.

Elle essaya de prendre sa main.

Luke la retira vivement.

« Et je suis prêt à parier un million de dollars que les habitants de Dennison River Bend – c'est la ville la plus proche – savent qu'il se passe *quelque chose*. Quelque chose de mal. Ils ne savent pas quoi parce qu'ils ne *veulent pas* savoir. Normal. Ils en vivent. Et puis, qui les croirait, de toute façon ? Vous avez encore des gens aujourd'hui qui ne croient pas que les Allemands ont tué tous ces Juifs. On appelle ça le déni. »

Oui, se dit Tim, ce garçon est intelligent. L'histoire qu'il a inventée pour cacher ce qui lui est réellement arrivé est complètement dingue, mais il a de la matière grise à revendre.

« Je veux être sûre de bien comprendre », dit Wendy. Elle lui parlait d'une voix douce. L'homme aussi. Luke n'était pas dupe. Pas besoin d'être un putain d'enfant prodige pour savoir que les gens s'adressaient de cette manière aux déséquilibrés. Il était déçu, mais pas surpris. Que pouvait-il espérer d'autre ? « Ils repèrent des enfants télépathes et d'autres qui possèdent des pouvoirs de télé-quelque chose…

— Télékinésie. Des TK, comme ils disent. Généralement, leurs talents sont limités, même chez les TK-pos. Mais les médecins de l'Institut les développent. Piqûres et points, ils appellent ça, et nous aussi, mais en réalité, c'est les Lumières de Stasi dont je vous ai parlé. Les injections qui font apparaître les lumières sont censées booster nos pouvoirs. D'autres, je suppose, servent peut-être à nous faire durer plus longtemps. Ou… » C'était une chose à laquelle il venait de penser. « Ou à nous brider. Car on pourrait devenir dangereux pour eux.

— Comme des vaccins ? suggéra Tim.

— Oui, on peut dire ça.

— Avant d'être enlevé, tu étais capable de déplacer des objets par la pensée, poursuivit Tim, sur le ton : "je m'adresse à un maboul".

— De *petits* objets.

— Et depuis cette expérience de mort imminente dans le caisson, tu lis dans les pensées.

— Déjà avant. Le caisson a… dopé ce pouvoir. Mais je ne suis pas… »

Il se massa la nuque. C'était difficile à expliquer, d'autant que leurs voix douces et leur calme lui tapaient sur les nerfs, déjà à vif. Il n'allait pas tarder à devenir aussi cinglé qu'ils le croyaient. Néanmoins, il devait essayer.

« Je ne suis pas très doué. Comme aucun de nous, sauf peut-être Avery. Lui, il est génial.

— Voyons si j'ai bien tout saisi, dit Tim. Ils enlèvent des enfants qui possèdent de faibles pouvoirs psychiques, ils les bourrent de stéroïdes mentaux et ensuite ils les poussent à tuer des gens. Par exemple, ce politicien qui voulait se présenter à l'élection présidentielle : Mark Berkowitz.

— Oui.

— Pourquoi pas Ben Laden ? demanda Wendy. On aurait pu penser que c'était une cible évidente pour un… assassinat mental.

— Je ne sais pas », dit Luke. Il semblait épuisé. L'hématome sur sa joue paraissait plus prononcé d'une minute à l'autre. « J'ignore comment ils sélectionnent leurs cibles. J'en ai parlé avec mon amie Kalisha, un jour. Elle n'en avait aucune idée non plus.

— Pourquoi est-ce que cette mystérieuse organisation n'utilise pas des tueurs professionnels ? Ça ne serait pas plus simple ?

— Ça semble simple dans les films. Dans la vraie vie, je pense qu'ils échouent, la plupart du temps, ou bien ils se font prendre. Comme les gars qui ont assassiné Ben Laden : il s'en est fallu de peu.

— On va faire une petite démonstration, dit Tim. Je pense à un chiffre. Lequel ? »

Luke se concentra. Il attendit que les points lumineux apparaissent. En vain.

« Je n'y arrive pas.

— Déplace un truc, alors. C'est ton talent de départ, non ? Celui pour lequel ils t'ont enlevé ? »

Wendy secoua la tête. Sans être télépathe, Tim savait ce qu'elle pensait : *Arrête de l'embêter, il est perturbé et désorienté. C'est un fugitif*. Mais Tim se disait qu'en creusant sous cette histoire rocambolesque, il ferait apparaître la vérité, et peut-être qu'ils pourraient agir à partir de là.

« Ce sac en papier, par exemple ? Il n'y a presque plus rien dedans, tu devrais pouvoir le déplacer. »

Luke regarda le sac et son front se creusa davantage. L'espace d'un instant, Tim crut sentir quelque chose – un murmure sur sa peau, un léger courant d'air –, puis plus rien. Et le sac ne bougea pas. Évidemment.

Wendy intervint :

« Je crois que ça suffit pour le mo…

— Je peux vous dire que vous êtes ensemble tous les deux, dit Luke. Je le sais. »

Tim sourit.

« C'est pas très impressionnant, petit. Tu l'as vue m'embrasser quand elle est entrée. »

Luke se tourna vers Wendy.

« Vous allez partir en voyage. Pour voir votre sœur. Pas vrai ? »

Wendy ne put cacher son étonnement.

« Comment tu…

— Te laisse pas avoir, dit Tim, sans agressivité. C'est un vieux truc de médium. Mais j'avoue qu'il fait ça très bien.

— Comment est-ce que je pourrais connaître la sœur de Wendy ? » demanda Luke, sans grand espoir.

Il avait joué ses cartes l'une après l'autre, il ne lui en restait plus qu'une. Et il était tellement fatigué. Le peu de sommeil qu'il avait réussi à voler à bord du train avait été hanté par des cauchemars. Liés au caisson d'isolation essentiellement.

« Tu veux bien nous excuser une minute ? » demanda Tim.

Sans attendre la réponse, il entraîna Wendy dans le bureau voisin. Il lui dit quelques mots, elle hocha la tête et s'en alla, en sortant son téléphone de sa poche. Tim revint auprès de Luke.

« Je crois qu'il est préférable de te conduire au poste. »

Luke crut tout d'abord qu'il parlait du poste d'aiguillage. Il voulait le remettre à bord d'un train de marchandises afin que sa petite amie et lui soient débarrassés de ce fugitif et de son histoire à dormir debout. Puis il comprit que Tim faisait référence à un autre poste.

Bah, pourquoi pas ? se dit-il. J'ai toujours su que je me retrouverais dans un poste de police quelque part. Et un petit, c'est peut-être mieux qu'un grand, où ils doivent s'occuper de centaines de personnes… de criminels.

Mais ils l'avaient jugé parano au sujet de Hollister, et c'était mauvais. Dans l'immédiat, il devait espérer qu'ils avaient raison, et que cet homme n'avait rien de particulier. Ils avaient certainement raison. L'Institut ne pouvait pas avoir des agents partout, si ?

« D'accord, dit-il, mais avant, il faut que je vous dise et que je vous montre quelque chose.

— Vas-y. »

Tim se pencha en avant pour regarder Luke droit dans les yeux. Peut-être qu'il se prêtait simplement au jeu d'un gamin fou, mais au moins, il écoutait. Et Luke supposait qu'il ne pouvait pas exiger davantage.

« S'ils savent que je suis ici, ils viendront me chercher. Sans doute avec des armes. Car ils sont terrorisés à l'idée que quelqu'un puisse me croire.

— C'est noté, dit Tim. Mais sache qu'on a d'excellentes forces de police ici, Luke. Tu seras en sécurité. »

Vous ne savez pas qui vous avez en face de vous, pensa Luke. Mais il ne pouvait pas essayer de convaincre ce type pour l'instant. Il n'en avait pas la force. Wendy revint et adressa un signe de tête à Tim. Là encore, Luke était trop épuisé pour s'en soucier.

« La femme qui m'a aidé à m'enfuir de l'Institut m'a donné deux choses. La première, c'est le couteau avec lequel j'ai coupé le morceau d'oreille qui renfermait le traceur. La seconde, c'est ça. » Il sortit la clé USB de sa poche. « Je ne sais pas ce qu'elle contient, mais je pense que vous devriez y jeter un coup d'œil avant de faire quoi que ce soit. »

Il tendit l'objet à Tim.

12

Les résidents de l'Arrière – ceux de l'Avant de l'Arrière, plus précisément, les dix-huit pensionnaires actuels de Gorky Park restant derrière la porte verrouillée, à bourdonner – eurent droit à vingt minutes de temps libre avant le début de la projection. Jimmy Cullum transporta sa migraine dans sa chambre, de sa démarche de zombie ; Hal, Donna et Len restèrent assis au réfectoire : les deux garçons contemplaient le reste de leur dessert (du pudding au chocolat), pendant que Donna regardait se consumer sa cigarette comme si elle ne savait plus fumer.

Kalisha, Nick, George, Avery et Helen se rendirent dans l'espace détente avec ses horribles meubles achetés au rabais et le vieux téléviseur à écran plat qui diffusait uniquement des sitcoms préhistoriques du style *Ma sorcière bien-aimée* et *Happy Days*. Katie Givens était là. Les yeux fixés sur l'écran noir, elle ne tourna pas la tête quand ils entrèrent. Kalisha fut surprise de voir Iris se joindre à eux : elle paraissait plus en forme que ces derniers jours. Plus gaie.

Kalisha réfléchissait intensément, et si elle arrivait à réfléchir, c'était parce qu'elle se sentait mieux elle aussi. Ce qu'ils avaient fait à la migraine d'Helen – Avery surtout, mais ils avaient tous participé – avait soulagé la sienne également. *Idem* pour Nicky et George. Elle le voyait.

S'emparer de cet endroit.

Une idée audacieuse et délicieuse, mais des questions surgissaient aussitôt. Dont la plus évidente : comment faire ? Alors qu'il y avait au moins douze intendants en service (ils étaient toujours plus nombreux les jours de cinéma). Question numéro deux : Pourquoi n'y avaient-ils jamais pensé avant ?

J'y ai pensé, lui dit Nicky… Sa voix mentale était-elle plus forte ? Elle avait cette impression, et elle songea que là encore Avery avait peut-être joué un rôle. Car Nicky *lui aussi* était plus fort. *J'y ai pensé le jour où ils m'ont conduit ici*.

Il ne pouvait pas lui en dire davantage d'esprit à esprit, alors il lui murmura le reste à l'oreille.

« Celui qui se battait toujours, c'est moi, souviens-toi. »

C'était vrai. Nicky et ses coquards. Nicky et ses lèvres fendues.

« On n'est pas assez forts, chuchota-t-il. Même ici, même après les lumières. On n'a que des pouvoirs limités. »

Pendant ce temps, Avery regardait Kalisha avec un mélange d'espoir et de désespoir. Il envoyait ses pensées à l'intérieur de sa tête, mais c'était superflu : ses yeux disaient tout. *Voici les pièces, Sha. Je suis sûr qu'il n'en manque aucune. Aide-moi à les assembler. Aide-moi à construire un château dans lequel on sera à l'abri, pour un temps du moins.*

Sha repensa au vieil autocollant Hillary Clinton, à moitié effacé, sur le pare-chocs arrière de la Subaru de sa mère. Il disait : PLUS FORTS ENSEMBLE. Il en allait de même ici, à l'Arrière. Voilà pourquoi ils regardaient les films ensemble. Voilà pourquoi ils pouvaient atteindre à des milliers de kilomètres, parfois même à l'autre bout du monde, les personnes qui apparaissaient dans les films. Si, à eux cinq (six, s'ils réussissaient à influer sur la migraine d'Iris comme ils l'avaient fait sur celle d'Helen), ils parvenaient à créer cette forme mentale unie, une sorte de fusion des esprits à la manière des Vulcains, cela devrait suffire à provoquer une mutinerie et à s'emparer de l'Arrière, non ?

« C'est une super idée, mais je n'y crois pas », dit George. Il prit la main de Sha et la pressa dans la sienne. « On réussira peut-être à leur mettre la tête à l'envers, et peut-être même à leur flanquer la trouille, mais ils ont leurs zap-sticks, et dès qu'ils balanceront une décharge à un ou deux d'entre nous, fini de jouer. »

Kalisha ne voulait pas l'admettre, mais il avait sans doute raison, lui dit-elle.

Avery : *Pas à pas.*

Iris dit : « J'entends pas ce que vous pensez. Je sais que vous pensez quelque chose, mais j'ai trop mal à la tête. »

Avery : *Voyons ce qu'on peut faire pour elle. Tous ensemble.*

Kalisha se tourna vers Nicky, qui hocha la tête. Vers George, qui haussa les épaules, avant de hocher la tête lui aussi.

Avery les conduisit à l'intérieur de la tête d'Iris Stanhope tel un explorateur qui précède son équipe dans une caverne. L'éponge hébergée par son esprit était énorme. Avery la vit couleur rouge sang, et ils la virent tous de la même manière. Ils se disposèrent tout autour d'elle et commencèrent à pousser. L'éponge céda un peu… puis un peu plus…, mais elle résistait à leurs efforts. George renonça le premier, vinrent ensuite Helen (qui n'avait pas beaucoup contribué de toute façon), puis Nick et Kalisha. Et enfin Avery, qui décocha un redoutable coup de pied mental à l'éponge-migraine avant de se retirer.

« Ça va mieux ? demanda Kalisha, sans grand espoir.

— Quoi donc ? »

La question émanait de Katie Givens, qui avait abandonné la contemplation de l'écran de télé.

« Ma migraine, dit Iris. Oui. Un peu. »

Elle sourit à Katie et, pendant un instant, la fille qui avait remporté le concours d'orthographe d'Abilene fut de retour dans la pièce.

Katie reporta son attention sur la télé.

« Où est Richie Cunningham ? Et Fonzy ? demanda-t-elle en se frottant les tempes. J'aimerais bien que ma migraine aille mieux aussi. Elle me fait un mal de chien. »

Vous voyez le problème, pensa George en s'adressant aux autres.

Kalisha le voyait. Ensemble, ils étaient forts, en effet, mais pas encore assez. Pas plus que Hillary Clinton quand elle s'était présentée à l'élection présidentielle. Car le type qui était en face d'elle et ses supporters disposaient de l'équivalent politique des zap-sticks des intendants.

« Ça m'a quand même aidée, dit Helen. Ma migraine a presque disparu. C'est un miracle.

— T'en fais pas », dit Nicky. Son ton défaitiste effrayait Kalisha.

« Ça va revenir. »

Corinne, l'intendante qui aimait donner des gifles, entra dans la salle. Une main sur le zap-stick glissé dans son fourreau, comme si elle avait senti quelque chose. Sans doute, pensa Kalisha, mais elle ne sait pas ce que c'était.

« C'est l'heure du ciné, annonça-t-elle. Allez, les mômes, on se bouge le cul. »

13

Jake et Phil, les deux intendants (surnommés respectivement Snake et Pill[1]), étaient postés à la porte de la salle de projection. Chacun tenait un panier. En entrant un par un, les enfants qui avaient des cigarettes et des allumettes (les briquets étaient interdits à l'Arrière) les y déposaient. Ils pourraient les récupérer après la projection… s'ils s'en souvenaient. Hal, Donna et

1. Soit : Serpent et Casse-pieds.

Len, assis au dernier rang, regardaient d'un air vide l'écran blanc. Katie Givens était assise dans la rangée du milieu, à côté de Jimmy Cullum, qui se curait le nez nonchalamment.

Kalisha, Nick, George, Helen, Iris et Avery prirent place au premier rang.

« Bienvenue à cette nouvelle soirée de rigolade, annonça Nicky en prenant une voix d'animateur. Au programme, un film oscarisé dans la catégorie Documentaire le plus merdique… »

Phil the Pill lui assena une claque sur le crâne.

« Ta gueule, ducon. Et bon film. »

Il s'éloigna. Les lumières s'éteignirent et le Dr Hendricks apparut sur l'écran. Rien qu'en voyant le cierge magique éteint dans sa main, Kalisha sentit sa bouche devenir sèche.

Il y avait une chose qui lui échappait. Une pièce cruciale du château d'Avery. Mais cet élément n'était pas perdu ; elle ne le voyait pas, nuance.

Plus forts ensemble, mais pas suffisamment. Même si Jimmy, Hal et Donna, ces pauvres cobayes presque gorks, étaient avec nous, ça ne suffirait pas. Mais ça pourrait. Les soirs où le cierge magique est allumé, on est assez forts. Quand le cierge magique est allumé, on est des destructeurs. Alors, qu'est-ce qui m'échappe ?

« Bienvenue à tous, garçons et filles, disait le Dr Hendricks. Et merci pour votre aide ! Commençons par quelques rires, d'accord ? Je vous retrouverai plus tard. »

Il agita le cierge éteint en faisant un clin d'œil. Kalisha eut envie de vomir.

Si on peut atteindre l'autre bout du monde, pourquoi est-ce qu'on ne peut pas…

L'espace d'un instant, elle faillit avoir la réponse, mais Katie poussa un grand cri, non pas de douleur ni de tristesse, mais de joie.

« Bip-Bip ! C'est le meilleur ! » Et elle se mit à chanter, en braillant d'une voix de fausset qui vrillait le cerveau de Kalisha. *« Bip Bip, Bip Bip, le coyote te POURSUIT ! Bip Bip, Bip Bip, s'il t'attrape, tu es CUIT ! »*

« La ferme, Katie », dit George sans animosité, et tandis que Bip-Bip fonçait sur une autoroute déserte en « klaxonnant », sous le regard du Coyote qui imaginait un plat de Thanksgiving, Kalisha sentit s'envoler ce qu'elle avait presque tenu dans ses mains.

Le dessin animé terminé, après que le Coyote avait été vaincu une fois de plus, un homme en costume gris apparut sur l'écran. Un micro à la main. Un businessman, songea Kalisha, et elle avait peut-être raison, mais ce n'était pas son principal titre de gloire. En réalité, c'était un prédicateur car la caméra, en reculant, fit apparaître derrière lui une immense croix entourée d'un néon rouge, et quand la caméra effectua un panoramique, on découvrit une vaste salle, ou peut-être un stade, qui accueillait des milliers de personnes. Elles se levèrent en agitant les mains au-dessus de leur tête ; certaines brandissaient des bibles.

L'homme commença par un sermon classique en citant des passages des Évangiles avant d'expliquer que le pays courait à sa perte à cause des opiacés et de la fornication. Puis il s'en prit aux politiciens et aux juges, comparant l'Amérique à une ville éclatante, située au sommet d'une colline, que les impies voulaient souiller avec de la boue. Au moment où il affirmait que la sorcellerie avait envoûté le peuple de Samarie (Kalisha ne voyait pas le rapport avec l'Amérique), les points de couleur apparurent en clignotant. Le bourdonnement s'amplifia, puis faiblit. Kalisha le sentait même dans son nez où il faisait vibrer les petits poils.

Quand les points se dissipèrent, ils virent le prédicateur monter à bord d'un avion, en compagnie d'une femme qui était sans doute Mme Prédicateur. Les points réapparurent. Le bourdonnement s'amplifia, puis faiblit. Kalisha entendit Avery dans sa tête. Quelque chose qui ressemblait à : *Ils voient*.

Qui donc ?

Avery ne répondit pas. Sans doute était-il fasciné par le film. Les Lumières de Stasi produisaient cet effet : elles vous hypnotisaient méchamment. Le prédicateur vociférait de nouveau, à l'arrière d'un camion à plateau cette fois, en utilisant un mégaphone. Des pancartes proclamaient : HOUSTON VOUS AIME, DIEU A DONNÉ À NOÉ LE SIGNE DE L'ARC-EN-CIEL et JEAN 3:16. Les points revinrent. Le bourdonnement. Dans la salle de projection, plusieurs sièges inoccupés se mirent à claquer tout seuls, tels des volets non attachés en pleine tempête. La porte à double battant s'ouvrit à la volée. Jake the Snake et Phil the Pill la refermèrent brutalement en s'y adossant.

Le prédicateur se trouvait maintenant dans une sorte de refuge pour sans-abri. Il avait enfilé un tablier de chef et remuait de la sauce tomate contenue dans un grand faitout. Sa femme se tenait à côté de lui. Tous deux arboraient un grand sourire et, cette fois, Kalisha entendit Nicky dans sa tête : *Souriez pour la photo !* Elle sentait vaguement ses poils se dresser, comme dans une espèce d'expérience électrique.

Points. Bourdonnement.

Le prédicateur était sur un plateau de télé avec d'autres invités. L'un d'eux accusait le prédicateur d'être un... des mots compliqués, savants, que Lukey aurait certainement compris... et le prédicateur riait. À croire qu'il venait d'entendre la blague la plus drôle du monde. Il avait un rire magnifique, qui vous donnait envie de rire avec lui. Si vous n'étiez pas en train de devenir fou, évidemment.

Points. Bourdonnement.

Chaque fois que les Lumières de Stasi réapparaissaient, elles semblaient plus lumineuses, et chaque fois, elles semblaient pénétrer plus profondément dans la tête de Kalisha. Dans son état présent, toutes les séquences qui composaient le film étaient fascinantes. Ils avaient des *leviers*. Le moment venu – le lendemain soir probablement, ou le soir suivant, les enfants de l'Arrière les actionneraient.

« Je déteste ça, dit Helen d'une petite voix atterrée. Quand est-ce que ça va s'arrêter ? »

Le prédicateur se tenait devant une grande et belle maison, à l'intérieur de laquelle semblait se dérouler une fête. Le prédicateur se déplaçait avec un cortège d'automobiles. Le prédicateur participait à un barbecue en plein air et des guirlandes de fanions bleu-blanc-rouge ornaient les bâtiments derrière lui. Des gens mangeaient des beignets de saucisse et de grosses parts de pizza. Il délivrait un sermon sur la corruption de l'ordre naturel des choses, créé par Dieu, mais soudain, sa voix fut remplacée par celle du Dr Hendricks.

« Les enfants, voici Paul Westin. Il habite à Deerfield, dans l'Indiana. Paul Westin. Deerfield, Indiana. Paul Westin, Deerfield, Indiana. Répétez avec moi.

Parce qu'ils n'avaient pas le choix, parce que cela mettrait fin aux points multicolores et aux variations du bourdonnement, et surtout parce qu'ils étaient *vraiment dedans* maintenant, les dix enfants présents dans la salle de projection se mirent à psalmodier. Kalisha y compris. Elle ignorait ce que ressentaient les autres, mais pour elle, c'était le moment le plus terrible des soirées cinéma. Elle détestait cette sensation de bien-être. Elle détestait cette image des leviers qui attendent d'être actionnés. Qui supplient qu'on les actionne ! Elle avait l'impression d'être une poupée sur les genoux de ce putain d'Hendrick, le médecin ventriloque.

« Paul Westin, Deerfield, Indiana ! Paul Westin, Deerfield, Indiana ! PAUL WESTIN, DEERFIELD, INDIANA ! »

Le Dr Hendricks réapparut sur l'écran, souriant, tenant le cierge magique éteint.

« Oui. Paul Westin, Deerfield, Indiana. Merci, les enfants, et bonne nuit. À demain ! »

Les Lumières de Stasi firent une ultime apparition, clignotantes et tourbillonnantes. Kalisha serra les dents et attendit qu'elles s'effacent avec le sentiment d'être une minuscule capsule spatiale projetée à toute allure au milieu d'un déluge d'astéroïdes géants. Le bourdonnement était plus fort que jamais, mais quand les points disparurent, il cessa aussitôt, comme si on avait débranché un amplificateur.

Ils voient, avait dit Avery. Parlait-il de la pièce manquante ? Dans ce cas, qui étaient ces « ils » ?

La porte de la salle se rouvrit, Jake the Snake d'un côté, Phil the Pill de l'autre. La plupart des enfants ressortirent, mais Donna, Len, Hal et Jimmy restèrent assis à leurs places. Peut-être resteraient-ils là, à se prélasser sur ces sièges confortables, jusqu'à ce que les intendants les chassent de la salle ; et peut-être qu'un ou deux, ou même tous les quatre, se retrouveraient à Gorky Park après le spectacle du lendemain. Le grand show. Où ils faisaient ce qu'ils étaient censés faire au prédicateur.

On les autorisa à s'attarder une demi-heure dans l'espace détente avant de regagner leurs chambres fermées à clé pour la nuit. Kalisha s'y rendit. George, Nicky et Avery la suivirent. Au bout de quelques minutes, Helen entra à son tour en traînant les pieds, une cigarette non allumée à la main ; ses cheveux ternes pendaient devant son visage. Iris et Katie arrivèrent en dernier.

« Ma migraine est moins forte », annonça Katie.

Oui, songea Kalisha, les migraines s'atténuent après les projections… mais temporairement seulement. Et de moins en moins longtemps.

« Encore une soirée de franche rigolade au ciné, grommela George.

— Eh bien, les enfants, qu'est-ce qu'on a appris ? demanda Nicky. Que quelqu'un, quelque part, n'aime pas beaucoup le révérend Paul Westin, de Deerfield, Indiana. »

Kalisha passa son pouce sur ses lèvres pour mimer une fermeture Éclair, en regardant le plafond. *Micros*, transmit-elle à Nicky. *Fais gaffe*.

Nick pointa son index sur sa tempe comme s'il se tirait une balle dans la tête, ce qui fit sourire les autres. Demain, ce serait différent, Kalisha le savait. Fini, les sourires. Après la projection, le Dr Hendricks apparaîtrait avec un cierge magique allumé, le bourdonnement atteindrait l'amplitude d'un bruit blanc. Des leviers seraient actionnés. Pendant une période d'une durée inconnue, à la fois sublime et horrible, leurs migraines disparaîtraient totalement. Et à la place des quinze ou vingt minutes de répit habituelles, ils connaîtraient six à huit heures de soulagement béni. Et quelque part, Paul Westin, de Deerfield, Indiana, ferait une chose qui changerait sa vie ou y mettrait fin. Pour les enfants de l'Arrière, la vie continuerait… si on pouvait appeler ça vivre. Les migraines réapparaîtraient, plus fortes encore. À chaque fois. Jusqu'à ce que, au lieu de simplement ressentir le bourdonnement, ils en deviennent une partie intégrante. Comme tous les autres…

Gorks !

C'était Avery. Lui seul pouvait projeter une pensée avec une telle puissance, une telle clarté. Elle avait l'impression qu'il vivait à l'intérieur de sa tête. C'*est comme ça que ça marche, Sha ! Parce qu'ils…*

« Ils voient », murmura-t-elle, et soudain, bingo, elle était là : la pièce manquante. Elle appuya les paumes de ses mains sur son front, non pas parce que la migraine était revenue, mais parce que c'était d'une magnifique évidence. Elle agrippa l'épaule frêle, osseuse, d'Avery.

Les gorks voient ce qu'on voit. Sinon, pourquoi les garderaient-ils ?

Nicky prit Kalisha par la taille pour lui murmurer à l'oreille. Le contact de ses lèvres la fit frissonner.

« De quoi tu parles ? Leurs esprits n'existent plus. Comme les nôtres bientôt. »

Avery : C'*est ce qui les rend plus forts. Tout le reste a disparu. Arraché. Ils sont la batterie. Nous, on est juste…*

« L'interrupteur, murmura Kalisha. La clé de contact. »

Avery acquiesça. « On doit se servir d'eux. »

Quand? La voix mentale d'Helen Simms était celle d'une petite enfant terrorisée. *Il faut que ça soit bientôt parce que je ne tiendrai plus très longtemps.*

« Nous non plus, dit George. D'autant qu'en ce moment même, cette salope de… »

Kalisha le mit en garde d'un signe de tête, et George poursuivit mentalement. Il n'était pas très doué, pas encore du moins. Mais Kalisha comprit le message. Et les autres aussi. En ce moment même, cette salope de Mme Sigsby devait concentrer tous ses efforts sur Luke. Stackhouse également. Comme tout le personnel de l'Institut, car tous savaient qu'il s'était échappé. C'était leur chance, pendant que tout le monde était effrayé et avait la tête ailleurs. Une telle occasion ne se représenterait pas.

Nicky esquissa un sourire.

Rien ne vaut le moment présent.

« Comment ? demanda Iris. Comment on peut faire ? »

Avery : *Je crois savoir. Mais on aura besoin de Hal, Donna et Len.*

« Tu es sûr ? » s'étonna Kalisha. Elle ajouta mentalement : *Ils sont presque déjà partis.*

« Je vais les chercher », déclara Nicky. Il se leva, il souriait. *L'Avorton a raison. Chaque coup de main compte.*

Sa voix mentale était plus puissante, constata Kalisha. Du côté de l'émission ou de la réception ?

Les deux, dit Avery. Lui aussi souriait. *Parce que maintenant, on le fait pour nous.*

Oui, se dit Kalisha. Ils le faisaient pour eux. Ils n'étaient plus obligés d'être une bande de poupées hébétées sur les genoux d'un ventriloque. C'était une évidence, mais aussi une révélation : ce que vous faisiez pour vous-même, c'était ce qui vous donnait de la force.

14

À peu près au moment où Avery – trempé et grelottant – traversait le tunnel qui reliait l'Avant à l'Arrière, le Challenger de l'Institut (940NF, pouvait-on lire sur la queue, INDUSTRIES PAPETIÈRES DU MAINE sur le fuselage) décollait d'Erie, en Pennsylvanie, avec à son bord l'équipe d'intervention au complet. Au moment où l'appareil atteignait son altitude de croisière et mettait le cap sur la petite ville d'Alcolu, Tim Jamieson et Wendy Gullickson conduisaient Luke Ellis au bureau du shérif de Fairlee County.

De nombreux rouages fonctionnaient à l'intérieur de la même machine.

« Voici Luke Ellis, dit Tim. Luke, je te présente les adjoints Faraday et Wicklow.

— Enchanté », marmonna Luke, sans grand enthousiasme.

Bill Wicklow examinait le visage tuméfié et l'oreille bandée du garçon.

« L'autre gars est dans quel état ?

— C'est une longue histoire, dit Wendy avant que Luke puisse répondre. Où est le shérif John ?

— À Dunning. Sa mère est dans une maison de retraite là-bas. Elle a la… vous voyez. » Bill se tapota la tempe. « Il a dit qu'il serait de retour vers dix-sept heures, à moins qu'elle soit dans un bon jour. Dans ce cas, peut-être qu'il dînera avec elle. » Il observa Luke, un garçon amoché, aux vêtements sales, qui aurait pu porter autour du cou la pancarte : FUGUEUR. « C'est une urgence ?

— Bonne question, répondit Tim. Tag, vous avez l'info que vous a demandée Wendy ?

— Oui, dit le dénommé Faraday. Venez avec moi dans le bureau du shérif, je vous expliquerai.

— Inutile. Je crois que Luke sait déjà tout.

— Vous êtes sûr ? »

Tim se tourna vers Wendy, qui hocha la tête, puis vers Luke, qui haussa les épaules.

« Oui.

— OK. Les parents de ce garçon, Herbert et Eileen Ellis, ont été assassinés à leur domicile il y a environ sept semaines. Abattus dans leur chambre. »

Luke avait l'impression de vivre une expérience extracorporelle. Les points ne se manifestèrent pas, mais il ressentait la même chose lorsqu'ils dansaient devant ses yeux. Il fit deux pas vers la chaise pivotante disposée devant le standard et s'y laissa tomber. La chaise partit à reculons et elle se serait renversée si elle n'avait pas percuté le mur d'abord.

« Ça va, Luke ? demanda Wendy.

— Non. Oui. Aussi bien que possible. Ces salopards de l'Institut – le Dr Hendricks, Mme Sigsby et les intendants – m'ont affirmé qu'ils allaient bien, mais moi, je savais qu'ils étaient morts avant de voir la nouvelle sur mon ordinateur. Alors, je le savais, mais quand même... c'est horrible.

— Tu avais un *ordinateur*, là-bas ? s'étonna Wendy.

— Oui. Pour jouer essentiellement, ou regarder des vidéos musicales sur YouTube. Ce genre de choses sans intérêt, quoi ! L'accès aux sites d'infos était bloqué normalement, mais j'ai trouvé une solution de rechange. S'ils avaient surveillé mes recherches, ils m'auraient surpris, mais ils étaient... paresseux. Trop sûrs d'eux. Autrement, je n'aurais jamais réussi à m'enfuir.

— De quoi il parle ? » demanda l'adjoint Wicklow.

Tim ne répondit pas, il était toujours concentré sur Tag.

« Vous n'avez pas obtenu cette info par la police de Minneapolis, hein ?

— Non. Mais pas parce que vous me l'aviez interdit. C'est le shérif John qui décide qui contacter et quand. Ça marche de cette façon, ici. En revanche, y avait un tas de trucs sur Google. » Il regarda Luke comme si c'était une bête venimeuse. « Il apparaît dans la base de données du Centre national des enfants disparus et exploités. Et on trouve également un paquet d'articles sur lui dans le *Star Tribune* de Minneapolis et le *Pioneer Press* de St. Paul. D'après ces journaux, c'est un surdoué. Un enfant prodige.

— Ça m'étonne pas, commenta Bill. Il utilise plein de mots savants. »

Je suis là, devant vous, pensa Luke. Ne parlez pas de moi comme si je n'étais pas là.

« La police ne semble pas le considérer comme suspect, reprit Tag. À en croire les journaux, du moins, mais ils ont très envie de l'interroger. »

Luke leva la tête.

« Sans blague ? Et la première question qu'ils me poseront, c'est : "Où tu as trouvé cette arme, petit ?"

— Tu les as tués ? » Bill avait demandé ça avec désinvolture, comme pour tuer le temps. « Dis-nous la vérité, fiston. Ça te rendra service.

— Non. J'aimais mes parents. Ceux qui les ont assassinés étaient des voleurs, et c'est moi qu'ils venaient chercher. Et ils ne s'intéressaient pas à moi parce que j'ai obtenu 15,80 à mes exams d'entrée à l'université, parce que je peux résoudre mentalement des équations complexes ou parce que je sais que Hart Crane s'est suicidé en sautant d'un bateau dans le golfe du Mexique. Ils ont tué ma mère et mon père et ils m'ont kidnappé parce que, parfois, j'arrive à éteindre une bougie rien qu'en la regardant ou à faire tomber un plat à pizza de la table. Un plat *vide*. Avec la pizza dessus, il n'aurait pas bougé. » Il se tourna vers Tim et Wendy et dit en riant : « Je ne pourrais même pas me faire engager dans une fête foraine minable.

— Je ne vois pas ce qu'il y a de drôle, dit Tag, sourcils froncés.

— Moi non plus, avoua Luke. Mais il m'arrive de rire parfois. Je riais beaucoup avec mes amis Kalisha et Nick, malgré tout ce qu'ils nous faisaient subir. Et puis, l'été a été long. » Il ne rit pas cette fois, mais il sourit. « Vous n'avez pas idée.

— Tu devrais te reposer, je crois, dit Tim. Tag, il y a quelqu'un dans les cellules ?

— Non.

— Bien. On pourrait… »

Luke eut un mouvement de recul ; la panique se lisait sur son visage.

« Non, pas question. *Pas question !* »

Tim leva les mains.

« Personne ne va t'enfermer. On laissera la porte grande ouverte.

— Non, je vous en supplie. Pas ça. Ne me mettez pas dans une cellule. »

La panique s'était transformée en terreur et, pour la première fois, Tim commença à croire, en partie, à l'histoire de ce garçon. Ces trucs psychiques, c'était du pipeau. Pourtant, quand il était dans la police, il avait déjà vu ce qu'il avait maintenant devant les yeux : l'expression et le comportement d'un enfant maltraité.

« Et le canapé de la salle d'attente ? suggéra Wendy. Il est défoncé, mais pas trop inconfortable. J'y ai déjà fait la sieste. »

Si c'était le cas, Tim n'en avait jamais été témoin. Mais le gamin était visiblement soulagé.

« D'accord, dit-il. Je veux bien. Monsieur Jamieson – Tim –, vous avez toujours la clé USB, hein ? »

Tim la sortit de sa poche de poitrine pour la lui montrer.

« Elle est là.

— Bien. » Luke se traîna jusqu'au canapé. « J'aimerais que vous vous renseigniez sur ce Hollister. Je pense vraiment que ça pourrait être un oncle. »

Tag et Bill considérèrent Tim avec le même air hébété.

« Des types qui me surveillent, expliqua Luke. En se faisant passer pour mon oncle. Ou un cousin. Ou un ami de la famille. » Voyant le regard qu'échangèrent Tag et Bill, Luke sourit de nouveau. Avec un mélange de lassitude et de tendresse. « Oui, je sais. C'est dur à croire.

— Wendy, dit Tim, si tu conduisais ces deux officiers dans le bureau du shérif pour leur répéter ce que nous a raconté Luke ? Moi, je reste ici.

— Oui, c'est préférable, dit Tag. Car tant que le shérif John ne vous a pas remis un insigne, vous n'êtes que le veilleur de nuit ici.

— J'en prends bonne note.

— Y a quoi sur cette clé USB ? demanda Bill.

— Je ne sais pas. Quand le shérif sera rentré, on y jettera un coup d'œil tous ensemble. »

Wendy conduisit les deux adjoints dans le bureau du shérif Ashworth et ferma la porte. Tim entendit le murmure des voix. Habituellement, il dormait à cette heure-ci, mais il ne s'était pas senti aussi réveillé depuis longtemps. Depuis qu'il avait quitté la police de Sarasota peut-être. Il voulait savoir qui était réellement ce garçon derrière cette histoire de dingue, d'où il venait, ce qui lui était arrivé.

Il alla chercher un café au Bunn du coin de la rue. Il était fort, mais pas imbuvable, comme il l'était à vingt-deux heures, lorsqu'il s'y arrêtait au cours d'une de ses rondes nocturnes. Et il retourna s'asseoir au standard. Le garçon s'était endormi, ou alors il faisait rudement bien semblant. Sur un coup de tête, il prit le classeur qui contenait la liste de tous les commerces de DuPray et il appela le motel. Personne ne répondit. Apparemment, Hollister n'avait pas regagné son trou à rats. Ce qui ne voulait rien dire, évidemment.

Tim raccrocha, sortit la clé USB de sa poche et la regarda. Ça non plus, ça ne voulait rien dire, probablement, mais comme l'avait bien souligné Tag Faraday, c'était au shérif Ashworth d'en décider. Ils pouvaient patienter.

En attendant, laissons ce gamin dormir. S'il était vraiment venu du Maine à bord d'un wagon de marchandises, il en avait besoin.

15

Le Challenger et ses onze passagers – Mme Sigsby, Tony Fizzale, Winona Briggs, le Dr Evans et les équipes Rouge Rubis et Opale – se posèrent à Alcolu à dix-sept heures quinze. Pour faciliter les communications avec Stackhouse resté à l'Institut, ce groupe avait pris le nom d'équipe Or. Mme Sigsby fut la première à débarquer.

Denny Williams des Rouge Rubis et Louis Grant des Opale restèrent à bord pour s'occuper du bagage particulier de l'équipe Or. Malgré la chaleur écrasante, Mme Sigsby demeura sur le tarmac pour appeler son bureau avec son portable. Rosalind décrocha et lui passa Stackhouse.

« Avez-vous… »

Elle se tut, le temps que le pilote et le copilote passent, sans un mot. L'un était un ancien de l'Air Force, l'autre un ex-ANG[1], et tous les deux ressemblaient aux gardiens nazis dans la vieille série télé *Papa Schultz* : ils ne voyaient rien, ils n'entendaient rien. Leur mission se limitait à : aller chercher et livrer.

Quand ils se furent éloignés, Mme Sigsby demanda à Stackhouse s'il avait des nouvelles de leur homme à DuPray.

« Oui. Ellis s'est fait un petit bobo en sautant du train. Il a foncé la tête la première dans un poteau. Une mort instantanée due à un hématome sous-dural aurait résolu la plupart de nos problèmes, mais d'après ce Hollister, ça ne l'a même pas assommé. Un type qui maniait un chariot élévateur a vu la scène et a conduit Ellis dans un entrepôt à côté de la gare. Il a appelé le toubib du coin. Qui a rappliqué. Un peu plus tard, une adjointe du shérif s'est pointée. Et avec le type du chariot élévateur, ils ont conduit le gamin au bureau du shérif. Il avait un pansement sur l'oreille, celle où était implanté le traceur. »

Denny Williams et Louis Grant descendirent à leur tour de l'avion, chacun tenant l'extrémité d'un long coffre métallique. Ils franchirent la passerelle en le

1. Air National Guard.

soulevant péniblement et l'emportèrent à l'intérieur de l'aérodrome.

Mme Sigsby soupira :

« On pouvait s'y attendre. D'ailleurs, on s'y attendait. On parle bien d'une petite ville, n'est-ce pas ? Avec des forces de police réduites ?

— Un trou perdu, confirma Stackhouse. C'est une bonne nouvelle. Et ce n'est peut-être pas la seule. Notre homme dit que le shérif conduit un vieux et gros pick-up Titan gris métallisé, et qu'il n'était pas garé devant le poste, ni derrière, sur le parking réservé aux fonctionnaires municipaux. Alors, Hollister est allé faire un tour à l'épicerie du coin. Il affirme que les enturbannés qui travaillent là – je ne fais que reprendre son expression – savent tout sur tout le monde. Celui qui était dans la boutique à ce moment-là lui a dit que le shérif s'était arrêté pour acheter une boîte de cigarillos Swisher Sweets, parce qu'il allait voir sa mère qui vit dans une maison de retraite, ou un truc comme ça, dans la ville d'à côté. Mais la ville d'à côté se trouve à cinquante bornes.

— En quoi c'est une bonne nouvelle ? »

Mme Sigsby s'éventait avec le col de son chemisier.

« Je ne suis pas absolument certain que dans un bled paumé comme DuPray la police suive le protocole, mais si c'est le cas, ils garderont le gamin jusqu'au retour du grand chef. Pour le laisser décider de la suite. Il vous faut combien de temps pour arriver là-bas ?

— Deux heures. On pourrait mettre moins de temps, mais avec l'arsenal qu'on transporte, il ne serait pas judicieux de dépasser les limitations de vitesse.

— En effet, dit Stackhouse. Écoutez, Julia… Les ploucs de DuPray peuvent contacter les flics de

Minneapolis à tout moment. D'ailleurs, c'est peut-être déjà fait. Mais dans un cas comme dans l'autre, ça ne change rien. Vous comprenez, n'est-ce pas ?

— Évidemment.

— On fera le ménage plus tard, s'il le faut. Pour l'instant, occupez-vous uniquement de notre vagabond. »

Tuez-le, voulait dire Stackhouse. Et sans doute faudrait-il en arriver là. Tuer Ellis et tous ceux qui se dresseraient sur leur chemin. Pour réparer les dégâts ensuite, il faudrait utiliser le Téléphone Zéro, mais si elle pouvait assurer à cette voix douce et zozotante à l'autre bout du fil que le problème crucial avait été réglé, elle pensait être capable de sauver sa peau. Peut-être même son poste, mais elle se contenterait de sa peau.

« Je sais très bien ce qu'il faut faire, Trevor. Laissez-moi m'en occuper. »

Elle coupa la communication et entra dans l'aérodrome. La climatisation de la salle d'attente eut l'effet d'une claque sur sa peau moite. Denny Williams faisait le pied de grue.

« On est parés ? demanda-t-elle.

— Oui, madame. Prêts à passer à l'action. Je prendrai le relais dès que vous en donnerez l'ordre. »

La directrice n'avait pas lâché son iPad durant le vol.

« On fera un bref arrêt à la sortie 181. C'est là que je vous transmettrai le commandement des opérations. Ça vous convient ?

— Parfait. »

Ils rejoignirent les autres dehors. Il n'y avait pas de SUV noirs aux vitres teintées mais trois monospaces de mère de famille aux couleurs passe-partout : bleu, vert et gris. Annie l'Orpheline aurait été déçue.

16

Le convoi de l'équipe Or quitta l'autoroute à la sortie 181 pour se retrouver dans le décor typique de Nullepartville. Une station-service, un restaurant Waffle House, et rien d'autre. Le bourg le plus proche, Latta, se trouvait à quinze kilomètres. Cinq minutes après le Waffle House, Mme Sigsby, qui roulait dans le monospace de tête, ordonna à Denny de s'arrêter derrière un autre restaurant qui semblait avoir fait faillite à l'époque de l'élection d'Obama. Même la pancarte TERRAIN À BÂTIR paraissait affligée.

Le long coffre en acier que Denny et Louis avaient déchargé du Challenger fut ouvert pour permettre à l'équipe Or de s'armer. Les sept membres des équipes Rouge Rubis et Opale choisirent des Glock 37, le pistolet qu'ils utilisaient au cours de leurs missions d'extraction. Ils en confièrent un à Tony Fizzale, et Denny se réjouit de le voir actionner la culasse immédiatement pour s'assurer que la chambre était vide.

« Un holster serait pas de refus, dit Tony. J'ai pas très envie de le glisser dans mon froc, dans le dos, comme une racaille de MS-13.

— Pour l'instant, planquez-le sous le siège », répondit Denny.

Mme Sigsby et Winona Briggs se virent remettre des Sig Sauer P238, suffisamment petits pour tenir dans leurs sacs à main. Quand Denny tendit un pistolet à Evans, celui-ci recula d'un pas, mains levées. Tom Jones, de l'équipe Opale, se pencha au-dessus de l'armurerie portable pour prendre un des deux fusils d'assaut HK37.

« Vous préférez ça, doc ? Chargeur de trente. De quoi faire exploser une vache à travers le mur d'une étable. On a des grenades assourdissantes aussi. »

Evans secoua la tête.

« Je suis ici contre mon gré. Si vous avez l'intention de tuer cet enfant, je ne vois pas à quoi je sers.

— On s'en fout de votre avis », rétorqua Alice Green, une Opale elle aussi.

Remarque accueillie par des rires forcés, nerveux, un peu hystériques, comme avant chaque opération qui risque de provoquer une fusillade.

« Assez, intervint Mme Sigsby. Docteur Evans, il se peut que nous récupérions cet enfant vivant. Denny, vous avez un plan de DuPray sur votre tablette ?

— Oui, madame.

— Dans ce cas, je vous transmets le commandement.

— Très bien. Rassemblement. Vous aussi, docteur. Ne soyez donc pas timide. »

Ils se réunirent autour de Denny Williams dans la chaleur bouillonnante de la fin de l'après-midi. Mme Sigsby consulta sa montre. Dix-huit heures quinze. Une heure encore jusqu'à destination, peut-être un peu plus. Un léger retard par rapport au planning, mais acceptable compte tenu de la rapidité avec laquelle l'opération avait été montée.

« Voici le centre-ville de DuPray, si on peut appeler ça ainsi, dit Denny Williams. Il n'y a qu'une Grand-Rue. Et au milieu, le bureau du shérif, entre la mairie et un bazar.

— C'est quoi, un bazar ? »

La question émanait de Josh Gottfried, un Opale.

« Une sorte de grand magasin, répondit Robin Lecks.

— Plutôt comme une quincaillerie d'autrefois, dit Tony Fizzale. J'ai passé une dizaine d'années dans l'Alabama, dans la police militaire essentiellement, et je peux vous dire que dans ces petites villes du Sud, vous avez l'impression d'être revenu cinquante ans en arrière. Exception faite du Walmart. Il y en a presque toujours un.

— Assez de bavardages, dit Mme Sigsby, et elle fit signe à Denny de continuer.

— C'est très simple, dit celui-ci. On se gare ici, derrière le cinéma. Fermé définitivement. On attend que l'informateur de Mme Sigsby confirme que la cible est toujours à l'intérieur du poste de police. Michelle et moi, on jouera un couple de touristes qui visitent les petites villes du Sud…

— Des cinglés, quoi, commenta Tony, provoquant de nouveaux rires nerveux.

— On remontera la rue principale en examinant les environs…

— Main dans la main comme deux tourtereaux, ajouta Michelle Robertson, et elle prit la main de Denny en lui adressant un sourire faussement timide, rempli d'adoration.

— Pourquoi ne pas demander à votre gars sur place de faire les repérages ? suggéra Louis Grant. Ça ne serait pas moins risqué ?

— Je ne le connais pas. Par conséquent, je ne me fie pas à ses renseignements. De plus, c'est un civil. »

Denny se tourna vers Mme Sigsby qui lui fit signe de continuer.

« Peut-être qu'on entrera au poste pour demander notre chemin. Peut-être pas. On improvisera. Ce qu'on veut, c'est savoir combien d'officiers sont présents, et où. Ensuite… » Il haussa les épaules. « On attaque. En cas de fusillade, ce que je ne crois pas, on élimine le gamin sur place. Sinon, on l'emmène. Il y aura moins de ménage à faire si ça ressemble à un enlèvement. »

Pendant que Denny expliquait aux membres du commando où les attendrait l'avion, Mme Sigsby s'éloigna afin d'appeler Stackhouse pour prendre des nouvelles.

« Je viens de raccrocher avec notre ami Hollister, dit-il. Le shérif s'est arrêté devant le poste il y a cinq minutes environ. Au moment où on se parle, il doit être en train de faire la connaissance de notre jeune ami imprévisible. Il est temps d'intervenir.

— Oui. » Elle sentait dans son ventre, et plus bas, un tiraillement qui n'était pas désagréable. « Je vous appellerai quand tout sera terminé.

— Faites ce qu'il faut, Julia. Tirez-nous de ce merdier. »

Elle coupa la communication.

17

Le shérif John Ashworth arriva à DuPray à dix-huit heures vingt. À deux mille kilomètres de là, au nord, des enfants hébétés déposaient des cigarettes et des allumettes dans des paniers et pénétraient en file indienne dans une salle de projection pour voir un film dont la vedette était le prédicateur d'une méga-église de l'Indiana qui possédait de nombreux amis influents en politique.

Le shérif s'arrêta sur le seuil et, les mains sur ses hanches rembourrées, balaya du regard la grande salle principale du poste. Il nota que toute son équipe était présente, à l'exception de Ronnie Gibson, en vacances dans la location en temps partagé de sa mère à St. Petersburg. Tim Jamieson était là lui aussi.

« Eh bah, salut à tous, dit-il. Ça ne peut pas être un anniversaire-surprise, vu que c'est pas mon anniversaire. Et lui, là, c'est qui ? » Il montra du doigt le garçon qui dormait, allongé – recroquevillé plutôt – sur le petit canapé de la salle d'attente. Et se tourna vers Tag Faraday, l'adjoint de garde. « Et je pourrais savoir, accessoirement, qui l'a tabassé ? »

Au lieu de répondre à ses questions, Tag se tourna vers Tim en faisant un large geste de la main qui semblait dire : *Après vous*.

« Ce garçon se nomme Luke Ellis et personne ici ne l'a tabassé, expliqua Tim. Il a sauté d'un train de marchandises et a percuté un poteau de signalisation. D'où ses hématomes. Quant au pansement, il affirme qu'il a été kidnappé et que ses ravisseurs lui ont installé un traceur dans l'oreille. Il dit qu'il s'est tranché le lobe pour s'en débarrasser.

— Avec un couteau à viande, précisa Wendy.

— Ses parents sont morts, ajouta Tag. Assassinés. Ça, au moins, c'est vrai. J'ai vérifié. Ils ont été tués dans le Minnesota.

— Mais il prétend que l'endroit d'où il s'est échappé se trouve dans le Maine », ajouta à son tour Bill Wicklow.

Ashworth demeura muet un instant, les mains toujours sur les hanches. Il regarda ses adjoints, son veilleur de nuit, puis le garçon. Que cette conversation n'avait pas réveillé. Il dormait à poings fermés. Finalement, le shérif reporta son attention sur son équipe rassemblée.

« Je commence à regretter de ne pas avoir dîné avec ma mère.

— Elle n'allait pas bien ? » demanda Bill.

Ashworth ignora cette intervention.

« En supposant que vous n'avez pas tous fumé de l'herbe, est-ce que je pourrais avoir droit à une histoire qui tient debout ?

— Asseyez-vous, dit Tim. Je vais vous faire un topo, et ensuite, je pense qu'on devrait regarder ça. » Il déposa la clé USB sur le bureau du standard. « À partir de là, ce sera à vous de décider.

— Vous pourrez peut-être appeler les flics de Minneapolis ou la police d'État de Charleston, suggéra l'adjoint Burkett. Ou même les deux. » Il désigna Luke d'un mouvement de tête. « Qu'ils se débrouillent avec lui. »

Ashworth s'assit.

« Réflexion faite, je ne regrette pas d'être rentré plus tôt. C'est intéressant, vous ne trouvez pas ?

— Très, dit Wendy.

— Généralement, il ne se passe pas grand-chose d'intéressant par ici. Ça change. Les flics de Minneapolis pensent qu'il a assassiné ses parents ?

— C'est ce que laisse croire la lecture des journaux, dit Tag. Mais ils y vont mollo, vu que c'est un mineur.

— Il est incroyablement intelligent, précisa Wendy. Mais à part ça, il a plutôt l'air d'un gentil garçon.

— Hmmm. Savoir s'il est gentil ou méchant, ça ne sera pas à nous d'en décider au bout du compte. Mais cette histoire a éveillé ma curiosité. Bill, arrêtez de jouer avec cette pointeuse avant de la casser et allez me chercher un Coca dans mon bureau. »

18

Pendant que Tim répétait au shérif Ashworth l'histoire telle que Luke la leur avait racontée, à lui et à Wendy, pendant que l'équipe Or approchait de la sortie d'Hardeeville sur la I-95, avant de revenir sur ses pas pour rejoindre la petite ville de DuPray, Nick Wilholm faisait entrer dans l'espace détente de l'Arrière les enfants qui étaient restés dans la salle de projection.

Parfois, certains résistaient étonnamment longtemps, à l'image de George Iles. Mais parfois, ils semblaient péricliter brutalement. Comme cela semblait arriver à Iris Stanhope. Cette fois-ci, elle n'avait pas profité de ce que les enfants de l'Arrière appelaient le « rebond » : une brève disparition des migraines après la projection. Le regard vide, la bouche ouverte, les cheveux tombant devant les yeux, elle était adossée au mur de l'espace détente. Helen la rejoignit et la prit par la taille, sans qu'elle s'en aperçoive.

« Qu'est-ce qu'on fait ici ? demanda Donna. Je veux retourner dans ma chambre. Je veux dormir. Je hais les soirées ciné. »

Elle paraissait d'humeur agressive, au bord des larmes, mais au moins elle était là, bien présente. *Idem* pour Jimmy et Hal. S'ils avaient l'air un peu sonnés, ils n'étaient pas complètement assommés comme Iris.

Il n'y aura plus de films, dit Avery. *Plus jamais*.

C'était la première fois que sa voix résonnait aussi fortement dans la tête de Kalisha, et pour elle cela prouvait bien qu'ils étaient réellement plus forts ensemble.

« Une prédiction vachement audacieuse, dit Nicky. Surtout venant d'un microbe comme toi, l'Avorton. »

Cette remarque fit sourire Hal et Jimmy. Katie ricana. Seule Iris restait totalement ailleurs. Elle se grattait l'entrejambe sans aucune pudeur. L'attention de Len était accaparée par l'écran de la télé, pourtant éteinte. Kalisha songea qu'il observait peut-être son propre reflet.

On n'a pas beaucoup de temps, dit Avery. *L'un d'eux va bientôt revenir pour nous emmener dans nos chambres*.

« Corinne, probablement, dit Kalisha. La Méchante Sorcière de l'Est.

— Qu'est-ce qu'on fait ? » demanda George.

L'espace d'un instant, Avery sembla dérouté et Kalisha prit peur. Mais le garçonnet qui, plus tôt dans la journée avait cru sa dernière heure arrivée dans le caisson d'isolation, tendit les mains.

« Accrochons-nous, dit-il. *Formons un cercle.* »

Tous les enfants avancèrent d'un pas traînant, à l'exception d'Iris. Helen la prit par les épaules pour l'introduire dans le cercle grossier qu'avaient formé les autres. Len lança un regard envieux par-dessus son épaule, en direction de la télé, puis il soupira et tendit les mains à son tour.

« Et puis merde. On verra bien.

— Oui, voilà. Et puis merde, dit Kalisha. Rien à perdre. »

Elle prit la main droite de Len dans sa main gauche et la main gauche de Nicky dans sa main droite. Iris fut la dernière à fermer la boucle et, à l'instant même où elle se trouva reliée à Jimmy Cullum d'un côté et à Helen de l'autre, sa tête se redressa.

« Où je suis ? Qu'est-ce qu'on fait ? Le film est terminé ?

— Chut, fit Kalisha.

— J'ai moins mal à la tête !

— Tant mieux. Chut, maintenant. »

Les autres s'en mêlèrent : *Chut… chut… Iris… chut.*

De plus en plus fort. Quelque chose était en train de changer. Quelque chose était en train de *charger*.

Des leviers, songea Kalisha. *Il y a des leviers*, *Avery*.

Il lui adressa un signe de tête, de l'autre côté du cercle.

Ce n'était pas de la force, pas encore du moins, et elle savait que ce serait une erreur fatale de le croire, mais le potentiel était bien là. C'était comme respirer l'air avant qu'éclate le plus gros orage d'été.

« Les gars, dit Len, d'une petite voix timide. Tout est clair dans ma tête. Je ne sais pas depuis combien de temps ça n'a pas été aussi clair. » Il y avait de l'affolement dans le regard qu'il lança à Kalisha.

« Me lâche pas la main, Sha ! »

Tout va bien, lui lança-t-elle. *Tu es en sécurité*.

Mais ce n'était pas le cas. Ni pour Len ni pour aucun d'eux.

Kalisha savait ce qui allait advenir ensuite, forcément, et elle le redoutait. Même si, évidemment, elle le souhaitait. Plus que ça : elle l'appelait de tous ses vœux. Huit enfants munis de puissants explosifs : ça pouvait mal finir, mais c'était si bon.

Avery s'exprima tout bas, d'une voix claire :

« Concentrez-vous. Concentrez-vous avec moi. Tous. »

Il commença. La pensée et l'image qui l'accompagnaient étaient puissantes, nettes. Nicky se joignit à lui. Bientôt imité par Katie, George et Helen. Et Kalisha. Puis les autres. Comme ils l'avaient fait à la fin du film, ils psalmodiaient.

Pensez au cierge. Pensez au cierge. Pensez au cierge.

Les points apparurent, plus brillants que jamais. Puis le cierge magique, qui crachait son éclat.

Et soudain, ils n'étaient plus seulement onze. Ils étaient vingt-huit.

Mise à feu, songea Kalisha. Elle était terrorisée, elle exultait, frappée par la grâce.

OH, MON DIEU

19

Quand Tim eut fini de raconter l'histoire de Luke, le shérif Ashworth demeura muet plusieurs secondes, assis dans le fauteuil du standard, les doigts entrelacés sur son énorme bedaine. Puis il prit la clé USB, l'examina comme s'il n'avait jamais rien vu de tel et la reposa.

« Le gamin vous a dit qu'il ne sait pas ce qu'elle contient, hein ? C'est la femme de ménage qui la lui a donnée, avec le couteau. Qui lui a servi à se trancher le lobe de l'oreille.

— Oui, c'est ce qu'il a dit, confirma Tim.

— Il s'est faufilé sous un grillage, il a marché à travers bois et il a descendu la rivière dans une barque, comme Huckleberry Finn. Et après ça, il a parcouru presque toute la côte Est dans un wagon de marchandises.

— D'après lui, oui, dit Wendy.

— Sacré conte de fées. J'aime particulièrement le passage sur la télépathie et le pouvoir de l'esprit sur la matière. Comme ces histoires que se racontent les vieilles grands-mères dans leurs réunions couture ou confitures, qui parlent de déluges de sang et de remèdes à base d'eau croupie. Wendy, réveillez le gamin. En douceur. J'ignore ce qui lui est réellement arrivé, mais on voit qu'il a morflé. Et je veux qu'il regarde ce qu'il y a sur ce truc en même temps que nous. »

Wendy alla réveiller Luke en le secouant par l'épaule. Délicatement tout d'abord, puis un peu plus fort. Il marmonna, gémit et essaya de lui échapper. Elle lui prit le bras.

« Allez, Luke, ouvre les yeux… »

Il se redressa si violemment que Wendy recula en titubant. Il avait les yeux ouverts, mais ils ne voyaient pas ; ses cheveux se dressaient sur sa tête comme des épines de porc-épic.

« *Ils font quelque chose ! J'ai vu le cierge magique !*

— Qu'est-ce qu'il raconte ? demanda George Burkett.

— Luke ! dit Tim. Tout va bien. Tu as fait un cau…

— *Tuez-les !* s'écria-t-il et, dans la zone de détention du poste, les portes des quatre cellules claquèrent. *Liquidez ces ordures !* »

Les papiers posés sur le bureau du standard s'envolèrent comme des oiseaux effrayés. Tim sentit un souffle d'air passer devant lui, assez puissant pour ébouriffer ses cheveux. Wendy laissa échapper un petit cri. Le shérif s'était levé.

Tim secoua le garçon.

« Réveille-toi, Luke. *Réveille-toi !* »

Les feuilles qui voltigeaient à travers la pièce retombèrent sur le sol. Tous les officiers de police présents, y compris le shérif, regardaient Luke avec des yeux exorbités, bouche bée.

Luke griffait le vide.

« Allez-vous-en, murmurait-il. Allez-vous-en…

— OK, dit Tim, et il lâcha les épaules du garçon.

— Non, pas vous. Les points. Les Lumières de Sta… » Il expira et passa la main dans ses cheveux sales. « C'est bon, elles sont parties.

— C'est toi qui as fait ça ? » demanda Wendy. Elle montra les feuilles éparpillées sur le sol. « Tu as vraiment fait ça ?

— En tout cas, ça ne s'est pas fait tout seul », répondit Bill Wicklow, les yeux fixés sur la pointeuse du veilleur de nuit. « Les aiguilles de ce machin tournoyaient comme une toupie… mais elles ne bougent plus maintenant.

— Ils font quelque chose, dit Luke. Mes amis font quelque chose. Je l'ai senti, même d'ici. Comment c'est possible ? Oh, bon sang, ma tête. »

Ashworth s'approcha de Luke et tendit la main. Tim remarqua que l'autre reposait sur la crosse de son arme, dans son étui.

« Je suis le shérif Ashworth, fiston. On se serre la main ? »

Luke s'exécuta.

« Bien. C'est un bon début. Maintenant, je veux la vérité. C'est toi qui viens de faire tout ça ?

— Je ne sais pas si c'est eux ou moi. Je ne comprends pas comment ça pourrait être eux, ils sont tellement loin. Mais je ne vois pas non plus comment ça pourrait être moi. Je n'ai jamais fait un truc pareil.

— Ta spécialité, c'est les plats à pizza, dit Wendy. Vides. »

Luke esquissa un sourire.

« Oui. Vous n'avez pas vu les lumières ? Aucun de vous ? Un groupe de points colorés ?

— J'ai vu seulement : des feuilles voler, répondit le shérif. Et j'ai entendu claquer les portes des cellules.

Frank, George, ramassez tout ça, s'il vous plaît. Wendy, un cachet d'aspirine pour ce garçon. Ensuite, on ira voir ce qu'il y a sur ce bidule informatique. »

Luke dit : « Cet après-midi, votre mère n'a pas arrêté de vous parler de ses barrettes. Elle affirmait que quelqu'un les lui avait volées. »

La mâchoire du shérif se décrocha.

« Comment tu sais ça ?

— Aucune idée. Ça m'est venu sans que j'y pense. Oh, nom d'un chien, j'aimerais savoir ce qu'ils sont en train de faire. Et j'aimerais tellement être avec eux. »

Tag déclara :

« Finalement, je commence à me dire qu'il y a peut-être du vrai dans toute cette histoire.

— Je veux voir ce qu'il y a sur cette clé, et tout de suite », dit le shérif Ashworth.

20

Ils découvrirent d'abord un fauteuil vide, une vieille bergère devant un mur sur lequel était accrochée une reproduction d'un grand voilier Currier & Ives. Puis un visage de femme apparut dans le cadre, face à l'objectif.

« C'est elle, dit Luke. C'est Maureen, la dame qui m'a aidé à m'enfuir.

« Ça marche ? demanda Maureen. La petite lumière est allumée, alors je suppose que oui. J'espère en tout cas parce que je ne pense pas avoir la force de recommencer. »

Son visage quitta l'écran de l'ordinateur portable devant lequel ils étaient tous rassemblés. Au grand soulagement de Tim. Ce très gros plan lui donnait l'impression de regarder une femme enfermée dans un bocal à poissons rouges.

Sa voix faiblit légèrement :

« Mais s'il le faut, je le ferai. »

Elle s'assit dans le fauteuil et tira sur l'ourlet de sa jupe à fleurs. En haut, elle portait un chemisier rouge. Luke, qui ne l'avait jamais vue autrement qu'en uniforme, trouvait que ça formait un bel ensemble, même si les couleurs vives ne parvenaient pas à masquer la maigreur du visage, ni son expression hantée.

« Montez le son, dit Frank Potter. Elle aurait dû mettre un micro-cravate. »

Maureen continuait à parler pendant ce temps. Tag revint en arrière, monta le volume et relança l'enregistrement. Maureen regagna le fauteuil et tira de nouveau sur l'ourlet de sa jupe. Elle regardait fixement la caméra.

« Luke ? »

Celui-ci fut tellement surpris d'entendre son nom qu'il faillit répondre, mais elle continua avant qu'il ouvre la bouche, et ce qu'elle dit ensuite lui enfonça un poignard de glace dans le cœur. Même s'il le savait déjà, non ? De même qu'il n'avait pas eu besoin que le *Star Tribune* lui apprenne la mort de ses parents.

« Si tu regardes ces images, c'est que tu es libre et que je suis morte. »

L'adjoint nommé Potter dit quelque chose à son collègue nommé Faraday, mais Luke n'y prêta pas garde. Toute son attention était concentrée sur la seule personne adulte qui avait été son amie à l'Institut.

« Je ne vais pas te raconter l'histoire de ma vie, poursuivit la morte assise dans la bergère. Je n'ai pas le temps, et c'est tant mieux, car j'ai honte de beaucoup de choses. Mais pas de mon garçon. Je suis fière de ce qu'il est devenu. Il ira à l'université. Il ne saura jamais que l'argent vient de moi, mais ce n'est pas grave. Au contraire, c'est mieux comme ça, parce que je l'ai abandonné. Et sans toi, Luke, j'aurais perdu cet argent, et la possibilité de me racheter auprès de lui. J'espère seulement que je me suis aussi rachetée auprès de toi. »

Elle s'interrompit, semblant se ressaisir.

« Je te raconterai seulement un épisode de ma vie car c'est important. Je suis allée en Irak durant la seconde guerre du Golfe. Et en Afghanistan. J'ai participé à ce qu'on appelait des "interrogatoires poussés". »

Pour Luke, cette élocution posée et fluide – sans « euh »... « tu vois »... « j'veux dire » – constituait une révélation. Et une gêne autant qu'un soulagement. Elle semblait tellement plus intelligente que lors de leurs conversations à voix basse près du distributeur de glaçons. Parce qu'elle jouait les idiotes ? Peut-être. Mais peut-être aussi – *probablement* – parce qu'il voyait en elle une femme de ménage et en déduisait qu'elle n'avait rien dans le cerveau.

Contrairement à moi, autrement dit, et il s'aperçut que le mot « gêne » ne décrivait pas ce qu'il ressentait. Le bon mot était « honte ».

« J'ai assisté à des tortures dans la baignoire et j'ai vu des hommes – des femmes aussi, un couple – debout dans des bassines d'eau, avec des électrodes au bout des doigts et dans le rectum. J'ai vu des ongles de pieds arrachés avec des tenailles. J'ai vu un homme recevoir une balle dans la rotule parce qu'il avait craché au visage de celui qui l'interrogeait. Au début, j'étais choquée mais, au bout d'un moment, je me suis habituée. Parfois, quand c'étaient des hommes qui avaient fait sauter nos gars ou envoyé des kamikazes sur des marchés, je me réjouissais. Mais dans l'ensemble, j'étais… Ah, je connais ce mot… »

« Insensibilisée », dit Tim.

« Insensibilisée », dit Maureen.

« La vache, on croirait qu'elle t'a entendu, commenta l'adjoint Burkett.

— Chut », souffla Wendy, et quelque chose dans ce mot fit frissonner Luke.

C'était comme si quelqu'un d'autre l'avait prononcé peu de temps avant elle. Il reporta son attention sur la vidéo.

« … plus jamais participé après les deux ou trois premières fois parce qu'ils m'ont confié une autre tâche. Quand ils refusaient de parler, j'étais la gentille non-combattante qui venait leur donner à boire ou qui leur filait un truc à grignoter, en douce, une Quest Bar ou des Oreo. Je leur expliquais que les interrogateurs faisaient une pause ou qu'ils étaient partis manger, et que les micros étaient éteints. Je leur disais que j'avais de la peine pour eux et que je voulais les aider. Je leur disais que s'ils ne parlaient pas, ils seraient tués, même si c'était contraire au règlement. Je ne disais jamais "contraire à la Convention de Genève" car la plupart ne savaient pas de quoi il s'agissait. Je leur disais que s'ils ne parlaient pas, leurs *familles* seraient tuées, et que je ne voulais surtout pas ça. Généralement, ça ne marchait pas – ils se méfiaient –, mais parfois, quand les soldats revenaient pour les interroger, les prisonniers leur racontaient ce qu'ils voulaient savoir, parce qu'ils me croyaient ou avaient envie de me croire. Parfois, ils me racontaient des choses, parce qu'ils étaient désorientés… perdus… et parce que je les avais manipulés. Que Dieu me garde, j'avais un visage qui inspirait confiance. »

Je sais pourquoi elle me raconte ça, pensa Luke.

« Comment je me suis retrouvée à l'Institut… c'est une trop longue histoire pour une femme fatiguée et malade. Disons que quelqu'un est venu me trouver, et restons-en là. Ce n'était pas Mme Sigsby, Luke, ni M. Stackhouse. Ni un fonctionnaire du gouvernement. C'était un homme âgé. Qui se présentait comme un recruteur. Il m'a demandé si je voulais trouver un travail à mon retour au pays. Un boulot facile, disait-il, mais réservé à une personne qui savait la boucler. J'avais envisagé de rempiler, mais ce boulot semblait plus intéressant. L'homme affirmait que je servirais mon pays bien plus que dans le désert. Alors, j'ai accepté, et quand ils m'ont mise à l'entretien, ça m'allait. Je savais bien ce qu'ils faisaient, mais au début, ça m'allait aussi. Parce que je savais pourquoi. Et heureusement pour moi car l'Institut, c'est comme ce qu'on dit de la mafia : une fois qu'on y est entré, impossible d'en sortir. Quand je n'ai plus eu les moyens de payer les factures de mon mari, quand j'ai commencé à avoir peur que les vautours me prennent l'argent que j'avais mis de côté pour mon garçon, j'ai réclamé le poste que j'avais déjà occupé. Mme Sigsby et M. Stackhouse m'ont laissée essayer. »

« Moucharder », murmura Luke.

« C'était facile, j'avais l'impression d'enfiler une vieille paire de chaussures. J'ai travaillé là-bas douze ans, mais je n'ai mouchardé que durant les seize derniers mois, et à la fin, je ne supportais plus ce que je faisais. Je ne parle pas seulement du mouchardage. J'avais été désensibilisée dans ce qu'on appelait les "maisons noires", et je le suis restée à l'Institut, mais au bout d'un moment, ça s'est atténué, comme la carrosserie d'une voiture se ternit si on ne la lustre pas régulièrement.

Ce ne sont que des enfants, et les enfants ont besoin de faire confiance à un adulte gentil et compréhensif. Eux n'avaient fait sauter personne. Au contraire, c'étaient eux qu'on détruisait, et leurs familles. Malgré tout, peut-être que j'aurais continué. Si je veux être honnête – et il est trop tard pour mentir –, je serais certainement restée. Mais je suis tombée malade et je t'ai rencontré, Luke. Tu m'as aidée, mais ce n'est pas pour ça que je t'ai aidé en retour. Ce n'est pas la seule raison, en tout cas, ni la principale. J'ai vu combien tu étais intelligent, beaucoup plus que les autres enfants, beaucoup plus que les gens qui t'avaient enlevé. Et je savais qu'ils se fichaient pas mal de ta finesse d'esprit, de ton sens de l'humour, du fait que tu sois disposé à secourir une vieille femme malade comme moi, malgré les risques. Pour eux, tu n'étais qu'un rouage de la machine qu'on utilise jusqu'à ce qu'il se brise. Tu aurais fini comme tous les autres. Les centaines d'autres. Des milliers peut-être, depuis le tout début. »

« Elle est cinglée ? demanda George Burkett.

— La ferme ! » tonna Ashworth.

Penché en avant, sur son ventre, il ne quittait pas l'écran des yeux. Maureen s'était interrompue pour boire une gorgée d'eau et se frotter les yeux, enfoncés dans leurs orbites creuses. Des yeux malades. Tristes. Agonisants. Des yeux qui regardaient l'éternité en face, pensa Luke.

« Néanmoins, c'était une décision difficile à prendre, et pas uniquement à cause de ce qu'ils pouvaient te faire, Luke. C'était difficile car si tu réussissais à t'échapper, s'ils ne te rattrapaient pas dans les bois ou à Dennison River Bend, et si tu trouvais quelqu'un prêt à te croire… si tu surmontais tous ces *si*, tu pouvais peut-être faire éclater au grand jour ce qui se passe ici depuis cinquante ou soixante ans. Et tout faire s'écrouler sur leurs têtes. »

Comme Samson dans le temple, pensa Luke.

Maureen se pencha vers l'objectif. Pour le regarder, *lui*.

« Et ça pourrait entraîner la fin du monde. »

21

Le soleil qui déclinait à l'est transformait la voie ferrée qui longeait la Route 92 en deux lignes de feu rouge pâle et semblait éclairer tel un projecteur le panneau qui indiquait :

BIENVENUE À DUPRAY, S.C.
CHEF-LIEU DE FAIRLEE COUNTY
POPULATION : 1 369
UN ENDROIT AGRÉABLE À VISITER
ET ENCORE PLUS À VIVRE !

Au volant du véhicule de tête, Denny Williams se gara sur le bas-côté. Les autres l'imitèrent. Il s'adressa aux passagers de son monospace – Mme Sigsby, le Dr Evans et Michelle Robertson –, avant d'aller trouver les autres :

« Éteignez vos radios et mettez vos écouteurs. On ignore quelles fréquences utilisent les flics locaux et la police d'État. Coupez vos portables. À partir de maintenant, c'est une opération ultra-secrète, jusqu'à ce qu'on soit de retour sur le terrain d'aviation. »

Il regagna le véhicule de tête, s'assit au volant et se tourna vers Mme Sigsby.

« Tout va bien, madame ?
— Tout va bien.
— Je suis là contre mon gré, répéta le Dr Evans.
— La ferme, dit Mme Sigsby. Allons-y, Denny. »

Ils pénétrèrent dans Fairlee County. D'un côté de la route se dressaient des granges, des champs et des bosquets de sapins ; de l'autre, il y avait la voie ferrée, et encore des arbres. La ville n'était plus qu'à trois kilomètres.

22

Corinne Rawson bavardait avec Jake the Snake Howland et Phil the Pill Chaffitz devant la salle de projection. Maltraitée par ses deux parents et deux de ses quatre frères, Corinne n'avait jamais eu d'états d'âme vis-à-vis de son travail à l'Arrière. Elle savait que les gamins la surnommaient Corinne la Gifleuse et ne s'en offusquait pas. Des gifles, elle en avait reçu un paquet dans le mobil-home où elle avait grandi, à Reno, et dans son esprit c'était un prêté pour un rendu. De plus, c'était pour une bonne cause. Bref, tout le monde y trouvait son compte.

Évidemment, travailler à l'Arrière présentait quelques inconvénients. D'abord, vous aviez le crâne bourré d'informations. Elle savait que Phil voulait la baiser, mais pas Jake, car Jake aimait uniquement les femmes qui avaient des doubles pare-chocs à l'avant et un coffre bien rempli. Et elle savait qu'ils savaient qu'elle ne s'intéressait pas du tout à eux, dans ce sens-là du moins car, depuis l'âge de dix-sept ans, elle jouait dans l'équipe adverse.

La télépathie, ça avait l'air génial dans les bouquins et dans les films, mais dans la vraie vie, c'était un cauchemar. Ça allait avec le bourdonnement, un autre inconvénient. Et il y avait un effet cumulatif, ce qui constituait un *gros* inconvénient. Les femmes de ménage et les agents d'entretien alternaient entre l'Avant et l'Arrière, et ça faisait du bien, mais les intendants et les intendantes en tenue rouge étaient affectés uniquement ici. Il y avait deux équipes : Alpha et Bêta. Chacune travaillait quatre mois d'affilée, puis avait droit à quatre mois de congé. Corinne approchait de la fin de sa rotation. Elle décompresserait pendant une semaine ou deux dans le village voisin, réservé au personnel, le temps de se reconnecter avec elle-même, puis elle regagnerait sa petite maison du New Jersey où l'attendait sa compagne, Andrea, qui était convaincue qu'elle travaillait pour un projet militaire top-secret. Top-secret, ça l'était. Militaire, non.

La faible télépathie disparaîtrait durant son séjour au village, et quand elle retrouverait Andrea, il n'en resterait plus trace. Mais quelques jours seulement après le début de sa nouvelle rotation, elle reviendrait s'insinuer dans son esprit. Si elle avait été capable de compassion (un sentiment qui l'avait quittée dès l'âge de treize ans), elle en aurait éprouvé pour le Dr Hallas et le Dr James. Ils restaient ici presque en permanence, ce qui voulait dire qu'ils étaient exposés continuellement au bourdonnement, et l'effet produit sur eux était visible. Corinne savait que le Dr Hendricks, le médecin-chef de l'Institut, faisait à ses collègues de l'Arrière des injections censées limiter l'usure constante, mais il y avait une énorme différence entre limiter un phénomène et l'empêcher.

Horace Keller, un intendant « rouge » avec lequel elle avait sympathisé, qualifiait Heckle et Jeckle de « cinglés ultra-performants ». Il affirmait que l'un des deux ou les deux finiraient par craquer, et les gros pontes devraient leur trouver des remplaçants. Corinne s'en fichait. Son travail consistait à faire en sorte que les enfants mangent ce qu'ils devaient manger, retournent dans leurs chambres quand ils devaient y retourner (ce qu'ils y faisaient ne la regardait pas) et assistent aux soirées cinéma. Au moindre faux pas, une gifle les remettait dans le droit chemin.

« Les gorks sont agités ce soir, dit Jake the Snake. On les entend. Gardez vos zap-sticks à portée de main pour le repas de huit heures.

— C'est toujours pire le soir, dit Phil. Je ne… Hé, c'est quoi ce bordel ? »

Corinne l'avait senti, elle aussi. Ils étaient habitués au bourdonnement, comme on s'habitue à un réfrigérateur ou à un climatiseur bruyants. Mais soudain, il avait atteint le niveau qu'ils devaient endurer lors des soirées ciné, quand le cierge magique était allumé. Dans ces moment-là, il provenait de derrière les portes verrouillées du Pavillon A, surnommé Gorky Park. Comme maintenant. Pourtant, ce soir, il leur parvenait également d'une autre direction, semblable au souffle d'un vent violent. De l'espace détente où les gamins s'étaient rassemblés après la projection. Un premier groupe, ceux qui étaient encore performants, avait été rejoint par les « pré-gorks », comme les appelait Corinne.

« Putain, qu'est-ce qu'ils foutent ? » s'écria Phil.

Corinne se précipita vers l'espace détente en dégainant son zapstick. Suivie de près par Jake. Phil – plus sensible au bourdonnement peut-être, ou apeuré tout simplement – demeura où il était, les mains plaquées sur les oreilles, comme pour empêcher sa tête d'exploser.

En arrivant à la porte, Corinne découvrit presque une douzaine d'enfants. Il y avait même Iris Stanhope, qui rejoindrait certainement Gorky Park après la projection du lendemain soir. Ils formaient un cercle en se tenant par la main. Le bourdonnement était si fort maintenant que Corinne en avait les larmes aux yeux. Elle avait l'impression de sentir vibrer ses plombages.

Occupe-toi du nouveau, se dit-elle. La crevette. C'est lui le meneur. Une bonne décharge, ça devrait briser le contact.

Alors même qu'elle tenait ce raisonnement, sa main s'ouvrit et le zap-stick tomba sur la moquette. Dans son dos, presque noyée dans le bourdonnement, elle entendit la voix de Jake qui ordonnait aux enfants d'arrêter ça et de regagner leurs chambres. La gamine noire regardait fixement Corinne, un sourire insolent sur les lèvres.

Attends un peu, je vais faire disparaître ton sourire, ma petite.

Lorsque Corinne leva la main pour la gifler, la gamine hocha la tête.

Allez-y, frappez-moi.

Une autre voix se joignit à celle de Kalisha : *Frappez !*

Tous les autres reprirent en chœur : *Frappez ! Frappez ! Frappez !*

Corinne Rawson commença à se donner des gifles, avec la main droite d'abord, puis avec la gauche, des allers-retours de plus en plus violents. Elle sentit ses joues rougir, puis s'embraser, mais c'était une sensation diffuse et lointaine car le bourdonnement avait cédé la place à un énorme effet Larsen interne.

Elle tomba à genoux au moment où Jake passait devant elle en coup de vent.

« Arrêtez ça, bande de sales petits… »

Il leva la main et un crépitement électrique se produisit lorsqu'il s'envoya une décharge entre les yeux. Il fut projeté en arrière, ses jambes s'écartèrent, puis se rejoignirent en un pas de danse funky. Les yeux exorbités, il enfonça l'extrémité de son zap-stick dans sa bouche grande ouverte. Cette fois, le grésillement fut étouffé, mais le résultat bien visible. Sa gorge enfla comme une vessie. Une lumière bleue éclaira brièvement ses narines. Puis il bascula vers l'avant, tête la première, enfonçant le bâton électrique jusqu'à la garde. Ses doigts continuèrent à convulser sur le bouton.

Kalisha entraîna les autres enfants dans le couloir. Ils se donnaient la main comme des élèves d'école primaire en sortie. Les voyant arriver, Phil the Pill recula à l'intérieur de la salle de projection ; il tenait la porte d'une main et son zap-stick dans l'autre. Un peu plus loin dans le couloir, entre le réfectoire et l'entrée du Pavillon A, le Dr Everett Hallas s'était pétrifié.

Des poings se mirent à marteler la porte à double battant verrouillée du Pavillon A. Phil lâcha son zap-stick et leva la main pour montrer aux enfants qui continuaient d'avancer qu'elle était vide.

« Je n'interviendrai pas, dit-il. Quoi que vous ayez l'intention de faire, je ne… »

La porte de la salle de projection se referma brutalement, coupant le son de sa voix, en même temps que trois de ses doigts.

Le Dr Hallas prit ses jambes à son cou.

Deux autres intendants en rouge émergèrent de la salle de repos du personnel, au-delà de l'escalier menant au crématorium. Ils se précipitèrent vers Kalisha et sa bande improvisée, zap-stick au poing. Ils s'arrêtèrent devant la porte du Pavillon A, s'électrocutèrent mutuellement et tombèrent à genoux. Et ils continuèrent à échanger des décharges jusqu'à ce qu'ils s'écroulent, l'un et l'autre inconscients. D'autres intendants apparurent. Voyant, ou sentant, ce qui se passait, ils battirent en retraite ; certains dévalèrent l'escalier du crématorium (une impasse, dans tous les sens du terme), tandis que leurs collègues regagnaient la salle de repos du personnel, ou celle des médecins un peu plus loin.

Viens, Sha.

Avery scrutait l'extrémité du couloir, au-delà de Phil qui hurlait en regardant son moignon sanglant et des deux intendants sonnés.

On ne s'enfuit pas ?

Si. Mais avant, on va les *libérer*.

La ribambelle d'enfants marcha vers la porte du Pavillon A. Au cœur du bourdonnement.

23

« J'ignore comment ils choisissent leurs cibles, disait Maureen. Je me suis souvent interrogée, mais ça doit fonctionner puisque personne n'a lancé de bombe atomique ni déclenché de guerre mondiale depuis plus de soixante-quinze ans. Fantastique prouesse quand on y pense. Certaines personnes affirment que Dieu veille sur nous, d'autres disent que c'est la diplomatie, ou ce qu'on appelle l'"équilibre de la terreur", mais je n'y crois pas. C'est l'Institut. »

Elle s'interrompit pour boire une autre gorgée d'eau et reprit :

« Ils savent quels enfants choisir grâce à un test que subissent la plupart des nouveau-nés. Je ne suis pas censée savoir ce qu'est ce test, je ne suis qu'une misérable femme de ménage, mais je ne me contente pas de moucharder, j'écoute aussi. J'espionne. Ça s'appelle le BDNF, pour facteur neurotrophique dérivé du cerveau. Les enfants qui possèdent un BDNF élevé sont repérés, suivis et finalement enlevés pour être conduits à l'Institut. Parfois, ils sont âgés de seize ans, mais dans l'ensemble, ils sont plus jeunes. Ceux qui ont un BDNF très élevé sont enlevés le plus tôt possible. Nous avons eu des enfants de huit ans. »

Ce qui explique la présence d'Avery, songea Luke. Et des jumelles Wilcox.

« On les prépare à l'Avant. Cette préparation se compose pour une part d'injections et, de l'autre, d'expositions répétées à ce que le Dr Hendricks appelle les Lumières de Stasi. Certains de ces enfants possèdent des dons de télépathie : ils lisent dans les pensées. D'autres de télékinésie : la victoire de l'esprit sur la matière. Après les injections et l'exposition aux Lumières de Stasi, certains de ces enfants demeurent tels qu'ils sont, mais la plupart améliorent les dons qui leur ont valu d'être enlevés. Quelques-uns, assez rares, ceux que Hendricks appelle les « roses », après avoir subi des tests et des injections supplémentaires, développent parfois les *deux* aptitudes. Un jour, j'ai entendu le Dr Hendricks affirmer qu'il existait peut-être d'autres dons et que leur découverte changerait tout, de manière positive. »

« TP et TK à la fois, murmura Luke. C'est ce qui m'est arrivé, mais je l'ai caché. Du moins, j'ai essayé. »

« Quand ils sont prêts à… travailler, on les transfère de l'Avant à l'Arrière. Là, on leur montre des films dans lesquels on voit toujours la même personne, encore et encore. Chez elle, au travail, en famille. Ensuite, on leur donne une image qui sert de déclencheur ; elle fait réapparaître les Lumières de Stasi et les assemble. Vois-tu… la façon dont ça marche… quand ils sont isolés, leurs pouvoirs restent faibles, même après les injections et tout le reste, mais quand ils sont ensemble, leur pouvoir augmente de manière… il y a un mot mathématique pour ça… »

« Exponentielle », dit Luke.

« Ah, ça ne me revient pas. Je suis fatiguée. Bref, ce qui compte, c'est que ces enfants sont utilisés pour éliminer certaines personnes. Parfois, ça ressemble à un accident. Parfois, ça ressemble à un suicide. Ou à un meurtre. Mais c'est toujours les enfants. Mark Berkowitz, le politicien ? C'étaient les enfants. Jangi Gafoor, l'homme qui, dit-on, s'est fait sauter accidentellement dans sa fabrique de bombes dans la province de Kondôz, il y a deux ans ? C'étaient les enfants. Il y a eu des centaines d'autres cas, rien que durant mon passage à l'Institut. On pourrait penser qu'il n'y a aucun lien – il y a six ans, c'est un poète argentin qui a avalé de la soude caustique –, en tout cas, je n'en vois pas, mais il y a forcément une logique car le monde est toujours là. Une fois, j'ai entendu Mme Sigsby, la big boss, dire qu'on écopait en permanence un bateau qui sans cela coulerait, et je la crois. »

Maureen se frotta les yeux de nouveau et se pencha pour regarder intensément l'objectif.

« Il faut un apport permanent d'enfants au BDNF élevé car l'Arrière les épuise. Ils souffrent de migraines de plus en plus fortes, et chaque fois qu'ils voient apparaître les Lumières de Stasi ou le Dr Hendricks avec le cierge magique, ils perdent un peu de leur "moi fondamental". À la fin, quand on les envoie à Gorky Park – c'est ainsi que les employés surnomment le Pavillon A –, on dirait des enfants atteints de démence ou d'alzheimer précoce. Et leur état ne cesse d'empirer, jusqu'à ce qu'ils meurent. De pneumonie généralement car il fait très froid à Gorky Park, exprès. Quelquefois, on dirait que... ils ont oublié comment on respire. Pour se débarrasser des corps, l'Institut possède un crématorium ultra-perfectionné. »

« Non, lâcha le shérif, dans un souffle. *Ah, non.* »

« Le personnel de l'Arrière travaille par longs roulements. Plusieurs mois de travail suivis de plusieurs mois de repos. À cause de l'atmosphère toxique. Mais aucun des employés n'ayant des scores de BDNF élevés, le processus opère plus lentement chez eux. Certains semblent à peine affectés. »

Elle but une gorgée d'eau.

« Il y a deux médecins qui travaillent là presque en permanence, et tous les deux perdent la boule. Je le sais, car je les ai vus. Les femmes de ménage et les agents d'entretien alternent plus souvent entre l'Avant et l'Arrière. *Idem* pour le personnel du réfectoire. Je sais que ça fait beaucoup de choses à assimiler, et ce n'est pas tout, mais je n'ai pas le temps de continuer. Luke, je veux te montrer quelque chose. À toi et aux personnes qui regardent peut-être cet enregistrement. C'est dur à supporter, mais j'espère que tu y arriveras parce que j'ai risqué ma vie pour ces images. »

Elle prit une inspiration tremblante et essaya de sourire. Luke se mit à pleurer, sans bruit tout d'abord.

« Luke, t'aider à t'enfuir a été la décision la plus difficile de toute ma vie, malgré la mort qui me toise et, je n'ai aucun doute, l'enfer qui m'attend au-delà. C'était une décision difficile car le bateau risque de couler maintenant, et ce sera à cause de moi. J'ai dû choisir entre ta vie et celles, peut-être, de milliards d'autres personnes sur terre, dont le sort dépend de l'Institut, sans qu'elles le sachent. Je t'ai préféré à elles, que Dieu me pardonne. »

L'écran devint bleu. Tag tendit la main vers le clavier de l'ordinateur portable, mais Tim l'arrêta.

« Attendez. »

Il y eut quelques parasites, un bégaiement sonore, puis une autre vidéo débuta. La caméra avançait dans un couloir au sol tapissé d'une épaisse moquette bleue. Un raclement se produisait par intermittence et, de temps à autre, l'image était interrompue par un rideau d'obscurité, qui apparaissait et disparaissait à la manière d'un obturateur.

C'est elle qui filme, pensa Luke. À travers un trou dans la poche de son uniforme. Le raclement, c'est le tissu qui frotte contre le micro.

Il ignorait si les téléphones portables fonctionnaient dans les bois touffus du Maine, mais quoi qu'il en soit il devinait qu'ils étaient strictement *verboten* à l'intérieur de l'Institut car les appareils photo et les caméras fonctionnaient, eux. Si Maureen avait été prise sur le fait, elle n'aurait pas seulement perdu son salaire et son poste. Elle aurait peut-être perdu la vie. Ses larmes redoublèrent. Il sentit le bras de l'officier Gullickson – Wendy – glisser autour de ses épaules. Il se laissa aller contre elle avec gratitude. Sans quitter l'écran des yeux, cependant. L'Arrière apparaissait enfin. Voilà à quoi il avait échappé. Voilà où se trouvait certainement Avery à cet instant, en supposant qu'il soit toujours vivant.

La caméra passa devant une porte à double battant ouverte, sur la droite. Maureen bifurqua, laissant entrevoir une salle de projection munie d'une vingtaine de sièges. Deux enfants y étaient assis.

« Cette fille *fume* ? demanda Wendy.

— Oui, dit Luke. Je suppose qu'ils ont droit aux cigarettes là-bas aussi. Cette fille est une amie. Elle s'appelle Iris Stanhope. Ils l'ont emmenée à l'Arrière avant que je m'enfuie. Est-ce qu'elle est toujours en vie ? Et si oui, est-ce qu'elle peut encore réfléchir ? »

L'objectif revint sur le couloir. Deux autres enfants passèrent. Ils posèrent sur Maureen un regard indifférent, puis sortirent du cadre. Un intendant en uniforme rouge apparut. Si sa voix était étouffée par la poche dans laquelle était caché le téléphone de la femme de ménage, on entendait distinctement ses paroles : il demandait à Maureen si elle était contente d'être de retour. « Est-ce que j'ai l'air folle ? » répondit celle-ci, et l'homme éclata de rire. Il parla ensuite de « café », mais le bruissement du tissu empêchait d'entendre le reste.

« C'est un pistolet qu'il porte à la ceinture ? demanda le shérif John.

— Un zap-stick, rectifia Luke. Un Taser, si vous préférez. Il y a un curseur qui permet de régler le voltage.

— Tu te fous de nous ! » s'exclama Frank Potter.

La caméra balaya une autre porte sur la gauche. Un peu plus loin, elle s'arrêta devant une troisième, fermée, sur laquelle on pouvait lire, en lettres rouges : PAVILLON A.

Tout bas, Maureen dit :

« Voici Gorky Park. »

Sa main, enveloppée dans un gant de latex bleu, apparut dans le cadre. Elle tenait une clé magnétique. Exception faite de sa couleur – orange vif –, Luke se dit qu'elle ressemblait à celle qu'il avait volée. Mais il devinait que le personnel de l'Arrière était moins négligent avec ces cartes. Maureen l'appuya contre le boîtier fixé au-dessus de la poignée. Un léger bourdonnement se produisit et elle ouvrit la porte.

Au-delà commençait l'enfer.

24

Annie l'Orpheline était fan de baseball et elle passait généralement les douces soirées d'été sous sa tente à écouter les retransmissions des matchs des Fireflies, une équipe de Columbia, en ligue mineure. Elle se réjouissait quand un de leurs joueurs était recruté par les Rumble Ponies, la franchise de Binghamton, mais elle était toujours triste de les voir partir. Le match terminé, elle dormait un peu, puis elle se réveillait et se branchait sur l'émission de George Allman pour savoir ce qui se passait dans ce que George appelait le Monde Merveilleux du Bizarre.

Mais ce soir, elle s'intéressait surtout au garçon qui avait sauté du train. Elle décida d'aller rôder autour du bureau du shérif pour essayer d'en apprendre un peu plus. Ils ne la laisseraient sans doute pas entrer, mais parfois, Frankie Potter ou Billy Wicklow sortaient fumer une cigarette dans la ruelle où elle stockait son matelas gonflable et quelques affaires. Ils lui raconteraient peut-être l'histoire de ce gamin si elle le leur demandait gentiment. Après tout, c'était elle qui l'avait nettoyé et réconforté, il était naturel qu'elle s'intéresse à son sort.

Un chemin partait de sa tente, plantée près des entrepôts, et traversait les bois dans la partie ouest de la ville. Quand elle se rendait dans la ruelle pour passer la nuit sur son matelas gonflable (ou à l'intérieur du poste s'il faisait froid, ce qu'elle était autorisée à faire depuis qu'elle avait aidé Tim à fabriquer sa banderole « Ralentissez »), elle suivait le chemin jusque derrière le Gem, l'ancien cinéma, où elle avait vu un tas de films intéressants quand elle était plus jeune (et un peu plus saine d'esprit). Le Ole Gemmie était fermé depuis quinze ans et le parking ressemblait à une jungle de mauvaises herbes et de solidages. Généralement, elle le traversait et longeait le mur de brique qui s'effritait à l'arrière du vieux cinéma jusqu'à la rue. Le bureau du shérif et le bazar se trouvaient de l'autre côté de la Grand-Rue, séparés par *sa* ruelle (ainsi qu'elle aimait la nommer).

Ce soir-là, alors qu'elle allait déboucher sur le parking, elle vit un véhicule s'engager dans Pine Street. Bientôt suivi d'un autre, puis d'un autre. Trois monospaces qui roulaient presque à touche-touche. Et alors que la nuit commençait à tomber, ils n'avaient pas allumé leurs feux de position. Arrêtée au milieu des arbres, Annie les regarda pénétrer sur le parking qu'elle était sur le point de traverser. Ils tournèrent ensemble, comme en formation, et s'arrêtèrent en rang, face à Pine Street. À croire qu'ils prévoyaient un départ précipité, pensa-t-elle.

Les portières s'ouvrirent. Des hommes et des femmes descendirent. Un des hommes portait un veston et un beau pantalon bien repassé. Une des femmes, plus âgée que les autres, était vêtue d'un tailleur-pantalon rouge foncé. Une autre portait une robe à fleurs. Et tenait un sac à main. Contrairement aux quatre autres femmes, vêtues pour la plupart d'un jean et d'une chemise noire.

Exception faite de l'homme au veston, qui se tenait en retrait, ils agissaient rapidement et méthodiquement, comme des soldats en mission, songea Annie. Impression vite confirmée. Deux des hommes et une des femmes ouvrirent les portières arrière des monospaces. Les hommes sortirent de l'un d'eux une longue caisse métallique. De l'arrière d'un autre véhicule apparurent des holsters de ceinture, que la femme distribua à tout le monde, sauf à l'homme en veston, à un autre homme aux cheveux blonds et courts et à la femme qui portait une robe à fleurs. La caisse métallique fut ouverte pour en sortir deux longues armes à feu qui n'étaient pas des fusils de chasse. Des armes qu'Annie Ledoux considérait comme ne pouvant appartenir qu'à des tueurs fous.

La femme à la robe à fleurs fourra un petit pistolet dans son sac à main. L'homme qui se tenait à côté d'elle en glissa un, plus gros, dans son dos, qu'il cacha sous le pan de sa chemise. Les autres rangèrent leurs armes dans les étuis. On aurait dit un commando. Nom de Dieu, *c'était* un commando. Annie ne voyait pas ce que ça pouvait être d'autre.

Une personne saine d'esprit – qui ne s'informait pas en écoutant George Allman toutes les nuits, par exemple – aurait assisté à cette scène avec un mélange de confusion et de désarroi, se demandant ce qu'une bande d'hommes et de femmes armés pouvait bien faire dans une petite bourgade endormie de Caroline du Sud où il n'y avait qu'une seule banque, fermée jusqu'au lendemain. Une personne saine d'esprit aurait peut-être sorti son téléphone pour appeler la police. Mais Annie n'était pas vraiment saine d'esprit, et elle savait très bien ce que manigançaient cette dizaine d'hommes et de femmes. Ils n'étaient pas arrivés à bord de SUV noirs comme elle pouvait s'y attendre, mais ils étaient là pour le garçon. Évidemment.

Quoi qu'il en soit, alerter les personnes présentes à l'intérieur du bureau du shérif ne faisait pas partie de ses options, car même si elle avait pu s'en payer un, Annie n'aurait jamais eu un portable sur elle. Les portables vous envoyaient des radiations à l'intérieur du crâne, tout le monde savait ça. En plus, *ils* s'en servaient pour vous suivre à la trace. Alors, elle reprit son chemin, en courant maintenant, pour atteindre l'arrière du salon de coiffure, deux bâtiments plus loin. Un escalier branlant conduisait à l'appartement situé au-dessus. Annie le gravit le plus vite possible, en soulevant son sarape et sa longue jupe pour ne pas trébucher et dégringoler. Elle tambourina à la porte jusqu'à ce qu'elle aperçoive, à travers le rideau en lambeaux, Corbett Denton qui approchait d'un pas traînant, précédé de sa bedaine. Il écarta le rideau pour regarder dehors. Son crâne chauve brillait dans la lumière du plafonnier de la cuisine, constellé de chiures de mouches.

« Annie ? Qu'est-ce que tu veux ? Je ne te donnerai rien à manger, si c'est ce…

— Y a des hommes », dit-elle, le souffle coupé. Elle aurait pu ajouter qu'il y avait aussi des femmes, mais ça faisait plus inquiétant de dire simplement « des hommes », à ses yeux. « Ils sont garés derrière le Gem !

— Fiche le camp, Annie ! J'ai pas le temps d'écouter tes…

— C'est le garçon ! Je crois que ces hommes vont attaquer le poste pour emmener le garçon ! Il va y avoir une fusillade !

— Qu'est-ce que tu…

— S'il te plaît, Drummer. S'il te plaît ! Ils ont des mitraillettes, je crois. Et ce garçon, il est gentil ! »

Il ouvrit la porte.

« Fais-moi sentir ton haleine. »

Annie l'agrippa par sa veste de pyjama.

« J'ai pas bu une seule goutte depuis dix ans ! *Je t'en supplie*, Drummer, ils sont venus chercher le garçon ! »

Il renifla, perplexe.

« Ça sent pas l'alcool. Tu as eu des hallucinations ?

— Non.

— Des mitraillettes ? Des armes automatiques, tu veux dire ? Genre AR-15 ? »

Drummer Denton semblait soudain intéressé.

« Oui ! Non ! J'en sais rien ! Mais tu as des armes, je le sais ! Va les chercher !

— Tu es complètement folle », dit-il, et c'est là qu'Annie éclata en sanglots.

Drummer la connaissait depuis toujours, ou presque, il l'avait même invitée à sortir une ou deux fois quand ils étaient beaucoup plus jeunes, et jamais il ne l'avait vue pleurer. Elle croyait vraiment qu'il se passait quelque chose. Et puis zut, se dit Drummer. Il n'avait rien d'autre à faire que ce qu'il faisait chaque soir : réfléchir à la stupidité fondamentale de l'existence.

« OK. Allons voir ça.

— Et tes armes ? Tu ne prends pas tes armes ?

— Pas question. J'ai dit : allons voir.

— Drummer, s'il te plaît !

— *Allons voir*, dit-il à nouveau. C'est tout ce que je veux bien faire. À prendre ou à laisser. »

N'ayant pas le choix, Annie l'Orpheline accepta.

25

« Seigneur, qu'est-ce que je vois, là ? »

Les paroles de Wendy étaient étouffées par la main qu'elle plaquait sur sa bouche. Personne ne répondit. Tous avaient les yeux fixés sur l'écran. Luke était aussi pétrifié par l'étonnement et l'effroi que les autres.

L'Arrière de l'Arrière – le Pavillon A, Gorky Park – était une longue pièce haute de plafond qui ressemblait, songeait Luke, à ces usines désaffectées où se déroulaient les fusillades à la fin des films d'action qu'il aimait regarder avec Rolf, il y a mille ans, quand il était encore un enfant, un vrai. Elle était éclairée par des tubes au néon grillagés qui projetaient des ombres et conféraient au décor une ambiance aquatique irréelle. Les fenêtres hautes et étroites étaient protégées par des grillages plus épais encore. Il n'y avait pas de lits, uniquement des matelas. Certains avaient été repoussés dans les allées, deux étaient retournés, un autre reposait mollement contre un mur de parpaings, semblable à un ivrogne. Maculé d'une substance jaunâtre qui était peut-être du vomi.

Une longue rigole où coulait de l'eau longeait un des murs, sur lequel on avait inscrit, au pochoir : VOUS ÊTES DES SAUVEURS ! Une fille, totalement nue à l'exception d'une paire de chaussettes sales, était accroupie au-dessus de la rigole, mains sur les genoux. En train de déféquer. Un bruissement de tissu se produisit lorsque la blouse frotta contre le téléphone de Maureen, et l'image fut momentanément masquée. Quand elle réapparut, la fille s'éloignait d'une démarche titubante, et l'eau de la rigole emportait ses excréments.

Une employée portant l'uniforme marron des femmes de ménage utilisait une sorte de gros aspirateur pour nettoyer ce qui ressemblait encore à du vomi, ou à de la merde et à des aliments renversés. Apercevant Maureen, elle la salua d'un geste et prononça des paroles inaudibles, non pas uniquement à cause de l'aspirateur, mais parce que Gorky Park était un asile d'aliénés où se mêlaient les éclats de voix et les cris. Une fille exécutait des roues dans une des allées encombrées. Un garçon boutonneux passa, il portait un slip sale et des lunettes pleines de traces qui glissaient sur son nez. Il braillait « ya-ya-ya-ya » en se martelant le crâne à chaque syllabe. Luke se souvint que Kalisha lui avait parlé d'un garçon à lunettes avec des boutons sur le visage. C'était lors de sa première journée à l'Institut. *On dirait que Petey est parti depuis une éternité, alors que c'était juste la semaine dernière*, avait-elle dit, et ce garçon était là. Du moins, ce qu'il en restait.

« Littlejohn, murmura Luke. C'est son nom, je crois. Peter Littlejohn. »

Personne ne l'entendit. Tous les autres semblaient hypnotisés par l'écran.

En face de la rigole destinée à évacuer les déchets, une longue auge reposait sur des pieds en acier. Deux filles et un garçon se tenaient devant. Les filles se servaient de leurs mains pour porter à leurs bouches un infâme magma brunâtre. Tim, qui regardait tout cela avec un mélange d'incrédulité et de dégoût, trouvait que ça ressemblait à des Maypo, les céréales de son enfance. Le garçon, lui, plongeait carrément le visage dans le magma, les bras écartés, faisant claquer ses doigts. D'autres enfants, allongés sur les matelas, contemplaient le plafond ; leurs visages étaient tatoués par les ombres des grillages.

Alors que Maureen se dirigeait vers la femme à l'aspirateur, sans doute pour la relayer, l'image s'arrêta, remplacée par l'écran bleu. Ils attendirent pour voir si Maureen allait réapparaître dans son fauteuil, peut-être pour offrir davantage d'explications. En vain.

« Nom d'un chien, c'était quoi, *ça* ? demanda Frank Potter.

— L'Arrière de l'Arrière », répondit Luke.

Plus pâle que jamais.

« Qui donc peut mettre des *enfants* dans…

— Des monstres », dit Luke.

Il se leva, porta sa main à sa tête et tituba.

Tim le retint.

« Tu vas tourner de l'œil ?

— Non… Je ne sais pas. Faut que je sorte. Pour prendre l'air. J'ai l'impression que les murs se rapprochent. »

Tim interrogea du regard le shérif John, qui hocha la tête.

« Emmenez-le dans la ruelle. Et essayez de le requinquer.

— Je viens aussi, dit Wendy. Il faut quelqu'un pour ouvrir la porte. »

Celle-ci, située à l'extrémité de la zone de détention, portait la mention : SORTIE DE SECOURS SOUS ALARME. Wendy utilisa une des clés de son trousseau pour la déconnecter. Tim poussa la barre antipanique d'une main ; de l'autre, il conduisit Luke, qui ne titubait plus, mais demeurait affreusement pâle, dans la ruelle. Tim savait ce qu'était le stress post-traumatique, mais il n'en avait vu les manifestations qu'à la télé. Aujourd'hui, il les voyait devant lui. Chez un gamin encore trop jeune pour se raser.

« Ne marchez pas sur les affaires d'Annie, dit Wendy. Surtout son matelas gonflable. Elle ne serait pas contente. »

Luke ne demanda pas ce qu'un matelas gonflable, deux sacs à dos, un caddie de supermarché à trois roues et un sac de couchage roulé faisaient là. Il marcha vers la Grand-Rue, lentement, en prenant de grandes inspirations. Il s'arrêta et se pencha en avant, mains sur les genoux.

« Ça va mieux ? demanda Tim.

— Mes amis vont les libérer, dit Luke, toujours plié en deux.

— Qui ça ? demanda Wendy. Ces… »

Elle ne savait quel terme utiliser. Ça n'avait pas d'importance car Luke semblait ne pas l'écouter.

« Je ne peux pas les voir, mais je sais. Je ne comprends pas comment c'est possible, mais je sais. Je pense que c'est l'Avorton. Avery, je veux dire. Kalisha est avec lui. Nicky aussi. Et George. Ils sont forts ! Tous ensemble, ils sont forts ! »

Luke se redressa et se remit à marcher. Au moment où il débouchait de la ruelle, les six lampadaires de la Grand-Rue s'allumèrent. Il regarda Tim, puis Wendy, stupéfait.

« C'est moi qui ai fait ça ? »

Wendy ne put réprimer un petit rire.

« Non, mon grand. C'est leur heure. Allez, on rentre. Un des Coca du shérif John te fera du bien. »

Elle posa la main sur son épaule. Luke se dégagea.

« Attendez. »

Un couple traversait la rue en se tenant par la main. L'homme avait des cheveux blonds, courts. La femme portait une robe à fleurs.

26

Le pouvoir généré par les enfants faiblit lorsque Nick lâcha les mains de Kalisha et de George, mais à peine. Car les autres se rassemblaient derrière la porte du Pavillon A, et c'étaient eux qui apportaient le plus de puissance.

C'était comme une balançoire à bascule, songeait Nick. Quand la capacité de réflexion baisse, le TP et le TK augmentent. Or ceux qui se trouvent derrière cette porte n'ont quasiment plus d'esprit pour réfléchir.

Exact, dit Avery. *C'est comme ça que ça fonctionne. Ils servent de batterie*.

Les pensées de Nicky étaient claires, débarrassées de toute douleur. En regardant les autres, il devinait que c'était pareil pour eux. Les migraines reviendraient-elles ? Et quand ? Impossible à dire. Dans l'immédiat, il se réjouissait.

Plus besoin du cierge magique, ils étaient au-delà de ça, désormais. Ils chevauchaient le bourdonnement.

Nick se pencha vers les deux intendants qui s'étaient assommés mutuellement à coups de zap-stick et fouilla leurs poches. Il trouva ce qu'il cherchait et le remit à Kalisha, qui le remit à Avery.

« Vas-y, toi », lui dit-elle.

Avery Dixon – qui aurait dû être chez lui, en train de dîner avec ses parents après une dure journée d'école où il était le plus jeune élève de CM2 – appuya la carte magnétique orange contre le lecteur. La serrure se déconnecta et la porte s'ouvrit. Les résidents de Gorky Park étaient tous massés de l'autre côté, tels des moutons agglutinés pendant un orage. Ils étaient sales, presque nus, hébétés. Plusieurs bavaient. Peter Littlejohn scandait « ya-ya-ya-ya » en se frappant sur la tête.

Ils ne reviendront jamais, pensa Avery. Leurs neurones sont trop endommagés. Iris, peut-être.

George : *Mais nous, on a peut-être une chance.*

Oui.

Kalisha, sachant que c'était cruel, sachant également que c'était nécessaire : *En attendant, on peut se servir d'eux.*

« Et maintenant ? demanda Katie. On fait quoi, maintenant ? »

Aucun ne répondit, car aucun n'avait la réponse. Finalement, Avery dit mentalement :

L'Avant. Allons libérer les autres et fichons le camp d'ici.

Helen : *Pour aller où ?*

Une sirène d'alarme se mit à hurler en ondoyant. Nul n'y prêta attention.

« On se posera la question plus tard », dit Nick. Il redonna la main à Kalisha et à George. « Pour l'instant, on va se venger. Et on va tout casser. Quelqu'un n'est pas d'accord ? »

Pas de réaction. Se tenant par la main, les onze révoltés reprirent la direction de l'espace détente et de l'ascenseur. Les résidents du Pavillon A les suivirent en avançant comme des zombies, attirés peut-être par le magnétisme de ces enfants encore capables de réfléchir. Le bourdonnement avait faibli, mais il était toujours présent.

Avery Dixon chercha mentalement Luke, espérant le trouver dans un endroit trop éloigné pour qu'il puisse leur apporter une aide quelconque. Cela voudrait dire qu'un des enfants-esclaves de l'Institut, au moins, était en sécurité. Car il était fort probable que tous les autres meurent, les employés de cet enfer étant prêts à tout pour les empêcher de s'enfuir.

À tout.

27

Trevor Stackhouse faisait les cent pas dans son bureau, situé en face de celui de Mme Sigsby, de l'autre côté du couloir. Il ne tiendrait pas en place tant qu'il n'aurait pas reçu un appel de Julia. Que les nouvelles soient bonnes ou mauvaises, ce serait toujours mieux que cette attente.

Enfin, un téléphone sonna, mais ce n'était ni le tintement du poste fixe ni le *brrt-brrt* de sa radio. C'était le double barrissement, autoritaire, du téléphone rouge. Celui des urgences. La dernière fois qu'il avait retenti, c'était pour signaler le merdier au réfectoire, avec les jumelles et le jeune Cross. Stackhouse décrocha, et, avant qu'il ait le temps de dire un mot, le Dr Hallas se mit à jacasser dans son oreille.

« Ils sont sortis ! Ceux qui regardent les films, c'est certain. Et je crois que les gorks aussi. Ils ont blessé au moins trois intendants. Non, quatre. Corinne pense que Phil Chaffitz est mort, électrocu…

— TAISEZ-VOUS ! » hurla Stackhouse dans l'appareil. Et quand il fut certain (non, pas certain, il espérait seulement) d'avoir toute l'attention d'Heckle, il dit : « Remettez de l'ordre dans vos pensées et racontez-moi. »

Secoué par cette interruption, Hallas avait presque recouvré ses esprits et il raconta au chef de la sécurité ce qu'il avait vu. Alors qu'il approchait de la fin de son récit, l'alarme générale de l'Institut se déclencha.

« Nom de Dieu, c'est vous qui l'avez mise en marche, Everett ?

— Non, non, ce n'est pas moi. C'est sûrement Joanne. Le Dr James. Elle était dans le crématorium. Elle y va souvent pour méditer. »

Stackhouse faillit se laisser distraire par l'image bizarre que cette remarque faisait naître dans son esprit : le Dr Jeckle assis en tailleur devant la porte du four, priant peut-être pour obtenir la sérénité. Il s'obligea à revenir à la réalité. Pour s'attaquer au problème : les enfants de l'Arrière avaient déclenché une mutinerie. Comment était-ce possible ? Cela n'était jamais arrivé. Et pourquoi *maintenant* ?

Heckle continuait à parler, mais Stackhouse en avait suffisamment entendu.

« Écoutez-moi, Everett. Rassemblez le maximum de cartes orange et brûlez-les, compris ? *Brûlez-les !*

— Comment je… Comment est-ce que…

— Vous avez une putain de chaudière au Niveau E ! Pour une fois, utilisez-la pour autre chose que des enfants ! »

Stackhouse raccrocha et se servit de la ligne fixe pour appeler Fellowes dans la salle informatique. Andy voulait savoir ce qui avait déclenché l'alarme. Il semblait effrayé.

« On a un problème à l'Arrière, mais je m'en occupe. Envoyez les images de là-bas sur mon ordinateur. Ne posez pas de questions, faites-le. »

Il alluma son ordinateur portable – cette vieille machine avait-elle toujours été aussi lente à démarrer ? – et cliqua sur l'icône CAMÉRAS DE SURVEILLANCE. Il découvrit alors le réfectoire de l'Avant, quasiment désert… quelques enfants sur le terrain de jeux…

« Andy ! brailla-t-il dans le téléphone. Pas l'Avant ! *L'Arrière !* Arrêtez de déc… »

D'autres images apparurent et il vit, à travers un film de poussière, Heckle recroquevillé dans son bureau, juste au moment où Jeckle y entrait, interrompue sans doute dans sa séance de méditation. Elle regardait par-dessus son épaule.

« OK. C'est mieux. Je prends la relève. »

Il zappa et vit la salle de repos des intendants. Plusieurs d'entre eux s'y étaient réfugiés. La porte donnant sur le couloir était fermée. Certainement verrouillée. Aucune aide à attendre de ce côté-là.

Zap. Le couloir tapissé de moquette bleue, où gisaient au moins trois intendants. Non, quatre. Jake Howland était assis par terre, devant la salle de projection, il tenait sa main contre sa blouse d'uniforme, trempée de sang.

Zap. Le réfectoire. Vide.

Zap. L'espace détente. Corinne Rawson était agenouillée à côté de Phil Chaffitz ; elle parlait à quelqu'un dans son talkie-walkie. Phil paraissait mort, en effet.

Zap. Le hall de l'ascenseur. La porte de celui-ci commençait à se refermer. La cabine, de la taille de celles qui servent à transporter les lits dans les hôpitaux, était remplie de pensionnaires. Quasiment nus. Les gorks du Pavillon A. S'il pouvait les arrêter là… les prendre au piège…

Zap. À travers cette horripilante pellicule de poussière et de traînées, Stackhouse découvrit d'autres enfants au

Niveau E, près d'une dizaine, rassemblés devant l'ascenseur, attendant que la porte s'ouvre pour déverser les autres mini-mutins. À l'entrée du tunnel qui menait à l'Avant. Mauvais.

Stackhouse reprit le téléphone fixe et n'entendit que le silence. Fellowes avait raccroché. Maudissant cette perte de temps, il le rappela.

« Pouvez-vous couper l'alimentation de l'ascenseur de l'Arrière ? L'arrêter entre deux étages ?

— Je ne sais pas, répondit Fellowes. Peut-être. C'est sans doute marqué dans la brochure des Procédures d'urgence. Laissez-moi… »

C'était déjà trop tard. La porte de l'ascenseur s'ouvrit au Niveau E et les fugitifs de Gorky Park en descendirent, balayant du regard le hall carrelé, comme s'il y avait quelque chose à voir. C'était déjà inquiétant, mais Stackhouse découvrit une chose pire encore. Heckle et Jeckle pouvaient réunir des dizaines de cartes orange pour les brûler, cela ne changerait rien. Car un des gamins – ce freluquet qui avait manigancé l'évasion d'Ellis avec la femme de chambre – en tenait une dans la main. Elle ouvrirait la porte du tunnel, et également celle qui permettait d'accéder au Niveau F de l'Avant. Et s'ils envahissaient l'Avant, tout pouvait arriver.

L'espace d'un instant, qui parut infini, Stackhouse se pétrifia. Fellowes continuait à brailler dans son oreille, mais sa voix provenait de très loin. Car, effectivement, ce petit merdeux se servait de la carte orange pour entraîner sa joyeuse bande dans le tunnel. Un trajet de deux cents mètres les conduirait à l'Avant. La porte se referma derrière le dernier des mutins. Sur un hall vide. Stackhouse zappa sur une autre caméra pour les voir marcher dans le passage carrelé.

Le Dr Hendricks fit irruption dans le bureau, ce bon vieux Donkey Kong, avec sa chemise à moitié sortie de son pantalon et sa braguette mal fermée, ses yeux rouges et exorbités.

« Que se passe-t-il ? Que… »

Pour ajouter à la folie du moment, sa radio émit son *brrt-brrt*. Stackhouse fit taire Hendricks d'un geste. L'appareil continuait à réclamer son attention.

« Andy. Ils sont dans le tunnel. Ils arrivent, et ils ont une clé magnétique. Il faut les arrêter. Vous avez une idée ? »

Il s'attendait à une réaction de panique, mais Fellowes le surprit.

« Je pourrais peut-être déconnecter les serrures.

— Hein ?

— Je ne peux pas désactiver les cartes, mais je peux bloquer les serrures. Les codes d'accès sont générés par ordinateur, et donc…

— Vous voulez dire que vous pouvez bloquer ces gamins ?

— Euh, oui.

— Faites-le ! Maintenant !

— Qu'y a-t-il ? demanda Hendricks. Nom d'un chien, je m'apprêtais à partir quand l'alarme…

— Taisez-vous. Mais restez ici. J'aurai peut-être besoin de vous. »

La radio bêlait toujours. Stackhouse s'en saisit, sans quitter des yeux le tunnel et les petits crétins en marche. Maintenant, il avait un appareil collé sur chaque oreille, comme un personnage d'une vieille comédie burlesque.

« Quoi ? *Quoi* ?

— On est sur place, et le gamin est ici », déclara Mme Sigsby. La liaison était parfaite : la directrice aurait pu tout aussi bien se trouver dans la pièce voisine. « Je pense le ramener au bercail dans les plus brefs délais. » Un silence. « Vivant ou mort.

— Bravo, Julia. Mais on a un problème ici. Il y a eu…

— Débrouillez-vous pour arranger ça. Ici, c'est maintenant. Je vous rappelle dès qu'on quitte la ville. »

Elle avait coupé la communication. Mais Stackhouse s'en fichait car si Fellowes ne réalisait pas des miracles technologiques, Julia risquait d'avoir une mauvaise surprise en arrivant.

« Andy ? Vous êtes toujours là ?

— Oui.

— Alors, c'est fait ? »

Stackhouse devinait, avec une certitude terrifiante, que Fellowes allait lui annoncer que leur vieux système informatique avait choisi ce moment pour planter.

« Oui. Je pense. Un message s'est affiché sur mon écran : CLÉS MAGNÉTIQUES ORANGE INVALIDES VEUILLEZ ENTRER NOUVEAU CODE D'AUTORISATION.

Ce « Je pense » de Fellowes n'avait rien pour calmer l'angoisse de Stackhouse. Penché en avant dans son fauteuil, mains jointes, il scrutait l'écran de son ordinateur. Hendricks vint se placer derrière lui pour regarder par-dessus son épaule.

« Bon sang, que font-ils dehors ?

— Si vous voulez mon avis, ils viennent nous chercher. Et on saura bientôt s'ils le peuvent. »

Le défilé d'évadés potentiels sortit du cadre. Stackhouse appuya sur la touche permettant de passer d'une caméra à l'autre. Il aperçut brièvement Corinne Rawson qui tenait la tête de Phil sur ses genoux, avant de trouver l'image qui l'intéressait. Celle qui montrait la porte du Niveau F à l'extrémité du tunnel, côté Avant. Au moment où les enfants l'atteignaient.

« C'est le moment critique », dit-il.

Il serrait les poings, assez fort pour imprimer la marque de ses ongles dans ses paumes.

Dixon appuya la carte orange contre le lecteur. Il essaya de tourner la poignée et, voyant que rien ne se passait, Trevor Stackhouse se détendit enfin. Derrière lui, Hendricks poussa un soupir qui sentait fortement le bourbon. Boire au travail était aussi *verboten* que la détention d'un téléphone portable, mais Stackhouse avait d'autres chats à fouetter.

Des mouches dans un bocal, voilà ce que vous êtes maintenant, mes petits, songea-t-il. Quant à savoir ce qui vous attend…

Dieu merci, ce n'était pas de son ressort. Une fois que le problème de la Caroline du Sud aurait été définitivement réglé, ce serait Mme Sigsby qui déciderait de leur sort.

« C'est pour ça que vous êtes payée une fortune, Julia », dit-il, et il se renversa dans son fauteuil pour voir un groupe d'enfants, emmenés par Wilholm maintenant, revenir sur leurs pas pour tenter d'ouvrir la porte par laquelle ils étaient arrivés. En vain. Ce sale merdeux de Wilholm pencha la tête en arrière, la bouche grande ouverte. Stackhouse regretta l'absence de son qui l'empêchait d'entendre ce cri de frustration.

« Nous avons circonscrit le problème, dit-il à Hendricks.

— Hmmm », fit celui-ci.

Stackhouse se retourna vers le médecin.

« Qu'est-ce que ça veut dire ?

— Peut-être pas tout à fait. »

28

Tim posa la main sur l'épaule de Luke.

« Si tu te sens d'attaque, il faut qu'on retourne à l'intérieur pour tirer ça au clair. On te donnera un Coca et…

— Attendez. »

Luke ne quittait pas des yeux le couple qui traversait la rue en se donnant la main. Ils n'avaient pas remarqué le trio arrêté à l'entrée de la ruelle d'Annie l'Orpheline. Leur attention était fixée sur le poste de police.

« Ils ont quitté l'autoroute et ils se sont paumés, dit Wendy. Je vous parie ce que vous voulez. Ça arrive au moins dix fois par mois. Alors, tu es prêt à retourner à l'intérieur ? »

Luke ne l'écoutait pas. Il sentait encore la présence des autres enfants, mais ils semblaient atterrés maintenant. Et ils étaient loin, très loin dans son esprit, pareils à des voix qui lui parvenaient d'une autre pièce, à travers une grille d'aération. Cette femme… avec sa robe à fleurs…

Quelque chose tombe et me réveille. Sans doute le trophée qu'on a gagné lors du concours de débat du Nord-Ouest car c'est le plus gros et il a fait un sacré boucan. Quelqu'un est penché au-dessus de moi. Je dis *maman*, même si je sais que ce n'est pas elle, mais c'est une femme et *maman* est le premier mot qui se présente à mon esprit encore à moitié endormi. Et elle dit…

« Oui. Tout ce que tu veux, déclara Luke.

— Parfait, répondit Wendy. On va pouvoir…

— Non ! C'est ce qu'*elle* a dit. »

Il montra la femme du doigt. Le couple était arrivé devant le bureau du shérif. Ils ne se tenaient plus par la main. Luke se tourna vers Tim, affolé, les yeux écarquillés.

« C'est elle qui m'a enlevé ! Je l'ai revue à l'Institut ! Dans la salle de repos ! Ils sont là ! Je vous avais bien dit qu'ils viendraient, *et ils sont là !* »

Luke pivota et fonça vers la porte, qui n'était pas verrouillée de ce côté pour qu'Annie puisse entrer la nuit, si elle le souhaitait.

« Qu'est-ce… », dit Wendy, mais Tim ne la laissa pas achever sa phrase. Il s'élança à la poursuite de Luke, songeant que ce gamin qui avait sauté du train avait finalement peut-être raison au sujet de Norbert Hollister.

29

« Alors ? demanda Annie l'Orpheline dans un murmure qui n'en était pas vraiment un. Vous me croyez maintenant, monsieur Corbett Denton ? »

Drummer ne répondit pas immédiatement car il essayait d'intégrer ce qu'il voyait : trois monospaces garés côte à côte et, au-delà, un groupe d'hommes et de femmes. Neuf ou dix en tout, assez nombreux en tout cas pour occuper un putain de terrain de baseball. Et Annie avait raison : ils étaient armés. Le crépuscule approchait, mais il faisait jour plus tard en été et, de toute façon, les lampadaires venaient de s'allumer. Drummer apercevait les armes de poing dans les holsters et deux fusils qui ressemblaient à des HK. Des machines à tuer. L'équipe de baseball se tenait devant l'entrée de l'ancien cinéma, partiellement masquée par le mur de brique latéral.

« Ils ont envoyé des éclaireurs ! souffla Annie. Tu les vois qui traversent la rue ? Ils vont entrer dans le poste pour savoir combien il y a de personnes à l'intérieur ! Alors, tu vas chercher tes foutues armes maintenant, ou faut que j'aille les prendre moi-même ? »

Drummer fit demi-tour et, pour la première fois en vingt ans, peut-être même trente, il se mit à courir. Il gravit l'escalier menant à son appartement au-dessus du salon de coiffure et s'arrêta sur le palier, le temps d'avaler trois ou quatre énormes bouffées d'air. Et de se demander si son cœur allait résister à cet effort… ou exploser.

Son 30-06, avec lequel il avait prévu de se suicider par une des belles soirées de Caroline du Sud (ce qu'il aurait peut-être déjà fait si, de temps à autre, il n'entretenait pas une conversation intéressante avec le nouveau veilleur de nuit), se trouvait dans le placard, chargé. Tout comme le pistolet automatique calibre 45 et le P.38 rangés sur l'étagère du haut.

Muni de ces trois armes, il redescendit l'escalier, haletant et transpirant. Il puait sans doute autant qu'un porc dans un sauna, mais il se sentait vivant, ce qui ne lui était pas arrivé depuis longtemps. Il tendit l'oreille : pas de détonations. Pour l'instant, tout était calme.

Ce sont peut-être des flics, pensa-t-il, mais cela lui paraissait peu probable. Des flics seraient entrés directement dans le bureau du shérif en montrant leurs insignes et ils auraient annoncé la couleur. Et puis, ils seraient arrivés dans des SUV noirs : Suburban ou Escalade.

Du moins, ça se passait comme ça à la télé.

30

Nick Wilholm entraîna la troupe hétéroclite de filles et de garçons perdus dans le tunnel légèrement incliné jusqu'à la porte verrouillée du côté de l'Avant. Certains détenus du Pavillon A le suivirent, pendant que d'autres restaient à la traîne. Pete Littlejohn recommença à se taper sur le crâne en braillant « Ya-ya-ya-ya ». L'écho du tunnel rendait cette psalmodie exaspérante.

« Donnez-vous la main, ordonna Nick. Tous. »

D'un mouvement du menton, il montra les gorks qui lambinaient.

Je pense que ça les fera venir.

Comme des insectes attirés par une lampe antimoustiques, pensa Kalisha.

Ce n'était pas très aimable, mais la vérité l'était rarement.

Et en effet, ils approchèrent. À mesure que chacun d'eux rejoignait le cercle, le bourdonnement s'amplifiait. Les parois du tunnel obligeaient leur groupe à prendre une forme allongée, mais ça n'avait pas d'importance. La force était là.

Kalisha comprit où voulait en venir Nicky. Pas uniquement parce qu'elle lisait dans ses pensées, mais parce que c'était leur dernière chance.

Plus forts ensemble, pensa-t-elle. Puis, s'adressant à Avery, à voix haute :

« Fais sauter cette serrure, l'Avorton. »

Le bourdonnement enfla encore, jusqu'à devenir un effet Larsen hurlant. Si l'un d'eux avait encore eu la migraine, celle-ci se serait enfuie, terrorisée. De nouveau, Kalisha ressentit cette impression de pouvoir absolu. Comme les soirs où brûlait le cierge magique.

C'était alors un pouvoir sale, et celui-ci était pur, car c'était *eux*. Si les enfants du Pavillon A restaient muets, ils souriaient. Eux aussi le sentaient. Et ça leur plaisait. Même s'ils n'étaient plus vraiment en état de penser, songea Kalisha.

La porte produisit un léger craquement et ils la virent remuer dans son encadrement, mais rien de plus. Avery s'était dressé sur la pointe des pieds, le visage déformé par la concentration. Il relâcha tous ses muscles et souffla.

George : *Non ?*

Avery : *Non. Si elle était simplement verrouillée, je pense que j'y arriverais, mais on dirait qu'il n'y a même pas de serrure.*

« Morte, lâcha Iris. Morte, morte, la porte est morte.

— Ils les ont bloquées », dit Nick. *Et on ne peut pas la défoncer, hein ?*

Avery : *Non, c'est de l'acier.*

« Où est Superman quand on a besoin de lui ? » demanda George.

Il frotta ses joues avec ses paumes, dessinant un sourire sans joie.

Helen s'assit, enfouit son visage dans ses mains et fondit en larmes.

« À quoi on sert ? » Elle répéta cette phrase, cette fois comme un écho mental : *À quoi on sert ?*

Nick se tourna vers Kalisha.

Une idée ?

Non.

Il se tourna alors vers Avery. *Et toi ?*

Avery secoua la tête.

31

« Comment ça, “Pas tout à fait” ? » demanda Stackhouse.

Au lieu de répondre à cette question, Donkey Kong se précipita vers l'interphone du chef de la sécurité. Une épaisse couche de poussière recouvrait le boîtier. Stackhouse ne s'en était jamais servi, pas une seule fois. Ce n'était pas comme s'il devait annoncer des soirées dansantes ou des concours de culture générale. Le Dr Hendricks se pencha pour étudier les commandes rudimentaires et abaissa un interrupteur qui alluma une petite lumière verte.

« Que vouliez-vous dire… »

Ce fut au tour d'Hendricks de répliquer « Taisez-vous » et, au lieu d'en prendre ombrage, Stackhouse ressentit une certaine admiration. Le bon docteur avait une idée en tête et il y tenait.

Hendricks se saisit du micro, puis hésita.

« Pouvons-nous être sûrs que les fugitifs n'entendront pas ce que je vais dire ? Inutile de leur donner des idées.

— Il n'y a pas de haut-parleurs dans le tunnel d'accès, répondit Stackhouse, espérant ne pas se tromper. Quant à l'Arrière, je crois qu'ils possèdent leur propre système d'interphones. Qu'est-ce que vous manigancez ? »

Hendricks le regarda comme s'il avait affaire à un demeuré.

« Leurs corps sont enfermés, mais ça ne veut pas dire que leurs esprits le sont aussi. »

Oh, merde, pensa Stackhouse. J'ai oublié pour quelle raison ils étaient ici.

« Comment est-ce que ce truc…, s'énerva Hendricks. C'est bon, j'ai compris. »

Il appuya sur le bouton situé sur le côté du micro, se racla la gorge et annonça :

« Votre attention, je vous prie. Appel à tout le personnel. Ici le Dr Hendricks. » Il passa la main dans ses cheveux clairsemés, donnant à toute cette folie un aspect encore plus fou. « Des enfants se sont échappés de l'Arrière, mais il n'y a aucune raison de s'alarmer. Je répète : il n'y a aucune raison de s'alarmer. Ils sont bloqués dans le tunnel entre l'Arrière et l'Avant. Toutefois, il se peut qu'ils tentent de vous influencer, comme ils… » Il s'interrompit, passa sa langue sur ses lèvres. « … comme ils influencent certaines personnes qui font leur travail. Il se peut qu'ils essaient de vous inciter à vous faire du mal. Ou bien… à vous retourner les uns contre les autres. »

Bon sang, voilà une idée réjouissante, songea Stackhouse.

« Alors, écoutez-moi bien, poursuivit Hendricks. Ils peuvent accomplir ce genre d'infiltration mentale uniquement si leurs cibles ne se méfient pas. Si vous sentez quelque chose… Si vous sentez des pensées qui ne sont pas les vôtres… restez calmes et résistez-y. Chassez-les. Vous y arriverez facilement. Pour vous aider, vous pouvez parler à voix haute. En disant : Je ne t'écoute pas. »

Alors qu'il reposait le micro, le chef de la sécurité s'en saisit.

« Ici Stackhouse. Message à l'intention de tout le personnel de l'Avant. Tous les enfants doivent regagner immédiatement leurs chambres. Si certains résistent, une décharge. »

Il coupa le micro et se tourna vers Hendricks.

« Peut-être que ces petits enfoirés dans le tunnel n'y penseront pas. Après tout, ce ne sont que des enfants.

— Oh, ils y penseront, dit Hendricks. N'oubliez pas qu'ils ont de l'entraînement. »

32

Tim rejoignit Luke au moment où celui-ci ouvrait la porte de la zone de détention.

« Reste ici, Luke. Wendy, viens avec moi.

— Tu ne crois tout de même pas…

— Je ne sais pas ce que je crois. Laisse ton arme dans son étui, mais ôte la patte de sécurité. »

Alors qu'ils remontaient en courant l'allée étroite entre les quatre cellules vides, ils entendirent une voix d'homme. Il parlait d'un ton agréable. Affable, même :

« Ma femme et moi avons entendu dire qu'il y avait quelques vieux bâtiments intéressants à Beaufort, et nous avons voulu prendre un raccourci. Mais notre GPS a complètement merdé.

— J'ai obligé mon mari à s'arrêter pour demander notre chemin… », dit la femme au moment où Tim entra. Elle regardait l'homme blond, qui était peut-être son mari, ou pas, d'un air faussement exaspéré. « Il n'a pas voulu. Les hommes croient toujours tout savoir, pas vrai ?

— À vrai dire, on est un peu occupés pour le moment, répondit le shérif John. Je n'ai pas le temps de…

— C'est elle ! » s'écria Luke en surgissant derrière Tim et Wendy qui sursautèrent.

Les autres adjoints se retournèrent. Luke écarta Wendy, avec suffisamment de force pour la pousser contre le mur.

« C'est elle qui m'a pulvérisé un truc sur le visage pour m'endormir ! *Salope, tu as tué mes parents !* »

Il tenta de se jeter sur elle. Tim le retint par le col de son T-shirt et le tira en arrière. L'homme blond et la femme à la robe à fleurs paraissaient surpris, perplexes. Une réaction parfaitement normale, autrement dit. Mais Tim pensait avoir entraperçu une autre expression sur le visage de la femme : une vague prise de conscience.

« Je pense qu'il y a erreur, dit-elle avec un sourire qu'elle espérait empreint d'étonnement. Qui est ce garçon ? Un fou ? »

Bien qu'il fût désormais un simple veilleur de nuit, et cela encore pendant cinq mois, Tim repassa en mode policier sans même réfléchir, comme il l'avait fait le soir où les gamins avaient braqué le Zoney's et tiré sur Absimil Dobira.

« J'aimerais voir vos papiers.

— Allons, c'est inutile, répondit la femme. Je ne sais pas ce qui se passe dans la tête de ce garçon, mais nous sommes perdus, et quand j'étais petite, ma mère me disait toujours : si tu es perdue, demande ton chemin à un policier. »

Le shérif John se leva.

« Uh-huh, uh-huh. C'est peut-être vrai et, dans ce cas, ça ne vous gêne pas de nous montrer vos permis de conduire, si ?

— Non, absolument pas, dit l'homme. Le temps de sortir mon portefeuille. »

La femme fouillait déjà dans son sac à main d'un air exaspéré.

« Attention ! hurla Luke. Ils sont armés ! »

Tag Faraday et George Burkett paraissaient abasourdis ; Frank Potter et Bill Wicklow plutôt dubitatifs.

« Pas si vite ! dit le shérif John. Les mains en l'air ! »

L'homme et la femme ignorèrent l'ordre. Michelle Robertson sortit de son sac non pas son permis de conduire mais le Sig Sauer Nightmare Micro qu'on lui avait remis. Denny Williams avait glissé la main dans son dos pour dégainer le Glock coincé dans sa ceinture. Le shérif et l'adjoint Faraday voulurent se saisir de leurs armes de service, mais ils étaient lents, trop lents.

Contrairement à Tim. Robertson visa Luke, mais la balle tirée par Tim la projeta en arrière, contre une des grandes portes à double battant du poste, dont la vitre en verre dépoli se lézarda sous le choc.

Williams mit un genou à terre pour pointer son arme sur Tim, qui eut juste le temps de se dire : Ce type est un pro, je suis mort. Mais le Glock se souleva brusquement, comme tiré par un fil invisible, et la balle destinée au veilleur de nuit alla se nicher dans le plafond. Touché à la tempe par le coup de pied du shérif John, l'homme blond s'affala sur le sol. Billy Wicklow lui écrasa le poignet sous sa chaussure.

« Lâche ton arme, ordure. Lâche-la ! »

C'est à ce moment-là que Mme Sigsby, comprenant que les choses tournaient mal, ordonna à Louis Grant et à Tom Jones d'ouvrir le feu avec leurs fusils d'assaut. Williams et Robertson ne comptaient pas.

Le garçon, si.

33

Les deux HK37 firent s'abattre le tonnerre sur le crépuscule paisible de DuPray. Grant et Jones canardèrent la façade de brique du bureau du shérif, faisant jaillir de petits nuages de poussière roses, pulvérisant les fenêtres et les portes vitrées. Ils avaient pris position sur le trottoir, tandis que les autres membres de l'équipe Or s'étaient éparpillés dans la rue, derrière eux. À l'exception du Dr Evans qui se tenait sur le côté, les mains plaquées sur les oreilles.

« *Ouais !* » brailla Winona Briggs. Elle dansait d'un pied sur l'autre, comme si elle avait envie d'aller aux toilettes. « *Butez-les !*

— *Go !* cria Mme Sigsby. Allez-y tous ! Capturez le gamin ou tuez-le ! »

Une voix s'éleva dans leur dos :

« Vous n'irez nulle part, madame. Je jure sur le Seigneur que pas mal d'entre vous vont y laisser leur peau si vous essayez. Vous deux, là-bas, lâchez immédiatement vos pétoires. »

Louis Grant et Tom Jones se retournèrent, sans lâcher leurs HK.

« Dépêchez-vous ou vous êtes morts, ajouta Annie. On rigole pas ici. Vous êtes dans le Sud. »

Les deux hommes échangèrent un regard et déposèrent leurs fusils d'assaut sur le trottoir, délicatement.

Mme Sigsby découvrit les deux auteurs improbables de cette embuscade, sous l'auvent affaissé du Gem : un gros type chauve en veste de pyjama et une femme hirsute qui semblait porter un sarape mexicain. L'homme était armé d'un fusil. La femme en sarape tenait un pistolet automatique dans une main, un revolver dans l'autre.

« Faites-en autant, vous aussi, ordonna Drummer Denton. On vous a en ligne de mire. »

Mme Sigsby observa les deux péquenauds postés devant le cinéma désaffecté. Et sa réflexion fut simple et désabusée : Ça ne s'arrêtera donc jamais ?

Un coup de feu retentit à l'intérieur du poste. S'ensuivit un bref silence, puis une autre détonation. Pendant que les deux péquenauds tournaient la tête dans cette direction, Grant et Jones se penchèrent pour ramasser leurs fusils d'assaut.

« Faites pas ça ! » cria la femme en sarape.

Robin Lecks qui, il n'y avait pas si longtemps, avait abattu le père de Luke à travers un oreiller, profita de cette brève ouverture pour dégainer son Sig Micro. Les autres membres de l'équipe Or se jetèrent au sol afin d'offrir un champ de tir dégagé à Grant et à Jones. Ainsi qu'on le leur avait enseigné. Seule Mme Sigsby resta debout, comme si la colère provoquée par ce problème inattendu pouvait la protéger.

34

Au moment où débutait l'affrontement en Caroline du Sud, Kalisha et ses amis étaient affalés près de la porte de l'Avant, dans des postures qui trahissaient leur désespoir. Cette porte qu'ils ne pourraient pas ouvrir car Iris avait raison : la serrure était morte.

Nicky : *Peut-être qu'on peut quand même faire quelque chose. Atteindre le personnel de l'Avant comme on l'a fait avec les intendants rouges.*

Avery secouait la tête. Désormais, il ressemblait plus à un vieillard fatigué qu'à un garçonnet. *J'ai essayé. J'ai voulu atteindre Gladys, parce que je la déteste. Avec son sourire hypocrite. Elle a dit qu'elle ne m'écoutait pas, et elle m'a repoussé.*

Kalisha observa les enfants du Pavillon A, qui s'étaient remis à errer dans le tunnel, comme s'il y avait un endroit où aller. Une fille faisait la roue ; un garçon portant un short de plage crasseux et un T-shirt déchiré donnait de petits coups de tête dans le mur, et Pete Littlejohn continuait à pousser ses « ya-ya ». Mais ils viendraient si on les appelait et il y avait là une énorme réserve de pouvoir. Elle prit la main d'Avery.

« Tous ensemble…

— Non », dit Avery. *Ils se sentiront un peu bizarres, ils auront la tête qui tourne et mal au ventre…* « Mais c'est tout. »

Kalisha : *Mais pourquoi ? Pourquoi ? Si on est capables de tuer le type qui fabriquait des bombes, là-bas en Afghanistan…*

Avery : *Le type ne savait pas, voilà pourquoi. Ce prédicateur, le type de Westin, lui non plus il ne sait pas. Quand ils savent…*

George : *Ils peuvent nous empêcher d'entrer.*

Avery acquiesça.

« Alors, qu'est-ce qu'on peut faire ? demanda Helen. Rien ? »

Je ne sais pas.

« Je pense à un truc, dit Kalisha. On est coincés ici, mais on connaît quelqu'un qui ne l'est pas. Seulement, on aura besoin de tout le monde. » Elle pencha la tête en direction des fugitifs du Pavillon A qui déambulaient. « Appelons-les.

— Je ne suis pas sûr, Sha, dit Avery. Je suis crevé.

— Allez, un dernier essai », dit-elle d'un ton enjôleur.

Il soupira et tendit les mains. Kalisha, Nicky, George, Helen et Katie firent la chaîne. Au bout d'un moment, Iris les rejoignit. Et une fois de plus, les autres revinrent vers eux. Ils formèrent leur cercle oblong et le bourdonnement s'éleva. À l'Avant, les intendants, les techniciens et les agents d'entretien le sentirent et prirent peur, mais il ne leur était pas destiné. À deux mille deux cents kilomètres de là, Tim venait de tirer une balle entre les seins de Michelle Robertson ; Grant et Jones s'emparaient de leurs fusils d'assaut pour mitrailler la façade du bureau du shérif, Billy Wicklow écrasait la main de Denny Williams avec sa chaussure et le shérif John se tenait à côté de lui.

Les enfants de l'Institut appelèrent Luke.

35

Luke ne songea pas à utiliser son esprit pour relever l'arme de l'homme blond ; il le fit, simplement. Les Lumières de Stasi réapparurent, masquant tout le reste l'espace d'un instant. Quand elles s'atténuèrent, il vit un des policiers piétiner la main de l'homme blond pour l'obliger à lâcher son arme. Mais il tenait bon, malgré le rictus de douleur qui tordait sa bouche et le sang qui coulait sur le côté de son visage. Le shérif leva la jambe, avec l'intention, manifestement, de lui décocher un autre coup de pied dans la tête.

Luke eut le temps de voir tout ça avant que les Lumières de Stasi reviennent, plus éclatantes que jamais, et les voix de ses amis lui firent l'effet d'un coup de marteau au milieu du front. Il recula en titubant dans l'encadrement de la porte de la zone de détention, les mains levées devant lui, comme pour se protéger, et il se fit un croc-en-jambe. Il tomba sur les fesses au moment où Grant et Jones ouvraient le feu.

Il vit Tim se jeter sur Wendy et la plaquer au sol en faisant un bouclier de son corps. Il vit des balles frapper le shérif et son adjoint qui écrasait la main de l'homme blond. Tous deux s'écroulèrent. Des vitres volèrent en éclats. Quelqu'un poussa un hurlement. Wendy, songea Luke. Au-dehors, il entendit une voix de femme qui ressemblait étrangement à celle de Mme Sigsby crier quelque chose comme *« Allez-y tous, maintenant ! »*

Pour Luke, sonné par une double dose de Lumières de Stasi et les voix combinées de ses amis, le monde sembla ralentir. Il vit un des autres adjoints – blessé car du sang coulait sur son bras – pivoter vers la porte d'entrée, pulvérisée, probablement pour voir d'où venaient les coups de feu. On aurait dit qu'il se déplaçait au ralenti. L'homme blond s'était remis à genoux. Lui aussi donnait l'impression de bouger très lentement. C'était comme regarder un ballet sous l'eau. Il tira une balle dans le dos de l'adjoint, avant de se tourner vers Luke. Plus vite maintenant. Le monde s'accélérait de nouveau. Sans laisser à l'homme blond le temps de faire feu, l'adjoint roux se pencha vers lui, comme s'il s'inclinait, et lui tira dans la tempe. Projeté sur le côté, l'homme blond retomba sur la femme qui avait prétendu être son épouse.

Dehors, une autre femme – pas celle qui avait la voix de Mme Sigsby – au fort accent du Sud cria : « Faites pas ça ! »

D'autres coups de feu retentirent, puis la première femme brailla :

« Le garçon ! Il faut récupérer le garçon ! »

C'est bien elle, pensa Luke. Je ne sais pas comment c'est possible, mais c'est elle. Mme Sigsby est là, dehors.

36

Robin Lecks était une fine gâchette, mais le crépuscule s'assombrissait et c'était une longue distance pour un petit pistolet comme le Micro. La balle atteignit Drummer Denton à l'épaule au lieu de le frapper à la tête. L'impact le projeta en arrière, contre le guichet condamné par des planches, et les deux balles suivantes manquèrent leur cible. Annie l'Orpheline tenait sa position. Elle avait été élevée ainsi dans les plantations de canne à sucre de Géorgie par un père qui lui disait : « Ne recule jamais, petite. Devant rien. » Jean Ledoux était un excellent tireur, ivre ou à jeun, et il avait été un bon professeur. Elle ouvrit le feu avec les deux armes de poing de Drummer, compensant le violent recul du 45 sans même s'en apercevoir. Elle abattit un des hommes armés de fusils automatiques (Tony Fizzale, qui ne manierait plus jamais de zap-stick), sans se soucier des trois ou quatre balles qui sifflèrent à ses oreilles, l'une d'elles soulevant d'une petite chiquenaude aguicheuse les franges de son sarape.

Remis du choc, Drummer visa la femme qui lui avait tiré dessus. Robin avait mis un genou à terre au milieu de la rue. Elle maudissait son Sig qui s'était enrayé. Drummer cala la crosse de son 30-06 au creux de son épaule (celle qui ne saignait pas) et la cloua au sol définitivement.

« *Ne tirez plus !* braillait Mme Sigsby. *Il faut récupérer le garçon ! Il faut penser au garçon avant tout ! Tom Jones ! Alice Green ! Louis Grant ! Attendez-moi ! Josh Gottfried ! Winona Briggs ! Restez là !* »

Drummer et Annie échangèrent un regard.

« Et nous, on continue à tirer ou pas ? demanda la sans-abri.

— J'en sais foutre rien. »

Tom Jones et Alice Green se postèrent de part et d'autre de la porte déchiquetée du bureau du shérif. Josh Gottfried et Winona Briggs marchèrent à reculons en encadrant Mme Sigsby, leurs armes pointées sur les deux tireurs qui les avaient attaqués par surprise. Le Dr James Evans, à qui on n'avait assigné aucune position, se l'assigna tout seul. Passant devant Mme Sigsby, il s'approcha de Drummer et d'Annie l'Orpheline, les mains levées, un sourire plaqué sur le visage.

« Revenez ici, imbécile ! » éructa la directrice.

Evans l'ignora.

« Je n'ai rien à voir dans tout ça. » Il s'adressait au type obèse, en veste de pyjama, qui semblait le plus sain d'esprit des deux. « Je n'ai jamais voulu être mêlé à tout ça, alors je…

— Oh, assis ! » ordonna Annie, et elle lui tira une balle dans le pied.

Elle avait eu l'amabilité de tirer avec le 38, qui causerait moins de dégâts. En théorie, du moins.

Restait la femme en tailleur-pantalon, la chef. Si la fusillade reprenait, elle serait sans doute réduite en bouillie sous les tirs croisés, et pourtant elle n'affichait aucune peur, uniquement une sorte de concentration teintée d'exaspération.

« Je vais entrer dans le poste, lança-t-elle à Drummer et à Annie l'Orpheline. Ce délire a assez duré. Si vous restez tranquilles, il ne vous arrivera rien. Si vous ouvrez le feu, Josh et Winona vous abattent. Compris ? »

Sans attendre la réponse, elle se retourna et marcha vers le restant de ses forces. Ses chaussures à petits talons claquaient sur le bitume.

« Drummer ? Qu'est-ce qu'on fait ? demanda Annie.

— Peut-être qu'on n'est pas obligés de faire quoi que ce soit. Regarde sur ta gauche. Sans bouger la tête. Juste les yeux. »

Annie s'exécuta et vit un des frères Dobira avancer d'un pas vif sur le trottoir. Il tenait un pistolet à la main. Plus tard, il expliquerait à la police d'État que, bien que son frère et lui soient des êtres pacifiques, ils avaient jugé préférable de se procurer une arme depuis le braquage.

« À droite maintenant. Toujours sans tourner la tête. »

Faisant pivoter ses yeux dans cette direction, Annie vit arriver la veuve Goolsby et M. Bilson, le père des jumeaux Bilson. Addie Goolsby était en peignoir et en pantoufles. Bilson portait un short en madras et un T-shirt rouge Crimson Tide. L'un et l'autre transportaient un fusil de chasse. Le petit groupe rassemblé devant le bureau du shérif ne les vit pas ; ils étaient concentrés sur le problème qu'ils venaient régler.

Vous êtes dans le Sud, avait lancé Annie aux intrus armés jusqu'aux dents. Maintenant, elle devinait qu'ils n'allaient pas tarder à le vérifier.

« Tom et Alice, ordonna Mme Sigsby. Entrez et ramenez-moi le garçon. »

Ils entrèrent.

37

Tim aida Wendy à se relever. Elle semblait désorientée. Un morceau de papier déchiré s'était pris dans ses cheveux. Dehors, la fusillade avait cessé, pour le moment du moins. Remplacée par un échange de paroles, que Tim ne parvenait pas à saisir car il avait les oreilles qui bourdonnaient. Peu importe. Si à l'extérieur ils avaient décidé de faire la paix, tant mieux. Néanmoins, il était plus prudent de s'attendre à une reprise des hostilités.

« Ça va, Wendy ?

— Ils… Tim, ils ont tué le shérif John ! Et combien d'autres ? »

Il la secoua.

« Est-ce que ça va ? »

Elle hocha la tête.

« J-j-je crois, oui.

— Emmène Luke derrière. »

Wendy tendit la main vers le garçon, qui lui échappa pour courir jusqu'au bureau du shérif. Tag Faraday tenta de l'attraper, mais Luke parvint à se dérober. Une balle avait déplacé l'ordinateur portable, mais l'écran, bien que fêlé, était toujours debout, et la petite lumière orange de la clé USB clignotait de manière régulière. Luke avait les oreilles qui bourdonnaient lui aussi, mais il était près de la porte, et il entendit Mme Sigsby dire : *Entrez et ramenez-moi le garçon*.

Oh, espèce d'ordure, pensa-t-il. Tu ne renonces jamais, salope.

Il s'empara de l'ordinateur et se laissa tomber à genoux en le serrant contre sa poitrine au moment où Alice Green et Tom Jones franchissaient la porte aux battants brisés. Tag leva son arme, mais reçut une décharge de HK avant même d'ouvrir le feu. Le dos de sa chemise d'uniforme fut réduit en lambeaux. Son Glock lui échappa et tournoya sur le plancher. Dernier adjoint encore vivant, Frank Potter ne fit pas un seul geste pour se défendre. Il affichait un air hébété, incrédule. Alice Green l'abattit d'une balle en pleine tête, avant de se baisser précipitamment lorsque de nouveaux coups de feu éclatèrent dans la rue. Suivis de braillements et d'un hurlement de douleur.

Les coups de feu et le hurlement détournèrent momentanément l'attention de Jones qui se tourna dans cette direction et Tim en profita pour lui tirer une balle dans la nuque et une autre dans la tête. Alice se redressa et s'avança en enjambant Jones, le visage marqué par la détermination. Tim vit alors une autre femme se précipiter derrière elle. Plus âgée, vêtue d'un tailleur-pantalon rouge. Elle aussi tenait une arme. Nom de Dieu, pensa-t-il, combien sont-ils ? Ils ont envoyé toute une armée pour un gamin ?

« Alice, il se cache derrière le bureau », dit-elle. Face au carnage, elle affichait un calme étrange. « Je vois un bout de pansement qui dépasse. Sortez-le de là et tuez-le. »

La femme prénommée Alice contourna le bureau. Tim ne prit pas la peine de lui ordonner de s'arrêter – ils avaient dépassé ce stade –, il se contenta de presser la détente du Glock de Wendy. *Clic*. L'arme percuta à vide. Pourtant, il aurait dû rester au moins une balle dans le chargeur, probablement deux. Malgré la tension de l'instant, alors qu'il jouait sa vie, il comprit : Wendy n'avait pas rechargé entièrement son arme la dernière fois qu'elle s'était entraînée sur le champ de tir de Dunning. Elle n'attachait pas beaucoup d'importance à ce genre de choses. Il eut même le temps de penser – comme cela lui était déjà arrivé au début de son séjour à DuPray – que Wendy n'était pas faite pour ce métier.

Elle aurait dû rester au standard, pensa-t-il également. Mais c'était trop tard, se dit-il. On va tous mourir.

Luke se leva de derrière le bureau en tenant l'ordinateur à deux mains. Il s'en servit pour frapper Alice Green. En plein visage. L'écran, déjà fêlé, se brisa. Green titubante, percuta la femme en tailleur-pantalon. Elle saignait du nez et de la bouche. Malgré tout, elle leva son arme.

« *Lâchez ça ! Lâchez ça !* » hurla Wendy.

Elle avait ramassé le Glock de Tag Faraday. Green ne s'en aperçut même pas. Elle visait Luke qui, au lieu de se mettre à l'abri, retirait la clé USB du port de l'ordinateur. Wendy tira trois fois en plissant les yeux et en poussant un petit cri aigu à chaque fois qu'elle pressait la détente. La première balle atteignit Alice Green juste au-dessus de l'arête du nez. La deuxième traversa la porte, là où se trouvait une vitre en verre dépoli cent cinquante secondes plus tôt.

La troisième atteignit Julia Sigsby à la jambe. Elle laissa échapper son arme et s'écroula sur le sol, incrédule.

« Vous m'avez tiré dessus. Pourquoi vous m'avez tiré dessus ?

— Vous êtes débile ? Pourquoi, à votre avis ? » répondit Wendy.

Elle marcha jusqu'à la femme adossée au mur. Ses chaussures firent crisser les éclats de verre. L'air empestait la poudre et dans tout le bureau – impeccable autrefois, véritable foutoir maintenant –, il flottait une fumée bleue.

« Vous leur avez ordonné de tuer le gamin. »

Mme Sigsby la gratifia de ce sourire réservé à ceux qui sont obligés de supporter des imbéciles.

« Vous ne comprenez pas. Et c'est normal. Il m'appartient. Il est ma *propriété*.

— Plus maintenant », déclara Tim.

Luke s'agenouilla à côté de Mme Sigsby. Il avait des éclaboussures de sang sur les joues et un éclat de verre planté dans un sourcil.

« À qui vous avez confié l'Institut ? À Stackhouse ? À lui ? »

Elle le regarda sans rien dire.

« À Stackhouse ? »

Pas de réponse.

Drummer Denton entra et regarda autour de lui. Sa veste de pyjama était trempée de sang d'un côté. Malgré cela, il paraissait étonnamment alerte. Derrière lui, Gutaale Dobira jetait des coups d'œil par-dessus son épaule, stupéfait.

« Nom de Dieu, lâcha Drummer. C'est un carnage.

— J'ai été obligé de tirer sur un homme, dit Gutaale. Mme Goolsby, elle a tiré sur une femme qui essayait de la tuer. C'est un cas évident de légitime défense.

— Ils sont combien dehors ? demanda Tim. Ils sont tous à terre, ou certains sont encore actifs ? »

Annie écarta Gutaale Dobira pour se planter à côté de Drummer. Vêtue de son sarape, une arme fumante dans chaque main, elle ressemblait à un personnage de western spaghetti. Tim ne fut pas étonné. Il avait dépassé ce stade.

« Je crois que toutes les personnes qui sont descendues de ces véhicules sont présentes à l'appel, annonça-t-elle. Il y a deux blessés, un autre a reçu une balle dans le pied, un autre est plus sérieusement amoché. Celui sur qui Dobira a tiré. Tous les autres salopards ont l'air morts, ici. Bon sang, il reste qui de l'équipe du shérif ? »

Wendy, pensa Tim, sans le dire. C'est elle le shérif par intérim, je suppose. Ou bien Ronnie Gibson quand elle rentrera de vacances. Plutôt Ronnie. Wendy ne voudra pas de ce poste.

Addie Goolsby et Richard Bilson avaient rejoint Gutaale, derrière Annie et Drummer. Bilson examina la pièce d'un air atterré – les murs criblés de balles, les éclats de verre, les flaques de sang par terre – et plaqua sa main sur sa bouche.

Addie était faite d'une étoffe plus solide.

« Le Doc arrive. La moitié de la ville est là, dehors. La plupart des gens sont armés. Cette femme sur qui j'ai tiré est sans doute morte, mais comme l'a dit M. Dobira, c'était de la légitime défense, pure et simple. Que s'est-il passé ici ? Et qui c'est, lui ? »

Elle montra le garçon maigrelet à l'oreille bandée.

Luke l'ignora. Toute son attention était fixée sur la femme en tailleur-pantalon. « Stackhouse, c'est sûr. Forcément. Il faut que je le contacte. Comment je peux faire ? »

Là encore, Mme Sigsby se contenta de le regarder. Tim s'accroupit près de Luke. Ce qu'il vit dans les yeux de la femme en rouge, c'était de la douleur, de l'incrédulité et de la haine. Il ignorait ce qui prédominait, mais s'il avait dû choisir, il aurait dit la haine. C'était toujours le sentiment le plus fort, à court terme du moins.

« Luke... »

Luke ne l'écoutait pas. Il n'avait d'yeux que pour la femme blessée.

« Il faut que je le contacte, madame Sigsby. Il retient mes amis prisonniers.

— Ce ne sont pas des prisonniers, ce sont des *possessions !* »

Wendy les rejoignit. « Je crois que vous deviez être absente à l'école, le jour où vos camarades ont appris que Lincoln avait libéré les esclaves, dit-elle.

— Venir ici pour défourailler dans notre ville, dit Annie. Ça vous a servi de leçon, hein ?

— Chut, Annie, dit Wendy.

— Il faut que je le contacte, madame Sigsby. Pour lui proposer un marché. Dites-moi comment je peux faire. »

Comme elle ne répondait toujours pas, Luke enfonça son pouce dans la plaie, à travers le pantalon, là où était entrée la balle. Mme Sigsby poussa un hurlement strident.

« Non ! Arrête ! Ça fait MAL !

— Les zap-sticks font mal ! » cria Luke. Des éclats de verre dégringolèrent sur le sol, formant de petits ruisseaux. Annie, fascinée, assistait à ce spectacle avec des yeux écarquillés. « Les piqûres font mal ! Étouffer dans le caisson, ça fait mal ! Et se faire éventrer l'esprit ? » De nouveau, il appuya son pouce sur la blessure. La porte de la zone de détention claqua, les faisant tous sursauter. « Et voir son esprit *détruit* ? C'est ce qui fait le plus mal !

— Dites-lui d'arrêter ! hurla Mme Sigsby. Qu'il arrête de me faire mal ! »

Wendy se pencha pour intervenir. Tim la retint et secoua la tête.

« Non.

— C'est le complot, murmura Annie à Drummer. (Les yeux lui sortaient de la tête.) Cette femme travaille pour le complot. Et tous les autres aussi ! Je le savais depuis le début. *Je l'ai dit !* Et personne ne m'a crue ! »

Le bourdonnement commençait à s'atténuer dans les oreilles de Tim. Mais il n'entendait aucune sirène, ce qui le surprenait. La police ne savait peut-être pas qu'il y avait eu une fusillade à DuPray. Pas encore. Si quelqu'un avait appelé le 911, il était tombé directement sur le bureau du shérif de Fairlee County, autrement dit sur ce foutoir. Consultant sa montre, il découvrit avec stupéfaction que cinq minutes plus tôt, six au maximum, le monde tournait encore rond.

« Madame Sigsby, c'est bien ça ? » demanda-t-il, accroupi à côté de Luke.

Elle ne répondit pas.

« Vous êtes dans de sales draps, madame Sigsby. Je vous conseille de dire à Luke ce qu'il veut savoir.

— J'ai besoin de soins. »

Tim secoua la tête. « Vous avez surtout besoin de parler. Ensuite, peut-être qu'on s'occupera de vous.

— Luke disait la vérité, déclara Wendy sans s'adresser à quelqu'un en particulier. Du début à la fin.

— Ce n'est pas ce que je viens de dire ? » exulta Annie.

Doc Roper se fraya un passage pour pénétrer dans le bureau.

« Bonté divine ! Il reste des survivants ? Cette femme est grièvement blessée ? Il y a eu un attentat terroriste ?

— Ils me torturent, affirma Mme Sigsby. Si vous êtes médecin, et cette sacoche semble le suggérer, vous avez l'obligation de leur demander d'arrêter. »

Tim intervint : « Le garçon que vous avez soigné voulait justement échapper à cette femme et au commando qu'elle a amené avec elle, Doc. J'ignore combien il y a de morts dehors, mais nous avons perdu cinq hommes, dont le shérif. Sur ordre de cette femme.

— On réglera ça plus tard, répondit Roper. Dans l'immédiat, je dois m'occuper d'elle. Elle saigne. Que quelqu'un appelle une putain d'ambulance. »

Mme Sigsby se tourna vers Luke et dévoila ses dents dans un sourire qui disait : *J'ai gagné*. Puis elle revint sur Roper.

« Merci, docteur. Merci.

— Voilà une vieille bique qui ne manque pas de cran, commenta Annie avec une pointe d'admiration. On ne peut pas en dire autant du type à qui j'ai tiré une balle dans le pied. Si j'étais vous, doc, j'irais le voir. Je parie qu'il serait prêt à vendre sa grand-mère pour une dose de morphine. »

L'inquiétude écarquilla les yeux de Mme Sigsby.

« Laissez-le. Je vous interdis de lui parler. »

Tim se redressa.

« Allez au diable. Je ne sais pas pour qui vous travaillez, madame, mais je crois que vous ne kidnapperez plus jamais d'enfants. Wendy, Luke, venez avec moi. »

38

Dans toutes les maisons, des lumières s'étaient allumées, et la Grand-Rue de DuPray grouillait de monde. On avait couvert les cadavres avec ce qu'on avait trouvé. Quelqu'un était même allé chercher le sac de couchage d'Annie l'Orpheline dans la ruelle pour l'étendre sur Robin Lecks.

Et le Dr Evans avait été totalement oublié. Il aurait pu boiter jusqu'à un des monospaces et filer, mais il n'avait même pas essayé. Tim, Wendy et Luke le trouvèrent assis au bord du trottoir, devant le Gem. Les larmes faisaient briller ses joues. Il avait réussi à ôter sa chaussure et contemplait la chaussette imbibée de sang qui enveloppait un pied méchamment déformé. Dégâts irréparables ou simple enflure qui disparaîtrait ? Tim l'ignorait et il s'en fichait.

« Comment vous vous appelez, monsieur ? demanda-t-il.

— On s'en fiche de mon nom. Je veux un avocat. Et un médecin. Une femme m'a tiré dessus. J'exige qu'elle soit arrêtée.

— Il s'appelle James Evans, dit Luke. Et il est médecin. Comme l'était Josef Mengele. »

Evans parut découvrir la présence du garçon. Il pointa sur lui un doigt tremblant.

« Tout ça, c'est ta faute. »

Luke se jeta sur Evans, mais cette fois, Tim le retint et le repoussa, en douceur mais fermement, vers Wendy qui le prit par les épaules.

Tim s'accroupit afin de regarder droit dans les yeux l'homme effrayé et blême.

« Écoutez-moi, docteur Evans. Écoutez-moi bien. Vos amis et vous, vous avez débarqué dans cette ville pour vous emparer de cet enfant, et vous avez tué cinq personnes. Des officiers de police. Vous l'ignorez peut-être, mais la peine de mort existe toujours en Caroline du Sud, et si vous croyez qu'ils hésiteront une seule seconde à l'appliquer, alors que vous avez tué un shérif et ses quatre adjoints…

— Je n'ai rien à voir dans tout ça ! protesta Evans. Je suis ici contre mon gré ! Je…

— La ferme ! » le coupa Wendy. Elle avait gardé le Glock de feu Tag Faraday, et elle le pointa sur le pied encore intact. « Ces officiers étaient aussi mes amis. Alors, si vous croyez que je vais vous lire vos droits ou je ne sais quoi, vous avez perdu la boule. Si vous ne dites pas à Luke tout ce qu'il veut savoir, je vous tire une balle dans…

— D'accord ! D'accord ! » Evans se pencha en avant pour protéger son pied avec ses mains. Tim eut presque de la peine pour lui. Presque. « Alors ? Qu'est-ce que vous voulez savoir ?

— Il faut que je parle à Stackhouse, dit Luke. Comment je peux faire ?

— Mme Sigsby, elle a un téléphone spécial. Elle a appelé Stackhouse avant l'opération de… d'extraction. Je l'ai vue le ranger dans la poche de sa veste.

— Je vais le chercher, déclara Wendy, et elle s'éloigna en direction du poste de police.

— N'apportez pas seulement le téléphone ! lui cria Luke. Ramenez-la elle aussi.

— Luke… elle est blessée.

— On aura peut-être besoin d'elle. »

Le garçon avait un regard glacial.

« Pourquoi ? »

Parce que c'était une partie d'échecs, maintenant, et aux échecs vous ne pensiez pas au prochain coup que vous alliez jouer, ni à celui d'après. Trois coups d'anticipation, telle était la règle. Et trois variantes pour chaque coup, en fonction de la réaction de votre adversaire.

Wendy regarda Tim qui hocha la tête.

« Amène-la. Menottée si besoin. Après tout, tu représentes la loi.

— Merci de me le rappeler », dit-elle, et elle repartit.

Tim entendit enfin une sirène. Peut-être même deux. Encore lointaines, toutefois.

Luke lui prit le poignet. Il paraissait totalement concentré, attentif, mais aussi ivre de fatigue.

« Il ne faut pas que je me retrouve pris dans tout ça. Ils détiennent mes amis. Ils sont prisonniers et il n'y a personne pour les aider à part moi.

— Enfermés dans cet Institut ?

— Oui. Vous me croyez maintenant, hein ?

— Ce serait difficile de faire autrement après les images qu'on a vues… et tout ça. Cette clé USB, tu l'as toujours ? »

Luke tapota sa poche.

« Mme Sigsby et les gens avec qui elle travaille ont l'intention de faire quelque chose à tes amis pour qu'ils finissent comme les enfants de ce pavillon ?

— Ils avaient déjà commencé, mais ils ont réussi à s'enfuir. Principalement grâce à Avery, et Avery était là parce qu'il m'a aidé à m'échapper. On pourrait parler d'ironie du sort. Mais je suis certain qu'ils sont prisonniers de nouveau. Et j'ai peur que Stackhouse les tue si je n'arrive pas à trouver un accord avec lui. »

Wendy était de retour. Avec un objet semblable à une boîte dont Tim devina qu'il s'agissait d'un téléphone. Trois griffures zébraient la main qui le tenait.

« Elle ne voulait pas me le donner. Et elle possède une force étonnante, malgré sa blessure. »

Elle remit l'appareil à Tim et regarda par-dessus son épaule. Annie l'Orpheline et Drummer Denton obligeaient Mme Sigsby à traverser la rue. Bien que livide, elle résistait autant qu'elle pouvait. Une trentaine d'habitants de DuPray les suivaient, menés par Doc Roper.

« La voici, Timmy », annonça Annie. Elle avait le souffle coupé et des traces rouges sur la joue, là où la directrice de l'Institut l'avait giflée, mais ne semblait nullement perturbée. « Qu'est-ce qu'on fait d'elle ? On pourrait la pendre, mais j'imagine que c'est hors de question ? Avouez quand même que c'est tentant. »

Doc Roper posa sa sacoche et saisit Annie par son sarape pour la tirer sur le côté, afin de faire face à Tim.

« Qu'est-ce qui vous prend ? Vous ne pouvez pas transporter cette femme ! Vous allez la tuer !

— Elle est pas vraiment à l'article de la mort, Doc, intervint Drummer. Elle a le cuir solide, la vieille carne. »

Et il s'esclaffa. Tim n'était pas certain de l'avoir déjà entendu rire.

Ignorant le docteur et Drummer, Wendy déclara :

« Si on doit aller quelque part, Tim, on a intérêt à le faire avant que la police d'État débarque.

— *S'il vous plaît !* » Luke regarda tour à tour Tim et le docteur Roper. « Mes amis vont mourir si on ne fait rien, je le sais. Et il y a d'autres enfants avec eux, ceux qu'on surnomme les gorks.

— Je veux aller à l'hôpital, déclara Mme Sigsby. J'ai perdu énormément de sang. Et j'exige de voir un avocat.

— Fermez votre claque-merde ou c'est moi qui m'en charge », menaça Annie. Elle s'adressa à Tim : « Elle est pas aussi amochée qu'elle veut le faire croire. Déjà, ça saigne plus. »

Tim ne répondit pas immédiatement. Il repensait à ce jour, pas si lointain, où il était entré au centre commercial Westfield, à Sarasota, simplement pour acheter une paire de chaussures, et où une femme s'était précipitée vers lui parce qu'il portait un uniforme. Un gamin menaçait les gens avec une arme, devant le cinéma, disait-elle. Alors, Tim était allé voir ce qui se passait et il s'était retrouvé confronté à une décision qui avait changé sa vie. Une décision qui l'avait conduit ici, à vrai dire. Aujourd'hui, il devait prendre une autre décision.

« Faites-lui un pansement, Doc. Je crois que Wendy, Luke et moi, on va emmener ces deux-là faire un petit tour, pour voir si on peut tirer tout ça au clair.

— Et donnez-lui des cachets contre la douleur, ajouta Wendy.

— Non, dit Tim. Donnez-les-moi. Je déciderai si je les lui donne ou pas. »

Roper regardait Tim – et Wendy aussi – comme s'il ne les avait jamais vus.

« C'est mal, déclara-t-il.

— Non, Doc », répondit Annie avec une douceur étonnante. Elle prit le médecin par l'épaule pour l'obliger à se retourner vers les cadavres recouverts qui gisaient dans la rue et le bureau du shérif aux portes et aux fenêtres brisées. « *Ça*, c'est mal. »

Doc Roper contempla les corps et le bâtiment mitraillé. Finalement, il prit une décision lui aussi.

« Laissez-moi examiner les dégâts. Si elle saigne encore abondamment ou si le fémur est cassé, je ne vous laisserai pas l'emmener. »

On l'emmènera quoi qu'il en soit, songea Tim. Car vous ne pourrez pas nous en empêcher.

Roper s'accroupit, ouvrit sa sacoche et en sortit une paire de ciseaux de chirurgien.

« Non ! »

Mme Sigsby recula vivement, très vite immobilisée par Drummer. Mais Tim eut le temps de remarquer, avec intérêt, qu'elle avait basculé le poids de son corps sur sa jambe blessée. Roper l'avait remarqué également. Il vieillissait, mais peu de choses lui échappaient.

« Vous n'allez quand même pas m'opérer dans la rue !

— La seule chose que je vais découper, c'est la jambe de votre pantalon. Sauf si vous continuez de bouger, évidemment. Là, je ne garantis rien.

— Je vous interdis de… »

Annie la saisit par le cou.

« Femme, je ne veux plus vous entendre dire ça. Restez tranquille ou sinon, votre jambe deviendra le dernier de vos soucis.

— Bas les pattes !

— Tenez-vous tranquille, alors. Sinon, je n'hésiterai pas à tordre votre cou de poulet.

— Allez-y, l'encouragea Addie Goolsby. Elle devient enragée quand elle pique une crise. »

Mme Sigsby cessa de s'agiter, peut-être autant à cause de la fatigue que de la menace. Roper découpa soigneusement le pantalon, cinq centimètres au-dessus de la plaie, dévoilant une peau blanche, parcourue de veines variqueuses, et quelque chose qui ressemblait davantage à une entaille au couteau qu'à une blessure par balle.

« Rien de grave, dit Roper, visiblement soulagé. C'est à peine plus qu'une éraflure. Vous avez eu de la chance, madame. Ça coagule déjà.

— *Je suis grièvement blessée !*

— Vous allez l'être pour de bon, si vous la fermez pas », dit Drummer.

Le médecin nettoya la plaie avec du désinfectant et l'enveloppa d'une bande. Le temps qu'il en termine, tous les habitants de DuPray étaient là, en spectateurs. De son côté, Tim s'intéressait au téléphone. Un bouton situé sur le côté éclaira l'écran, qui afficha : BATTERIE 75 %.

Il l'éteignit et le tendit à Luke.

« Garde-le pour l'instant. »

Au moment où le garçon glissait le téléphone dans la poche qui contenait déjà la clé USB, une main le tira par son pantalon. C'était Evans.

« Fais bien attention, Luke. Si tu ne veux pas être tenu pour responsable.

— Responsable de quoi ? demanda Wendy.

— De la fin du monde, mademoiselle. De la fin du monde.

— Fermez-la, imbécile ! » cracha Mme Sigsby.

Tim réfléchit un instant, avant de se tourner vers le Doc.

« Je ne sais pas trop ce qui se passe ici, mais je sens que c'est du lourd. On a besoin de passer un peu de temps avec ces deux-là. Quand la police arrivera, dites-leur qu'on revient dans une heure. Deux maximum. Ensuite, on essaiera de suivre quelque chose qui ressemble vaguement à une procédure normale. »

Toutefois, il doutait fort de pouvoir tenir cette promesse. Il devinait que son séjour à DuPray, Caroline du Sud, touchait probablement à sa fin, et il le regrettait.

Il aurait pu vivre ici. Peut-être avec Wendy.

39

Gladys Hickson se tenait devant Stackhouse, jambes écartées, bras dans le dos. Son faux sourire que tous les enfants de l'Institut connaissaient (et détestaient) avait disparu.

« Vous avez conscience de la situation, Gladys ?

— Oui, monsieur. Les pensionnaires de l'Arrière sont dans le tunnel d'accès.

— Exact. Ils ne peuvent pas en sortir, mais pour l'instant on ne peut pas y entrer. Je crois savoir qu'ils ont essayé de… *manipuler* certains employés, dirons-nous, en utilisant leurs capacités psychiques ?

— Oui, monsieur. Mais ça ne marche pas.

— C'est désagréable, cependant.

— Oui, monsieur. Un peu. C'est comme un… bourdonnement. Ça empêche de se concentrer. Ici, dans le bâtiment administratif, on ne l'entend pas. Pour l'instant. Mais à l'Avant, tout le monde le ressent. »

Logique, se dit Stackhouse. L'Avant était plus proche du tunnel. Juste au-dessus, pourrait-on dire.

« Et on a l'impression que ça s'amplifie, monsieur. »

Peut-être était-ce simplement un effet de son imagination. Stackhouse l'espérait. Comme il espérait que Donkey Kong avait raison quand il affirmait que Dixon et ses amis ne pouvaient pas influencer des esprits avertis, même si les gorks mettaient leur indéniable force dans la balance. Mais son grand-père aimait à répéter que l'espoir ne gagne pas aux courses.

Mal à l'aise à cause de ce silence, peut-être, Gladys ajouta :

« Mais on sait ce qu'ils manigancent, alors c'est pas un problème, monsieur. On les mène par le bout du nez.

— Bien dit, Gladys. Voici pourquoi je vous ai demandé de venir... Je crois savoir que vous avez étudié à l'université du Massachusetts dans votre jeunesse.

— En effet, monsieur, mais pendant trois semestres seulement. C'était pas fait pour moi. J'ai arrêté pour entrer dans les marines. »

Stackhouse hocha la tête. Inutile de la mettre dans l'embarras en évoquant ce qui figurait dans son dossier. Après de bons résultats en première année, Gladys avait eu de sérieux problèmes en deuxième année. Dans un bar que fréquentaient les étudiants, près du campus, elle avait assommé avec une chope de bière une rivale qui convoitait son petit ami. On l'avait sommée de quitter le bar, mais aussi l'université. Elle avait déjà laissé éclater sa colère au cours d'autres incidents. Pas étonnant qu'elle ait choisi les marines.

« Vous étudiiez la chimie, si je ne m'abuse ?

— Non, pas vraiment, monsieur. En fait, je n'avais pas encore choisi de spécialité avant... avant de décider de partir.

— Mais c'était votre intention ?

— Euh, oui. À l'époque.

— Gladys, supposons que nous devions avoir recours à... une solution finale, pour utiliser une expression injustement vilipendée, concernant ces pensionnaires bloqués dans le tunnel. Je ne dis pas que ça va se produire, je ne dis rien, mais supposons.

— Vous me demandez s'il est possible de les empoisonner, monsieur ?

— Disons que… oui. »

Le sourire de Gladys réapparut, parfaitement sincère cette fois. Peut-être même empreint de soulagement. Si les pensionnaires disparaissaient, ce bourdonnement horripilant cesserait.

« Rien de plus facile, monsieur. En supposant que le tunnel d'accès soit relié au système CVC, et je suis sûre que oui.

— CVC ?

— Chauffage, ventilation et climatisation. Il suffirait alors d'utiliser un détergent et un produit pour nettoyer les toilettes. Deux choses qu'on trouvera facilement au service d'entretien. En mélangeant les deux, on obtient du gaz de chlore. Vous placez plusieurs seaux de ce mélange sous le conduit qui alimente le tunnel, vous l'entourez d'une bâche pour obtenir une meilleure aspiration, et le tour est joué. » Elle s'interrompit pour réfléchir. « Évidemment, il serait peut-être préférable d'évacuer le personnel de l'Arrière avant. Il n'y a peut-être qu'un seul conduit pour toute cette partie. Je ne sais pas trop. Je pourrais consulter les plans, mais…

— Ce ne sera pas nécessaire, dit Stackhouse. Mais peut-être que Fred Clark, du service de nettoyage, et vous, vous pourriez… euh… rassembler les ingrédients. Pour parer à toute éventualité, voyez-vous.

— Bien, monsieur. Parfait. » Gladys semblait impatiente de s'y mettre. « Puis-je vous demander où est Mme Sigsby ? Son bureau est vide et Rosalind m'a dit de vous poser la question si je voulais le savoir.

— Ce que fait Mme Sigsby ne vous regarde pas, Gladys. » Et comme l'intendante semblait décidée à rester en mode militaire, il ajouta : « Rompez. »

Elle partit à la recherche de Fred et tous deux réunirent les ingrédients qui feraient disparaître à la fois les enfants et le bourdonnement qui avait envahi l'Avant.

Stackhouse se renversa dans son fauteuil en se demandant si une méthode aussi radicale allait devenir nécessaire. Possible. D'ailleurs, était-ce vraiment si radical, compte tenu de ce qu'ils faisaient ici depuis environ sept décennies ? Dans leur métier, la mort était après tout un élément inévitable, et parfois un problème grave nécessitait un nouveau départ.

Nouveau départ qui dépendait de Mme Sigsby. Son expédition en Caroline du Sud était plutôt farfelue, mais souvent, ce genre de plans étaient ceux qui fonctionnaient. Il repensait à une phrase de Mike Tyson : « Dès que les coups commencent, la stratégie sort par la fenêtre. » Sa propre stratégie de fuite était prête, au cas où. Depuis des années. Argent de côté, faux passeports (trois), itinéraires prévus. Sa destination l'attendait. Néanmoins, il resterait ici aussi longtemps que possible, par loyauté envers Julia, mais surtout parce qu'il croyait au travail qu'ils effectuaient. Protéger le monde au nom de la démocratie était secondaire. Le protéger tout court était primordial.

Aucune raison de partir pour le moment, se dit-il. Le navire tangue, mais il n'a pas encore chaviré. Le mieux, c'était de s'accrocher. Et de voir qui resterait debout quand les coups s'arrêteraient.

Il attendit que la radio émette son *brrt-brrt* strident. Quand Julia l'informerait de l'issue de l'opération là-bas, il déciderait de la marche à suivre. Si elle ne sonnait pas du tout, ce serait également une réponse.

40

Il y avait au croisement de l'US 17 et de la SR 92 un petit salon de beauté abandonné et triste. Tim s'arrêta devant et fit le tour du monospace pour ouvrir la portière du siège passager où était assise Mme Sigsby. Il fit coulisser ensuite la porte latérale. Luke et Wendy encadraient le Dr Evans, qui contemplait d'un air morose son pied difforme. Wendy tenait le Glock de Tag Faraday ; Luke le téléphone de Mme Sigsby.

« Luke, viens avec moi. Wendy, reste là, s'il te plaît. »

Luke descendit du monospace. Tim lui réclama le téléphone. Il l'alluma, puis se pencha vers Mme Sigsby, à l'intérieur du véhicule.

« Comment ça marche, ce truc ? »

Elle ne répondit pas. Elle regardait droit devant elle la façade du salon de beauté condamné par des planches, avec son enseigne à moitié effacée : *Hairport 2000*. Des grillons grésillaient et ils entendaient les sirènes qui approchaient de DuPray. Elles y seraient bientôt, estima Tim.

Il soupira.

« Ne compliquez pas les choses, madame. Luke pense qu'il est possible de conclure un arrangement, et c'est un garçon intelligent.

— Trop intelligent, ça lui joue des tours », lâcha-t-elle, avant de pincer les lèvres, les yeux fixés sur le pare-brise, les bras croisés sur sa poitrine presque inexistante.

« Vu votre position, je dirais que c'est à vous que ça joue des tours. Et quand je vous demande de ne pas compliquer les choses, ça veut dire : ne m'obligez pas à vous faire du mal. Pour quelqu'un qui a martyrisé des enfants…

— Martyrisé et tué, ajouta Luke. Et pas que des enfants.

— Pour quelqu'un qui a fait toutes ces choses, vous semblez allergique à votre propre douleur.

— C'est un appareil à commande vocale, dit Luke. Hein ? »

Elle le regarda, étonnée.

« Tu es un TK, pas un TP. Et pas très performant, qui plus est.

— Certaines choses ont changé, répondit Luke. Grâce aux Lumières de Stasi. Activez ce téléphone, madame Sigsby.

— Conclure un arrangement ? » Elle s'esclaffa. « Qu'est-ce que j'aurais à y gagner ? De toute façon, je suis morte. J'ai échoué. »

Tim se pencha à l'arrière du monospace.

« Wendy, passe-moi ton arme. »

Elle obéit sans discuter.

Tim appuya le canon de l'arme de service de Faraday sur la jambe de pantalon restante, juste sous le genou.

« C'est un Glock, madame. Si je presse la détente, vous ne marcherez plus jamais.

— Le choc et l'hémorragie la tueront ! s'exclama le Dr Evans.

— Elle est responsable de cinq morts. Vous croyez que je me soucie de son sort ? J'en ai marre de vous, madame Sigsby. C'est votre dernière chance. Vous vous évanouirez peut-être sur le coup, mais je pense que vous resterez consciente un petit moment. Et à côté de cette douleur, votre blessure à l'autre jambe ressemblera à une caresse. »

Elle resta muette.

Wendy intervint :

« Ne fais pas ça, Tim. Tu ne peux pas. Pas de sang-froid.

— Si. » Tim n'était pas certain que ce soit vrai. En revanche, il savait qu'il ne voulait pas le découvrir. « Aidez-moi, madame Sigsby. Aidez-vous. »

Toujours rien. Et le temps pressait. Annie ne dirait pas à la police dans quelle direction ils étaient partis ; Drummer et Addie Goolsby non plus. Mais Doc Roper, peut-être. Autre mouchard probable : Norbert Hollister, qui était resté prudemment à l'écart durant la fusillade dans la Grand-Rue.

« OK. Bien que vous soyez une sale meurtrière, je regrette de devoir faire ça. Je compte jusqu'à trois... »

Luke plaqua les mains sur ses oreilles pour étouffer le bruit de la détonation, et c'est peut-être ce qui la convainquit.

« Non ! » dit-elle. Elle tendit la main. « Donnez-moi ce téléphone.

— Pas question.

— Alors, approchez-le de ma bouche. »

Tim fit ce qu'elle lui demandait. Mme Sigsby murmura quelque chose et le téléphone s'exprima : « Activation rejetée. Il vous reste deux essais. »

« Vous pouvez faire mieux que ça », dit Tim.

Mme Sigsby se racla la gorge et cette fois, elle dit, d'une voix presque normale : « Sigsby Un. Kansas City Chiefs. »

L'écran qui apparut alors ressemblait exactement à celui de l'iPhone de Tim. Il appuya sur l'icône téléphone, puis sur RÉCENTS. Un nom figurait en tête de liste : STACKHOUSE.

Il rendit le téléphone à Luke.

« Vas-y, appelle-le. Je veux qu'il entende ta voix. Ensuite, tu me le passeras.

— Parce que vous êtes un adulte et qu'il vous écoutera ?

— J'espère. »

41

Presque une heure après le dernier appel de Julia – beaucoup trop long –, la radio de Stackhouse s'illumina et se mit à vibrer. Il se jeta dessus.

« Alors, vous l'avez, Julia ? »

En entendant la voix qui lui répondit, il faillit lâcher l'appareil.

« Non, dit Luke Ellis. C'est l'inverse. » Stackhouse percevait la jubilation, indéniable, dans la voix de ce petit merdeux. « C'est *nous* qui l'avons.

— Que… que… » Il n'aimait pas ce « nous ». Pour se rassurer, il songea aux trois passeports enfermés dans le coffre de son bureau et à la stratégie de fuite, soigneusement planifiée, qui allait avec.

« Vous avez du mal à comprendre ? Peut-être que vous avez besoin d'une petite immersion dans le caisson. Ça fait des merveilles au niveau des capacités intellectuelles. J'en suis la preuve vivante. Et je parie qu'Avery aussi. »

Stackhouse dut réprimer une très forte envie de mettre fin à la communication, de prendre ses passeports et de foutre le camp ni vu ni connu. Ce qui l'arrêtait, c'était le fait que le gamin l'appelle. Cela signifiait qu'il avait quelque chose à dire. Peut-être même à offrir.

« Où est Mme Sigsby ?

— Juste là. Elle nous a déverrouillé le téléphone. C'est très gentil de sa part, non ? »

Nous. Encore ce pronom. Ce pronom *dangereux*.

« Tout ça est un malentendu, dit Stackhouse. Et s'il y a un moyen d'y mettre fin, il faut absolument le faire. Les enjeux dépassent largement ce que tu imagines.

— On peut peut-être s'arranger, dit Luke. Ce serait bien.

— Formidable ! Si tu pouvais me passer Mme Sigsby, juste une minute, pour que je sois sûr qu'elle va bien…

— Je vais vous passer mon ami, plutôt. Il s'appelle Tim. »

Stackhouse attendit. La sueur coulait sur ses joues. Il regardait l'écran de son ordinateur. Dans le tunnel, les gamins qui avaient déclenché la révolte – Dixon et ses amis – semblaient dormir. Contrairement aux gorks. Ils allaient et venaient, sans but, en baragouinant, et parfois ils se percutaient comme des autos tamponneuses à la foire. L'un d'eux, muni d'un crayon gras, écrivait sur le mur. Stackhouse s'en étonna. Il n'aurait pas cru qu'ils en étaient encore capables. Mais peut-être qu'il gribouillait simplement. On ne voyait rien avec cette foutue caméra. Matériel de merde !

« Monsieur Stackhouse ?

— Oui. Qui êtes-vous ?

— Tim. Vous n'avez pas besoin d'en savoir plus pour l'instant.

— Je veux parler à Mme Sigsby.

— Allez-y mais vite, dit l'homme qui se faisait appeler Tim.

— Je suis là, Trevor, dit Julia. Je suis navrée. Ça n'a pas marché.

— Comment…

— Peu importe, monsieur Stackhouse, l'interrompit Tim. Et oublions la reine des garces. Si on veut conclure un arrangement, il faut faire vite. Alors, vous êtes capable de la fermer et d'écouter ?

— Oui. »

Stackhouse fit glisser un bloc-notes vers lui. Des gouttes de sueur tombèrent sur la première feuille. Il essuya son front avec sa manche, passa à la feuille suivante et prit un stylo.

« Allez-y.

— Luke a sorti une clé USB de l'Institut où vous le reteniez prisonnier. Enregistrée par une certaine Maureen Alvorson. Elle y raconte une drôle d'histoire, à laquelle personne ne pourrait croire, sauf qu'elle a filmé ce que vous appelez le Pavillon A ou Gorky Park. Vous me suivez ?

— Oui.

— Luke affirme que vous détenez en otages plusieurs de ses amis et un certain nombre d'enfants du Pavillon A. »

Jusqu'à cet instant, Stackhouse n'avait pas pensé à eux comme à des otages, mais du point de vue d'Ellis…

« Admettons, Tim.

— Oui, c'est ça. Admettons. J'en arrive au point important. Pour le moment, seules deux personnes connaissent l'histoire de Luke et savent ce qu'il y a sur cette clé. Mon amie Wendy et moi. Elle est ici, près de moi, avec Luke. D'autres témoins ont vu ces images, tous des représentants de l'ordre, mais grâce à la reine des garces et à son commando, ils sont morts. Comme la plupart de ses sbires, d'ailleurs.

— C'est impossible ! » s'écria Stackhouse.

L'idée que quelques flics d'un bled paumé aient pu éliminer les équipes Opale et Rouge Rubis était ridicule.

« La cheftaine était un peu trop pressée, mon ami. Et puis, ils ont été pris par surprise. Mais revenons-en à notre problème. J'ai la clé USB. J'ai aussi votre chère Mme Sigsby et un certain Dr Evans. Tous deux sont blessés, mais s'ils sortent de ce guêpier, ils s'en remettront. De votre côté, vous avez les enfants. On peut faire un échange ? »

Le chef de la sécurité était abasourdi.

« Stackhouse ? J'ai besoin d'une réponse.

— La question est de savoir si l'existence de l'Institut peut rester secrète. Sans cette assurance, il n'y a aucun accord possible. »

Après un silence, Tim reprit :

« Luke dit qu'on peut trouver un arrangement. Dans l'immédiat, où dois-je aller ? Comment votre équipe de pirates a-t-elle pu venir si vite du Maine ? »

Stackhouse lui indiqua l'endroit, à la périphérie d'Alcolu, où attendait le Challenger. Il n'avait pas le choix.

« Mme Sigsby vous guidera une fois que vous serez arrivés à Beaufort. Maintenant, repassez-moi Ellis.

— C'est vraiment nécessaire ?

— Non, c'est vital. »

Il y eut un nouveau silence, bref, puis le garçon demanda :

« Qu'est-ce que vous voulez ?

— Je suppose que tu es entré en contact avec tes amis. L'un d'eux en particulier. M. Dixon. Inutile de confirmer ou de nier, je sais que le temps presse. Au cas où tu ne saurais pas précisément où ils sont…

— Ils sont coincés dans le tunnel entre l'Arrière et l'Avant. »

C'était très déstabilisant. Stackhouse poursuivit malgré tout :

« Exact. Si on réussit à trouver un accord, ils ont une chance de sortir et de revoir le soleil. Sinon, je répandrai du gaz de chlore dans le tunnel et ils mourront tous, lentement, dans d'atroces souffrances. Mais je ne le verrai pas car deux minutes après avoir donné l'ordre, j'aurai déjà fichu le camp. Je te dis cela parce que je suis certain que ton nouvel ami Tim aimerait bien te laisser en dehors de notre éventuel arrangement. C'est hors de question. Tu comprends ? »

Nouveau silence. Puis :

« Oui, je comprends. Je viendrai avec lui.

— Parfait. Pour le moment, du moins. On a fini ?

— Pas tout à fait. Est-ce que le téléphone de Mme Sigsby fonctionnera à bord de l'avion ? »

Stackhouse entendit, faiblement, la directrice répondre par l'affirmative.

« Alors, restez près du vôtre, monsieur Stackhouse, dit Luke. Il faudra qu'on se reparle. Et ne pensez plus à fuir. Si vous fichez le camp, je le saurai. Nous avons une femme officier de police avec nous et si je lui demande de contacter la Sécurité intérieure, elle le fera. Votre photo sera distribuée dans tous les aéroports du pays et tous les faux papiers du monde ne vous serviront à rien. Vous serez comme un lapin dans un champ. C'est compris ? »

Pour la seconde fois, la stupéfaction empêcha Stackhouse de parler.

« Alors ? demanda Luke.

— Oui.

— Bien. On vous rappellera pour régler les détails. »

Sur ce, le garçon coupa la communication. Stackhouse reposa tout doucement l'appareil sur son bureau. Il remarqua que sa main tremblait un peu. À cause de la peur, en partie, mais de la fureur surtout. *On vous rappellera*, avait dit ce gamin, comme un ponte de la Silicon Valley qui s'adresse à un vulgaire subalterne obligé d'obéir à ses ordres.

C'est ce qu'on va voir, se dit-il.

42

Luke rendit le téléphone à Tim comme s'il était soulagé de s'en séparer.

« Comment tu sais qu'il a des faux papiers ? lui demanda Wendy. Tu as lu dans ses pensées ?

— Non. Mais je suis sûr qu'il en a tout un tas : passeports, permis de conduire, certificats de naissance. Et il n'est pas le seul, je parie. Peut-être pas les intendants, ni les techniciens, ni le personnel du réfectoire, mais les cadres. Ce sont des Eichmann ou des Walter Rauff, le type qui a eu l'idée de construire des chambres à gaz mobiles. » Luke se tourna vers Mme Sigsby. « Rauff aurait eu sa place dans votre équipe, n'est-ce pas ?

— Trevor a peut-être des faux papiers, dit-elle. Mais pas moi. »

Bien qu'il ne puisse pas pénétrer dans ses pensées – elle lui avait fermé l'accès à son esprit –, Luke jugea qu'elle disait la vérité. Il existait un mot pour définir les personnes de son espèce : *fanatique*. Eichmann, Mengele et Rauff avaient fui, comme les lâches opportunistes qu'ils étaient. Leur führer fanatique, lui, était resté et s'était suicidé.

Luke était convaincu que, si on lui en offrait la possibilité, cette femme ferait de même. Du moment que ce n'était pas trop douloureux.

Il remonta à bord du monospace en prenant soin de ne pas marcher sur le pied blessé du Dr Evans.

« M. Stackhouse croit que je vais venir jusqu'à lui, mais il se trompe.

— Ah bon ? fit Tim.

— Je vais aller le *chercher*. »

Les Lumières de Stasi s'embrasèrent devant les yeux de Luke, dans l'obscurité naissante, et la porte coulissante du monospace se ferma toute seule.

LE GROS TÉLÉPHONE

1

Le silence régna à bord du monospace jusqu'à Beaufort. À un moment, le Dr Evans tenta d'engager la conversation, pour bien leur faire comprendre, une fois de plus, qu'il n'avait rien à voir dans tout cela, mais Tim lui laissa le choix : il se taisait et il aurait droit à deux cachets d'oxycodone fournis par le Dr Roper, ou bien il continuait à jacasser et il devrait endurer la douleur de son pied blessé. Evans opta pour le silence et les cachets. Il en restait quelques-uns dans le flacon marron. Tim en tendit un à Mme Sigsby, qui l'avala à sec, sans même dire merci.

Tim voulait instaurer le calme pour Luke, devenu le cerveau de l'opération. La plupart des gens estimeraient qu'il était cinglé de laisser un garçon de douze ans établir une stratégie afin de sauver les gamins prisonniers dans le tunnel, sans les mettre eux-mêmes en danger, mais il remarqua que Wendy restait muette elle aussi. Elle et Tim savaient ce que Luke avait fait pour parvenir jusqu'ici, et ils l'avaient vu à l'œuvre depuis, alors ils comprenaient.

Mais que comprenaient-ils, au juste ? Outre qu'il possédait un sacré courage, ce gamin semblait être un authentique génie. Les criminels de l'Institut l'avaient enlevé pour utiliser un talent qui (avant d'être dopé) ne dépassait pas le stade du tour de passe-passe. Pour eux, son intelligence n'était qu'un complément à ce qu'ils cherchaient réellement : ils étaient comme des braconniers prêts à tuer un éléphant de cinq tonnes pour quarante kilos d'ivoire.

Tim ne pensait pas qu'Evans puisse apprécier cette ironie, mais Sigsby sans doute... à condition qu'elle laisse un peu de place mentale à cette idée : une opération qui avait duré pendant des dizaines d'années anéantie par cette chose qu'ils jugeaient accessoire : la formidable intelligence d'un petit garçon.

2

Vers vingt et une heures, alors qu'ils venaient d'entrer dans Beaufort, Luke demanda à Tim de trouver un motel.

« Ne vous arrêtez pas devant. Garez-vous derrière. »

Il y avait dans Boundary Street un Econo Lodge dont le parking, à l'arrière, était protégé par des magnolias. Tim s'arrêta le long de la clôture et coupa le moteur.

« C'est là que vous nous quittez, officier Wendy, déclara Luke.

— Tim ? Qu'est-ce qu'il raconte ? demanda celle-ci.

— Il veut que tu prennes une chambre, et il a raison, répondit Tim. Tu restes, on continue.

— Revenez quand vous aurez votre clé, dit Luke. Avec des feuilles de papier. Vous avez un stylo ?

— Évidemment, et j'ai mon calepin. » Elle tapota la poche de son pantalon d'uniforme. « Mais...

— Je vous expliquerai quand vous reviendrez, autant que je peux. En gros, dites-vous que vous êtes notre police d'assurance. »

Mme Sigsby s'adressa alors à Tim, pour la première fois depuis le salon de beauté abandonné :

« Ce que ce garçon a subi l'a rendu fou, et vous seriez fou de l'écouter. La meilleure chose que vous puissiez faire, tous les trois, c'est de nous laisser ici, le Dr Evans et moi, et de fuir.

— Ça voudrait dire laisser mes amis mourir », répondit Luke.

Mme Sigsby sourit.

« Réfléchis, Luke. Franchement, qu'est-ce qu'ils ont fait pour toi ?

— Vous ne pourriez pas comprendre.

— Vas-y, Wendy », dit Tim. Il pressa sa main dans la sienne. « Va prendre une chambre et reviens. »

Elle lui adressa un regard dubitatif, mais lui remit le Glock, descendit de voiture et se dirigea vers la réception.

Le Dr Evans lança : « Je tiens à souligner que je suis venu jusqu'ici contre...

— Contre votre volonté, on a compris, le coupa Tim. Fermez-la.

— On peut descendre ? demanda Luke. Il faut que je vous parle. Mais pas devant... »

D'un mouvement de tête, il montra Mme Sigsby.

« Pas de problème », dit Tim.

Il ouvrit la portière du passager et la porte coulissante, puis s'adossa au grillage qui séparait le motel du concessionnaire automobile voisin, fermé à cette heure-ci. Luke le rejoignit. De là où il se trouvait, Tim voyait leurs deux passagers récalcitrants, et s'ils tentaient de fuir, il pourrait intervenir immédiatement. Mais cela lui semblait peu probable, étant donné que l'un des deux avait reçu une balle dans la jambe et l'autre dans le pied.

« Eh bien ? demanda-t-il.

— Vous jouez aux échecs ?

— Je connais les règles, mais je n'ai jamais été très bon.

— Moi, si », dit Luke. Il parlait tout bas. « Et en ce moment, je suis en train de jouer contre Stackhouse. Vous comprenez ?

— Je crois.

— J'essaye de prévoir trois coups d'avance et de contrer ses coups à lui. »

Tim acquiesça.

« Aux échecs, le temps ne compte pas. Sauf si on fait des parties rapides, comme ici. On doit rejoindre l'aérodrome où se trouve l'avion. Ensuite, on doit se poser quelque part près de Presque Isle. Et de là, rouler jusqu'à l'Institut. Je ne pense pas qu'on y sera avant deux heures du matin. Ça vous semble correct ? »

Tim effectua un rapide calcul.

« Peut-être un peu plus tard. Mais disons deux heures.

— Cela laisse cinq heures à mes amis pour agir de leur côté, ce qui laisse également cinq heures à Stackhouse pour réévaluer sa position et changer d'avis. Pour gazer les enfants et s'enfuir. Je lui ai dit que sa photo serait dans tous les aéroports, et il me croit, je pense, car il doit y avoir des portraits de lui quelque part sur Internet. Le personnel de l'Institut compte beaucoup d'anciens militaires. Sans doute qu'il en fait partie.

— La reine des garces a peut-être une photo de lui sur son portable », dit Tim.

Luke acquiesça, même si, à son avis, Mme Sigsby n'était pas du genre à photographier ses collègues.

« Il pourrait aussi décider de franchir la frontière canadienne à pied, reprit-il. Je suis certain qu'il a déjà préparé un itinéraire de rechange : un chemin forestier abandonné, une rivière. C'est un de ses coups possibles, que je dois garder présent à l'esprit. Seulement…

— Seulement quoi ? »

Luke se frotta la joue avec la paume de la main, dans un geste étonnamment adulte qui exprimait sa lassitude et son indécision.

« J'ai besoin de votre avis. Mon raisonnement me semble logique, mais je ne suis encore qu'un enfant. Alors, je ne peux pas être sûr. Vous, vous êtes un adulte, et vous faites partie des gentils. »

Tim fut ému par cette déclaration. Il jeta un coup d'œil en direction de l'entrée du motel. Toujours pas de Wendy en vue.

« Vas-y, dis-moi ce que tu penses.

— Je l'ai détruit. J'ai foutu tout son monde en l'air. Et je pense qu'il va rester, uniquement pour me tuer. En utilisant mes amis comme appâts, pour être certain que je vienne. Ça vous semble logique ? Dites-moi la vérité.

— Oui, dit Tim. Impossible d'en être sûr, évidemment, mais la vengeance est une puissante motivation. Et ce Stackhouse ne serait pas le premier à négliger ses propres intérêts pour pouvoir se venger. Et puis, je vois une autre raison qui pourrait l'inciter à rester.

— Laquelle ? »

Luke le dévisageait avec inquiétude.

Wendy Gullickson apparut au coin du bâtiment en brandissant une clé magnétique.

Tim donna un coup de menton en direction de la portière du monospace, ouverte, et se pencha vers Luke. « C'est Sigsby la patronne, hein ? Stackhouse n'est qu'un exécutant ?

— Oui.

— Dans ce cas, dit Tim avec un sourire, qui est le patron de Sigsby ? Tu as pensé à ça ? »

Luke ouvrit de grands yeux et resta bouche bée. Il avait compris. Il sourit.

3

Vingt et une heures quinze.

Le calme régnait à l'Institut. Les pensionnaires de l'Avant dormaient, aidés en cela par les somnifères qu'avaient distribués Joe et Hadad. Dans le tunnel d'accès, les cinq enfants qui avaient déclenché la mutinerie dormaient eux aussi, mais sans doute moins profondément. Stackhouse espérait que leurs migraines allaient les anéantir. Les seuls qui restaient éveillés étaient les gorks, qui continuaient à déambuler et semblaient vaquer à leurs occupations. Parfois, ils formaient des cercles, comme s'ils jouaient à la chandelle.

Stackhouse était retourné dans le bureau de Mme Sigsby et avait ouvert le tiroir du bas avec le double de la clé qu'elle lui avait remis. Maintenant, il tenait dans sa main le téléphone spécial qu'ils appelaient le Téléphone Zéro. Il songeait à une chose que lui avait dite Julia un jour, à propos de cet appareil muni de trois boutons. C'était au village, l'année précédente, quand les neurones d'Heckle et Jeckle fonctionnaient encore presque tous. Les enfants de l'Arrière venaient d'éliminer un intermédiaire saoudien qui faisait parvenir de l'argent à des cellules terroristes en Europe, et tout le monde avait cru à un accident. La vie était belle. Julia l'avait invité à dîner pour fêter ça. Ils avaient bu une bouteille de vin avant le repas, et une autre pendant et après. L'alcool avait délié leurs langues.

« Je déteste faire des rapports avec le Téléphone Zéro. Cet homme avec son zézaiement… J'imagine un albinos. Je ne sais pas pourquoi. C'est peut-être une chose que j'ai vue dans une bande dessinée quand j'étais gamine. Un super-vilain avec des rayons X à la place des yeux. »

Stackhouse avait hoché la tête pour signifier qu'il comprenait.

« Où est-il ? *Qui* est-ce ?

— Je n'en sais rien et je ne veux pas le savoir. Je l'appelle, je fais mon rapport, et ensuite je prends une douche. Il n'y a qu'une seule chose qui soit plus affreuse que d'utiliser le Téléphone Zéro : recevoir un appel. »

Maintenant, Stackhouse regardait l'appareil avec une sorte d'effroi superstitieux, comme si le simple souvenir de cette conversation pouvait le faire sonner dans sa…

« Non », dit-il à voix haute. À la pièce vide. Au téléphone silencieux. Pour l'instant, du moins. « Il n'y a aucune superstition là-dedans. Tu vas sonner, tôt ou tard. C'est logique. »

Évidemment. Car les gens qui se trouvaient à l'autre bout du Téléphone Zéro – l'homme qui zozotait et l'organisation plus vaste à laquelle il appartenait – allaient apprendre la nouvelle du fiasco spectaculaire survenu en Caroline du Sud. Forcément. Ça ferait la une de tous les journaux du pays, voire du monde entier. Peut-être étaient-ils déjà au courant. S'ils connaissaient l'existence d'Hollister, leur informateur à DuPray, il était possible qu'ils l'aient contacté pour connaître les détails sanglants.

Pourtant, le Téléphone Zéro n'avait pas sonné. Cela signifiait-il qu'ils ne savaient pas ou qu'ils leur laissaient du temps pour tout arranger ?

Stackhouse avait expliqué au dénommé Tim qu'un arrangement était envisageable uniquement si l'existence de l'Institut demeurait secrète. Il n'était pas idiot au point de croire qu'ils pourraient continuer leurs activités, en tout cas pas ici, dans les forêts du Maine, mais s'il parvenait à éviter que le monde entier parle de ces enfants dotés de talents psychiques qui avaient été maltraités et tués… et pour quelle raison… ce serait déjà une bonne chose. Peut-être même serait-il récompensé s'il étouffait cette affaire sous un couvercle hermétique. Mais le simple fait de rester en vie constituerait déjà une récompense.

D'après ce Tim, trois personnes seulement étaient au courant. Les autres qui avaient visionné le contenu de la clé USB étaient mortes. Certains membres de la malheureuse équipe Or avaient peut-être survécu, mais ils n'avaient pas vu les images, et ils tairaient le reste.

Faire venir Luke Ellis et ses complices jusqu'ici, se dit-il. C'était la première étape. Ils devraient arriver dès deux heures du matin. Même s'ils sont ici à une heure et demie, ça me laisse le temps d'organiser une embuscade. Je n'ai sous la main que des techniciens et des intendants, mais certains – Zeke le Grec, pour ne citer que lui – n'ont peur de rien. Récupérer la clé USB et m'occuper d'*eux*. Ainsi, quand l'homme qui zozote appellera – car il appellera – pour savoir si je gère la situation, je pourrai lui dire…

« Je lui dirai que le problème est déjà réglé. »

Stackhouse reposa le Téléphone Zéro sur le bureau de Mme Sigsby et lui adressa un message mental : Ne sonne pas. Je t'interdis de sonner avant trois heures du matin. Quatre ou cinq heures, ce serait encore mieux.

« Laisse-moi le temps de… »

Le téléphone sonna et Stackhouse laissa échapper un cri de stupeur. Avant d'éclater de rire, même si son cœur battait beaucoup trop vite. Ce n'était pas le Téléphone Zéro, mais le sien. Ce qui voulait dire que l'appel venait de Caroline du Sud.

« Allô ? C'est Luke ou Tim ?

— Luke. Écoutez-moi. Voilà comment ça va se passer. »

4

Kalisha était perdue à l'intérieur d'une grande maison, et elle ne savait pas comment en sortir car elle ignorait comment elle y était entrée. Le couloir dans lequel elle se trouvait lui rappelait celui de la résidence de l'Avant où elle avait vécu quelque temps, avant qu'ils l'emmènent afin de piller son cerveau. À cette différence près que celui-ci était meublé de commodes, de miroirs, de portemanteaux et d'un drôle d'objet qui ressemblait à une patte d'éléphant contenant des parapluies. Sur un guéridon était posé un téléphone, identique à celui qui était chez elle dans la cuisine. Il sonnait. Elle décrocha et, comme elle ne pouvait pas dire ce qu'on lui avait appris à dire depuis l'âge de quatre ans (« Domicile des Benson, j'écoute »), elle dit simplement :

« Allô ?

— *Hola ? Me escuchas ?* »

C'était une voix de fille, faible et masquée par les parasites, à peine audible.

Kalisha savait ce que signifiait *hola* car elle avait fait un an d'espagnol au collège, mais son vocabulaire restreint ne comprenait pas le mot *escuchas*. Néanmoins, elle comprit ce que lui demandait la fille, et elle s'aperçut que c'était un rêve.

« Oui. Euh… Je vous entends. Où êtes-vous ? Qui êtes-vous ? »

La fille n'était plus là.

Kalisha raccrocha le téléphone et continua d'avancer dans le couloir. Elle jeta un coup d'œil à l'intérieur de ce qui ressemblait à un salon dans un vieux film, puis d'une salle de bal. Le sol à damiers, noir et blanc, lui rappela Luke et Nick qui s'affrontaient aux échecs sur le terrain de jeux.

Un autre téléphone se mit à sonner. Kalisha pressa le pas et entra dans une belle cuisine moderne. Le réfrigérateur était couvert de photos et de magnets. Un autocollant proclamait : BERKOWITZ PRÉSIDENT ! Elle ignorait qui était ce Berkowitz, en revanche, elle savait que c'était sa cuisine. Le téléphone était fixé au mur. Plus gros que celui posé sur le guéridon, et bien plus gros que celui qui se trouvait dans la cuisine des Benson. On aurait presque dit un faux. Mais il sonnait, alors elle décrocha.

« Allô ? Hola ? Je m'appelle… *me llamo*… Kalisha. »

Mais ce n'était pas la jeune Espagnole. C'était un garçon.

« *Bonjour. Vous m'entendez*[1] *?* »

Du français. Une langue différente, mais la même question, et cette fois, la communication était meilleure. Pas énormément, mais un peu.

« *Oui, oui,*[2] je vous entends ! Où êtes… »

Le garçon n'était plus là, mais un autre téléphone sonnait. Elle traversa en courant un cellier et pénétra dans une pièce aux murs de paille et au sol en terre battue, presque entièrement recouvert d'un tapis tressé coloré. Ultime étape d'un seigneur de la guerre africain nommé Badu Bokassa, poignardé à la gorge par une de ses maîtresses. Mais en réalité, il avait été tué par un groupe d'enfants à des milliers de kilomètres de là. Le Dr Hendricks avait agité sa baguette de sorcier – en réalité un vulgaire cierge magique de la Fête nationale – et M. Bokassa était mort. Le téléphone posé sur le tapis était encore plus gros, presque de la taille d'une lampe. Elle décrocha. Le combiné pesait lourdement dans sa main.

Au bout du fil, une autre fille. Une voix parfaitement claire cette fois. Plus les téléphones grossissaient, plus les voix étaient audibles, semblait-il.

« *Zdravo, cujes li me ?*

— Oui, je vous entends très bien. Quel est cet endroit ? »

La voix avait disparu et un autre téléphone sonnait. Dans une chambre, avec un lustre au plafond. Ce téléphone avait les dimensions d'un repose-pieds. Kalisha dut soulever le combiné à deux mains.

1. En français dans le texte.
2. En français dans le texte.

« Hallo, hoor je me ?

— Oui ! Parfaitement ! Parlez-moi ! »

Pas de réponse. Pas de tonalité. Plus rien.

Le téléphone suivant se trouvait sous une véranda, et il était aussi gros que la table sur laquelle il était posé. La sonnerie lui faisait mal aux oreilles. Elle avait l'impression d'entendre un téléphone relié à un concert de rock par le biais d'un amplificateur. Kalisha se précipita, mains tendues, paumes en avant, et elle arracha le combiné de l'appareil, non pas dans l'attente d'une révélation, mais pour arrêter cette sonnerie avant qu'elle lui brise les tympans.

« *Ciao !* tonna une voix de garçon. *Mi senti ? MI SENTI ?* »

Elle se réveilla.

5

Elle était avec ses potes : Avery, Nicky, George et Helen. Les autres dormaient encore, mais mal. George et Helen gémissaient. Nicky marmonnait, les mains tendues devant lui : une posture qui rappelait à Kalisha la manière dont elle s'était précipitée vers le gros téléphone pour arrêter la sonnerie. Avery se tortillait et prononçait d'une voix haletante des paroles qu'elle avait déjà entendues : *Hoor je me ? Hoor je me ?*

Ils faisaient le même rêve qu'elle, ce qui, compte tenu de ce qu'ils étaient devenus – de ce que l'Institut avait fait d'eux – était parfaitement logique. Ils généraient une sorte de pouvoir collectif, par le biais de la télépathie et de la télékinésie, alors pourquoi ne partageraient-ils pas le même rêve ? Une seule question se posait : lequel d'entre eux l'avait fait en premier ? Elle misait sur Avery car il était le plus puissant.

Une ruche, pensa-t-elle. Voilà ce qu'on est désormais. Une ruche d'abeilles médiums.

Kalisha se leva et regarda autour d'elle. Ils étaient toujours prisonniers dans le tunnel, cela n'avait pas changé, contrairement à l'intensité de ce pouvoir collectif, lui semblait-il. Voilà peut-être pourquoi les enfants du Pavillon A ne dormaient pas, malgré l'heure tardive. Kalisha avait toujours eu une excellente perception du temps, et elle estimait qu'il était au moins vingt et une heures trente.

Le bourdonnement, plus fort que jamais, avait même adopté une sorte de rythme cyclique : mmm-MMM-mmm-MMM. Elle constata avec intérêt (mais sans s'en étonner) que les néons au plafond suivaient les variations du bourdonnement : leur lumière s'intensifiait, faiblissait un peu, puis s'intensifiait de nouveau.

De la télékinésie visible, pensa-t-elle. Ça nous fait une belle jambe.

Pete Littlejohn, le garçon qui se frappait la tête en braillant « ya-ya-ya-ya », avança vers elle à grandes enjambées. À l'Avant, Pete avait été à la fois adorable et exaspérant, un peu comme un petit frère qui vous suit partout et essaie d'écouter ce que vous dites quand vous échangez des secrets avec vos copines. Aujourd'hui, elle avait du mal à le regarder, avec ses yeux vides et sa bouche ouverte qui bavait.

« *Me escuchas ?* dit-il. *Hörst du mich ?*

— Toi aussi, tu as fait le rêve », dit Kalisha.

Peter l'ignora ; il repartit vers ses compagnons qui continuaient à errer, en prononçant des mots qui ressemblaient à *styzez minny*. Dieu seul savait quel était ce langage, mais Kalisha aurait parié qu'ils avaient le même sens que les autres.

« Je vous entends, dit-elle à la cantonade. Mais qu'est-ce que vous voulez ? »

Un peu plus loin dans le tunnel, vers la porte qui donnait sur l'Arrière, il y avait une inscription sur le mur, au crayon gras. Kalisha s'en approcha, en évitant plusieurs enfants du Pavillon A qui déambulaient. En grosses lettres violettes, quelqu'un avait écrit : APELEZ LE GROS TÉLÉFONE. RÉPONDEZ AU GROS TÉLÉFONE. Les gorks faisaient donc le même rêve, mais en restant éveillés. Avec leurs cerveaux à moitié effacés, peut-être qu'ils rêvaient en permanence. Quelle horrible idée : rêver, rêver, rêver, sans jamais pouvoir retrouver le monde réel.

« Toi aussi, hein ? »

C'était Nick, les yeux gonflés par le sommeil, les cheveux hérissés. Cela avait quelque chose d'attachant.

« Le rêve. La grande maison. Les téléphones de plus en plus gros ? Un peu comme dans *Les 500 Chapeaux de Bartholomew Cubbins* ?

— Bartholomew qui ?

— Un livre du Dr Seuss. Bartholomew veut se découvrir devant le roi, mais chaque fois qu'il ôte son chapeau, il y en a un plus gros, plus chic, dessous.

— Jamais lu. Mais le rêve, je connais. Je pense qu'il vient d'Avery. » Elle montra du doigt le garçon qui dormait toujours à poings fermés, épuisé. « En tout cas, ça a commencé par lui.

— Je ne sais pas s'il est à l'origine de ce rêve ou s'il le reçoit et l'amplifie pour le transmettre ensuite.

Mais peu importe. » Nick lut le message sur le mur, puis regarda autour de lui. « Les gorks sont agités, ce soir. »

Kalisha fronça les sourcils.

« Ne les appelle pas comme ça. Ça fait esclave. Comme si tu m'appelais "négresse".

— OK. Les handicapés mentaux sont agités ce soir. C'est mieux ?

— Oui. »

Elle s'autorisa un sourire.

« Et ta tête, Sha, comment elle va ?

— Mieux. Bien, même. Et toi ?

— Pareil.

— *Idem*, dit George en les rejoignant. Merci de me poser la question. Vous avez fait le rêve, vous aussi ? Des gros téléphones et *Allô, vous m'entendez ?*

— Oui, dit Nick.

— Le dernier téléphone, juste avant que je me réveille, était plus gros que moi. Et le bourdonnement était plus fort. » Et puis, sur le même ton détaché, il demanda : « À votre avis, combien de temps avant qu'ils décident de nous gazer ? Je m'étonne qu'ils ne l'aient pas déjà fait. »

6

Vingt et une heures quarante-cinq, sur le parking de l'Econo Lodge de Beaufort, Caroline du Sud.

« J'écoute dit Stackhouse. Si vous me laissez vous aider, on peut peut-être trouver une solution tous ensemble. Discutons.

— Non, répondit Luke. Tout ce que vous avez à faire, c'est écouter. Et prendre des notes car je ne répéterai pas.

— Ton ami Tim est toujours av…

— Vous voulez la clé USB oui ou non ? Si c'est non, continuez à parler. Si vous la voulez, *fermez votre gueule*. »

Tim posa la main sur l'épaule de Luke. À l'avant du monospace, Mme Sigsby secouait la tête tristement. Luke n'avait pas besoin de lire dans ses pensées pour savoir qu'elle se disait : un gamin qui se prend pour un adulte.

Stackhouse soupira.

« Vas-y. J'ai de quoi noter.

— Premièrement : l'officier Wendy n'a pas la clé USB, on l'emporte, mais elle connaît les noms de mes amis – Kalisha, Avery, Nicky, Helen et quelques autres – et elle sait d'où ils viennent. Si leurs parents sont morts, comme les miens, ce sera suffisant pour ouvrir une enquête, même sans la clé. Elle ne sera même pas obligée de parler des enfants médiums ou de toutes vos saloperies. Ils découvriront l'existence de l'Institut. Et même si vous vous enfuyez, Stackhouse, vos supérieurs vous traqueront. On est votre meilleure chance de survie. C'est clair ?

— Épargne-moi ton baratin. Quel est le nom de famille de l'officier Wendy ? »

Tim, penché vers Luke pour entendre ce que disait Stackhouse, secoua la tête. Un conseil dont le garçon n'avait pas besoin.

« Peu importe. Deuxièmement : contactez l'avion qui a déposé votre commando. Dites aux pilotes de s'enfermer dans le cockpit dès qu'ils nous verront arriver. »

Tim murmura deux mots. Luke hocha la tête.

« Mais avant cela, dites-leur d'abaisser la passerelle.

— Comment ils sauront que c'est vous ?

— On sera dans un des véhicules qui transportaient vos tueurs à gages. »

Luke se réjouissait de fournir cette information à Stackhouse, en espérant qu'il saisirait le message : Mme Sigsby avait manqué sa cible.

« On ne verra pas le pilote et le copilote et ils ne nous verront pas. On atterrira là où l'avion a décollé. Et ils resteront à l'intérieur du cockpit. Vous me suivez ?

— Oui.

— Troisièmement : je veux qu'un monospace neuf places nous attende à l'arrivée, comme celui avec lequel on a quitté DuPray.

— On n'a pas de…

— Mon cul. Vous avez toute une flotte de véhicules dans votre petit camp militaire. Je l'ai vue. Vous êtes prêt à coopérer, ou je vous laisse vous débrouiller seul ? »

Luke transpirait à grosses gouttes, et pas uniquement à cause de la moiteur de la nuit. Heureusement, il sentait la main de Tim sur son épaule et il voyait le regard réconfortant de Wendy. C'était bon de ne plus être seul. Jusqu'à présent, il n'avait pas vraiment pris conscience du poids de son fardeau.

Stackhouse poussa un soupir d'homme injustement accablé.

« Continue.

— Quatrièmement : vous nous procurerez un car.

— Un *car* ? Sérieusement ? »

Luke décida d'ignorer cette interruption, la jugeant justifiée. En tout cas, Tim et Wendy semblaient surpris, eux aussi.

« Je suis sûr que vous avez des amis partout, dont quelques agents de police de Dennison River Bend. Peut-être même tous. C'est les grandes vacances, les cars de ramassage scolaire sont sur le parking municipal, je parie, avec les chasse-neige, les camions-bennes, etc. Demandez à un de vos copains flics d'ouvrir le bâtiment où ils rangent les clés. Qu'il choisisse un car d'au moins quarante places. Il laissera la clé sur le contact. Un de vos techniciens ou un intendant le conduira jusqu'à l'Institut. Et il le garera devant l'entrée du bâtiment administratif, près du drapeau. Vous avez tout compris ?

— Oui. »

Très pro. Plus de protestations, plus d'interruptions, et Luke n'avait pas besoin des connaissances de Tim en matière de psychologie et de motivation pour comprendre pour quelle raison. Stackhouse se disait qu'il s'agissait d'un plan loufoque, inventé par un enfant qui prenait ses désirs pour des réalités. D'ailleurs, Luke lisait la même chose sur les visages de Tim et de Wendy. Mme Sigsby, à portée de voix, semblait avoir du mal à conserver son sérieux.

« Il s'agit d'un simple échange. Vous récupérez la clé USB, et moi les enfants. Ceux de l'Arrière et ceux de l'Avant. Je veux qu'ils soient tous prêts pour leur excursion à deux heures du matin. Et l'officier Wendy gardera le silence. Voilà le marché. Oh, en prime vous pourrez récupérer votre saloperie de patronne et votre médecin de merde.

— Je peux poser une question, Luke ? C'est autorisé ?

— Allez-y. »

Luke devinait quelle était la question. Et il se ferait un plaisir d'y répondre.

« Une fois que tu auras fait monter trente-cinq ou quarante enfants dans un grand car jaune avec marqué DENNISON RIVER BEND sur le côté, où as-tu l'intention de les emmener ? N'oublie pas que la majorité d'entre eux n'ont plus de cerveau.

— À Disneyland », répondit Luke.

Tim porta sa main à son front, comme frappé par une migraine soudaine.

« On restera en contact permanent avec l'officier Wendy. Avant le décollage. Après l'atterrissage. En arrivant à l'Institut. En quittant l'Institut. Si elle n'a pas de nos nouvelles, elle passera quelques coups de téléphone, en commençant par la police du Maine, avant de passer au FBI et à la Sécurité intérieure. Compris ?

— Oui.

— Bien. Dernière chose. Quand on arrivera sur place, je veux vous y voir. Bras écartés. Une main sur le capot du car, l'autre sur le mât du drapeau. Dès que les enfants seront installés à bord et mon ami Tim au volant, je vous remettrai la clé USB de Maureen et je monterai dans le car à mon tour. C'est bien compris ?

— Oui. »

Ton cassant. Surtout, ne pas laisser transparaître la joie de celui qui a gagné le jackpot.

Stackhouse sait que Wendy peut poser un problème, se dit Luke, car elle connaît les noms de plusieurs enfants portés disparus, mais c'est un problème qu'il pense pouvoir régler. La clé USB est bien plus compromettante. Difficile de faire croire à un trucage. Et voilà que je la lui offre quasiment sur un plateau. Comment pourrait-il refuser ? Réponse : il ne peut pas.

« Luke… », dit Tim.

Le garçon secoua la tête : pas maintenant, pas pendant que je suis en train de réfléchir.

Il sait que sa situation reste délicate, mais il entrevoit un rayon de lumière. Dieu merci, Tim m'a rappelé une chose à laquelle j'aurais dû penser : ça ne s'arrêtera pas avec Sigsby et Stackhouse. Ils ont forcément des supérieurs, des gens à qui ils rendent des comptes. Et quand tout partira en couilles, Stackhouse pourra leur dire que ça aurait pu être mille fois pire. En vérité, ils devraient le remercier pour leur avoir sauvé la mise.

« Tu m'appelleras avant de décoller ? demanda le chef de la sécurité.

— Non. Je vous fais confiance pour prendre toutes les dispositions. » Même si le mot « confiance » n'était pas celui qui venait immédiatement à l'esprit de Luke quand il pensait à Stackhouse. « La prochaine fois qu'on se parlera, ce sera face à face, à l'Institut. Le monospace à l'aérodrome. Le car au pied du drapeau. Si vous merdez quelque part, l'officier Wendy décroche le téléphone pour raconter son histoire. Salut. »

Luke coupa la communication et tout son corps se relâcha.

7

Tim tendit le Glock à Wendy et désigna leurs deux prisonniers. Elle hocha la tête. Pendant qu'elle les maintenait en respect, Tim entraîna Luke à l'écart. Ils s'arrêtèrent près du grillage, dans une tache d'ombre que projetait un des magnolias.

« Luke, ça ne marchera jamais. Le véhicule nous attendra peut-être à l'aéroport, mais si cet Institut ressemble à ce que tu décris, on va tomber dans une embuscade en arrivant et se faire tuer. Comme tes amis et les autres enfants. Il restera Wendy, et elle fera de son mieux, mais il faudra plusieurs jours avant que quelqu'un se rende sur place. Je sais comment ça se passe avec la police quand quelque chose sort de l'ordinaire. Et s'ils trouvent l'Institut, il sera désert, à l'exception des corps. Qui auront peut-être disparu eux aussi. Tu dis qu'ils possèdent un système pour se débarrasser des… » Tim ne savait pas quel terme employer. « Des enfants qui ne servent plus.

— Je sais tout ça, répondit Luke. Mais il ne s'agit pas de nous, il s'agit d'eux. Les enfants. Je cherche juste à gagner du temps. Il se passe quelque chose là-bas. Et pas seulement là-bas.

— Je ne comprends pas.

— Je suis plus fort maintenant. Et on est à plus de mille cinq cents kilomètres de l'Institut. Je fais partie des enfants de l'Institut, mais ils ne sont plus seuls désormais. Sinon, je n'aurais jamais pu relever l'arme de ce type par la pensée. Avant, je ne pouvais pas faire mieux qu'avec les plat à pizza. Vous vous souvenez ?

— Luke, je ne… »

Luke se concentra. L'espace d'un instant, il vit l'image du téléphone installé dans leur vestibule qui sonnait, et il sut que s'il décrochait quelqu'un demanderait : « Vous m'entendez ? » Cette image fut remplacée par les points colorés et un léger bourdonnement. Les points manquaient d'éclat, tant mieux. Il voulait faire une démonstration à Tim, sans lui faire de mal… et ce serait si facile.

Tim bascula vers l'avant, contre le grillage, comme poussé par des mains invisibles. Il eut juste le temps de lever son avant-bras pour protéger son visage.

« Tim ? s'exclama Wendy.

— Tout va bien, dit-il. Continue à les surveiller. » Il se tourna vers Luke. « C'est toi qui as fait ça ?

— Ça ne vient pas de moi, ça passe *à travers* moi. » Parce qu'ils avaient le temps maintenant (un peu, du moins), et parce qu'il avait envie de savoir, il demanda : « Ça fait quel effet ?

— C'est comme un grand coup de vent.

— Ça ne m'étonne pas. On est plus forts, maintenant. C'est ce que dit Avery.

— Avery, c'est le petit gamin ?

— Oui. Cela faisait longtemps qu'ils n'avaient pas eu un enfant aussi fort. Des années, peut-être. Je ne sais pas exactement comment ça s'est passé, mais je pense qu'ils ont dû le placer dans le caisson d'isolation, étant donné que cette expérience de mort imminente renforce les Lumières de Stasi, mais sans l'effet réducteur des injections.

— Je suis largué. »

Luke sembla ne pas l'entendre.

« C'était un châtiment, je parie. Parce qu'il m'a aidé à fuir. » D'un mouvement de tête, il montra le monospace. « Mme Sigsby le sait peut-être. Si ça se trouve, l'idée venait d'elle. Bref, ça s'est retourné contre eux. Les enfants se sont mutinés. Ce sont les pensionnaires du Pavillon A qui possèdent le véritable pouvoir. Avery l'a libéré.

— Mais ce pouvoir ne suffit pas à les faire sortir de l'endroit où ils sont prisonniers.

— Pas encore. Mais je pense qu'ils y arriveront.

— Pourquoi ? Comment ?

— Vous m'avez fait réfléchir en disant que Mme Sigsby et Stackhouse avaient eux aussi des supérieurs. J'aurais dû y penser, mais je n'ai pas vu aussi loin. Sans doute parce que les parents et les profs sont les seuls "supérieurs" que connaissent les enfants. Et s'il y a d'autres chefs, pourquoi n'y aurait-il pas d'autres Instituts ? »

Une voiture pénétra sur le parking du motel, passa devant eux et disparut dans un clignement de feux arrière. Quand elle eut disparu, Luke reprit :

« Celui du Maine, sur la côte Est, est peut-être le seul d'Amérique. Ou bien il en existe un sur la côte Ouest. Un peu comme des serre-livres, vous voyez ? Mais il y en a peut-être un en Grande-Bretagne… en Russie… en Inde… en Chine… en Allemagne… en Corée. C'est logique, quand on y réfléchit.

— Non pas une course aux armements, mais une course aux esprits, résuma Tim. C'est ce que tu es en train de me dire ?

— Je ne crois pas que ce soit une course. Je pense que tous ces Instituts travaillent ensemble. Je n'en suis pas certain, mais ça tombe sous le sens. Un objectif commun. Louable, en quelque sorte : sacrifier quelques enfants pour empêcher l'espèce humaine de s'autodétruire. Un échange. Dieu seul sait depuis quand ça dure, et pourtant, il n'y a jamais eu de mutinerie jusqu'à maintenant. Avery et mes autres amis l'ont déclenchée, mais elle pourrait se répandre. D'ailleurs, ça a peut-être commencé. »

Tim Jamieson n'était ni historien ni sociologue, mais il suivait l'actualité, et il songeait que Luke avait peut-être raison. Les mutineries – ou les révolutions, pour employer un terme moins péjoratif – étaient comme des virus, surtout à l'ère de l'information. Alors, oui, elles pouvaient se répandre.

« Le pouvoir que possède chacun de nous – raison pour laquelle ils nous ont kidnappés et enfermés à l'Institut – est minime, ajouta Luke. Mais notre pouvoir cumulé est beaucoup plus fort. Surtout chez les enfants du Pavillon A. Privés de leur esprit, il ne leur reste que le pouvoir. Mais s'il existe d'autres Instituts, si les pensionnaires savent ce qui se passe dans le nôtre, et si on s'unit tous... »

Il secoua la tête. Il repensait au téléphone dans leur vestibule, devenu énorme maintenant.

« Si cela se produisait, ce serait colossal. Vraiment colossal. Voilà pourquoi on a besoin de temps. Et si Stackhouse me prend pour un idiot prêt à conclure un marché débile pour sauver mes amis, tant mieux. »

Tim sentait encore ce souffle de vent fantomatique qui l'avait poussé contre le grillage.

« On ne va pas vraiment les sauver, hein ? »

Luke le regarda avec gravité. Avec son visage tuméfié, son oreille bandée, il ressemblait au plus inoffensif des enfants. Puis il sourit et, l'espace d'un instant, il n'eut plus rien d'inoffensif.

« Non. On va ramasser les morceaux. »

8

Kalisha Benson, Avery Dixon, George Iles, Nicholas Wilholm, Helen Simms.

Cinq enfants assis à l'extrémité du tunnel d'accès, près de la porte verrouillée qui s'ouvrait (mais *refusait* de le faire) sur le Niveau F de l'Avant. Katie Givens et Hal Leonard, qui leur avaient tenu compagnie pendant un moment, avaient rejoint maintenant les enfants du

Pavillon A ; ils marchaient avec eux et leur donnaient la main quand ils décidaient de former une ronde. *Idem* pour Len. Et les espoirs qu'avait nourris Kalisha pour Iris s'atténuaient, même si, pour l'instant, Iris se contentait de regarder les gorks former des cercles, se séparer, se rejoindre. Helen, elle, était revenue ; elle était pleinement avec eux. Même chose pour Jimmy Cullum et Donna Gibson, que Kalisha avait connus à l'Avant. Grâce à sa varicelle, elle y était restée beaucoup plus longtemps que les autres pensionnaires. Les enfants du Pavillon A la rendaient triste, mais Iris, c'était encore pire. L'idée qu'elle ait subi des dégâts irréparables… cette idée était…

« Horrible », dit Nicky.

Elle le regarda d'un air vaguement réprobateur.

« Tu es dans ma tête ?

— Oui, mais je n'ai pas fouillé dans ton tiroir de lingerie mentale. »

Kalisha eut un reniflement de mépris.

« On est tous dans les têtes des autres maintenant », dit George. Du pouce, il désigna Helen. « Tu crois vraiment que j'avais envie de savoir qu'elle a tellement ri un soir, au cours d'une pyjama-partie entre amies, qu'elle s'est fait pipi dessus ? Un cas typique de surinformation.

— C'est mieux que de savoir que tu t'inquiètes à cause du psoriasis sur ta…, répliqua Helen, mais Kalisha la fit taire.

— Il est quelle heure, à votre avis ? demanda George.

— Vingt-trois heures, je dirais, répondit Nicky.

— Vous savez ce qu'il y a d'amusant ? demanda Helen. J'ai toujours détesté le bourdonnement. Je savais qu'il me décapait le cerveau.

— On le savait tous, dit George.

— Et maintenant, j'aime ça. D'une certaine manière.

— Parce que c'est du pouvoir, expliqua Nicky. *Leur* pouvoir, jusqu'à ce qu'on le reprenne.

— Une onde porteuse, dit George. Constante maintenant. Qui attend d'être diffusée. »

Allô, vous m'entendez ? songea Kalisha, et le frisson qui la parcourut n'était pas totalement désagréable.

Plusieurs enfants du Pavillon A se donnèrent la main. Iris et Len se joignirent à eux. Le bourdonnement s'amplifia. De même que l'intensité des néons au plafond. Quand leurs mains se séparèrent, le bourdonnement retrouva son niveau antérieur.

« Il est dans l'air », commenta Kalisha.

Nul n'avait besoin de lui demander de quoi elle parlait.

« J'aimerais bien recommencer à voler, dit Helen, rêveuse et triste. Oh, *j'adorerais ça.*

— Est-ce qu'ils vont l'attendre, Sha ? demanda Nicky. Ou simplement ouvrir le gaz ? À ton avis ?

— Tu me prends pour le professeur Xavier ? » Elle donna un coup de coude dans les côtes d'Avery… en douceur. « Réveille-toi, l'Avorton. Sens cette bonne odeur de café.

— Je suis réveillé », répondit Avery.

Ce n'était pas tout à fait vrai ; il somnolait encore en savourant le bourdonnement. Il songeait aux téléphones qui grossissaient, aux chapeaux de Bartholomew Cubbins, de plus en plus gros et chics.

« Ils vont attendre, déclara-t-il. Ils sont obligés car s'il nous arrive quelque chose, Luke le saura. Et *nous*, on attendra qu'il soit de retour.

— Quand ça ? demanda Kalisha.

— On va se servir du téléphone, dit Avery. Le gros. Tous ensemble.

— Gros comment ? demanda George, visiblement mal à l'aise. Parce que le dernier que j'ai vu, il était énorme, putain. Presque aussi gros que moi. »

Avery se contenta de secouer la tête. Ses paupières tombèrent. En définitive, ce n'était encore qu'un jeune enfant. Qui aurait dû être couché depuis longtemps.

Les enfants du Pavillon A – difficile de ne pas penser à eux en disant les gorks, même pour Kalisha – se tenaient de nouveau par la main. L'éclat des néons s'intensifia, l'un des tubes grilla. Le bourdonnement s'amplifia. Ils devaient le sentir à l'Avant, Kalisha en était convaincue. Joe et Hadad, Chad et Dave, Priscilla et ce sale type, le méchant, Zeke. Les autres aussi. Avaient-ils peur ? Un peu, peut-être, mais…

Mais ils croient qu'on est prisonniers, pensa-t-elle. Ils croient être à l'abri. Ils croient que la révolte a été matée. Qu'ils continuent à le croire.

Quelque part, il y avait un gros téléphone, le plus gros, relié à d'autres postes, dans un tas de pièces. S'ils utilisaient ce téléphone (non, *quand* ils l'utiliseraient, car il n'y avait pas d'alternative), le pouvoir enfermé dans ce tunnel serait plus puissant que la plus puissante des bombes qui avaient explosé à la surface de la terre. Ce bourdonnement, simple onde porteuse pour le moment, prendrait la forme d'une vibration capable de renverser des immeubles, et peut-être même de détruire des villes entières. Elle n'en était pas certaine, mais cela lui semblait possible. Combien d'enfants, la tête vide désormais, à l'exception des pouvoirs pour lesquels on les avait kidnappés, attendaient que sonnent ces gros téléphones ? Cent ? Cinq cents ? Plus encore s'il existait des Instituts dans le monde entier.

« Nicky ?

— Quoi ? »

Lui aussi somnolait, et il semblait agacé.

« Peut-être qu'on est capables de le mettre en marche, dit-elle, sans avoir besoin de préciser de quoi elle parlait. Mais ensuite… est-ce qu'on pourra l'arrêter ? »

Nicky réfléchit puis il sourit. « Je ne sais pas. Mais après ce qu'ils nous ont fait… franchement, je m'en contrefous. »

9

Vingt-trois heures quinze.

Stackhouse était de retour dans le bureau de Mme Sigsby. Le Téléphone Zéro, toujours muet, était posé devant lui. Dans quarante-cinq minutes, l'Institut aurait connu sa dernière journée de fonctionnement normal. Le lendemain, cet endroit serait abandonné, quoi qu'il se passe avec Luke Ellis. La poursuite du programme dans son ensemble restait une possibilité, malgré la menace que représentait cette Wendy, là-bas dans le Sud, mais ces installations étaient condamnées. Le plus important, dans l'immédiat, consistait à récupérer la clé USB et à éliminer Ellis. Voler au secours de Mme Sigsby lui ferait plaisir, mais c'était facultatif.

De fait, l'Institut était déjà abandonné. De son fauteuil, il apercevait la route qui menait à Dennison River Bend puis vers les autres États… et même vers le Canada ou le Mexique pour ceux qui possédaient des passeports. Stackhouse avait convoqué Zeke, Chad, le chef Doug (vingt ans chez Halliburton) et le Dr Felicia Richardson, venue du Hawk Security Group. Des personnes en qui il avait confiance.

Quant aux autres… il avait vu les feux arrière de leurs voitures clignoter entre les arbres. Une dizaine seulement pour le moment, devinait-il, mais ça continuerait. Bientôt, l'Avant serait désert, à l'exception des jeunes pensionnaires. Peut-être était-ce déjà le cas. En revanche, Zeke, Chad, Doug et le Dr Richardson resteraient fidèles au poste, loyaux jusqu'au bout. *Idem* pour Gladys Hickson. Elle aussi resterait, peut-être même quand tous les autres seraient partis. Car Gladys n'avait pas seulement un tempérament de baroudeuse, Stackhouse était de plus en plus convaincu d'avoir affaire à une psychopathe.

Moi-même, je suis complètement cinglé, puisque je reste, se dit-il. Ce sale gamin a raison : ils me traqueront. Mais il va se jeter dans la gueule du loup. À moins que…

« À moins qu'il me mène en bateau », murmura le chef de la sécurité.

Rosalind, l'assistante de Mme Sigsby, passa la tête dans le bureau. Son maquillage, toujours parfait habituellement, s'était érodé au cours de ces douze dernières heures éprouvantes et ses cheveux gris, toujours bien coiffés, se dressaient sur les côtés.

« Monsieur Stackhouse ?

— Oui, Rosalind. »

Elle paraissait inquiète.

« Je crois que le Dr Hendricks est parti. Il me semble avoir vu sa voiture il y a dix minutes environ.

— Ça ne m'étonne pas. Vous devriez en faire autant, Rosalind. Rentrez chez vous. » Il sourit. Cela lui faisait bizarre de sourire en un moment pareil, mais c'était bon. « Je m'aperçois que je vous connais depuis que je travaille ici – un bail – et pourtant, je ne sais pas où vous vivez.

— À Missoula, dans le Montana. » Rosalind elle-même semblait surprise. « Du moins, j'espère que j'ai toujours ma maison. Je n'y suis pas retournée depuis cinq ans, je dirais. Je paie mes impôts, c'est tout. Pendant mes jours de congé, je reste au village. Et pour les vacances, je vais à Boston. Je suis supportrice des Red Sox et des Bruins, et j'adore le cinéma d'art et essai de Cambridge. Mais je suis toujours prête à retourner chez moi. »

Stackhouse songea que Rosalind ne lui avait jamais autant parlé en quinze ans. Elle travaillait déjà à l'Institut, fidèle larbin de Mme Sigsby, quand il avait quitté son poste d'enquêteur dans l'US Army, et elle était toujours là, presque inchangée. Il lui donnait soixante-cinq ans. Peut-être même soixante-dix, si elle était bien conservée.

« Vous entendez ce bourdonnement, monsieur ?

— Oui.

— C'est un transformateur ou un truc dans le genre ? Je ne l'avais jamais entendu.

— Oui, on peut appeler ça comme ça : un transformateur.

— C'est agaçant. » Elle se frotta les tempes, ce qui eut pour effet de la décoiffer un peu plus. « Ça vient des enfants, je suppose. Est-ce que Julia… Mme Sigsby – va revenir ? Hein ? Elle va revenir ? »

Stackhouse constata (avec amusement plus qu'avec colère) que Rosalind, toujours si bien élevée et discrète, avait laissé traîner ses oreilles, malgré le bourdonnement.

« Je pense, oui.

— Dans ce cas, je préfère rester. Je sais tirer, vous savez. Une fois par mois, parfois même deux fois, je vais m'entraîner sur le champ de tir en ville. J'ai l'équivalent de l'insigne de tireur de précision et, l'année dernière, j'ai remporté le concours des armes de poing de petit calibre. »

La paisible assistante de Julia ne savait pas seulement prendre en sténo, elle possédait un insigne de tireur de précision… ou l'équivalent, disait-elle. Le monde ne cesserait jamais d'étonner Stackhouse.

« Avec quelle arme vous tirez, Rosalind ?

— Un Smith & Wesson M&P.45.

— Le recul ne vous gêne pas ?

— Avec un protège-poignet, je me débrouille très bien. Monsieur, si votre intention est de libérer Mme Sigsby de ses ravisseurs, j'aimerais beaucoup participer à l'opération.

— Très bien, je vous engage, dit Stackhouse. J'ai besoin de toute l'aide que je peux trouver. »

Mais il devrait faire attention à la manière dont il utiliserait cette femme car il ne serait peut-être pas possible de sauver Julia. Elle était devenue un pion que l'on pouvait sacrifier. Seule comptait la clé USB. Et ce putain de gamin trop intelligent.

« Merci, monsieur. Je ne vous laisserai pas tomber.

— J'en suis sûr, Rosalind. Je vais vous expliquer comment ça va se passer. Mais avant, j'aimerais vous poser une question.

— Oui ?

— Je sais qu'un gentleman ne doit pas demander ça, et qu'une dame n'est pas censée répondre, mais quel âge avez-vous ?

— Soixante-dix-huit ans, monsieur. »

Elle avait répondu immédiatement, en regardant Stackhouse droit dans les yeux, mais c'était un mensonge. En vérité, Rosalind Dawson avait quatre-vingt-un ans.

10

Minuit moins le quart.

L'avion Challenger portant le matricule 940NF sur la queue et l'inscription INDUSTRIES PAPETIÈRES DU MAINE sur le fuselage volait vers le nord à une altitude de douze mille mètres. Aidée par le jet-stream, sa vitesse oscillait entre huit cent cinquante et huit cent quatre-vingt-dix kilomètres-heures.

L'arrivée à Alcolu et le décollage qui avait suivi s'étaient déroulés sans incident, essentiellement parce que Mme Sigsby possédait un laissez-passer VIP des services aéroportuaires Regal Air, qu'elle s'était fait un plaisir d'utiliser pour leur ouvrir les grilles. Elle voyait là une chance – minime, mais réelle – de sauver sa peau. Le Challenger attendait sur la piste, dans sa magnifique solitude, passerelle descendue. Tim l'avait relevée lui-même, avant de verrouiller la porte et de frapper à celle du cockpit avec la crosse du Glock ayant appartenu à l'adjoint mort.

« On est prêts. Si vous avez l'autorisation de décoller, allons-y. »

Il n'y avait eu aucune réponse de l'autre côté du battant, mais les moteurs s'étaient mis à vrombir. Deux minutes plus tard, ils volaient dans les airs. Maintenant, ils se trouvaient quelque part au-dessus de la Virginie-Occidentale, à en croire l'écran fixé sur la cloison, et DuPray était dans le rétroviseur. Tim ne s'était pas attendu à partir de manière si soudaine, et encore moins dans ces circonstances cataclysmiques.

Evans somnolait et Luke dormait d'un sommeil de plomb. Seule Mme Sigsby était encore éveillée ; assise droite comme un *i*, elle ne cessait de dévisager Tim. Il y avait quelque chose de reptilien dans ses yeux écarquillés dénués de toute expression. Le dernier antalgique de Doc Roper aurait pu la faire dormir, mais elle avait refusé de l'avaler, malgré la douleur qui devait être intense. Même si elle avait échappé à une blessure plus grave.

« Vous avez une certaine expérience du métier de policier, il me semble, dit-elle. Ça se voit dans votre façon de vous tenir et dans la manière dont vous réagissez : vite et bien. »

Tim ne répondit pas ; il se contenta de la regarder. Il avait posé le Glock à côté de lui sur son siège. Utiliser une arme à feu à douze mille mètres d'altitude serait une très mauvaise idée et, sincèrement, même s'ils avaient volé beaucoup plus bas, pourquoi l'aurait-il fait ? Il conduisait cette sale bonne femme exactement là où elle voulait aller.

« Je ne comprends pas pourquoi vous suivez ce plan. » D'un mouvement du menton, elle montra Luke qui, avec son visage sale et son oreille bandée, faisait beaucoup moins que ses douze ans. « Nous savons tous les deux qu'il veut sauver ses amis, et nous savons, je pense, que ce plan est idiot. Réellement stupide. Pourtant, vous l'avez cautionné. Pourquoi, Tim ? »

Il ne répondit pas.

« D'ailleurs, je ne comprends même pas pourquoi vous vous êtes impliqué dans cette histoire. Expliquez-moi ce mystère. »

Tim n'en avait nullement l'intention. C'était une des premières choses que son mentor lui avait enseignées durant ses quatre mois de formation dans la police : c'est toi qui questionnes les criminels, pas l'inverse.

En outre, même s'il avait été disposé à parler, il ne voyait pas ce qu'il aurait pu dire qui s'apparentât à une explication raisonnable. Pourrait-il expliquer que sa présence à bord de cet avion dernier cri, le genre d'appareil que seuls les hommes et les femmes riches ont le privilège de voir de l'intérieur, était un accident ? Qu'un type qui devait se rendre à New York à bord d'un avion beaucoup plus ordinaire avait accepté de laisser son siège en échange d'un dédommagement en liquide et d'un bon pour dormir dans un motel ? Que tout ce qui avait suivi – le voyage vers le nord en auto-stop, l'embouteillage sur la I-95, la marche jusqu'à DuPray, le poste de veilleur de nuit – découlait de cette impulsion ? Ou bien pourrait-il parler de destin ? Dire que la main d'un joueur d'échecs cosmique l'avait posé à DuPray afin qu'il puisse sauver ce garçon endormi des griffes de ceux qui l'avaient enlevé et voulaient utiliser son esprit extraordinaire jusqu'à ce qu'il soit totalement vide ? Mais dans ce cas, *quid* du shérif John, de Tag Faraday, de George Burkett, de Frank Potter et de Bill Wicklow ? N'étaient-ils que des pions qu'il fallait sacrifier pour remporter la partie ? Et lui, quelle pièce était-il ? Ce serait chouette de s'imaginer dans le rôle d'un cavalier, mais, plus vraisemblablement, lui-même n'était qu'un pion.

« Vous êtes sûre que vous ne voulez pas de cachet ? demanda-t-il.

— Vous n'avez pas l'intention de répondre à mes questions, hein ?

— Non, madame. »

Tim tourna la tête vers le hublot pour contempler l'océan d'obscurité parsemé de quelques lumières, tout en bas, semblables à des lucioles au fond d'un puits.

11

Minuit.

La radio émit son cri rauque. Stackhouse prit l'appel. La voix, à l'autre bout, appartenait à un des intendants de repos, un certain Ron Church. Le monospace réclamé était arrivé à l'aérodrome, annonça-t-il. Denise Allgood, une technicienne, de repos elle aussi (même s'ils étaient tous censément en service maintenant), avait suivi Church à bord d'une berline de l'Institut. L'idée étant que, après avoir déposé le monospace sur le tarmac, Ron revienne avec Denise. Mais ces deux-là entretenaient une liaison, Stackhouse le savait. Après tout, c'était son métier de tout savoir. Et il aurait parié qu'une fois leur mission effectuée, Ron et Denise partiraient quelque part, loin d'ici. Qu'importe. Si on pouvait déplorer ces nombreuses désertions, peut-être était-ce mieux, au fond. Le moment était venu de tirer un trait sur cette opération. Il resterait suffisamment de personnes pour le dernier acte, c'était l'essentiel.

Luke et son ami Tim allaient mourir, cela ne faisait aucun doute dans son esprit. L'homme qui zézayait à l'autre bout du Téléphone Zéro s'en contenterait, ou pas. Cela ne dépendait pas de Stackhouse, et il en éprouvait un certain soulagement. Sans doute, depuis ses séjours en Irak et en Afghanistan, portait-il en lui ce fatalisme comme un virus dormant qu'il n'avait pas identifié – jusqu'à aujourd'hui. Il ferait ce qu'il pouvait, et c'était tout ce que n'importe quel homme ou n'importe quelle femme pouvait faire. Les chiens aboient, la caravane passe.

On frappa à la porte et Rosalind glissa la tête par l'entrebâillement. Elle avait fait quelque chose à ses cheveux, et ça lui allait bien. Il avait plus de doutes concernant le holster qu'elle portait sous le bras. Cela faisait un peu surréaliste, comme un chien coiffé d'un chapeau de clown.

« Gladys est ici, monsieur Stackhouse.

— Faites-la entrer. »

Gladys entra. Un masque à gaz pendait sous son menton. Elle avait les yeux rouges. Stackhouse ne pouvait pas croire qu'elle ait pleuré. L'irritation était certainement due au mélange toxique qu'elle avait préparé.

« C'est prêt, annonça-t-elle. Il ne reste plus qu'à ajouter le nettoyant W.C. Dès que vous en donnez l'ordre, on les gaze. » Elle secoua la tête, vivement et brièvement. « Ce bourdonnement va me rendre dingue. »

Manifestement, c'est déjà fait, songea Stackhouse. Mais Gladys avait raison. Impossible de s'habituer à ce bourdonnement. Quand vous pensiez y être arrivé, il augmentait subitement d'intensité. Pas dans vos oreilles, plutôt à l'intérieur de votre tête. Puis, tout aussi soudainement, il retrouvait un niveau plus supportable.

« J'ai parlé avec Felicia, ajouta Gladys. Le Dr Richardson, je veux dire. Elle les observe sur l'écran de contrôle. Elle dit que le bourdonnement s'accroît quand ils se donnent la main et faiblit quand ils se séparent. »

Stackhouse l'avait déjà compris. Pas besoin d'être un génie.

« C'est pour bientôt, monsieur ? »

Il consulta sa montre.

« Dans environ trois heures. Le système CVC se trouve sur le toit, je suppose ?

— Exact.

— Il se peut que je fasse appel à vous le moment venu, Gladys, mais pas forcément. Les choses vont sans doute aller très vite. Si vous entendez des coups de feu devant le bâtiment administratif, envoyez le gaz sans attendre mon ordre. Et venez ici. Ne retournez pas à l'intérieur. Courez sur le toit jusqu'à l'Aile Ouest de l'Avant. Compris ?

— Oui, monsieur ! »

Elle le gratifia de son sourire éclatant. Celui que tous les enfants détestaient.

12

Minuit trente.

Kalisha observait les enfants du Pavillon A en pensant à la fanfare de l'université de l'Ohio. Son père adorait l'équipe de football des Buckeyes et elle regardait les matchs avec lui – pour profiter de cette intimité –, mais le seul moment qui l'intéressait vraiment, c'était le spectacle à la mi-temps, quand la fanfare (« La fiertéééééé des Buckeyes ! » clamait l'animateur) parcourait le terrain tout en jouant de ses instruments et en réalisant des figures visibles uniquement d'en haut : du

S de Superman à un incroyable dinosaure, style *Jurassic Park*, qui avançait en agitant sa tête de saurien.

Les enfants du Pavillon A n'avaient pas d'instruments de musique et la seule figure qu'ils réalisaient en se donnant la main, c'était toujours le même cercle – allongé, à cause de l'étroitesse du tunnel –, mais ils possédaient le même… il y avait un mot pour ça…

« Synchronisme », dit Nicky.

Kalisha se retourna, surprise. Il lui sourit en repoussant ses cheveux pour qu'elle voie mieux ses yeux qui, avouons-le, étaient fascinants.

« C'est un mot savant, même pour un garçon blanc.

— Je l'ai piqué à Luke.

— Tu l'entends ? Tu es en contact avec lui ?

— Plus ou moins. Par moments. Difficile de faire le tri entre ce que je pense et ce qu'il pense. C'était plus simple quand je dormais. Maintenant que je suis réveillé, mes pensées font obstacle.

— Comme une interférence. »

Nicky haussa les épaules.

« Oui, si tu veux. Mais si tu ouvres ton esprit, je suis sûr que tu peux l'entendre, toi aussi. C'est encore plus net quand ils font un cercle. » D'un mouvement de tête, il montra les gorks qui avaient repris leurs déambulations. Jimmy et Donna marchaient main dans la main. « Tu veux essayer ? »

Kalisha essaya d'arrêter de réfléchir. Au début, cela lui parut extrêmement dur, mais si elle se concentrait sur le bourdonnement, ça devenait plus facile. Le bourdonnement faisait l'effet d'un bain de bouche, mais pour le cerveau.

« Qu'est-ce qu'il y a de drôle, K. ?

— Rien.

— Oh, j'ai pigé. Bain de cerveau au lieu de bain de bouche. Ça me plaît.

— Je reçois quelque chose… très vaguement. Il doit dormir.

— Possible. Mais il va bientôt se réveiller, à mon avis. Vu qu'on est tous réveillés.

— Le synchronisme, dit Kalisha. Ça en jette, ce mot. Ça lui ressemble bien. Tu sais, les jetons qu'ils nous filaient pour les distributeurs ? Luke appelait ça des *émoluments*. Encore un mot de frimeur.

— Luke est spécial parce qu'il est ultra-intelligent. » Nicky regarda Avery, appuyé contre Helen, l'un et l'autre profondément endormis. « Et l'Avorton est spécial parce que… euh…

— Parce que c'est Avery, voilà tout.

— Oui, dit Nicky avec un grand sourire. Et ces idiots ont gonflé son moteur sans penser à installer un régulateur. » Avouons-le, son sourire était aussi fascinant que ses yeux. « C'est eux deux, ensemble, qui nous ont amenés ici. Luke est le chocolat et Avery le beurre de cacahuètes. Chacun dans leur coin, ils n'auraient rien changé. Ensemble, c'est le biscuit qui va entraîner la chute de cet endroit. »

Kalisha rit. C'était une comparaison idiote, et en même temps très juste. Du moins l'espérait-elle.

« On est toujours enfermés ici. Comme des rats dans une canalisation bouchée. »

Les yeux bleus de Nick rencontrèrent ses yeux marron.

« Plus pour longtemps, et tu le sais.

— On va tous mourir, c'est ça ? S'ils ne nous gazent pas, alors… » Elle se tourna vers les enfants du Pavillon A, qui formaient de nouveau un cercle.

Le bourdonnement enfla. Au plafond, la lumière des néons s'intensifia. « Ça arrivera quand ils se libéreront. Et les autres aussi, où qu'ils se trouvent. »

Le téléphone, ajouta-t-elle mentalement. *Le gros téléphone*.

« Probable, dit Nicky. Luke affirme qu'on va les abattre comme Samson a fait s'abattre le temple sur les Philistins. Je ne connais pas cette histoire – dans ma famille, personne n'était très branché Bible –, mais je saisis l'idée. »

Kalisha, elle, connaissait l'histoire et elle en frissonna. En dévisageant Nicky, un autre extrait de la Bible lui vint à l'esprit : *un petit enfant les guidera*.

« Je peux te dire un truc ? demanda-t-elle. Tu vas certainement te moquer de moi, mais je m'en fiche.

— Vas-y.

— J'aimerais que tu m'embrasses.

— C'est pas une tâche pénible. »

Il sourit.

Elle se pencha vers lui. Nicky alla à sa rencontre. Ils s'embrassèrent au milieu du bourdonnement.

C'est agréable, pensa Kalisha. Je m'en doutais, et j'avais raison.

La pensée de Nicky jaillit instantanément, portée par le bourdonnement : *Un deuxième. Pour voir si c'est deux fois meilleur*.

13

Une heure cinquante.

L'avion Challenger se posa sur la piste d'un aérodrome privé appartenant à une société-écran baptisée

Industries Papetières du Maine. Il roula jusqu'à un petit bâtiment plongé dans l'obscurité. À son approche, trois projecteurs munis de détecteurs de mouvement installés sur le toit éclairèrent un boîtier d'alimentation électrique et un chargeur de containers hydraulique. Le véhicule qui les attendait était un Suburban Chevrolet à neuf places. Noir avec des vitres teintées. Annie l'Orpheline l'aurait adoré.

L'avion s'arrêta à la hauteur du SUV et coupa les moteurs. Pourtant, Tim percevait encore un léger bourdonnement.

« Ce n'est pas l'avion, expliqua Luke. Ce sont les enfants. Plus on approchera, plus il sera fort. »

Tim se dirigea vers l'avant de la cabine et actionna le gros levier rouge qui ouvrait la porte. Il déploya la passerelle, qui toucha le tarmac à moins de deux mètres du Suburban, côté conducteur.

« OK, dit-il en rejoignant les autres. On y est. Mais avant de débarquer, j'ai un cadeau pour vous, madame Sigsby. »

Sur la table du coin salon, il avait déniché, outre plusieurs brochures sur papier glacé vantant les prouesses des Industries Papetières du Maine, une demi-douzaine de casquettes publicitaires au nom de cette société bidon. Il en tendit une à la directrice de l'Institut et en prit une autre pour lui.

« Enfilez ça. Jusqu'aux yeux. Vous avez les cheveux courts, vous pourrez facilement les glisser dessous. »

Mme Sigsby regarda la casquette avec dégoût.

« Pourquoi ?

— Vous allez descendre en premier. Si un comité d'accueil nous a tendu une embuscade, vous servirez de cible.

— Pourquoi enverraient-ils des gens *ici*, alors qu'on va *là-bas* ?

— J'avoue que c'est peu probable. Par conséquent, ça ne vous ennuie pas de passer devant ? »

Tim enfila sa casquette, à l'envers. Le système de réglage lui écrasait le front. Luke estimait qu'il était trop vieux pour porter une casquette de cette façon – c'était un truc de jeune –, mais il ne fit aucun commentaire. Peut-être était-ce pour Tim un moyen de se motiver.

« Evans, vous descendrez juste après.

— Non. Je refuse de quitter cet avion. D'ailleurs, même si je voulais, je ne suis pas sûr de pouvoir. Mon pied me fait trop mal. Je ne peux pas m'appuyer dessus. »

Tim réfléchit, puis regarda Luke.

« Qu'en penses-tu ?

— Il dit la vérité. Il serait obligé de descendre les marches à cloche-pied et elles sont raides. Il risque de tomber.

— Pour commencer, je n'aurais jamais dû me retrouver ici. » Une grosse larme roula sur sa joue. « Je suis médecin !

— Non, vous êtes un monstre ! répliqua Luke. Vous avez vu des enfants au bord de la noyade – ils pensaient qu'ils allaient mourir – et pendant ce temps-là, vous preniez des notes. D'autres enfants sont morts pour de bon, à cause des injections que vous leur faisiez, Hendricks et vous. Et ceux qui ont survécu ne sont plus vraiment vivants, hein ? Vous savez quoi ? J'ai envie de vous marcher sur le pied. De l'écraser sous mon talon.

— *Non !* » hurla Evans.

Il recula au fond de son siège et cacha son pied enflé derrière l'autre.

Tim intervint :
« Luke.
— Ne vous inquiétez pas. J'en ai très envie, mais je ne le ferai pas. Je deviendrais comme lui. » Il se tourna vers Mme Sigsby. « Vous, en revanche, vous n'avez pas le choix. Levez-vous et descendez de cet avion. »

Elle abaissa la visière de sa casquette et quitta son siège avec toute la dignité dont elle était capable. Luke lui emboîta le pas, mais Tim le retint.

« Tu descendras derrière moi. C'est toi le plus important. »

Luke n'insista pas.

Mme Sigsby s'arrêta en haut de la passerelle et leva les mains au-dessus de sa tête.

« Je suis Mme Sigsby ! S'il y a quelqu'un, ne tirez pas ! »

Luke perçut clairement la pensée de Tim : *Elle est moins sûre qu'elle l'affirmait*.

Aucune réponse. Aucun bruit à l'extérieur à l'exception des grillons. Aucun bruit à l'intérieur, à l'exception d'un léger bourdonnement. La directrice descendit lentement la passerelle en tenant la rampe et en faisant porter le poids de son corps sur sa jambe valide.

Tim frappa à la porte du cockpit avec la crosse du Glock.

« Merci, messieurs. Excellent vol. Il vous reste un passager à bord. Conduisez-le où vous voulez.
— En enfer, ajouta Luke. Aller simple. »

Tim descendit à son tour en craignant de se faire tirer dessus. Il n'avait pas envisagé que Mme Sigsby s'identifierait en sortant de l'appareil. Il avait commis une erreur. Mais aucune détonation ne retentit.

« Montez à l'avant, ordonna-t-il à la directrice. Luke, monte derrière elle. Je garde le pistolet, mais tu assures mes arrières. Si elle tente quoi que ce soit, tu utilises ton pouvoir mental, OK ?

— OK », répondit Luke en montant à l'arrière du SUV.

Mme Sigsby s'assit à l'avant. Quand elle voulut fermer la portière, Tim fit non de la tête.

« Attendez. »

La main sur la portière, il appela Wendy, à l'abri dans sa chambre à l'Econo Lodge de Beaufort.

« L'Aigle s'est posé.

— Tout va bien ? »

La liaison était excellente ; Wendy aurait pu se trouver à côté de lui. Il regretta que ça ne soit pas le cas quand il songea à l'endroit où ils se rendaient.

« Pour le moment, oui. Reste à l'écoute. Je t'appellerai quand tout sera terminé. »

Si je peux, pensa-t-il.

Il fit le tour du Suburban pour s'installer au volant. La clé se trouvait dans le porte-gobelet. Il s'adressa à Mme Sigsby :

« Vous pouvez fermer la portière. »

Elle s'exécuta en lui jetant un regard chargé de mépris, et formula à voix haute ce que pensait Luke :

« Vous avez l'air particulièrement stupide avec votre casquette à l'envers, monsieur Jamieson.

— Que voulez-vous ? Je suis fan d'Eminem. Fermez-la maintenant. »

14

Dans l'obscurité du bâtiment de l'aérodrome, un homme accroupi près d'une des fenêtres regardait les phares du Suburban s'allumer et le SUV rouler vers la grille grande ouverte. Irwin Mollison, menuisier au chômage, était un des nombreux informateurs de l'Institut à Dennison River Bend. Stackhouse aurait pu ordonner à Ron Church de rester, mais il savait par expérience que donner un ordre à quelqu'un qui risquait de désobéir était une mauvaise idée. Mieux valait faire appel à un larbin désireux d'empocher quelques dollars.

Mollison appela un numéro enregistré dans son portable.

« Ils arrivent, annonça-t-il. Un homme, une femme et un garçon. La femme porte une casquette, j'ai pas pu voir son visage, mais elle a crié son nom en sortant de l'avion : Mme Sigsby. L'homme porte une casquette lui aussi, à l'envers. Le gamin est bien celui que vous cherchez. Il a un pansement sur l'oreille et un sacré bleu sur le côté du visage.

— Parfait », répondit Stackhouse.

Il avait déjà reçu un appel du copilote du Challenger qui lui avait annoncé que le Dr Evans était resté à bord. Tant mieux.

Pour l'instant, tout allait bien… aussi bien que possible, du moins, compte tenu des circonstances. Le car stationnait près du drapeau, comme exigé. Il posterait le chef Doug et l'intendant Chad au milieu des arbres, au-delà du bâtiment de l'administration, là où débutait l'allée menant à l'Institut. Zeke Ionidis et Felicia Richardson prendraient position sur le toit du bâtiment, dissimulés par un parapet, jusqu'à ce que la fusillade éclate. Gladys introduirait le poison dans le système de ventilation, avant de rejoindre Zeke et Felicia. Le Suburban se retrouverait ainsi pris entre deux feux.

Théoriquement du moins. Obligé de tenir le mât du drapeau d'une main et de poser l'autre sur le capot du car, Stackhouse risquait de recevoir une balle perdue, il le savait, mais c'était un risque acceptable.

Il enverrait Rosalind monter la garde devant la porte d'accès au Niveau F de l'Avant. Il ne voulait surtout pas qu'elle s'aperçoive que sa patronne adorée se trouvait dans la ligne de mire elle aussi. Mais ce n'était pas l'unique raison. Il savait que le bourdonnement incessant émanait d'une force. Peut-être suffisante pour ouvrir cette porte. Peut-être attendaient-ils l'arrivée de Luke pour attaquer par-derrière et provoquer un chaos semblable à celui qu'ils avaient semé à l'Arrière. Le cerveau des gorks ne leur permettait pas d'élaborer une telle stratégie, mais il y avait les autres. Auquel cas, Rosalind serait là pour les accueillir avec son S&W.45, et les premiers qui franchiraient cette porte regretteraient de ne pas être restés derrière. Stackhouse espérait simplement que ce maudit Wilholm mènerait l'assaut.

Suis-je prêt pour ça ? se demanda-t-il. La réponse semblait être oui. Autant qu'il pouvait l'être. Et puis, tout pouvait encore rentrer dans l'ordre. Après tout, qu'avaient-ils face à eux ? Un gamin et un héros égaré qu'il avait ramassé en chemin. Dans quatre-vingt-dix minutes, ce merdier serait terminé.

15

Trois heures. Le bourdonnement s'était encore amplifié.

« Stop, dit Luke. Tournez là. »

Il montrait un chemin de terre bordé d'énormes et vieux sapins qui en masquaient presque l'entrée.

« C'est par là que tu t'es enfui ? demanda Tim.

— Oh, non. Ils m'auraient rattrapé.

— Alors, comment tu sais…

— *Elle* sait, répondit Luke. Et comme elle le sait, je le sais. »

Tim regarda Mme Sigsby.

« Il y a un portail ?

— Demandez-*lui*. »

Elle avait presque craché ces mots.

« Non, dit Luke. Uniquement une grande pancarte qui indique : Centre expérimental des Industries Papetières du Maine. Entrée interdite. »

Tim ne put s'empêcher de sourire en voyant l'expression de frustration pure sur le visage de la directrice.

« Ce gamin devrait être flic, vous ne croyez pas, madame Sigsby ? Avec lui, fini les faux alibis.

— Ne faites pas ça, dit-elle. Vous nous envoyez à l'abattoir tous les trois. Rien n'arrêtera Stackhouse. » Elle regarda Luke par-dessus son épaule. « Puisque tu lis dans les pensées, tu sais que j'ai raison. Alors, dis-le-lui. »

Luke resta muet.

« Il est loin d'ici, votre Institut ? demanda Tim.

— Quinze kilomètres. Peut-être un peu plus. »

Elle, en revanche, avait décidé qu'il ne servait à rien de se murer dans le silence.

Tim s'engagea sur le chemin de terre. Dès qu'il eut franchi les grands arbres (dont les branches raclaient le toit et les côtés du SUV), il trouva une route lisse et bien entretenue. Éclairée par une lune aux trois quarts pleine qui conférait au sol en terre une couleur d'os.

Tim éteignit les phares du Suburban, sans pour autant s'arrêter.

16

Trois heures vingt.

Avery Dixon referma sa main froide autour du poignet de Kalisha. Elle somnolait sur l'épaule de Nicky. Elle leva la tête.

« Avery ? »

Réveille-les. Helen, George et Nicky. Réveille-les.

« Qu'est-ce… »

Si tu veux vivre, réveille-les. Ça va arriver dans peu de temps.

Nick Wilholm était déjà réveillé.

« Tu crois qu'on peut vivre ? demanda-t-il. C'est possible ?

— Je vous entends là-dedans ! » La voix de Rosalind leur parvint à travers la porte, légèrement étouffée. « Qu'est-ce que vous racontez ? Et pourquoi vous bourdonnez comme ça ? »

Kalisha secoua George et Helen pour les réveiller. Elle voyait de nouveau les points colorés. Ils étaient diffus, mais bien là. Ils dévalaient le tunnel dans un sens et dans l'autre, comme des enfants sur un toboggan, et c'était logique car, en un sens, c'étaient des enfants, non ? Ou ce qu'il en restait. Des pensées rendues visibles, qui dansaient, tournoyaient, pirouettaient au milieu des pensionnaires errants du Pavillon A. Ces enfants n'avaient-ils pas l'air un peu plus vivants, d'ailleurs ? Un peu plus présents ? Kalisha l'aurait parié, mais peut-être que son imagination lui jouait des tours.

À l'Institut, vous vous habituiez à prendre vos désirs pour des réalités. Vous vous en nourrissiez.

« J'ai une arme, vous savez !

— Moi aussi, madame », rétorqua George.

Il empoigna son entrejambe, puis se tourna vers Avery. *Ça roule, Baby Boss ?*

Avery les regarda, l'un après l'autre, et Kalisha s'aperçut qu'il pleurait. Elle sentit une boule dans son estomac, comme si elle avait mangé un aliment avarié qui allait la rendre malade.

Quand ça arrivera, il faudra faire vite.

Helen : *Qu'est-ce qui va arriver ?*

Quand je parlerai dans le gros téléphone.

Nicky : *À qui ?*

Aux autres enfants. Ceux qui sont loin.

Kalisha montra la porte d'un mouvement de tête. *Cette femme est armée.*

Avery : *C'est le dernier de vos soucis. Foncez. Vous tous.*

« Nous, rectifia Nicky. Nous, Avery. Nous tous. »

Avery secoua la tête. Kalisha tenta d'y pénétrer pour essayer de savoir ce qui se passait à l'intérieur, ce qu'il savait, mais elle n'obtint que quatre mots, répétés inlassablement :

Vous êtes mes amis. Vous êtes mes amis. Vous êtes mes amis.

17

Luke dit : « Ce sont ses amis, mais il ne peut pas aller avec eux.

— Qui ne peut pas aller avec qui ? De quoi tu parles ? demanda Tim.

— D'Avery. Il est obligé de rester. C'est lui qui doit appeler avec le gros téléphone.

— Je ne comprends rien, Luke.

— Je veux les autres, mais je le veux lui aussi ! *Je les veux tous !* Ce n'est pas juste !

— Il est fou, déclara Mme Sigsby. Vous vous en rendez bien compte maint…

— La ferme, ordonna Tim. C'est la dernière fois que je vous le dis. »

Elle le dévisagea, ce qu'elle lut sur son visage l'incita à obéir.

Tim gravit lentement une côte et s'arrêta. Devant eux, la route s'élargissait. Il apercevait des lumières entre les arbres et la masse sombre d'un bâtiment.

« Je crois qu'on y est, déclara-t-il. Luke, j'ignore ce qui se passe avec tes amis, mais ça ne dépend plus de nous désormais. J'ai besoin que tu te ressaisisses. Tu en es capable ?

— Oui. » la voix du garçon était enrouée. Il se racla la gorge et fit une nouvelle tentative. « Oui. D'accord. »

Tim descendit de voiture et la contourna pour ouvrir la portière du passager.

« Et maintenant ? » demanda Mme Sigsby, d'un ton belliqueux et impatient. Pourtant, malgré la faible lumière, Tim voyait qu'elle avait peur. Et elle avait raison d'avoir peur.

« Descendez. Vous allez prendre le volant. Je vais m'asseoir derrière avec Luke. Si vous tentez un coup fourré, genre percuter un arbre avant qu'on atteigne ces lumières là-bas, je vous tire une balle dans la colonne vertébrale à travers le siège.

— Non. *Non !*

— Si vous avez fait subir à ces enfants tout ce que raconte Luke, vous avez déjà une ardoise chargée. Le moment est venu de payer l'addition. Alors, descendez, mettez-vous au volant et roulez. Lentement. Pas plus de quinze kilomètres-heure… Et retournez votre casquette. »

18

Andy Fellowes appela du centre informatique et de surveillance. L'excitation faisait monter sa voix dans les aigus.

« Ils sont là, monsieur Stackhouse ! Ils se sont arrêtés à une centaine de mètres du début de l'allée ! Ils ont éteint les phares, mais on les aperçoit quand même grâce à la lune et aux lumières du bâtiment administratif. Si vous voulez que je vous envoie l'image sur votre ordinateur pour…

— Ce n'est pas nécessaire. » Stackhouse lança sa radio sur le bureau, jeta un dernier regard au Téléphone Zéro (resté silencieux, Dieu merci) et se dirigea vers la porte. Son talkie-walkie était dans sa poche, réglé sur la puissance maximale et relié à son oreillette. Tous les membres de son équipe s'étaient connectés sur la même fréquence.

« Zeke ?

— Je suis là, chef. Avec la toubib.

— Doug ?… Chad ?…

— En place. » C'était la voix de Doug, le chef cuistot. Qui, en des temps meilleurs, s'asseyait parfois avec les enfants au réfectoire pour leur montrer des tours de magie qui faisaient rire les plus petits. « On aperçoit leur véhicule. Un monospace noir neuf places. Suburban ou Tahoe, c'est bien ça ?

— Exact. Gladys ?

— Je suis sur le toit, monsieur Stackhouse. Tout est prêt, il n'y a plus qu'à mélanger les ingrédients.

— Faites-le dès que vous entendrez des coups de feu. »

La question n'était plus de savoir « si », mais « quand ». Et quand, c'était dans trois ou quatre minutes. Peut-être moins.

« Bien reçu.

— Rosalind ?

— En position. Le bourdonnement est très fort en bas. Je crois qu'ils *complotent*. »

Stackhouse en était convaincu. Mais ils n'allaient pas continuer longtemps. Dans quelques instants, ils seraient trop occupés à suffoquer.

« Tenez bon, Rosalind. Bientôt vous pourrez retourner supporter les Red Sox au Fenway.

— Vous viendrez avec moi, monsieur ?

— Seulement si vous me laissez encourager les Yankees. »

Il sortit. L'air était délicieusement frais après une journée torride. Il fut saisi d'une bouffée d'affection pour son équipe. Ceux qui étaient demeurés auprès de lui. Ils seraient récompensés, quoi qu'il arrive. S'il avait son mot à dire. C'était une mission difficile et ils l'avaient assurée jusqu'au bout. L'homme au volant du Suburban se fourvoyait. Ce qu'il ne comprenait pas, ce qu'il ne *pouvait pas* comprendre, c'était que les vies de toutes les personnes qu'il avait aimées dépendaient du travail qu'ils avaient effectué ici, mais c'était terminé. Le héros fourvoyé ne pouvait que mourir.

Stackhouse s'approcha du car de ramassage scolaire garé près du mât du drapeau et s'adressa à ses troupes pour la dernière fois :

« Les tireurs, concentrez-vous sur le conducteur, c'est bien compris ? Celui qui porte sa casquette à l'envers. Et ensuite, canardez-moi cette putain de bagnole jusqu'à l'arrière. Visez les vitres teintées. Visez les têtes. Message reçu ? »

Bien reçu.

« Ouvrez le feu quand je lèverai la main. Je répète : quand je lèverai la main. »

Stackhouse se planta devant le car jaune. Il posa la main sur le capot glacé par une pellicule de rosée. Sa main gauche agrippa le mât du drapeau. Et il attendit.

19

« Roulez », ordonna Tim.

Il était couché sur le plancher du SUV, derrière le siège du conducteur. Luke se trouvait sous lui.

« Par pitié, ne m'obligez pas à faire ça, dit Mme Sigsby. Laissez-moi vous expliquer pourquoi cet Institut est aussi important...

— Roulez. »

Elle s'exécuta. Les lumières se rapprochèrent. Elle apercevait le bus scolaire maintenant et le drapeau. Puis Trevor debout entre les deux.

20

C'est l'heure, dit Avery.

Il s'était attendu à avoir peur car il vivait dans l'angoisse depuis qu'il s'était réveillé dans une chambre qui ressemblait à la sienne mais n'était pas la sienne. Puis Harry Cross l'avait projeté au sol, et il avait eu plus peur que jamais. Mais maintenant, c'était fini. Il était exalté. Sa maman mettait toujours le même disque quand elle faisait le ménage, et aujourd'hui une phrase de cette chanson lui revenait : *Je serai libéré*.

Il se dirigea vers les enfants du Pavillon A, qui formaient déjà un cercle. Kalisha, Nicky, George et Helen le suivirent. Avery tendit les mains. Kalisha en prit une et Iris – la pauvre Iris qui aurait pu être sauvée si tout cela était survenu un jour plus tôt – prit l'autre.

La femme qui montait la garde de l'autre côté de la porte cria quelque chose. Une question, qui se perdit dans le bourdonnement grandissant. Les points réapparurent, de plus en plus éclatants. Les Lumières de Stasi envahirent le centre du cercle en tournoyant et en s'élevant comme les anciennes enseignes de coiffeur ; elles montaient des profondeurs d'un creuset de pouvoir, y replongeaient, puis revenaient, régénérées, plus puissantes que jamais.

FERMEZ LES YEUX.

Ce n'était plus une pensée, mais une *PENSÉE* qui chevauchait la vague.

Avery vérifia qu'ils obéissaient, puis ferma les yeux à son tour.

Il s'attendait à découvrir sa chambre, chez lui, ou peut-être leur jardin avec le portique et la piscine que son père gonflait chaque année pour le Memorial Day, mais non. Ce qu'il vit derrière ses paupières closes – ce que virent tous les autres – c'était le terrain de jeux de l'Institut. Et peut-être que cela n'aurait pas dû être une surprise. Certes, c'était là qu'il avait été bousculé et qu'il avait pleuré, une triste manière de commencer les dernières semaines de son existence, mais il s'était fait des amis ensuite, de bons amis. Chez lui, il n'avait pas d'amis. Dans son école, ils le prenaient pour un maboul et ils se moquaient de son nom. Ils fonçaient vers lui en criant : « *Hé, Avery, dis l'Avérité !* » Rien de tout cela ici car ils étaient tous dans le même bateau. Ici, ses amis avaient pris soin de lui, ils l'avaient traité comme une personne normale, et maintenant c'est lui qui allait prendre soin d'eux. Kalisha, Nicky, George et Helen : il prendrait soin d'eux.

Et de Luke surtout. S'il le pouvait.

Les yeux fermés, il vit le gros téléphone.

Posé à côté du trampoline, devant le petit passage que Luke avait creusé pour se faufiler sous le grillage. Un téléphone à l'ancienne, d'au moins quatre mètres de haut, aussi noir que la mort. Avery, ses amis et les enfants du Pavillon A formaient un cercle tout autour. Les Lumières de Stasi, encore plus éclatantes, tournoyaient au-dessus du cadran et glissaient joyeusement sur l'immense combiné en bakélite.

Kalisha. Vas-y. Terrain de jeux.

Il n'y eut aucune protestation. Elle lâcha la main d'Avery, mais avant que cette rupture dans le cercle puisse interrompre le flux et détruire la vision, George se saisit de la main d'Avery. Le bourdonnement était partout maintenant et nul doute qu'ils l'entendaient tous dans des endroits lointains où d'autres enfants comme eux formaient des cercles identiques à celui-ci.

Tous ces enfants l'entendaient, comme l'avaient entendu les cibles qu'ils avaient liquidées de loin, dans leurs différents Instituts. Et à l'instar de ces cibles, les enfants obéiraient. Seule différence, ils obéiraient en connaissance de cause, avec joie. La révolte n'avait pas lieu seulement ici, dans le Maine, elle avait lieu dans le monde entier.

George. Vas-y. Terrain de jeux !

La main de George fut immédiatement remplacée par celle de Nicky. Nicky qui l'avait défendu quand Harry l'avait rudoyé. Nicky qui l'appelait l'Avorton, comme si c'était un nom spécial qu'employaient uniquement les amis. Avery serra la main de Nicky dans la sienne et sentit Nicky en faire autant. Nicky qui portait toujours des marques de coups. Nicky qui refusait de céder et d'accepter leurs jetons de merde.

Nicky. Vas-y. Terrain de jeux !

Nicky disparut à son tour. Ce fut Helen qui agrippa sa main. Helen et sa coiffure punk qui perdait ses couleurs, Helen qui lui avait appris à réaliser des sauts périlleux sur le trampoline et qui l'assurait pour éviter « qu'il tombe et fracasse son crâne d'idiot ».

Helen. Vas-y. Terrain de jeux !

La dernière de ses amis, ici à l'Institut, l'abandonna. Mais Katie prit la main qu'avait tenue Helen. Juste à temps.

De dehors leur parvinrent des coups de feu, faibles.

Par pitié, faites qu'il ne soit pas trop tard !

Telle fut sa dernière pensée consciente en tant qu'individu, en tant qu'Avery. Avant qu'il rejoigne le bourdonnement et les lumières.

Le moment était venu de passer un appel longue distance.

21

À travers les derniers arbres, Stackhouse vit le Suburban rouler vers lui. Les lumières du bâtiment administratif glissaient sur les chromes du SUV. Il avançait très lentement, mais il approchait. Il songea soudain (trop tard pour faire quoi que ce soit, mais n'était-ce pas toujours ainsi ?) que le garçon n'avait peut-être plus la clé USB, qu'il l'avait peut-être confiée à la femme qu'il appelait l'officier Wendy. Ou bien il l'avait cachée quelque part entre l'aérodrome et ici, et le héros fourvoyé avait appelé l'officier Wendy au tout dernier moment pour lui indiquer où elle se trouvait si jamais les choses tournaient mal.

Mais qu'aurais-je pu y faire ? se dit-il. Rien. Je n'avais que cette solution.

Le Suburban apparut au début de l'allée. Stackhouse demeura entre le bus scolaire et le mât du drapeau, les bras en croix, tel le Christ. Le bourdonnement avait atteint un niveau assourdissant, et il se demandait si Rosalind tenait toujours sa position ou si elle avait été obligée de fuir. Il pensa à Gladys en espérant qu'elle était prête à effectuer le mélange.

Les yeux plissés, il essaya de distinguer la silhouette au volant du SUV. Il n'apercevait pas grand-chose, et il savait que Doug et Chad verraient que dalle à travers les vitres arrière teintées, tant qu'ils ne les auraient pas pulvérisées. Mais le pare-brise avant était en verre transparent, et quand le Suburban ne fut plus qu'à une vingtaine de mètres – un peu plus près qu'il l'avait espéré –, il aperçut le système de réglage de la casquette qui barrait le front du conducteur. Il lâcha le mât. Le conducteur agita la tête furieusement. Une main quitta le volant et s'écrasa contre le pare-brise, semblable à une étoile de mer, dans un geste qui voulait dire *Arrêtez !* Et il comprit qu'il s'était fait avoir. C'était une ruse élémentaire, aussi simple qu'un enfant qui se faufile sous une clôture, et aussi efficace.

Ce n'était pas le héros fourvoyé qui conduisait. C'était Mme Sigsby.

Le SUV s'arrêta de nouveau, puis recula.

« Désolé, Julia, je n'ai pas le choix », dit-il, et il leva la main.

Les coups de feu retentirent, venant du toit du bâtiment et du bois. À l'Arrière de l'Avant, Gladys Hickson ôta les couvercles de deux gros seaux d'eau de Javel disposés sous l'installation qui assurait le chauffage et la climatisation à l'Arrière et dans le tunnel d'accès. Retenant son souffle, elle versa le contenu des deux flacons de nettoyant pour toilettes dans les seaux d'eau de Javel, remua rapidement avec un manche à balai, recouvrit les seaux et l'installation d'une bâche et fonça vers l'Aile Est de l'Avant, les yeux en feu. En courant sur le toit, elle s'aperçut qu'il tremblait sous ses pieds.

22

« Non, Trevor, non ! » hurla Mme Sigsby.

Elle secouait la tête furieusement. Allongé derrière elle, Tim la vit plaquer la main contre le pare-brise. Avec son autre main, elle enclencha la marche arrière.

Le SUV venait juste de reculer quand la fusillade éclata. Des coups de feu venaient de la droite, des bois ; d'autres de devant et, Tim en était certain, d'en haut.

Des trous apparurent dans le pare-brise, qui devint laiteux et s'affaissa vers l'intérieur. Mme Sigsby ressemblait à un pantin qui tressautait et poussait des cris étouffés chaque fois qu'une balle l'atteignait.

« Luke, reste couché ! cria Tim en sentant le garçon s'agiter sous lui. *Reste couché !* »

Des projectiles traversèrent les vitres arrière. Des éclats de verre cascadèrent sur le dos de Tim. Du sang coulait derrière le siège du conducteur. Malgré le bourdonnement incessant qui semblait provenir de partout à la fois, Tim entendait les balles siffler au-dessus de lui.

Elles s'enfonçaient dans la carrosserie en produisant des tintements métalliques. Tim se surprit à penser à la scène finale d'un vieux film de gangsters : Bonnie Parker et Clyde Barrow exécutant une danse mortuaire, déchiquetés par les rafales. Il ignorait quel était le plan de Luke au juste, mais celui-ci virait au désastre. Mme Sigsby était morte ; son sang maculait ce qui restait du pare-brise. Leur tour allait venir.

Soudain, des hurlements retentirent droit devant et des cris s'élevèrent sur la droite. Deux autres balles traversèrent le côté droit du Suburban et l'une d'elles fit tressaillir le col de chemise de Tim. Ce furent les deux dernières. Ce qu'il entendait désormais, c'était un énorme grondement grinçant.

« Laissez-moi me relever ! haleta Luke. Je ne peux plus respirer ! » Tim se détacha du garçon et jeta un coup d'œil entre les deux sièges avant. Conscient que sa tête risquait d'exploser à tout instant. Mais il fallait qu'il voie. Luke s'accroupit à côté de lui. Tim voulut lui ordonner de rester allongé, mais les mots moururent dans sa gorge.

Non, ce n'est pas possible, se dit-il. Ça ne peut pas être vrai.

Pourtant, si.

23

Avery et les autres formaient un cercle autour du gros téléphone. Difficile de voir quoi que ce soit à cause des Lumières de Stasi, si éclatantes et si magnifiques.

Le cierge magique, songea Avery. *Maintenant, il faut créer le cierge magique*.

Il naquit de la fusion des lumières, haut de trois mètres, projetant sa brillance dans toutes les directions. Tout d'abord, il chancela de droite à gauche, avant que l'esprit collectif en prenne le contrôle. Il frappa le gigantesque combiné et parvint à l'arracher au socle colossal. L'espèce d'haltère retomba de biais contre la cage à poules. Des voix parlant différentes langues jaillirent du microphone. Toutes posaient la même question : *Allô, vous m'entendez ? Allô, vous m'entendez ?*

OUI ! répondirent en chœur les enfants de l'Institut. *OUI, ON VOUS ENTEND ! ALLEZ-Y !*

Un cercle d'enfants dans le parc national de la Sierra Nevada en Espagne les entendit. Un cercle d'enfants bosniaques emprisonnés dans les Alpes dinariques les entendit. Un cercle d'enfants hollandais les entendit sur l'île de Pampus qui garde l'entrée du port d'Amsterdam. Un cercle d'enfants allemands les entendit dans les forêts montagneuses de Bavière.

Idem à Pietrapertosa en Italie.

À Namwon en Corée du Sud.

À dix kilomètres de la ville fantôme de Tcherski en Sibérie.

Ils entendirent, ils répondirent, ils ne formèrent plus qu'un.

24

Kalisha et les autres atteignirent la porte verrouillée qui les séparait de l'Avant. Les échos de la fusillade leur parvenaient distinctement maintenant car le bourdonnement avait cessé de manière soudaine, comme si quelqu'un avait débranché une prise quelque part.

Oh, il est toujours là, se dit Kalisha. Simplement, il ne nous est plus destiné.

Un grognement prit naissance à l'intérieur des murs, un son presque humain, puis la porte en acier qui séparait le tunnel du Niveau F de l'Avant se trouva propulsée vers l'extérieur, heurtant de plein fouet Rosalind Dawson qui se trouvait derrière, la tuant sur le coup. La porte atterrit plus loin que l'ascenseur, déformée à l'endroit qui avait accueilli les gonds épais. Au plafond, les grillages qui protégeaient les tubes au néon ondoyaient et projetaient des ombres aquatiques sur le sol et les murs.

Le grognement s'amplifia ; il venait de tous les côtés. Comme si le bâtiment lui-même essayait de se déchirer. Si, à bord du Suburban, Tim avait pensé à *Bonnie and Clyde*, Kalisha, elle, pensa à l'histoire d'Edgar Poe, *La Chute de la maison Usher*.

Allez, vite ! lança-t-elle aux autres, mentalement.

Ils passèrent en courant devant la porte arrachée, sous laquelle gisait la femme écrasée, dans une mare de sang.

George : *Et l'ascenseur ? Il est juste là !*

Nicky : *Tu es dingue ? Je sais pas ce qui se passe, mais pas question de monter dans un putain d'ascenseur !*

Helen : *C'est un tremblement de terre ?*

« Non », dit Kalisha.

Un tremblement de têtes. Je ne sais pas comment…

« … comment ils font ça, mais c'est… » Elle avala une bouffée d'air au goût âcre. Qui la fit tousser. « C'est bien ça. »

Helen : *Il y a un truc dans l'air.*

Nicky dit : « Une sorte de poison, je pense. » *Ah, les salopards, ils n'arrêtent jamais.*

Kalisha poussa la porte sur laquelle était écrit ESCALIER et ils entreprirent l'ascension des étages en toussant. Entre les Niveaux D et C, l'escalier se mit à trembler sous eux. Les murs se lézardèrent. Les néons s'éteignirent et les éclairages de sécurité s'allumèrent, projetant une lumière jaune. Kalisha s'arrêta et se plia en deux, prise de haut-le-cœur. Elle se redressa et repartit.

George : *Et Avery et tous les autres gamins qui sont restés en bas ? Ils vont étouffer !*

Nicky : *Et Luke ? il est toujours ici ? Il est toujours vivant ?*

Kalisha l'ignorait. Elle savait uniquement qu'ils devaient foutre le camp d'ici avant de mourir intoxiqués. Ou broyés si l'Institut implosait.

Un frémissement colossal parcourut le bâtiment et l'escalier bascula vers la droite. Elle imagina dans quelle situation ils se trouveraient s'ils avaient emprunté l'ascenseur et s'empressa de chasser cette pensée.

Niveau B. Kalisha suffoquait, mais l'air était un peu plus respirable à cet étage, et elle put courir un peu plus vite. Elle se félicita de ne pas être devenue accro au distributeur de cigarettes ; c'était déjà ça. Le grondement à l'intérieur des murs n'était plus qu'un feulement. Elle entendait des bruits de métal qui éclate et en déduisit que les tuyauteries et les conduits électriques se désintégraient.

Tout se désintégrait. Une vidéo vue sur YouTube, un jour, traversa son esprit ; une scène affreuse dont elle n'avait pu détacher son regard : un dentiste qui utilisait une pince pour extraire la dent d'un patient. La dent gigotait pendant que le sang coulait tout autour ; elle essayait de s'accrocher à la gencive, mais finissait par se laisser arracher, avec les racines. C'était la même chose.

Elle atteignit la porte du rez-de-chaussée, inclinée, comme ivre. Impossible de l'ouvrir. Nicky se joignit à elle et ils poussèrent ensemble. Rien à faire. Un morceau du plafond se détacha, tomba dans l'escalier et dévala les marches en s'effritant.

« On va finir écrasés si on ne sort pas d'ici ! » cria Kalisha.

Nicky : *George*, *Helen*.

Il tendit les mains. La cage d'escalier était étroite, mais tous les quatre parvinrent néanmoins à se tasser devant la porte, hanche contre hanche, épaule contre épaule. Kalisha avait les cheveux de George dans les yeux. Et dans le nez, l'haleine fétide, chargée de peur, de Helen. Ils se donnèrent la main. Les points lumineux apparurent et la porte s'ouvrit dans un grincement, emportant une partie du haut de l'encadrement. Au-delà s'étendait le hall de la résidence, incliné lui aussi, semblable à un ivrogne qui titube. Kalisha se faufila par l'ouverture de la porte tordue, se libérant comme un bouchon de champagne qui saute. Elle tomba à genoux et s'ouvrit la main sur une applique lumineuse qui s'était brisée en heurtant le sol, répandant des éclats de verre et de métal partout. Sur un des murs, de travers, mais toujours là, était accroché le poster qui représentait les trois enfants courant dans un pré et proclamait : ENCORE UNE JOURNÉE AU PARADIS.

Kalisha se releva, regarda autour d'elle et vit les autres franchir la porte à leur tour. Ils s'élancèrent en direction de l'espace détente en passant devant des chambres où ne dormirait plus jamais aucun enfant volé. Les portes de ces chambres s'ouvraient à la volée et se refermaient en claquant. Comme des applaudissements frénétiques. Au réfectoire, le contenu de plusieurs distributeurs renversés était éparpillé sur le sol. Les mignonnettes brisées répandaient l'odeur âcre de l'alcool. La porte du terrain de jeux, déformée, était irrémédiablement coincée, mais la partie vitrée avait volé en éclats et laissait entrer l'air frais de la nuit, porté par une brise de fin d'été. Arrivée devant la porte, Kalisha se figea. L'espace d'un instant, elle oublia le bâtiment qui semblait se déchirer autour d'eux.

Tout d'abord, elle pensa que les autres avaient finalement réussi à sortir du tunnel, peut-être par l'autre porte, car ils étaient là : Avery, Iris, Hal, Jen, Jimmy, Donna et tous les enfants du Pavillon A. Puis elle comprit que ce n'était pas réellement eux qu'elle voyait, mais des projections. Des avatars. *Idem* pour l'énorme téléphone autour duquel ils formaient un cercle. Il aurait dû écraser le trampoline et le filet de badminton, mais l'un et l'autre tenaient debout, et elle apercevait le grillage, non pas juste derrière le téléphone, mais *à travers*.

Soudain, les enfants et le téléphone disparurent. Kalisha constata que le sol se soulevait de nouveau, mais cette fois, il ne retombait pas lourdement. Elle voyait s'élargir la crevasse entre l'espace détente et l'extrémité du terrain de jeux. Elle ne mesurait qu'une cinquantaine de centimètres, mais elle grandissait. Elle dut effectuer un petit bond pour sortir, comme si elle sautait de la deuxième marche d'un escalier.

« Venez ! cria-t-elle aux autres. Courez ! Pendant que vous le pouvez encore ! »

25

Stackhouse entendit des hurlements sur le toit du bâtiment administratif et les tirs qui en provenaient cessèrent. En se retournant, il vit un spectacle auquel il refusa tout d'abord de croire. L'Avant se soulevait. Sur le toit, une silhouette vacillante se découpait en ombre chinoise devant la lune, bras écartés pour tenter de conserver son équilibre. Ça ne pouvait être que Gladys.

Non, une telle chose ne peut pas se produire, se dit-il.

Et pourtant, si. L'Avant continuait à s'arracher du sol, dans un vacarme de grincements et de craquements. Il masqua la lune, puis piqua du nez, tel un hélicoptère gigantesque et empoté. Gladys fut projetée dans les airs. Stackhouse l'entendit hurler quand elle disparut dans l'obscurité. Sur le toit du bâtiment administratif, Zeke et le Dr Richardson lâchèrent leurs armes et reculèrent contre le parapet, les yeux levés vers un tableau sorti d'un rêve : une construction qui s'élevait lentement dans le ciel en laissant tomber des éclats de verre et des morceaux de parpaings. Entraînant dans son sillage la clôture du terrain de jeux. Des entrailles enchevêtrées du bâtiment coulait l'eau provenant des canalisations éventrées.

Le distributeur de cigarettes dégringola par une des portes brisées de l'Aile Ouest. George Iles, qui regardait d'un air hébété le bâtiment de l'Avant s'élever dans le ciel, aurait été écrasé comme une crêpe si Nicky ne l'avait pas tiré brutalement à l'écart.

Le chef Doug et Chad l'intendant émergèrent du bois en tendant le cou, médusés, et laissèrent retomber leurs armes. Peut-être supposaient-ils que toutes les personnes présentes à bord du Suburban criblé de balles étaient mortes ; plus vraisemblablement : ils avaient totalement oublié son existence sous l'effet de la stupéfaction et du désarroi.

L'Avant se trouvait maintenant au-dessus du toit du bâtiment administratif. Il se déplaçait avec la grâce majestueuse et pesante d'un navire de guerre de la Royal Navy du dix-huitième siècle, poussé par une douce brise. L'isolation et les câbles électriques (dont certains crépitaient encore) pendaient tels des cordons ombilicaux arrachés. Un morceau de tuyauterie saillant racla le coffrage d'une gaine de ventilation. Voyant venir cette chose, Zeke le Grec et le Dr Felicia Richardson coururent vers la trappe par laquelle ils avaient accédé au toit. Zeke réussit à l'atteindre ; pas le Dr Richardson. Elle mit ses bras sur sa tête dans un geste de protection instinctif et pitoyable.

C'est à ce moment-là que le tunnel d'accès, fragilisé par des années de négligence et la lévitation cataclysmique de l'Avant, s'écroula, écrasant les enfants qui agonisaient déjà à cause du gaz de chlore et de la surcharge mentale. Ils maintinrent leur cercle jusqu'au bout, et quand le toit s'effondra, Avery Dixon eut une ultime pensée, limpide et sereine : J'ai aimé avoir des amis.

26

Tim ne se souvenait pas d'être descendu du Suburban. Trop occupé à essayer d'assimiler ce qu'il voyait : un énorme bâtiment flottait dans les airs et en survolait un autre, plus petit, qu'il éclipsait. Sur le toit de ce second bâtiment, il vit une silhouette qui mettait ses bras sur sa tête. Soudain, une explosion étouffée se produisit quelque part derrière cette incroyable illusion à la David Copperfield, un gigantesque nuage de poussière s'éleva… et le bâtiment flottant tomba comme une pierre.

Un formidable bruit sourd ébranla le sol et fit chanceler Tim. Impossible pour le petit bâtiment – des bureaux, devina-t-il – de supporter un tel poids. Il explosa dans toutes les directions, projetant des gerbes de bois, de béton et de verre. Un autre nuage de poussière monta vers le ciel, suffisamment haut et opaque pour masquer la lune. L'alarme du bus scolaire (qui aurait pu se douter qu'il y en avait une ?) se déclencha en produisant un hululement strident et répétitif. La personne postée sur le toit était morte, évidemment, et quiconque se trouvait encore à l'intérieur était réduit en bouillie.

« Tim ! » Luke l'avait saisi par le bras. *« Tim ! »*

Il montrait les deux hommes qui avaient émergé des arbres. L'un continuait à contempler les ruines, mais l'autre brandissait un pistolet de fort calibre. Très lentement, comme dans un rêve.

Tim leva son arme, beaucoup plus vite.

« Ne faites pas ça ! cria-t-il. Lâchez ce flingue. »

Les deux hommes le regardèrent, stupéfaits, mais ils obéirent.

« Maintenant, marchez jusqu'au drapeau.

— C'est fini ? demanda l'un des deux. Je vous en supplie, dites-moi que c'est terminé.

— Je pense, répondit Luke. Faites ce que vous demande mon ami. »

D'un pas traînant, ils traversèrent les volutes de poussière en direction du mât et du car jaune. Luke ramassa leurs armes, envisagea de les lancer à bord du Suburban pour s'enfuir avec, puis songea qu'ils n'iraient nulle part avec ce véhicule transformé en passoire et maculé de sang. Il garda un des pistolets automatiques. L'autre, il le jeta dans les bois.

27

Stackhouse prit le temps de regarder Chad et le chef Doug marcher vers lui, avant de se retourner pour contempler les ruines de son existence.

Mais qui aurait pu prévoir ça ? songea-t-il. Qui aurait pu imaginer qu'ils pouvaient rassembler un pouvoir suffisant pour faire léviter un bâtiment ? Pas Mme Sigsby, pas Evans, pas Heckle et Jeckle, pas Donkey Kong – où qu'il soit à cet instant –, et sûrement pas moi. On pensait manipuler de la haute tension, alors qu'en vérité, ce n'était qu'un faible courant électrique. On s'est laissé prendre à notre propre jeu.

Quelqu'un lui tapota l'épaule. Il se retourna et découvrit le héros fourvoyé. Il était large d'épaules (comme il se doit pour un authentique héros), mais il portait des lunettes, ce qui ne collait pas avec le stéréotype.

Même si, évidemment, il y a Clark Kent, songea Stackhouse.

« Vous êtes armé ? » lui demanda l'homme prénommé Tim.

Stackhouse secoua la tête et esquissa un geste vague de la main.

« Ils étaient censés s'occuper de ce problème.

— Vous êtes les trois derniers ?

— Je ne sais pas. »

Stackhouse ne s'était jamais senti aussi las. Le choc, sans doute. Et la vision d'un bâtiment qui s'élève dans le ciel et masque la lune.

« Certains employés de l'Arrière ont peut-être survécu. Les deux médecins également, Hallas et James. En revanche, les enfants de l'Avant… Je ne vois pas comment quelqu'un pourrait survivre à *ça.* »

D'un bras qui semblait peser une tonne, il désigna les ruines.

« Mais les autres enfants ? demanda Tim. Pourquoi ils n'étaient pas dans l'autre bâtiment ?

— Ils étaient dans le tunnel, dit Luke. Ce type a essayé de les gazer, mais le tunnel s'est effondré avant. Quand l'Avant s'est soulevé de terre. »

Le premier réflexe de Stackhouse fut de nier, mais à quoi bon, si cette plaie d'Ellis pouvait lire dans ses pensées. Et puis, il était tellement fatigué. Vidé.

« Tes amis aussi ? » demanda Tim.

Luke faillit répondre qu'il l'ignorait, mais sans doute que oui. Lorsque soudain il tourna vivement la tête, comme si quelqu'un l'avait appelé. Dans ce cas, l'appel venait de l'intérieur de sa tête, car Tim n'entendit la voix qu'une poignée de secondes plus tard.

« Luke ! »

Une fille courait sur la pelouse jonchée de débris, contournant les gravats qui, en explosant, avaient formé une sorte de couronne. Trois autres enfants la suivaient, deux garçons et une fille.

« Lukey ! »

Luke se précipita à la rencontre de la fille de tête et la serra dans ses bras. Les trois autres les rejoignirent, et tandis que tous les cinq s'étreignaient, Tim perçut de nouveau le bourdonnement, plus faiblement. Quelques gravats bougèrent, des morceaux de bois et des pierres décollèrent du sol, puis retombèrent. N'était-ce pas le murmure de leurs voix mêlées qu'il entendait dans sa tête ? Un effet de son imagination sans doute, pourtant…

« Ils continuent à produire de l'énergie, commenta Stackhouse sur le ton indifférent de quelqu'un qui vous donne l'heure. Je les entends. Vous aussi. Faites attention. L'effet est cumulatif. Il a transformé Hallas et James en Heckle et Jeckle. » Son petit rire ressemblait à un aboiement. « Deux oiseaux de dessin animé ultra-diplômés. »

Tim ignora cette remarque et laissa les enfants à leurs joyeuses retrouvailles, ô combien méritées. Il tenait à l'œil les trois survivants adultes de l'Institut, même si, manifestement, ils n'étaient pas en état de lui donner du fil à retordre.

« Qu'est-ce que je vais faire de vous, bande de salopards ? » demanda-t-il.

Il ne s'adressait pas vraiment au trio, il réfléchissait à voix haute.

« Par pitié, ne nous tuez pas », supplia Doug. Il montra le groupe d'enfants qui s'étreignaient toujours. « Je les ai nourris. Grâce à moi, ils sont restés en vie.

— Si vous voulez rester en vie *vous aussi*, n'essayez pas de vous justifier, dit Tim. La meilleure chose à faire, c'est de la boucler. » Il reporta son attention sur Stackhouse. « Nous n'avons plus besoin de ce car, apparemment, puisque vous avez tué presque tous les enfants…

— Nous n'avons pas…

— Vous êtes sourd ? Je vous ai dit de la fermer. »

Stackhouse étudia l'expression de l'homme. Ça ne ressemblait pas à de l'héroïsme, fourvoyé ou non. C'était une envie de meurtre. Alors, il la ferma.

« Il nous faut un véhicule pour foutre le camp d'ici, dit Tim. Je n'ai aucune envie de promener une bande de joyeux guerriers à travers bois jusqu'à votre village dont m'a parlé Luke. La journée a été longue et épuisante. Alors, une suggestion ? »

Stackhouse semblait ne pas l'avoir entendu. Il contemplait les vestiges de l'Avant et ceux du bâtiment administratif écrasé dessous.

« Tout ce gâchis… à cause d'un seul gamin qui s'est enfui. »

Tim lui décocha un coup de pied dans la cheville.

« Écoutez-moi, connard. Comment je fais pour emmener ces gamins ? »

Stackhouse ne répondit pas, pas plus que l'homme qui se targuait d'avoir nourri les enfants. L'autre, qui ressemblait à un aide-soignant d'hôpital avec sa blouse, dit :

« Si j'ai une idée, vous me laisserez partir ?
— Comment vous vous appelez ?
— Chad, monsieur. Chad Greenlee.
— Eh bien, Chad, ça dépend si ton idée est bonne ou pas. »

28

Les ultimes survivants de l'Institut n'en finissaient plus de s'étreindre. Luke sentait qu'il aurait pu enlacer ainsi ses amis jusqu'à la fin des temps, sans s'en lasser, car il n'aurait jamais cru qu'il les reverrait un jour. Et pour l'instant, tout ce dont ils avaient besoin se trouvait à l'intérieur du cercle qu'ils formaient sur la pelouse couverte de débris. Ils n'avaient besoin que les uns des autres. Le monde, avec tous ses problèmes, pouvait aller se faire foutre.

Avery ?

Kalisha : *Disparu. Avec les autres. Quand le tunnel s'est effondré.*

Nicky : *C'est mieux comme ça, Luke. Il n'aurait plus jamais été le même. Lui-même. Ce qu'il a fait, ce qu'ils ont fait… ça l'aurait détruit, comme ça a détruit les autres.*

Et les enfants de l'Avant ? Il y a des survivants ? Dans ce cas, on doit…

Ce fut Kalisha qui répondit, non par des mots, mais en envoyant une image : celle du regretté Harry Cross, originaire de Selma dans l'Alabama. Le garçon mort au réfectoire.

Luke lui prit les bras. *Tous ? Tu veux dire qu'ils ont tous succombé à une crise*, avant *l'effondrement ?*

Il montra les ruines de l'Avant.

« Au moment où le bâtiment s'est soulevé, dit Nick. Quand Avery a répondu au gros téléphone. » Et voyant que, de toute évidence, Luke ne comprenait pas : *Quand les autres enfants nous ont rejoints*.

— Les enfants d'ailleurs, ajouta George. Dans les autres Instituts. Les enfants de l'Avant étaient trop… Je ne trouve pas le bon mot.

— Trop vulnérables, dit Luke. Voilà ce que tu veux dire. Ils étaient vulnérables. C'était comme s'ils recevaient une de ces saloperies d'injections, hein ? »

Les autres acquiescèrent.

Helen dit tout bas : « Je parie qu'ils sont morts en voyant les points. C'est horrible, non ? »

La réponse de Luke s'apparentait à ce déni enfantin que les adultes considèrent avec cynisme, et que seuls d'autres enfants peuvent comprendre : *C'est pas juste ! Pas juste !*

Ils étaient d'accord. *Non. Pas juste*.

Ils se séparèrent. Luke les regarda l'un après l'autre dans la lueur poussiéreuse du clair de lune : Helen, George, Nicky… et Kalisha. Il se souvint du jour où il l'avait rencontrée, faisant semblant de fumer une cigarette en sucre.

George : *Et maintenant, Lukey ?*

« Tim saura quoi faire », répondit-il en espérant qu'il disait vrai.

29

Chad leur fit faire le tour des bâtiments dévastés. Stackhouse et le chef Doug avançaient derrière lui d'un pas traînant, tête basse. Tim les suivait, arme au poing.

Luke et ses amis fermaient la marche. Les grillons, momentanément réduits au silence par la destruction, avaient recommencé à chanter.

Chad s'arrêta en bordure d'un parking sur lequel une demi-douzaine de voitures et trois ou quatre pick-up étaient garés en file indienne. Il montra une fourgonnette Toyota de taille moyenne portant l'inscription INDUSTRIES PAPETIÈRES DU MAINE sur le côté.

« Ça vous convient, monsieur ? »

Tim pensait que oui, pour commencer du moins.

« Et les clés ?

— Tout le monde utilise ces véhicules de maintenance, alors ils laissent les clés sous le pare-soleil.

— Luke, dit Tim, tu veux bien aller voir ? »

Luke s'exécuta. Les autres enfants le suivirent comme s'ils ne pouvaient supporter d'être séparés, même une minute. Il ouvrit la portière du conducteur et abaissa le pare-soleil. Quelque chose tomba dans sa main. Il montra les clés.

« Parfait, dit Tim. Maintenant, ouvre les portières arrière. S'il y a des trucs à bord, vire-les. »

Le plus grand, prénommé Nick, et le plus petit, George, s'acquittèrent de cette tâche. Ils déchargèrent les râteaux, une bêche, une boîte à outils et plusieurs sacs d'engrais. Pendant ce temps, Stackhouse s'assit dans l'herbe et posa la tête sur ses genoux. Un geste de profond abattement, mais Tim n'éprouvait aucune pitié pour lui. Il lui tapa sur l'épaule.

« On s'en va, nous. »

Stackhouse ne leva pas la tête.

« Où ça ? Le garçon a parlé de Disneyland, je crois. »

Il n'y avait aucune trace d'humour dans son ricanement.

« Ça ne vous regarde pas. Mais je m'interroge : où comptez-*vous* aller ? »

Stackhouse ne répondit pas.

30

Il n'y avait pas de sièges à l'arrière de la fourgonnette, alors les enfants se relayèrent pour s'asseoir à l'avant, en commençant par Kalisha. Luke se glissa entre elle et Tim sur le plancher métallique. Nicky, George et Helen, tassés contre les portières arrière, regardaient défiler à travers les deux petites vitres poussiéreuses un monde qu'ils avaient cru ne jamais revoir.

Luke : *Pourquoi tu pleures, Kalisha ?*

Elle lui répondit par la pensée, puis à voix haute, pour Tim :

« C'est tellement beau. Même dans le noir, c'est beau. J'aimerais tant qu'Avery soit là pour voir ça. »

31

L'aube n'était encore qu'une rumeur à l'horizon quand Tim bifurqua vers le sud sur la Highway 77. Le garçon prénommé Nicky avait pris la place de Kalisha à l'avant. Luke s'était glissé à l'arrière avec elle et maintenant tous quatre dormaient à poings fermés, couchés les uns sur les autres, comme une portée de chiots. Nicky semblait dormir lui aussi. Sa tête cognait contre la vitre à chaque fois que la fourgonnette roulait sur une bosse… et elles étaient nombreuses.

Juste après avoir dépassé un panneau annonçant que Millinocket se trouvait à quatre-vingts kilomètres, Tim jeta un coup d'œil à son portable et constata qu'il avait deux barres de réseau et neuf pour cent de batterie. Il appela Wendy, qui répondit instantanément. Elle voulut savoir s'il allait bien. Oui, dit-il. Elle demanda ensuite si Luke allait bien, lui aussi.

« Oui. Il dort. J'ai hérité de quatre gamins en plus. Il y en avait d'autres – je ne sais pas combien, pas mal –, mais ils sont tous morts.

— Morts ? Oh, mon Dieu, Tim, qu'est-ce qui s'est passé ?

— Je te raconterai plus tard, quand je pourrai. Je ne sais pas si tu arriveras à y croire. Pour l'instant, je suis en pleine cambrousse, il doit me rester trente dollars dans mon portefeuille et je n'ose pas utiliser mes cartes de crédit. C'est un sacré merdier là-bas et je ne veux pas laisser de traces. En plus, je suis crevé. Le réservoir de la bagnole est à moitié plein, tant mieux, mais moi, je roule sur la réserve. Putain de merde.

— Qu'est-ce… tu… un…

— Je t'ai perdue, Wendy. Si tu m'entends… je te rappelle. Je t'aime. »

Tim ne savait pas si elle avait entendu ses dernières paroles, ni ce qu'elle en penserait si elle les avait entendues. Il ne lui avait jamais dit qu'il l'aimait. Il éteignit son portable et le posa sur la console, à côté de l'arme de Tag Faraday. Tout ce qui s'était passé à DuPray lui semblait terriblement lointain, des faits survenus dans la vie d'une autre personne. La seule chose qui comptait désormais, c'étaient ces enfants, ce qu'il allait en faire.

Et aussi ceux qui, peut-être, les traquaient.

« Hé, Tim… »

Il se tourna vers Nicky.

« Je croyais que tu dormais.

— Non, je réfléchissais. Je peux vous dire un truc ?

— Bien sûr. Tout ce que tu veux. Ça m'empêchera de m'endormir.

— Je voulais juste vous remercier. J'irais pas jusqu'à dire que vous m'avez redonné foi dans la nature humaine, mais accompagner Lukey comme vous l'avez fait… fallait du cran.

— Dis-moi juste une chose… Tu lis dans mes pensées ?

— Non, j'en suis pas capable pour le moment. Je crois que je pourrais même pas faire bouger un des emballages de sucrerie qui sont sur le plancher de ce tas de ferraille. Pourtant, c'était ma spécialité. Mais si j'étais connecté avec eux… » Il renversa la tête vers les enfants qui dormaient à l'arrière de la fourgonnette. « Ce serait différent. Pendant quelque temps en tout cas.

— Tu crois que tu vas perdre tes nouveaux pouvoirs ? Redevenir comme avant ?

— J'en sais rien. Dans un cas comme dans l'autre, je m'en fous. Ça m'a jamais intéressé. Moi, mes trucs, c'étaient le foot et le hockey de rue. » Il dévisagea Tim. « Putain, c'est pas des poches que vous avez sous les yeux, c'est des valoches !

— Je t'avoue que j'aurais bien besoin d'un peu de sommeil », reconnut Tim. Douze heures minimum. Il se surprit à repenser à l'établissement délabré de Norbert Hollister, où la télé ne fonctionnait pas et où les cafards vivaient en liberté. « Il y a certainement des motels où ils ne poseraient pas de questions si on payait en liquide, mais le problème, c'est le liquide, justement. »

Nicky sourit et Tim vit le beau jeune homme qu'il serait dans quelques années, si Dieu se montrait charitable.

« Je pense que mes amis et moi, on peut peut-être vous aider question fric. J'en suis pas absolument certain, mais je crois que oui. Vous avez assez d'essence pour rouler jusqu'à la prochaine ville ?

— Oui.

— Arrêtez-vous là-bas, alors », dit Nicky, et il appuya sa tête contre la vitre.

32

Peu de temps avant que la succursale de la banque Seaman's Trust à Millinocket ouvre ses portes à neuf heures ce matin-là, une caissière nommée Sandra Robichaux appela le directeur de l'agence dans son bureau et le pria de venir.

« On a un problème, annonça-t-elle. Regardez ça. »

Brian Stearns, le directeur, s'assit à côté d'elle face à un écran qui diffusait les images enregistrées par la caméra de surveillance du distributeur de billets. La caméra se mettait en veille entre deux retraits, et dans cette petite ville du nord du Maine, cela voulait généralement dire qu'elle dormait toute la nuit et se réveillait vers dix heures pour les premiers clients. L'horloge située dans le coin de l'écran indiquait 5:18. Stearns vit cinq personnes s'approcher du distributeur. Quatre d'entre elles avaient couvert le bas de leurs visages en relevant leurs chemises, tels les voleurs de banque dans les westerns. Le cinquième avait enfoncé jusqu'aux yeux une casquette publicitaire sur laquelle on pouvait lire : INDUSTRIES PAPETIÈRES DU MAINE.

« On dirait des gamins ! »

Sandra acquiesça.

« À moins que ce soient des nains, ce qui me semble peu probable. Regardez ça, monsieur Stearns. »

Les enfants se donnèrent la main pour former un cercle. Quelques parasites parcoururent l'écran… et l'argent se mit à jaillir de la fente du distributeur. On avait l'impression de regarder une machine à sous qui déverse une cascade de jetons.

« C'est quoi, ce bordel ? »

Sandra secoua la tête.

« Je ne sais pas, monsieur. Mais ils ont raflé plus de deux mille dollars, alors que la machine est censée distribuer seulement huit cents dollars à la fois. Elle est programmée comme ça. Je pense qu'il faudrait prévenir quelqu'un, mais je ne vois pas qui. »

Stearns était incapable de répondre. Il pouvait uniquement regarder ces bandits en herbe – ils ressemblaient à des collégiens ! – empocher l'argent.

Et disparaître.

L'HOMME AU CHEVEU SUR LA LANGUE

1

Trois mois plus tard, par une fraîche matinée d'octobre, Tim Jamieson flânait sur le chemin qui menait de ce qu'on appelait la ferme de Catawba Hill à la South Carolina State Road 12-A. Une promenade qui prenait un certain temps car le chemin faisait presque un kilomètre. Il portait un jean délavé, des chaussures de chantier Georgia Giant sales et un sweat-shirt si large qu'il lui descendait jusqu'à mi-cuisses. Un cadeau de Luke, commandé sur Internet. Sur le devant, en lettres dorées, on pouvait lire : L'AVORTON. Tim n'avait jamais rencontré Avery Dixon, mais il était heureux de porter ce sweat-shirt. Il avait le teint bronzé. La ferme de Catawba n'en était plus vraiment une depuis dix ans, mais il restait un demi-hectare de jardin derrière la grange, et c'était la saison des récoltes.

Il ouvrit la boîte aux lettres, fit défiler les prospectus habituels (à croire que plus personne ne recevait de véritable courrier de nos jours), puis se figea. Son estomac, qui semblait aller parfaitement bien durant cette marche, se contracta. Une voiture approchait et ralentissait. Elle s'arrêta. Elle n'avait rien de particulier : une banale Chevrolet Malibu, maculée de poussière rougeâtre, arborant une collection d'insectes écrasés sur la grille du radiateur. Ce n'était pas un voisin ; Tim connaissait toutes leurs voitures. Peut-être un représentant ou un automobiliste qui cherchait son chemin ? Non. Tim n'avait jamais vu l'homme qui se trouvait au volant, en revanche, il l'attendait. Et aujourd'hui, l'homme était là.

Tim referma la boîte aux lettres et glissa une main dans son dos, comme pour remonter sa ceinture. Mais sa ceinture était en place, tout comme le pistolet, un Glock ayant appartenu à un shérif adjoint roux nommé Taggart Faraday.

L'homme coupa le moteur et descendit de voiture. Son jean était beaucoup plus neuf que celui de Tim (on voyait encore les plis du magasin) et sa chemise blanche était boutonnée jusqu'au cou. Il avait un visage à la fois beau et quelconque, ce qui pourrait apparaître comme une contradiction, jusqu'à ce que vous ayez devant vous un type dans son genre. Des yeux bleus et des cheveux d'un blond nordique, presque blancs. En vérité, il ressemblait beaucoup à l'image que s'en faisait feue Julia Sigsby. Il salua Tim, qui lui rendit son « Bonjour » en gardant sa main dans son dos.

« Vous êtes Tim Jamieson. »

Le visiteur tendit la main.

Tim la regarda, simplement.

« Oui. Et vous êtes ? »

Le blond sourit.

« Disons que je m'appelle William Smith. C'est le nom qui figure sur mon permis de conduire. » *Smith* prononcé avec un léger zézaiement. « Appelez-moi Bill.

— Que puis-je pour vous, monsieur Smith ? »

L'homme qui se faisait appeler Bill Smith – un nom aussi anonyme que sa voiture – plissa les yeux dans la lumière du soleil matinal et esquissa un sourire, comme s'il hésitait entre plusieurs réponses possibles, toutes agréables. Puis son regard revint se poser sur Tim. Le sourire était toujours là, mais ses yeux ne souriaient pas.

« Nous pourrions tourner autour du pot, mais je suis sûr qu'une journée chargée vous attend, alors je ne vous ferai pas perdre votre temps plus que nécessaire. Sachez tout d'abord que je ne viens pas pour vous faire des ennuis, et donc, si c'est une arme, et non pas une démangeaison, que vous avez dans le dos, laissez-la où elle est. Nous serons d'accord pour dire, je pense, que cette partie du monde a connu assez de fusillades pour un an. »

Tim faillit demander à M. Smith comment il l'avait retrouvé, mais à quoi bon ? Ça ne devait pas être très compliqué. La ferme Catawba appartenait à Harry et Rita Gullickson, qui vivaient maintenant en Floride. Leur fille surveillait la propriété familiale depuis trois ans. Pouvait-on trouver mieux que l'adjointe d'un shérif ?

Une *ancienne* adjointe, plus exactement, car même si elle continuait à toucher son salaire, pour le moment du moins, difficile de définir ses attributions. Ronnie Gibson, en congé le soir où avait débarqué le commando de Mme Sigsby, occupait les fonctions de shérif de Fairlee County par intérim. Mais nul ne pouvait dire combien de temps cela durerait. On parlait de transférer le bureau du shérif dans la ville voisine de Dunning. Et Wendy n'avait jamais été faite pour assurer le maintien de l'ordre au quotidien.

« Où est l'officier Wendy ? demanda Smith. Dans la maison, sans doute ?

— Où est Stackhouse ? répliqua Tim. C'est lui qui vous a parlé de l'officier Wendy, je suppose, puisque Sigsby est morte. »

Smith haussa les épaules, glissa les mains dans les poches arrière de son jean neuf et se balança sur ses talons en regardant autour de lui.

« La vache, c'est chouette par ici, hein ? » *Chouette* ressemblait un peu à *Souette*, mais le zézaiement était très léger, presque imperceptible.

Tim décida de ne pas continuer sur le sujet de Stackhouse. À l'évidence, cela ne le mènerait nulle part et, de toute façon, Stackhouse appartenait au passé. Peut-être s'était-il exilé au Brésil, en Argentine ou en Australie ; peut-être était-il mort. Pour Tim, cela ne faisait aucune différence. Et puis, l'homme au cheveu sur la langue avait raison : inutile de tourner autour du pot.

« L'adjointe Gullickson est à Columbia pour une audition à huis clos concernant la fusillade survenue l'été dernier.

— Je suppose qu'elle a une histoire toute prête et convaincante pour ces messieurs de la commission. »

Tim ne voyait pas l'intérêt de confirmer cette supposition.

« Elle doit également assister à plusieurs réunions au cours desquelles sera évoqué l'avenir des forces de l'ordre de Fairlee County, décimées par les sbires que vous y avez envoyés. »

Smith écarta les bras.

« Les personnes pour lesquelles je travaille et moi-même n'avons rien à voir dans tout cela. Mme Sigsby a agi de son propre chef. »

C'est peut-être vrai, mais peut-être pas, aurait pu répondre Tim. *Elle a agi ainsi parce qu'elle avait peur de vous et des personnes avec lesquelles vous travaillez.*

« Je crois savoir que George Iles et Helen Simms sont partis, dit M. Smith. Le jeune Iles chez un oncle en Californie, *mizz* Simms chez ses grands-parents dans le Delaware. »

Tim ignorait d'où il tenait ses informations – Norbert Hollister avait fichu le camp, le DuPray Motel était fermé et la pancarte À VENDRE placardée sur la façade y resterait sans doute longtemps –, mais elles étaient exactes. Tim n'avait jamais cru qu'il pourrait rester dans l'ombre, il n'était pas naïf, mais ça ne lui plaisait pas de voir que M. Smith était si bien renseigné sur les enfants.

« Cela signifie que Nicholas Wilholm et Kalisha Benson sont toujours ici. Et Luke Ellis aussi, évidemment. » Le sourire réapparut, plus discret. « Le responsable de tous nos malheurs.

— Qu'est-ce que vous voulez, monsieur Smith ?

— Presque rien, en vérité. Nous allons y venir. Avant cela, permettez-moi de vous féliciter. Pas seulement pour le courage dont vous avez fait preuve en vous attaquant à l'Institut quasiment seul, mais pour toute l'attention que vous avez apportée aux enfants ensuite, avec l'officier Wendy. Vous les avez dispatchés, n'est-ce pas ? Iles tout d'abord, un mois après votre retour en Caroline du Sud. La jeune Simms quinze jours plus tard. L'un et l'autre porteurs d'une histoire de kidnapping pour des raisons inconnues, de détention dans un endroit inconnu et de libération… pour des raisons inconnues, là encore. L'officier Wendy et vous avez réussi à tout organiser, alors que vous-mêmes deviez être surveillés de près.

— Comment vous le savez ? »

L'homme au cheveu sur la langue ne répondit pas, mais ça n'avait pas d'importance. Tim devinait qu'une partie de ces informations provenaient de la presse et d'Internet. Des enfants kidnappés qui réapparaissent, ça fait toujours la une.

« Quand Wilholm et Benson doivent-ils partir ? »

Après réflexion, Tim décida de répondre :

« Nicky part vendredi. Chez son oncle et sa tante dans le Nevada. Son frère s'y trouve déjà. Nick n'est pas fou de joie, mais il sait qu'il ne peut pas vivre ici. Kalisha va rester encore une semaine ou deux. Elle a une sœur, de douze ans son aînée, à Houston. Kalisha a hâte de la retrouver. »

C'était à la fois vrai et faux. Comme tous les autres, Kalisha souffrait de stress post-traumatique.

« Et leurs récits résisteront aux interrogatoires de la police ?

— Oui. Ce sont des histoires très simples. Et bien sûr ils ont peur de ce qui pourrait leur arriver s'ils disaient la vérité. » Tim marqua une pause : « Même si personne ne les croirait.

— Et le jeune M. Ellis ?

— Luke restera avec moi. Il n'a plus de famille proche et nulle part où aller. Il a déjà repris ses études. Ça l'apaise. Ce garçon est en deuil, monsieur Smith. Il porte le deuil de ses parents, de ses amis. » Il foudroya du regard l'homme blond qui lui faisait face. « Et le deuil, je suppose, de la jeunesse que vous lui avez volée. »

Il attendit que Smith réagisse. En vain. Alors il reprit :

« Un jour, si on réussit à élaborer une histoire relativement solide, peut-être qu'il reprendra sa vie là où il l'a laissée. Avec une double inscription à Emerson College et au MIT. C'est un garçon très intelligent. » Inutile d'ajouter : comme vous le savez. « Mais… est-ce que ça vous intéresse ?

— Pas vraiment », reconnut Smith. Il sortit de sa poche de chemise un paquet d'American Spirit. « Vous fumez ? »

Tim secoua la tête.

« Moi-même, ça m'arrive rarement. Mais je suis une thérapie pour mon zézaiement et je m'offre une petite récompense quand je parviens à le contrôler dans une conversation, surtout longue et intense comme celle-ci. Avez-vous remarqué mon zézaiement ?

— À peine. »

M. Smith hocha la tête, visiblement satisfait, et il alluma sa cigarette. L'odeur dans l'air frais du matin était aromatique, sucrée. Une odeur qui semblait faite pour la région du tabac, ce qu'elle était toujours… mais plus à la ferme Catawba depuis les années 1980.

« Vous êtes certain, j'espère, qu'ils resteront bouche cousue, comme on dit ? Si l'un d'eux parle, cela aura des conséquences sur les cinq. En dépit de cette clé USB que vous détenez prétendument. Certains de mes… collègues… pensent qu'elle n'existe pas. »

Tim sourit, sans montrer ses dents.

« Vos… collègues… auraient tort de courir le risque.

— Admettons que vous ayez raison. Si ces enfants décidaient de raconter leurs aventures dans le Maine, ce serait une très mauvaise idée. Alors, si vous êtes en relation avec M. Iles et Mlle Simms, vous devriez peut-être leur passer le message. À moins que Wilholm, Benson et Ellis puissent les contacter par d'autres moyens.

— Vous faites allusion à la télépathie ? Personnellement, je n'y crois pas trop. Ils ont régressé et retrouvé leur niveau d'avant leur enlèvement. *Idem* pour la télékinésie. » Il répétait à Smith ce que lui avaient dit les enfants, sans être sûr d'y croire totalement. En revanche, une chose était indéniable : cet épouvantable bourdonnement n'avait jamais réapparu. « Comment avez-vous étouffé l'affaire ? Je suis curieux de le savoir.

— Mais vous ne le saurez pas. Néanmoins, je peux vous dire que d'autres installations, ailleurs que dans le Maine, ont nécessité notre intervention. Il existait vingt autres Instituts, dans d'autres endroits du monde, et aucun n'est resté opérationnel. Deux d'entre eux – installés dans des pays où l'on inculque l'obéissance aux enfants dès la naissance – ont continué à fonctionner pendant six semaines environ, mais nous avons dû faire face à des *suicides* collectifs. »

Suicides collectifs ou tueries ? se demandait Tim, bien qu'il n'ait aucune envie d'aborder le sujet. Plus vite il se débarrasserait de cet homme, mieux ça vaudrait.

« Cet Ellis – grâce à votre aide, essentiellement grâce à votre aide – nous a ruinés. Cela doit vous paraître mélodramatique, mais c'est la vérité.

— Vous croyez que ça me chagrine ? Vous tuiez des enfants. Si l'enfer existe, c'est là que vous finirez.

— Alors que vous, monsieur Jamieson, vous pensez certainement que vous irez au paradis, s'il existe. Et qui sait ? Vous avez peut-être raison. Comment Dieu pourrait-il renvoyer un homme qui vole au secours de jeunes enfants sans défense ? Si vous me permettez de citer le Christ sur la croix : vous serez pardonné car vous ne saviez pas ce que vous faisiez. » Il jeta sa cigarette.

« Mais je vais vous le dire. Je suis venu pour ça, avec l'accord de mes associés. Grâce à vous et à Ellis, le monde est désormais en mode surveillance suicide. »

Cette fois, le mot fut prononcé correctement.

Tim ne dit rien, il attendait.

« Le premier Institut, qui ne portait pas encore ce nom, a vu le jour dans l'Allemagne nazie.

— Pourquoi ne suis-je pas étonné ?

— Et pourquoi êtes-vous si prompt à juger ? Les nazis ont travaillé sur la fission nucléaire avant l'Amérique. Ils ont mis au point des antibiotiques encore utilisés aujourd'hui. Ils ont plus ou moins inventé la fuséologie moderne. Et des savants allemands ont mené des expériences de perception extrasensorielle avec le soutien enthousiaste d'Hitler. Ils ont découvert, de manière quasi accidentelle, que des groupes d'enfants dotés de certains talents parvenaient à faire en sorte que certains fauteurs de troubles – des obstacles au progrès, dirons-nous – cessent de nuire. On a arrêté de les utiliser en 1944, faute de méthode sûre, scientifique, pour les remplacer quand ils devenaient… des gorks, pour reprendre le jargon de l'Institut. Le test le plus performant afin de déceler les talents psychiques latents est arrivé plus tard. Vous savez de quoi il s'agit ?

— Le BDNF. Le facteur neurotrophique dérivé du cerveau. D'après Luke, c'est le marqueur.

— Un garçon très intelligent, en effet. Toutes les personnes concernées regrettent aujourd'hui de s'être intéressées à lui. D'autant que son BDNF n'était pas si élevé que ça.

— J'imagine que Luke aurait préféré, également, que vous ne vous intéressiez pas à lui. Ni à ses parents. Allez-y, dites ce que vous avez à dire.

— Très bien. Des conférences ont été organisées avant et après la fin de la Seconde Guerre mondiale. Si vous vous souvenez de vos cours d'histoire, ça vous dit quelque chose.

— Je sais que Roosevelt, Churchill et Staline se sont réunis à Yalta pour se partager le monde.

— Oui, c'est la conférence la plus célèbre. Mais la plus importante a eu lieu à Rio de Janeiro, et aucun gouvernement n'y participait… à moins de considérer le groupe des personnes présentes – et leurs successeurs – comme une sorte de gouvernement fantôme. Ils… nous avions entendu parler de ces enfants allemands et nous avons entrepris d'en savoir plus. En 1950, nous avons compris l'intérêt du BDNF. Et des Instituts ont vu le jour, l'un après l'autre, dans des lieux isolés. Les techniques ont été affinées. Ils fonctionnent depuis soixante-dix ans et, d'après nos estimations, ils ont sauvé le monde d'un holocauste nucléaire plus de cinq cents fois.

— Ridicule, dit Tim. C'est une plaisanterie.

— Non. Laissez-moi vous donner un exemple. Au moment où les enfants de l'Institut du Maine se sont révoltés – une révolte qui s'est propagée comme un virus à tous les autres Instituts –, ils avaient commencé à travailler sur le suicide d'un évangéliste nommé Paul Westin. Grâce à Luke Ellis, cet homme vit toujours. Dans dix ans, il deviendra le proche associé d'un chrétien qui sera nommé secrétaire d'État à la Défense. Westin convaincra le secrétaire d'État qu'une guerre est imminente, et le secrétaire d'État en convaincra le Président, ce qui débouchera sur une attaque nucléaire préventive. Un seul missile, qui pourrait cependant provoquer la chute de tous les dominos. Cette partie dépasse nos capacités de prédiction.

— Vous n'avez aucun moyen de savoir ça.

— À votre avis, monsieur Jamieson, comment choisissons-nous nos cibles ? En sortant un nom d'un chapeau ? »

Tim fronça les sourcils. Il n'avait jamais réfléchi à cette question.

« Par télépathie, je suppose ? »

M. Smith ressemblait à un professeur patient face à un élève attardé.

« La télékinésie permet de déplacer des objets, la télépathie de lire dans les pensées. Aucune des deux ne permet de deviner l'avenir. » Il prit une autre cigarette. « Vous êtes sûr que vous n'en voulez pas une ? »

Tim secoua la tête.

Smith alluma son Indian Spirit.

« Les enfants comme Luke Ellis et Kalisha Benson sont rares, mais d'autres personnes le sont encore plus. Elles sont plus précieuses que le métal le plus précieux. Et vous savez ce qui est formidable ? Leurs talents ne diminuent pas avec l'âge et ne détruisent pas l'esprit de ceux qui les utilisent. »

Tim perçut un mouvement du coin de l'œil. Il se retourna. Luke avait descendu le chemin. Un peu plus haut sur la colline, Annie Ledoux montait la garde, un fusil de chasse cassé au creux du bras, flanquée de Kalisha et de Nicky. Smith ne les avait pas encore vus ; il contemplait la petite ville de DuPray au loin, dans la brume, et la voie ferrée scintillante qui la traversait.

Désormais, Annie passait une grande partie de son temps à Catawba Hill. Elle était fascinée par les enfants, qui semblaient l'apprécier. Tim lui fit signe de ne pas bouger. Elle répondit par un hochement de tête. Smith, lui, continuait d'admirer le paysage, et tant mieux.

« Supposons qu'il existe un autre Institut, très petit, très spécial, où tout est ultramoderne, à la pointe du progrès. Pas d'ordinateurs obsolètes ni d'infrastructures délabrées. Situé dans un lieu totalement sûr. D'autres Instituts opèrent dans des territoires jugés hostiles, mais pas celui-ci. Pas de zap-sticks, pas d'injections, pas de punitions. Et pas besoin de soumettre les pensionnaires de cet Institut spécial aux expériences de mort imminente comme le caisson d'isolation pour les aider à développer leurs capacités cachées.

» Supposons que ça se passe en Suisse. En terrain neutre, en tout cas. Car beaucoup de pays ont intérêt à ce que ces opérations se poursuivent en douceur. Un grand nombre de pays. Nous avons actuellement six pensionnaires spéciaux. Ce ne sont plus des enfants et, contrairement aux TP et aux TK des différents Instituts, leurs talents ne disparaissent pas à la fin de l'adolescence. Deux d'entre eux sont même très âgés. Leurs taux de BDNF ne sont pas corrélés à leurs talents très particuliers ; ils sont uniques en ce sens, et très difficiles à dénicher. Nous cherchons constamment des remplaçants, mais les recherches ont été suspendues maintenant car à quoi bon ?

— Qui sont ces personnes ?

— Des précogs », dit Luke.

Smith se retourna vivement, surpris.

« Hé, bonjour, Luke. » Il sourit, tout en reculant d'un pas. Avait-il peur ? Oui, pensa Tim. « Des précogs, exactement.

— De quoi vous parlez, là ? demanda Tim.

— De précognition, expliqua Luke. Des personnes qui voient l'avenir.

— Tu plaisantes, hein ?

— Non. Et moi non plus, répondit Smith. Vous pourriez dire que ces six personnes constituent notre ligne DEW, un vieil acronyme de la guerre froide signifiant « ligne avancée d'alerte ». Ou bien, pour faire plus moderne, disons que ce sont nos drones, qui survolent l'avenir et signalent les endroits où vont se produire de fortes déflagrations. Nous empêchons uniquement les plus graves. Le monde a survécu jusqu'à aujourd'hui car nous avons été capables de prendre des mesures préventives. Des milliers d'enfants sont morts dans ce processus, mais des *milliards* ont été sauvés. » Il se tourna de nouveau vers Luke et lui sourit. « Tu l'avais compris, évidemment. C'est une déduction assez simple. Je crois savoir que tu es un génie des mathématiques également, et je suis sûr que tu es conscient du taux de rentabilité. Peut-être que ça ne te plaît pas, mais tu en es conscient. »

Annie et les deux enfants placés sous sa responsabilité descendaient le chemin et, cette fois, Tim ne leur demanda pas de faire demi-tour ; il était trop estomaqué par ce qu'il entendait.

« La télépathie, je peux y croire. La télékinésie, aussi. Mais la… précognition ? C'est pas de la science, c'est un spectacle de foire !

— Je vous assure que non, dit Smith. Nos précogs dénichent les cibles. Les TP et les TK travaillent en groupe pour accroître leurs pouvoirs, afin de les éliminer.

— La précognition existe, Tim, dit Luke. Avant même de m'enfuir de l'Institut, j'avais compris que c'était ça. Et je suis sûr qu'Avery aussi. Sinon, ça n'avait aucun sens. Je me suis renseigné sur le sujet depuis qu'on est ici, je lis tout ce que je trouve. Les statistiques sont irréfutables. »

Kalisha et Nicky rejoignirent Luke. Ils observèrent l'homme blond qui se faisait appeler Bill Smith avec étonnement. Sans rien dire. Annie se planta derrière eux. Vêtue de son sarape, bien qu'il fasse déjà chaud, elle ressemblait plus que jamais à un bandit mexicain. Son regard était pétillant, alerte. Les enfants l'avaient changée. Mais ce n'était pas leur pouvoir, se disait Tim, car à long terme, il était destructeur. Pour lui, c'était uniquement l'association, ou le fait que les enfants l'acceptaient telle qu'elle était, tout simplement. Quelle que soit la cause, il se réjouissait pour elle.

« Vous voyez ? dit Smith. Votre petit génie le confirme. Nos six précogs – fut un temps où ils étaient huit, mais dans les années 1970, nous étions tombés à quatre : une époque angoissante – traquent en permanence les individus que nous nommons des *charnières*. Les pivots sur lesquels pourrait reposer l'extinction de l'espèce humaine. Les charnières ne sont pas des agents de destruction, mais des *vecteurs* de destruction. Westin faisait partie de ces charnières. Une fois que nous avons découvert ces individus, nous enquêtons sur eux, nous les surveillons, nous les filmons. Et pour finir, nous les remettons aux enfants des différents Instituts, qui les éliminent, d'une manière ou d'une autre. »

Tim l'écoutait en secouant la tête.

« Je n'arrive pas à y croire…

— Comme l'a dit Luke : les statistiques…

— Les statistiques peuvent prouver n'importe quoi. Personne ne peut prédire l'avenir. Si vos associés et vous le croyez vraiment, vous n'êtes pas une organisation, mais une secte.

— J'avais une tante qui voyait l'avenir, déclara Annie. Un soir où ses garçons voulaient aller dans un bar, elle les a empêchés de sortir, et il y a eu une explosion de gaz. Vingt personnes sont mortes grillées comme des souris dans une cheminée, mais ses garçons étaient sains et saufs à la maison. » Elle s'interrompit, puis ajouta, comme après-coup : « Elle savait aussi que Truman allait être élu président, alors que personne croyait à cette connerie.

— Et pour Trump, elle savait ? demanda Kalisha.

— Oh, elle était déjà morte depuis longtemps quand ce gros con a débarqué », répondit Annie en tapant dans la main levée de Kalisha.

Smith ignora cette intervention.

« Le monde est toujours là, Tim. Ce n'est pas une statistique, c'est un fait. Soixante-dix ans après la destruction d'Hiroshima et de Nagasaki, le monde est toujours là, alors que de nombreuses nations possèdent des bombes atomiques, alors que les émotions humaines et irrationnelles l'emportent encore sur la pensée rationnelle, et que des superstitions déguisées en religions continuent à guider le cours de la politique. Pourquoi ? Parce que nous l'avons protégé, mais cette protection n'existe plus. Voilà ce qu'a réussi à faire Luke Ellis, avec votre aide. »

Tim se tourna vers le garçon.

« Tu crois ce qu'il raconte ?

— Non. Et lui non plus. Pas complètement. »

Tim ne pouvait pas savoir que Luke pensait à la fille qui l'avait interrogé sur le problème de maths pour l'examen d'entrée à la fac, l'histoire du prix de la chambre de motel. Elle avait fourni la mauvaise réponse, et c'était la même chose ici, sur une échelle beaucoup plus grande. Une mauvaise réponse due à une équation erronée.

« Je suis sûr que tu aimerais t'en convaincre, répondit Smith.

— Annie a raison. Certaines personnes ont des flashs précognitifs, et sa tante en faisait peut-être partie. D'ailleurs, en dépit de ce qu'affirme ce type, et il en est peut-être convaincu, elles ne sont pas si rares que ça. Si ça se trouve, ça vous est arrivé à vous aussi, Tim, mais vous lui avez donné un autre nom. L'instinct, peut-être.

— Ou un pressentiment, intervint Nicky. Dans les séries télé, les flics ont toujours des pressentiments.

— Les séries télé, ce n'est pas la réalité, dit Tim, mais il repensait à un événement du passé : le jour où il avait décidé subitement, sans véritable raison, de descendre d'un avion pour partir vers le nord en stop.

— Et c'est dommage, dit Kalisha. J'adore *Riverdale*.

— Le mot *flash* est employé à tort et à travers dans les histoires qui parlent de ces choses-là, dit Luke. Parce que ça y ressemble. C'est une sorte d'éclair, un coup de foudre. J'y crois, et je crois qu'il existe des individus capables de les maîtriser. »

Smith leva les mains, dans un geste qui signifiait : « Ah, vous voyez bien ! »

« C'est justement ce que je disais. »

Mais *justement* était devenu *zustement*. Son zézaiement était réapparu. Tim trouva cela intéressant.

« Il y a une chose qu'il ne vous dit pas, poursuivit Luke. Sans doute parce qu'il n'aime pas se l'avouer. Les autres non plus. Comme nos généraux n'aimaient pas s'avouer qu'on ne pouvait pas gagner la guerre du

Vietnam, alors que c'était devenu évident, au bout d'un moment.

— J'ignore de quoi tu parles, dit Smith.

— Vous le savez, dit Kalisha.

— Oui, il le sait, dit Nicky.

— Autant avouer, monsieur, dit Annie l'Orpheline. Ces gamins lisent dans votre esprit. Rigolo, hein ? »

Luke regarda Tim.

« Quand j'ai compris que toute cette opération reposait sur la précognition, et quand j'ai pu avoir accès à un vrai ordinateur…

— Un ordi qui fonctionne sans avoir besoin de jetons, il veut dire, précisa Kalisha. »

Luke lui donna un petit coup de coude.

« Tais-toi un peu, s'il te plaît. »

Nicky sourit.

« Fais gaffe, Sha. Lukey se met en rogne. »

La fillette rit. Pas Smith. L'arrivée de Luke et de ses amis lui avait fait perdre le contrôle de la conversation et son expression – bouche pincée, sourcils froncés – indiquait qu'il n'y était pas habitué.

« Donc, quand j'ai pu avoir accès à un vrai ordinateur, reprit Luke, j'ai appliqué la loi de Bernoulli. Vous savez ce que c'est, monsieur Smith ? »

Celui-ci secoua la tête.

« Si, il le sait, dit Kalisha, le regard pétillant.

— Exact, confirma Nicky. Et il n'aime pas ça. La loi de Machin-Chose n'est pas son amie.

— La loi de Bernoulli est une méthode précise pour exprimer les probabilités, dit Luke. Elle repose sur l'idée que certains événements empiriques ont deux résultats possibles, comme tirer à pile ou face. Ces résultats peuvent être marqués *p* pour positif et *n* pour négatif.

Je ne veux pas vous ennuyer avec les détails, mais à l'arrivée, vous vous retrouvez avec une variable dite booléenne qui exprime clairement la différence entre les événements aléatoires et non aléatoires.

— Oui, tu as raison, nous ennuie pas avec des trucs évidents, ironisa Nick. Va droit au but.

— Jouer à pile ou face, c'est aléatoire. Les résultats des matchs de foot *semblent* aléatoires si vous prenez un petit échantillon. Mais si vous choisissez un échantillon plus large, il devient évident que ce n'est pas le cas car d'autres facteurs entrent en ligne de compte. On est alors dans les probabilités, et si la probabilité A est supérieure à la probabilité B, alors, dans la plupart des cas, c'est A qui se produira. Vous le savez si vous avez déjà misé sur un événement sportif, hein ?

— Oui, dit Tim. Le journal indique les cotes et l'écart de points probable. »

Luke hocha la tête.

« C'est très simple, en fait, et quand vous appliquez la loi de Bernoulli aux statistiques de précognition, une tendance intéressante émerge. Annie, quand votre tante a eu cette idée de génie de garder ses fils à la maison, l'incendie s'est produit combien de temps après ?

— Le soir même. »

Cette réponse sembla réjouir Luke.

« Voilà donc un exemple parfait. La loi de Bernoulli montre que les flashs précognitifs – les visions, si vous préférez utiliser ce terme – sont généralement plus précis quand l'événement prédit se déroule quelques heures plus tard. Lorsque le temps entre la prédiction et l'événement prédit s'allonge, les probabilités pour que celle-ci se réalise diminuent. Dès que l'on parle en semaines, elles chutent, et le p se transforme en n. »

Il reporta son attention sur l'homme blond.

« Vous le savez, et les personnes avec qui vous travaillez le savent aussi. Depuis des années. Des dizaines d'années, à vrai dire. Forcément. N'importe quel matheux muni d'un ordinateur peut appliquer la loi de Bernoulli. Ce n'était peut-être pas très évident quand vous avez lancé ce programme à la fin des années 1940 et au début des années 1950, mais dès les années 1980, vous ne pouviez pas ne pas le savoir. Dès les années 1960 déjà.

— Tu es très intelligent, Luke, rétorqua Smith. Mais tu n'es encore qu'un enfant, et les enfants pratiquent la pensée magique ; ils déforment la réalité jusqu'à ce qu'elle corresponde à ce qu'ils désirent. Crois-tu que nous n'avons pas effectué des tests pour prouver les capacités précognitives de notre groupe ? »

Son zézaiement s'accentuait.

« Nous effectuons de nouveaux tests chaque fois que nous ajoutons un nouveau précog. Nous leur demandons de prédire une succession d'événements aléatoires comme le retard de certains avions… des nouvelles comme la mort de Tom Petty… le vote en faveur du Brexit… ou les véhicules qui franchissent telle ou telle intersection. Nous enregistrons tous les succès depuis presque trois quarts de siècle ! »

Trois quarts de ziècle.

« Oui, mais vos tests se concentrent toujours sur des événements *proches*, fit remarquer Kalisha. Ne prenez pas la peine de nier, ça clignote dans votre esprit comme une enseigne électrique. D'ailleurs, c'est logique. À quoi sert un test si vous ne pouvez pas évaluer les résultats avant cinq ou dix ans ? »

Elle prit la main de Nicky. Luke s'approcha d'eux et prit la main de Kalisha. Tim entendit le bourdonnement. Faible, mais présent.

« Berkowitz était exactement là où nos précogs avaient affirmé qu'il se trouverait le jour où il est mort, dit Smith. Et ils l'avaient prédit un an avant !

— OK, admit Luke. Mais vous cibliez des gens – Paul Westin, par exemple – en vous basant sur des prédictions à dix, vingt et même vingt-cinq ans. Vous savez qu'elles ne sont pas fiables, vous savez que tout peut arriver et orienter les individus dans une direction différente. Il suffit d'une chose aussi banale qu'un coup de téléphone manqué. Pourtant, vous continuez.

— Admettons que tu aies raison sur ce point, dit Smith. Ne vaut-il pas mieux prévenir que guérir ? Pense à toutes ces prédictions qui se sont avérées. Et pense aux conséquences possibles, si nous n'avions rien fait ! »

Aux conzéquences pozibles.

Annie avait un train de retard, peut-être même deux.

« Comment vous pouvez être sûrs que les prédictions vont se réaliser si vous tuez les personnes qu'elles concernent ? Je comprends pas.

— Lui non plus, dit Luke. Mais il ne supporte pas de se dire qu'ils ont tué toutes ces personnes sans raison. Même chose pour ses collègues.

— On a été obligés de détruire le village pour le sauver, intervint Tim. Quelqu'un n'a pas dit ça un jour, en parlant du Vietnam ?

— Si vous suggérez que nos précogs nous ont menés par le bout du nez, qu'ils ont inventé des…

— Pouvez-vous être sûrs que ce n'est pas le cas ? le coupa Luke. Peut-être de manière inconsciente, mais… ils mènent la belle vie là-bas, non ? Ils sont peinards.

Rien à voir avec notre vie à l'Institut. Et peut-être que leurs prédictions sont authentiques au moment où ils les font. Mais elles ne tiennent pas compte des facteurs aléatoires.

— Ni de Dieu », déclara subitement Kalisha.

Smith – qui se prenait pour Dieu depuis… Dieu sait combien de temps – ne put réprimer un sourire sardonique.

Luke reprit :

« Vous comprenez ce que je veux dire. Je le sais. *Il y a trop de variables.* »

Smith ne répondit pas immédiatement, il contemplait le paysage. Finalement, il dit :

« Oui, nous avons des mathématiciens. Et oui, la loi de Bernoulli a parfois été évoquée dans des rapports et des discussions. Depuis plusieurs années. Alors admettons, encore une fois, que tu aies raison. Admettons que notre réseau d'Instituts n'ait pas sauvé cinq cents fois le monde d'une destruction atomique. Mais cinquante fois seulement ? Ou même cinq ? Est-ce que ça n'en vaudrait pas la peine ? »

Tout bas, Tim répondit :

« Non. »

Smith le regarda comme s'il était fou.

« *Non* ? Vous répondez *non* ?

— Des individus sains d'esprit ne sacrifient pas des enfants sur l'autel des probabilités. Ce n'est pas de la science, c'est de la superstition. Et je pense que vous devriez vous en aller maintenant.

— Nous reconstruirons, déclara Smith. Si nous en avons le temps, étant donné que le monde dévale la pente à toute allure comme une guimbarde de gamin, sans personne pour la contrôler. Je suis venu également pour vous dire ça, et vous mettre en garde. Pas d'interviews. Pas d'articles dans la presse. Pas de menaces sur Facebook ou Twitter. De toute façon, ces histoires feraient rigoler les gens, mais elles seraient prises très au sérieux par mes amis et moi. Alors, si vous voulez assurer votre survie, *taisez-vous*. »

Le bourdonnement enflait, et quand Smith sortit son paquet d'Indian Spirit de sa poche de chemise, sa main tremblait. L'homme qui était descendu de la Chevrolet passe-partout avait la situation en main, il était sûr de lui. Habitué à donner des ordres et à les voir exécutés illico. L'homme qui se tenait devant eux maintenant, avec son zézaiement prononcé et les auréoles de sueur qui s'élargissaient sous ses aisselles n'était plus le même.

« Je crois que vous feriez bien de partir, fiston », lui conseilla Annie d'une voix douce.

Voire chaleureuse.

Smith laissa échapper le paquet de cigarettes. Quand il se pencha pour le ramasser, le paquet glissa sur le sol, bien qu'il n'y ait pas de vent.

« Fumer, c'est mauvais pour la santé, dit Luke. Vous n'avez pas besoin qu'un précog vous dise ce qui va se passer si vous n'arrêtez pas. »

Les essuie-glaces de la Malibu se dressèrent. Les phares s'allumèrent.

« À *votre place*, je filerais, dit Tim. Pendant que vous le pouvez encore. Vous êtes furieux à cause de tout ce qui s'est passé, et je le comprends. Mais vous ne pouvez pas imaginer l'ampleur de la colère de ces enfants. Ils ont connu le pire. »

Smith se dirigea vers sa voiture et ouvrit la portière. Il pointa le doigt sur Luke.

« Tu crois ce que tu veux croire, dit-il. Comme nous tous. Tu le découvriras par toi-même le moment venu. Pour ton malheur. »

Il démarra. Les roues arrière de la voiture soulevèrent un nuage de poussière qui flotta vers Tim et les autres… avant de changer de trajectoire, comme chassé par un souffle de vent qu'aucun d'eux ne sentait.

Luke sourit en songeant que George n'aurait pas fait mieux.

« Peut-être que j'aurais dû nous débarrasser de lui, dit Annie, nonchalamment. Y a assez de place pour un corps au fond du jardin. »

Luke soupira et secoua la tête.

« Il y en a d'autres. Il n'est que le porte-parole.

— Et on deviendrait comme eux, ajouta Kalisha.

— N'empêche », dit Nicky.

Il n'en dit pas plus, mais Tim n'avait pas besoin de lire dans les pensées pour deviner la suite : *Ç'aurait été chouette*.

2

Tim attendait que Wendy rentre de Columbia pour dîner, mais elle lui téléphona pour lui annoncer qu'elle devait rester en ville. Une autre réunion consacrée à l'avenir des forces de police de Fairlee County était prévue le lendemain matin.

« Bon sang, ça ne s'arrêtera donc jamais ? demanda Tim.

— Je suis sûre que ce sera la dernière. C'est une situation compliquée, tu sais. Et la bureaucratie n'arrange pas les choses. Tout va bien là-bas ?

— Impec. »

Il espérait dire vrai.

Il fit cuire un gros plat de spaghettis. Luke confectionna une sauce bolognaise, Kalisha et Nicky préparèrent ensemble une salade. Annie avait disparu, comme souvent.

Ils firent un très bon repas, accompagné de nombreuses discussions et d'une bonne dose de rires. Mais quand il apporta le gâteau tout prêt qu'il était allé chercher dans le réfrigérateur, qu'il brandissait à la manière d'un majordome anglais, Tim s'aperçut que Kalisha pleurait. Nick et Luke la tenaient par les épaules, mais ils ne prononçaient pas de paroles de réconfort (du moins, Tim ne les entendait pas). Ils paraissaient songeurs, repliés sur eux-mêmes. Ils étaient avec elle, mais peut-être pas totalement ; ils semblaient absorbés par leurs propres préoccupations.

Tim posa le gâteau sur la table.

« Qu'est-ce qui ne va pas, K. ? Je suis sûr qu'ils le savent, mais pas moi. Alors, sois gentille, aide-moi.

— Et s'il avait raison ? Si cet homme avait raison et Luke tort ? Si le monde disparaissait dans trois ans… ou dans trois mois… parce qu'on n'est plus là pour le protéger ?

— Je n'ai pas tort, déclara Luke. Ils ont des mathématiciens, mais je suis meilleur qu'eux. Ce n'est pas de la vantardise, c'est la vérité. Ce qu'il a dit sur moi… cette histoire de pensée magique… C'est vrai pour eux également. Ils ne supportent pas l'idée qu'ils ont pu se tromper.

— Tu n'es pas sûr ! s'écria Kalisha. Je l'entends dans ta tête, Lukey. Tu n'es toujours pas sûr ! »

Luke n'essaya pas de nier. Il regardait son assiette.

Kalisha leva les yeux vers Tim.

« Et s'ils ont raison juste pour cette fois ? Ce sera notre faute ! »

Tim hésita. Il refusait de se dire que sa réponse aurait peut-être une influence capitale sur la vie de cette fillette, il refusait d'endosser une telle responsabilité, mais il craignait de ne pas avoir le choix. Les garçons l'écoutaient eux aussi. Et ils attendaient. Il ne possédait aucun pouvoir psychique, mais il avait un autre pouvoir : c'était un adulte. Ils voulaient l'entendre dire qu'il n'y avait pas de monstre sous le lit.

« Non, vous n'y êtes pour rien. Aucun de vous. Cet homme n'est pas venu pour vous interdire de parler, il est venu pour empoisonner vos vies. Ne le laisse pas faire, Kalisha. Et vous non plus, les garçons. En tant qu'espèce, nous avons été créés pour placer une chose au-dessus de tout le reste, et c'est ce que vous avez fait. »

Il tendit les mains pour sécher les larmes sur les joues de Kalisha.

« Vous avez survécu. Vous avez utilisé votre amour et votre intelligence, et vous avez survécu. Maintenant, mangeons un peu de gâteau. »

3

Quand arriva le vendredi, ce fut au tour de Nick de partir.

Tim et Wendy se tinrent aux côtés de Luke pour regarder Nicky et Kalisha descendre le chemin bras dessus, bras dessous. Wendy conduirait le garçon à la gare routière de Brunswick, mais tous trois comprenaient que ces deux-là avaient besoin, et méritaient, de passer un moment en tête à tête d'abord. Pour se dire adieu.

« Reprenons encore une fois », avait dit Tim une heure plus tôt, après un déjeuner auquel Nick et Kalisha avaient à peine touché.

Tim et Nick étaient sortis sur la terrasse de derrière pendant que Luke et Kalisha faisaient la vaisselle.

« Pas la peine, avait répondu Nick. J'ai pigé. Je vous assure.

— Je te le répète quand même. C'est important. De Brunswick à Chicago, OK ?

— Oui. Le car part à dix-neuf heures quinze.

— Dans le car, tu parles à qui ?

— À personne. Je n'attire pas l'attention.

— Et une fois arrivé là-bas ?

— J'appelle mon oncle Fred du Navy Pier. Parce que c'est là que les ravisseurs m'ont déposé. Au même endroit que George et Helen.

— Mais ça, tu ne le sais pas.

— Non.

— Tu connais George et Helen ?

— Jamais entendu parler d'eux.

— Qui sont ces gens qui t'ont kidnappé ?

— Aucune idée.

— Qu'est-ce qu'ils voulaient ?

— J'en sais rien. C'est un mystère. Ils ne m'ont pas molesté, ils ne m'ont posé aucune question. Je n'ai pas entendu d'autres enfants. Je sais que dalle. Quand la police m'interrogera, je ne dirai rien de plus.

— Parfait.

— Et quand les flics laisseront tomber, j'irai dans le Nevada pour vivre heureux jusqu'à la fin de mes jours avec ma tante, mon oncle et Bobby. »

Bobby étant le frère de Nick, qui dormait chez un copain la nuit où Nick avait été enlevé.

« Quand as-tu appris que tes parents étaient morts ?

— Je viens de l'apprendre. Ne vous en faites pas, je pleurerai. Ce ne sera pas difficile. Faites-moi confiance. C'est bon, on a fini ?

— Presque. Commence par desserrer les poings. Ceux qui sont au bout de tes bras et à l'intérieur de ta tête. Offre-toi une chance de "vivre heureux jusqu'à la fin de tes jours".

— Pas facile. » Le garçon avait les yeux brillants de larmes. « Putain, c'est pas facile.

— Je sais. »

Tim avait risqué une étreinte.

Nick avait réagi passivement tout d'abord, avant de le serrer dans ses bras à son tour. Fort. C'est un début, se disait Tim. Il devinait que le garçon s'en tirerait, même si la police le bombardait de questions en répétant que tout cela n'avait aucun sens.

Celui qui l'inquiétait, c'était George. Un véritable moulin à paroles, doté d'un talent inné pour enjoliver les histoires. Néanmoins, Tim pensait – espérait – avoir réussi à lui inculquer le message : Ce que tu ne sais pas te protège. Ce que tu inventes peut provoquer ta chute.

Nick et Kalisha s'étreignaient devant la boîte aux lettres, à l'extrémité de l'allée, là où M. Smith leur avait fait la leçon de sa voix zozotante, essayant de semer le germe du doute dans l'esprit de ces enfants qui avaient juste voulu rester en vie.

« Il est très amoureux d'elle », commenta Luke.

Oui, songea Tim. Et toi aussi.

Cependant, Luke n'était pas le premier garçon qui jouait les intrus dans un triangle amoureux, ni le dernier. D'ailleurs, le terme *amoureux* convenait-il ? Si Luke était très intelligent, il n'avait que douze ans. Ses sentiments pour Kalisha passeraient comme une fièvre, mais il ne servirait à rien de le lui dire. Il se souviendrait d'elle, néanmoins, comme lui-même se souvenait de la fille dont il avait été amoureux fou à douze ans (à seize ans, elle était à des années-lumière de lui). Comme Kalisha se souviendrait de Nicky, le beau garçon qui s'était battu.

« Elle t'aime aussi, dit Wendy en pinçant affectueusement la nuque de Luke, rougie par un coup de soleil.

— Pas de la même manière, répondit-il d'un air morose, avant de sourire. Bah, la vie continue.

— Tu devrais y aller, dit Tim à Wendy. Le car n'attendra pas. »

Elle alla chercher la voiture. Luke roula jusqu'à la boîte aux lettres avec elle, puis il resta près de Kalisha. Ils regardèrent la voiture s'éloigner en faisant de grands gestes de la main. Nick sortit la sienne par la portière pour les imiter. Puis ils disparurent. Dans la poche avant droite de son jean – inaccessible pour un pickpocket –, Nick avait soixante-dix dollars et une carte téléphonique. Dans sa chaussure, il y avait une clé.

Luke et Kalisha regagnèrent la maison ensemble. À mi-chemin, Kalisha enfouit son visage dans ses mains et fondit en larmes. Tim fit quelques pas pour les rejoindre, mais se ravisa. C'était une tâche pour Luke. Et celui-ci s'en acquitta en la prenant par les épaules. Comme elle était plus grande, elle appuya sa tête sur celle de Luke.

Tim perçut le bourdonnement, réduit à un simple murmure désormais. Ils parlaient, sans qu'il puisse entendre ce qu'ils disaient, et c'était très bien ainsi. Ça ne le regardait pas.

4

Quinze jours plus tard, ce fut au tour de Kalisha de partir, non pas de la gare routière de Brunswick, mais de celle de Greenville. Elle arriverait à Chicago le lendemain en fin de journée. Et elle appellerait sa sœur à Houston, du Navy Pier. Wendy lui avait offert un petit sac à main orné de perles. À l'intérieur : soixante-dix dollars et une carte téléphonique. Une clé, identique à celle de Nicky, était glissée dans une de ses baskets. L'argent et la carte téléphonique, on pouvait les voler. La clé, impossible.

Elle étreignit Tim de toutes ses forces.

« Ça ne suffit pas pour vous remercier de tout ce que vous avez fait, mais je n'ai rien d'autre.

— C'est suffisant.

— J'espère que le monde ne va pas disparaître à cause de nous.

— Je te le répète une dernière fois, Sha : si quelqu'un appuie sur le gros bouton rouge, ça ne sera pas vous. »

La fillette esquissa un sourire.

« Quand on était tous ensemble, à la fin, on avait un gros bouton rouge pour mettre fin à tous les gros boutons rouges. Et c'était bon d'appuyer dessus. C'est ça qui me tracasse. C'était très bon.

— Mais c'est fini.

— Oui. Tout s'est arrêté, et tant mieux. Personne ne devrait avoir un tel pouvoir, surtout pas des enfants. »

Tim songea que, parmi les quelques personnes qui pouvaient appuyer sur le gros bouton rouge, il y avait des enfants, non pas physiquement, mais mentalement. Il ne le dit pas. Kalisha faisait face à un avenir inconnu et incertain ; c'était suffisamment effrayant.

Elle se tourna vers Luke et glissa la main dans son sac tout neuf.

« J'ai quelque chose pour toi. Je l'avais dans ma poche quand on a quitté l'Institut, sans que je le sache. J'aimerais te le donner. »

Elle lui remit un paquet de cigarettes écrasé. L'illustration représentait un cow-boy maniant un lasso. Au-dessus était écrit : CIGARETTES BONBON CORRAL. Et dessous : FUME COMME TON PAPA !

« Il en reste juste quelques-unes, dit-elle. Écrasées et sans doute rassises, mais… »

Luke ne put retenir ses larmes. Cette fois, ce fut Kalisha qui le prit dans ses bras.

« Non, ne pleure pas, dit-elle. S'il te plaît. Tu veux me briser le cœur ? »

5

Une fois Kalisha et Wendy parties, Tim demanda à Luke s'il voulait jouer aux échecs. Le garçon secoua la tête.

« Je crois que je vais sortir un peu et aller m'asseoir sous le gros arbre. Je me sens vide à l'intérieur. Jamais je ne me suis senti aussi vide.

— Tu te rempliras très vite, crois-moi.

— Oui, il faudra bien. Dites, Tim, vous croyez que l'un d'eux sera obligé d'utiliser la clé ?

— Non. »

Cette clé permettrait d'ouvrir un coffre dans une banque de Charleston. Ce que Maureen Alvorson avait remis à Luke s'y trouvait. S'il arrivait quelque chose à un des enfants qui avaient quitté la ferme Catawba – ou à Luke, à Wendy, à Tim –, l'un d'eux se rendrait à Charleston pour ouvrir le coffre. Peut-être même qu'ils viendraient tous si le lien qu'ils avaient forgé à l'Institut subsistait.

« Qui croira ce qu'il y a sur cette clé USB ?

— Annie, sans aucun doute, répondit Tim en souriant. Elle croit aux fantômes, aux ovnis, aux possessions, etc. »

Luke ne souriait pas.

« Oui, mais elle est un peu… zinzin. Même si elle va mieux depuis qu'elle est toujours fourrée avec M. Denton. »

Tim haussa les sourcils.

« Drummer ? Tu es en train de me dire qu'*ils sortent ensemble* ?

— Oui, je crois. Si ça s'appelle encore comme ça chez les adultes.

— Tu as lu dans leurs pensées ? »

Cette fois, Luke eut un léger sourire.

« Non. J'en suis réduit à déplacer les plats à pizza et à tourner les pages d'un livre. C'est elle qui me l'a dit… et je crois que je peux vous le dire. Elle ne m'a pas fait jurer de garder le secret.

— Ça alors ! Pour en revenir à la clé USB… Tu sais qu'il suffit parfois de tirer sur un bout de laine pour détricoter un pull entier ? Eh bien, cette clé pourrait faire pareil, je pense. Des gens reconnaîtront les enfants qu'on y voit. Cela déclenchera une enquête, et l'organisation de l'homme au cheveu sur la langue devra renoncer à ses espoirs de relancer son programme.

— Je ne pense pas qu'ils y parviennent de toute façon. Il y croit peut-être, mais là encore, c'est de la pensée magique. Le monde a énormément changé depuis les années 1950. Bon, je vais… »

Luke fit un geste vague en direction de la maison et du jardin.

« Oui, oui, vas-y. »

Luke s'éloigna d'un pas lourd, tête baissée.

Tim faillit le laisser partir, puis se ravisa. Il le rattrapa et le retint par l'épaule. Quand le garçon se retourna, Tim l'étreignit. Il en avait fait autant avec Nicky – et avec tous les autres, quand ils se réveillaient d'un cauchemar parfois –, mais cette étreinte était spéciale. Elle représentait tout pour lui. Il avait envie de dire à Luke qu'il était courageux, peut-être le garçon le plus courageux qui soit, en dehors des héros des livres d'aventures. Il avait envie de lui dire qu'il était fort, et quelqu'un de bien, que ses parents seraient fiers de lui. Il avait envie de dire à Luke qu'il l'aimait. Mais les mots lui manquaient, et peut-être qu'ils étaient inutiles. Comme la télépathie.

Parfois, une étreinte était de la télépathie.

6

Derrière la maison, entre la terrasse et le jardin, se dressait un beau et vieux chêne. Luke Ellis – vivant jadis à Minneapolis dans le Minnesota, aimé jadis par Herb et Eileen Ellis, ami jadis de Maureen Alvorson, de Kalisha Benson, de Nick Wilholm, de George Iles et de

Helen Simms – s'assit dessous. Il appuya ses avant-bras sur ses genoux ramenés contre sa poitrine et contempla au loin ce que l'officier Wendy surnommait les Montagnes russes.

Jadis ami d'Avery également, pensa-t-il. C'était Avery qui les avait réellement aidés à s'échapper. S'il y a un héros, ce n'est pas moi. C'est l'Avorton.

Luke sortit de sa poche le paquet de cigarettes écrasé et en sortit une. Et il repensa à la première fois où il avait vu Kalisha, assise par terre avec une de ces cigarettes à la bouche. *Tu en veux une ? Un peu de sucre te remontera le moral. Moi, ça me fait toujours du bien.*

« Qu'est-ce que tu en penses, Avery ? Ça me remontera le moral ? » Luke grignota la sucrerie. Et ça lui fit du bien, en effet, sans qu'il sache pourquoi. Il n'y avait rien de scientifique là-dedans. Jetant un coup d'œil à l'intérieur du paquet, il découvrit trois autres cigarettes. Il pouvait les manger maintenant, mais peut-être valait-il mieux attendre.

Les garder pour plus tard.

23 septembre 2018

REMERCIEMENTS

Quelques mots si vous le permettez, Fidèles Lectrices et Lecteurs, à propos de Russ Dorr.

J'ai fait sa connaissance il y a plus de quarante ans (beaucoup plus) dans une ville du Maine, Bridgton, où il était l'assistant d'un des trois généralistes du centre médical. Il soignait la plupart des maladies bénignes dont souffrait ma famille, des grippes intestinales aux otites des enfants. Pour combattre la fièvre, il recommandait avec humour les liquides clairs, « uniquement le gin et la vodka ». Un jour, il m'a demandé ce que je faisais dans la vie, et je lui ai répondu que j'écrivais des romans et des nouvelles, principalement des histoires terrifiantes sur des phénomènes psychiques, des vampires et autres monstres.

« Désolé, m'a-t-il dit, je ne lis pas ce genre de trucs. » Nous ignorions alors, lui et moi, qu'il finirait par lire tout ce que j'écrivais, sur manuscrit généralement, et souvent à différents stades d'achèvement. À l'exception de ma femme, il était le seul qui pouvait voir mes histoires avant qu'elles soient présentables, prêtes pour les gros plans.

J'ai commencé à lui poser des questions, sur des sujets médicaux tout d'abord. C'est Russ qui m'a appris que la grippe changeait d'une année sur l'autre, ce qui rendait chaque nouveau vaccin obsolète (c'était pour *Le Fléau*). Il m'a fourni une liste d'exercices destinés à empêcher que les muscles des personnes dans le coma s'atrophient (c'était pour *Dead Zone*). Il m'a expliqué patiemment comment les animaux contractaient la rage et comment la maladie progressait (c'était pour *Cujo*).

Ses attributions se sont élargies petit à petit et, quand il a pris sa retraite, il est devenu mon assistant de recherche à plein temps. Ensemble, nous avons visité le Texas School Book Depository pour *22/11/63* – un livre que je n'aurais pas pu écrire sans lui, littéralement –, et pendant que je m'imprégnais du *gestalt* de ce lieu (cherchant des fantômes… que j'ai fini par trouver), Russ a pris des photos et des mesures. Quand nous sommes allés au Texas Theatre, là où a été arrêté Lee Harvey Oswald, c'est Russ qui a demandé quel film passait ce jour-là (c'était un double programme : *Une fille dans la bataille* et *War is Hell*).

Pour *Dôme*, il a rassemblé des tonnes d'informations sur le micro-écosystème que j'essayais de créer, qu'il s'agisse de la capacité des générateurs électriques ou du temps que dureraient les vivres, mais ce qui l'a rendu le plus fier, c'est lorsque je lui ai demandé s'il pouvait concevoir pour mes personnages un système d'alimentation en air – sur le modèle des bouteilles utilisées par les plongeurs sous-marins – qui fonctionnerait environ cinq minutes. J'en avais besoin pour l'apogée de mon roman et je séchais. Russ aussi, jusqu'à ce qu'il se retrouve coincé dans les embouteillages, un jour, et observe les voitures autour de lui.

« Les pneus, m'a-t-il dit. Les pneus contiennent de l'air. Sans doute dégoûtant, et sentant le renfermé, mais respirable. » Et donc, Chères Lectrices et Chers Lecteurs, allons-y pour les pneus.

Les empreintes de Russ recouvrent le livre que vous venez de lire, qu'il s'agisse des tests de BDNF sur les nouveau-nés (oui, c'est une réalité, à peine romancée) ou du gaz toxique

que l'on peut fabriquer avec des produits ménagers (les enfants, n'essayez pas d'en faire autant à la maison). Il a vérifié et approuvé chaque ligne, chaque fait, et m'a aidé à atteindre ce qui a toujours été mon objectif : rendre l'impossible plausible. C'était un colosse blond, large d'épaules, qui adorait les plaisanteries, la bière et tirer des feux d'artifice pour le 4-Juillet. Il a élevé deux filles formidables et accompagné son épouse jusqu'à la fin de son interminable maladie. Nous travaillions ensemble, mais c'était aussi mon ami. Nous étions *simpatico*. Jamais une dispute.

Russ est mort d'une insuffisance rénale à l'automne 2018 et il me manque affreusement. Quand j'ai besoin de renseignements, bien entendu (sur les ascenseurs et les iPhone de la première génération, dernièrement), mais beaucoup plus lorsque j'oublie qu'il nous a quittés et que je me dis : « Tiens, il faudrait que je passe un coup de téléphone ou que j'envoie un mail à Russ pour avoir de ses nouvelles. » Ce livre est dédié à mes petits-fils car il parle essentiellement d'enfants, mais c'est à Russ que je pense au moment de l'achever. C'est très difficile de laisser partir les vieux amis.

Tu me manques, mon vieux.

Avant de vous quitter, Fidèles Lectrices et Lecteurs, je tiens à remercier la bande habituelle : Church Verrill, mon agent ; Chris Lotts, qui s'occupe des droits étrangers et m'a fourni une dizaine de façons différentes de dire *Vous m'entendez* ; Rand Holsten, qui gère les contrats cinéma (nombreux ces derniers temps) et Katie Monaghan, chargée de la publicité chez Scribner. Enfin, un *énorme* merci à Nan Graham, qui a édité ce roman rempli de pièces mobiles, de chronologies parallèles et de dizaines de personnages. Elle en a fait un meilleur livre. Je dois remercier également Marsha DeFilippo, Julie Eugley et Barbara MacIntyre, qui reçoivent les appels, prennent les rendez-vous et m'offrent ces heures vitales dont j'ai besoin chaque jour pour écrire.

Enfin, et surtout, merci à mes enfants – Naomi, Joe et

Owen – et à ma femme. Mon soleil et mes étoiles, si je peux me permettre de citer George R. R. Martin.

17 février 2019

Du même auteur
aux Éditions Albin Michel :

CUJO
CHRISTINE
CHARLIE
SIMETIERRE
L'ANNÉE DU LOUP-GAROU
UN ÉLÈVE DOUÉ – DIFFÉRENTES SAISONS
BRUME
ÇA (deux volumes)
MISERY
LES TOMMYKNOCKERS
LA PART DES TÉNÈBRES
MINUIT 2
MINUIT 4
BAZAAR
JESSIE
DOLORES CLAIBORNE
CARRIE
RÊVES ET CAUCHEMARS
INSOMNIE
LES YEUX DU DRAGON
DÉSOLATION
ROSE MADDER

LA TEMPÊTE DU SIÈCLE
SAC D'OS
LA PETITE FILLE QUI AIMAIT TOM GORDON
CŒURS PERDUS EN ATLANTIDE
ÉCRITURE
DREAMCATCHER
TOUT EST FATAL
ROADMASTER
CELLULAIRE
HISTOIRE DE LISEY
DUMA KEY
JUSTE AVANT LE CRÉPUSCULE
DÔME (deux volumes)
NUIT NOIRE, ÉTOILES MORTES
22/11/63
DOCTEUR SLEEP
JOYLAND
MR MERCEDES
REVIVAL
CARNETS NOIRS
LE BAZAR DES MAUVAIS RÊVES
FIN DE RONDE
SLEEPING BEAUTIES
ANATOMIE DE L'HORREUR
L'OUTSIDER
SI ÇA SAIGNE

Sous le nom de Richard Bachman

LA PEAU SUR LES OS
CHANTIER
RUNNING MAN
MARCHE OU CRÈVE
RAGE
LES RÉGULATEURS
BLAZE

PAPIER À BASE DE FIBRES CERTIFIÉES

Le Livre de Poche s'engage pour l'environnement en réduisant l'empreinte carbone de ses livres. Celle de cet exemplaire est de :
500 g éq. CO_2
Rendez-vous sur www.livredepoche-durable.fr

Composition réalisée par Belle Page

Achevé d'imprimer en octobre 2021, en France sur Presse Offset par
Maury Imprimeur – 45330 Malesherbes
N° d'impression : 257976
Dépôt légal 1re publication : septembre 2021
Édition 03 - octobre 2021
LIBRAIRIE GÉNÉRALE FRANÇAISE – 21, rue du Montparnasse – 75298 Paris Cedex 06

39/5308/8